Als die junge Berliner Ärztin Niki Lamont kurz nach dem Mauerfall aufgrund einer Fehldiagnose einem jungen Mann beinahe schweren Schaden zufügt, ahnt sie nicht, dass sie ihn einmal heiraten wird. Auch die Umstände ihres Wiedersehens Jahre später sind mehr als ungewöhnlich, ebenso wie der Verlauf der Hochzeitsnacht. Niki, geboren in Afghanistan, aufgewachsen in Indien und Mexiko als Kind deutscher Hippies, lernt, ebenfalls im Krankenhaus, die etwas jüngere Lu kennen, deren Vater sich nach dem Tod der Mutter regelmäßig ins Koma trinkt. Die Begegnung der zwei Frauen, beide gewissermaßen elternlos, hat Folgen, die sie niemals erwartet hätten ...

Eingebettet in die Geschichte von Niki und Lu erzählt Ulrich Woelk in diesem fesselnden, episodenreichen und weitgefächerten Roman nicht nur eine deutsche Geschichte der letzten fünfzig Jahre und die sehr unterschiedlicher Lebensentwürfe, er zeichnet auch ein atemberaubendes Bild von der geheimnisvollen Verschlungenheit des Lebens. Was ist die verborgene Spielregel unseres Lebenslaufes und wer sind wir, wenn wir lieben? Woelks Roman «Für ein Leben» ist ein grandioses Leseabenteuer.

ULRICH WOELK lebt als freier Schriftsteller in Berlin. Er studierte Physik und Philosophie. Sein Debütroman «Freigang», erschien 1990. Der Roman «Der Sommer meiner Mutter» stand auf der Longlist des Deutschen Buchpreises und wurde in mehrere Sprachen übersetzt. Für «Für ein Leben» erhielt Ulrich Woelk den Alfred-Döblin-Preis. 2023 erschien sein neuer Roman «Mittsommertage».

Ulrich Woelk

Für ein Leben

Roman

btb

Für Tina

Inhalt

1 Fehldiagnose *9*
2 Der Ventilator *21*
3 Susan und Mick *34*
4 Abwärts *66*
5 La Fura dels Baus *101*
6 Die Datsche *123*
7 Marien-Darshan *145*
8 Der Roman als Hologramm *176*
9 Die Töchter Egalias *201*
10 Die Erfindung des Paradieses *226*
11 Lesbenwoche *257*
12 Super 8 *283*
13 White Wedding *309*
14 Ein Mitternachtstraum *360*
15 Das Vaginazimmer *420*
16 Polaroid Warhol *481*
17 Sex mit Salma *511*
18 Unbefleckte Empfängnis *526*
19 El Desierto Real *548*
20 Come in Coma *588*
   Epilog *628*

1
Fehldiagnose

Als Nikisha Lamont ihrem späteren Ehemann, Clemens Rubener, erstmals begegnete, hätte sie ihm um ein Haar die Fruchtbarkeit geraubt. Das war im Winter 1989/90, kurz nachdem die Mauer zwischen Ost- und Westberlin gefallen war, politisch aber noch zwei deutsche Staaten existierten. Die geteilte Stadt, die geschlossenen Grenzen kannte Niki nicht, sie war erst vor wenigen Wochen aus Guadalajara in Berlin angekommen und hatte eine Stelle als Ärztin in einem Krankenhaus im Bezirk Wedding angetreten – nicht unbedingt dem attraktivsten Viertel der Stadt. Aber das wusste sie nicht.

Das Krankenhaus lag in der Nähe der Grenzanlagen, und Niki hatte als Ärztin vom ersten Tag an fast pausenlos zu tun. Die Öffnung der Mauer hatte den Notaufnahmen, die auch vorher schon notorisch überfüllt gewesen waren, eine Menge weiterer Patienten beschert. Überhaupt konnten sich sämtliche Westberliner Institutionen und Geschäfte danach vor Publikum kaum retten – ganz gleich ob Banken, Supermärkte, Autohäuser oder Sexshops. Überall standen Neugierige und Schaulustige aus der Osthälfte der Stadt und des ganzen Landes Schlange, und so herrschte in den Straßen Westberlins ein paar herbst- und frühwinterliche Wochen lang eine ungewöhnliche Mischung aus alltäglicher Geschäftigkeit, vorweihnachtlichem Einkaufsgedränge und historischer Euphorie. Berlin hatte sich gleichsam verdoppelt, und ein Witzbold meinte, dass John F. Kennedy in diesem beispiellosen Winter 1989/90 hätte sagen müssen: «Ich bin zwei Berliner.»

Clemens Rubener kam mit akuten Schmerzen im linken Hoden in die Notaufnahme. Draußen hatte es begonnen zu schneien, und jedes

Mal wenn die Automatiktür sich öffnete, wehte ein Schwall kalter Luft mit nervösen Flockenwirbeln in den Korridor. Durch ein Fenster im Anmeldungsraum konnte man den verwaschenen Schein der Bogenlampen sehen, die den nahen Grenzstreifen beleuchteten, keine fünfzehn Gehminuten vom Krankenhaus entfernt.

Die Patienten aus dem Ostteil der Stadt passierten die Mauer an einem provisorischen Durchbruch, den man wenige Tage nach dem 9. November 1989 geöffnet hatte, und folgten auf westlicher Seite einem Wegweiser mit einem roten Kreuz, der dort schon seit Jahren unbeachtet an einem Laternenpfahl hing und nun endlich seinen Dienst tun konnte. Neben Patienten, die mit akuten Beschwerden ins Krankenhaus kamen, gab es auch andere, die hofften, durch die, wie sie annahmen, besseren Möglichkeiten des medizinischen Systems im Westteil der Stadt von alten chronischen Leiden befreit zu werden. Und zu Beginn kamen manche wohl auch einfach nur aus Neugier.

Diese Patienten mischten sich im Warteraum mit jenen, die auch ohne die Grenzöffnung Hilfe in der Notaufnahme gesucht hätten. Die erste Aufgabe der Ärzte und des Pflegepersonals war es daher, die knappen Ressourcen der medizinischen Betreuung noch effizienter auf Bedürftige und weniger Bedürftige zu verteilen. Das aber fiel Niki schwer. Sie hatte den Hippokratischen Eid nicht abgelegt, um möglichst produktiv in einer überlasteten Gesundheitsfabrik zu funktionieren. Allerdings waren die Notaufnahmen in Mexiko auch keine Ruhezonen gewesen. Niki sah irgendwann ein, dass sich die ungewöhnliche Situation mit ihrer idealistischen Haltung nicht bewältigen ließ.

Um ihren Ansprüchen wenigstens teilweise gerecht zu werden, arbeitete sie so viel, wie es ihr nur irgend möglich war – und mit fünfundzwanzig Jahren war sie in dieser Hinsicht ziemlich belastbar. Außerdem machte sich für ein paar Wochen kaum jemand Gedanken um Arbeitszeitregelungen, tarifvertragliche Pausenzeiten oder Überstunden- und Gleitzeitkonten. Allerdings schlief Niki zu wenig, und manchmal hatte sie aus Übermüdung Halluzinationen, hörte Fragen von Kollegen, die in Wahrheit keinen Ton gesagt hatten, oder hatte optische Täuschungen wie knapp über der Matratze schwebende Patienten, schwach schimmernde goldene Aureolen über ihren Hinterköpfen und in einem Fall sogar blasse Engelsflügel, die aus den Schultern eines hereinkommenden Kindes wuchsen und sich schließlich in die wirbelnden Schneeflocken vor der Notaufnahme zurückverwandelten.

Vielleicht hätte Niki sich deswegen Sorgen machen sollen, aber bisher hatte sie sich noch keinen Behandlungsfehler zuschulden kommen lassen und leistete zuverlässig ihren entschlossenen Beitrag zum Wohle der Menschheit. Die zwischenzeitliche Müdigkeit bekämpfte sie mit zahllosen Bechern einer bitteren, ölig-schwarzen Automatenflüssigkeit, die den Namen Kaffee kaum noch verdiente. So auch jenen kurzen Schwindel, der sie erfasste, bevor sie Clemens Rubener gegenübertrat. Medizinisch gesprochen, behandelte sie ihre Übermüdung mit einer weiteren Dosis Koffein, danach fühlte sie sich wieder hinreichend sicher auf den Beinen, um sich den Schmerzen in seinem linken Hoden zuzuwenden.

Clemens sah elend aus. Die Beschwerden hätten, so sagte er, als sich die Tür des Behandlungszimmers hinter Niki schloss, am späten Nachmittag unvermittelt angefangen, als leichter Druck, der innerhalb von anderthalb Stunden immer stärker und inzwischen fast unerträglich geworden sei. Bald schon habe er sich auch fiebrig gefühlt, und dann sei ihm übel geworden. Daraufhin habe er zwei Aspirin und eine Vomex geschluckt und sich auf den Weg in die Notaufnahme gemacht.

Niki machte ein paar Notizen auf dem Aufnahmeformular und überlegte dabei einen Moment lang, ob es nicht besser wäre, diesen Fall einem männlichen Kollegen zu überlassen. Aber in Anbetracht des Krankenstaus im Wartezimmer war ihr schnell klar, dass sie auf ein mögliches Schamgefühl ihres Patienten keine Rücksicht nehmen konnte. Im Übrigen machte er, Niki schätzte ihn auf Ende zwanzig oder Anfang dreißig, auf sie nicht den Eindruck, als störe es ihn, wenn eine Frau seinen Hoden begutachtete.

Sicher war, dass es Clemens schlecht ging. Sein linker Hoden war geschwollen und gerötet und fühlte sich warm an. Niki vermutete, dass es sich entweder um eine Epididymitis, eine durch verschiedene Bakterien verursachte Entzündung des Nebenhodens, oder um eine Hodentorsion handelte – eine spontane oder durch äußere Einwirkung verursachte Verdrehung des Hodens, bei der sich der Samenleiter um die Blutgefäße im Skrotum wickelte und diese abschnürte, sodass die Versorgung mit Sauerstoff unterbrochen wurde.

Da aber weder das eine noch das andere zum Alltag in der Notaufnahme gehörte, musste Niki sich kurz besinnen. Während bei Kindern, so erinnerte sie sich, die Hodentorsion vorherrschte, wurde die Epididymitis mit zunehmendem Alter häufiger, vor allem bei Männern in den Zwanzigern sowie zwischen dem vierzigsten und sechzigsten Lebensjahr, da die meisten Nebenhodenentzündungen de facto durch sexuelle Kontakte übertragen wurden.

Als Niki mit ihren Überlegungen an diesem Punkt angekommen war – sie betastete, wenn auch eher mechanisch, immer noch Clemens Rubeners Hoden –, fragte sie sich, ob seine Beschwerden nicht auch eine indirekte Folge der politischen Ereignisse sein konnten. Schließlich hatten der Fall der Berliner Mauer und die politische Öffnung Osteuropas nicht nur für Menschen ein Hindernis aus dem Weg geräumt, sondern auch für Bakterien und Krankheitserreger.

Niki erinnerte sich an einen Artikel im *International Journal of Epidemiology*, der jüngst vor der Einwanderung neuer Chlamydienstämme aus Osteuropa gewarnt hatte. Allerdings konnten auch urinogene Bakterien – bestimmte Enterokokken – eine Entzündung des Nebenhodens verursachen. In diesem Fall wäre Ciprofloxacin oder Ofloxaxin angezeigt gewesen. Sexuell übertragbare Erreger wie Chlamydia trachomatis hingegen sprachen auf Doxyzyklin an. Um zu entscheiden, welche Medikation die richtige war, musste Niki Clemens fragen, ob er in den vergangenen achtundvierzig Stunden Geschlechtsverkehr gehabt hatte.

Üblicherweise haftete solchen Fragen zwischen Arzt und Patient nichts Anstößiges an, aber Niki war als junge Ärztin noch nicht sehr erfahren und neigte dazu, das wusste sie sehr gut, sich manchmal zu sehr mit den Patienten und ihren Sorgen zu identifizieren. Vor allem aber hielt sie immer noch Clemens Rubeners Hoden in der Hand. Wie sich allerdings herausstellen sollte, machte sie sich wieder einmal zu viele und zu komplizierte Gedanken. Die Frage, ob er in den vergangenen achtundvierzig Stunden Geschlechtsverkehr gehabt habe, störte Clemens nicht nur nicht, ihre Beantwortung schien sogar eine gewisse belebende Wirkung auf ihn auszuüben. Mit einem für seinen Zustand recht unbeschwerten Tonfall und ganz und gar geradeheraus sagte er: «Ein paar Mal.»

Niki ließ seinen Hoden los. Neben der Inaugenscheinnahme und der Tastuntersuchung wären als weitere diagnostische Tests bei einer Epididymitis eine Urin- und Blutuntersuchung sowie ein Harnröhrenabstrich üblich gewesen, da bestimmte Erreger, die zu Harnwegsinfektionen und Entzündungen der Harnröhrenschleimhaut führten, auch Nebenhodenentzündungen auslösen konnten. Aber Niki war aufgrund der sexuellen Aktivität ihres Patienten, von der sie soeben in Kenntnis gesetzt worden war, und wegen des Chlamydien-Artikels im *International Journal of Epidemiology* der Ansicht, es mit einer aus Osteuropa eingeschleppten, durch Chlamydia trachomatis verursachten Epididymitis zu tun zu haben. Sie verschrieb ihrem Patienten Doxyzyklin, hundert Milligramm pro Tag für zwei Wochen, und Paracetamol gegen die Schmerzen.

«Außerdem», sagte sie, «empfehle ich Ihnen Bettruhe. Sollten die Schmerzen zu stark werden, können wir Ihnen ein Lokalanästhetikum in den Samenstrang spritzen.»

Die Vorstellung, eine Spritze in den Samenstrang gesetzt zu bekommen, schien ihm einen größeren Schrecken einzujagen als die Aussicht, die Schmerzen im Hoden ein paar Tage lang ertragen zu müssen, und so sagte er: «Geht schon.»

Vorsichtig stand er auf und zog sich wieder an. Er trug, das hatte Niki durchaus registriert, *Valentino*-Boxershorts, und die Tatsache, dass er auf seine Unterwäsche offensichtlich Wert legte, brachte sie auf den Gedanken, er könnte homosexuell sein. Medizinisch war diese Information durchaus von Bedeutung. Während Niki die obligatorischen Eintragungen auf seinem Krankenblatt machte und als Diagnose eine akute Epididymitis vermerkte, war sie in Gedanken bereits einen Schritt weiter. Sie machte sich klar, dass sie ihn nicht entlassen konnte, ohne ihm gegenüber eine ärztliche Bemerkung über die anzunehmende Quelle seiner Infektion gemacht zu haben. Mit anderen Worten, sie musste ihn auf seine Sexualpartnerin ansprechen – oder eben auf seinen Sexualpartner.

Während sie noch schrieb, suchte sie in Gedanken nach dem richtigen Ton, einer geeigneten Formulierung, um die Sache anzusprechen. Ansteckungswege waren medizinische Sachverhalte, was aber nichts daran änderte, dass es immer, und nicht erst seit Aids, ein wenig heikel war, über Geschlechtsverkehr als Infektionsquelle zu sprechen. Doch auch das, fand Niki, gelang ihr dafür, dass sie erst seit kurzer Zeit auf Deutsch praktizierte, in einer angemessen nüchternen Art.

«Ich müsste Sie auch bitten, Ihrem Partner zu raten, sich auf Chlamydien oder andere Erreger untersuchen zu lassen.»

«Das ist, offen gestanden, nicht so ... einfach», antwortete Clemens daraufhin, jetzt allerdings etwas zögerlich. «Könnte ich meine Freundin denn anstecken?»

Er war also heterosexuell, beziehungsweise auch heterosexuell – ob er es ausschließlich war, stand mit der Tatsache, dass er eine Freundin hatte, immer noch nicht fest. Seine Frage war lediglich ein Hinweis darauf, dass er neben einer offenbar festen heterosexuellen

Beziehung noch andere sexuelle Kontakte pflegte – welcher Art auch immer.

«Das ist durchaus möglich. Denken Sie denn, dass Sie sich nicht bei Ihrer Partnerin infiziert haben?»

«Ehrlich gesagt, könnte das sein», antwortete er, «und es wäre mir natürlich unangenehm ...»

«Ich verstehe ...», antwortete Niki und brach dann ab, weil ihr eine ziemlich unpassende Bemerkung auf der Zunge lag, etwas wie: Das hätten Sie sich vorher überlegen müssen! Und sie empfand eine gewisse Genugtuung, als sie aus rein medizinischen Gründen hinzufügen musste: «Diese Information ist für Ihre Partnerin wirklich äußerst wichtig. Chlamydien werden beim Geschlechtsverkehr über die Schleimhäute übertragen. Bei Frauen führen sie zu chronischen Entzündungen der Eileiter, die dadurch verkleben können und eine natürliche Empfängnis in der Folge unmöglich machen. Es ist zwar kaum bekannt, aber Infektionen mit Chlamydien gehören bei Frauen zu den häufigsten Ursachen für unerfüllten Kinderwunsch. Ihre Partnerin sollte sich also dringend untersuchen und gegebenenfalls behandeln lassen. Chlamydien sprechen auf Antibiotika sehr gut an. Wenn eine Infektion vorliegt, lässt sich also problemlos etwas dagegen unternehmen.»

Mit diesen Worten entließ sie ihren Patienten, der das Behandlungszimmer bedrückt mit sehr kleinen, vorsichtigen Schritten verließ. Niki folgte ihm nicht gleich. Sie setzte sich und überließ sich für ein paar Augenblicke der Erschöpfung, die ihren Körper und ihr Bewusstsein erfasste. Sie war todmüde und doch innerlich aufgewühlt. Als Ärztin war sie zum Schweigen verpflichtet, aber eigentlich hätte sie seine Freundin, wenn sie sie denn gekannt hätte, am liebsten gleich angerufen. Stattdessen musste sie sich auf seinen Anstand und sein Verantwortungsgefühl dieser Frau gegenüber, und nicht nur ihr, sondern Frauen gegenüber allgemein, verlassen. Chlamydieninfektionen blieben oft unentdeckt, und wenn ihr Patient gegenüber seiner

Freundin schwieg, würde sie vielleicht nie erfahren, dass sie sich bei ihm angesteckt hatte.

Niki fehlte die Konzentrationsfähigkeit, um sich weiter mit dieser moralischen Dimension des Problems zu beschäftigen und den Charakter ihres Patienten einzuschätzen. Was seine sexuelle Orientierung anging, kam sie lediglich noch zu dem Schluss, dass er ausschließlich hetero- und nicht bisexuell war. Obwohl sie sich bei der Aufklärung über Infektionsrisiken zunächst neutral nach seinem Partner erkundigt hatte, hatte er keinen Moment gezögert, von seiner Freundin zu sprechen. Offensichtlich war er nicht eine Sekunde lang auf den Gedanken gekommen, Niki könnte ihn für homosexuell halten. Und obwohl sie aus eigener Erfahrung keine Belege dafür hatte, glaubte Niki, dass heterosexuelle Männer dazu neigten, von der Eindeutigkeit ihrer sexuellen Ausstrahlung überzeugt zu sein.

Schließlich befahl sie sich, aufzustehen und das Behandlungszimmer zu verlassen. Sie würde mit ihren Überlegungen niemandem helfen, doch der Wartebereich war nach wie vor überfüllt. Drei Stunden lang funktionierte sie perfekt, diagnostizierte Abszesse und Furunkel, einen Duodenalulcus und Pseudokrupp und sah dem Ende der Nacht und ihrem warmen Bett sehnsüchtig entgegen, als Clemens Rubener in die Notaufnahme zurückkehrte. Er sah schockierend schlecht aus und sagte, dass das Paracetamol keine Wirkung zeige. Inzwischen wäre der Druck unerträglich geworden, und Niki erschrak beim Anblick seines feuerroten Hodens.

Sie ging zu Doktor Lothar, um sich Rat zu holen. Der Oberarzt, ein stämmiger Mittvierziger mit nur noch wenigen, einstmals rötlichen Haaren, zog die Augenbrauen hoch. Er fragte Niki, ob denn das Prehn-Zeichen positiv oder negativ gewesen sei? Zur Bestimmung des Prehn-Zeichens hob man den betroffenen Hoden an. Ließen die Schmerzen nach, war das Prehn-Zeichen positiv, was auf eine Epididymitis hinwies. Nahmen die Schmerzen dagegen zu oder blieben unverändert, sprach man von einem negativen Prehn-Zeichen, was auf eine Hodentorsion hindeutete. In diesem Fall waren weitere diagnostische Maßnahmen notwendig, eine Dopplersonografie oder in sehr unklaren Fällen auch die operative Freilegung des Hodens. Insgesamt hatte man es bei einer Hodentorsion mit einem sehr engen Zeitfenster für die Behandlung zu tun. Bereits wenige Stunden nach den ersten Beschwerden drohte ein vollständiger Organverlust.

Niki hatte vom Prehn-Zeichen noch nie etwas gehört. Aber sie erinnerte sich jetzt daran, dass Clemens Rubener beim Anheben seines Hodens tief durchgeatmet hatte, was ihr als Ausdruck eines Verlagerungsschmerzes erschienen war. Das war vor drei Stunden gewesen. Als Dr. Lothar den Hoden jetzt anhob, stöhnte Clemens laut vernehmlich auf.

«Und Sie haben den Patienten ohne genauere Untersuchungen wieder gehen lassen?»

«Wir sind völlig überlastet», sagte Niki. «Ich musste entscheiden, ob er einer von den schwereren oder von den leichteren Fällen war.»

«Offensichtlich haben Sie falsch entschieden», bemerkte Dr. Lothar und schickte Nikis Patienten sofort in den OP. «Der Grad der Organschädigung bei einer Hodentorsion», erklärte er Niki danach, «hängt von der Art der Verdrehung ab. Das Risiko ist höher, wenn die Samenstränge ungewöhnlich lang sind. Deswegen ist eine möglichst frühe Diagnose so wichtig. Nachdem man die Strangulation des Hodens operativ aufgehoben hat, normalisiert sich die Durchblutung wieder, aber nur, wenn die Operation rechtzeitig erfolgt. Es war ein Fehler, den Patienten mit einem Antibiotikum nach Hause zu schicken. Hoffen wir das beste für seine Zeugungsfähigkeit.»

Niki fragte sich in den Jahren danach manchmal, ob ihre Fehldiagnose nicht auch mit ihrer distanzierten Haltung Clemens gegenüber zu tun gehabt haben könnte. Bei jedem anderen Patienten hätte sie vielleicht statt einer Epididymitis eine Hodentorsion als zumindest gleich wahrscheinlich in Erwägung gezogen, aber die Art seines Auftretens hatte sie wohl nur an eine sexuelle Ursache für seine Erkrankung denken lassen. Und womöglich hatte etwas in ihr seine Schmerzen sogar unterschwellig gebilligt.

Nachdem ihr das Ausmaß ihres Fehlers bewusst geworden war, konnte sie trotz ihrer Übermüdung ihren Dienst nicht beenden, ohne die Operation abzuwarten und sich danach in der Chirurgie nach dem Zustand ihres Patienten zu erkundigen. Sie atmete ein paarmal tief durch, als sie erfuhr, dass der Eingriff erfolgreich gewesen war. Man hatte die Verdrehung des Hodens rückgängig machen und die Durchblutung des Organs vollständig wiederherstellen können.

«Das war knapp», sagte Dr. Lothar.

«Und es ist alles in Ordnung, ja?»

«Die Sache ist bereinigt.» Er hatte Niki eingestellt und winkte ab. «Nehmen Sie die Erfahrung als Ärztin mit, aber schließen Sie den Fall innerlich ab.»

«Na klar, mache ich.»

«Und vor allem: Gehen Sie nach Hause und schlafen sich aus!»

«Okay ...», sagte sie und fügte nach einer kurzen Pause hinzu: «Der Patient ... hat also keinen bleibenden Schaden genommen? Was seine Fruchtbarkeit angeht, meine ich ...»

Dr. Lothar seufzte. «Dazu kann ich Ihnen keine Prognose geben. Um das herauszufinden, müssten Sie ihn schon heiraten. Aber ich schätze mal, so weit würden selbst Sie nicht gehen.» Damit ließ er sie stehen, um ihr, ohne sich umzudrehen, nach ein paar Schritten, noch einmal zuzurufen: «Schlafen Sie sich aus!»

Niki hatte noch keine Zeit gefunden, sich um eine Wohnung zu kümmern, und war für den Anfang im Schwestern- und Gästewohnheim des Krankenhauses in einem möblierten Zimmer mit Bad untergekommen. Die Wohnheimsituation war ihr vertraut, und da sie sich im Studentenwohnheim in Guadalajara ein Zimmer mit einer Kommilitonin hatte teilen müssen, war es sogar eine Verbesserung.

In der Nacht schlief sie, wie oft nach vollkommener Übermüdung, sehr schlecht und träumte wirres Zeug. Sie musste einem Patienten nach einer unerfreulichen Genitalkomplikation mitteilen, dass sein Penis verschwunden sei und er stattdessen nun eine Vagina habe. Der Patient fühlte sich nach eigener Aussage aber prächtig und ahnte nicht das Geringste davon. Aus irgendeinem Grund wollte Niki ihm nicht die Illusion rauben, nach wie vor ein Mann zu sein. Sie sah sich hektisch im Zimmer um, ob es nicht irgendetwas gäbe, das sie an ihm als Ersatzpenis befestigen könnte – eine Stück Seife, die Flasche mit dem Desinfektionsmittel, ihren Kugelschreiber, eine Rolle Verbandsmull. In ihrer Not klemmte sie schließlich ihr Stethoskop im Schritt des Patienten fest, sodass der Schlauch für die Geräuschübertragung zwischen seinen Beinen baumelte. Als der Patient seinen neuen Penis sah, war er ganz begeistert, und fing sofort an, damit zu spielen.

Am nächsten Morgen hatte Niki rasende Kopfschmerzen und das Gefühl, überhaupt nicht geschlafen zu haben. Als sie Clemens nach dem Frühstück besuchte, um sich nach seinem Zustand zu erkundigen und dafür zu entschuldigen, dass sie ihn mit einer falschen Diagnose nach Hause geschickt hatte, konnte sie im ersten Moment gar nicht anders, als in ihm den Patienten aus ihrem Traum zu sehen.

Clemens war guter Dinge und sagte: «Machen Sie sich nichts draus. Ehrlich gesagt, wäre ich auch nie darauf gekommen, dass ich jemals Schwierigkeiten mit meinen Eiern bekommen könnte.»

«Tut mir leid, dass ich falsch gelegen habe.»

«Mir wären Pillen ja auch lieber gewesen als gleich eine OP. Aber wenigstens ist eine Hodentorsion nicht ansteckend.»

Niki wurde ärgerlich. Ja, das war sein größtes Problem gewesen, und da dieses sich nun in Luft aufgelöst hatte, war er so entspannt.

«Eine Hodentorsion ist von einer Entzündung nicht so leicht zu unterscheiden», sagte sie kühl. «Die Schmerzen sind ähnlich.»

«Woher wollen Sie das wissen?», sagte er mit einem etwas hintersinnigen Lächeln. «Es sind Schmerzen im *Hoden*.»

«Sie meinen, mir fehlt da unten was?»

«Auf gar keinen Fall», sagte er.

«Ach ja? Erwarten Sie, dass ich jetzt erleichtert bin?»

Er schwieg einen Moment und sagte dann: «Sie sind sauer auf mich wegen meiner Freundin, stimmt's?»

Sie schüttelte den Kopf und spürte dabei das Stethoskop an ihrem Hals. Einen Moment lang dachte sie an ihren Traum, in dem sie aber doch nur ein gesichtsloses männliches Wesen gesehen hatte.

«Ich bin als Ihre Ärztin hier. Und als solche bin ich erleichtert, dass es Ihnen besser geht. Nur das war für mich wichtig.»

Er winkte ab. «Für mich ist es kein Problem, dass Sie sich geirrt haben.»

Sie wandte sich zum Gehen. «Ruhen Sie sich aus.»

«Schauen Sie mal wieder vorbei», rief er ihr nach.

Aber das würde Niki nicht tun. Die kurze Unterhaltung sollte sie auch so noch viel zu lange beschäftigen. In ihrem Bewusstsein setzten sich danach zwei Dinge fest: Männer glaubten, mit ihren «Eiern» etwas ganz und gar Unvergleichliches zu besitzen, ein Mysterium, das Frauen nie zur Gänze würden ergründen können. Und Männer – jedenfalls Clemens Rubener, der aber wohl kein untypischer Mann war – nahmen für sich das Recht in Anspruch, sie, Nikisha Sri Lamont, zu begnadigen. Und nicht nur sie, sondern vermutlich jede Frau.

Und Niki machte sich nichts vor: Sie hatte diese Rolle angenommen. Sie hatte auf Clemens' Selbstgefälligkeit nicht mit ironischer Gelassenheit reagiert, kühlem Zynismus oder heiligem Zorn. Wahrscheinlich hatte sie alle seine Erwartungen erfüllt, und sie war hin- und hergerissen, noch einmal zu ihm zu gehen und irgendetwas klarzustellen. Was, wusste sie aber nicht so genau.

Das Dilemma erledigte sich von selbst. Als Niki nach ein paar Tagen wegen eines anderen Patienten auf die Urologie kam, hatte man Clemens Rubener bereits entlassen.

2
Der Ventilator

Im Jahr 1983 starb Lus Mutter Draga an Lungenkrebs. Kurz zuvor war Lu – sie hieß Ljubina, aber alle nannten sie Lu – dreizehn Jahre alt geworden. Draga stammte aus Kroatien, und Ljubina war der Name ihrer Großmutter gewesen. Herbert Sellen, Lus Vater, hatte Draga in einem Ferienhotel in der Nähe von Split kennen gelernt, wo sie an der Rezeption arbeitete und ihm wegen ihrer blonden Haare sofort auffiel. Herbert liebte blonde Frauen, insbesondere solche im Fünfzigerjahre-Stil, wie er sie als Junge auf den großen, gemalten Kinoplakaten in den vom Weltkrieg noch halb zerbombten Straßen Berlins bewundert hatte.

Er heiratete Draga in ihrem Heimatdorf im Hinterland von Zagreb nach traditionellem kroatischen Ritus, was unter anderem bedeutete, dass er ihr kurz vor Mitternacht mit den Zähnen das blaue Spitzenstrumpfband vom Oberschenkel streifen musste, um es danach einer Gruppe von feixenden Junggesellen zur Bestimmung des nächsten Hochzeitskandidaten zuzuwerfen. Das laut beklatschte Spektakel dauerte zur Freude aller ziemlich lang, weil Herbert schon eine Menge von dem dorfeigenen Slibowitz getrunken hatte. Selbst in nüchternem Zustand wäre es ein Kunststück gewesen, unter Dragas angewinkeltem, auf einen Stuhl gestütztem Bein kniend, sowohl das Gleichgewicht zu halten als auch mit den Schneidezähnen nach dem gerüschten Seidenband zu knabbern. Draga trug es schon beinahe frivol hoch. Ein paar Zentimeter weiter, und Herbert hätte ihr mit den Zähnen ein noch aufregenderes Kleidungsstück vom Leib streifen können. Dragas Höschen war ein atemberaubend knappes Modell, aus dem sich zu beiden Seiten des höchstens zwei oder drei Zentimeter breiten Stegs die Schamhaare herauslockten, im Farbton sehr dunkel – Draga war eigentlich nicht blond. Offenbar war der Sinn des Rituals, den frischgebackenen Ehemann einen ersten Blick auf die Pforte jenes Paradieses werfen zu lassen, in das er am Ende der Hochzeitsfeierlichkeiten, die sich allerdings als sehr lang und ausufernd herausstellen sollten, würde eintreten dürfen.

In Berlin wohnten Herbert und Draga im Bezirk Wedding in einem Mietshaus, das eine für die Gegend typische Mischung aus Sozialfällen, Alkoholikern, türkischen Einwanderern, erfolglosen Künstlern und schrägen Vögeln beherbergte. *Der Wedding*, wie der Stadtteil im Berliner Jargon genannt wurde, war in den 1980er-Jahren ziemlich heruntergekommen. Wenn man auf die Straße ging, kam es mit großer Gewissheit zu einem der folgenden drei Ereignisse: Entweder man bekam von einem Passanten ordinäre Beschimpfungen nachgeworfen – «Die Ampel ist rot, du Arschloch!» –, wurde von einem Jugendlichen um eine Mark angeschnorrt oder man trat in Hundescheiße.

Eine von Lus frühesten Erinnerungen an den Alltag auf den Weddinger Straßen war die an eine Blutlache. Ein alter Mann hatte auf dem Gehweg gelegen, offenbar hatte niemand ihn fallen sehen und auffangen können. Aus einer Platzwunde am Kopf rann Blut auf die grauen Betonplatten. Lu gruselte sich vor dem ausgemergelten Schädel des Mannes, den haarigen Nasenlöchern und den blauen Händen mit den bleichen Nägeln, die riesig wirkten. Sie war damals fünf Jahre alt.

Nachdem sich eine Gruppe aus Schaulustigen gebildet hatte, machte jemand den Vorschlag, den Mann auf die Seite zu drehen. Andere rieten davon ab, ihn in irgendeiner Weise zu berühren. Schließlich erkundigte sich jemand, ob die Feuerwehr verständigt worden sei, in deren Zuständigkeitsbereich medizinische Notfälle in Berlin fielen.

Der alte Mann trug einen dicken, schäbigen Mantel, obwohl es warm war. Die Feuerwehrleute – es dauerte lange, bis der Rettungswagen kam – gingen grob mit ihm um, vielleicht so wie mit einem prall gefüllten, unter Pumpendruck stehenden Wasserschlauch. Der Kopf des Mannes, fleckig und fast kahl, baumelte hin und her und schlug beim ungelenken, schlecht koordinierten Umgreifen und Nachfassen der Feuerwehrleute hart aufs Pflaster. Lu sollte sich für immer an den dumpfen Ton erinnern, mit dem der Schädelknochen, von keinem Haarpolster mehr geschützt, auf die Gehwegplatten prallte. Es klang, als wäre der alte Mann schon tot. Vielleicht war er das ja.

Herbert Sellen überprüfte und reparierte Aufzuganlagen in Hotels, Kaufhäusern und Bürogebäuden. Einer seiner Hauptarbeitsplätze waren die Dächer von Fahrstuhlkabinen, wo er Umlenkrollen wartete und fettete oder die mechanischen Führungen von Türen wieder gängig machte. Dass er sich dabei oft in einer Höhe bewegte, die vielen ein Übelkeitsgefühl in die Magengrube gejagt hätte, war ihm schon lange nicht mehr bewusst. Das änderte sich erst wieder, als er einmal mitansehen musste, wie einer seiner Kollegen in die Tiefe eines sechsstöckigen Schachts stürzte, weil er sich bei einem Dreierlift in der Tür geirrt hatte, nachdem er noch einmal – Herbert kannte ihn doch längst! – seinen Lieblingsfahrstuhlwitz zum Besten gegeben hatte: Stecken ein Mann und eine Frau bei Stromausfall in einem Fahrstuhl fest. Reißt sich die Frau die Klamotten vom Leib, schmeißt sie auf den Boden und sagt zu dem Mann: «Mach, dass ich mich wie eine echte Frau fühle!» Reißt sich der Mann die Klamotten vom Leib, schmeißt sie auf den Boden und sagt: «Einmal waschen und bügeln, bitte!»

Und dann wurde aus dem Lachen des Kollegen ein furchtbarer Schrei, bis er mit einem dumpfen, eher leisen Geräusch auf dem Boden des Schachts aufschlug und dort regungslos liegen blieb. Danach konnte Herbert keinen Fahrstuhl mehr betreten und erst recht nicht mehr auf dem Metallgerüst mit den Seilwinden und dem Antriebssystem herumklettern, um dort jene Wartungsaufgaben zu erfüllen, mit denen er sich seinen Lebensunterhalt verdiente.

Er war arbeitsunfähig geworden, und in einem psychiatrischen Gutachten wurde bei ihm eine posttraumatische Belastungsstörung diagnostiziert, ein noch recht neues Krankheitsbild, das seit ein paar Jahren medizinisch anerkannt war. Herberts Fall entsprach der Ausbildung einer PTBS nach einer «an einer fremden Person» erlebten Katastrophe. Er hatte Ein- und Durchschlafstörungen, chronische Schuldgefühle und litt unter Selbstvorwürfen und einer – wie es in dem Gutachten hieß – ausgeprägten kognitiven und psychovegetativen Übererregbarkeit, verbunden mit einer Mischung aus panischer Angst und emotionaler Taubheit.

Die Arbeitsunfähigkeit wurde zunächst für sechs Monate erklärt, um die Symptomatik zu beobachten und ihre weitere Entwicklung abzuwarten, da – so das vorläufige Resümee – jede weitergehende Prognose mit großer Unsicherheit behaftet sei. De facto konnten posttraumatische Belastungsstörungen über Jahre und Jahrzehnte anhalten, abhängig vom Schweregrad des auslösenden Stressors. Bei mehr als einem Drittel aller Traumapatienten blieben die Symptome unverändert bestehen, unabhängig davon, ob die Patienten sich nun psychiatrisch betreuen ließen oder nicht – eine Kategorie, in die auch Herbert zu fallen schien. Er brach die Therapie nach wenigen Sitzungen ab. In Bezug auf die Schlaflosigkeit war sie wirkungslos, was aber wohl auch mit dem Umstand zusammenhing, dass zur gleichen Zeit bei Draga Lungenkrebs diagnostiziert wurde.

Draga arbeitete halbtags als Kassiererin in einem Supermarkt. Bevor sie aus dem Haus ging, widmete sie sich jeden Morgen ausgiebig ihrer Frisur, um sie mit Lockenwicklern und Haarfestiger aus der Sprühdose in jene stabile, blonde Form zu bringen, die Herbert so sehr liebte. Sie saß an der Kasse wie eine Königin. Der Eindruck von alterloser Attraktivität, den sie mit der Frisur aufrechterhalten wollte, verblasste mit den Jahren allerdings schnell. Ihre Haut wurde trocken, und ihre Erscheinung verlor an Glanz, denn sie und Herbert rauchten entschieden zu viel.

Lu erinnerte sich in späteren Jahren häufig daran, dass ihre Eltern sich jeden Morgen beim Aufstehen und anschließenden Gang ins Badezimmer einen bizarren Wettkampf zu leisten schienen und darin überboten, wer am lautesten zu husten verstand. Doch anstatt sich dabei zu schwören, nie wieder eine Zigarette anzurühren oder wenigstens nicht mehr so viel zu rauchen, saßen sie kurz darauf vor ihren Kaffeetassen in der kleinen Küche und rauchten wieder. Das konnte rein statistisch nicht gut gehen, und im Falle von Draga ging es auch nicht gut.

Im Frühjahr 1983 suchte sie wegen der Hustenanfälle und zunehmender Kurzatmigkeit einen Arzt auf, aber da war es schon zu spät. Auf dem Röntgenbild war ihre Lunge eine Anhäufung von Schatten und Nebeln, die sich so dicht und dramatisch überlagerten wie Regenwolken bei der Darstellung eines Sturmtiefs in der Fernsehwettervorhersage. Der behandelnde Arzt hob nur die Augenbrauen und sagte ohne viel Einfühlungsvermögen: «Einen Lungenflügel kann man operativ entfernen, aber beide – das geht nun mal nicht.» Ein halbes Jahr danach starb sie.

Die Monate vor Dragas Tod behielt Lu als einzigen Albtraum in Erinnerung, weil das familiäre Leben im buchstäblichen Sinne gespenstisch wurde. Durch die nicht mehr geputzten Fenster und die ungewaschenen grauen, vom Nikotin gefärbten Stores drang kaum noch Licht, und ihre Eltern schlichen von morgens bis abends untätig durch die Wohnung. Weder Herbert noch Draga hörten mit dem Rauchen auf. Im Falle von Draga war das verständlich, sie wusste, dass ihr Schicksal sowieso besiegelt war. Aber auch Herbert schaffte es nicht aufzuhören, obwohl die Zigaretten seine Frau ins Grab bringen würden. Weil sie nichts mehr tun konnten, rauchten sie vielleicht sogar noch mehr. Das durchscheinende Gewebe des Zigarettenrauchs durchzog alle Zimmer.

Mit ihren dreizehn Jahren begriff Lu noch nicht in allen Konsequenzen, was geschah und noch geschehen würde. Sie konnte sich den seelischen Schmerz, der mit dem Tod ihrer Mutter auf sie zukam, nicht vorstellen, und weder Herbert noch Draga waren in der Lage, mit ihr darüber zu sprechen und sie auf das Kommende vorzubereiten. Die beiden saßen den ganzen Tag über beinahe wortlos da, husteten und rauchten und warteten auf irgendetwas oder starrten auf den Fernseher, der lief, ohne dass sie sich für seine Botschaften wirklich interessierten. Die zahllosen Medikamente, die im Vorabendprogramm beworben wurden, würden Draga nicht helfen. Die ständige Wiederholung jenes unnatürlich schnell gesprochenen, verpflichtenden Hinweises zu Risiken und Nebenwirkungen klang wie bitterer Hohn.

Nachts konnten Draga und Herbert nicht schlafen, und ihre Unruhe übertrug sich auf Lu. Einmal kamen sie, während Lu sowieso wach lag, zu ihr, um sie zu wecken, weil sie ein bestimmtes Geräusch, das sie seit Stunden ununterbrochen zu hören meinten, nicht mehr ertrugen und sich von Lu irgendeine Hilfe erhofften. Sie gingen mit ihr ins Schlafzimmer und forderten sie auf, die Luft anzuhalten, um besser hören zu können.

«Bässe», behauptete Herbert mit glasigen Augen. Er war nur noch ein Schatten seiner selbst. «Die kommen von unten. Da unten wummert es in irgendeinem Rhythmus. Das müssen Bässe sein.»

Draga sah aus, als wäre sie schon tot. Sie hatte seit Tagen nicht mehr richtig geschlafen, da die «Bässe» sie mit ihrer unerträglichen Gleichmäßigkeit wach hielten. Lu konnte nichts hören, konzentrierte sich aber darauf, irgendetwas zu vernehmen. War da etwas? War da nichts? Sie wusste es nicht, und das machte ihr Angst. Vielleicht bedeutete es ja, dass ihre Eltern verrückt wurden und Dinge wahrnahmen, die es nicht gab.

Auf demselben Stockwerk nebenan wohnte Hans Krol, ein hagerer junger Mann mit fettigen Haaren, der von sich behauptete, Musiker zu sein, und sich im Treppenhaus, wenn man ihn dort überhaupt zu sehen bekam, immer nur mit gesenktem Blick an einem vorbeidrückte. In seiner Wohnung herrschte – soweit sich das bei einem flüchtigen Blick durch die geöffnete Tür beurteilen ließ – ein sagenhaftes Durcheinander aus Regalen und Ablagen, auf denen sich Bücher und Futternäpfe stapelten. Er hauste mit fünf Katzen in zweieinhalb Zimmern. Alles war von schwachen Glühbirnen nur fahl beleuchtet, offenbar fiel niemals natürliches Licht in seine Wohnung.

Zwei Dinge bewogen Lu, in jener Nacht zu Hans Krol zu gehen: Erstens, dachte sie, würde er sich als Musiker mit Bässen vielleicht auskennen, und zweitens glaubte sie, dass man bei einem Musiker mitten in der Nacht klingeln durfte. Und sie hatte mit beidem recht: Hans öffnete recht schnell, war noch angezogen und erklärte sich bereit, herüberzukommen und dem Problem mit seinem geschulten Ohr auf den Grund zu gehen, zumal es nicht seine Bässe waren, wie er der hinter Lu stehenden Draga sogleich versicherte.

«Das macht einen absolut verrückt», sagte Herbert, der mit seinen Nerven am Ende war.

Im Schlafzimmer breitete Hans Krol die Arme aus wie ein Dirigent, der sein Orchester auf den kommenden Einsatz vorbereitet. Dann ließ er die Hände auf Brusthöhe schweben und spreizte seine Finger, als wären es kleine Antennen.

«Man nimmt tiefe Frequenzen nicht mit den Ohren wahr, sondern mit dem ganzen Körper, mit der Haut, mit dem Zwerchfell», erklärte er und schloss langsam die Augen. Vielleicht gefiel ihm die Rolle des Experten sogar.

Alle hielten in diesem Moment den Atem an. Lus Vater stierte wie irre ins Leere. Durch die Vorhänge fiel ein violetter Lichtschimmer, und in diesem Moment sahen sie alle aus wie Gespenster. Lu hatte Angst. Es war eine Beschwörungsszene, und sie fürchtete, irgendetwas könnte von ihr Besitz ergreifen. Die ausgestreckten Hände des Musikers begannen leicht zu zittern.

Schließlich nickte Hans: Da war etwas. Er hatte eine Art an- und abschwellendes Rauschen registriert. Keinen Ton, sondern ein unmerkliches, niederfrequentes und durchaus bassartiges Beben des Bodens. Etwas Künstliches jedenfalls, das von unten kam. Aber das Phänomen, was auch immer dahinterstecken mochte, war seiner Meinung nach nicht musikalischen Ursprungs.

«Es gibt eintönige Musik», erklärte Hans, «aber nicht *so* eintönig.»

Von dem Mieter, der ein Stockwerk tiefer wohnte, hieß es im Haus, er sei vermutlich Student oder Stricher oder beides, auf jeden Fall war nicht klar, wovon er eigentlich lebte – ob überhaupt von irgendeiner Tätigkeit. Offenbar hatte ihn niemand je zu üblichen Zeiten das Haus verlassen oder betreten sehen. Als Mieter fiel er in die Kategorie jener unsichtbaren Mitbewohner, die es in einem Haus wie diesem immer gab.

«Das Geräusch kommt von unten», wiederholte Hans Krol.

Draga zündete sich eine Zigarette an. Ihre Gesichtshaut, die einmal kupferfarben gewesen war, schimmerte bleich in der Dunkelheit.

«Würden Sie runtergehen und fragen?», flüsterte sie. «Würden Sie das für uns tun?»

Hans hatte Angst vor Konflikten, aber er war von zahlreichen spirituellen Ideen durchdrungen und in seinen Ambitionen als Musiker – er verehrte die Choräle, Oratorien und Passionen von Johann Sebastian Bach – auch von christlichen. Und so fühlte er sich aufgerufen, Draga in ihrem Leiden beizustehen. Er verließ die Wohnung – allerdings mit einem mulmigen Gefühl im Bauch. Lu folgte ihm ins Treppenhaus, in dem eine Glühbirne hätte ausgetauscht werden müssen, weswegen der Treppenabsatz ein Stockwerk tiefer im Halbdunkel dalag.

Der geheimnisvolle Mieter hieß Victor Belkow – das stand jedenfalls auf dem provisorischen Klebezettelchen über der Klingel. Später war er für Lu immer nur Vic. Er öffnete die Tür, gehüllt in einen schneeweißen, flauschigen Bademantel. Seine Füße steckten in Stofflatschen, und seine Haare, die er schulterlang trug, wirkten zerzaust, als hätte man ihn aus dem Schlaf geklingelt. Er betrachtete den nächtlichen Besuch irritiert, aber als er Lu sah, die schräg hinter Hans stand, ließ er die beiden herein.

Victor war Mitte zwanzig. Seine Wohnung war kaum eingerichtet und daher in Lus Augen überraschend weitläufig und offen, sodass sie ihr beinahe wie ein Palast vorkam, was umso verwunderlicher war, als die einzelnen Räume hier und die dunkle, dicht möblierte Strukturtapeten- und Plüschsofawelt ihrer Eltern ein Stockwerk darüber ja ein- und denselben Grundriss hatten.

Aber die hellen, unverstellten Wände in Victor Belkows Version dieser Wohnung erzeugten die Illusion, die Anzahl der Zimmer und ihre Grundfläche hätten sich verdoppelt, wenn nicht verdreifacht. Und so etwas wie die glänzende Fototapete von einer schnurgeraden, durch die immense Weite einer Wüste verlaufenden Straße, an deren Ende die roten Felsen des Monument Valley unter einem scheinbar endlosen Himmel aufragten, hatte Lu noch nie gesehen.

Im Schlafzimmer gab es lediglich ein offenes Regal mit nicht besonders vielen hineingestopften Kleidungsstücken und einen aus hellem Holz gezimmerten Sockel für die Matratze. Victor hatte wohl noch nicht geschlafen, neben einer zur Hälfte ausgetrunkenen Flasche Bier am Kopfende lagen drei oder vier Bücher, eins davon aufgeschlagen. Über dem Bett drehte sich am Ende einer Haltestange aus Messing ein großer Ventilator mit Bambusflügeln. Es war die Jahreszeit der heißen Nächte, die, erst recht in den Straßen einer Großstadt, kaum Abkühlung brachten, und der Ventilator ließ einen angenehmen Luftzug durchs Schlafzimmer wehen.

Hans Krol betrachtete ihn ein paar Umdrehungen lang und erkannte die Zusammenhänge sofort: Das Haus – es war zur Gründerzeit vor rund achtzig Jahren erbaut worden – hatte Holzbalkendecken.

Hans wies mit dem ausgestreckten Finger nach oben und sagte: «Sehen Sie!, offenbar hat man den Ventilator nicht fachgerecht montiert. Er pendelt leicht, und Holzbalkendecken sind ein idealer

Resonanzraum für niederfrequente Schwingungen. Früher hat man sich das in Konzertsälen zunutze gemacht, um die Akustik zu verbessern. Ohne eine Dämpfung in der Aufhängung zupft der Ventilator sozusagen bei jeder Umdrehung an der Membran einer riesigen Pauke.»

Aus seiner Sicht war die Ursache des eintönigen Wummerns, das Lus Eltern so sehr quälte, damit zweifelsfrei identifiziert. Er bat Victor darum, zum Beweis für seine Theorie den Ventilator abzustellen. Danach verließ er die Wohnung, um ein Stockwerk darüber in Herberts und Dragas Schlafzimmer zu überprüfen, ob nun Stille herrschte.

Lu blieb in Victors Wohnung zurück. Der Anblick der weiten, luftigen Räume lähmte sie. Vielleicht hätte sie sich Hans angeschlossen, wenn sie von ihm dazu aufgefordert worden wäre, aber über die Analyse des akustischen Phänomens hatte er sie vergessen. Und auch Victor nahm im Moment keine Notiz von ihr. Er schlüpfte aus seinen Latschen und stieg auf seinen Bettsockel und dann auf die Matratze, um den Ventilator abzustellen. Dazu musste er sich dem Zugkettchen des Elektromotors entgegenstrecken, und um auf der Matratze einigermaßen sicher stehen zu können, spreizte er die Beine. Dabei konnte Lu für einen Moment seinen Penis sehen.

Lu hatte noch nie den Penis eines erwachsenen Mannes gesehen. Ihr Vater hatte es ab einem bestimmten Zeitpunkt, der vor ihren ersten bewussten Erinnerungen lag, stets vermieden, ihr nackt gegenüberzutreten. Als Lu Victor Belkows Penis sah, überlegte sie, ob sie die Augen nicht besser schließen sollte. Sie ließ sie offen.

Nachdem Victor den Ventilator abgestellt hatte, stieg er von der Matratze. Er nahm an, dass Lu ihn nur deshalb so sonderbar anstarrte, weil sie unsicher war, sich auf einmal allein mit einem Mann in einem Zimmer zu befinden, den sie nicht kannte und der ungefähr zehn Jahre älter war als sie.

«Ich bin Vic», sagte er freundlich. «Und du?»

«L-lu», sagte sie.

Er streckte ihr die Hand entgegen. «Freut mich, Lu.»
«Ich muss wieder hoch zu meinen Eltern», sagte sie.
«Tut mir leid das mit dem Ventilator.»
«Ich hab ihn gar nicht gehört.»
«Sag deinen Eltern, ich kümmere mich um die Aufhängung.»
«Mach ich.»

Sie blieben einen Moment voreinander stehen, als gäbe es noch irgendetwas hinzuzufügen, aber Lu fiel nichts ein. Sie konnte Victor Belkow ja nicht einfach sagen, was sie gesehen hatte. Aber das war es, was ihre Gedanken ganz und gar beanspruchte.

«Also dann», sagte Victor Belkow und lächelte sie noch einmal kurz an. «War schön, dich kennenzulernen, Lu. Wenn du mal reden willst oder so, kannst du jederzeit klingeln.»

In dieser Nacht, einer der letzten, die Draga in ihrem eigenen Bett verbringen und in der sie nach dem Abstellen des Ventilators schließlich auch einschlafen sollte, lag Lu noch lange wach und versuchte, ihre Gefühle zu entwirren und herauszufinden, welches bei dem flüchtigen Blick auf Victor Belkows Penis überwogen hatte: eine Form von Scham, als hätte sie selbst die Situation herbeigeführt und damit etwas Unzulässiges getan, oder eine gewisse Verwunderung über die Unbekümmertheit, mit der er sich ihr, wenn auch sicher unbeabsichtigt, zur Schau gestellt hatte, oder doch eher Neugier bei diesem Anblick, der für sie neu war, oder – und das war die verwirrendste Variante – eine innere, ganz körperliche Erregung, die über bloße Neugier hinausging?

Draga starb an einem lichtarmen Herbstmorgen. In ihren letzten Wochen lag sie in demselben Krankenhaus, in dem Niki Jahre später, kurz nach dem Mauerfall, beginnen sollte, als Ärztin zu arbeiten. Herbert und Lu saßen bis zu Dragas letztem schweren, rasselnden Atemzug an ihrem Bett. Danach wurde es still im Zimmer, in dem man, wohl weil man wusste, dass es mit Draga zu Ende ging, für ein paar Tage keine anderen Patienten untergebracht hatte.

Schließlich stand Herbert auf und sagte dem Pflegepersonal, dass es geschehen war. Kurz darauf wurde das Bett mit Dragas Leichnam aus dem Zimmer geschoben. Lu und Herbert blieben noch eine Weile darin zurück, ohne etwas zu sagen. Lu weinte, und Herbert stand wie gelähmt da. Schließlich fuhren sie mit dem Bus nach Hause, sich wortlos mitbewegend im Getriebe der Großstadt, in dem solche Ereignisse nicht mehr sind als Tropfen in einem Meer der Geschichten – etwas Gleiches, das im Gleichen unsichtbar verschwindet.

Als Hans Krol von Dragas Tod erfuhr, ergriff er sofort einen Stapel Noten, mit dem er zum Krematorium am Nettelbeckplatz ging, um dort jene Musikstücke vorzubereiten, mit denen er Draga seine letzte Ehre erweisen wollte. Er wurde aber wieder nach Hause geschickt, weil es im Trauersaal keine Orgel gab, weder eine echte, womit Hans auch nicht gerechnet hatte, aber auch keine elektronische, mit der er sich in diesem Fall abgefunden hätte. Die Musik kam dort ausschließlich vom Band, eine gedämpfte Endlosfolge von Quinten und kleinen Terzen, die mit gelegentlichen Septimendurchgängen quälend langsam und eintönig über den PVC-Fußboden und durch die Stuhlreihen im Trauersaal kroch.

Herbert engagierte einen Beerdigungsredner aus dem Branchenverzeichnis, der sich dort als Experte für einen persönlichen und würdevollen Abschied angepriesen hatte. In der Annahme, dass jugoslawische Namen irgendwie anders ausgesprochen werden müssten, als man sie schrieb, sprach er das g in Draga immer wie eine Art s-c-h aus, etwa so wie in Dragee, wenn er der Verstorbenen, deren Überreste sich in einer mattschwarzen Urne auf einem Marmorpodest befanden, seine pathetischen Stereotypen hinterherrief. «Drascha, wir werden dich vermissen! Drascha, dein Licht wird in dieser Welt fehlen!»

Die Trauernden waren nicht besonders zahlreich. Neben zwei Kassiererinnenkollegen aus dem Supermarkt und Hans Krol, dessen Haare ungekämmt im Licht der elektrischen Wandkerzen schimmerten, war auch Victor Belkow gekommen, den Lu nach der Geschichte mit dem Ventilator – er hatte die Aufhängung gleich am nächsten Tag repariert – manchmal im Treppenhaus wiedergesehen hatte. Er lächelte immer sehr freundlich, aber sie huschte jedes Mal schnell an ihm vorbei, möglichst ohne ihn anzusehen.

Als der kurze Trauerzug mit der Urne zur Grabstelle aufbrach, begann es zu regnen. Der Grabschacht hatte die Dimension einer Sickergrube, und als die Urne hinabgesenkt wurde, stand der Trauerredner, der auch mit einer musikalischen Begleitung der Trauerfeier geworben hatte, daneben und sang *Imagine*.

Lu bekam kaum Luft, als die Urne verschwand. Vielleicht begriff sie in diesem Moment zum ersten Mal, dass es keine Möglichkeit gab, die riesige Maschinerie des Lebens anzuhalten oder in eine weniger unerbittliche Richtung zu lenken. Sie begann zu weinen, und ihr Vater legte schweigend seine Hand auf ihre Schulter. Sie wischte sich über die Wangen und warf eine Blume ins Grab.

3
Susan und Mick

In den kurzen Nächten ihres ersten Winters in Berlin dachte Niki oft an Susanne und Michael, ihre Eltern, die in Mexiko lebten und sich schwer damit taten, dass Niki nach Deutschland, und sogar ausgerechnet nach Berlin gegangen war, um dort als Ärztin zu arbeiten.

«Wohin denn sonst?», sagte Niki immer wieder zu Susanne, wenn sie miteinander telefonierten – kostspielige Ferngespräche, die fast immer bei Niki abgebucht wurden, weil sie die Anrufende war –, und verwies dabei auf die Bilder von den auf der Berliner Mauer feiernden Menschen, Bilder, die auch in Mexiko gezeigt worden waren.

Aber Susanne und Michael misstrauten Deutschland und erst recht der sich anbahnenden Vereinigung der beiden deutschen Staaten. Schließlich hatten sie Deutschland nicht von ungefähr vor etwa dreißig Jahren verlassen. Wären Susanne und Michael in Deutschland geblieben, wäre Niki vielleicht in Ilshofen oder auch München zur Welt gekommen. So aber kam sie irgendwo zwischen Kabul und Kathmandu auf dem später sogenannten Hippietrail zur Welt.

Das war im Herbst 1964, genauer gesagt Mitte September – und damit zwei Wochen *vor* dem errechneten Geburtstermin, was bedeutete, wie Susanne hin und wieder mit einem gewissen Erstaunen feststellte, dass Niki als Jungfrau geboren wurde und nicht als Waage, wie es bei einer regulären Schwangerschaftsdauer der Fall gewesen wäre. Susanne, die im Sternzeichen der Waage eine gute Voraussetzung dafür sah, im Leben zu einer harmonischen Balance zwischen dem Ich mit seinen oftmals engherzigen Interessen und dem Großen und Ganzen der kosmischen Kräfte zu finden, sollte sich über Nikis vorzeitige Geburt immer wundern. Wieso bevorzugte ihre Tochter ein Sternzeichen, dem ein – wie sie es in späteren Jahren ausdrücken würde – repressiver, patriarchalischer Genderkodex zugrunde lag?

Susanne stammte aus Ilshofen, das in den letzten Tagen des Zweiten Weltkriegs von amerikanischen Truppen bombardiert und zu zwei Dritteln zerstört worden war. Eine ihrer frühesten Erinnerungen war die an eine Fliegerbombe, die das Hausdach durchschlug, ein Loch in die Decke des Wohnzimmers riss, die gewachsten Bodendielen zertrümmerte und zwischen den hölzernen Trägerbalken der Kellerdecke stecken blieb, ohne zu explodieren. Die Familie, die im Keller Schutz gesucht hatte, hätte die Detonation der Bombe direkt über ihren Köpfen nicht überlebt. Susanne verdankte ihr Leben also der Tatsache, dass es sich bei jener Bombe um einen Blindgänger gehandelt hatte, worin sie später ein Zeichen sehen sollte. Eine höhere Macht hatte gewollt, dass sie überlebte. Sie musste nur noch herausfinden, wozu.

Es hatte in Susannes Familie schon immer eine gewisse Neigung zu metaphysischen Erklärungen gegeben, wenn auch sehr unterschiedlicher Natur. Nikis Urgroßvater, ein überzeugter Nazi, glaubte in der Tatsache, dass es sich bei jener Bombe um einen Blindgänger gehandelt hatte, ein Zeichen der Hoffnung zu erkennen, einen schicksalhaften Vor- und Sendboten des kommenden Endsiegs Hitlerdeutschlands gegen die bolschewistische Weltverschwörung, womit er sich sogar in den Augen seiner Frau lächerlich machte. Nur ein paar Tage nach dem Blindgängereinschlag marschierten amerikanische Truppen in Ilshofen ein, womit für den Ort der Zweite Weltkrieg beendet war.

Abgesehen von jener Fliegerbombe und der Zerstörung der Innenstadt Ilshofens hatten der Krieg und sein Ende keinen großen Einfluss auf Susannes Leben. Sie war zu jung, um zu begreifen, was geschehen war. Ein Jahr nach der Kapitulation, im Sommer 1946, wurde sie eingeschult, wie es auch ohne den Krieg der Fall gewesen wäre. Ihre Grundschullehrerin, ein Fräulein Kaiser – sie war Mitte fünfzig und ging aus Gründen, die niemandem bekannt waren, am Stock, wodurch sie aber eigenartigerweise eine besondere Autorität genoss –, überredete Susannes Eltern, ihre Tochter ein Gymnasium besuchen zu lassen. Das war für ein Mädchen in einer ländlich geprägten Region keineswegs selbstverständlich, um nicht zu sagen eigentlich undenkbar. Susanne würde nie den Slogan vergessen, mit dem eine Aus*bildungs*versicherung für den Sohn und eine Aus*steuer*versicherung für die Tochter beworben wurde: «Aus Söhnen werden Leute, und aus Mädchen werden Bräute».

Als Susanne mit dreizehn Jahren ihre erste Regelblutung bekam, wusste sie nicht, wie mit ihr geschah, weil niemand es für nötig befunden oder gewagt hatte, sie aufzuklären. Sie rief ihre Mutter verängstigt auf die Toilette, woraufhin diese ihr wortlos eine Binde in die Hand drückte. Susanne musste weinen und wollte die Toilette nicht mehr verlassen, weil sie das Gefühl hatte, mit der dicken Binde zwischen den Beinen nicht einen einzigen Schritt machen zu können.

Mit fünfzehn übersprang sie auf Anraten der Schuldirektorin eine Klasse und schrieb sich nach dem Abitur als beste ihres Jahrgangs zum Wintersemester 1958 gegen den Willen ihrer Eltern, die sie letztlich aber ziehen ließen, auch wenn ihr Vater darin den endgültigen Beweis sah, dass das Gymnasium ein Fehler gewesen war, an der Universität in Frankfurt für Philosophie ein. Sie las *Eros und Kultur* von Herbert Marcuse, der die Grundlage für das Funktionieren der modernen Leistungsgesellschaft in der Unterdrückung der erotischen Bedürfnisse des Einzelnen sah und in einer noch zu erschaffenden, humaneren Gesellschaft eine Resexualisierung des Menschen für möglich hielt. Susanne entdeckte *Das andere Geschlecht* von Simone de Beauvoir, sie las Freud, Sartre und Camus, und ihr suchendes Wesen sog die Botschaften dieser Werke und der aufkommenden Sexualtheorien jener Jahre auf wie ein trockener Schwamm. Es stimmte alles! Es kam ihr so vor, als wäre ihr Leben der beste Beweis dafür, dass eine sittenstrenge Erziehung zwangsläufig zu seelischen Deformationen führen musste.

Ihr Sexualverhalten, das wurde ihr in ihrem Frankfurter Semester bewusst, war in sich erschreckend widersprüchlich: Einerseits wehrte sie die Eroberungsversuche junger Männer – sie gefiel mit ihren schulterlangen, mittelblonden Haaren und dem herzförmigen Gesicht vielen – stets ab, weil sie deren Gehabe meist als zudringlich empfand, als selbstgefällige Annäherungen ohne das geringste Einfühlungsvermögen in die Wünsche einer jungen Frau. Andererseits sehnte sie sich danach, sich zu verlieben und ihre Jungfräulichkeit zu verlieren, die ihr inzwischen ein nutzloses Ideal zu sein schien. Daran, ihre Unberührtheit als kostbare Beigabe für eine zukünftige Ehe bewahren zu müssen, glaubte sie nicht mehr. Doch weder das eine noch das andere geschah. Weder verliebte sie sich ernsthaft noch wagte sie es, sich ohne Umschweife von irgendeinem ihrer Verehrer entjungfern zu lassen.

Sie empfand sich als sexuell und eigentlich in jeder Hinsicht unfrei, und die Schuld daran gab sie ihrer Mutter. Als sie nach dem ersten Semester aus Frankfurt zurück nach Ilshofen kam, sprach sie sich mit ihr eine Nacht lang aus. Sie saßen in der Küche an dem mit einem blass gemusterten Wachstuch bedeckten Tisch, draußen schneite es. Susanne rauchte und erklärte ihrer Mutter, was Übertragung war – oder was sie sich nach ihren Studien selbst dazu überlegt hatte: dass die Defizite, Unfreiheiten und Lügen der Eltern von ihren Kindern wiederholt und in eigene Verhaltensmuster transformiert wurden. Dass es einen psychologischen Teufelskreis aus Schuld, Verdrängung und Depression gab, der sich von Generation zu Generation fortpflanzte. Und dass sie, ihre Mutter, die aus der Verleugnung ihrer Bedürfnisse als Frau resultierende Frustration an sie, ihre Tochter, weitergegeben habe. «Ich sage dir, wie die Dinge sind», sagte Susanne und blies Rauch aus: «Man wird nicht als Frau geboren, man wird dazu gemacht!»

Beide weinten sehr viel bei dieser Aussprache. Susannes Mutter war der Redegewandtheit ihrer Tochter nicht gewachsen und schon gar nicht einem Simone de Beauvoir-Zitat. Sie hatte überhaupt keine Übung darin, über sich selbst zu reden. Doch da sie nur selten Alkohol trank, sprach sie irgendwann über tief in ihr verschlossene Dinge, und das vielleicht nicht nur, weil der Alkohol ihr die Zunge löste, sondern weil sie wenigstens einmal im Leben mit irgendjemandem darüber reden musste. Sie gestand Susanne, beim Geschlechtsverkehr niemals etwas empfunden zu haben. Die traurige Wahrheit, die sie an diesem Abend zum ersten Mal in Worte fasste, war: Sie hatte die Empfängnis ihrer Tochter nur über sich ergehen lassen.

Und so ehrlich das auch war, es war das Schlimmste, was sie Susanne jemals hätte sagen können. Das Wissen, das Produkt eines mechanischen Aktes ohne jede emotionale Beteiligung zu sein – seitens ihrer Mutter, wie es bei ihrem Vater gewesen war, wusste sie nicht, aber sie machte sich in dem Punkt keine Illusionen –, verdichtete sich schnell zu einer schwärenden Wunde in Susannes Bewusstsein. Es war so, als hätte man ihr mitgeteilt, sie habe keine Seele eingehaucht bekommen, und ein freieres Leben zu führen als ihre Mutter erschien ihr notwendiger denn je. Sie schwor sich, die Lustferne ihrer Empfängnis gleichsam rückgängig zu machen. Ihr Leben sollte beweisen, dass Lust – weibliche Lust – möglich war.

Das Gespräch mit ihrer Mutter hatte sie eigentlich nur begonnen, um ihr mitzuteilen, dass sie beschlossen hatte, das Studium in Frankfurt abzubrechen und nach Paris zu gehen, um sich dort den Existenzialisten anzuschließen. Mehr noch als Freud und Marcuse hatten sie Sartre und Camus beeindruckt. Deren Gedanken kamen ihr konkreter vor als die Philosophie in Frankfurt – sie waren zwar düster, aber doch auch irgendwie lebenshungrig. Susanne war elektrisiert von dem, was sie über das Viertel St. Germain des Prés gehört und gelesen hatte. Sie wollte, schwarz gekleidet wie Juliette Gréco, im *Café Les Deux Magots* Pastis trinken, bei den legendären, für ihre undurchdringlich verqualmte Luft, die laute Jazzmusik und die intellektuellen Gäste berühmten Partys im Kellergewölbe des *Tabou* dabei sein und sich endlich der Liebe und der Melancholie hingeben. Allerdings war St. Germain des Prés, wie sie feststellen musste, als sie im Frühjahr 1959 nach Paris zog, bereits zu einem Modeort und Anziehungspunkt für Touristen geworden. Die großen literarischen und philosophischen Intellektuellen traf man dort nicht mehr, doch gab es die Cafés noch und auch eine gewisse Magie des Ortes.

Susanne färbte sich die Haare schwarz, zog in eine winzige Mansarde im 6. Arrondissement und arbeitete als Kellnerin in einem Bistro. Irgendwann lernte sie dort Pierre Hausman kennen, einen jungen Filmkritiker und Freund François Truffauts, der gelegentlich für die *Cahiers du Cinéma* schrieb – so etwas wie das Sprachrohr einer jungen Generation von Filmschaffenden, die für das Kino eine neue, wirklichkeitsnahe Ästhetik forderten. Neben François Truffaut gehörten Claude Chabrol, Éric Rohmer, Jacques Rivette und Jean-Luc Godard zur Redaktion der *Cahiers* – nahezu alle namhaften Regisseure der *Nouvelle Vague*. Pierre Hausman konnte stundenlang über das konventionelle Kino schimpfen, und Susanne lernte dabei ausgezeichnet Französisch. Schließlich überredete er sie, sich als Schauspielerin zu versuchen, weil er der Meinung war, dass sie Talent besaß.

Pierre sollte zum ersten Mann in Susannes Leben werden. Im Gegensatz zu den Studenten in Deutschland empfand sie ihn als sehr gewandt im Umgang mit Frauen. Er hielt ihr konsequent die Tür auf, machte ihr viele kleine, hübsche Komplimente und oft ließ er sie sogar ausreden, selbst wenn sie etwas gesagt hatte, das er im Nachhinein spielend widerlegte. Sie verstand noch nichts vom Kino, und er erwies sich als ihr geduldiger Lehrer. Und das wollte er auch im Bett sein, und sie ließ es zu. Doch obwohl es auf eine bestimmte Weise aufregend und das war, wonach sie sich gesehnt hatte, blieb bei ihr hinterher oft ein unterschwelliges Gefühl der Enttäuschung zurück, dass sie sich nicht recht zu erklären wusste. Und irgendwann hatte sie einen Gedanken, den sie, weil er ihr eigentlich altmodisch vorkam, nur widerstrebend dachte: Möglicherweise liebte sie Pierre Hausman nicht.

Eigentlich war Pierre Theoretiker, aber es gab ein paar Faktoren, die es begünstigten, dass ihm seine abstrakten filmästhetischen Ideen Kontakte zu vielen wichtigen, jungen Regisseuren verschafften. Der französische Film befand sich mit seinen Konzepten aus den Vierzigerjahren, die hauptsächlich üppig bebilderte Literaturverfilmungen hervorgebracht hatten, in einer tiefen Krise. Die aufwendigen, aber alltagsfernen Studioproduktionen erreichten das nach Leben und Freiheit gierende Nachkriegspublikum nicht mehr. Daher fanden sich einige Produzenten bereit, neue Ideen zu unterstützen und zu finanzieren, wenn sie nur einigermaßen billig waren. Und außerdem waren viele idealistische Jungfilmer bereit, geerbtes oder geliehenes Geld für ihr erstes revolutionäres Projekt auf den Kopf zu hauen. Den meisten ihrer Filme sah man an, dass sie unter eingeschränkten finanziellen Bedingungen entstanden waren. Viele von ihnen wurden mit mobiler Handkamera in Lokalen und Straßen gedreht, und ein paar davon, wie *Außer Atem* von Jean-Luc Godard oder *Hiroshima mon amour* von Alain Resnais, wurden zu Erfolgen.

Susanne lernte Alain Resnais über Pierre Hausman bei einem Muschelessen im *La Coupole* kennen. Er war von ihrer Juliette-Gréco-artigen Schönheit auf der Stelle hingerissen und suchte gerade Statisten und Kleindarsteller für seinen Film *Letztes Jahr in Marienbad*, den er zusammen mit dem Avantgarde-Schriftsteller Alain Robbe-Grillet konzipiert hatte.

Auf dem Feld des Romans, so erklärte Alain Resnais Susanne an jenem Abend im *La Coupole*, lehne Robbe-Grillet alle traditionellen Erzählstrukturen ab und propagiere mit dem *Nouveau Roman* eine Ästhetik der permanenten Gegenwart und des unmittelbaren Erlebens – ein ästhetisches Konzept, das er auch zur Grundlage seines

Drehbuchs machen wolle. Daher sei es schwierig, den Inhalt von *Letztes Jahr in Marienbad* in nachvollziehbarer Weise zusammenzufassen. Vieles in der Handlung bleibe bewusst vage, so Resnais, eine Geschichte im herkömmlichen Sinne gebe es nicht.

Man konnte *Letztes Jahr in Marienbad* als Dreiecksgeschichte deuten. In einem pompösen, schlossartigen Kurhotel versucht ein Mann eine Frau, gespielt von Delphine Seyrig, deren strenge, undurchschaubare Schönheit dem Film ein unverwechselbares Gesicht geben sollte, davon zu überzeugen, dass sie sich ein Jahr zuvor schon einmal begegnet seien. Es bleibt bis zum Schluss offen, aber als Zuschauer darf man annehmen, dass es sich bei dieser Begegnung, falls sie denn stattgefunden hat, um eine Liebesbeziehung gehandelt haben könnte. Doch jene von Delphine Seyrig gespielte Frau kann sich nicht mehr daran erinnern, und sie hat sehr häufig Sätze zu sagen wie: «Aber nein, lassen Sie mich!» oder «Aber nein, bedrängen Sie mich nicht!» Außerdem ist sie – doch auch das nur andeutungsweise, natürlich könnte alles auch ganz anders sein – mit einem anderen Mann, vielleicht ihrem Ehemann, vielleicht einem weiteren Liebhaber, in Marienbad. Unterlegt von unheimlicher Orgelmusik irrt sie verloren und verängstigt durch die mal gähnend leeren, mal bevölkerten Hotelkorridore oder durch den perfekt gepflegten Schlosspark. Sie scheint selbst nicht zu wissen, wer sie ist – und das war der inhaltliche Anker, der Susanne für das Drehbuch begeisterte. Bei jenem Muschelessen im *La Coupole* überzeugte Alain Resnais sie davon, dass in dem Film genau das thematisiert wurde, was ihr so sehr am Herzen lag: die erotische Verunsicherung und Unterdrückung der Frau.

Da es in dem Film aber nur drei Hauptrollen und keine erwähnenswerten Nebenrollen gab und die namenlos bleibende Frau mit Delphine Seyrig, der die Rolle zum Durchbruch verhelfen sollte, bereits besetzt war, konnte Alain Resnais, obwohl er nach eigener Aussage von Susannes Talent «zutiefst überzeugt» war, ihr nicht mehr als eine Statistenrolle anbieten. Im fertigen Film sieht man sie als Kurgast einmal sehr klein am Rande des Bildes und ein paarmal unscharf als Teil einer Abendgesellschaft im Bildhintergrund.

Letztes Jahr in Marienbad wurde größtenteils in deutschen Schlössern und Parks gedreht, unter anderem im Schloss Nymphenburg in München, und dort lernte Susanne bei den Dreharbeiten Michael Lamont kennen, der ebenfalls als Kurgast-Kleindarsteller engagiert war. Er trug für die Aufnahmen einen Smoking und sah darin großartig aus. Irgendwann, nachdem er Susanne eine Weile aus der Distanz betrachtet hatte, kam er auf sie zu und begrüßte sie mit den Worten: «Sind wir uns hier nicht schon einmal letztes Jahr begegnet?» Das war der erste spontane Annäherungsversuch, der hinreichend charmant und geistreich war, um bei Susanne Gehör zu finden.

Michael hatte französische Wurzeln, über die er selbst nicht so genau Bescheid wusste. Sein Vater war Deutscher gewesen, hatte mit ihm aber immer Französisch gesprochen. Doch bevor Michael ihn über den Grund dafür befragen konnte, kam sein Vater als Soldat im Zweiten Weltkrieg um. Michael kam nach dem Krieg nie auf die Idee, seine Mutter nach den Familienzusammenhängen zu fragen.

Susanne war überzeugt, dass Michael der französischen Herkunft nicht nur seinen Nachnamen, sondern auch seinen Charme verdankte. Er studierte in München Chemie, war damit aber unzufrieden und wollte etwas anderes ausprobieren, etwas Kreatives – so war er zu der *Marienbad*-Statistenrolle gekommen, ohne allerdings ernsthaft mit dem Gedanken zu spielen, Schauspieler zu werden. Es war das Kino selbst, das ihn reizte, das Medium des filmischen Erzählens. Er wollte ein Ausdrucksmittel für die Albträume finden, die ihn so häufig quälten: das unaufhaltsame Gleiten in einen Abgrund, das Tauchen in einem Gewässer mit undurchdringlicher, versiegelter Oberfläche, oder die unsichtbare Anwesenheit bei der eigenen Beerdigung.

Nach dem Ende der *Marienbad*-Dreharbeiten brach er sein Studium ab und zog im Frühjahr 1961 nach Paris zu Susanne. Während sie kellnerte und nebenher Schauspielstunden nahm, schrieb er Drehbücher, in denen er sich, wie es seinen Albträumen entsprach, und wie Robbe-Grillet es gefordert hatte, den Regeln des klassischen Erzählens verweigerte. Stattdessen suchte er nach einer «Ästhetik des Transrealität», wie er es nannte, nach einer Art cinematografischem *stream of consciousness*.

Beim Schreiben nahm er *Corydrane* – eine Mischung aus Aspirin und Amphetaminen, die in Frankreich bis 1971 legal verkäuflich war, danach aber als giftig eingestuft und aus dem Verkehr gezogen wurde. Susanne machte sich Sorgen deswegen, aber Pierre Hausman wollte, wie er ihr sagte, gehört haben, dass Jean-Paul Sartre, statt der empfohlenen Dosis von zwei *Corydrane*, täglich ein ganzes Röhrchen davon zu schlucken pflegte, die erste Tablette gleich morgens, um aus dem bleiernen Dämmerzustand zu erwachen, in den ihn die nachts zum Einschlafen eingeworfenen Barbiturate versetzt hatten. Michael war also in bester Gesellschaft.

In seinen beiden Pariser Jahren schrieb Michael drei oder vier Drehbücher, doch es gelang ihm nie, einen Produzenten von seinen Stoffen zu überzeugen. Es waren assoziative Reihungen von traumatischen Bildern, aus dem Off zu sprechenden Reflexionen und minutenlang beobachteten Alltagssituationen, und zu Beginn der *Nouvelle Vague* hätte er damit vielleicht ein gewisses Interesse erregt. Aber mit preisgekrönten Filmen wie *Letztes Jahr in Marienbad* oder *Außer Atem* waren die Ideen der einstigen Avantgardisten beim Mainstream-Publikum angekommen. Die Zeit für radikalere filmische Experimente war vorbei.

Die Jahre in Paris sollten für beide, Susanne und Michael, letztlich zu einer Enttäuschung werden. Susanne wurde nicht Schauspielerin. Sie kam über ein paar weitere Statistenrollen nicht hinaus und musste mitansehen, wie statt ihrer ein anderer deutscher Stern am französischen Filmhimmel aufzugehen begann: Romy Schneider. Und Michael gab das Verfassen von Drehbüchern auf. Am Ende hatten beide das Gefühl, einem falschen Ideal hinterhergejagt zu sein.

Sie hatten sich von äußeren Dingen abhängig gemacht, vom Erfolg in einer arroganten ruhmsüchtigen Glamour-Welt, die sie zunehmend als oberflächlich, materialistisch und kalt empfanden. Eine Welt, in der es in den Unterhaltungen nur noch darum ging, auf welchen Partys man welchen Champagner getrunken und welche Stars getroffen hatte, und schon lange nicht mehr um die Kunst, das Leben und die Suche nach Wahrhaftigkeit!

Zum Jahresende 1963 gaben sie die Mansardenwohnung auf. Michael lieh sich Geld von seinem Stiefvater, einem wohlhabenden Seifenfabrikanten, und sie kauften einen gebrauchten VW-Bus – einen T1 aus der legendären ersten Baureihe mit geteiltem Frontfenster, zwei Schiebetüren und bullaugenartigen Frontscheinwerfern. Der französische Händler versicherte ihnen mit großer Begeisterung und trotz gewisser in Frankreich noch vorhandener antideutscher Affekte, dass man mit diesem Prachtstück deutscher Wertarbeit noch ein paarmal um den Globus fahren könnte.

Michael baute die hintere Sitzbank und ihre Unterkonstruktion aus, um ausreichend Platz für eine Liegefläche zu schaffen, und als Niki irgendwann einmal danach fragte, ob sie auf diesem Liebeslager gezeugt worden sei oder noch in der Pariser Mansardenwohnung, druckste Susanne ein bisschen herum. Sie war in dieser Frage selbst hin- und hergerissen. Nicht, dass sie nicht gewusst hätte, wo Niki gezeugt worden war, aber genau das machte die Sache ein wenig knifflig. Die Wahrheit war nämlich, dass es in einer sternenklaren Nacht im südfranzösischen Marienwallfahrtsort Lourdes geschehen war, in dem der katholischen Legende nach hundert Jahre zuvor die vierzehnjährige Bernadette Soubirous in einer Felsgrotte mehrere Mutter-Gottes-Erscheinungen gehabt und eine Quelle mit Heilwasser zum Sprudeln gebracht haben sollte.

Eigentlich hatten Susanne und Michael wegen der winterlichen Kälte in Frankreich auf möglichst direktem Weg nach Marokko fahren wollen, aber als Susanne sah, dass Lourdes auf diesem Weg recht nahe lag, schlug sie vor, dort haltzumachen – sie wusste selbst nicht so genau, warum. Sie hatte mit katholischer Mythologie nicht viel im Sinn, eher im Gegenteil natürlich. Sie sah im Katholizismus eine der Ursachen, wenn auch nicht die einzige, für die Unterdrückung der Bedürfnisse, und nicht nur der sexuellen, von Frauen. Und doch gab es ein paar Elemente ihrer katholischen Sozialisation – die Gesänge in einer vollen Kirche, den Weihrauchgeruch oder das Läuten von Turmglocken –, die sie jetzt, nach der Enttäuschung in Paris, wie sie sich eingestand, mit einer leichten Wehmut erfüllten, wenn sie daran dachte. Und außerdem, so sagte sie sich, wurde in Lourdes mit Maria eine Frau verehrt, und dagegen, fand sie, sprach nun wirklich nichts.

Am Ende blieben Michael und sie aber nicht lange in dem Wallfahrtsort. Die katholische Kirche hatte, wie sie enttäuscht feststellten, aus dem ehemaligen Bergdorf einen religiösen Rummelplatz gemacht. Schon kurz nach den Marienerscheinungen im Jahr 1858 hatten sich in Frankreich Berichte von Wunderheilungen in Lourdes verbreitet. Das Quellwasser in der Erscheinungsgrotte war angeblich in der Lage, Blinde sehend zu machen und Gelähmte zu heilen. Die Sage von solchen Wundern verhalf Lourdes in der Folgezeit zu einem enormen Aufschwung, und nachdem Papst Pius VI. Bernadette Soubirous 1933 heiliggesprochen hatte, suchten Kranke aus der ganzen katholischen Welt in Lourdes Heilung. Die Pilger versammelten sich allabendlich vor einer eigens dafür errichteten Kathedrale, um gemeinsam zu beten und brennende Kerzen mit Mariendekor in den abendlichen Pyrenäenhimmel zu strecken. Das Heilwasser aus der Erscheinungsgrotte wurde in Flaschen oder großen Kanistern verkauft, und am Straßenrand boten Devotionalienhändler Marienstatuen aus Marmor, Porzellan, Wachs oder Plastik feil.

Entrüstet über so viel religiösen Geschäftssinn, machten sich Susanne und Michael bereits nach wenigen Tagen wieder auf ihren Weg in den Süden. Drei Wochen nach der Abreise stellte sich heraus, dass Susanne schwanger war, was bedeutete, dass die Antwort auf

Nikis Frage nach dem Ort ihrer Zeugung zweifelsfrei feststand: Es war auf jenem waldgesäumten Parkplatz am Rand von Lourdes auf der von Michael in den VW-Bus gepackten Federkernmatratze geschehen. Dies unumwunden einzuräumen fiel Susanne aber nicht leicht. Der Wunsch, spirituelle Erfahrungen zu machen, sollte für sie in den folgenden Jahren immer wichtiger werden, aber mit Lourdes tat sie sich schwer. Sie hatte die katholische Enge und Prüderie ihrer Ilshofener Kindheit nicht hinter sich gelassen, um Jahre später einräumen zu müssen, dass ihr eigenes Kind ein Marienwunder war.

Susanne und Michael blieben ein paar Wochen in Marokko und beschlossen dann, über das Mittelmeer nach Istanbul und von dort via Iran, Afghanistan, Pakistan und Indien nach Nepal zu fahren, um die westliche Zivilisation so weit wie möglich hinter sich zu lassen. Manchmal dachte Susanne zwar darüber nach, ob es angesichts ihrer Schwangerschaft nicht vernünftiger wäre, nach Deutschland zurückzukehren. Doch dann sagte sie sich, dass auf der ganzen Welt Kinder geboren wurden. *Wenn* es ein kulturübergreifendes Wissen gab, das selbst in den entlegensten Bergdörfern auf diesem Planeten vorhanden und jederzeit abrufbar war, dann das Wissen der Frauen, wie Kinder zur Welt zu bringen waren.

Und sie fühlte sich gut! Lediglich das lange Sitzen, wenn einmal eine größere Strecke zurückzulegen war, wurde irgendwann beschwerlich. In der Türkei und dem Iran zog sich die Straße als extrem schmales Asphaltband durch weite, staubige Ebenen und wurde von Unmengen alter, stinkender, lärmender Laster befahren, die in keinem Industrieland der Welt mehr eine Zulassung bekommen hätten und deren Fahrer entweder wahnsinnig, mordlustig oder todessüchtig sein mussten. Zuerst wunderten sich Susanne und Michael noch über die regelmäßig am Straßenrand auf der Seite oder dem Dach liegenden ausgebrannten Autowracks, aber bald begriffen sie, dass die altehrwürdige Seidenstraße zu einer Höllenpiste geworden war.

Kaum dass man morgens losgefahren war, hing einem auch schon der erste Laster an der Stoßstange, sodass man nichts tun konnte, außer so lange Gas zu geben, bis man selbst einem LKW am Heck klebte, um sodann, eingequetscht zwischen zwei rasenden Schrotthaufen, von einem dritten Laster, der aber kaum schneller fuhr als die beiden anderen, in einem endlos sich hinziehenden Manöver überholt zu werden. Ganz klar: Sollte dabei etwas schiefgehen, zum Beispiel durch das rein statistisch ganz unvermeidliche Auftauchen von Gegenverkehr, würde das schwächste Glied dieser in Wüstenstaub gehüllten Wagenkette – und das war in diesem Fall ohne Frage der Bulli – von dem überholenden Laster ganz einfach zur Seite gedrängt werden, um die Bahn für den Gegenverkehr frei zu machen.

Es war für Michael, der die zurückliegenden Jahre hauptsächlich am Schreibtisch zugebracht hatte, um transrealistische Drehbücher zu verfassen, in denen es um alles gegangen war, nur nicht um irgendwelche konkreten Widrigkeiten des Lebens, nicht immer leicht, dabei die Nerven zu behalten. Einmal riss er in einem Anfall von Panik das Steuer nach rechts, um auf den Sandstreifen auszuscheren, der ihm befahrbar zu sein schien, aber der Bulli geriet bedrohlich ins Schwanken. Während Susanne aufschrie und versuchte, sich irgendwie auf ihrem Sitz zu halten, gelang es Michael gerade so eben noch, den Wagen zurück auf die Straße zu lenken und das Schaukeln abzufangen. Der Laster hinter ihnen hupte sie ob dieser überflüssigen Störung der gemeinsamen Raserei heftig an. Michael fügte sich in sein Schicksal und unternahm keinen weiteren Ausbruchsversuch.

Eigentlich wollte er nichts anderes, als gemütlich durch die Gegend zu zuckeln und dabei hin und wieder etwas von dem in Marokko günstig erstandenen Haschisch zu rauchen. Und wenn sie abends von der Straße bogen und nach ein paar Kilometern der Lärm der Dieselmotoren allmählich nachließ, wenn sie anhielten und den Wüstensalbei rochen, über sich den klaren Sternenhimmel, den sie seit Wochen studierten, um im Verlauf der Reise immer neue Sternbilder über dem

Horizont aufgehen zu sehen und zu begrüßen, dann kam es ihnen richtig vor, was sie taten.

Susanne rauchte weniger, hörte aber nicht ganz damit auf. Hin und wieder zog sie an Michaels Joints. Sie sagte sich, wenn es der Mutter nicht gut gehe, könne es auch dem Kind nicht gut gehen, und dabei dachte sie an ihre eigene Mutter, die bei der Empfängnis ihrer Tochter keine Lust empfunden und vielleicht auch ihre Schwangerschaft nur als den beschwerlichen ersten Akt ihrer zukünftigen Mutterschaft erlebt hatte. Wenn eine Frau schwanger war, gehörte sie nicht mehr sich selbst, sie gehörte auch vorher nicht sich selbst – so hatte man es ihrer Mutter beigebracht, das war es, was Susanne wütend machte. Und es stimmte nicht, das spürte sie ganz deutlich. Sie und ihr Kind, das im harmonischen Zeichen der Waage geboren werden würde, waren eins!

Irgendwann ließ der Verkehr nach. Die Asphaltrennstrecke verwandelte sich in eine sandige, gelegentlich etwas holprige Landstraße mit archaischen Dörfern. Die Laster wurden kleiner, wichen klapprigen Lieferwagen, auf deren Ladeflächen sich Steine, Stoffe, Viehkäfige oder Säcke mit Reis und Bohnen stapelten, und schließlich mischten sich unter diese Wagen zunehmend Esel und Kamele als Transportmittel. Hin und wieder trafen sie auf den Märkten und in den Teestuben andere Tramper, die meisten aus den Vereinigten Staaten, aber manchmal auch Australier oder Engländer, die Kerouac oder Burroughs lasen und wie sie auf der Suche nach einem Leben ohne gesellschaftliche Zwänge waren.

Sorgsam darum bemüht, ihre deutsche Herkunft zu verschleiern, nannten Susanne und Michael sich Susan und Mick. Alle Nicht-Deutschen, denen sie begegneten, dachten bei Deutschland zuallererst an Hitler, wenn auch selten mit einem gegen sie gerichteten Vorwurf, wie sie es erwartet hätten. Und *Susan* und *Mick* hin oder her – den meisten, mit denen sie auf dem Trail ins Gespräch kamen, selbst den Bewohnern entlegenster Täler in Afghanistan war stets schnell klar, woher die beiden kamen, zumal sie in einem VW-Bus unterwegs waren, den sie zwar in Paris gekauft hatten, aber das änderte nichts. Kaum machten sie halt, wurde der Bus von Kindern umringt und von Männern bewundert. Sie konnten nicht viel Englisch, aber eine Fügung kannten sie fast alle: *Made in Germany.*

Auf einer kleinen, vom vielen Auf- und wieder Zuklappen zerfledderten Landkarte legten sie ihre Route fest, die sie von Kabul über Islamabad nach Neu Delhi führen sollte. Susanne hielt es für eine gute Idee, ihr Kind in Indien zur Welt zu bringen, um von den besonderen spirituellen Energien dort zu profitieren. In einem Hotel in Kabul lernte sie eine Amerikanerin kennen, die eine Weile in einem indischen Ashram gelebt und sich von Cindy in Nikisha Radha umbenannt hatte. Sie trug eine Menge Ketten um den Hals, meditierte vor jeder Mahlzeit im Lotussitz und ging allabendlich auf das warme Betonflachdach des Gebäudes, um mit ausgebreiteten Armen in einer Gruppe von Gleichgesinnten das Fest des Sonnenuntergangs zu zelebrieren. Susanne beneidete sie um ihr Selbstbewusstsein als Frau. Nikisha Radha sagte ihr auch voraus, dass ihr Kind ein Mädchen sein würde, woraufhin Susanne beschloss, ganz gleich was Michael dazu sagen würde, ihre Tochter Nikisha zu nennen, was auf Hindi die Schöne, aber auch die Kluge, die Intelligente bedeutete.

Doch Niki kam nicht in Indien zur Welt. Der VW-Bus gab kurz vor einem Dorf im afghanischen Hochland mit einem unschönen Rasseln seinen Geist auf. Wahrscheinlich hatte der Motor das ständige Gejagt-Werden durch die LKWs in Anatolien nicht verkraftet, überlegte Michael. Eine Woche oder zehn Tage später, als es ihm irgendwie gelungen war, einen Transport des Wagens in eine zwanzig Kilometer entfernte Werkstatt zu organisieren, die wie eine Mischung aus Hufschmiede und Ersatzteilbasar aussah, reimte er sich den Schaden – er wurde ihm auf Dari mitgeteilt, das mit zwanzig Prozent unverständlichem Englisch durchsetzt war – als Kurbelwellenbruch zusammen.

Die antike Seidenstraße, auf der sie sich nach wie vor befanden, war schon lange vor Mohammeds oder Buddhas Zeiten zum Transport von Waren durch Kamel-Karawanen benutzt worden, woran sich, wie Susanne und Michael sahen, noch nichts geändert hatte. Davon, dass man auf solche Karawanen eingestellt war, zeugte ein dichtes Netz aus Karawansereien und Teestuben in den Dörfern. Hätte der Wagen also einen Sattel oder neues Zaumzeug gebraucht, wäre die Angelegenheit schnell erledigt gewesen. Aber es würde wohl schwierig werden, am Hindukusch eine Ersatzkurbelwelle für einen VW-Motor zu bekommen, obwohl diese Busse international sehr beliebt und schon in den Fünfzigerjahren eine Menge von ihnen exportiert worden waren.

Auf der Straße standen Männer, deren Bärte mit Henna gefärbt waren, mit schwarzen Turbanen und wehenden knielangen Wollkurtas über Ballonhosen herum. In Paris hatte Michael sich eine Weile mit den Lehren des dort lebenden, armenischen Esoterikers, Schriftstellers und Choreografen Gurdjieff beschäftigt und ein Buch über Sufi-Mystiker gelesen, die offenbar über eine Menge Geheimwissen verfügten, zu dem eine Anleitung zur Reparatur der Kurbelwelle bei einem Vierzylinder-Heck-Boxermotor aber sicher nicht gehörte.

Susanne trug über ihrem Schwangerenbauch weite, farbige Gewänder, die sie auf einem Markt in Herat erstanden hatte. Sie machte sich Gedanken wegen der bevorstehenden Geburt, wirklich besorgt war sie aber nicht, weil es erst in zwei bis drei Wochen so weit sein würde und sie darauf vertraute, dass die Kräfte der Natur schon alles in die richtige Bahn lenken würden.

Meistens saß sie tagsüber in einer der Teestuben und betrachtete das Treiben auf der Straße. Die Frauen, fand sie, hatten schöne, stolze Gesichter. Ihre Schultern und Arme waren mit klimpernden Silber- und Edelsteinketten behängt, und ihre Kinder warfen zwischen Fenstergittern, Pferdebeinen oder Wagenradspeichen verstohlene Blicke auf Susanne und Michael – die von irgendwoher aufgetauchten Fremden.

Man saß an niedrigen Tischen auf dem Boden, der mit Teppichen belegt war. In einem Ofen brannte Holz, und darauf standen üblicherweise zwei Teekannen aus Messing mit hohen, geschwungenen Henkeln und Schwanenhalsausguss. Zum Tee gab es stets eine Schale Datteln, und an einem der Tage, die Susanne in dem Dorf verbrachte, aß sie die Früchte mit dem plötzlichen Heißhunger einer Hochschwangeren auf. Von den Teppichen auf dem Boden ging ein Geruch nach Tieren, Dung und Wolle aus, sodass es eigentlich gar nicht so viel ausmachte, dass kurz darauf ihre Fruchtblase platzte und das Fruchtwasser in die Teppichfasern sickerte.

Als Niki irgendwann während des Medizinstudiums über die Geschichte ihrer Geburt nachdachte, vermutete sie, dass die vorzeitigen Wehen ihrer Mutter mit den Datteln zusammenhingen, die sie zum Tee verschlungen hatte. Datteln, so hatte sie im Geburtsheilkundekurs gelernt, enthalten das Hormon Oxytocin, das den Geburtsvorgang fördert, weswegen Dattelbrei in islamischen Ländern als eine Art naturheilkundlicher Wehenbeschleuniger eingesetzt wird.

Michael, der den Kurbelwellenbruch mit stoischer Schicksalsergebenheit hingenommen hatte, wurde panisch, als er den feuchten Fleck zwischen Susannes Beinen sah. Er hatte keine Ahnung, was jetzt zu tun war. Nikisha Radha, ihre Kabuler Hotelbekanntschaft, hatte ihnen erzählt, dass sie die Schwangerschaft einer Freundin begleitet und dabei viel über die beste Körperhaltung zum Gebären und richtiges Pressen gelernt habe. Auf dem Hoteldach machte sie mit Susanne und Michael ein paar gemeinsame Übungen zu Atem- und Hecheltechniken und unterwies Susanne darin, beim Ausatmen während einer Wehe mit lockeren, entspannten Lippen ein tiefes A zu singen. Michael hatte es auf ihr Anraten hin auch versucht – aber das half ihm jetzt nicht.

Er sprang auf, stammelte gegenüber dem Teestubenwirt irgendetwas von wegen «Birth» und «Child», was dieser nicht verstand, aber der Wirt hatte ja schließlich Augen im Kopf und sah selbst, was vor sich ging. Vielleicht war es im Nachhinein sogar ein Glück, dass die Wehen bei Susanne nicht in irgendeiner Stadt im Punjab oder in Neu Delhi einsetzten. Dort wäre es unter Umständen viel schwieriger gewesen, schnelle und kundige Hilfe zu organisieren, als in jenem afghanischen Dorf mit seinen kurzen Wegen.

Jedenfalls beruhigte der Teewirt Michael, indem er ihm seine knochige Hand auf die Schulter legte und irgendwelche Bemerkungen machte, die vermutlich besagten, dass es keinen Grund gab, sich Sorgen zu machen. Danach verschwand er auf der Straße, um kurz darauf mit einer in einen reichhaltig bestickten Tschador gehüllten Alten wiederzukehren, die offensichtlich bereits wusste, was geschehen war. Susannes Zustand war den Frauen im Dorf nicht entgangen.

Sie stützte Susanne, die sich ihr ohne Bedenken anvertraute, als gebe es über alle Kultur- und Sprachbarrieren hinweg eine geheime, Männern verschlossene Ebene der Frauenverständigung. Sie fragte Susanne nach ihrem Namen, indem sie ihr ihren eigenen nannte, und führte sie in einen leeren Raum am Ende der Karawanserei, der mit trockenem Bodenstroh ausgelegt war und ursprünglich einmal als Stall gedient hatte. Sie ließ einen großen Teppich über das Stroh breiten und arrangierte Handtücher, Kräuternäpfe und Salzfässchen darauf, die ihr irgendwelche Assistentinnen zureichten, die nach Michaels Eindruck mehr oder weniger aus dem Nichts aufgetaucht waren. Zum Schluss nahm die Afghanin eine Schüssel mit dampfendem Wasser entgegen, schickte dann bis auf zwei junge Helferinnen alle hinaus und schloss die Tür.

Inzwischen hatte sich eine Traube von Neugierigen eingefunden, die aus einer gewissen Distanz verfolgten, was geschah. Michael musste draußen bleiben, und obwohl er sich auf seine Rolle als möglicher Geburtshelfer zumindest im Geiste irgendwie vorzubereiten versucht hatte, war er heilfroh, dass die Anwesenheit der Väter bei der Geburt ihrer Kinder im Islam nicht statthaft war. Alles, was er tun konnte, war buchstäblich abwarten und Tee trinken. Susanne und er waren sich immer einig gewesen, dass man der Natur bei dem elementaren Vorgang des Gebärens so wenig wie möglich ins Handwerk pfuschen sollte. Aber in den Stunden, die dem Abgang des Fruchtwassers folgten, dachte Michael nur an alle möglichen Geburtskomplikationen, die leider nicht weniger natürlich waren, als eine problemlose Niederkunft.

Um sich zu beruhigen, hätte er sich gerne einen kleinen unauffälligen Joint gegönnt, aber das mit den Drogen hatte sich in Afghanistan als unerwartet kompliziert herausgestellt. Haschisch – die Droge, von der Susanne und Michael geglaubt hatten, sie werde im Islam so ungezwungen konsumiert wie in Deutschland Bier – hatte in Afghanistan keinen besonders guten Ruf.

Die Geburt dauerte sieben Stunden. Als Susanne mit den letzten großen Wehen ihre Tochter aus ihrem Leib herauspresste, hallten ihre Schreie durch die vom Sonnenuntergang wie von Goldstaub erleuchtete Dorfstraße. Die Kamele ließen sich dadurch nicht aus der Ruhe bringen, aber Michael fing an, sich heftige Vorwürfe zu machen. Vielleicht hatte er der Afghanin mit ihrem Tschador und ihren Kräuternäpfen doch etwas zu viel Vertrauen entgegengebracht. Das war doch alles Wahnsinn! Eine Geburt in der Dritten Welt! Er hielt es nicht länger in der Teestube aus und ging wieder zum Stall, hörte Susannes Schreie hinter der verschlossenen Tür und traute sich nicht, diese zu öffnen. Auch kam in diesem Moment der Imam des Ortes mit durchaus strengem Blick auf ihn zu und sagte, die Wörter vom Dari-Akzent ramponiert, sodass Michael sie erst mit zeitlicher Verzögerung verstand: «Your only help is pray.»

Auf einmal war es für ein paar Sekunden vollkommen still, bis ein leises Babyschreien aus dem Geburtsstall drang. Da wurden die Männer, die mit Michael ausgeharrt hatten, laut und euphorisch. Sie gratulierten dem frischgebackenen Vater, und auf ihren Gesichtern zeichnete sich ein Ausdruck warmherziger Mitfreude aus, der in dem Moment, als sich die Tür öffnete, in ehrfürchtiges Schweigen überging.

In dem fensterlosen Stall war es stockfinster – oder musste es jedenfalls gewesen sein, bevor sich die Tür geöffnet hatte. Später erfuhr Michael von Susanne, dass kurz vor der Geburt das Öl in den Lampen ausgegangen war. Und noch viel später fand Niki heraus, dass genau das der Legende nach auch bei der Geburt der islamischen Sufiheiligen Râbi'a von Basra im 8. Jahrhundert geschehen und sie, Niki, also wie diese zur Welt gekommen war.

Als die Hebamme mit dem Kind aus dem Stall trat, das Wickeltuch anhob und sichtbar wurde, dass das Neugeborene ein Mädchen war, murmelte der Imam voller Andacht irgendeine Formel. Dann beugte er sich über den zerknitterten Säugling und flüsterte ihm ein paar Gebete in die Ohren. Und so wie zu diesem sollte es in der folgenden Woche noch zu einer Reihe von weiteren Ritualen kommen, mit denen Niki in die menschliche Gemeinschaft aufgenommen wurde. Man schmierte ihr vorgekauten Dattelbrei auf Ober- und Unterkiefer, und nach einer Woche wurden ihr die flaumigen Haare abgeschnitten, deren Gewicht in früheren Zeiten für einen guten Zweck mit Silber aufgewogen worden wäre. Aber damit konnte Michael nicht dienen. Er spendete einen grünlichen Geldschein, hundert Afghanis, was ungefähr zehn D-Mark entsprach.

Zwei Wochen danach war der VW-Bus – auch das kam Michael wie eine Art Geburts-, oder besser gesagt: *Wieder*geburtswunder vor – tatsächlich wieder flott. Der Wagen schnurrte mit jenem Nähmaschinengeräusch, für das der Boxermotor berühmt war, aus der Werkstatt über die Landstraße, und nach einer Woche fuhren Susanne und Michael mit der schlummernden Niki auf Susannes Schoß von Afghanistan weiter nach Indien, wo sie sich in Puttaparthi im Bundesstaat Andhra Pradesh in jenem Ashram einquartierten, in dem Nikis Namenspatronin Nikisha Radha gelebt hatte.

Der Ashram war mit seinen umliegenden Wohngebäuden in den frühen Fünfzigerjahren gegründet worden und bot recht gute hygienische Verhältnisse für die ersten Monate mit einem Säugling. Zu

Beginn ihrer Zeit dort, aus der insgesamt vier Jahre werden sollten, war die ausländische Gemeinde unter den Gläubigen noch recht überschaubar, doch sie wuchs von Jahr zu Jahr. Sathya Sai Baba, der Guru des Ashrams, ein kleiner charismatischer Inder mit Afrolook, hielt zweimal am Tag, am Vormittag und am frühen Abend, sein *Darshan* ab – sein «Erscheinen». Dabei setzten sich alle Gläubigen in einem großen, fünfzehn- oder zwanzigreihigen Kreis auf den Boden, die Frauen auf der einen Seite, die Männer auf der anderen, und dann schritt Sai Baba – er trug immer bodenlange Seidengewänder, sodass es mehr wie ein Schweben aussah – den Innenkreis ab.

Nach einem System, das niemand jemals ergründen sollte, blieb er hier und da vor einem seiner Jünger stehen, um mit dem oder der Beglückten ein paar Worte zu wechseln oder auch vor aller Augen eins seiner verblüffenden Wunder zu vollbringen, für die er bis weit über die Grenzen des Ashrams hinaus berühmt war. Bei einem davon, dem Aschewunder, ließ er nach einem kurzen Kreisen seines rechten Arms aus der hohlen Handfläche ein bisschen heilige Vibhuti-Asche auf das Haupt des jeweils Erwählten rieseln. Dem grauen Pulver wurde bei Wunden und Infektionen eine erstaunliche Heilwirkung nachgesagt. Oder Sai Baba zauberte einen Smaragdring hervor, den er dem fassungslosen Gläubigen an den Finger steckte.

Michael, der das Leben im Ashram schnell schätzen lernte – es gab keinen Zwang, bei irgendetwas mitzumachen, alle Kurse, Zeremonien und Rituale waren freiwillig –, kam irgendwann dennoch nicht umhin festzustellen, dass er sich mit Sai Babas *Darshan*-Magie schwertat. Offenbar stieß er dabei auf dem Weg zu seinem *Bodhi* – seinem «Erwachen» – an die Grenzen seiner spirituellen Möglichkeiten. Es wollte ihm irgendwie nicht gelingen, Sai Babas Wunder als solche anzuerkennen. Er erwischte sich regelmäßig dabei, den Guru mit seinen kugelförmig abstehenden Kraushaaren zu verdächtigen, den Nimbus des Erleuchteten mit Taschenspielertricks festigen zu wollen.

Einen Beweis dafür hatte Michael aber nicht. Es sollte ihm in den vier Jahren im Ashram nie gelingen, herauszufinden, wie das Asche-aus-der-hohlen-Hand-rieseln-Lassen funktionierte, ganz gleich, wie scharf er den Heiligen bei seinem Rundgang auch beobachtete. Sai Baba trug die Ärmel seiner fließenden, orangefarbenen oder honiggelben Gewänder oftmals sogar aufgekrempelt, und doch war nie zu erkennen, aus welchem verborgenen Winkel seiner Hand er die heilige Asche hätte rieseln oder einen Ring erscheinen lassen können.

Die Sache sollte für Michael bis zum Schluss ein Rätsel bleiben, das ihn stärker beschäftigte, als ihm lieb war. Er befürchtete, seine Zweifel könnten ein Beweis dafür sein, dass er auf seinem Weg zur Erleuchtung nicht sehr weit vorangekommen war und er jede *Bodhi*-Hoffnung aufgeben konnte, solange er seinen Skeptizismus nicht in den Griff bekam. So sah Susanne das auch. Sie war der Meinung, dass ihm sein abendländisch geprägtes, materialistisch verengtes Bewusstseins im Weg stand. Die «sogenannte Realität» und die ihr zugrunde liegende «Konstruktion von Ursache und Wirkung» hielt sie für eine bloße Illusion.

«Selbstverständlich ist es möglich», sagte sie, «die Gesetze der Materie zu durchbrechen und Wunder zu vollbringen, wenn man die Bedeutungslosigkeit der Kausalität einmal durchschaut hat. Du musst dir ganz einfach klarmachen, dass nicht etwa Sai Babas Wirken, sondern die Realität selbst die Täuschung ist, der wir erliegen. So steht es auch in den Veden: Das göttliche Ganze der Wahrheit wird durch die Schranken unseres Bewusstseins beschnitten, gefiltert und so weit reduziert, bis nur noch ein undurchsichtiger Schleier aus materiellen Dingen übrig bleibt, den wir irrtümlicherweise für die Wirklichkeit halten.»

Unter den Amerikanern, die im Ashram haltmachten, kursierte irgendwann ein Buch, das vor Kurzem in den USA erschienen war und von vielen, die es gelesen hatten, als Lösung sämtlicher Probleme rund um das Bewusstsein angesehen wurde. Es hieß: *The Psychedelic*

Experience: A Manual Based on the Tibetan Book of the Dead. Die Autoren – drei Psychologen und Harvard-Professoren, Timothy Leary, Richard Alpert und Ralph Metzner – beriefen sich darin bei ihrer Analyse psychedelischer Erfahrungen auf das tibetanische Totenbuch Bardo Thödol. Demnach erneuerte und erweiterte sich das Bewusstsein nach dem Tod in drei Stufen: Wahrnehmung des klaren Lichts, karmische Illusionen, Wiedergeburt – eine Abfolge, die die Autoren bei ihren Experimenten mit psychedelischen Drogen wiedergefunden hatten.

Bereits die Einleitung elektrisierte Michael: «Es gibt eine grenzenlose Bewusstheit, für die wir noch keinen Begriff haben. Eine Bewusstheit, die weit über Sie selbst und Ihr Ich hinausgeht, über Ihre gewohnte Identität, und über alles, was Sie gelernt haben, über Ihre Vorstellungen von Raum und Zeit und über die Unterscheidungen, die Menschen voneinander und von der Welt trennen.»

Michael kaufte einem amerikanischen Tramper ein abgegriffenes Exemplar von *The Psychedelic Experience* ab, las es wieder und wieder, und je länger er darüber nachdachte, erschien ihm die Verbindung der tibetanischen Philosophie mit dem Gebrauch von psychoaktiven Drogen wie LSD, Psilocybin oder Meskalin als genau das, was ihm vielleicht helfen konnte, sein Kleben an der Kausalität, an dem, was ihm hartnäckig als die wirkliche Welt erschien, zu überwinden.

Wer hätte das gedacht – das Chemiestudium, das er einst abgebrochen hatte, war anscheinend doch zu etwas gut. Wieso war er nicht schon vorher auf diese Idee gekommen? Sämtliche psychoaktiven Drogen waren Alkaloide, die sich mit dem entsprechenden chemischen Know-how aus bestimmten pflanzlichen Substanzen herstellen ließen. Am einfachsten war das bei Meskalin, das man durch simple Extraktion – im Prinzip durch einen Aufguss mit Wasser – aus einem Kaktus filtern konnte, der im mexikanischen Hochland beheimatet war. Die dort lebenden Huicholen-Indianer unternahmen Jahr für Jahr eine vierwöchige Wüstenwallfahrt, um die kleine Pflanze, die sie ehrfürchtig «großer Bruder» oder «ersten Hirsch» nannten, unter Anleitung ihres Schamanen zu sammeln. Und Psilocybin ließ sich aus einer Pilzfamilie, den Kahlköpfen, gewinnen, von der es mit dem aztekischen Kahlkopf ebenfalls eine mexikanische Linie gab.

Das Leben im Ashram war billig. Susanne eröffnete irgendwann neben ihrer Hütte einen Freiluft-Friseursalon, der ein durchschlagender Erfolg werden sollte, weil sie keine Ahnung vom Haareschneiden hatte. Die stetig wachsende Zahl von ausländischen Anhängern Sai Babas bescherte ihr einen kontinuierlichen Zustrom männlicher Kunden, die, nachdem sie mit ihnen fertig war, allesamt so aussahen wie Bob Dylan an einem windigen Tag – und das traf genau das, was ihnen auch vorgeschwebt hatte. Als Tramper fürchteten sie nichts mehr, als von einem übereifrigen indischen Barbier mit klappernder Schere und blitzendem Nackenmesser zurechtgetrimmt zu werden.

Außerdem schien von Niki, die neben dem Frisierstuhl auf einem honigfarbenen Gabbeh-Teppich ihre ersten Schritte machte, eine besondere Anziehungskraft auszugehen. Mit ihren goldblonden Haaren und ihrer hellen Haut war sie zwar nicht unbedingt der Prototyp einer Hindugottheit, doch aufgrund der erstaunlichen Reichhaltigkeit der hinduistischen Götter- und Mythenwelt war dies wohl keine unüberwindliche spirituelle Hürde. Es kam gelegentlich vor, dass Susannes Kunden kleine, liebevoll gestaltete Opfergaben mitbrachten – ein paar Hibiskusblüten in einem Rindenkörbchen oder eine Banane auf einem Nest aus den gefiederten Blättern des Khairbaums – und auf Nikis Teppich legten, bevor sie im Frisierstuhl Platz nahmen, um sich einen jener bald legendären Haarschnitte verpassen zu lassen, die Susanne im Laufe ihrer Karriere als Ashram-Friseurin entwickelte und immer weiter perfektionierte.

An einem heißen Sommertag nach ihrem dritten Geburtstag nahm Michael Niki erstmals mit zu Sai Babas Abend-*Darshan*. Der Heilige schritt den Kreis seiner Jünger mit sanft lächelnder Würde ab, ohne irgendwo haltzumachen, bis er Niki, die sein Herangleiten mit großen Augen verfolgt hatte, erreichte, seinen Kopf senkte und vor ihr stehen blieb. Mit einer sparsamen Geste seiner Hände bedeutete er Niki aufzustehen, was sie auch tat. Er betrachtete sie mit seinem unergründlichen Lächeln und fragte auf Englisch nach ihrem Namen. Michael übersetzte die Frage, und Niki, ergriffen von Sai Babas Heiligenausstrahlung, nannte ihm ihren vollen Namen: Nikisha.

Sai Baba nickte, um nach einem Moment des Nachdenkens mit sanfter Stimme zu verkünden, dass er ihr den zusätzlichen Namen Sri gebe. Dann begann er, den rechten Arm kreisen zu lassen – Michael zwang sich, dabei nicht schon wieder nach einem Trick zu suchen –, bis Vibhuti-Asche durch seine Finger rieselte. Er streckte den Zeigefinger aus und drückte ihn über der Nasenwurzel auf Nikis Stirn, sodass dort ein Punkt zurückblieb.

«So ein Tilaka ist ein Segenszeichen», erklärte Michael Niki Jahre später. Die Segnung durch Sai Baba war eine ihrer ersten Kindheitserinnerungen, aber sie war unscharf, und sie bat Michael, ihr die Geschichte zu erzählen. «Der Punkt zwischen den Brauen symbolisiert das *dritte Auge*», sagte er. «In Indien glaubt man, dass es damit möglich ist, unsichtbare Dinge zu sehen – unsichtbar für unsere anderen beiden Augen. Dinge, die hinter dem Schleier der Wirklichkeit verborgen liegen.»

«Und wie merke ich, dass ich so etwas sehe?»

«Wenn es geschieht, weißt du es.»

Der Beiname Sri, den Sai Baba Niki an diesem Abend gegeben hatte, war eine in Indien gängige, ehrenvolle Namenserweiterung, die für Schönheit, Glück und Gesundheit stand, und außerdem der Name der Göttin Lakshmi, der Gemahlin Vishnus. Diese war, der Legende zufolge, aus dem Schaum eines Milchozeans geboren worden, was angesichts von Nikis heller, fast weißer Haut vielleicht die mythologische Quelle für Sai Babas spontane Inspiration gewesen war. Und wie die ebenfalls schaumgeborene Aphrodite in der griechischen

Mythologie war auch Sri beziehungsweise Lakshmi die Göttin der Fruchtbarkeit.

In den Wochen, nachdem Niki beinahe Clemens Rubeners Hoden ruiniert hatte, dachte sie gelegentlich an ihre hinduistische «Taufe». Es verwirrte sie, dass Sai Baba sich bei seiner Namensgebung in ihr womöglich getäuscht haben könnte. Eine Göttin der Fruchtbarkeit hätte doch wohl kaum eine Hodentorsion übersehen? Aber vielleicht sollte sie in Sai Babas Taufe auch ein Zeichen der Hoffnung sehen. Sie konnte Clemens Rubeners Fruchtbarkeit gar nicht geschädigt haben, sonst hätte Sai Baba, der sicher so gravierende Komplikationen wie ein Hodenproblem hinter dem Schleier der Gegenwart vorausahnen konnte, ihr niemals den Beinamen Sri gegeben.

Susanne und Michael blieben noch ein Jahr im Ashram, bevor sie sich wieder auf den Weg machten, um ihre Reise fortzusetzen.

«Wir haben noch zwei Jahre, um uns die Welt anzusehen», befand Susanne. Ihr war nicht wohl bei dem Gedanken, aber wenn es so weit war, würden sie Niki in eine Schule schicken und sich daher irgendwo ansiedeln müssen.

Michael kochte Linsen mit Kreuzkümmel und warf ein paar Teigfladen ins brutzelnde Öl. «Ich habe gelesen, dass die Ureinwohner im Norden Mexikos bis heute keine Unterscheidung zwischen Diesseits und Jenseits machen», sagte er. «Ihre Ahnen sind ein Teil ihrer Gemeinschaft. Und sie betrachten alle Dinge als gleichwertig: Steine, Pflanzen, Tiere und sich selbst. Offenbar sind sie noch ursprünglicher mit der Natur verbunden als die Menschen hier. Mich würde das interessieren.»

Niki erneuerte in dieser Zeit Sai Babas Tilaka stets mit großer Ernsthaftigkeit. Sie betrachtete sich im Spiegel und lernte im Ashram, dass man Tilakas haltbarer machen konnte, indem man die Asche – es musste nicht zwangsläufig heilige, von Sai Baba hervorgezauberte Vibhuti-Asche sein – mit Butter vermischte. Es erstaunte Susanne und Michael, wie mühelos sich ihre Tochter zu einer kleinen Hinduistin mauserte. Vielleicht hatte Niki als Kind ja noch einen direkten Zugang zur Sphäre des Transzendenten, der ihnen als Erwachsenen durch die vielfältigen Deformationen ihres Bewusstseins schon lange verschlossen war.

Sie verließen Indien im Herbst 1968 und schifften sich mit einer schwedischen, auf den Transport von Autos spezialisierten Linie über Colombo und Singapur nach Yokohama ein und von dort weiter mit einem japanischen Car-Liner nach Vancouver. Am nervenaufreibendsten waren die komplizierten Formalitäten, um Visa zu bekommen oder verlängern zu lassen und bei den Zoll- und Zulassungsbehörden jedes Mal aufs Neue die Ein- und Ausfuhr des Wagens zu organisieren. Sie fuhren auf der MS Turandot. Aus irgendeinem Grund hatte die schwedische Reederei ihre Schiffe nach italienischen Opernheldinnen benannt. Es gab in der Flotte, die auf einer Schautafel im Speisesaal abgebildet war, auch eine MS Aida und eine MS Tosca.

In der Meeresstraße von Malakka kam es zu einer unheimlichen Vermischung von Realität und Fiktion. Susanne las Niki *Jim Knopf und die Wilde 13* vor. Eine von Niki entzückte Angestellte der deutschen Botschaft in Singapur hatte ihr das Buch gegeben. Die Geschichte um eine Piratenbande schien auch bestens zu einer Schiffspassage nach Yokohama zu passen, zumal die Piraten in dem Buch als eigentlich liebenswerte, harmlose Ganoventrottel dargestellt wurden. Zum Glück war Susanne mit dem Vorlesen fertig, bevor sie die Meeresstraße von Malakka zwischen Sumatra und Malaysia erreichten. Seitdem hing am Schwarzen Brett der MS Turandot eine in großen roten Lettern gedruckte Piratenwarnung, die nicht der Fantasie eines Schriftstellers entsprungen war. Auf einmal kursierten unter den Passagieren Gerüchte darüber, dass schon ganze Tanker in der Javasee gekapert, die Besatzungsmitglieder umgebracht und die Schiffe umbenannt und -geflaggt und in irgendeinen fernen Hafen voller korrupter Beamter gesteuert worden waren.

Die Stimmung unter den Passagieren war angespannt. Einer wusste überflüssigerweise zu erzählen, dass Turandot eine chinesische Prinzessin gewesen sei, die all ihre Verehrer habe köpfen lassen. Die Einzige, die sich in diesen Tagen keine Sorgen machte, war Niki. Susanne hatte befürchtet, die Wirklichkeit könnte ihr im Nachhinein die Freude an der Jim-Knopf-Geschichte nehmen, aber es war umgekehrt: Niki vertraute der Geschichte und machte sich keine Sorgen. Sie wusste ja jetzt, dass Piraten im Innersten nette Menschen waren.

In den Vereinigten Staaten fuhren sie die Westküste mit ihren Blumenkinder- und Hippie-Hochburgen hinunter. Aber sie fühlten sich dort nicht so wohl, wie sie gehofft hatten. Susanne war der Meinung, dass die Flower-Power-Szene über kurz oder lang ins Fadenkreuz der Kommerzialisierung geraten werde, wenn sie es nicht schon war. Und außerdem – es hatte ja keinen Sinn, es zu leugnen – waren sie inzwischen wohl auch zu alt, um sich Blumen ins Haar zu flechten, Gitarre zu spielen und auf sonnigen Wiesen Lieder über den Frieden und die Liebe zu singen. Michael hatte die Dreißig überschritten, und Susanne würde sie, es war der Sommer 1969, im nächsten Jahr erreichen. Den *Summer of Love* hatten sie verpasst, und Woodstock lag auf der anderen Seite des Kontinents.

Sie blieben ein paar Monate in San Francisco, sahen sich Monterey an, lebten eine Weile an den Küsten von Big Sur, machten halt in Santa Monica, verbrachten ein paar Tage in Venice Beach, bogen ins Inland ab und erreichten über Phoenix und Tuscon Mexiko. Und dort, in den Höhenzügen der Sierra Madre Oriental fanden sie einen Ort, der, wie sich im Laufe der Zeit herausstellen sollte, genau dem entsprach, wonach sie – ohne es eigentlich gewusst zu haben – gesucht hatten.

Vielleicht lag es daran, dass sie in eine verfallene, einstmals europäisch geprägte Kultur zurückkehrten – daran, dass es eine Kirche gab, in der der heilige Franziskus verehrt wurde, und dass schmale

Gassen, Sandsteinfassaden mit Simsen und Plätze mit Brunnen den Ort prägten und man sich auf einem bäuerlichen Wochenmarkt traf. Jedenfalls regte sich in ihnen bei aller Ungewissheit, wie und wovon sie hier eigentlich leben sollten, eine Art von Heimatgefühl, das sie ohne schlechtes Gewissen zulassen konnten. Sie waren ja trotzdem nicht in der ländlichen Enge Ilshofens, sondern in einer fernen Wüste, über der eine flimmernde Sonne brannte, in einer weiten, offenen Landschaft, in der sie sich sogleich eigenartig zu Hause fühlten, als sie sahen, wie ein Vogelschwarm durch das gleißende Licht schwirrte und eine lange Staubfahne unten im Tal anzeigte, dass dort ein Bus oder LKW durch die Ebene fuhr.

Der Ort, Real de Catorce, war eine Ruinenstadt mit einer bewegten Vergangenheit. Vor dreihundert Jahren waren spanische Einwanderer in der Sierra Madre Oriental etwa tausend Meter oberhalb der Wüstenebene auf Silber gestoßen. Durch den Bergbau stieg Real de Catorce im neunzehnten Jahrhundert zur größten Metropole im Norden Mexikos auf – eine Stadt, in der elegant gekleidete Counts und Marquisen die spanische Krone repräsentierten und die Mode, die Architektur und der Lebensstil aus Europa kamen. In einer kleinen Arena im Stil eines Amphitheaters wurden Hahnenkämpfe ausgetragen, die abendlichen Boulevards waren von jungen Familien, Flaneuren und Zeitungsverkäufern bevölkert, und die Zeitschriften hießen *El Unico*, *El Provenir de Catorce* oder *El Eco Minero*. Doch als die USA mit dem *Gold Standard Act* im Jahr 1900 ihre Währung ausschließlich auf Gold stützten, brach der Silberpreis weltweit ein. Die Bevölkerung wanderte ab, und von den einstmals fünfzigtausend Einwohnern blieben nur wenige Hundert mexikanische Bauern übrig, die davon lebten, Kartoffeln, Chilis und Hühner zu verkaufen.

Susanne und Michael erreichten Real de Catorce an einem Vormittag im März 1970. Michael stoppte den Bus am Ortseingang. Verdorrtes Gestrüpp, einzelne Agaven und mageres Gras wuchsen aus dem weißgrauen Boden der Hänge, und hier und da trotzte eine Kaktee der

Trockenheit. Bis auf den Wind war es still, nur manchmal gackerte ein Huhn oder drang das heisere Geschrei eines Esels durch die Luft. Vor einem der verfallenen Gebäude, das vielleicht einmal ein Hotel oder Gasthaus gewesen war, saßen ein paar Bauern im Schatten und rauchten, die Augen verborgen unter den Krempen ihrer Hüte.

Nachdem Susanne die seitliche Schiebetür geöffnet hatte, hüpfte Niki in einem weißen Kleidchen auf den sandigen Platz. Sie sah sich um und entdeckte eine rostige Schubkarre, die ohne erkennbare Funktion auf dem ansonsten leeren Platz in der Sonne stand und wie alles hier – die Kakteen, die Mauerreste, die verwitterten, hölzernen Strommasten mit ihren alten Porzellanisolatoren und den durchhängenden Leitungen – einen messerscharfen Schatten auf den sandweißen Boden warf.

Niki hatte noch nie eine Schubkarre gesehen und machte sich auf den Weg, um diesen eigenartigen Gegenstand zu erforschen. Sie stellte sich zwischen die Griffe, warf einen Blick in die Wanne und beugte sich vor, um das Rad aus der Nähe zu betrachten. Sie bemerkte nicht, dass währenddessen einer der Bauern aufstand, ein paar Schritte auf sie zu machte und dann, innerlich mit irgendetwas ringend, stehen blieb.

Susanne holte eine Flasche Wasser aus dem Wagen und sah durch die Frontscheibe, was geschah. Ihr erster Impuls war, Niki vor dem mexikanischen Bauern mit der stumpfen Lederweste, den riesigen Händen und dem alten Cowboyhut zu beschützen, aber dazu war es bereits zu spät. Auf einmal strebte der Mann mit eiligen Schritten auf Niki zu, die sich soeben aufrichtete. Als er sie erreichte, beugte er sich vor, legte ihr seine dunklen Hände auf die hellblonden Locken und küsste blitzschnell ihren Kopf. Dann drehte er sich um und entfernte sich ebenso schnell, wie er gekommen war, wobei er sich mit der Rechten mehrfach bekreuzigte.

Das alles geschah so schnell, dass Niki keine Möglichkeit hatte, darauf zu reagieren. Sie betrachtete den Mexikaner so überrascht, wie sie einstmals Sai Baba angesehen hatte. Und es sollte noch viele Jahre dauern, bis sie begriff, was an diesem Vormittag auf dem Dorfplatz von Real de Catorce eigentlich geschehen war.

In jenen Nächten ihres ersten Berliner Winters dachte Niki viel über die spirituelle Unrast ihrer Eltern nach. Sie waren um den halben Globus gereist, um für sich irgendeine Form von innerer Wahrhaftigkeit zu finden, die über materielle Wohlstandsideale hinausging. Sie hatten andere Kulturen gesucht, philosophiert, meditiert und Drogen genommen, sie hatten sich in religiöse Schriften und Rituale vertieft und die überwältigende Schönheit der Natur auf sich wirken lassen. Und schließlich hatten sie sogar einen Ort gefunden, an dem sie bleiben wollten. Immerhin. Aber innerlich? Waren sie zu anderen Menschen geworden? Waren ihre spirituellen Träume in Erfüllung gegangen?

Auf bestimmte Weise, dachte Niki, waren die beiden angekommen, obwohl sie nie ein klares Ziel vor Augen gehabt hatten. Eigentlich überraschte sie das – und dann auch wieder nicht. Frei zu sein, so wie ihre Eltern sich das einmal vorgestellt hatten, war Verlockung und Fluch zugleich. Hieß frei zu sein nicht, nie ankommen zu können? Immer weiterzuziehen? Und war es denn nicht auch eine subtile Form von Zwang, immer frei sein zu müssen?

4
Abwärts

Das Gutachten, das Herbert Sellen nach dem tragischen Unfall jenes Arbeitskollegen, der vor seinen Augen in den Fahrstuhlschacht gestürzt war, Arbeitsunfähigkeit aufgrund einer posttraumatischen Belastungsstörung bescheinigt hatte, wurde von dem zuständigen Psychologen nach Dragas Tod umstandslos verlängert. Das hatte allerdings, ungeachtet der medizinischen Korrektheit der Diagnose, zur Folge, dass Herbert nun von morgens bis abends tatenlos in der verlassen wirkenden Wohnung herumsaß, in der er sich ein paar Wochen zuvor wenigstens noch um seine sterbende Frau und Lu, die aber doch häufig auf sich allein gestellt war, hatte kümmern müssen.

Dragas Wohlergehen, soweit man davon überhaupt noch hatte sprechen können, war für ihn zu einer Aufgabe geworden, die ihn ausgefüllt und über die er seine Arbeitsunfähigkeit irgendwie hatte vergessen können. Er hatte eingekauft, Draga zum Friseur begleitet – sie hörte nicht auf, ihre Frisur zu pflegen –, war Dauerkunde in Apotheken gewesen, hatte Kaffee, heiße Brühen und kroatische Spezialitäten gekocht, jedenfalls hatte er es versucht, und ihr die Füße massiert, die von den Störungen, die das Wuchern der Tumore in ihrem Lymphsystem verursachten, und den zytostatischen Medikamenten aufgequollen waren.

Ohne diese Aufgaben kam sich Herbert in doppelter Hinsicht nutzlos vor. Weder privat noch in den, wie ihm jetzt schien, durchaus erträglichen Gefilden der Arbeitswelt wurde er gebraucht. Vielleicht hätte er das zweifellos gut gemeinte PTBS-Gutachten einfach ignorieren und sich selbst für arbeitsfähig erklären sollen, aber dazu lähmte der Verlust von Draga seinen Lebenswillen zu sehr. Er schaffte es nicht, sich aufzuraffen und der neuen Situation zu stellen. Er hätte zum Arbeitsamt gehen und sich dort erkundigen können, ob es für ihn passende Fortbildungs- oder Umschulungsprogramme gebe, oder er hätte bei seinem alten Arbeitgeber nachfragen können, ob man ihn, statt im Wartungssektor, nicht bei der Produktion der Fahrstuhlkomponenten in der Werkshalle einsetzen könnte, sodass seine Höhenangst ihm bei der Arbeit nicht im Weg gestanden hätte. Doch stattdessen gab er jenem schon immer in ihm angelegten Hang nach, bei Schwierigkeiten zur Flasche zu greifen.

Getrunken hatte er immer schon, aber solange es ihm gut ging, war er mit Korn, Wodka und Slibowitz einigermaßen zurechtgekommen. Jetzt hingegen setzte der Alkohol in ihm jenen Teufelskreis in Gang, aus dem es, einmal hineingeraten, so schwer ist, wieder herauszukommen: Weil ihm die Energie fehlte, sein Leben in die Hand zu nehmen, trank er, und weil er trank, ging ihm noch mehr Energie verloren. Und so saß er stundenlang im Wohnzimmer und dachte an Draga und die glücklichen Momente ihrer Ehe – wie an jenen strahlend blauen Tag auf ihrer Hochzeitsreise, als sie mit einer Fähre auf eine der vielen kroatischen Inseln übersetzten und Draga, schön wie ein Filmstar, an der Reling stand, ihre Frisur mit einem bunten Seidentuch gegen den Seewind geschützt. Und dann waren sie auf einmal so verrückt gewesen, sich in eins der Rettungsboote zu schleichen und dort zu lieben, wobei sich Dragas Kopftuch löste. Plötzlich hochgerissen vom Wind, blieb es über ihnen an einem Mast hängen wie eine Fahne, als wäre die Fähre für diese Minuten ihr eigenes Schiff, bis das Tuch schließlich davonflatterte, hinaus aufs sonnenglitzernde Meer.

Und wenn es dabei geblieben wäre, sich mit Slibowitz still in die Vergangenheit zurückzutrinken, wäre das für Lu ja vielleicht auch erträglich gewesen, zumindest hätte Herbert damit niemandem geschadet, außer sich selbst und seiner Gesundheit. Doch leider brachte der Alkohol in seiner Seele eine Menge durcheinander. Nachdem er tagsüber vor sich hin getrunken hatte, verwandelte sich seine Trauer gegen Abend zunehmend in eine Wut, die sich in manchen Nächten bis zur geistigen Umnachtung steigern sollte. Er verfluchte die Ungerechtigkeiten des Lebens, und das einzige Wesen, außer ihm selbst, an dem er seine Verzweiflung auslassen konnte, war Lu.

Anstatt seinen Schmerz mit ihr zu teilen, warf er ihr vor, in Wahrheit froh über Dragas Tod zu sein, da diese ihr nun keine lästigen mütterlichen Vorschriften mehr machen könne. Und auf einmal behauptete er, Lu habe sich mit ihrer Mutter ständig über alles Mögliche gestritten: über die Schule und Lus Noten, über ihre Freizeitgestaltung, ihre Kleidung und ihre Freundinnen, die Draga, wie Herbert jetzt zu wissen behauptete, allesamt für schlechten Umgang gehalten habe.

Das alles war natürlich völlig übertrieben. Wahr daran war lediglich, dass Draga, so lebensfroh sie selbst auch gewesen sein mochte, sich als katholische Kroatin mit traditionellen dörflichen Wurzeln in Erziehungsfragen immer sehr konservativ gezeigt hatte. Insbesondere war ihr die lockere Moral, die sich unter Jugendlichen, wie sie fand, epidemisch breitzumachen begann, ein Dorn im Auge. Was die Ehe anging, verstand sie keinen Spaß. «Man kann ja nicht», pflegte sie mit ihrer tiefen Raucherstimme und ihrem kroatischen Akzent, den Herbert immer geliebt hatte, zu sagen, «das ganz Jahr über Hochzeit feiern, und das auch noch ohne Trauschein!»

Draga hatte sich von Anfang an als Hüterin des, wie sie es nannte, natürlichen Schamgefühls ihrer Tochter verstanden. Beispielsweise nähte sie eigenhändig einen fast bis auf den Boden reichenden Poncho aus grünem Cordsamt, eine Art mobile Umkleidekabine, die Lu sich stets hatte überziehen müssen, wenn sie sich im Sommer an den Stränden Zlatni Rat oder Rajska Plaza ihren Bikini anzog. Und als Lu sich kurz vor Dragas Krebsdiagnose ein Plakat von George Michael an die Wand pinnte, auf dem der perfekt gebräunte *Wham*-Sänger mit nichts als einem Slip oder einem knappen, weißen Badehöschen bekleidet, seinen bestens durchtrainierten Oberkörper zur Schau stellte, riss Draga dieses Plakat, als Lu am nächsten Tag in der Schule war, kurzerhand wieder von der Wand und verfrachtete es in die Müllcontainer im Hinterhof. Insofern hatte Herbert recht, dass in der Beziehung zwischen Draga und Lu nicht immer eitel Sonnenschein geherrscht hatte.

Es bedrückte Lu, mitansehen zu müssen, wie ihr Vater zunehmend verwahrloste, ohne dass sie etwas dagegen tun konnte. Meistens lag er schnarchend im Bett, wenn sie morgens die Wohnung verließ, um zur Schule zu gehen. Nur manchmal kam es vor, dass er bei ihrem Frühstück aus Weißbrot mit Marmelade in der Küche auftauchte und sich stinkend und mit einer vom vorabendlichen Kettenrauchen bis zum Krächzen aufgeriebenen Stimme bei ihr für seine Ausfälle, wenn er sich überhaupt an sie erinnerte, entschuldigte und voller abstoßender oder lächerlicher Trinkerinbrunst Besserung gelobte und schwor, sich wieder eine Arbeit zu suchen, ganz gleich welche, er werde jeden Job annehmen, den man ihm anbiete. Und dann werde es wieder so sein wie früher, ohne Draga zwar, aber so, wie ihre Mutter sich gewünscht hatte, dass es nach ihrem Tod sein sollte.

In der ersten Zeit glaubte Lu noch daran, oder sie gab die Hoffnung nicht auf, dass etwas von dem, was er ihr in seinen nüchternen Momenten versprach, doch wahr werden könnte, und sich wieder eine gewisse Normalität einstellen würde. Aber kaum kehrte sie aus der Schule zurück, sah sie, dass nichts geschehen war. Er hatte nicht geduscht, nicht gelüftet, hatte nicht aufgeräumt und sich keine Arbeit gesucht, sondern wieder nur getrunken.

Einmal fegte er in einem Wutanfall Vasen und Blumentöpfe vom Fensterbrett, die ihn mit der Erinnerung daran quälten, dass Draga sie immer mit frischen Schnittblumen oder Veilchen in kleinen Kunststofftöpfchen gefüllt hatte. Seit Dragas Tod standen sie nur noch leer da, was Herbert vielleicht auch deswegen nicht ertragen konnte, weil es ihn zu sehr an seine Lethargie erinnerte und ihm daher wie ein stummer Vorwurf vorkam. Mit der Zerstörung der Vasen, die auf dem Boden zu Bruch gingen, erreichte er allerdings nur, dass Lu, die in ihrem Zimmer von dem Lärm erschrak, aus der Wohnung flüchtete, als sie sah, wie ihr Vater im Wohnzimmer auf den Scherben herumtrampelte. Er hatte noch nie Hand an sie gelegt, und bisher hatte Lu sich immer darauf verlassen, dass das auch niemals geschehen würde. Aber an diesem Abend, als sie weinend auf Strümpfen vor der ins Schloss gefallenen Wohnungstür in dem schlecht beleuchteten Treppenhaus stand, war sie sich dessen erstmals nicht mehr ganz sicher.

In ihrer Not klingelte sie bei Hans Krol, dem nebenan wohnenden Musiker, der kurz darauf öffnete und sie hereinließ, nachdem sie ihm in knapper Form die Lage geschildert hatte. Was sowohl den Ordnungs- als auch den Sauberkeitsgrad der Wohnung anging, war das zwar keine augenfällige Verbesserung, aber die friedliche Atmosphäre, in der Hans mit seinen fünf Katzen lebte, ließ Lu aufatmen. Er bot ihr an, einen Tee zu kochen, und räumte einen Berg von Noten, Fressnäpfen und alten Kleidungsstücken von einem Möbelstück, das sich darunter als Sofa entpuppte, auf dem Lu übernachten könne, wenn sie es denn wolle.

In den folgenden Wochen, in denen Lu viele Abende bei Hans verbringen und auf dessen Sofa schlafen sollte, das sie sich gelegentlich mit Domenico Scarlatti – Hans hatte seine fünf Katzen nach berühmten Musikern benannt – teilen musste, der, zumeist kurz nachdem sie eingeschlafen war, auf ihren Bauch zu springen pflegte, dort eine Weile nach der optimalen Ausrichtung suchte und sich dann zusammenrollte – in diesen Nächten dachte Lu manchmal, dass sie auf der Suche nach einem Wohnasyl ja auch ein Stockwerk tiefer zu Victor Belkow hätte gehen können, dessen falsch montierter Deckenventilator ihren Eltern vor einiger Zeit den Schlaf geraubt hatte.

Lu dachte daran, dass seine Wohnung, im Gegensatz zu der ihres Vaters oder eben auch Hans Krols, aufgeräumt, hell und sauber gewesen war, obwohl er doch anscheinend – genau wusste sie es ja nicht – als Mann ebenfalls allein lebte. Seine Freundlichkeit hatte sie damals verwirrt, und manchmal wünschte sie sich, sie hätte an jenem Abend nicht seinen Penis gesehen.

Aber sie hatte ihn nun einmal gesehen und bekam das nicht aus dem Kopf. Wie sollte sie sich jetzt noch mit Victor unterhalten, als wäre nichts geschehen? Ohne diesen kurzen Anblick, so glaubte Lu jedenfalls, wäre es viel einfacher gewesen, mit ihm, der davon ja nicht das Geringste ahnte, ungezwungen zu reden. Und die Sache klarzustellen und damit irgendwie aus der Welt zu schaffen, indem sie Victor direkt darauf ansprach, hätte sie nicht gewagt.

Hans Krol, bei dem sie daher einzog, studierte in diesen Monaten das *Musikalische Opfer* von Johann Sebastian Bach, ein ebenso legendäres wie rätselhaftes Werk, bei dem Bach seiner Lust daran, Mathematik und Musik miteinander zu vermischen, freien Lauf gelassen hatte. Bei der Analyse der Noten des *Musikalischen Opfers* stieß Hans auf einen Zusammenhang, der ihn beunruhigte. Bei Dragas Beerdigung war ihm plötzlich klar geworden, dass das Kopfthema des *Musikalischen Opfers* die Noten c – es – g – as – h enthielt und damit das Wort Asche. Und das Wort Asche im Hauptmotiv des *Musikalischen Opfers* konnte seiner Meinung nach kein Zufall sein!

Diese Entdeckung warf jedoch sogleich eine weitere, ebenso fundamentale Frage auf. Wenn es Bach darum gegangen war, das Wort Asche zur Grundlage seiner Komposition zu machen, woran Hans nicht zweifelte, schließlich hatte Bach auch die Buchstaben seines eigenen Namens b-a-c-h musikalisch verarbeitet, wieso hatte er dann an zentraler Stelle des Motivs ein g eingefügt, das zur Bildung des Wortes Asche nicht benötigt wurde?

Dieses ungelöste Rätsel quälte Hans so sehr, dass er vor lauter Grübelei darüber mitten am Tag regelrecht in Ohnmacht fallen konnte. Doch auch dadurch fand er keine Ruhe, weil ihn die «g-Frage» bis in seine Träume hinein verfolgte. Dann saß er an einem Cembalo und spielte den Krebskanon aus dem *Musikalischen Opfer*, und jedes Mal, wenn er das g anschlug, geschah etwas Furchtbares oder Groteskes. Einmal verwandelte sich das Cembalo in die Perücke von Johann Sebastian Bach, die mit jeder weiteren Note über Hans hinaus wucherte und ihn mit ihrer gepuderten Lockenfülle zu ersticken drohte, bis er mit rasendem Puls aufwachte. Und ein anderes Mal tat sich beim Druck auf die g-Taste unter seinem Cembalohocker durch einen geheimen Schnappmechanismus eine Falltür auf, durch die er mitsamt Hocker in eine finstere Tiefe stürzte.

Lu beobachtete seine Grübeleien mit wachsender Sorge. Allmählich befürchtete sie, vom Regen in die Traufe, von der Bedrohung durch ihren sie im Delirium beschimpfenden Vater in das Gespensterdasein mit dem in seine musikalische Gedankenwelt eingeschlossenen Hans geraten zu sein. Und da es nicht danach aussah, als ob sich daran so bald etwas ändern würde, stand sie schließlich kurz davor, doch bei Victor Belkow anzuklopfen.

Aber dann geschah etwas, womit nicht zu rechnen gewesen war: Herbert fing sich wieder. Allerdings sank er zuvor so tief, dass er selbst im Vollrausch die Augen nicht mehr vor einer einfachen Tatsache verschließen konnte: Entweder er änderte etwas in seinem Leben oder er würde als menschliches Wrack in irgendeiner Anstalt enden.

Auslöser seiner Wandlung sollte eine eher zufällige Begegnung bei den Müllcontainern im Hinterhof werden, deren Fassungsvermögen – darüber waren sich alle Mieter im Haus einig – zu gering war. Es kam immer wieder zu Entsorgungsengpässen, insbesondere nach Feiertagen oder bei einer Häufung von Geburtstagsfeiern innerhalb einer der zweiwöchigen Müllentleerungsperioden.

Dort, bei den Containern, begegnete Herbert Kostas Mastorakis, einem griechischen Studenten, der seit ein paar Wochen im Hinterhaus wohnte. Kostas war groß und hatte dicht gelocktes, schwarzes

Haar. Anstatt sich ein richtiges Klingelschild zuzulegen, hatte er seinen Namen mit Filzstift auf das Sichtfensterchen neben dem Klingelknopf an der Haustür geschrieben, was Gegenstand von missbilligenden Treppenhausgesprächen geworden war.

Kostas trug eine große Pappkiste vor sich her, die vollgestopft war mit allerlei Kram. Vor Kurzem eingezogen, war er noch dabei, jene Dinge auszusortieren, die sich bei seinem Umzug als überflüssig oder unbrauchbar erwiesen hatten. Und da die Dimensionen der Müllcontainer auf solche Fuhren von unnützem Hausrat nicht ausgelegt waren, sah Kostas keinen anderen Weg, die Sachen loszuwerden, als den Pappkarton mit Drahtkleiderbügeln, henkellosen Tassen, zerbrochenen Glasbildhaltern, abgewetzten Gürteln und zwei Paar ausgelatschten Schuhen kurzerhand neben den Containern auf den Boden zu stellen.

Herbert kam dazu, als Kostas sich gerade wieder aufrichtete. Er befand sich in jenem Zustand der Trunkenheit, bei dem man zwar noch aufrecht stehen und in gewissen Grenzen geradeaus gehen kann, innerlich aber doch schon enthemmt ist und dazu neigt, entweder übermäßig euphorisch oder streitlustig zu sein. Herbert wies mit ausgestrecktem Zeigefinger auf den Pappkarton und belehrte Kostas: «Bei euch im Orient könnt ihr den Müll ja vielleicht auf diese Weise loswerden, aber nicht bei uns!»

Kostas, ein höflicher, meist gut gelaunter junger Mann, hatte seine Lippen in Erwartung einer freundlichen, abendlichen Begrüßung schon zu einem Lächeln angehoben, als Herbert ihn anraunzte. Er brauchte eine Weile, um zu begreifen, dass die Bemerkung nicht im Mindesten freundlich, sondern ziemlich feindselig gemeint war, und als ihm das aufging, erschien in seinen Augen statt des Lächelns ein erstaunlich kaltes Funkeln. Ihn, den Griechen, als Orientalen zu bezeichnen und damit gewissermaßen zum Türken und Angehörigen jenes Volkes zu machen, unter dessen Herrschaft Griechenland jahrhundertelang hatte leiden müssen, war so ziemlich der schlimmste

Fehler, den Herbert ihm gegenüber hätte begehen können. Aber bitte! – wenn er es denn so haben wollte!

Herbert, der über die uralten Feindseligkeiten und überhaupt über den Unterschied zwischen Griechen und Türken nicht allzu viel oder eigentlich gar nichts wusste, wurde angesichts der Wandlung, die sich in Kostas' Mimik vollzog, auf einmal mulmig zumute. Er ahnte, dass er dem jungen Griechen gegenüber möglicherweise den Kürzeren ziehen könnte, und das steigerte seine Wut noch mehr. Von dem Gefühl der Unterlegenheit wie gelähmt, wartete er ab, bis Kostas schließlich seine Hand hob – Herbert rechnete mit einem Schlag oder Stoß –, doch dann griff sich der junge Mann an die Brust und zog unter seinem Hemd ein kleines, goldenes Kreuz hervor, das er an einem Kettchen um den Hals trug. Er führte den blinkenden Anhänger an die Lippen, küsste ihn und sagte: «Ja, ich bin Moslem und küsse dieses Kreuz, dass ich nicht eher ruhen werde, bis ich dir die Zunge abgeschnitten habe!»

Mit diesen Worten ließ er Herbert, der immer noch unfähig war, sich zu rühren, stehen und ging zurück ins Haus. Die Kiste mit dem Hausrat stand noch genau dort, wo Kostas Mastorakis sie vor ein paar Minuten abgestellt hatte, und der Anblick eines Paars alter Badelatschen machte Herbert klar, dass er nicht das Geringste erreicht hatte. Er atmete schwer. Nicht mal eine Zigarette hatte er jetzt, die Schachtel war oben in der Wohnung. Er drehte sich um und stieg langsam die Treppe zum dritten Stock hinauf. Die Glühbirne im zweiten Stock war ausgefallen, er stolperte in der Dunkelheit über eine Stufe und musste sich mit den Händen auf der Treppe abstützen. Er griff ein paarmal ins Leere, bevor er den Handlauf des Geländers zu fassen bekam, um sich aufzurichten und das Gleichgewicht wiederzufinden.

An diesem Abend verlor Herbert den letzten Rest von Selbstachtung, an den er sich in den vergangenen Wochen noch geklammert hatte: den Glauben daran, eigentlich nicht verantwortlich zu sein für all das Elend, aus dem er den Ausweg nicht fand, weil es diesen Ausweg nicht gab. Draga war ihm für immer genommen worden, und das war es ja, was ihn zerstörte, diese erbarmungslose Sinnlosigkeit ihres so frühen Todes, für den er doch nichts konnte!

Und das Einzige, woran er sich für seine Machtlosigkeit rächen konnte, waren die Dinge in seiner Wohnung, die Dragas Tod auch nicht verhindert hatten: der Fernseher, der seine immer gleichen Werbewelten aus glücklichen Familien, blitzblanken Küchen, sonnigen Landschaften und wie von Zauberhand auf Tellern erscheinenden Mahlzeiten ins Zimmer geworfen hatte – Herbert kippte ihn vom Sockel und riss das Stromkabel aus dem Gehäuse! Er zerschlug Stühle und trat in Schranktüren, er riss Schallplatten aus ihren Hüllen, die ihm mit ihrer Musik immer nur Erinnerungen an Zeiten vorgaukelten, die nicht mehr zurückkommen würden – nie wieder würde Draga zurückkommen, aber den Schallplatten war das egal, sie spielten immer noch diese Musik von früher, und deswegen zerbrach Herbert sie und stampfte auf den Teilen, die aussahen wie schwarze, bizarre Kuchenstücke, mit den Schuhen herum. Er warf Gläser, Teller und Tassen auf das Küchenlinoleum und all die alltäglichen Dinge, die so taten, als wären sie harmlose Erinnerungsstücke.

Am nächsten Morgen beziehungsweise im Laufe des folgenden Tages erwachte Herbert auf dem Wohnzimmerboden, den Kopf in seinem Erbrochenen. Er konnte sich kaum noch daran erinnern, was geschehen war, aber was er um sich herum sah, machte die Rekonstruktion der Ereignisse auch für sein träges, verkatertes Bewusstsein zu eine lösbaren Aufgabe. Offensichtlich hatte er in der vergangenen Nacht alles zu zerstören versucht, was ihn an Draga erinnerte – und sein einziger Trost war es jetzt, dass ihm das nicht vollkommen gelungen war. Die Bill Haley- und Doris Day-Platten hatten das LP-Massaker überlebt, bei den Fotografien waren nur die Rahmen zu Bruch gegangen, nicht aber die Fotos darin, und die Tür des schwarzen Kleiderschranks im Schlafzimmer, hinter der immer noch Dragas Röcke, Jacken und Mäntel hingen, ließ sich reparieren.

Drei Tage verbrachte Herbert damit, die Spuren seines Anfalls zu beseitigen, alles wegzuschmeißen, was nicht mehr zu retten war, die Teppichböden zu reinigen, die Berge von schmutziger Wäsche in seinem Schlafzimmer nach und nach in die Maschine zu stopfen und – das sogar zuerst – sämtlichen Alkohol (er fahndete sogar nach alten Pralinen und einer Schachtel mit Cognacbohnen, von der er wusste, dass sie noch irgendwo sein musste, und fand sie tatsächlich unter einem Stapel längst abgelaufener Fernsehzeitschriften neben der Couchkombination) aus der Wohnung zu verbannen.

Das einzige Zimmer, das Herbert im Delirium nicht betreten und dessen Einrichtung er auch nicht zertrümmert hatte, war das von Lu. Als er jetzt hineinging, um auch dort sauber zu machen, wurde ihm bewusst, wie selten sie nur noch da war und dass sie sich längst mehr bei diesem Musiker nebenan aufhielt als bei ihm, ihrem Vater. Umso nüchterner Herbert wurde, desto mehr krampfte sich sein Herz bei der Einsicht zusammen, dass er es geschafft hatte, seine eigene Tochter aus ihrem Zuhause zu vertreiben.

Er klingelte bei Hans Krol und fragte nach Lu. Als sie kurz darauf in der Tür erschien, fiel er vor ihr auf die Knie, umfasste und küsste sie und bat sie um Verzeihung für all die Vorwürfe, Anschuldigungen und Gemeinheiten, mit denen er sie in den vergangenen Monaten immer wieder beschimpft, beleidigt und verletzt hatte. Er schwor, nie wieder auch nur einen einzigen Tropfen Alkohol anzurühren, und versprach sowohl Lu als auch dem von diesem Auftritt erschütterten Hans Krol, in seinen Beruf als Fahrstuhlmonteur zurückzukehren und sich schon am nächsten Tag auf Arbeitssuche zu begeben. Lu sah zu ihrem Vater hinab. Vor ihr kniend, presste er seinen Kopf bei der Umarmung gegen ihren Bauch, und ihr Blick fiel auf seine dünnen ergrauten Locken, unter denen seine Kopfhaut durchschimmerte.

Und auch wenn Lu es nicht geglaubt hatte – diesmal hielt Herbert Wort. Er fing bei seiner alten Firma wieder an zu arbeiten. Und auch die posttraumatische Belastungsstörung sollte sich zur Zufriedenheit seines Psychiaters als überwunden herausstellen. Die PTBS war zwar kaum therapiert worden, weil Herbert nach vier oder fünf Sitzungen nicht mehr erschienen war, aber in dem abschließenden Gutachten verwies der Arzt, der in der Geschichte nicht ganz ohne Lorbeeren dastehen wollte, auf die psychoedukative Wirkung seiner anfänglichen Anamnese-Gespräche mit Herbert, die offenbar ausgereicht habe, dem Patienten eine emotionale Verarbeitung des traumatisierenden Stressors zu ermöglichen. Mit dieser Analyse wurde die Patientenakte geschlossen. Der Fahrstuhlsturz seines Kollegen war für Herbert zu einer traurigen, aber nun doch fernen Erinnerung geworden, die ihm bei seiner Tätigkeit nicht mehr im Weg stand.

Lu zog von Hans Krols Noten- und Kleidersofa wieder zurück in ihr altes Zimmer. Damit erledigte sich vorerst auch die Frage, wie es ihr vielleicht gelingen könnte, ungezwungen mit Victor Belkow zu reden. Einerseits war sie darüber erleichtert, aber manchmal, wenn sie über sich und ihr Leben nachdachte, fragte sie sich, ob damit nicht auch eine Gelegenheit verstrichen war, einen Freund zu finden.

Ein paar Mädchen aus ihrer Klasse «gingen» schon mit Schülern aus höheren Jahrgängen. Doch die Jungen, die Lu aus dem Umfeld der Schule kannte, kamen für sie als Freunde nicht infrage. Viele versuchten sich mit irgendeinem lächerlichen Gehabe interessant zu machen, nahmen die Spitze von angezündeten Zigaretten in den Mund, rülpsten, dass es über den ganzen Schulhof zu hören war, oder schwänzten Schulstunden und tranken stattdessen Apfelkorn an der Panke.

Nichts davon, jedenfalls nichts von dem, was Lu bisher untergekommen war, erst recht nicht das Trinken von Schnaps, hatte je ernsthaft ihr Interesse erregt. Keine noch so schräge oder ordinäre oder affige Aktion (Luftgitarre spielen!) konnte auch nur im Entferntesten mit Victor Belkows freundlichem Lächeln und seinem Angebot konkurrieren, jederzeit bei ihm vorbeischauen zu dürfen.

Wahrscheinlich idealisierte Lu Victor Belkow so wie einen unerreichbaren Popstar, den in diesem Falle immerhin niemand von der Wand reißen konnte. Lu hatte sich das von ihrer Mutter weggeworfene George Michael-Poster heimlich noch einmal gekauft, es aber nicht mehr aufgehängt, sondern gefaltet in einer Schublade versteckt, und nach Dragas Tod war Lus George-Michael-Phase schon wieder vorbei.

Am meisten litt Hans Krol unter der Entwicklung. Trotz seiner intensiven Beschäftigung mit dem *Musikalischen Opfer* und seiner stundenlangen Grübeleien über die «g-Frage», während derer er stets unansprechbar gewesen war, hatte ihn die Anwesenheit von Lu nie gestört, im Gegenteil: Es war schön gewesen, sie um sich zu haben, und jetzt, da sie fort war, kam ihm die Wohnung trotz seiner fünf Katzen leblos vor. Domenico Scarlatti, der es sich in den vergangenen Monaten angewöhnt hatte, auf Lus Bauch zu schlummern, bekam auf dem Rücken und an den Flanken rätselhafte, braune Flecken, und Heinrich Schütz, ein getigerter Kurzhaarkater, hörte auf zu fressen. Hans – er spürte es selbst, war dagegen aber machtlos – geriet zunehmend in den Strudel einer Depression, die dem Betroffenen jede Energie raubt, etwas Sinnvolles zu tun, und ihn genau in dieser Untätigkeit einen Beleg für die Sinnlosigkeit des eigenen Daseins sehen lässt.

Bestärkt wurde Hans in dem Gefühl der Wertlosigkeit durch ein verblüffendes Resultat seiner Analyse des b-a-c-h-Notenmotivs. Stellte man dieses in Halbtonschritten dar, so ergab sich beginnend mit dem Grundton b eine Schrittfolge von: −1, +3, −1. Multiplizierte man diese Folge nun mit $3\frac{1}{3}$, erhielt man auf ganze Zahlen gerundet die Folge: −3, +10, −3, die, ausgehend vom Grundton c, zu dem Notenmotiv c-a-g-e führte! Diese mathematisch-musikalische Verbindung zwischen Bach und dem amerikanischen Komponisten John Cage konnte kein Zufall sein, zumal sich die Bach-Cage'sche-Namensmetamorphose sogar noch einen Schritt weiter treiben ließ: Multiplizierte man nämlich die c-a-g-e-Notenfolge ihrerseits mit $3\frac{1}{3}$, ergab sich −10, +33, −10, was, jetzt wieder vom Grundton b ausgehend, zurück zu Bach führte: b-c-a-h.

Bach und Cage bildeten ein in sich geschlossenes, musikalisches Universum, zu dem Hans der Zutritt verwehrt war, denn sein eigener Name, Krol, war als Kompositionsgrundlage unfruchtbar. Was nützte es ihm, dass auch Krol aus vier Buchstaben bestand, wenn sich kein einziger davon als Note interpretieren ließ? Und als Wort stand Krol allenfalls für so etwas musikalisch Nutzloses wie Kralle oder kraulen. Krol war ein lächerlicher Name, der seinen Träger zu nichts adelte.

Auf einmal sah Hans sich als eine unglückliche Künstlerseele, die das, was sie liebte, niemals erreichen würde. Sein Cembalo stand im Trockenraum einer ehemaligen Wäscherei, und nachdem er eine Weile darüber nachgedacht hatte, erschien es ihm sowohl angemessen als auch durchführbar, sich dort zu erhängen. Unter der Decke verliefen viele, kräftige Rohre, an denen sich ein Strick befestigen ließ. Er ging in einen Baumarkt und kaufte einen.

An dem Tag, an dem er die Sache hinter sich bringen wollte, regnete es. Er stieg auf den Cembalohocker und knotete das Seil an die Rohre, sodass die Schlinge auf Höhe seines Halses baumelte. Die alten Fenster in der Wäscherei waren von den ständigen Laugendämpfen blind geworden und hatten ihre Lichtdurchlässigkeit fast vollständig eingebüßt. Niemand würde ihn sehen können. Hans legte sich die Schlinge um den Hals. Sie war unerwartet kalt. Er zögerte einen Moment, aber dann stieß er den Hocker zur Seite. Am Ende rettete ihn seine Unfähigkeit in praktischen Dingen. Die Rohre, so stabil sie ihm auch vorgekommen waren, hielten sein Gewicht nicht aus.

«Ich füttere deine Katzen, aber sie fressen kaum noch was», sagte Lu im Krankenhaus zu ihm. Sein Suizidversuch hatte ihm mehrere Rippenbrüche und eine Schlüsselbeinfraktur eingetragen. Den wahren Grund für seinen Sturz hatte Hans Lu nicht erzählt. Eine Halskrause zur Stabilisierung eines angebrochenen Wirbels verbarg die Würgemale des Seils. Hans behauptete, bei dem Versuch, eine Glühbirne in seinem Übungsraum zu wechseln, durch einen Fehltritt vom Hocker gestürzt zu sein. Lu zweifelte nicht eine Sekunde an dieser Version, dafür passte die Geschichte zu gut zu Hans.

«Und wie ist es bei dir?», erkundigte er sich. «Deinem Vater geht es wieder besser, oder?»

«Geht so. Er gibt sich Mühe, würde ich sagen.»

«Das ist schön. Ich freue mich für dich, dass er sich gefangen hat.»

«Wir pinseln gerade die Wohnung an. Er hat 'ne Freundin. Also was Festeres, schätze ich. Ich habe sie erst drei- oder viermal gesehen, aber sie treffen sich regelmäßig.»

«Wie ist das für dich? Sie kann deine Mutter ja nicht ersetzen.»

«Wenn mein Vater allein bleibt, dreht er durch, so viel ist inzwischen klar», sagte Lu. «Wenn er mit 'ner Frau zusammen ist, behält er das mit dem Trinken vielleicht im Griff.»

«Und du? Magst du sie?»

«Ich kenn sie noch zu wenig. Mal sehen, was draus wird.»

Herberts neue Freundin hieß Natalia und stammte aus Polen. Sie hatte in den Jahren der «langen Agonie» von der Verhängung des Kriegsrechts bis zur Gründung der Republik 1989 irgendwie einen Reisepass ergattert. Verschiedene, einander widersprechende Dekrete, Verordnungen und Erlasse seitens der polnischen Arbeiterpartei PVAP hatten bei den Beamten des Büros für Passangelegenheiten für Verwirrung gesorgt. Einerseits hatte die Regierung die Möglichkeiten der legalen Emigration stark eingeschränkt, andererseits die Restriktionen für *kurzzeitige* Reisen in den Westen gelockert. Diese unklare Sachlage sprach sich unter all jenen, die mit dem Gedanken an eine Auswanderung spielten, recht schnell herum. Anstatt den Staat offiziell zu verlassen, wurde eine Art von inoffizieller Emigration unter dem Deckmantel von grenzüberschreitenden Spritztouren und Verwandtenbesuchen zu einer viel genutzten Variante, in die europäische Union und dort zumeist nach Westdeutschland zu gelangen.

Als Reiseziel hatte Natalia bei ihrem Antrag eine Cousine dritten oder vierten Grades im Ruhrgebiet angegeben, die zu einem vor langer Zeit ausgewanderten Zweig ihrer Familie gehörte, einer Linie von Bergarbeitern, die sich, wie sie herausfand, in der Nähe von Gelsenkirchen angesiedelt hatte. Und dort wäre sie auch hingefahren, wäre sie nicht im Wedding hängen geblieben. Sie verliebte sich dort in einen Kneipenwirt, der aus einem Grund, den sie nie herausfinden sollte, ein paar Brocken Polnisch konnte. Die Sache ging zwar nicht lange gut, aber bis dahin hatte Natalia so viel Tresendeutsch gelernt, dass sie sich eine Zeit lang als Bedienung in Weddinger Eckkneipen, die traditionell Namen wie *Zum Noteingang*, *Zum Magendoktor* oder *Zum Humpen* trugen, über Wasser halten konnte. Irgendwann hatte sie allerdings vom Milieu der Thekensteher und Quartalssäufer die Nase voll und war es leid, sich mit betrunkenen Männern herumzuschlagen. Dafür hatte sie Polen nicht verlassen.

In jenem Supermarkt, in dem einst Draga gearbeitet hatte, fand sie einen Job als Kassiererin und lernte dort Herbert kennen. Mit seiner wasserblauen Monteursjacke, über der er je nach Jahreszeit noch eine ärmellose Outdoor-Daunenweste trug (einmal erklärte er ihr, dass es in Fahrstuhlschächten, die nicht beheizt wurden, sehr kalt sein konnte), machte er einen stattlichen Eindruck auf sie. Wenn er nach der Arbeit bei ihr an der Kasse erschien, um für den Abend Brot, Käse und Wurst zu kaufen, richtete sie sich kerzengerade auf und wechselte nach Möglichkeit ein paar Worte mit ihm.

Natalia hatte braunes, schulterlanges Haar. Auch sonst sah sie Draga nicht ähnlich bis vielleicht auf den Sitz ihrer Augen, die recht weit auseinanderstanden, was ihrem Gesicht etwas Rundes verlieh. Irgendwann verabredeten sie und Herbert sich – zunächst in Parks oder zum gemeinsamen Bummeln, dann auch bei Herbert zu Hause, und nach zwei oder drei Monaten blieb Natalia zum ersten Mal über Nacht.

Für Lu war es in der ersten Zeit nicht leicht, Natalia unvoreingenommen zu begegnen. Sie brauchte ein paar Monate, um sich daran zu gewöhnen, dass ihr Vater die Nächte mit einer ihr fremden Frau verbrachte, die am nächsten Morgen das Bad benutzte, um anschließend beim Frühstück neben ihm in der Küche zu sitzen wie einstmals ihre Mutter. Kurz nach Lus fünfzehntem Geburtstag teilte Herbert ihr mit, dass Natalia bei ihnen einziehen werde. Lu spürte, dass Natalia ihrem Vater guttat, aber es fiel ihr dennoch schwer, spontan etwas Freundliches darauf zu erwidern.

Lu war in einem Alter, in dem sie vielleicht schon auf eigenen Beinen hätte stehen können, und fragte sich, ob der Zeitpunkt dafür nicht gekommen war. Ein paar ihrer Freundinnen hatten mit der Schule aufgehört und sich Jobs oder Ausbildungsstellen gesucht, um Geld zu verdienen. Aber Lu hatte keine große Lust, einen Lehrberuf zu beginnen. Ebenso wenig war ihr allerdings klar, was sie mit dem Wissen, das einem in der Schule eingetrichtert wurde, eigentlich anfangen sollte.

«Vielleicht mache ich was mit Sprachen», sagte sie zu Hans. «Ich hab Spanisch belegt. Wir haben da so 'nen neuen jungen Lehrer. Ganz netter Typ, echt. Er behauptet, dass Spanisch in Zukunft viel wichtiger ist als Englisch, weil es auf der Welt mehr gesprochen wird. Bei der Oberstufen-Infoveranstaltung ist er mit seiner Gitarre angerückt und hat die Leute mit irgend so einer Flamencosache verblüfft. Tam-tamtám-tam tam-tamtám-tam. Und danach hat er behauptet, dass *Don't let me be misunderstood* von der Musik her total spanisch wäre, und es wirklich geschafft, die Nummer auf seiner Klampfe zu spielen und damit den Saal zum Kochen zu bringen. Das hat mich echt überzeugt.»

Hans nickte nachdenklich. Weder spielte er Gitarre, noch hatte er mit seinem Cembalo je einen Saal zum Kochen gebracht. Seit Natalia eingezogen war, saßen Lu und Hans wieder häufiger wie früher zusammen in seiner Wohnung und tranken einen von ihm zubereiteten 90-Grad-Aufguss – heißer durfte das Wasser nicht sein, hatte er Lu einmal erklärt – der vielen speziellen Kräutertees, Blütenmischungen und Wurzelgranulate, die er in alten Blechdosen in seiner Küche aufbewahrte.

«Mein Vater hat ein paar von Dragas Mänteln für Natalia umnähen lassen», sagte Lu. «Und vergangene Woche hat er sie irgendwie rumgekriegt, sich die Haare zu blondieren. Sie trägt jetzt die gleiche Frisur wie meine Mutter. Das ist doch komisch, oder? Ist das nun harmlos, oder sollte ich mir Sorgen machen? Meine Mutter ist tot, und ich dachte, er hätte sich damit abgefunden oder so. Hat er aber wohl nicht. Natalia durchschaut das nicht.»

Die ganze Geschichte mit der schleichenden Dragaisierung Natalias hatte ein paar Monate nach ihrem Einzug begonnen. Zuerst war es die Farbe von Natalias Nagellack gewesen, die Lu aufgefallen war, etwas später der Duft, den Natalia morgens aus dem Bad mit in die Küche brachte – derselbe Duft, den auch Draga beim Frühstück verströmt hatte, sodass Lu mit geschlossenen Augen den Eindruck haben konnte, nicht Natalia, sondern ihre Mutter säße wieder am Tisch.

Lu mochte diese Täuschung nicht. Sie wollte nicht mit einer Ersatzdraga zusammenleben. Wenn es schon unumgänglich war, sich die Wohnung mit der neuen Lebensgefährtin ihres Vaters zu teilen, dann sollte es auch eine *neue* Gefährtin sein. Aber als sie Herbert darauf ansprach, reagierte er unwirsch – das alles, so sagte er, habe mit Draga überhaupt nichts zu tun. Er möge nun einmal blonde Haare und bestimmte Kleidung, Farben und Düfte. Was denn dagegen spreche, dass Natalia sich darum bemühe, ihm zu gefallen?

Aber Lu hatte recht. Vielleicht hätte Herbert wieder seinen Traumapsychologen konsultieren sollen. Er hätte ihm vermutlich bescheinigt, zum Zwecke der doppelten Traumabewältigung in ein dysfunktionales Regressionsmuster zu fallen, das ihm eine vermeintliche Rückkehr in die Zeit vor jenen Unglücken ermöglichte, die ihn aus der Bahn geworfen hatten. Etwas in ihm weigerte sich anscheinend nach wie vor, diese Unglücke unwiderruflich als Teil der eigenen Lebensgeschichte zu akzeptieren.

Die Dragaisierung Natalias nahm für Lu endgültig gespenstische Züge an, als Herbert mit ihr seine Lieblingsfilme schaute. Die, die er im Delirium zerstört hatte, hatte er sich auf VHS wieder besorgt: *Rocky* oder *Die Wildgänse kommen* oder irgendwelche Terence-Hill-und-Bud-Spencer-Streifen. Nicht selten saß Natalia in Dragas Kleidern neben ihm auf dem Wohnzimmersofa, rauchte und stand gelegentlich auf, um in der Küche für sie beide ein neues Bier aus dem Kühlschrank zu holen.

Wie nicht anders zu erwarten, konnte die äußerliche Verwandlung Natalias in Draga Herbert nicht kurieren. Die Realität lässt sich nicht austricksen, und Natalia blieb Natalia, was zur Folge hatte, dass Herbert schließlich anfing, wegen der vielen undragaischen Kleinigkeiten, die sie nicht ablegen konnte, an ihr herumzumäkeln, sie ihr als Fehler vorzuhalten und sie schließlich dafür zu beschimpfen. Er fand ihr Essen zu fad, weil sie mit scharfen Gewürzen sparte. Er bemängelte, dass sie morgens zu lange duschte und abends die Spülmaschine noch nicht ausgeräumt hatte. Oder er hielt ihr vor, den Staubsauger nicht immer in die von ihm eigens dafür gezimmerte Nische in der Vorratskammer zu stellen, sondern neben den Schuhschrank. Und irgendwann begann ihn auch ihr polnischer Akzent mit den kurzen Vokalen und dem anderen ch zu stören.

«Ich glaub nicht, dass das mit Natalia und meinem Vater noch lange gut geht», sagte Lu zu Hans. «Er trinkt wieder, und wenn er trinkt, kann ihm Natalia nichts recht machen. Kann sie eigentlich auch sonst nicht mehr. Was soll ich tun? Ich könnte ausziehen, aber ohne Kohle? Vielleicht sollte ich die Schule doch schmeißen.»

«Auf keinen Fall!», rief Hans mit seltener Entschiedenheit.

«Und warum nicht? Ist ja doch alles unbrauchbares Wissen.»

«Das denkst du jetzt!», sagte er und fiel auf einmal vor ihr auf die Knie. Lu musste daran denken, dass ihr Vater auch schon vor ihr gekniet hatte. Und danach hatte er sich wirklich geläutert. Sie sollte das

Knien also ernst nehmen. «Lu, ich flehe dich an, tu das nicht. Ohne Bildung ist das Leben sinnlos!»

«Ich hab noch nie drüber nachgedacht, ob das Leben sinnvoll oder sinnlos ist», sagte sie und wollte an ihm vorbeigehen.

Er folgte ihr zwei Schritte, wenn man es denn Schritte nennen konnte, und hielt sie auf. «Du musst mir glauben Lu. Du *musst*.»

Sie sah ihn an. Er musste wirklich verzweifelt sein, ihm musste wirklich etwas an ihr liegen. Sie nickte. «Tu ich ja.»

Langsam stand er auf und folgte Lu in sein Sofazimmer. Dort war es noch enger geworden, weil sich in einer Ecke Hunderte oder Tausende von ineinander gesteckten Eierkartons stapelten.

«Wo kommen die denn her?»

Lu war sich nicht sicher, ob die Kartons harmlos waren oder ein weiterer Anlass sein sollten, sich Sorgen zu machen. Besonders lebenstauglich, so viel war ihr inzwischen klar, war Hans trotz seiner Bildung ja nicht.

«Ich will die Akustik in meinem Musikzimmer verbessern», erläuterte er ihr. «Solche Kartons sind dafür ideal. Ich habe sie von einer Hühnerfarm in Niedersachsen, die vor Kurzem Konkurs angemeldet hat. Tausend Stück. Ich musste nur den Transport bezahlen. Ich sage dir, ich habe da echt Glück gehabt.»

«St-stark …», sagte Lu und ließ den Blick noch einmal über die zimmerhoch gestapelten grauen Pappbehälter gleiten, an denen, wie sie jetzt sah, hier und da Spuren von Eigelb, kleine, flaumige Federn und Sprenkel von Hühnermist klebten – wohl der Grund für den etwas merkwürdigen Geruch, der ihr beim Betreten der Wohnung gleich in die Nase gestiegen war. «Und jetzt?»

«Ich verkleide die Wände in meinem Musikzimmer damit. Dadurch werden sämtliche Nebengeräusche geschluckt.» Um die dringende Notwendigkeit der Isolationsmaßnahme zu unterstreichen, sah er Lu mit einem intensiven Blick an, den sie an ihm kannte und der einen denken ließ, dass er entweder genial war oder wahnsinnig.

«Weißt du, es geht um die Reinheit der Töne, ja jedes einzelnen Tons! John Cage – hast du schon mal von ihm gehört? Ein großer Komponist! Er denkt die Musik ganz neu von den Klängen her. Er will die Töne aus dem Gefängnis der musikalischen Gesetzmäßigkeiten befreien. Dur, Moll – das zwingt die Töne in ein ganz enges, akustisches Gerüst. Das versucht Cage aufzubrechen. Jeder einzelne Ton soll für sich selbst stehen. Nur für sich!»

«Hm», machte Lu und sah Hans ratlos an.

«Man muss ganz neu zu *hören* lernen. Cage hat Notenlinien über einen Sternenatlas gezeichnet und jeden Stern als Punkt für eine Note interpretiert. Verstehst du? Er hat den Himmel vertont.»

«Und wie klingt das?»

Hans setzte sich ans Klavier, heftete seinen Blick auf das Notenblatt und fing an zu spielen. Was Lu zu hören bekam, hatte für sie mit Musik nicht viel zu tun. Die Tonfolgen, Rhythmen und Klänge kamen ihr vollkommen wahllos vor. In den Monaten, als Lu bei Hans gewohnt hatte, waren Domenico oder Heinrich Schütz manchmal auf die Tastatur gesprungen und darauf herumgelaufen – das hatte ganz ähnlich geklungen. Aber Lu hörte geduldig zu.

«Was sagst du dazu?»

«Weiß nicht.»

«Die Unvorhersagbarkeit des Zufalls ist in Wahrheit ein strenges Gestaltungsprinzip, strenger als unsere menschlichen Ausdrucksmöglichkeiten! Wir sind mit allem, was wir tun oder denken, in Abhängigkeiten eingebunden. Wir kommen nicht über uns hinaus, wir sind Gefangene unserer selbst. Wahre Freiheit dagegen – auch musikalische – bedeutet, sich ganz und gar dem Zufall zu überlassen. Nur der Zufall bringt uns *wirklich* weiter, weil er uns aus dem Korsett unserer Persönlichkeit befreit.»

«Und dafür brauchst du die Eierkartons?»

Lu hatte allerdings den Verdacht, dass es ihm mit der Kartonaktion nicht nur um die Verbesserung seines Klavierklangs ging, sondern auch darum, das Heiligtum seines Musikzimmers akustisch gegen die wieder häufiger werdenden Wutanfälle ihres Vaters abzuschirmen.

Es war deprimierend mitanzusehen, wie Herberts Leben allmählich wieder entgleiste. Natalia nahm seine Ausfälle eine Zeit lang mit erstaunlichem Langmut hin, womit sie ihn allerdings nur noch mehr reizte. Und bald begannen Herberts Wutanfälle sich auch wieder gegen Lu zu richten. Er warf ihr vor, mit Natalia gegen ihn zu paktieren, um ihn aus seinen eigenen vier Wänden zu vertreiben und in eine Irrenanstalt einweisen zu lassen.

An einem Abend im Herbst gingen die ersten Blumentöpfe zu Bruch. Herbert warf den verchromten Couchtisch mit den Fernsehzeitschriften um und trat auch noch den Speckbaum neben dem Fernseher von seinem Podest. Lu ließ Natalia nach diesem Déjà-vu-Desaster nicht im Stich und nahm sie mit zu Hans. Sie brauchte dafür schon seit Längerem nicht mehr zu klingeln, sondern hatte inzwischen einen Wohnungsschlüssel.

«Müssen Póllizei rufen», befand Natalia dort und ließ sich auch von Lu, der nicht wohl dabei war, ihren eigenen Vater anzuzeigen, nicht davon abbringen.

Herbert saß an der mit Zwei-Wege-Boxen und Discokugel ausgestatteten Heimbar, die er einst mit Draga in einer kleinen Kammer am Ende des Hausflurs eingebaut hatte, und brabbelte irgendetwas Unverständliches vor sich hin, als im Flur die Klingel ging. Er öffnete aber nicht, weil es ihm scheißegal war, wer da draußen was auch immer von ihm wollte, sodass kurz darauf laut gegen die Tür geklopft wurde, verbunden mit einem energischen: «Polizei! Aufmachen!»

Diese Aufforderung drang tatsächlich in Herberts getrübtes Bewusstsein. Einem überraschenden Rest von staatsbürgerlichem Gehorsam folgend, torkelte er, sich gegen Wände, das Telefonschränkchen und den Türrahmen stützend, durch den Flur, bekam nach einigen erfolglosen Greifversuchen die Türklinke zu fassen und öffnete.

Vor ihm standen sage und schreibe sechs Polizisten in schwarzen Lederjacken über den khakifarbenen Uniformhosen mit Bügelfalte und teilten ihm mit, man wäre wegen eines Falles von häuslicher Gewalt verständigt worden, was Herbert den armseligen Kommentar entlockte: «Ich hab der Fotze doch überhaupt nichts getan.»

In der Nachbartür war unterdessen Natalia erschienen. Sie bemühte sich, den Polizisten die Situation so ruhig wie möglich zu erklären, was Herbert wieder in Rage versetzte.

«Na klar, nehmt mich doch mit!», schrie er hysterisch und streckte seine Arme mit gekreuzten Handgelenken vor. «Kommt schon! Gebt mir die Acht! Gebt mir die Acht! Dann hat die Kuh erreicht, was sie wollte.»

Die Sache endete ergebnislos. Natalia wurde gefragt, ob Herbert sie geschlagen oder ihr Gewalt angedroht habe – beides hatte er nicht. Natalia blieb in diesem Punkt bei der Wahrheit, was Herbert einigen Respekt hätte abnötigen müssen. Ohne eine solche Aussage waren den Polizisten die Hände gebunden, weil sie Herbert nicht verbieten konnten, seine Wohnungseinrichtung zu zerlegen. Jeder hatte das Recht, mit seinem Eigentum nach Gutdünken zu verfahren, was die Zerstörung desselben einschloss. Allenfalls wäre in diesem Zusammenhang wegen des Polterns eine Anzeige wegen nächtlicher Ruhestörung drin gewesen, aber die war nur eine Ordnungswidrigkeit und reichte nicht aus, um Herbert in polizeilichen Gewahrsam zu nehmen – das war der juristische Stand der Dinge. Den Beamten blieb nichts anderes übrig, als Herbert anzuraten, seinen Rausch auszuschlafen. Als Antwort schlug er die Tür zu, wonach die Polizisten unverrichteter Dinge wieder abzogen.

Einige Tage später begegnete Hans Natalia im Treppenhaus. Schwer atmend stand sie zwischen zwei riesigen, vollgestopften Koffern. Auch ohne dass sie ihm die Situation erklärte, begriff sogar Hans, dass sie auszog. Allerdings, teilte sie ihm flüsternd mit, wage sie sich mit den Koffern nicht auf die Straße. Sie befürchtete, dass

Herbert sie vom Balkon aus beschimpfen und versuchen würde, sie aufzuhalten. Außerdem waren ihr die Koffer zu schwer. Bereits nach einem Stockwerk war ihr vom Tragen schwindlig geworden. Sie bat Hans, ein Taxi zu rufen und ihre Habseligkeiten in den Hinterhof zu tragen. Dort sollte er mit ihr auf die Ankunft des Wagens warten und, sobald dieser eingetroffen wäre, die Koffer auf der Straße dem Fahrer übergeben. Im selben Moment wollte sie dann auf den Rücksitz huschen. All das musste, wie sie Hans mehrfach einimpfte, sehr schnell gehen.

Hans war nicht wohl dabei. Er wollte sich in die Sache nicht hineinziehen lassen. Aber so hilflos – sie schien ihm sogar kleiner geworden zu sein –, wie Natalia vor ihm stand, brachte er es nicht übers Herz, zu ihrem Anliegen Nein zu sagen, so wie es ihm grundsätzlich schwerfiel, einem Menschen in die Augen zu sehen *und* dabei Nein zu sagen.

Hans hievte also die Koffer in den Hof, wobei er eigentlich damit rechnete, dass ihm genauso schwindlig werden würde wie Natalia. Kurz darauf zerrte er die Fracht auf die Straße und übergab sie dem eingetroffenen Taxifahrer. Zu seiner größten Erleichterung sollten sich Natalias Befürchtungen nicht bewahrheiten. Herbert ließ sich auf dem drei Stockwerke höher gelegenen Balkon nicht blicken, um Verwünschungen auszustoßen. Und er lauerte Hans, als dieser in seine Wohnung zurückkehrte, auch nicht im Treppenhaus auf, nachdem Natalia abgefahren war. Froh, so glimpflich davongekommen zu sein, huschte Hans in seine Wohnung und schloss hinter sich leise die Tür.

Lu fand Herbert nachmittags schnarchend auf dem Wohnzimmersofa. Aus den aufgerissenen Kleiderschränken im Schlafzimmer schloss sie, was geschehen war. Obwohl sie sich anfangs mit Natalias Anwesenheit schwergetan hatte, war sie nicht froh darüber, nun wieder mit ihrem Vater allein zu sein. Um seinen Ausfällen zu entgehen, würde sie jetzt vielleicht wieder zu Hans ziehen müssen. Und sie befürchtete, dass Herbert sich von diesem erneuten, wenn auch selbst verschuldeten Verlust einer Frau nicht mehr erholen und dass er den Ausweg aus dem Alkoholismus nicht noch ein zweites Mal finden würde.

Aber da irrte sie sich, wie sich in den kommenden Jahren herausstellen sollte, wenn auch nicht unbedingt zu Herberts Gunsten. Seine ebenso verzweifelte wie vergebliche Suche nach einer zweiten Draga sollte zu einem zyklisch sich wiederholenden Trauerspiel werden, ein vorhersagbares Verhaltensmuster, das alle bis auf Herbert selbst durchschauten.

Als Lu mit Hans Krol darüber sprach, sagte der mit düsterer Miene, dies sei wie bei Friedrich Nietzsche, der als Philosoph die «ewige Wiederkehr des Gleichen» vorhergesagt habe. Nur dass er diese Prophezeiung auf unser Leben als ganzes bezogen und den Gedanken als Aufforderung verstanden habe, in jedem einzelnen Moment so zu leben, dass man es immer und immer wieder so und nicht anders würde haben wollen. Letzteres sei bei ihrem Vater vermutlich nicht der Fall.

Lu wusste nicht, wer Friedrich Nietzsche war. Aber als sie sich Jahre später mit Vic *Und täglich grüßt das Murmeltier* ansah, konnte sie nicht anders, als in dem griesgrämigen, in einer Ein-Tages-Zeitschleife gefangenen Wetteransager Phil Connors mit seinen Locken ihren Vater zu sehen, der immer und immer wieder daran scheiterte, so wie Connors aus der Murmeltiertag- aus seiner Dragasuche-Zeitschleife zu entkommen, mit dem einzigen Unterschied, dass Herberts Wiederholungszyklus nicht ein Tag war, sondern zwei oder drei Jahre.

Die Sache lief immer nach demselben Muster ab: War eine von Dragas Nachfolgerinnen geflüchtet, riss Herbert sich nach einer Phase des Trinkens auf wundersame Weise zusammen, duschte und wusch sich wieder, ging zum Friseur, ließ die Anzüge – er besaß ein paar elegante, wenn auch aus der Mode gekommene Zweireiher –

reinigen und verließ das Haus als beinahe attraktiver Mann. In diesen trockenen Phasen konnte er sehr umgänglich sein, und so dauerte es auch nie lange, bis er eine in Berlin gestrandete, zumeist aus Osteuropa stammende Frau gleichen Alters mit nach Hause brachte, um sie in der Folgezeit zu überreden, sich die Haare blond färben zu lassen, Dragas Parfums zu benutzen und ihre Gewohnheiten anzunehmen. Doch kaum war ihm das gelungen, wiederholte sich auch der traurige Rest der Geschichte ...

Später fragte Lu sich gelegentlich, ob die Fixierung ihres Vaters auf ihre Mutter nun Ausdruck einer seelischen Krankheit war oder – im Gegenteil – die konsequente Ausformung eines Ideals, dem doch alle anhingen: jenem der einen großen Liebe. Wenn es so war, musste man Herbert im Grunde vergeben. Was er suchte, suchten alle auf die eine oder andere Weise, und Herberts spezielle Tragik war nur, dass er es nicht mehr bekommen konnte.

Doch so konnte Lu es nicht sehen, dafür litt sie zu sehr unter den Folgen. Für sie stand fest, dass die – irgendwann dachte sie: krankhafte Liebe ihres Vaters zu Draga die Ursache für seine Unfähigkeit war, sich anderen Menschen wirklich zuzuwenden, und auch ihr. Manchmal, wenn sie etwas aus der Wohnung holte und Herbert vor dem Fernseher saß, kam es ihr vor, als hätte er längst vergessen, dass sie seine Tochter war. Ohne Draga war er nur noch einsam. Offensichtlich war Liebe eine Macht, die Menschen kurze Zeit glücklich, und lange unglücklich machen konnte. Lu schwor sich, dass sie es in ihrem Leben so weit nicht würde kommen lassen. Sie musste die Sache von Anfang an anders angehen. Und als sie mit ihren Gedanken zu dieser Einsicht gelangt war, begriff sie, was das Erste war, das sie jetzt würde tun müssen: mit einem Jungen zu schlafen, den sie *nicht* liebte.

Sie wollte erfahren, was es mit Sex auf sich hatte, oder genauer gesagt, wie sich Sex, echter Sex, davon unterschied, sich selbst zu befriedigen, was sie schon lange tat. Sie brauchte dafür die richtigen

Berührungen ihres Körpers und im Kopf die eher unscharfe Vorstellung eines anderen Körpers neben oder über ihr, den sie sich als den vorstellte, der sie so lange berührte, bis es gut war.

Lu sah sich nach einem geeigneten Jungen für Sex ohne Liebe um. An Kandidaten herrschte kein Mangel, und schließlich entschied sie sich für Timo Gelber, eine breitschultrige Sportskanone, dem es doch tatsächlich gelungen war, so gänzlich unangesagte Sportgeräte wie Seitpferd, Reckstangen oder Barren an der Schule interessant zu machen. Er hatte die Siebzigerjahre-Mehrzwecksporthalle zum Showroom für das perfekte Zusammenspiel seiner mit einem seidenglänzenden Schweißfilm überzogenen Oberarm- und Brustmuskulatur umfunktioniert. Die Hochglanzästhetik seiner Timo-Gelber-Körperpräsentation hatte sogar zur Folge, dass bei dem üblicherweise vor nur spärlichst besetzten Rängen alljährlich stattfindenden «Turnwettkampf der Berliner Schulen» und dem nicht weniger nischenhaften «Jugend trainiert für Olympia»-Wettkampf im Mai die Hallentribüne auf einmal beinahe voll besetzt war.

Timo war in einer Reihe von wichtigen Punkten der geeignete Kandidat für Lus Sex-ohne-Liebe-Plan: Abgesehen von seiner körperlichen Makellosigkeit mochte Lu ihn nämlich nicht besonders, sodass keine Gefahr bestand, dass sie sich doch in ihn verlieben könnte. Und zweitens würde es nach allem, was ihr über Timo zu Ohren gekommen war, wohl nicht schwierig sein, ihn zum Sex zu bewegen, ohne dass sich daraus – insbesondere von seiner Seite aus – eine Form von tieferem Interesse füreinander ergab. Und so würde es wohl auch nicht viel Gerede deswegen geben, weil Timos Eroberungen (Lu würde ja *ihn* erobern, was auf dem Schulhof zwar anders bewertet werden würde, da machte sie sich nichts vor, was ihr aber egal war) den Charakter des Sensationellen längst eingebüßt hatten.

In dieser Zeit dachte Lu nicht darüber nach, mit Vic zu schlafen. Dass ihr dieser Gedanke nicht kam, war vermutlich ein Hinweis darauf, dass sie unterbewusst befürchtete, sich in Vic dabei *doch* verlieben zu können.

In einem Eiscafé, in dem die Schüler ihre zahlreichen Freistunden aufgrund von Stundenplanlücken oder krankheits- und etatbedingtem Lehrermangel verbrachten, setzte sich Lu neben Timo.

«Hallo», sagte sie.

Er sah auf. Lu hatte sein Gesicht noch nie aus dieser Nähe betrachtet. Eigentlich kam es ihr noch recht kindlich vor: glatteste Haut ohne jeden Pickel und blonde Brauen unter einer gerundeten Babystirn.

«Hallo», sagte er.

Vor ihm lag eine aufgeschlagene Mappe mit Blättern, auf denen Piktogramme und comicartige Zeichnungen zu erkennen waren, die Lu keinem Schulfach zuordnen konnte. Timo war zwei Jahrgänge über ihr. Lu kannte ihn, weil er eine Zeit lang mit der älteren Schwester einer ihrer Freundinnen gegangen war.

«Stör ich?»

Er betrachtete sie neugierig und legte die Mappe zur Seite.

«Nee, überhaupt nicht.»

«Was ist das?»

«Aufgabenblätter für die Führerscheinprüfung. Rechts vor links, Stoppschilder und so'n Zeug. Da kommt keiner drumrum. Aber die Fahrstunden machen Spaß.»

«Klingt toll.»

«Wenn du auf 'ne Ampel zufährst und die Kupplung trittst, hast du auf einmal das Gefühl, dass der Wagen schneller wird. Komische Sache. Neulich wäre ich beinahe bei Rot durchgerauscht, aber der Fahrlehrer sitzt neben einem und verhindert so was. Der macht mit seinen Pedalen einfach 'ne Vollbremsung und brummt dir noch ein paar zusätzliche Stunden auf.»

Vielleicht war durch diesen Anfang ihrer kurzen Bekanntschaft schon vorgegeben, dass sie, nachdem Timo den «Lappen» ein paar

Wochen später in der Tasche hatte, in seinem ersten Wagen miteinander schliefen, einem gebrauchten Opel Kadett, Baujahr 1976 in der Coupé-Version mit Sportheck und dunkelblauer Metallic-Sonderlackierung. Lu hatte es so eingerichtet, dass sie am Ausgang der Turnhalle auftauchte, als er mit seiner über die Schulter geworfenen Sporttasche in den Nachmittag heraustrat, frisch geduscht nach dem Training – Bodenturnen, wie er ihr erzählte. Sie fragte ihn, ob er sie mit nach Hause nehmen könnte, aber dann schlug sie vor, sie könnten ja noch ein bisschen rumfahren, nur so durch die Gegend. Sie landeten schließlich am Heiligensee und fanden dort einen Parkplatz, der einen passenden Abstand zu den anderen Fahrzeugen zuließ. Timo stellte den Motor ab, löste den Gurt und beugte sich zu Lu hinüber.

Lu fand, dass die Coupé-Version des Opel-Kadetts für Sex nicht besonders gut geeignet war. Das Lenkrad kam ihr sehr groß vor, und zwischen den Sitzen waren zwei Hebel – Lu kannte sich mit Autos überhaupt nicht aus, ihre Eltern hatten nie eines besessen. Aber es ging ihr nicht um ein romantisches Erlebnis. Sie wollte nur herausfinden, wie es sich anfühlte, wenn ein Mann in sie eindrang. Sie hatte auch nicht darüber nachgedacht, ob Timo es bei ihr überhaupt könnte. Sie wusste nicht warum, aber sie glaubte, dass sehr viele Männer es bei ihr konnten. Timo gehörte dazu.

Als er in sie eindrang, glaubte etwas in ihr, ihm dafür eine gewisse Dankbarkeit zu schulden. Aber dieses Gefühl ließ sich zügeln, sie schuldete Timo gar nichts. Er erfüllte seinen Zweck. Bevor er in sie eingedrungen war, hatte sie kurz seinen Penis gesehen und mit Victors zu vergleichen versucht, wie sie sich an ihn erinnerte. Aber das war zu lange her.

Lu hatte sich darauf eingestellt, dass Timos Eindringen vielleicht wehtun würde, weil manche Mädchen sagten, dass es beim ersten Mal schmerzhaft wäre. Aber es tat nicht weh, es fiel ihr leicht, sich zu öffnen. Sie konzentrierte sich dabei auf das, was wirklich geschah:

ein warmes Umrühren in ihrem Unterleib, das ihr gefiel und keine emotionale Beteiligung erforderte. Sie wusste, was ein Höhepunkt war. Sie war dennoch nicht besonders enttäuscht, dass sie keinen hatte, weil Timo in kürzester Zeit fertig war.

Er erschlaffte am ganzen Körper, nachdem er sich einmal kurz aufgebäumt hatte, und wälzte sich dann langsam über die Hebel zwischen den Sitzen zurück in seinen Fahrersitz. Sein glattes Gesicht, dem, wie Lu in diesem Moment fand, vielleicht sogar etwas Feminines anhaftete, das in einem sonderbaren Gegensatz zu seinen mächtigen Turnerschultern stand, entspannte sich und ein Schatten von Desinteresse erschien in seinen Zügen.

Er murmelte etwas Dummes, von dem er vermutlich glaubte, dass Männer es danach sagen sollten, nämlich dass Lu «heiß» gewesen wäre, was mit Sicherheit nicht stimmte. Dennoch bedankte sie sich artig, was Timo mit einem dösigen Nicken zur Kenntnis nahm, während Lu die Rückenlehne ihres Sitzes wieder hochdrehte. Nein, «heiß» war sie bestimmt nicht gewesen, dachte sie. Allerdings wusste sie auch nicht, was sie hätte tun müssen, um in den Augen eines Mannes als «heiß» zu gelten.

Timo dachte sichtlich *nicht* darüber nach, dass er sie möglicherweise entjungfert haben könnte. Wie Lu gehört hatte, hätte die ganze Geschichte mit einem Blutfleck auf dem Beifahrersitz seines Kadetts enden können oder sogar müssen. Es stellte sich aber heraus, dass die auf das Sitzpolster sickernde Feuchtigkeit ausschließlich – oder fast ausschließlich – von ihm stammte.

Lu wunderte sich im ersten Moment darüber, vergaß es aber bald wieder. Erst als sie viele Jahre später mit Niki darüber sprach, erfuhr sie, dass es sich beim Jungfernhäutchen um ein altes, sehr hartnäckiges Gerücht handelte. Weder gab es eine Art Vaginaverschluss, der beim ersten Geschlechtsverkehr vom eindringenden Penis durchstochen und zur blutenden Wunde gemacht würde, noch irgendwelche anderen physiologischen Mechanismen, die dabei zwangsläufig zu einer Blutung führten. Das Einzige, was es vermutlich gab, meinte Niki zu ihr, sei wohl der Wunsch von Männern, Frauen vollständig in Besitz zu nehmen und sie mit dem Geschlechtsverkehr für immer zu zeichnen, was in Wahrheit nicht möglich sei. Im Rückblick dachte Lu, dass Timo so ein Mann aber nicht gewesen war.

Abends ging sie zu Hans. Auf einmal fragte sie sich, ob Hans schon einmal Sex gehabt hatte. Sie konnte sich das in seinem Fall nur schwer vorstellen. Trotzdem hatte sie ein schlechtes Gewissen, als sie ihm gegenübersaß und er für sie einen seiner vielen Tees aufbrühte. In dem Moment dachte sie, dass Hans das Geschenk ihrer Entjungferung viel mehr verdiente gehabt hätte als Timo Gelber.

Die Eierkartons und der Hühnergestank waren inzwischen wieder aus seinem Wohnzimmer verschwunden. Fast zwei Monate lang hatte Hans Karton um Karton mit einem Bürstchen gereinigt und danach in seinem Musikzimmer wie Kacheln an die Wand geklebt. Das sah im Endergebnis, wie Lu ohne Weiteres zugab, auf jeden Fall «irre» aus. Ansonsten hatte Hans den Raum, der allerdings nicht sehr groß war, bis auf das alte Wurzelholzklavier mit den Messingkerzenständern zu beiden Seiten der Notenablage leer geräumt.

Da er auch die Zimmerdecke mit Eierkartons beklebt hatte, waren die Kerzen am Klavier die einzigen Lichtquellen im Raum. Die Tausende von kleinen Schattenkegeln, die die einzelnen Eierfächer warfen, bewegten sich beim Züngeln der Kerzenflammen, als wären sie aus Gummi. Es sah aus, als wären die Wände nicht mehr stabil. Man konnte sie mit einem leichten Wedeln der Hand, oder indem man die Flammen anhauchte, in Schwingungen versetzen.

«Ich übe gerade ein Stück von John Cage», erzählte Hans und stellte die Teekanne auf den Tisch. «Es heißt 4–33 und ist wirklich außergewöhnlich. Wenn du willst, spiele ich es dir vor.»

«Okay», sagte Lu. Sie folgte Hans ins Musikzimmer und sah dabei zu, wie er die Kerzen anzündete.

«Du kannst dich neben mich setzen», sagte er und wies auf die Sitzbank vor dem Klavier.

«Störe ich dich denn nicht?»

«Nein, überhaupt nicht.»

Sie setzte sich auf den Rand der Bank, und Hans machte die Tür zu, deren Innenseite er ebenfalls mit Eierkartons beklebt hatte. Er rückte neben Lu und senkte für einen Moment den Kopf, um sich zu konzentrieren. Dann hob er die Hände und – schloss den Deckel des Klaviers.

Eigentlich hätte Lu sich jetzt darüber wundern müssen, dass er, um ihr ein Stück vorzuspielen, widersinnigerweise das Klavier *schloss*, aber das trockene Plock der Tastaturklappe in dem schallgedämpften Raum erinnerte sie an ein Geräusch, das sie einmal gehört hatte. Sie konnte sich im ersten Moment nicht mehr daran erinnern, wann das gewesen war, aber da es so schnell in ihr wachgerufen wurde, musste es einen starken Eindruck bei ihr hinterlassen haben.

Und dann fiel es ihr auch wieder ein: Es war das Geräusch, mit dem vor langer Zeit der Schädel eines bewusstlos daliegenden alten Mannes vor ihren Augen auf die Betonplatten des Gehwegs vor dem Haus geschlagen war. Das Geräusch war ebenso dumpf gewesen wie das kurze Schließen des Klavierdeckels jetzt – ein körperloses Geräusch aus einer dunkleren Sphäre der Realität.

Die Blutlache unter dem haarlosen Kopf des Mannes, auch daran erinnerte Lu sich in diesem Moment wieder, war noch lange danach auf dem Beton zu erkennen gewesen. Aber dann hatte man sich an den Anblick gewöhnt und den grau gewordenen Fleck nicht mehr wahrgenommen. Vielleicht war er ja immer noch da – so wie *alles* noch da war. Alles Schreckliche, was sie je erlebt hatte, das spürte sie in diesem Moment, war noch da und ergriff auf einmal von ihr Besitz.

Sie sah Draga wieder im Schlafzimmer stehen, gespenstisch blass wie der Dunst all der Zigaretten, die sie in ihrem Leben geraucht hatte. Sie sah Hans in der Dunkelheit die Arme ausbreiten, um jene

«Bässe» zu empfangen, die Herbert und Draga den Schlaf geraubt hatten. Und Lu fragte sich, was Hans jetzt empfing oder empfangen wollte. Worauf wartete er? Wann würde er endlich beginnen zu spielen?

Sie bekam es mit der Angst zu tun. Es war, als wäre die Zeit stehen geblieben. War Hans verrückt geworden? War er schon damals verrückt gewesen, als er die Bässe empfing? Lu wurde bewusst, dass sie im Schlafzimmer, neben ihrer vom Tod gezeichneten Mutter stehend, gar nicht erfasst hatte, was wirklich geschah, weil sie noch nicht wusste, was Tod, was Sterben bedeutete. Sie hatte sich die Endgültigkeit des Todes, seine Unumkehrbarkeit nicht vorstellen können. Und dann war es nach ein paar Wochen vorbei gewesen und für jedes Wort endgültig zu spät.

Auf einmal fing Lu an zu ahnen, dass zu leben bedeutete zu sterben, und wie unumstößlich dieses Gesetz war. Alles, was sie je tun würde, war ihm unterworfen, jede Handlung, jede Entscheidung und jedes Wort war endgültig. Sie hatte nur dieses eine Leben – wie ihre Mutter, wie Hans, wie Timo. Irgendwann würden sie alle durch den Tod auseinandergerissen. Am Ende hatte man nur sich selbst.

Es war eine schmerzhafte Einsicht, aber Lu fühlte sich dadurch stärker, weil sie glaubte, etwas verstanden zu haben. Man musste sein Leben leben, und das Schlimmste wäre es, es aus Angst vor dem Tod nicht zu tun. Sie nahm sich vor, stark zu sein. Auf einmal schien alles einen Sinn zu ergeben – der alte Mann auf dem Gehweg, der Tod ihrer Mutter, der vergebliche Versuch ihres Vaters, Draga wieder lebendig werden zu lassen, und sogar der schnelle Orgasmus von Timo Gelber. All das war geschehen, damit sie erkannte, dass nur sie es war, die darüber entschied, was sie in Zukunft tun würde und was nicht. Sie war frei, aber in dieser Freiheit allein.

Hans öffnete die Klavierklappe und sah, dass Lu Tränen über die Wangen liefen. «Auch Stille ist Musik», sagte er, weil er glaubte, dass es Lu trösten würde. «4–33 steht für vier Minuten und dreiunddreißig Sekunden Stille. Wir sind zu sehr darauf fixiert, dass etwas geschieht. Die reine Zeit ertragen wir nicht mehr. Vielleicht wird die Menschheit eines Tages daran zugrunde gehen, dass sie die Zeit zum Verschwinden bringt.»

«Stille ist nicht so leicht zu ertragen», sagte Lu schließlich und wischte sich die Tränen ab. «Ich weiß nicht, ob ich mir das Stück sehr oft anhören könnte.»

«Du hast es einmal gehört. Darüber freue ich mich.»

Sie stand auf. «Danke.»

«Wenn es dich nicht stört, bleibe ich noch etwas hier», sagte Hans.

«Muss man das Stück denn üben?»

«Mehr als jedes andere», sagte er.

Sie nickte und ging zur Tür. Doch dann blieb sie stehen und drehte sich noch einmal um.

«Was ist mit Bach? Was ist mit dem g-Problem, von dem du mir mal erzählt hast?»

«Oh, das habe ich gelöst», sagte er, als wäre es nichts. «Das g steht für Gott. Wofür sonst?»

«Ach ja?»

«Das g steht für Gott, so wie die *Asche* für den Menschen steht. Asche zu Gott – das ist das *Musikalische Opfer*.»

Ohne zu wissen, warum, beugte Lu sich vor und küsste Hans auf seine schmalen, trockenen Lippen. Dann ging sie hinaus und schloss die so perfekt isolierte Tür. Lu sollte nie wieder jemanden treffen wie Hans, der bereit war, für eine Idee auf alles andere zu verzichten.

Im Wohnzimmer packte sie ihre Sachen, Unterwäsche, ein paar Pullover, Hosen, ihr Waschzeug, in ihren Rucksack, hob diesen auf die Schulter und verabschiedete sich von Domenico. Er war in den vergangenen Monaten auf ihrem Bauch schlafend wieder gesund geworden, seine braunen Flecken auf dem Rücken verschwanden einfach wieder. Lu kraulte seinen flauschigen Nacken mit den Fingerkuppen und drückte ihre Nasenspitze kurz zwischen seine Ohren. Danach ging sie durch den Flur ins Treppenhaus.

Dort blieb sie einen Moment stehen. Die Tür fiel hinter ihr ins Schloss, und auch die Tür daneben, die Tür zur Wohnung ihrer Kindheit, war verschlossen. Vielleicht lag Herbert schon bewusstlos auf dem Bett oder Sofa, vielleicht trank er noch. Lu wollte es nicht wissen.

Sie ging die Treppe hinunter und blieb ein Stockwerk tiefer vor der rechten Wohnungstür stehen. Vor drei Jahren hatte sie schon einmal hier gestanden. Sie besann sich einen Moment und dachte darüber nach, ob sie das Richtige tat. Aber sie wusste es jetzt ja: Sie musste einfach ihrem Gefühl vertrauen. Sie würde nicht mehr zu Hans zurückkehren. Leben war Fortgehen.

Sie läutete. Dann hörte sie Schritte und kurz darauf wurde die Tür geöffnet. Victor stand vor ihr und sah sie überrascht an.

«Ich werde heute sechzehn», sagte Lu.

5
La Fura dels Baus

Die Wahrscheinlichkeit, dass Niki Lamont Clemens Rubener nach jener unglückseligen Hodengeschichte wiedersehen würde, war gering. Da man in den Wochen nach dem Mauerfall in der Abrechnungsstelle oftmals hatte improvisieren müssen, wäre es sicher schwirig gewesen, seine Daten aufzufinden, und warum hätte Niki das auch versuchen sollen? Sie hatte keine Informationen über ihn und dachte nach dem Vorfall auch nicht ernsthaft darüber nach, diese irgendwie in Erfahrung zu bringen. Wozu? Nur um sich Luft zu machen und ihm seine männliche Selbstgefälligkeit vorzuwerfen?

Jedoch sollte die Geschichte mit seinem Hoden, so kam es Niki im Nachhinein vor, für sie zum Beginn einer Reihe von ziemlich schlechten Erfahrungen mit Männern werden – einer unerfreulichen Häufung, die, wie sie irgendwann argwöhnte, tatsächlich kurz nach ihrer Fehldiagnose begonnen hatte. Sie dachte mehrfach darüber nach und war sich schließlich sicher, dass sie sich nicht irrte. Und daher fragte sie sich, ob zwischen ihrem Behandlungsfehler und der Tatsache, dass sie in dessen Folge auffallend oft übergriffigen bis hin zu sexuell gestörten Männern begegnete, nicht vielleicht ein ursächlicher Zusammenhang bestehen könnte? Vielleicht lastete ja seit dieser Geschichte ein hippokratischer Fluch auf ihr. Und vielleicht musste sie Clemens wiedersehen, um die Sache irgendwie ins Reine zu bringen.

Tatsächlich wusste Niki aber nicht einmal, wie er hieß. Als sie ihn nach der Operation in seinem Krankenzimmer besucht hatte, um sich zu entschuldigen, hatte sie ihn anstatt noch einmal nach seinem Namen nach seinem Befinden gefragt. Sie war wieder einmal zu empathisch gewesen – was Doktor Lothar, wenn er davon erfahren hätte, natürlich nicht gewundert hätte. Niki wusste genau genommen nichts über Clemens, nicht einmal, ob er aus Ost- oder aus Westberlin stammte.

Sie nahm aber an, vielleicht wegen der *Valentino*-Boxershorts, dass er Westdeutscher war und die Notoperation daher vielleicht doch ganz normal mit einer Krankenkasse abgerechnet worden war. In der Krankenhausverwaltung winkte man aber entschieden ab, als sie sich danach erkundigte. Wenn sie nicht mit einer polizeilichen oder staatsanwaltlichen Verfügung komme, mache man sich in dem Wust von Abrechnungsbelegen jener Tage nicht auf die Suche nach einem einzelnen und auch noch namenlosen Patienten!

Damit hätte die Angelegenheit für Niki eigentlich vom Tisch sein sollen. Sehr viel mehr Optionen hatte sie nicht, genau genommen, wie ihr schließlich klar wurde, überhaupt keine. Selbst ein Privatdetektiv, jedenfalls ein seriöser – wobei Niki nicht wusste, ob es seriöse Privatdetektive gab –, hätte den Auftrag vermutlich abgelehnt, einen Mann anhand einer vagen Personenbeschreibung verbunden mit dem Hinweis auf einen notoperierten Hoden und eine etwaige Vorliebe für italienische Designerunterwäsche zu finden.

Niki dachte auch darüber nach, in den Stadtmagazinen jeweils eine Kleinanzeige in der Rubrik *Suche* zu schalten. Aber wahrscheinlich hätte schon eine bloße Andeutung der Geschichte mit dem Hoden ihr nicht etwa ein Wiedersehen mit Clemens Rubener beschert, sondern einen Ansturm weiterer Perverser. Und so führten Nikis Überlegungen schließlich zu dem deprimierenden Befund, dass sie den Patienten jener Winternacht nie mehr wiedersehen würde. Es sei denn, es geschähe ein Wunder.

Und sogar darüber dachte sie nach. Durch die religiösen Begleitumstände bei ihrer Geburt oder die Jahre ihrer Ashram-Kindheit, überlegte sie, müsste sie beim Beten eigentlich ganz gute Chancen haben. Allerdings kam es ihr zu simpel vor, Gott oder welches höhere Wesen auch immer in einem Stoßgebet darum zu bitten, Clemens erneut eine akute Krankheit zu schicken, die ihn gezwungen hätte, noch einmal jenes Weddinger Krankenhaus aufzusuchen, in dem sie nach wie vor arbeitete.

Weder wäre das besonders nett von ihr gewesen noch wusste Niki, ob Clemens inzwischen nicht umgezogen war und daher mit Gallenkoliken, Blinddarmbeschwerden oder Herzrhythmusstörungen in einer anderen Notaufnahme gelandet wäre. Die Chancen, sich durch eine erneute Begegnung mit Clemens Rubener von jenem Fluch zu reinigen, der offenbar auf ihr lastete, waren alles in allem gleich null.

Erstmals bemerkbar hatte sich der Fluch gemacht, als Niki Anfang 1990 auf Wohnungssuche war. Günstiger Wohnraum war in Berlin knapp und der Zustand vieler bezahlbarer Wohnungen, wenn man überhaupt eine zu sehen bekam, katastrophal. Feuchte Wände in Erdgeschossen, kein fließend warmes Wasser im Bad oder stinkende Außenklos waren keine Seltenheit – Zentralheizungen die Ausnahme. Die meisten Wohnungen, die auf den Markt kamen, wurden mit Kohle beheizt, sowohl in den Zimmern als auch in den Bädern, in denen mitunter noch Badeöfen standen, die vor jedem Duschen zu befeuern waren. Von November bis April roch es in den Straßen Berlins manchmal so beißend nach Schwefel, Ruß und Kohlenstaub, dass einem die Augen zu tränen begannen, sobald man die Straße betrat. Niki kannte das Smogproblem aus Mexiko-City und war davon nicht zu geschockt.

Einer der wenigen Wege, an eine Wohnung zu kommen, war es, sich freitags am Bahnhof Zoologischer Garten in eine Warteschlange einzureihen, die sich dort Woche für Woche zwischen neun und zehn Uhr abends bildete. Innerhalb von einer halben bis dreiviertel Stunde wuchs diese im Nichts beginnende Menschenschlange auf eine Länge von vierzig oder fünfzig Metern an und verband all jene miteinander – Auszubildende, Asylbewerber, Studenten, Sozialhilfeempfänger, Rentner –, die auf preisgünstigen Wohnraum angewiesen und bereit waren, eine Stunde oder länger in der nebligen, nach Abgasen riechenden Kälte auszuharren.

Zu einem bestimmten Zeitpunkt fuhr ein Lieferwagen aus der Druckerei des Axel-Springer-Verlags vor, aus dem drei- oder vierhundert zu schweren Packen gebündelte, noch druckfrische Exemplare der Samstagsausgabe der *Berliner Morgenpost* abgeladen wurden, die den größten Anzeigenmarkt für Wohnungen in der Stadt enthielt.

Gegen bereits abgezähltes Münzgeld wurden dem Verkäufer die einzelnen Exemplare von den Wartenden im Sekundentakt aus der Hand gerissen, um sofort aufgeschlagen, nach den besten Wohnungsannoncen überflogen und dabei im Laufschritt zu einer der umliegenden Telefonzellen getragen zu werden, die von einem Partner des jeweiligen Wohnungssuchenden bereits besetzt gehalten wurde. Nur eines war bei diesem allwöchentlichen Glücksspiel sicher: Wenn hundert Menschen damit begannen, die gleiche Telefonnummer zu wählen, dann hatte nur der erste von ihnen eine sichere Verbindung – für alle anderen war es eine Lotterie.

Die Öffnung der Berliner Mauer im Herbst 1989 hatte an dieser Mangelsituation grundsätzlich nichts geändert. Die Wohnungen im Ostteil der Stadt waren eher in einem noch schlechteren Zustand, und außerdem standen sie dem Wohnungsmarkt wegen der noch ungeklärten Eigentumsverhältnisse nicht gleich nach der Grenzöffnung zur Verfügung. Die Lage auf dem Westberliner Wohnungsmarkt verschlechterte sich durch erste Wohnungssuchende aus Ostberlin eher noch. Und nicht zuletzt hatte der Mauerfall Investoren, Spekulanten und Immobilienschnäppchenjäger mit der Aussicht auf hohe Renditen angelockt, die zu den Wohnungssuchenden in Konkurrenz traten.

In ihren ersten Berliner Monaten betrat Niki eine Menge leer stehender Wohnungen, die diese Bezeichnung – Wohnung – nicht mehr verdienten. Sie wunderte sich über vergilbtes Zeitungspapier in gesprungenen Fenstern, krustig verdreckte Toilettenschüsseln, klinkenlose Türen, herunterhängende Tapeten, fehlende Bodendielen oder von Vormietern zurückgelassenen, unbrauchbaren Hausrat, für den man auch noch sogenannten Abstand zahlen sollte. Keinem der Makler, mit denen Niki in diesen Wochen zu tun hatte, waren solche Zustände je eine Bemerkung wert. In der gegenwärtigen Lage – das war es, was man ihr ein ums andere Mal zu verstehen gab – müsse man als Wohnungssuchender heilfroh sein, überhaupt ein Dach über dem Kopf angeboten zu bekommen.

Verständlicherweise hatten Makler unter den Berliner Wohnungssuchenden in dieser Situation einen noch schlechteren Ruf, als er ihnen ohnehin schon anhing, um nicht zu sagen, sie waren ihnen verhasst. Meistens standen sie bei den Wohnungsbesichtigungen nur an irgendeinem Fenster herum und verteilten hektografierte Selbstauskunftsfragebögen, auf denen Angaben zu Beruf, Gehalt und Familienstand ebenso zu machen waren wie solche über die Anzahl von Kindern und Haustieren.

In einem Fall wurde sogar eine so private Auskunft wie die Religionszugehörigkeit eingefordert, und als Niki dagegen protestierte und erklärte, diese Information habe mit dem Vermieten einer Wohnung nichts zu tun, musste sie sich sagen lassen, dass es das Recht eines jeden Vermieters sei, selbst darüber zu entscheiden, ob sich in seinem Haus der Orient mit seinen «Gyrosgerüchen und Gebetsrufersitten» breitmachen dürfe oder nicht.

Empört verließ Niki die Wohnung, die gemessen an dem, was sie bisher zu sehen bekommen hatte, sehr attraktiv gewesen war. Sie trank einen Rooibostee mit Windhuk-Vanille und aß dazu einen Rhabarber-Dinkelkuchen, der ihr noch bis zum Abend schwer im Magen lag. Allmählich verlor sie den Glauben daran, in absehbarer Zeit eine passende Wohnung zu finden.

An einem sonnigen Tag im Februar 1990 stand sie allein vor einer recht sauberen Haustür, und die Tatsache, dass sich außer ihr niemand dort einfand, ließ sie bald befürchten, dass mit der Adresse oder der Uhrzeit etwas nicht stimmen konnte. Üblicherweise füllte sich bei Wohnungsbesichtigungen der Gehweg schon lange vor dem anberaumten Termin mit in lockeren Trauben herumstehenden Interessenten, die sich von anderen Besichtigungen oft schon kannten und sarkastische Witze über ihre Erfahrungen bei der Wohnungssuche rissen.

Diesmal aber blieb Niki allein. Grund dafür war, dass sie den Termin für die Besichtigung vergessen und noch einmal bei der Hausverwaltung angerufen hatte. So bekam sie als Einzige das richtige Datum mitgeteilt, während in der Zeitung aufgrund eines Zahlendrehers aus einem zwölften ein einundzwanzigster Februar geworden war. Niki wusste davon nichts und wollte schon wieder gehen, als der Makler mit der üblichen zehn- bis fünfzehnminütigen Verspätung auftauchte.

Er zeigte sich überrascht, dass außer ihr niemand auf ihn wartete, was er noch nie erlebt hatte und sich auch nicht erklären konnte. Aber da es nun einmal so war und sich wohl nicht mehr ändern würde – er war ja bereits zu spät gekommen –, öffnete er die Tür und ließ Niki ins Haus. Die Wohnung lag im dritten Stock und war von allen, die sie bisher betreten hatte, die erste, die ihr wirklich gefiel. Die beiden Zimmer waren sauber und hell, die Fenster geputzt und die Holzböden frisch abgezogen.

Der Makler spürte ihr Interesse und sagte: «Ich kann Ihnen die Wohnung natürlich nicht zusagen, ohne die Besichtigung zu wiederholen. Da ist wohl etwas schiefgelaufen. Ich muss den Vermietern mindestens drei Bewerber zur Auswahl anbieten.»

«Ja, ich verstehe», sagte Niki und versuchte, sich nicht zu interessiert zu geben.

Der Makler war um die vierzig, sehr gepflegt gekleidet und wies mit seinen Händen, deren Fingernägel frisch maniküpt aussahen, auf dieses und jenes Detail hin: die neuen Radiatoren der Zentralheizung, die blitzenden Messingklinken oder die beinahe wie von selbst auf und zu gleitende Schiebetür zwischen den beiden vorderen Zimmern.

Durch die Fenster fiel das warme Licht der niedrig stehenden Wintersonne, und als er Niki in dieser stimmungsvollen Helligkeit stehen sah, kam ihm offenbar ein neuer Gedanke.

«Nun ja», sagte er, «die Vermieter beurteilen die Bewerber ja nicht persönlich, sondern folgen meinen Vorschlägen. Wir Makler leben vom Vertrauen in unsere Menschenkenntnis. Ich könnte die Dinge natürlich auch *ohne* neue Besichtigung in eine für Sie günstige Richtung lenken, wenn Sie mir einen ... Anreiz dafür bieten würden.»

«Ach ja?», sagte Niki.

Sie spürte, dass die Situation sich verändert hatte. Auf einmal stand sie nicht mehr als anonyme Wohnungssuchende im Raum, sondern wurde von ihm als Frau wahrgenommen, gemustert und begutachtet. Die Arteria Subclavia an ihrem Hals begann leicht zu pochen.

Mit der von ihm für sich reklamierten Menschenkenntnis, dachte sie, konnte es allerdings nicht besonders weit her sein, sonst hätte ihm klar sein müssen, dass er bei ihr nicht zum Zuge kommen würde. So unklar sie selbst sich über ihre Wirkung auf andere oft auch war, in einem Punkt war sie sich sehr sicher: Sie strahlte als Frau gewiss nicht die Bereitschaft aus, ihren Körper zum Einsatz zu bringen, um sich dadurch irgendeinen Vorteil zu verschaffen.

Der Makler öffnete die oberen drei Hemdknöpfe, legte die Hände auf seine Gürtelschnalle und machte einen Schritt auf sie zu.

«Was meinst du?»

Niki zwang sich, so gut es ging, zur Ruhe, weil sie es für denkbar hielt, dass eine Angstreaktion ihrerseits ihn, wie bei Alpha-Primaten häufig, aufstacheln könnte. Sie hob lediglich die Hände, um ihm zu signalisieren, nicht weiter auf sie zuzukommen.

«Sollte ich mir Sorgen machen?», sagte sie. «Denken Sie gut nach. Ich könnte das ganze Haus zusammenschreien und allen gegenüber behaupten, dass Sie versucht haben, mich zu vergewaltigen. Ich bin Ärztin und weiß, was ich mir an Verletzungen zufügen muss, damit es danach aussieht. Und ich weiß, was ich gegenüber einem Gerichtspsychologen zu antworten habe, damit ich traumatisiert wirke. Also kommen Sie auf keinen Fall näher.»

In den vergangenen Jahren hatte Niki festgestellt, dass es ihr in bestimmten Situationen half, in Männern, solange sie nicht mit ihnen befreundet war – und auch dann blitzte diese Perspektive gelegentlich auf –, nicht primär Angehörige des anderen Geschlechts, sondern Patienten zu sehen.

Der Makler blieb stehen und schien abzuwägen, wie ernst es ihr war, ob sie wirklich so weit gehen würde, ihm einen Vergewaltigungsversuch anzuhängen. Schließlich ließ er die Gürtelschnalle los, und es erschien ein feindseliger Zug um seine Lippen.

«Na klar. Wir Männer sind's mal wieder», sagte er abfällig. «Was ist denn so schlimm daran, einer Frau ein bisschen Spaß vorzuschlagen? Okay, dann eben nicht. Ein Nein hätte völlig gereicht.» Niki ließ ihn reden, aber nach allem, was sie wusste, reichte ein Nein in vielen oder sehr vielen oder sogar den allermeisten Fällen eben nicht. «Ich sag ihnen was», fuhr er fort, «Hysterikerinnen wie Sie will keiner. Übrigens auch die Vermieter nicht. Dafür gibt es eine Liste, und da setz ich Sie drauf, das bin ich meinen Kollegen schuldig. Sie sind vielleicht Ärztin, aber ich bin Makler, und das ist mein Job: Die Vermieter vor jemand wie Ihnen zu beschützen. Glauben Sie mir, eine brauchbare Wohnung finden Sie in Berlin so schnell nicht mehr, darauf können Sie sich verlassen.» Er schloss die Hemdknöpfe. «Dabei hätte alles so unkompliziert sein können. Aber Sie sind sowieso nicht mein Typ.»

Diese letzte Bemerkung, dachte Niki später, fiel psychologisch interpretiert in die Kategorie einer sogenannten kognitiven Dissonanzreduktion. Und die signalisierte ihr, dass die Gefahr vorüber war. Es war wie in der Fabel, in der ein Fuchs die Trauben, die er nicht bekommen kann, weil sie zu hoch hängen, im Fortgehen als zu sauer bezeichnet, um die Frustration über seine zu geringe Körpergröße seinem gekränkten Fuchsbewusstsein anzupassen. Niki hatte in diesem Moment nichts dagegen, solchen Trauben zu gleichen und für zu sauer gehalten zu werden.

Sie fühlte die Arteria subclavia und die linke Halsschlagader immer noch unter ihrer Haut pochen, als sie aus der Wohnung ins Treppenhaus ging, doch allmählich beruhigte sich ihre Herzfrequenz wieder, und ihr Blutdruck sank. Auf dem Bürgersteig wendete sie sich mechanisch nach rechts und erreichte schließlich einen kleinen, nahe gelegenen Park. Die winterlich laublosen Baumkronen dort waren so starr, als wären sie in die klare Februarluft eingegossen wie in Glas. Niki setzte sich auf eine Bank und brach in Tränen aus.

Und so war sie schließlich bei Kaspar Tickel gelandet. Er wohnte in einer großen Dachgeschoss-Atelierwohnung im Wedding. In einem anderen, angesagteren Stadtteil hätte er sich so ein Atelier nicht leisten können. Eine der Krankenschwestern kannte ihn und wusste, dass bei ihm ein Zimmer frei geworden war, das er untervermietete.

«Seine bisherige Mitbewohnerin ist letzten Monat ausgezogen», sagte sie zu Niki.

«Ich soll zu einem Mann ziehen, den ich nicht kenne?»

«Er ist wirklich sehr nett.»

«Ich glaube trotzdem nicht, dass ich die Richtige bin, um mit einem Mann in ... so einer Form zusammenzuleben.»

Sie wusste selbst nicht so genau, was sie mit «so einer Form» genau meinte. Ihre Eltern hatten nie in einer WG gelebt, in Real de Catorce hatten alle Aussteiger ihr eigenes Haus. Nikis dennoch vorhandener Kommunenargwohn speiste sich wohl eher aus den üblichen Mutmaßungen über die Gepflogenheiten dort: nächtelange Diskussionen in unaufgeräumten, verqualmten Küchen, Drogenpartys zu gruftigen Sphärenklängen und unklare Beziehungsstrukturen – die es in Real de Catorce allerdings tatsächlich gegeben hatte. Dass die Wohngemeinschaft mit einem Künstler wie ein letztlich unkompliziertes Zusammenleben mit Inkarni im Studentenwohnheim in Guadalajara werden würde, konnte Niki sich nicht vorstellen.

«Keine Sorge», sagte die Krankenschwester. «Es geht nicht darum, mit ihm in *dieser* Form zusammenzuleben oder sich ständig mit dem Gedanken herumschlagen zu müssen, dass es vielleicht dazu kommen könnte. Er ist schwul», womit sie Kaspar Tickel meinte. «Er ist sozusagen einer oder eine von uns.»

«Aber er ist Künstler, sagst du. Ich halte nichts von manischen Arbeitsschüben mitten in der Nacht. Na ja, es müssen ja nicht alle so sein», gab Niki sogleich zu.

«Dein Lebensrhythmus mit den Nachtschichten hier im Krankenhaus ist mindestens genauso ungeregelt. Im Übrigen weiß ich gar nicht, ob Kaspar einen unregelmäßigen Lebensrhythmus hat. Ich finde, du solltest darüber nachdenken. Er wird dir jedenfalls nicht an die Wäsche gehen.»

Das war für Niki nach der letzten Wohnungsbesichtigung ein schlagendes Argument.

Als sie am Leopoldplatz aus der U-Bahn stieg, fing es an zu schneien. Vielen Berlinern, die sie kennenlernte, war der Zustand ihrer Stadt in den kalten Wintermonaten unangenehm. Man versicherte ihr ein ums andere Mal, sie sei zur falschen Jahreszeit angekommen, und stellte ihr, gewissermaßen als Entschädigung, einen grandiosen Großstadtsommer in Aussicht mit legendären Partys, zahllosen Freiluftevents und Straßen, in denen das Leben von morgens bis in die Nacht hinein pulsierte. Aber Niki sehnte sich gar nicht nach Partys, Freiluftevents und Straßen, in denen das Leben rund um die Uhr pulsierte.

Es stellte sich heraus, dass Kaspar Tickels Wohnung auf den ersten Blick nicht so aussah, wie sich Niki eine typische Atelierwohnung vorgestellt hatte – jedenfalls nicht durch und durch. Sie war in einem guten Zustand, aufgeräumt und nicht verqualmt, Kaspar rauchte nicht. Hinter der Tür befand sich ein langer Gang mit dunkelrot gestrichenen Dielenbrettern, von dem zwei große und ein kleineres Zimmer und das fabriketagenartige Atelier mit einer breiten Fensterfront abgingen, bevor der Flur am Ende in die Küche mündete.

Die Bilder, es gab sie natürlich, die an den Flurwänden lehnten, wiesen Kaspar als gegenständlichen Maler mit einem Hang zum Absurden und zur Pop-Art aus. Auf einem großen quadratischen Gemälde verspeiste ein Apfel eine Schlange, auf einem kleineren daneben las ein Buch einen Menschen und auf einem anderen fielen Äste von den Blättern eines Baumes. Niki war sich nicht sicher, ob sie die surrealistische Aura solcher Umkehrungen mochte. Das Bild mit dem Apfel und der Schlange fand sie beunruhigend.

«Ich habe meinen Arbeitsrhythmus», sagte Kaspar. «Es nützt ja nichts, wenn wir drum herumreden. Wenn du hier einziehst, müssen wir miteinander klarkommen. Ich finde mich eigentlich nicht anstrengend, aber das denkt vermutlich jeder von sich. – Espresso oder Cappuccino?» Er befüllte eine Schraub-Espressokanne.

«Gerne Cappuccino. Ich brauche ein gewisses Maß an Ordnung um mich herum. Ich mag's nicht, wenn ich nicht mehr durchblicke.»

«Ich nehme an, du weißt, dass ich schwul bin», fuhr er fort. «Wenn dich das stört, dann solltest du das allerdings sagen. Oder bist du lesbisch?»

«N-nein.»

Susanne und Michael hatten sich viel Mühe gegeben, Niki ein «natürliches Verhältnis zu ihrem Körper» zu vermitteln. Sie hatten eine Menge theoretischer Werke über Sexualität gelesen, die *Kinsey-Reports* oder *Die sexuelle Reaktion* von William Masters und Virginia Johnson. Manchmal liefen sie an heißen Tagen im Hochsommer nackt im Haus herum, um Niki vor falschen Schamgefühlen zu bewahren. Damit hörten sie erst auf, als ihnen zu Ohren kam, dass die Freikörperkultur als Idee des frühen zwanzigsten Jahrhunderts auch nationalsozialistische Wurzeln gehabt haben sollte.

Niki trank einen Schluck Kaffee. «Ich suche ja nur ein Zimmer.»

«Schon gut», nickte Kaspar, «aber diese Dinge muss man klären, wenn man unter einem Dach zusammenleben will.»

Er führte sie in das leer stehende Zimmer, das er ihr anbot. Es war angenehm warm und trotz des trüben Winterwetters überraschend hell. Die hintere Stirnwand, fünf oder sechs Meter breit, war komplett mit einem vielfarbigen, grafischen Muster bedeckt. Beim Näherkommen löste sich das bunte Allerlei in viele quadratische Einzelbilder auf, die nach Art des berühmten Marilyn-Monroe-Porträts von Andy Warhol neben- und untereinander angeordnet waren wie auf einem großen Schachbrett – die linke Hälfte davon farbig, die rechte schwarz-weiß. Man hätte auf den ersten Blick an eine Pop-Art-Tapete denken können, allerdings hätte das vervielfältigte Motiv in einer kommerziellen Tapetenkollektion wohl keine Verwendung gefunden. Es handelte sich um Schamlippen zwischen gespreizten Schenkeln, die in etwa so weit geöffnet waren wie Marilyns Mund bei Warhol. Als Niki auf die Wand zuging und die einzelnen Bilder erkannte, entfuhr ihr ein: «Oh!»

«Du musst wissen, deine Vormieterin», anscheinend betrachtete er Nikis Einzug schon als beschlossene Sache, «*war* lesbisch. Die Arbeit war ein Geburtstagsgeschenk. *Vagina-Diptychon.*»

«Und ich nehme an, das soll bleiben?»

«Vielleicht wird die Wand eines Tages abgebaut und im Museum of Modern Art wieder aufgerichtet. Oder meinetwegen auch in der Neuen Nationalgalerie», sagte er. «Und dann könntest du sagen, dass das Bild ein Teil deines Zimmers war.»

«Solange man es nicht für einen Teil meines Körpers hält.»

«Mach dir keine Sorgen. Die Arbeit ist nicht nur ein ironisches Andy-Warhol-Zitat, sie ist auch eine Anspielung an Gustave Courbets Gemälde *Der Ursprung der Welt*. Das zeigt eine Vagina zwischen den gespreizten Schenkeln von Courbets damaliger Freundin, wie bis heute vermutet wird. Aber das ist anhand einer Vagina ja nicht zu entscheiden – jedenfalls nicht im Nachhinein.»

«Ich lebe aber noch. Vielleicht will irgendjemand es herausfinden. Und dann hätte ich noch eine anatomische Anmerkung», sagte Niki. «Das ist keine Vagina, sondern die Vulva, also der Scheidenvorhof.

Das geht umgangssprachlich meistens durcheinander. Durch die geöffneten Labien ist lediglich der Eingang der Vagina zu sehen.»

«Ich seh schon, da kennst du dich aus.»

«Als Ärztin. Und wenn ich Bücherregale davorstellen würde?»

«Hauptsache du dübelst nicht rein.»

Er fand das komisch.

In den Monaten nach ihrem Einzug fragte Niki sich manchmal, was Kaspar wohl an ihr schätzte? Weder war sie künstlerisch begabt noch pflegte sie einen ungezwungenen Lebensstil. Und Kaspar war noch zu jung, um darauf zu spekulieren, dass ein Arzt in unmittelbarer Nähe von Vorteil war. Gut, sie war eine Frau, und Kaspar lebte ganz bewusst mit einer Frau zusammen, wie er ihr einmal erklärte, als sie abends zusammen in der Küche saßen.

Mit einem Mann zusammenzuleben, sagte er, käme in seinem Fall ja der Gründung einer eheähnlichen Gemeinschaft gleich. Und die Ehe, ganz gleich in welcher Form, lehnte er ab – übrigens auch die gleichgeschlechtliche, über die in homosexuellen Kreisen heftig gestritten wurde. Die einen sahen in gleichgeschlechtlichen Ehen eine wichtige Forderung, um die Diskriminierung von Schwulen und Lesben zu beseitigen. Für die anderen war die Ehe als bürgerliche Institution generell kein Lebensmodell, für das zu kämpfen sich lohnte – und das sah auch Kaspar so. Die Homosexuellen sollten in diesem Punkt nicht den gleichen Fehler begehen wie die Heterosexuellen.

«Und außerdem», gab er zu bedenken, «werden wir vielleicht nicht immer in einem halbwegs liberalen Zeitalter leben. Tun wir das überhaupt? Irgendwann werden wir Schwulen wieder ausgegrenzt oder Schlimmeres. Und wenn wir jetzt anfangen zu heiraten, haben die Standesämter schon die zukünftigen Deportationslisten. So leicht sollten wir es denen, die uns hassen, nicht machen. Ich glaube nicht, dass die Mehrheit in ihren Herzen jemals tolerant sein wird. Solange es ihr materiell gut geht, ist sie lediglich gleichgültig.»

Das war das Ernsteste, was Niki von Kaspar Tickel je zu hören bekommen sollte.

Hin und wieder unterstellte er ihr, hinter ihrem Wunsch nach Ordnung verberge sich eine unerfüllte erotische Sehnsucht. Und vermutlich ließ er sich auch nicht von der Annahme abbringen, dass sie insgeheim lesbisch war. Er war auf jeden Fall überzeugt, dass sich jeder bzw. jede im Innersten nach Gefahr, Abenteuer, Sex und Tod sehnte. Warum sprangen die Menschen an Gummiseilen von Brücken? Warum kletterten sie in Gebirgen ungesichert Steilwände hoch? Und im Kino folgte ein Zerstörungsorgien-Block-Buster oder Serienmörder-Psychopathen-Thriller dem anderen. Solche Filme waren aus seiner Sicht nur mäßig originelle Sublimationen archaischer Triebe.

Gelegentlich versuchte er Niki, obwohl sie gar nicht in Zerstörungsorgien-Block-Buster oder Serienmörder-Psychopathen-Thriller ging, zu «wahreren Events» zu überreden. Sie wäre niemals mit ihm in einen der Berliner Clubs gegangen, um ihr Trommelfell zu ruinieren und sich spätestens mit vierzig einen sicheren Tinnitus einzuhandeln. Aber drei- oder viermal im Jahr gingen sie ins Theater. Kaspar schwärmte von einer katalanischen Performance-Truppe namens *La Fura dels Baus*.

«Niki, es ist mal wieder so weit», sagte er einmal beim Frühstück, das sie hin und wieder gemeinsam einnahmen. «Du musst raus aus deiner Mutter-Teresa-Ecke. Ich habe fürs Wochenende Karten für La Fura dels Baus besorgt.»

«La Fura dels Baus?»

«Kennst du natürlich nicht», sagte er. «Habe ich mir gedacht. Die hauen einen um. Lass dich überraschen.»

Nun gut, überraschend war der Abend tatsächlich gewesen, das konnte Niki nicht bestreiten – überraschend in dem Sinn, dass man als Zuschauer nie wusste, was als Nächstes geschehen würde. Es stellte sich heraus, dass es sich bei dem Aufgeführten nicht etwa um ein Theaterstück handelte, bei dem es irgendeine Form von nacherzählbarer Geschichte gegeben hätte. Alles, was stattfand, war mehr oder weniger beliebig gewesen – fand Niki. Und im Gegensatz zu Kaspar war sie nicht der Meinung, dass gerade das ein Zeichen von gesteigerter Wahrhaftigkeit war.

«Wenn es keine Geschichte und keine logischen Zusammenhänge gibt, ist alles nur Zufall», sagte sie hinterher.

«Eben», nickte er, als sei genau das der Punkt.

Die Performance war laut, brutal und splatterhaft gewesen. Einmal schwebten die Schauspieler – Niki fragte sich, ob Schauspieler die passende Bezeichnung war – wie riesige Embryonen in Glastanks voller Wasser oder Theaterblut. Oder sie aßen rohe Innereien und pendelten kurz darauf mit den Füßen an Seilen hängend kopfüber durch die Luft. Die Zuschauer standen ohne feste Plätze herum, und ständig waberte farbiger Nebel wie Kanonendampf durch das Theaterzelt. Irgendwann tauchten von irgendwoher Männer auf, die nackt waren bis auf eine Art Hodenhalter, der ihr Geschlecht vor allzu viel Gependel bei ihren Aktionen bewahren sollte. Sie jagten das Publikum mit Keulen, kreischenden Kettensägen und Flex-Geräten durch die Manege, sodass man eine Viertelstunde lang ständig auf der Flucht war.

Kaspar amüsierte sich prächtig. Für ihn zeigte die Performance die brutale Vereinzelung und Isolation des Menschen und die Auflösung aller sozialen Bindungen in der modernen, durch die Kälte und Erbarmungslosigkeit der Technik und die rasante Beschleunigung aller Lebensumstände bestimmten Welt. Und außerdem sei das Ganze natürlich ein Riesenspaß, ein Art archaisches Jahrmarktsspektakel im modernen Gewand, das unsere tiefe Sehnsucht – und da kam es wieder, sein Mantra – nach Leben, Gefahr, Abenteuer, Sex, Rausch und Tod auf geniale Weise in apokalyptische Bilder transformiere.

«Wie du weißt, sehne ich mich nicht nach Gefahr, Abenteuer, Sex, Rausch und Tod.»

«Niki», sagte Kaspar, «irgendwann kommst auch du an diesen Punkt. Du wirst sehen.»

Er hatte natürlich gehofft, dass die Schweiß-und-Blut-Show der Katalanen in ihr irgendetwas aufbrechen würde. Aber was hatte der Verzehr von rohen Innereien mit ihren Defiziten zu tun, von denen es zweifellos eine Menge gab, das war ihr auch ohne den Bühnenkrawall klar. Sie fuhr nach der Performance ins Krankenhaus.

«Du willst jetzt noch ins Krankenhaus?»

«Es gibt da einen Patienten, nach dem ich sehen möchte. Er liegt mir irgendwie am Herzen.»

Kaspar zog die Augenbrauen hoch, nickte nachdenklich und ließ sie ziehen. Er konnte nichts dagegen sagen, dass sie sich in besonderer Weise für einen Patienten verantwortlich fühlte, aber wahrscheinlich traute er der Sache nicht und glaubte nach wie vor, dass sie sich ihren Gefühlen nicht stellte und stattdessen ihre Energien auf ihre Patienten verwendete, auf ihre Rolle als Mutter Teresa, wie er sich auszudrücken pflegte. Sollte er nur. Niki zweifelte an vielem, aber nicht daran, dass es richtig war, im Krankenhaus nach einem Patienten zu sehen.

Das Taxi fuhr durch die nächtlichen Straßen der Stadt, in der sie durch eine Mischung aus Neugier, Protest und Eigensinn gelandet war. Sie sah in Gedanken aus dem Fenster. Ein kühler Regen war aufgekommen, auf der Straße zogen nur wenige erhellte Fenster vorüber. Irgendwann registrierte Niki, so wie beim Erwachen an einem ungewohnten Ort, dass ihr nicht ganz klar war, wo sie sich befand. Das Taxi, stellte sie beim Blick in die Nacht fest, fuhr durch ein kaum erleuchtetes Industriegebiet, das ihr unbekannt vorkam. Sie konnte sich nicht erinnern, mit einem Taxi je durch derart düstere Straßen gefahren zu sein.

«Entschuldigung», sagte sie schließlich, «sind Sie sicher, dass das der richtige Weg ist?» Und als der Taxifahrer nicht reagierte, wiederholte sie noch einmal: «Ich glaube nicht, dass es hier langgeht.»

Anstatt zu antworten, ließ der Mann den Wagen an den Bordstein rollen. Sie waren so weit von der nächsten Straßenlaterne entfernt, dass seine Hände auf dem Steuerrad nur schwach bläulich schimmerten. Allmählich stieg in Niki ein ungutes Gefühl auf, das sie vor etwas warnte. Aber sie war zu gutgläubig, zu unbedarft und zu langsam im Erfassen jener unsichtbar lauernden Bedrohungen, die aus dem Nichts, so kam es ihr immer vor, auftauchen konnten. Noch bevor der Wagen endgültig zum Stehen kam, verschloss der Taxifahrer die Türen mit der Zentralverriegelung.

Es regnete, und in den Schlaglöchern des Asphalts standen ölige Pfützen. In einer Gegend wie dieser streunten um diese Zeit allenfalls ein paar Katzen herum, und auch die ließen sich bei dem Wetter nicht blicken. Der Taxifahrer stellte den Motor ab und begann, sich mit seinen fleischigen Fingern an der Hose zu schaffen zu machen, öffnete die Gürtelschnalle und zog den Reißverschluss hinunter. Aus dem Schlitz kramte er seinen Penis heraus, den er sodann begann, in eindeutiger Weise zu bearbeiten.

Nikis Puls raste – aber sie stellte auch fest, dass ein Teil von ihr, der medizinische, der Ärztinnenteil, in diesem Moment aktiv blieb. Der Taxifahrer war ein übergewichtiger Pykniker zwischen fünfzig und sechzig Jahren, der, wie nicht wenige Pykniker, an Asthma litt. Es würde ihm kaum möglich sein, die Lehnen der Vordersitze zu überwinden, um auf der Rückbank über sie herzufallen. Sie würde ihn sich mit Fußtritten vom Leib halten können. Doch vielleicht würde das gar nicht nötig sein, Exhibitionisten waren meistens keine Vergewaltiger. Dem Anblick seines dumpfen, mechanischen Masturbierens war sie dennoch ausgeliefert.

Wegzuschauen oder gar die Augen zu schließen waren keine Optionen. Niki fand in sich auch keine mentale Umleitung, das Geschehen in ihrem Bewusstsein zu banalisieren. Im ärztlichen Alltag waren Erektionen möglich, aber doch nicht gewöhnlich genug, um sie lediglich als Symptom zu betrachten, es sei denn in der Psychiatrie, wo die exhibitionistische Selbstbefriedigung ein bekanntes Aktionsmuster war. Der Taxifahrer fing aufgrund seines Asthmas bedenklich an zu schnaufen. Es gelang Niki nicht, sein Verhalten mit den Augen der Medizinerin ausschließlich als psychische Störung zu betrachten.

Die Vorstellung, seine Masturbation bis zu Ende mitansehen zu müssen, ließ Wut in ihr aufsteigen. Sie kam an den gleichen Punkt, an dem sie vor vier Jahren bei jener Wohnungsbesichtigung schon einmal gewesen war, nur dass sie diesmal weniger spontan handelte, sondern aus dem intuitiven Bewusstsein heraus, dass Männer vielleicht vor Frauen keinen Respekt haben mochten, aber mitunter doch vor Ärztinnen.

«Das sieht nicht gut aus», sagte sie. «Entschuldigen Sie, dass ich das so direkt anspreche, aber die Tatsache, dass Ihre Hoden geschwollen sind, hängt nicht nur mit Ihrem Erregungszustand zusammen. Ich bin Ärztin und habe regelmäßig mit Genitalkomplikationen zu tun. Da gibt es eine Menge. Aus der dunklen Färbung Ihrer Hoden kann ich mit ziemlicher Sicherheit auf eine Hodentorsion als Ursache schließen. Und die sollten Sie wirklich ernst nehmen. Natürlich müsste zur genaueren Diagnostik eine Ultraschalluntersuchung durchgeführt werden, um festzustellen, ob Ihr Hoden noch anhaltend durchblutet wird. Und es müsste abgeklärt werden, ob sich in Ihrem Hoden eine Gewebeeinschmelzung, also ein Abszess gebildet hat. Und um eine Blasenentleerungsstörung auszuschließen, würde ich sicherheitshalber noch zu einer Uroflowmetrie und einer Restharnbestimmung raten. Aber wie gesagt: Durch die Inaugenscheinnahme Ihres Hodens bin ich mir doch sehr sicher, dass wir es mit einer Hodentorsion – also einer inneren Verdrehung des Hodens – zu tun haben, und die ist wirklich gefährlich. Die Folge der Hodenverdrehung ist eine Strangulation der Blutgefäße durch den Samenleiter, wodurch die Sauerstoffversorgung des Hodens unterbrochen wird. Es bleibt dann nur noch wenig Zeit, um ihn operativ zu retten. Dabei wird der Hoden zusammen mit dem Samenstrang am tiefsten Punkt des Hodensacks fixiert, damit es später nicht wieder zu einer erneuten Verdrehung kommen kann. Bei der Operation wird meist auch der nicht verdrehte Hoden fixiert, um einer Torsion auf der anderen Seite vorzubeugen. Ohne die Operation droht Ihnen schon nach wenigen Stunden der Totalverlust des Hodens, und dann verbleibt für Sie als einzige medizinische Option nur noch die Kastration.»

Danach schwieg sie. Während ihrer Rede waren die Handbewegungen des Taxifahrers – sie registrierte jede noch so geringe Veränderung – schließlich langsamer geworden, und ungefähr bei «Uroflowmetrie» oder «Restharnbestimmung» begann sein Glied zu schrumpfen. Dennoch hatte sie wie ein Medizinautomat weiter geredet, als könne sie mit ihrem Sermon, wenn sie ihn nur lange genug fortsetzte, den Penis des Taxifahrers mit Worten nicht nur verkleinern, sondern zum Verschwinden bringen. Und ein bisschen war es auch so: Sein Glied verkümmerte zusehends zwischen seinen Fingern, und als Niki bei «Kastration» angekommen war, hatte sich die Erektion so weit zurückgebildet, dass das schlaff gewordene Glied unter dem behaarten Handrücken verschwunden war.

Danach saßen sie schweigend im Wagen. Die Stille kam Niki wie ein akustisches Mikadospiel vor, bei dem ein einziges falsches Wort den Albtraum von vorne beginnen lassen konnte. Es war nicht ausgeschlossen, dass der Taxifahrer sich für sein Versagen an ihr rächen wollte. Doch weil da immer noch die für ihn unüberwindliche Sitzlehne zwischen ihnen war, hätte er die Verriegelung der Türen aufheben, aussteigen und um den Wagen herumgehen müssen, um zu ihr zu gelangen. Das hätte ihr Gelegenheit gegeben, zu fliehen. Mit seiner chronischen Bronchialobstruktion würde er es keinesfalls schaffen, ihr bei einem Sprint länger als zehn oder zwanzig Sekunden zu folgen. Danach drohte ihm ein lebensbedrohlicher Status asthmatikus. Und wenn er dann röchelnd auf dem Pflaster läge, könnte sie nicht viel für ihn tun. Wo sollte sie hier um diese Zeit Salbutamol, Ipratropiumbromid oder Kortikosteroide herbekommen?

Es war vorbei. Wie nach einem langen, aber unentschiedenen Kampf, in dem sich beide Gegner bis zum Letzten verausgabt hatten, mussten sie den Weg zurück in die Normalität finden. Und wie eine Geisel, die nach einiger Zeit dem Stockholm-Syndrom erliegt, fühlte sich Niki auf einmal innerlich aufgerufen, dem Taxifahrer durch irgendeine versöhnliche Bemerkung eine Brücke in diese Normalität zu bauen. Nikis charakterliche Prädisposition für das Stockholm-Syndrom war vermutlich perfekt. Der Taxifahrer hatte sich in jeder Hinsicht blamiert, und nun tat er ihr leid. Sie konnte sich gegen ihren Hang – oder fast schon Zwang –, das Leiden anderer lindern zu wollen, nicht wehren. Doch bevor sie etwas sagen konnte, ließ der Taxifahrer den Motor wieder an und fuhr los. Am Ende des Industriegebietes wurde eine heller erleuchtete Gegend sichtbar. An einer noch belebten Kreuzung mit ein paar einfachen Restaurants löste er die Verriegelung der Türen. Niki stieg aus, und der Wagen fuhr weiter.

Später fiel ihr ein, dass sie sich nicht einmal das Kennzeichen gemerkt hatte. Plötzlich zitterte sie, ihr wurde übel. Es regnete immer noch. Und als sie dort frierend im Regen stand, glaubte sie, die zynische Bedeutung dieses Abends zu verstehen. Das, was die Leute bei *La Fura dels Baus* suchten, war das, was sie soeben erlebt hatte. Sex, Gefahr, Tod – die Menschen stellten sich darunter etwas Archaisches vor, die Quelle eines tieferen Empfindens von Leben im Angesicht seiner Bedrohung, wie es ihnen im modernen, gezähmten Alltag verloren gegangen war. Doch diese Tiefe war eine Illusion, so wie jede Droge eine Illusion war. Alles, was Niki empfand, war Abscheu über den halb erigierten Schwanz eines alten, hässlichen Mannes und das Kriechen der Kälte in ihren missbrauchten, denn ein Missbrauch war es trotz allem gewesen, Körper.

Kaspar war noch wach, als sie nach Hause kam.

«Geht es deinem Patienten gut?»

Ihr liefen wieder Tränen über die Wangen.

«Hey, was ist los?» Er nahm sie in den Arm und wartete ab, bis sie sich beruhigt hatte. Dann kochte er einen Tee, während sie ihm die Geschichte erzählte.

«Was ist nur los mit mir?»

«Mit dir ist gar nichts los, nur mit den Männern.»

«Aber warum passiert mir so was?»

«Liebste», sagte Kaspar und stellte den Tee vor sie hin. «Ich befürchte, die traurige Wahrheit ist, dass Scheiße mit Männern allen Frauen passiert. Wusstest du übrigens, dass Exhibitionismus ein Vergehen ist, für das Frauen juristisch nicht belangt werden können? Exhibitionismus ist im Gesetzbuch als ausschließlich männliches Phänomen definiert. Stell dir vor, ein gesetzlich verankertes weibliches Privileg! Ihr dürft euch entblößen, wann und wo immer ihr wollt.»

«Wirklich, Kaspar. Ich finde das nicht komisch.»

«Lass dich aufmuntern, Schatz», sagte er. «Natürlich, es war große Kacke. Aber du wirst damit klarkommen.»

«Und wenn es ein Fluch ist?» Der heiße Tee tat ihr gut. «Ich habe schon überlegt, meinen damaligen Hoden-Patienten zu suchen. Mit dem hat alles begonnen, da bin ich mir sicher. Aber es ist aussichtslos, keine Chance. Welche Optionen habe ich sonst noch?»

«Du willst einen Fluch loswerden? Ich meine, *deinen* Fluch?»

«Ja, genau.»

Kaspar schwieg eine Weile.

«Fahr nach Lourdes.»

«Wie bitte?»

Niki hatte ihm die Geschichte von ihrer Zeugung in Lourdes und ihren diversen «Taufen» kurz nach ihrem Einzug erzählt. Kaspar hielt nicht viel von Religionen. So unterschiedlich sie auch sein mochten, eines hatten sie doch alle gemeinsam: Sie waren homophob. Aber er war offen für individuelle spirituelle Erfahrungen. Eine Pilgerreise, befand er, war die perfekte Medizin für das moderne, durch das Nichts eines sinnentleerten Daseins stürzende Bewusstsein. Eine Pilgerreise – oder eben *La Fura dels Baus*.

«Dann Lourdes», sagte Niki entschieden.

«Du bist da gezeugt worden», sagte er. «Wenn in deiner spirituellen Matrix etwas nicht in Ordnung ist, sollte sich das dort beheben lassen. Ist das nicht der Sinn von Wallfahrten? Bei solchen Heilungen geht es nicht um kausale Zusammenhänge wie in der Schulmedizin. Du willst etwas tun, das dich weiterbringt? Da ist es.»

«Aber das wäre wirklich verrückt.»

«Ja, das wäre es, Liebste.»

6
Die Datsche

Eine der frühesten Erinnerungen, die Victor Belkow an seine Kindheit hatte, war jener Moment im Kindergarten, als ihm aufging, dass alle Kinder einen Vater hatten, nur er nicht. Er wuchs in Ostberlin in der Obhut seiner Mutter und seiner Großmutter auf, die ihn mit allem versorgten, was er brauchte, und er konnte sich in späteren Jahren nicht erinnern, dass es je einen ernsten Konflikt zwischen ihm und diesen beiden Frauen gegeben hatte. Das war ein Grund dafür, wenn auch nicht der einzige, dass er sich in der Gegenwart älterer Frauen stets wohlfühlte und bereit war, sich ihnen anzuvertrauen. Seinen Vater lernte er nie kennen.

Nach jenem Tag im Kindergarten ging er zu seiner Mutter. Sie stand in der Küche an dem alten, gekachelten Herd aus den Dreißigerjahren, der die Bombardierungen Berlins überstanden hatte, und als er sie nach seinem Vater fragte, verdunkelte sich ihr Blick in einer Weise, die er als Kind zuerst nicht deuten konnte. Seine Mutter erklärte ihm, dass sein Vater bei einem tragischen Verkehrsunfall ums Leben gekommen sei. Sie ging zum Küchentisch, der mit einem blassen Wachstuch bedeckt war, und Victor sollte sich zu ihr setzen. Ein Lieferwagen, so erzählte sie ihm, habe eine rote Ampel überfahren und seinen Vater im Sommer 1961, nur sechs Wochen nach Victors Geburt, auf einem Zebrastreifen erfasst. Sein Brustkorb sei zerquetscht und sein Körper mehrere Meter mitgeschleppt worden, bis sein Kopf gegen einen Bordstein geschlagen sei. Jede Hilfe sei zu spät gekommen.

Die Schilderung dieses Unfalls schockierte Victor so nachhaltig, dass er sich ungefähr zehn Jahre lang nicht mehr nach seinem Vater erkundigte. Erst mit vierzehn oder fünfzehn erwachte in ihm erneut ein Interesse an seiner Herkunft. Wenn sein Vater auch tot war, so sagte er sich, konnte es Angehörige geben, einen Bruder oder eine Schwester. Vielleicht hatte er Cousins oder Cousinen. Und was war mit jenem zweiten Großelternpaar, den Eltern seines Vaters, das es schließlich geben oder gegeben haben musste?

Nun behauptete seine Mutter, sein Vater, Günther Belkow, sei Kriegswaise gewesen und die gesamte Familie bei dem großen Bombenangriff auf Dresden im Februar 1945, bei dem es zu einem orkanartigen Feuersturm gekommen war, der Metall zum Schmelzen gebracht, Fenster gesprengt und nahezu die gesamte Innenstadt zerstört hatte, in ihrer brennenden Wohnung ums Leben gekommen. Als fünfzehnjähriger Flakhelfer habe Günther als einziges Familienmitglied den Angriff in einer Stellung außerhalb Dresdens überlebt. Er wurde Elektriker, und sie lernte ihn in den Fünfzigerjahren kennen. Von entfernteren Verwandten habe er ihr nie etwas erzählt, und da es sein Wunsch gewesen sei, nach dem Tod verbrannt und als Asche in alle Himmelsrichtungen verstreut zu werden – ein Wunsch, dem sie entsprochen habe –, gebe es auch kein Grab oder andere materiellen Hinterlassenschaften seines Vaters.

Victor blieb nichts anderes übrig, als diese spurlose Auslöschung seines Erzeugers hinzunehmen, die ja der Wahrheit entsprechen konnte. Dennoch sollte er sich mit zunehmendem Alter manchmal fragen, ob es für die so vollständige Abwesenheit seines Vaters nicht auch eine andere Erklärung geben konnte. Was, wenn seine Mutter ihm nicht die Wahrheit sagte – womöglich, um ihn zu schützen? Einen anderen Grund konnte Victor sich nicht vorstellen. Alles, was seine Mutter tat, geschah, um ihn zu schützen. Was also, wenn die Wahrheit über seinen Vater für ihn oder für sie gefährlich gewesen wäre?

Und so fragte Victor sich, ob der Zeitpunkt jenes Verkehrsunfalls, bei dem sein Vater angeblich ums Leben gekommen war, der Sommer 1961, möglicherweise kein Zufall war. Am 13. August 1961, so viel wusste Victor inzwischen, war in Berlin die Grenze zwischen dem Ost- und dem Westteil der Stadt, zwischen der sowjetischen und der alliierten Besatzungszone, von östlicher Seite aus abgeriegelt und mit dem Bau einer Mauer quer durch die Stadt begonnen worden. Was, wenn sein Vater in diesem Sommer 1961 eine letzte Möglichkeit genutzt hatte, aus Ostberlin zu fliehen?

Victor interessierte sich nicht für Politik, die in der Schule als Entfaltung des Marxismus-Leninismus gelehrt wurde. Doch irgendetwas in ihm zweifelte an dem, was von seinen Geschichtslehrern immer wieder so oder so behauptet und verkündet wurde: dass der Sozialismus dem Kapitalismus naturgesetzlich überlegen sei und sich daher mit wissenschaftlicher Notwendigkeit überall auf der Welt durchsetzen werde.

In seinem Freundeskreis kursierten unter der Hand viele Gerüchte – gespeist aus heimlich empfangenem Westfernsehen, den Erzählungen von Westverwandten und von ihnen ins Land geschmuggelten Magazinen voller verlockender Bilder – über das buntere Leben im anderen, so nahen und doch zugleich so fernen Teil Deutschlands.

Der Traum von Selbstbestimmung, materiellem Wohlstand und Reisefreiheit war zu groß, als dass Vicor ihn hätte ignorieren oder vergessen können. Im Gegenteil: Er begann davon zu träumen, seinem Vater – oder besser gesagt, dem freiheitsliebenden Menschen, als den er ihn sich inzwischen vorstellte – zu folgen und das Land zu verlassen.

Das war allerdings etwas, worüber er mit seiner Mutter nicht reden konnte. Im Gegensatz zu ihm hatte sie sich mit ihrem Leben schon lange arrangiert und nahm die Umstände als unumstößliche Gegebenheiten hin. Sie hatte die Bombardierungen Berlins überlebt, womit ihr Bedarf an Aufregung, Dramatik und riskanten Unternehmungen ein für alle Mal gedeckt war.

Und da sie in der Mittellosigkeit der Nachkriegszeit am meisten unter schlechtem, nicht passendem oder kaputtem Schuhwerk gelitten hatte, war sie Schuhverkäuferin geworden, um in dieser Hinsicht an der Quelle zu sitzen. Victor hatte von allen Mitschülern immer die besten Schuhe, um die er oft beneidet wurde – bis zu dem Zeitpunkt, als nach einigen innerdeutschen Abkommen und den damit verbundenen Reiseerleichterungen manche mit *Adidas-* oder *Puma-*Turnschuhen von Verwandten aus Westdeutschland in die Schule kamen.

Victors Mutter war der Meinung, dass schlechtes Schuhwerk nicht nur Füße, Knie- und Hüftgelenke sowie die Wirbelsäule ruinierte, sondern auch das seelische Wohlbefinden eines Menschen angreifen würde und eine der Hauptursachen für schlechte Laune, allgemeine Unlust und vielleicht sogar Lebensmüdigkeit war. Dies bewies ihrer Meinung nach auch die deutsche Sprache, in der die Redewendung: «Wo drückt dich der Schuh?» ganz allgemein für: «Was bedrückt dich? Was macht dich traurig oder nachdenklich?» stand.

«Wo drückt dich der Schuh?», fragte sie auch Victor hin und wieder, wenn er schweigsam in seinem Zimmer saß und, was sie natürlich nicht wusste, darüber nachdachte, wie er es am besten anstellen könnte, aus dem Land zu fliehen. Sie spürte aber, dass ihm etwas Kompliziertes durch den Kopf ging. Die Bemerkung, wo ihn der Schuh drücke, war in solchen Momenten weniger eine Frage, als vielmehr der Versuch, ihn aufzumuntern. Sie nahm an, dass er, wie alle Jugendlichen in seinem Alter, mit sich selbst beschäftigt war, damit, seinen Platz in dieser Welt zu finden. Und irgendwie stimmte das ja auch – nur dass für ihn dieser Platz ein kaum zu erreichender Sehnsuchtsort war: der Westen.

Nur im Sommer gelang es ihm manchmal, seinen Traum von einer Flucht in den Westen zu vergessen. Dann fuhr er mit seinen Freunden, die ihn Vic nannten, an eine der zahlreichen Badestellen im Süden Berlins – an den Mellensee, den Neuendorfer See oder den Teufelssee. Manche Badestellen lagen versteckt in trockenen, ausgedehnten, nach Harz und Pollen duftenden Kiefernwäldern und waren oft nur mit dem Fahrrad über schmale Wege voller Wurzeln zu erreichen. Nirgendwo konnte man sich so gut wie dort in der schulfreien Sommerzeit der Illusion hingeben, frei zu sein.

Am liebsten badete Vic im Süden von Potsdam. Die Lichtungen fielen zu den Seeufern hin oft sanft ab und endeten am Wasser in schmalen Sandstreifen. Die leichte Hanglage machte die Sonnenstrahlung besonders intensiv, und nachmittags wurde der Sand, der morgens noch feucht von der Nacht war, immer trockener, wärmer und weicher.

Häufig fuhren sie an die Strände, an denen es üblich war, nackt zu baden. Das war aufregend, hatte aber in den ersten Jahren immer auch die Aura einer Mutprobe, wie sie sie als Kinder hatten durchstehen müssen, wenn andere einen aufforderten, von einem hohen Ast zu springen oder einen Kieselstein gegen das Fenster eines ungeliebten Nachbarn zu werfen. An einen Nacktbadestrand zu gehen, bedeutete ja nicht nur, andere – und das hieß in ihrem Fall vor allem die gleichaltrigen Mädchen – ausgezogen zu sehen, sondern sich auch selbst ausziehen zu müssen.

Vic machte das nicht viel aus. Er schämte sich nicht, aber Scham war es auch nicht, mit der einige seiner Freunde zu kämpfen hatten. Es war so, dass viele von ihnen beim Anblick der Mädchen – insbesondere wenn diese aufstanden, um irgendetwas zu machen, in einer Tasche nach Sonnenöl zu kramen, zu einer Freundin oder ins Wasser zu gehen oder sich einfach nur aufzurichten, um eine Weile versonnen auf den See hinauszublicken – es nicht verhindern konnte, dass das, was sie sahen, zwischen ihren Beinen zu einer Reaktion führte. Es war nicht immer so, aber manchmal bekamen sie eine Erektion und mussten sich dann für eine Weile auf den Bauch legen. Das war die Zwickmühle der Freikörperkultur: Es war an einem Nacktbadestrand nicht möglich, nicht nackt zu sein.

Vic kam damit von allen am besten zurecht: Er bekam nie eine Erektion. Er betrachtete die jungen Frauen, die am Strand in der

Sonne lagen, und sein Penis rührte sich nicht. Manche seiner Freunde versuchten ihn zu provozieren, indem sie behaupteten, mit ihm wäre etwas nicht in Ordnung. Sie suchten sich das hübscheste Mädchen am Strand aus und meinten, wenn Vic die ansehe, ohne dass er ihm hart würde, wäre das nicht normal. Und Vic sah das Mädchen an, und sein Penis wurde nicht hart. Dass sich seine Freunde darüber ärgerten, lag daran, dass er ihnen damit überlegen war: Man konnte das schönste Mädchen an einem FKK-Strand nicht mit einer Erektion ansprechen.

Einmal, als Vic allein an einem See lag, kam eine Frau auf ihn zu. Vic dachte zunächst, sie wollte nur an ihm vorübergehen, doch dann blieb sie neben ihm stehen und bat ihn um Feuer. Mit siebzehn war er noch nicht in der Lage, das Alter von Erwachsenen zuverlässig zu schätzen, und erst recht nicht, wenn sie nackt vor ihm standen. Für ihn und seine Freunde gab es an diesen Stränden nur zwei Alterskategorien für weibliche Wesen: Mädchen und Frauen. Und vor Vic stand eine Frau. Sie schien ihm ungefähr im Alter seiner Mutter zu sein, wobei die Spanne dieses Ungefährs allerdings ziemlich groß war. Die Frau konnte in Vics Augen von Mitte dreißig bis Anfang oder Mitte fünfzig jedes Alter haben. Irgendwo darüber begann dann die Altersspanne der Großmütter, doch in dieser war sie eindeutig nicht.

Sie beugte sich mit einer Zigarette im Mund vor, wobei ihre Brüste sich seinen Augen entgegensenkten. In ihren Haaren war noch kein Grau zu erkennen wie bei seiner Mutter, aber vielleicht waren sie ja gefärbt. Auch ihre Schambehaarung, recht genau auf der Höhe seiner Augen, war noch dunkel und dicht, aber nach Vics FKK-Beobachtungen behielten Schamhaare ihre Farbe länger bei als das Kopfhaar. Er gab ihr Feuer und nahm an, dass sie sich nun bedanken und wieder entfernen würde. Doch so kam es nicht. Sie bedankte sich, aber entfernte sich nicht. Sie nahm einen Zug, blies den Rauch aus und setzte sich neben ihn.

Vic wusste nicht, was das zu bedeuten hatte und wie er sich nun verhalten sollte. Sie hielt ihm die Zigarettenschachtel hin, er nahm eine und zündete sie sich an. Danach saßen sie eine Weile schweigend nebeneinander, rauchten und sahen auf den See hinaus.

Nach einer Weile drehte die Frau sich zu ihm, betrachtete seinen Penis und sagte: «Hast du keine Angst, dass er sich rühren könnte, wenn du die Mädchen hier ansiehst?»

Vic starrte geradeaus und schüttelte stumm den Kopf. Er war an den Stränden noch nie befangen gewesen, aber jetzt war er es doch, und das nicht, weil er nackt war oder weil die Frau nackt war, das höchstens ein wenig, doch am meisten weil sie ihn so unumwunden auf seinen Schwanz ansprach.

Er wusste nicht, was er sagen sollte.

Irgendwann fuhr sie fort: «Es gibt ein paar sehr hübsche Mädchen hier. Die Blonde mit dem Pferdeschwanz dort hinten, oder ihre Freundin mit dem Bubikopf. Gefallen sie dir?»

Vic sah die beiden kurz an und nickte.

Sie betrachtete noch einmal seinen Penis. «Wenn alle Frauen in *meinem* Alter wären, bräuchtest du dir ja keine Gedanken darüber zu machen, dass er sich rühren könnte.»

«Ich mache mir keine Gedanken darüber», sagte er.

«Oder magst du eher Jungs?»

Von der Direktheit ihrer Frage überrumpelt, begriff er nicht, dass er nicht darauf hätte antworten müssen.

«Nein», sagte er schnell.

Sie nickte. «Das wäre ja auch jammerschade.»

Sie saßen wieder eine Weile schweigend nebeneinander. Offenbar war sie nicht in Begleitung hier. Vic sann darüber nach, was eine Frau, die vielleicht im Alter seiner Mutter war, wohl von ihm wollte. Er stellte fest, dass er es angenehmer fand, neben ihr zu sitzen, zu rauchen und zu schweigen, als neben seinen Freunden, die von ihm erwarteten, dass er ihm hart wurde.

«Worüber denkst du nach?»

«Über nichts», sagte er.

Seine Kehle war trocken.

«Bist du hier, weil du ein Mädchen suchst?»

«Nein», sagte er wahrheitsgemäß.

Sie nickte. «Das glaube ich dir. Dazu brauchst du nicht hierherzukommen.»

«Ich find's schön, hier zu liegen.»

«Der See ist hier besonders schön.»

«Ja, finde ich auch.»

«Kommst du regelmäßig her?»

«Oft. Meistens mit meinen Freunden. Aber manchmal bin ich auch gern allein. Wir haben verschiedene Seen, zu denen wir fahren. Den hier mag ich, weil er im Wald liegt.»

«Ich wohne im Wald», sagte sie. «In einer Datsche.»

«Das ist toll.»

«Sie gehört mir nicht, aber ich kann eine Weile dort sein ... Soll ich sie dir zeigen?»

«Ich weiß nicht.»

«Es ist nicht weit.»

Vic sah aufs Wasser hinaus. Er war sich nicht sicher, was ihr Vorschlag zu bedeuten hatte. War er denn nicht viel zu jung, um das zu tun, was sie vielleicht im Sinn hatte? Oder spielte das Alter dabei keine Rolle?

Unwillkürlich verglich er die Brüste und den Schoß des blonden Mädchens mit ihren Brüsten und ihrem Schoß. Es waren schöne volle Brüste, fand er, und es war ein weicher, dunkler Schoß. Und auf einmal, beim Anblick ihrer Brüste, spürte er, dass sein Schwanz sich regte – nicht viel, er verlor ein wenig seine weiche Krümmung, und die Spitze rutschte auf dem Sand ein bisschen vor.

Die Frau sah es. Sie drückte ihre Zigarette aus, nahm seine Hand und sagte: «Komm!»

Sie zogen sich an. Vic war froh darum, denn nun wuchs sein Penis weiter. Seine Freunde hatten nicht recht: Es war alles in Ordnung mit ihm.

Ein paar Wochen lang fuhr er täglich zum See, um diese Frau dort zu treffen, deren wahren Namen er in dieser kurzen Zeit nie erfahren sollte. Als er sie einmal, nachdem sie miteinander geschlafen hatten, danach fragte, küsste sie seine noch feuchte Eichel, bis sie sich wieder regte, was in seinem Alter nicht sehr lange dauerte. Nach einer Weile sagte sie, er solle sie Eva nennen, sie habe ihn ja verführt.

Vic hatte nie Religionsunterricht erhalten und kannte die Geschichte von Adam und Eva nicht. Eva erzählte sie ihm und tat dann das, was der Geschichte zufolge ihre Aufgabe war: Sie verführte ihn wieder. Vic war nicht klar, warum das Leben vor dem Sündenfall besser gewesen sein sollte als danach. Und Eva sagte, das wisse sie auch nicht.

Die Datsche war ein graues, niedriges Gebäude mit einem schräg aufgesetzten Pultdach. Immer wenn sie durch den Wald gingen und dort ankamen, erschien Vic der flache Bau wie ein luxuriöser Palast. Der Ausdruck Datscha kam aus dem Russischen und bedeutete ursprünglich «fürstliches Landgeschenk». Die meisten Datschen waren klein, doch das, was Vic darin geschenkt bekam, empfand er als fürstlich.

Vic kam nie auf den Gedanken, Eva Fragen über ihr Leben zu stellen. Natürlich hätte er gerne mehr von ihr erfahren, aber sie waren zu sehr damit beschäftigt, sich zu lieben. Vic lernte, dass man mit der Liebe viel Zeit zubringen konnte und dass es viele Wege gab, ans Ziel zu kommen. Und da er sich in Evas Armen stets schnell erholte, blieb ihnen an diesen Nachmittagen keine Zeit, sich gegenseitig viele Fragen über ihr Leben zu stellen. Eva zog die Vorhänge im Schlafzimmer zu und legte sich zu ihm. Und wenn sie sie wieder öffnete, dämmerte es schon, und er fuhr mit dem Rad durch die laue Abendluft voller Insekten nach Hause.

Wenn er in diesen Tagen im warmen Ufersand saß und auf Eva wartete, bekam er manchmal doch eine Erektion, eine kleine, unauffällige. Wenn Eva dann auftauchte und sich neben ihn setzte, ihn heimlich am Oberschenkel berührte und ihm ins Ohr flüsterte: «Ich kann an nichts anderes mehr denken, als dass du mich vögelst», musste er sich, wie früher seine Freunde, auf den Bauch legen, oder die Hose anziehen.

Eva verschwand so unangekündigt aus seinem Leben wie sie zuvor darin aufgetaucht war. Er saß am See und wartete, doch sie kam nicht mehr. Er ging zur Datsche, und Eva war nicht da. Die Fenster waren geschlossen, die Vorhänge zugezogen und das Gartentor verriegelt. Es gab nirgendwo ein Namensschild – das hatte er schon vorher bemerkt, aber jetzt hoffte er inständig, es müsste sich doch irgendein Hinweis auf den Besitzer finden lassen.

Er fand keinen. Es konnte ja stimmen, dass es sich nicht um Evas Haus handelte, sondern das eines Freundes. Doch auf offiziellem Weg herauszufinden, wem eine Datsche möglicherweise gehörte, war vollkommen unmöglich. Eva war fort, und Vic würde nie erfahren, wer sie gewesen war.

Vic hatte in diesem Sommer seltener davon geträumt, wie es wäre, in Westdeutschland zu leben. Doch nachdem Eva fort war, dachte er umso häufiger daran und begann wieder, Fluchtpläne zu schmieden, die er mal durchführbar fand und dann wieder als zu gefährlich verwarf. Und auch sein Argwohn, sein Vater könnte 1961, kurz vor dem Mauerbau, geflohen sein, kehrte zurück. Vielleicht glich er ihm in diesem Punkt – von seiner Mutter hatte er die Sehnsucht nach einem freien Leben im Westen offensichtlich nicht.

Hinter vorgehaltener Hand hieß es, dass die Westgrenze der Tschechoslowakei überwindbar wäre, weil sie nicht ebenso streng bewacht würde wie der mit zwei Meter hohen Stacheldrahtzäunen, Wachtürmen und automatischen Schussanlagen gesicherte Grenzstreifen zwischen Ost- und Westdeutschland. Vic versuchte an eine tschechoslowakische Landkarte heranzukommen, aber selbst das war nicht leicht.

Und es war auch nicht ungefährlich. Es stand nicht nur das «illegale Verlassen des Staatsgebietes» unter Strafe, sondern bereits die «Vorbereitung einer Flucht». Der Erwerb von Straßenkarten der tschechoslowakisch-westdeutschen Grenzregion konnte als Planung einer Republikflucht gewertet werden – jedenfalls hatte Vic das gehört. In seinem Freundeskreis erzählte man sich solche Geschichten. Angeblich war in Bulgarien ein Urlauberpaar verhaftet worden, bei dem man Straßenkarten von Griechenland im Reisegepäck gefunden hatte.

Vic erwarb einen Schulatlas aus den Dreißigerjahren. Er dachte, einen Schulatlas zu kaufen, könne keinen Verdacht erregen. Es war ein schmutziges Exemplar mit einem grünlich-braunen, verschlissenen Leineneinband. Auf den vergilbten Seiten verlief die Landesgrenze zwischen Bayern und dem damaligen Böhmen ein paar Kilometer westlich von Eger. Durch das Studium von Fahrplänen fand Vic heraus, dass Eger jetzt Cheb hieß.

Seiner Mutter sagte er von all dem nichts. Sie hätte versucht, ihn umzustimmen, vor allem aber hätte sie sich als Mitwisserin ebenfalls strafbar gemacht, und das wollte Vic verhindern. Er kaufte eine Fahrkarte nach Prag und stieg dort im *Hotel International* ab. Als man seinen Ausweis sah, gab man ihm ein Zimmer in einem drittklassigen Barackenanbau mit abgeschabten Wänden. Im sehr gut eingerichteten Hauptgebäude waren Touristen aus dem westlichen Ausland, unter anderem aus Westdeutschland, untergebracht. Vic kam sich einmal mehr als Deutscher zweiter Klasse vor.

Am nächsten Tag fuhr er nach Karlsbad und von dort mit dem Bus nach Cheb – und hatte Glück, wie er dachte. In der Stadt fand ein Arbeiterfest statt, und in dem Trubel zwischen den Bierständen, Essensbuden und Blaskapellen achtete niemand auf einen einzelnen Touristen. An den Straßenecken hingen Lautsprecher und verkündeten politische Parolen – Vic nahm jedenfalls an, dass es politische Parolen waren, er verstand kein Wort, kannte aber keinen anderen Verwendungszweck für öffentliche Lautsprecher als die Verbreitung staatlicher Verlautbarungen. An den Festständen trank er ein paar Gläser Budweiser Bier, das billig und sehr gut war und ihn mit Zuversicht erfüllte.

Als es dunkel wurde, legte er ein paar Kilometer auf einer wenig befestigten Straße zurück, von der er annahm, dass sie nach Westen führte, weil über den Baumkronen vor ihm noch ein schmaler Streifen Helligkeit lag. Aus dem alten Schulatlas hatte er das Böhmenblatt herausgerissen, auf das er ab und an einen Blick warf. Als er einen schmalen Fluss überquerte, glaubte er ungefähr zu wissen, wo er war. Auf der Straße herrschte kein Verkehr, auch das schien ihm ein Beweis dafür zu sein, dass er sich auf die Grenze zubewegte. Als er in der Ferne ein paar Wachtürme sah, holte er den Feldstecher aus dem Leinenrucksack, setze ihn an die Augen und stellte die Schärfe ein. Achtzig oder hundert Meter von ihm lag eine Kaserne, und Vic dachte darüber nach, wie er sie unentdeckt umgehen könnte. Das Kasernentor war in das helle, weiße Licht einer Bogenlampe getaucht. Es öffnete sich, und ein offenes, mit vier Soldaten besetztes Militärfahrzeug bog auf die Straße. Vic schlug sich ins Gebüsch links der Straße und schlich vorgebeugt durch ein Getreidefeld. Noch bevor er dessen andere Seite erreicht hatte, hörte er hinter sich Hundegebell und befürchtete, dass man bereits nach ihm suchte. Hinterher sagte er sich, dass er bei dem Arbeiterfest in Cheb wahrscheinlich doch aufgefallen war. Wie hatte er nur so leichtsinnig sein können, dort *alleine* ein Bier zu trinken? Überall waren Spitzel.

Er rannte über das Feld, und die scharfen trockenen Getreidehalme zerschnitten ihm die Hände. In diesen Sekunden glaubte er noch daran, es schaffen zu können. Wenn er nur die Bäume am Ende des Feldes erreichen würde, wäre er in Sicherheit, dann konnte er sich in deren Schutz in Ruhe überlegen, wie es weitergehen sollte.

Aber er erreichte nicht mal diese Bäume. Vom Waldsaum her kamen ihm Grenzsoldaten mit vorgehaltener Waffe entgegen, und es gab keinen Fluchtweg mehr.

In den Tagen nach seiner Festnahme warf Vic sich vor, dass er beim Anblick der Soldaten in Panik geraten war. Er hätte auf der Straße bleiben und behaupten sollen, einen abendlichen Spaziergang zu machen – dann hätte man ihn gehen lassen müssen. Aber dann traf er im Prager Staatsgefängnis einen Häftling, der genau das versucht hatte und wegen der Landkarte, seinem Ausweis und einem Fernglas im Gepäck trotzdem zu achtzehn Monaten Gefängnis wegen versuchter Republikflucht verurteilt werden sollte.

Alle Geschichten, die er in der Haftanstalt zu hören bekam, ähnelten sich. Zwei Klempner aus Neubrandenburg hatten in Prag eine westdeutsche Schülergruppe aus Dortmund überredet, sie im Gepäckraum ihres Reisebusses zu verstecken. Die angesprochenen Gymnasiasten waren von der Idee mit ihrem Kitzel von Illegalität, Abenteuer und Heldentum begeistert gewesen, aber natürlich war ihnen der Ernst der Lage absolut nicht bewusst. Sie prahlten anderen Mitschülern gegenüber mit der geplanten Fluchthilfe, und die Geschichte sickerte irgendwie zum Reiseleiter durch. Kaum hatten die beiden Klempner es sich im Innern des Busses zwischen den vielen Koffern aus weichem Kunstleder bequem gemacht, öffnete sich die Gepäckklappe auch schon wieder. Von Taschenlampen geblendet, wurden sie aufgefordert herauszuklettern – auf Tschechisch, aber was sollte sonst schon gemeint sein?

Zusammen mit zehn anderen Gefangenen verbrachte Vic vier Wochen in einem feuchten Kellergewölbe im Prager Staatsgefängnis. Zum Schlafen gab es mit Bändern bespannte Pritschen aus Holz und muffige, steife Armeedecken. Die Wände waren feucht und an manchen Stellen mit einem pelzigen Belag überzogen. Das Eisengitter der Zelle rostete wohl schon seit Langem vor sich hin. In einer Ecke des Gewölbes war ein Loch für die Notdurft, darüber endete ein abgeschnittenes Rohr als Spülung und zum Waschen. Ab und an bekamen sie ein rissiges Stück Seife. Offenbar war man in dem Gefängnis nicht eben versessen darauf, es ihnen gemütlich zu machen. Und sie bekamen keine Informationen darüber, wie es mit ihnen weitergehen würde, nur dass sie irgendwann von eigens dazu anreisenden Offizieren des Ministeriums für Staatssicherheit abgeholt, zurückgebracht und auf die zuständigen Haftanstalten weiterverteilt werden würden.

Das geschah an einem kühlen, nebligen Novembermorgen. Vic wurde mit zwanzig anderen Häftlingen zum Prager Flughafen Ruzyně gebracht und dort von ebenso vielen Offizieren der Staatssicherheit in Empfang genommen. Er war noch nie geflogen und fand es zunächst sonderbar, dass der Staat, aus dem er hatte fliehen wollen, ihm den Luxus eines Fensterplatzes in einer Interflug-Iljuschin zuteil werden ließ. Im Innern war es enorm laut, sodass man sich unmöglich unterhalten konnte, aber worüber hätte Vic sich mit seinem Bewacher während des rund einstündigen Fluges auch unterhalten sollen? Er tauchte seinen Blick in das Wolkenmeer unter dem Flügel. Er hatte Wolken noch nie von oben gesehen. Vielleicht, so dachte er, war der Flug eine gezielte Demütigung, die darin bestand, Republikflüchtige vom Gefühl der Freiheit und Grenzenlosigkeit des Fliegens kosten zu lassen, bevor sie auf unbestimmte Zeit hinter Gittern verschwanden.

Das Gefängnis, in das man ihn brachte, machte einen neuen Eindruck und war mit moderner Technik wie Videokameras und Monitoren im Schließhaus ausgestattet. Im Vergleich zu Prag waren die Zellen hell und komfortabel. Vic bekam sogar einen Anwalt zugeteilt. Dessen Aufgabe bestand darin, ihm einzuschärfen, bei dem bevorstehenden Prozess alles zuzugeben, was man ihm vorwarf, und nie zu widersprechen.

Vic wurde in den kommenden Wochen mindestens zehnmal verhört, aber dabei kam überhaupt nichts heraus. Er sagte immer dasselbe, und man stellte ihm immer dieselben Fragen und füllte Blatt um Blatt mit seinen immer gleichen Aussagen. Wer das alles lesen und daraus was für Schlüsse ziehen sollte, war Vic ein Rätsel.

In einem Punkt setzten die Vernehmungsoffiziere der Staatssicherheit ihm jedes Mal ganz besonders zu: Sie wollten wissen, ob seine Mutter in seine Fluchtpläne eingeweiht gewesen wäre, und das bestritt er immer. Man kam aber bei jedem Verhör auf diesen Punkt zurück, und nachdem Vic sich wochenlang geweigert hatte, von seiner Aussage abzuweichen, die ja der Wahrheit entsprach, erklärte ihm der Leiter der Vernehmung die Zusammenhänge aus Sicht der Staatssicherheitsorgane.

«Wenn Sie sich weigern», sagte er, «in diesem Punkt mit uns zu kooperieren, und die Mitwisserschaft Ihrer Mutter auch weiterhin bestreiten, müssen wir selbstverständlich davon ausgehen, dass Sie lügen, was wiederum ernste Konsequenzen – auch beziehungsweise insbesondere für Ihre Mutter nach sich ziehen würde. Wenn Sie dagegen mit uns kooperieren und zugeben, dass Ihre Mutter von Ihren Fluchtplänen wusste, können wir diese Kooperation als positives Zeichen Ihrer Bereitschaft werten, zur vollständigen Aufklärung des Sachverhalts beizutragen, was uns wiederum die Möglichkeit eröffnet, Ihre Mutter aus der ganzen Angelegenheit so weit wie möglich herauszuhalten.»

Also log – auch auf dringendes Anraten seines Anwalts hin – Vic schließlich, und der Vernehmungsoffizier nickte zufrieden. Vic nahm es hin. Er gab sich keine Mühe, verstehen zu wollen, warum die passende Lüge der unpassenden Wahrheit vorgezogen wurde. Er fühlte sich schlecht wegen des Verrats, und vielleicht war es ja genau das, was man hatte erreichen wollen. Nach allem, was er später von seiner Mutter erfuhr, hielt sich die Staatssicherheitsbehörde aber an ihre Zusicherung: Seine Mutter blieb unbehelligt – jedenfalls sagte sie ihm das. Aber vielleicht war auch das eine Lüge.

Der Prozess fand Anfang 1980 in Berlin statt. Inzwischen hatte

Vic sich mit seinem Schicksal abgefunden. Er bereute nicht, was er getan hatte, und irgendwie würde es weitergehen, sagte er sich. Allerdings wusste er da noch nicht, *wie* es weitergehen würde und dass ihn die Gerichtsverhandlung aus einem Grund, der mit seiner Flucht gar nichts zu tun hatte, beinahe um den Verstand bringen würde.

Als man ihn in den Gerichtssaal führte, erkannte er auf dem Stuhl des Richters Eva, jene unbekannte Frau, die er und die ihn so viele warme Sommertage lang geliebt hatte, bis sie wieder aus seinem Leben verschwunden war. Vic schloss die Augen in der vagen Hoffnung, dass er sich vielleicht irren könnte, aber als er sie wieder öffnete, sah er immer noch die Frau vor sich, die nackt auf ihn zugekommen war und um Feuer gebeten hatte.

Von seinem Anwalt wusste Vic, dass die vorsitzende Richterin Irene Wolter hieß. Als sie den Prozess eröffnete, deutete nichts in ihrem Blick darauf hin, dass sie Vic erkannte. Die Verhandlung war nach den Statuten der DDR-Prozessordnung öffentlich, aber außer dem Staatsanwalt, Vics Verteidiger und Eva/Irene, umgeben von zwei Berufskollegen oder Schöffen oder Informanten der Stasi oder alles in einem, war niemand im Gerichtssaal zugegen.

Einen Moment lang fragte sich Vic, wie es wohl wäre, allen zu verkünden, dass Nacktbaden ein Sommervergnügen – und nicht das einzige! – der vorsitzenden Richterin war? Aber das tat er nicht. Eva/Irene forderte die Anwesenden auf, sich zu setzen, und er setzte sich. Manchmal schloss Vic die Augen, und wenn er Eva/Irenes Stimme hörte, musste er daran denken, wie sie ihn angesprochen, in Liebesdingen unterrichtet und ihm die Geschichte von Adam und Eva erzählt hatte.

Von dem eigentlichen Prozess bekam er – zumal er sich auch nicht dafür interessierte – kaum etwas mit. Der Staatsanwalt legte dem Gericht die sichergestellten «Beweise» vor: die Karte vom deutsch-tschechischen Grenzgebiet, die Vic aus dem Schulatlas gerissen hatte, und das Fernglas. Er war bei seiner Flucht vor den tschechischen Grenzsoldaten überhaupt nicht auf die Idee gekommen, es einfach wegzuwerfen, obwohl er gewusst hatte, wie gefährlich der Besitz eines Fernglases sein konnte. Der Staatsanwalt leierte seine Anschuldigungen lustlos herunter. Vic hörte nicht zu und dachte an die Liebesstunden mit Eva/Irene.

Vor der Urteilsverkündung wandte sie sich direkt an ihn, den Angeklagten. Vic hatte keine Ahnung, ob das ungewöhnlich oder in Strafprozessen so üblich war. Eva/Irene erhob sich und sagte: «Bevor ich das Urteil spreche, möchte ich Ihnen noch ein paar persönliche Worte mit auf den Weg geben. Mir ist wohl bewusst, dass Sie sehr jung sind und Ihr Leben noch vor sich haben. Und ich weiß auch, dass man in Ihrem Alter manchmal mit dem Kopf durch die Wand will. Alles soll im nächsten Moment perfekt sein, aber so schnell schreitet der Aufbau des Sozialismus nun einmal nicht voran. Dennoch leben Sie in einem Land, dass für seine Menschen sorgt, und dieses Land wird sich auch um Sie kümmern. Wenn Sie bereit sind, das Urteil zu akzeptieren, und sich in das, was kommt, fügen, werden sie eine zweite Chance bekommen. Und dies kann schon bald geschehen, das hängt ganz von Ihnen ab. Nach dem, was mir über Sie bekannt ist, sind Sie ein einfühlsamer junger Mann. Hat denn dieses Land Ihre Wünsche wirklich noch nie erfüllt? Und warum sollte das nicht noch einmal geschehen, wenn Sie sich ihm anvertrauen? Und so ergeht denn im Namen unseres sozialistischen Vaterlandes und der werktätigen Bevölkerung folgendes Urteil.»

Vic hatte sich auf diese Rede, die ihm irgendwie wirr und sinnlos erschien, nur schwer konzentrieren können. Dennoch blieb, was Eva/Irene gesagt hatte, fast wortwörtlich in seinem Gedächtnis hängen, wie er später feststellte. Zurück im Gefängnis, ging ihm die Ansprache noch einmal durch den Kopf, aber er wurde aus den Sätzen nicht schlau. In manchen glaubte er eine gewisse Doppeldeutigkeit zu erkennen: *Wenn Sie bereit sind, das Urteil zu akzeptieren, und sich in das, was kommt, fügen, werden Sie eine zweite Chance bekommen.* Eine zweite Chance – das klang gut. Aber es konnte auch eine leere Floskel sein. Und im Übrigen ging es Vic nicht um eine zweite Chance – jedenfalls nicht in *diesem* Land. Aber vielleicht war ja gerade das der Hintersinn dabei.

Und was war mit diesem Satz: *Hat denn dieses Land Ihre Wünsche wirklich noch nie erfüllt? Und warum sollte das nicht noch einmal geschehen, wenn Sie sich ihm anvertrauen?* Was wollte sie ihm mit all dem sagen? Er hatte sich *ihr* anvertraut. Er rätselte und rätselte und kam nicht dahinter. Sie hatte ihn verurteilt, wie sollte er ihr jetzt noch vertrauen?

Vic hoffte, dass man ihn freikaufen würde. Das war für ihn, soweit er wusste, der einzig noch mögliche, legale Weg, um nach seiner missglückten Flucht in den Westen zu kommen. Westdeutschland – so hatten es sich die Flüchtlinge im Prager Staatsgefängnis immer wieder erzählt – kaufte Gefangene aus den ostdeutschen Haftanstalten frei, und dabei war es offenbar nicht von Bedeutung, was man angestellt hatte. Vielleicht war der Versuch, in den Westen zu fliehen, ja sogar ein «gutes» Vergehen, um als Gefangener von Westdeutschland freigekauft zu werden. Welche Kriterien es dafür gab, wusste in Wahrheit aber niemand, doch schienen die Chancen insgesamt nicht so schlecht zu stehen. Offenbar gab es sogar manche, die einen Gefängnisaufenthalt bewusst in Kauf nahmen, um auf diesem Weg in den Westen zu gelangen. Das erschien ihnen immer noch besser, als bei dem Versuch, die Grenze illegal zu überqueren, erschossen zu werden. Allerdings hieß es, dass es bis zu zwei Jahre dauern konnte, bis man aus der Haft in den Westen abgeschoben wurde – und eine Garantie dafür gab es nicht. Vic musste sich also darauf einstellen, zwei Jahre in Haft zu bleiben, und danach *nicht* in den Westen zu kommen.

Vic blieb nur sechs Wochen in Haft, was für den Tatbestand der Republikflucht lächerlich wenig war. Die Zeit reichte kaum, um sich in den Gefängnisrhythmus aus Appellen, Arbeitsschichten und Mahlzeiten einzufinden und zu den Mitgefangenen Beziehungen aufzubauen. In einem dem Gefängnis angegliederten Betonwerk reinigte er Gussformen für Plattenbauelemente und besprühte sie mit Öl, bevor sie mit Beton befüllt wurden, um nach dem Aushärten beim Bau von Hochhaussiedlungen Verwendung zu finden.

Die Gefangenenbrigade, der er angehörte, rückte jeden Morgen nach einem Appell auf dem Hof aus der Haftanstalt aus. Einmal in der Woche, zumeist dienstags, wurde dabei in der Schleuse zur Betonfabrik das Ritual der Westabschiebung praktiziert. Beim Appell wurden alle Häftlinge namentlich aufgerufen, bevor sie zu den Umkleidekabinen auf dem Werksgelände weitergehen durften. An Dienstagen konnte es aber passieren, dass einige *nicht* aufgerufen wurden. Sie blieben in der Schleuse zurück, und man sah sie nicht wieder.

Hätte man es nicht besser gewusst, hätte man bei dieser Form der Selektion auch an Schlimmes denken können – und einen sicher verbürgten, lupenreinen Beweis dafür, dass dieser Weg in die ersehnte Freiheit führte und nicht in ein anderes Gefängnis, ein Umerziehungslager oder nach Sibirien, oder was dergleichen Gerüchte mehr im Umlauf waren, gab es nicht.

Nach sechs Wochen wurde Vics Name beim Morgenappell nicht verlesen. Er blieb wie betäubt in der Schleuse zurück und wurde, nachdem die Arbeitsbrigade ins Betonwerk abgerückt war, wieder in seine Zelle gebracht. Dort wurde er aufgefordert, seine Sachen zu packen, und erhielt danach in der Effektenkammer bis auf seinen Ausweis, auf den er aber gerne verzichtete, seinen «beweglichen Besitz» zurück. Das ging schnell, weil er bei seiner Festnahme nichts besessen hatte. Das Fernglas und die Böhmen-Seite aus dem Schulatlas waren als Beweismittel konfisziert worden.

Vor dem Verwaltungsgebäude stand ein weiß lackierter Barkas-Kleinbus mit der Tarn-Aufschrift: «Einmal in der Woche frischen Fisch!» Vic war sich nicht sicher, ob man in den Läden Ostberlins tatsächlich einmal in der Woche frischen Fisch kaufen konnte. Seine Mutter hatte nie Fisch zubereitet, ob sie ihn nicht mochte oder es keinen zu kaufen gegeben hatte, wusste Vic nicht.

Man kettete ihn mit Handschellen an einen anderen Häftling und forderte sie auf, in den Wagen zu steigen. Sie wurden nach Thüringen in ein Übergangs- oder Abschiebegefängnis gebracht. Am meisten wunderte Vic sich bei der Fahrt über die Handschellen: Als ob er jetzt noch davonlaufen würde! Im Wagen saß ein Offizier der Staatssicherheit in Zivil mit glänzend braunen Schuhen, die seine Mutter beeindruckt hätten. Er sprach die ganze Zeit über kein Wort. Vic dachte noch einmal an seine Mutter. Sie hatte ihm geschrieben, es gehe ihr gut, sie vermisse ihn sehr und er solle sich um sie keine Sorgen machen. Er machte sich trotzdem Sorgen um sie.

Zusammen mit vier anderen Häftlingen blieb er zwei Wochen in dem Abschiebegefängnis, in dem man nicht arbeiten musste und nichts tun konnte, außer Striche an die Zellenwände zu machen oder die Striche der Vorgänger zu zählen. Einmal am Tag war in einem kleinen, hässlichen Hinterhof der Haftanstalt Freistunde, aber weder auf dem Weg dorthin noch während der Freistunde selbst bekam man je einen der anderen Gefängnisinsassen zu Gesicht, als wären die Abschiebekandidaten mit einem tödlichen Virus infiziert, als stünden sie wegen ihrer Sehnsucht nach Freiheit unter Quarantäne.

Am letzten Tag des Aufenthalts händigte der Stasioffizier mit den teuren Schuhen, der den Transport im Barkas überwacht hatte, Vic ein Dokument aus, in dem ihm die «Entlassung aus der Staatsbürgerschaft der DDR» mitgeteilt wurde. Auch darüber wunderte Vic sich, weil der Offizier dabei so tat, als sei dies die eigentliche Strafe. Vielleicht glaubte er sogar daran.

Die letzte Etappe auf seiner Reise in den Westen legte Vic mit dreißig anderen Gefangenen – wobei er sich fragte, ob sie das jetzt eigentlich noch waren, Gefangene? – in einem pfefferminzgrünen Reisebus zurück. Vic dachte bei der Fahrt an seinen Vater. Er hatte sich noch keine Gedanken darüber gemacht, ob er ihn im Westen suchen würde. Vielleicht gab es dort eine Behörde, bei der man die Namen von Geflüchteten in Erfahrung bringen konnte. Aber wollte er das? Wenn es stimmte, dass sein Vater nicht gestorben, sondern im Sommer 1961 aus Ostberlin geflohen war, dann hatte er sich in diesem Moment für die Freiheit und gegen ihn, seinen Sohn, und seine Mutter entschieden. Wollte Vic daran rühren? Wollte er, der nie einen Vater gehabt hatte, in der Freiheit einen haben? Er war sich nicht sicher. Vielleicht nicht.

Alle starrten stumm aus dem Fenster, wie um zu kontrollieren, ob die Fahrt auch wirklich Richtung Westen ging. Wegen ihrer bleichen Gesichter, der kurz geschorenen Haare und der starren Blicke hielten die Passanten in den Städten, durch die sie fuhren, sie vermutlich für Russen. Die Rastplätze, auf denen der Bus hielt, hatte man zuvor abgesperrt, als müsste man die Passagiere vor der Bevölkerung verstecken. Die Fahrt dauerte bis zum Abend, und es war schon dunkel, als sie knapp einen Kilometer vor einem hell erleuchteten Grenzübergang in dichten Wald abbogen. Damit lösten sie sich bezüglich des Hoheitsgebietes der Deutschen Demokratischen Republik praktisch in Luft auf, denn der schmale, unbeleuchtete Weg, den der Bus nun schaukelnd befuhr, fand sich auf keiner offiziellen Straßenkarte.

Sie erreichten eine nur von einer einzelnen, schwachen Bogenlaterne erleuchtete Lichtung und hielten an. Ein Mann mit einem eleganten Anzug, hellbrauner Lammfelljacke und schwerer, schwarzer Brille bestieg den Bus. Es war der Ostberliner Rechtsanwalt Wolfgang Vogel, der, wie Vic erst viele Jahre später erfahren würde, als Vermittler zwischen den Regierungen der DDR und der Bundesrepublik tätig war und die Modalitäten des Gefangenenfreikaufs aushandelte.

Er sagte ein paar Worte, an die sich Vic schon kurz darauf nicht mehr erinnern konnte, und forderte alle auf, in den zweiten Bus hinüberzuwechseln, einen viel moderneren, der aus der anderen Richtung hinzugekommen war. Daraufhin erhoben sich etwa zwei Drittel der Insassen, womit klar war, dass es sich bei den zurückbleibenden immerhin acht bis zehn Männern um Mitarbeiter der Staatssicherheit handelte.

Vic war innerlich zu aufgewühlt, um sich darüber noch zu wundern und sich zu fragen, welchem Zweck ihre Mitfahrt gedient haben könnte und warum sie nicht einfach ebenfalls aufstanden, um sich in den anderen Bus zu begeben. Dort wurden sie von zwei Herren begrüßt, die alles in allem zwar nicht sehr viel anders aussahen als der Ostberliner Rechtsanwalt Vogel, aber sie hießen sie im «freien Teil Deutschlands» willkommen und ermunterten alle, sich von nun an frei zu unterhalten, da die «Genossen von der anderen Seite» hier nichts mehr zu sagen hätten.

Daraufhin begannen die Abgeschobenen, die sich in Wahrheit nicht als Abgeschobene empfanden, sondern als Entkommene, zu jubeln, zu singen und zu weinen. Vic weinte auch. Er hatte eine Frau geliebt, und jetzt war er frei. Was die Liebe doch für eine eigenartige Macht war.

7
Marien-Darshan

Die Ankunft auf dem Flughafen in Lourdes war für Niki eine verwirrende Angelegenheit. Anstatt sich beim Betreten der Ankunftshalle in der Gesellschaft von weihevoll gestimmten Pilgern wiederzufinden, sah sie sich einer Mischung aus unterschiedlich uniformierten militärischen Einheiten gegenüber. Soldaten in olivgrünen Tarnanzügen oder solche in sonderbaren, mit bunten Quasten, Rangabzeichen und Epauletten bestückten Uniformen liefen herum, als wäre das Flughafengebäude soeben von einer unbekannten Streitmacht eingenommen worden. Noch eigenartiger war, dass die Soldaten nicht mit Waffen umgingen, sie schienen nicht einmal welche zu tragen, oder mit finsteren Blicken die Zugänge kontrollierten, sondern in Rollstühlen sitzende Kameraden durch die Halle schoben und dabei nicht nur einen, sondern zwei oder drei prall gefüllte Seesäcke schulterten, um andere, die an Krücken gingen, in den Rollstühlen saßen oder blind waren, zu entlasten.

Die einzige Erklärung für diesen ungewöhnlichen Aufmarsch, die Niki schließlich in den Sinn kam, war, dass es sich um die Versehrten eines Krieges handeln musste, die – merkwürdig genug – statt in einem Lazarett, in Lourdes Heilung suchten. Gewiss, Lourdes war für seine Wunderheilungen bekannt, aber dass sich nun offenbar auch das Militär der Gnade der Jungfrau Maria bediente, um seine Verletzten wieder fronttauglich zu machen, wunderte Niki doch.

Sie sah sich um. Am ehesten entsprach ihren Wallfahrtserwartungen ein Franziskaner-Mönch in seiner braunen Kutte mit heller Hüftkordel, der in einem Stehbistro neben dem Terminal-Ausgang einen Kaffee trank, rauchte und dabei eine – wie Niki beim Näherkommen sah – deutsche Zeitung las. Sie besorgte sich ebenfalls einen Kaffee, stellte sich mit der Tasse neben ihn, und er rückte bereitwillig zur Seite.

«Entschuldigung», sagte sie, «aber wissen Sie, was das mit all den Soldaten zu bedeuten hat?»

«Das kann ich Ihnen erklären», sagte der Mönch. «Das sind Pilger.»

«Soldaten, die wallfahren?»

«Auch Soldaten sind Kinder Gottes.»

«Es kommt mir nur etwas ungewöhnlich vor.»

Der Franziskaner stellte sich ihr vor. Er hieß Pater Leo und gehörte, wie Niki erfuhr, indirekt ebenfalls zur Truppe. Er war aber nicht mit dem Flugzeug nach Lourdes gereist und wie Niki soeben angekommen, sondern bereits am Vortag per Sonderzug zusammen mit rund zweitausend Soldaten aus Deutschland eingetroffen.

Zurzeit fand die alljährliche internationale Soldatenwallfahrt nach Lourdes statt, ein auf den ersten Blick vielleicht ungewöhnliches oder sogar widersinniges militärisches Unternehmen, das es seit den 1950er-Jahren gab. Man hatte die Wallfahrt nach dem Krieg als Zeichen der Versöhnung, des Friedenswillens und der Völkerverständigung in Europa ins Leben gerufen.

Mittlerweile, so fuhr Pater Leo fort, reisten dazu Militärdelegationen aus der ganzen Welt an, sogar von den Philippinen, der Elfenbeinküste und aus Benin waren Abordnungen da. Die Sache war also eine religiöse Erfolgsgeschichte. Pater Leo nahm an der Wallfahrt in seiner Eigenschaft als «Militärseelsorger im Nebenamt» teil, was bedeutete, dass er den deutschen Soldaten beim Pilgern geistlich beistand, indem er mit ihnen Feldgottesdienste abhielt oder sie zur Erscheinungsgrotte der heiligen Bernadette führte.

Im Moment wartete Pater Leo am Flughafen auf die Ankunft einer Transall der Bundeswehr, die all jene Soldaten mit ihren Angehörigen nach Lourdes bringen sollte, die aufgrund ihres Gesundheitszustands nicht in der Lage gewesen waren, mit dem Sonderzug anzureisen – Gelähmte, Blinde und Pilger mit schweren Krankheiten wie Multiple Sklerose, Parkinson oder Krebs im Endstadium.

«Und Sie sind?», fragte er Niki.

Aus irgendeinem Grund stellte Niki sich ihm mit ihrem vollen Namen Nikisha Sri Lamont vor. Pater Leo wurde neugierig. Er füllte ein Papierblättchen mit schwarzem Tabak und drehte sich die nächste Zigarette. Er war ein Franziskaner OFM, was für *ordo fratrum minorum*, zu Deutsch Orden der Minderen Brüder, stand und die getreue Umsetzung der franziskanischen Idee der Demut, Armenhilfe und Mittellosigkeit zum Ausdruck bringen sollte. Pater Leo konnte auf alle weltlichen Genüsse verzichten bis auf das Kettenrauchen.

«Nikisha Sri? – Ist das ein buddhistischer Name?», fragte er.

«Hinduistisch. Ich bin die ersten vier Jahre in einem Ashram in Indien aufgewachsen.»

«Sie sind Hinduistin?»

Es fiel Niki schwer, die Frage zu beantworten, da es ihr, obwohl sie Pater Leo spontan sympathisch fand, etwas zu früh schien, gleich die ganze Geschichte ihrer spirituellen Sozialisation vor ihm auszubreiten.

«Meine Eltern sind um die ganze Welt gereist. Und dabei waren sie auch mal in Lourdes.»

«Aber nicht zufällig neun Monate vor ihrer Geburt?»

«Das könnte ungefähr hinkommen.»

Pater Leo hatte ein schmales, vom Rauchen stark zerfurchtes Asketengesicht mit einer großen Nase, einer hohen Stirn und kurzen, hellgrauen Haaren. Außer Militärpfarrer im Nebenamt war er noch Bezirkspräses der Schützenbruderschaften in der Eifel, Gardekaplan der Prinzengarde, Seligsmachermaat der Marinekameradschaft Düren und Gründungs- und Ehrenmitglied der Pfadfinder des Stammes St. Arno.

Ihr kurzes Gespräch war zu Ende, da in diesem Moment die ersten uniformierten Wallfahrer aus der Transall der Bundeswehr die Ankunftshalle betraten. Als Ärztin kam es Niki so vor, als käme ihr die vollständige Bettenbelegung eines mittleren Hospitals entgegen. Angesichts der vielen Rollstühle, Krücken und Tragen war sie nicht in der Lage, einfach am Bistrotisch stehen zu bleiben, in Ruhe ihren Kaffee auszutrinken und Pater Leo seines Amtes als «Militärseelsorger im Nebenamt» walten zu lassen. Hier wurde nicht nur geistlicher, sondern auch medizinischer Beistand gebraucht, und dafür fühlte sie sich zuständig.

Aber alles war gut organisiert. Die meisten Pilger wurden vom Flughafen mit Shuttlebussen ins *Accueil Notre-Dame* gebracht, ein immenses Aufenthaltsheim mit medizinischer Betreuung für kranke Wallfahrer am Ufer des Gave de Pau. Überhaupt war Lourdes, wie Niki im Laufe der kommenden Tage herausfinden sollte, eine Art riesiger Krankencampus, in dem es Rollstuhl-, statt Radwege gab, und Kranke grundsätzlich Vorfahrt hatten.

Auf den Straßen waren die Patienten in blauen Krankenrikschas unterwegs, die von Gesunden zur Erscheinungsgrotte, zum Kreuzweg oder zum abendlichen Open-Air-Gottesdienst auf den Platz vor der Pilgerkirche gezogen wurden – einer Art Marien-*Darshan*, wie Niki dachte, bei dem ebenso wie bei Sai Babas abendlichem Erscheinen im Ashram Wunder nicht ausgeschlossen waren.

Für die Kranken sei das eigentliche Wunder von Lourdes Lourdes selbst, fand Pater Leo, als Niki ihn einmal fragte, was er von all dem halte. Das Vorhandensein eines Ortes, fuhr er fort, der nur ihnen gehöre, an dem *sie* und nicht die Gesunden die Regeln bestimmten. Und für die Gesunden sei das Lourdes-Pilgern ein Experiment, eine Erprobung ihrer Existenz unter den Bedingungen der Nächstenliebe: helfen, sich unterordnen, den Bedürftigen dienen.

Er zupfte einen kleinen Ballen Tabak aus der Packung, um sich die nächste Zigarette zu drehen. «Das sind Erfahrungen, die alles unterwandern, was in der heutigen Zeit zählt. Es wird ja nur noch propagiert, dass man sich durchsetzen und alle anderen möglichst unterbuttern soll. Das ist hier anders.»

Auf seine Weise war Pater Leo Revolutionär. Am Flughafen spürte er, dass Niki bereit war, sich eine Aufgabe zuteilen zu lassen. Abgesehen davon, dass sie Kaspars Rat befolgte, etwas in ihrer «spirituellen Matrix» in Ordnung zu bringen oder darauf zu hoffen, dass dies irgendwie geschah, hatte sie nämlich keinen Plan, was sie in den fünf Lourdes-Tagen, die sie gebucht hatte, konkret tun sollte.

Auf Pater Leos Zeichen hin schulterte sie ihren Kofferrucksack und folgte ihm zu einem Rollstuhl, in dem eine junge Frau Anfang zwanzig mit dunklen, gelockten Haaren saß. Niki begrüßte sie mit einem kurzen Hallo, umfasste die Rollstuhlgriffe und schob sie zum Ausgang. So viel war ihr aus dem, was sie bisher beobachtet hatte, schon klar geworden: Man musste hier in Lourdes nicht eigens begründen, warum man jemandem half.

Die junge Frau hieß Bernarda und war die Tochter eines Feldwebels, der nicht mit angereist war. Etwas linkisch durch ihre starken Brillengläser linsend, beobachtete sie neugierig, was um sie herum geschah. Als Ärztin fragte Niki sich, warum Bernarda im Rollstuhl saß. Kinderlähmung ging ihr durch den Kopf, aber Bernarda war eindeutig zu einer Zeit groß geworden, als es in Deutschland keine Fälle von Polio mehr gegeben hatte. Es schien auch nicht so, als sei ein Bein verkümmert. Allerdings trug sie Jeans, sodass der Zustand ihrer Schenkel- und Wadenmuskulatur nicht genau zu beurteilen war. Sie wirkte aber normal entwickelt, sodass auch eine Querschnittslähmung mit entsprechender Rückbildung der Beinmuskulatur nicht vorzuliegen schien.

Bernarda bedankte sich bei Niki und artikulierte dabei sehr langsam. Auch dies, dachte Niki, war wohl ein Symptom. Später erfuhr sie, dass Bernarda im Alter von sechs Jahren einen Impfschaden erlitten hatte und seitdem in ihrer geistigen Entwicklung stehen geblieben war. Niki traf das ganz besonders, weil es sich um ein Versagen der Medizin handelte.

Bernarda selbst sprach darüber ohne jeden anklagenden Tonfall, eher wie vielleicht Erwachsene davon erzählen, dass sie sich als Kind wegen eines Umzugs in eine andere Stadt schon sehr früh in einer neuen Umgebung mit anderen Mentalitäten hätten zurechtfinden müssen. Bernarda betrachtete den Impfunfall als einen zwar bestimmenden, aber nicht weiter tragischen Aspekt ihres Lebens – ein Ereignis, das sie zu der gemacht hatte, die sie war.

Die Details erfuhr Niki später von einem der mitgereisten Ärzte. Demnach war Bernarda bis zum sechsten Lebensjahr ein gesundes Kind gewesen, das sich altersgerecht entwickelt hatte. Kurz vor der Einschulung war sie mit einem Kombinationsimpfstoff gegen Diphtherie, Tetanus, Polio, Keuchhusten und Masern geimpft worden – eine damals übliche Maßnahme. Unmittelbar danach war es bei ihr zu einer heftigen Reaktion mit Fieber, Hautrötungen, Durchfällen und Schreikrämpfen gekommen. Da sich Bernardas Gesundheitszustand nach ein paar Tagen aber wieder stabilisierte, nahm man als Ursache dafür zunächst eine «blande Enzephalopathie» an, eine zumeist symptomarm verlaufende zerebrale Störung, die keine bleibenden Hirnschädigungen hinterließ.

Hintergrund dieser Diagnose war in Wahrheit aber, einen möglichen Zusammenhang zwischen der Kombinationsimpfung und den gesundheitlichen Problemen Bernardas zu verschleiern, um mögliche Regressansprüchen vorzubeugen. Als in den folgenden Monaten offensichtlich wurde, dass es bei Bernarda auch weiter zu zerebralen Ausfällen, anfallsweiser Apathie, Somnolenz und, wie sich schließlich herausstellen sollte, sogar zum Verlust bereits erworbener Fähigkeiten kam, ließ sich die Tatsache, es in ihrem Fall mit einer postvakzinalen Enzephalomyelitis zu tun zu haben, nicht mehr leugnen.

Es sollte dennoch ein jahrelanger Weg durch mehrere Gerichtsinstanzen notwendig werden, bis auch juristisch entschieden wurde, dass von einem Zusammenhang zwischen der Fünffach-Impfung und einem «Entwicklungsknick» bei Bernarda «mit hinreichender Wahrscheinlichkeit» auszugehen sei. Die Theorie der blanden Enzephalopathie wurde zurückgewiesen und Bernardas Zustand, die neurologischen Ausfälle, die psychischen Veränderungen, offiziell als Folge einer «Impfkomplikation» anerkannt.

Jener «Entwicklungsknick», von dem die Gutachten sprachen, hatte zur Folge, dass Bernarda auch mit dreiundzwanzig Jahren in gewisser Weise noch ein Kind war, auch wenn dies nicht immer so wirkte. Abgesehen davon, dass sie stets langsam, bedächtig und konzentriert sprach, hatten auch ihre Bewegungen oft etwas Suchendes, als beanspruchten selbst kleine alltägliche Handgriffe ihre ganze Aufmerksamkeit. Das war auch der Grund dafür, dass sie im Rollstuhl saß. Sie war in der Lage, an hohen Achselkrücken zu gehen, doch das strengte sie enorm an, ebenso wie das eigenhändige Steuern ihres Rollstuhls. Daher ließ sie sich meistens fahren.

Ihr Anderssein, die Einschränkungen ihrer Möglichkeiten und die Tatsache, dass sie über bestimmte Fähigkeiten nicht verfügte und niemals verfügen würde, waren ihr bewusst. Dennoch haderte sie nicht mit ihrem Schicksal. Wie alle anderen, erlebte sie sich selbst, ihr inneres Wesen und die Art, wie sie war, als das vollständige Ich, mit dem sie durchs Leben ging. In diesem Ich gab es keine Defizite, es war nur anders als das der meisten Erwachsenen. Pater Leo meinte, jeder erlebe sich letztlich als einzigartig – entscheidend sei dabei, ob man sich selbst annehme. Das tat Bernarda.

Unter anderem gehörte es zu ihrer Art, dass sie jeden duzte.

«Das ist lieb von dir», sagte sie in einer Wort-für-Wort-Sprechweise, als seien alle Begriffe durch Kommas getrennt, «dass du mich in den Bus geschoben hast.»

Niki winkte ab. «Pater Leo hat mich rekrutiert.»

«Dann gehörst du nicht zu den Begleitern?»

«Ich bin als Touristin hier.»

«Du bist eine Pilgerin.»

«Ja, irgendwie schon ...»

Ganz genau wusste Niki es ja selbst nicht. Nach einer Viertelstunde Fahrt erreichten sie das Accueil Notre-Dame. Bernarda war in einem hellen Vierbettzimmer auf der St. Claire-Ebene untergebracht, was dem vierten Stock entsprach. Die Stockwerke im Accueil Notre-Dame wurden nicht durchgezählt, sondern waren nach Heiligen benannt. Von der St. Claire-Ebene aus hatte man einen weiten Blick über den Wallfahrtsbezirk und die beiden Kirchen, die man in der Nähe jener Felsengrotte errichtet hatte, in der, der Legende nach, der jungen Bernadette Soubirous die Mutter Gottes erschienen war. Bernadette hatte sie als weiß gewandete Dame mit einem hellblauen Schleier und einer goldenen Rose auf jedem Fuß beschrieben. Bei einer der insgesamt fünfzehn Visionen, so berichtete sie damals dem Pfarrer des Ortes, habe Maria zu ihr gesagt: «Ich verspreche Ihnen nicht, Sie in dieser Welt glücklich zu machen, sondern in der anderen».

Im Accueil schob Niki Bernarda in den großen Fahrstuhl, fuhr mit ihr auf die St. Claire-Ebene und verabschiedete sich von ihr vor ihrem Zimmer. Erst auf dem Weg zum Hotel, bemerkte Niki die Namensverwandtschaft zwischen Bernarda und Bernadette Soubirous. Die war wohl kaum ein Zufall, ihre Eltern waren gläubige Katholiken. Und doch konnte man es als bittere Ironie ansehen. Vielleicht hatten sie Bernarda bei der Taufe das Schicksal auferlegt, auf ein kommendes Leben zu warten, um erst darin glücklich zu werden. Doch dann rief Niki sich in Erinnerung, dass Bernarda sich selbst nicht als Opfer betrachtete. Offenbar war sie in *dieser* Welt nicht unglücklich.

Pater Leo hatte seine ganz eigene Interpretation der wundersamen Marienerscheinung von Lourdes. Niki traf ihn am frühen Abend an der Grotte, der er gerade mit einer Gruppe von Soldaten einen ersten Besuch abstattete. Es fiel ihr immer noch schwer, die Soldaten als Pilger zu betrachten. Sie standen in Uniform vor der feuchten Felswand und sahen zu der großen Madonnenstatue auf, die man in einer Felsnische oberhalb der Erscheinungsgrotte aufgestellt hatte. Von dem einstigen Wald war eine üppige, efeuartige Ranke übrig geblieben, die die Grotte umgab wie dunkles Moos.

«Ach, nun ja, Wunder …», sagte Pater Leo zu Niki, nachdem er die Andacht mit den Soldaten beendet hatte und diese gegangen waren. «Sehen Sie einfach nur hin!», forderte er sie auf und wies auf die dunkle, tief in den Fels hineinführende Grotte mit der Heilwasserquelle. «Was haben wir hier? Wir haben Wasser, Wald und eine Grotte. Woran denken sie dabei?» Er zündete sich eine Zigarette an. «Das ist ein uraltes Symbol für ein weibliches Vaginal.»

Unwillkürlich fragte sich Niki, ob es denn auch *männliche* gab, aber sie ließ Pater Leo als Priester die anatomisch unsinnige Dopplung durchgehen. Außerdem war sie überrascht, dass Pater Leo es überhaupt so sah. Die Interpretation der Erscheinungsgrotte als Vagina entsprach vermutlich nicht der offiziellen Lehrmeinung der Kirche.

«Und was schließen Sie daraus?», fragte sie ihn.

«Die Erscheinung der jungen Bernadette versinnbildlicht einen Geburtsvorgang», sagte er. «Die Geburt des inneren Ichs. Sehen Sie, das ist für mich die Botschaft von Lourdes: Akzeptiere dich so, wie du bist – egal ob krank oder gesund, schön oder hässlich, Zivilist oder Soldat.»

Nachdem Pater Leo sie einmal darauf aufmerksam gemacht hatte, sollte Niki in den folgenden Tagen in der efeuumrankten Höhlung der Erscheinungsgrotte tatsächlich jedes Mal eine Vagina sehen. Davor ragte ein mannshoher kegelförmiger Kandelaber mit fünfzig oder vielleicht auch hundert großen, brennenden, weißen Kerzen auf. Nahm man das Bild von der Vagina ernst, dann hatte die Kirche unmittelbar davor einen enormen Phallus aufgerichtet. Die vielen an den Kerzenwandungen herabgeronnenen Wachsspuren mit ihren adernartigen Verläufen konnte man, bildhauerisch betrachtet, als ziemlich präzise Gestaltungen jener Adern ansehen, die den Schwellkörper eines Penis mit Blut versorgten.

Niki zog es gelegentlich zur Erscheinungsgrotte. Die Sache mit der «Geburt des inneren Ichs» kam ihr als Gedankengang zu kompliziert vor. Sie verstand, dass Pater Leo als Katholik – und das war für ihn als solchen zweifellos schon exzentrisch genug – es so sah, aber sie glaubte, dass die psychologisch naheliegende Interpretation der Marienerscheinungen letztlich profaner war.

Bernadette von Soubirous war bei ihren Visionen vierzehn Jahre alt gewesen, mitten in der Phase des sexuellen Erwachens. Niki stellte sich die moralischen Grundsätze in einem katholischen Pyrenäendorf des neunzehnten Jahrhunderts sexuell restriktiv vor. Dass ein junges Mädchen in dieser Situation ihre Sexualität sublimieren musste, erschien ihr psychologisch daher schlüssig. Und demnach wäre die Marienerscheinung Bernadette Soubirous', die Pater Leo als «Geburt des inneren Ichs» gedeutet hatte, ein Orgasmus gewesen.

Kaspar Tickel rief sie im Hotel an. «Und?»

«Nichts.»

«Wirklich nichts?», fragte er.

«Ich glaube nicht, dass ich hier weiterkomme.» Wegen der Sache mit der Grotte/Vagina hatte sie das Gefühl, ihm nicht die ganze Wahrheit zu sagen. Natürlich würde er behaupten, ihre Überlegungen in diesem Punkt hingen damit zusammen, dass sie in Wahrheit *doch* lesbisch war. «Stell dir vor, in der ganzen Stadt laufen Soldaten herum.»

«Soldaten?»

«In Uniformen.»

«Großartig!», sagte er. «*Ich* sollte an deiner Stelle dort sein.»

«Sie sind alle katholisch.»

«Umso besser.»

«Du bist widerlich», sagte Niki.

«Nur manchmal. Gib die Hoffnung nicht auf.»

«Ich mache mich hier als Ärztin nützlich.»

«Eigentlich wollte ich dich mit dieser Lourdes-Sache ja aus deinem Medizinermodus rausholen», sagte er.

«Du hättest dich vorher kundig machen sollen. Wenn die hier etwas brauchen, dann Ärzte.»

«Ich dachte, für das Heilen sorgen dort die Wunder.»

«Ganz so einfach ist es leider nicht.»

Als Ärztin hatte Niki lernen müssen, dass es mit medizinischen Wundern, über die es zwar eine Menge Geschichten gab, in Wahrheit nicht weit her war. Ihr jedenfalls war noch keins untergekommen. Und außerdem gab es auch keinen erkennbaren Zusammenhang zwischen Religiosität und Gesundheit. Krebsgeschwüre wucherten bei Gläubigen und Nichtgläubigen mit dem gleichen zerstörerischen Tempo. Und Herzen versagten ohne Rücksicht auf die Konfession bei allen Menschen mit der gleichen Wahrscheinlichkeit. Wenn Gott Wunder tat, geschahen sie anderswo, aber nicht auf der Intensivstation.

«Warum sind Sie hier? Doch nicht aus gesundheitlichen Gründen, nehme ich an», fragte Pater Leo sie am nächsten Tag.

Sie standen nebeneinander in der unterirdischen Basilika Pius X. Dort fand der Eröffnungsgottesdienst der Soldatenwallfahrt statt. Die Basilika bot Platz für mehr als zwanzigtausend Gläubige. Wegen ihrer nüchternen, aber wegen der enormen Dimensionen beeindruckenden Architektur aus Betonpfeilern, grauen Spannbögen und unverputzten Wänden wurde sie im Wallfahrerjargon Tiefgarage genannt, wie Niki inzwischen wusste.

«Nein, das stimmt ...», sagte sie.

«Sie müssen nicht darüber sprechen.»

«Kein Problem. Ich hatte ein bisschen Pech mit Männern.»

«Nun ja», sagte Pater Leo. «Das ist nicht unbedingt eine Kernaufgabe der hiesigen Wunderkräfte.»

«Ist mir schon klar.»

«Aber andererseits: Unterschätzen Sie die Macht des Glaubens nicht.»

«Schön, dass Sie es so sehen können.»

Die Schweizer Garde defilierte in orange-blau gestreiften Kostümen mit Puffärmel, Kniebund-Pumphosen und puschelgeschmückten Helmen durch den Mittelgang zum Altar. Danach marschierte das irische Pipe-Corps, gehüllt in eine Wolke aus sägenden Dudelsackklängen, mit dunkelblauen Schiffchen, honiggelben Kilts und Kniestrümpfen ein, gefolgt von Rumänen, die in schmucken Reithosen mit perfektem Stechschritt brillierten. Während dieses bunten Defilees lieferten sich die Soldaten auf der rechten Tribüne mit jenen auf der linken Seite ein La-Ola-Duell. Dabei bündelte das hohlspiegelförmige Spannbetondach der Basilika sämtliche Schlacht- oder Lobgesänge, das war unmöglich zu entscheiden, zu einem infernalischen Dauergebrüll, das erst bei der Begrüßungsansprache des französischen Militärbischofs ein wenig abebbte.

Die Predigt behandelte das Gleichnis vom verlorenen Sohn. Offenbar machte der französische Bischof sich nichts vor, was den Grad der Frömmigkeit bei den Soldaten anging. Am Altar wurden mit Bunsenbrennern Schüsseln voller Weihrauch entzündet. Dazu wurde «All we are saying is give peace a chance» von John Lennon gesungen. Niki war sich nicht sicher, ob es Soldaten zustand, einen Song von John Lennon zu singen. Sie machte Pater Leo darauf aufmerksam.

«Seien Sie nicht so streng, Nikisha.»

«John Lennon war Pazifist», sagte sie. «Meine Eltern haben ihn verehrt. Sie waren beziehungsweise sind immer noch Hippies. Ich hab Ihnen das mit Indien und dem Ashram ja erzählt. Auch wenn man es mir nicht ansieht, ich bin ein Blumenkind.»

Er nickte und sagte: «Ein Hippie bin ich auch. Ich bin fest davon überzeugt, dass sich mit Liebe alles regeln lässt.»

Nachmittags schob Niki Bernarda über die Brücke des Gave de Pau. Der Fluss hatte eine beeindruckende Farbe, ein intensives Silberblau.

«Ich bin verliebt», gestand ihr Bernarda. Sie schien eine Menge Vertrauen zu Niki zu haben.

«Ach ja?»

«Ja. Er wohnt auf Sankt Nicolas.»

St. Nicolas war das dritte Stockwerk im Accueil Notre Dame.

«Wie heißt er?», erkundigte sich Niki.

«Das weiß ich nicht. Ich habe noch nicht mit ihm geredet. Ich sehe ihn immer im Speisesaal, und einmal war er im selben Aufzug. Er ist auf Sankt Nicolas ausgestiegen, deswegen weiß ich das.»

«Vielleicht solltest du ihn mal ansprechen.»

Bernarda schob das schwere, dunkle Gestell ihrer Brille, die immer ein wenig herabgerutscht auf ihrer Nase saß, nach oben.

«Nein ... Das kann ich doch gar nicht. Ich verstehe nicht alles.»

«Wenn man verliebt ist, muss man nichts verstehen. Dann erklärt sich alles von selbst.»

Bernarda dachte darüber nach. «Ich glaube, es ist besser, wenn er nicht weiß, dass ich ihn liebe.»

«Warum soll das besser sein?», hakte Niki nach.

«Vielleicht mag er mich nicht.»

«Ich will dir nichts Falsches raten», sagte Niki, «aber ich denke, zur Liebe gehören immer zwei.»

«Ja», sagte Bernarda und lachte fröhlich auf, als hätte Niki einen guten Witz gemacht. «Das stimmt!»

Im Accueil Notre Dame stand die Krankensegnung durch den mitgereisten deutschen Militärbischof auf dem Programm. Niki schob Bernarda in den Aufenthaltsraum auf der St. Claire-Ebene, wo bereits fünfzehn oder zwanzig Patienten versammelt waren. Manche von ihnen hatte man in ihren Betten hineingeschoben, andere in ihren Rollstühlen, ein paar Patienten hatten ohne Hilfe kommen können.

Niki parkte Bernarda zwischen der blinden Lucy und der krampfenden Katharina. Bernarda kannte Lucy von früheren Lourdes-Wallfahrten, und Katharina war in diesem Jahr ihre Mitbewohnerin im Accueil. Niki arretierte die Rollstuhlbremse und gab den beiden jungen Frauen die Hand. Sie interessierte sich auch als Ärztin für sie, und erkundigte sich zunächst bei Lucy und dann bei Katharina nach ihren jeweiligen Krankheiten. Wie sie wusste, wurden Krankheiten hier ganz unumwunden thematisiert.

Bei Lucy war im Kindesalter eine Retinitis pigmentosa diagnostiziert worden, eine voranschreitende Netzhautdegeneration, bei der die optischen Rezeptoren im Auge allmählich zerstört wurden. Dieser genetisch bedingte Retinaverlust war nach dem gegenwärtigen Stand der Medizin unheilbar. Lucy hoffte, wenigstens die fünfzehn oder zwanzig Prozent Sehkraft zu behalten, die ihr verblieben waren. In diesem Moment bedauerte Niki es ganz besonders, dass sie noch nie Zeuge eines medizinischen Wunders geworden war, das Lucy hätte Mut machen können.

Die krampfende Katharina wusste nicht genau, was sie hatte. Vor einem halben Jahr hatte es begonnen, dass sich etwas in ihrem Körper schleichend veränderte. Zuerst sei es ganz harmlos gewesen, sagte sie. Ihre Hände seien mal kalt, mal warm geworden, mal ganz blass und dann wieder feuerrot – sie hatte sich nicht viel dabei gedacht. Sie ging zu ihrem Hausarzt, der unspezifische Durchblutungsstörungen diagnostizierte und ihr viel frische Luft und Bewegung verordnete.

Das war allerdings leichter gesagt als getan. Mit der Zeit fiel es ihr immer schwerer, ihre Muskeln zu kontrollieren. An manchen Tagen zitterten ihre Gliedmaßen in einem nicht zu unterdrückenden Tremor, an anderen hingen sie schlaff an ihr herab, schlugen aber plötzlich aus. Dann fingen auch ihre geistigen Fähigkeiten an zu schwanken. Manchmal war sie kaum in der Lage, ihre Gedanken zu ordnen, während an anderen Tagen alles einigermaßen normal zu sein schien.

Ihr Hausarzt schloss aus den Symptomen, die sich immer weiter verfestigten, schließlich auf eine vegetative Dystonie, eine rätselhafte Störung des vegetativen Nervensystems mit einer weitgefächerten Symptomatik aus Nervosität, Kopfschmerzen und Konzentrationsschwäche bis hin zu Muskelverkrampfungen und Beklemmungsgefühlen und einem diffusen Ineinanderfließen von körperlichen und seelischen Beschwerden, gegen die es noch kein wirksames Medikament gab. Katharinas Vater war Major und schlug als gläubiger Katholik die Pilgerfahrt nach Lourdes vor. So lernten Bernarda und Katharina sich kennen.

Der Militärbischof betrat in Begleitung von zwei Kaplänen und einem der Ärzte den Aufenthaltsraum. Gekleidet mit einem hellen Talar, über dem er eine violette Stola trug, ließ er den Blick über die versammelten Patienten schweifen, und blieb vor dem Bett eines Oberleutnants stehen. Der Mann konnte sich kaum bewegen, und der Arzt setzte den Bischof kurz über die chronische Hypotonie des Patienten ins Bild.

Der Bischof nickte mehrfach und wendete sich dann dem kranken Oberleutnant zu: «Die werden den Kreislauf hier schon hinkriegen», wobei er offen ließ, wen er mit «die» eigentlich meinte, die irdischen oder die himmlischen Ärzte. Der Oberleutnant sah ihn mit einem ergebenen Blick an. «Und jetzt gibt's noch den Segen!», verkündete der Bischof und erhob den rechten Arm, um die Segensformel zu sprechen. «Unsere Hilfe ist im Namen des Herrn, der Himmel und Erde erschaffen hat.» Dabei klirrte das schwere, goldene Kreuz, das ihm an einer Halskette vor der Brust baumelte.

Als der Bischof die krampfende Katharina erreichte und diese aus ihrem Rollstuhl zu ihm aufsah, fiel Niki in ihren Augen ein schmaler, brauner Ring auf, der ihre ansonsten hellblaue Iris umgab. Unwillkürlich fing in ihr ein medizinisches Gedankenräderwerk an zu arbeiten, um schließlich den Begriff Kayser-Fleischer-Kornealring hervorzukehren. Die braune Verfärbung von Katharinas Iris, so wurde Niki bewusst, war nicht natürlichen Ursprungs, sondern ein Symptom. Und als sie mit ihren Überlegungen an dieser Stelle angekommen war, gab ihr Gehirn auch den Namen der zugehörigen Krankheit frei: Morbus Wilson.

«Die Wege des Herrn sind unergründlich», erklärte der Bischof

Katharina soeben. Er erhob seine Hände zum obligatorischen Segen und fügte hinzu: «Und Er weiß immer Rat.»

«Ich auch», unterbrach ihn Niki.

«Wie bitte?»

«Also nicht *immer*, aber in diesem Fall schon.»

Der Bischof, ungeübt darin, bei heiligen Handlungen unterbrochen zu werden, winkte mit der bereits erhobenen Hand kurz ab.

«Ich denke, wir sollten jetzt erst mal zum Segen kommen.»

«Natürlich ...» Es ging Niki nicht darum, die spirituelle Autorität des Bischofs zu untergraben, auch wenn sie ihn, wie sie sich eingestand, nicht besonders mochte. «Segnen schadet bestimmt nicht ... Aber was Katharina im Moment dringend braucht, ist kein Segen, sondern eine Chelat-Therapie und Zink.»

Der Bischof ließ die Hand allmählich sinken und wandte sich ihr zu. «Ich weiß ja nicht, welche Funktion *Sie* hier haben, aber *meine* Funktion kenne ich: Ich bin hier, um den Kranken christlichen Beistand zu leisten und Gott für sie um Hilfe zu bitten. Und das werde ich tun. Wenn Sie einen medizinischen Vorschlag zu machen haben, dann können Sie ihn gerne anschließend mit den Ärzten besprechen. Ich mische mich nicht in Ihre Therapien, und Sie nicht in meine. Haben Sie das verstanden?»

«Es ist nur so», sagte Niki, «dass mir gerade klar geworden ist, dass es eine echte Heilungschance gibt. Und ich dachte ... das würde Sie vielleicht interessieren ...»

Einer der diensthabenden Ärzte unterbrach sie. «Was auch immer Sie hier zu suchen haben – Sie sollten der Patientin keine vergeblichen Hoffnungen machen. Zu wem gehören Sie überhaupt?»

«Zu mir», mischte sich Bernarda ein. «Wir sind Freundinnen.»

«Das freut mich», wandte der Arzt sich Bernarda jetzt in jener leisen Stimmlage zu, in die manche Menschen verfallen, wenn sie jemanden nicht für voll nehmen, «aber weißt du, Bernarda, hier geht es um sehr ernste Dinge.»

«Das weiß ich», sagte Bernarda freundlich in ihrer schleppenden Art. «Es kann doch ein Wunder sein, dass Niki hier ist.»

«Also, was ein Wunder ist», meldete sich an dieser Stelle der Bischof zu Wort, «entscheide immer noch ich. Und jetzt ist es genug. Wir alle müssen uns in Demut üben. Lasset uns beten!»

Die Gefahr, überlegte Niki, dass Katharina ausgerechnet in der verbleibenden Viertelstunde, während der Bischof noch ein paar Patienten segnete und abschließend ein Mariengebet für alle sprach, einer jahrelangen schleichenden Kupfervergiftung ihres Körpers zum Opfer fallen würde, war ziemlich gering. Außerdem war die Annahme, es bei ihrer Krankheit mit Morbus Wilson zu tun zu haben, im Moment noch eine Hypothese, die durch weitere Untersuchungen, unter anderem eine Genanalyse, erst verifiziert werden musste. Sie übte sich also in Geduld.

Als sie Pater Leo von dem Zwischenfall erzählte, legte dieser eine christlich-kollegiale Zurückhaltung an den Tag, aber Niki meinte doch zu spüren, dass er von dem Bischof keine hohe Meinung hatte.

«Wir brauchen in der Kirche nicht nur Mystiker, sondern auch Politiker», sagte er. «Sonst hätte der Katholizismus als Institution keine zweitausend Jahre Bestand gehabt.» Danach ging er schnell über das Thema hinweg. «Haben Sie mit Ihrer Vermutung denn recht gehabt?»

Sie nickte. «Es war den Bundeswehrärzten sehr unangenehm, dass sie den Kornealring um die Iris übersehen hatten, aber ich hatte ja nur Glück, dass ich Katharina zufällig so direkt in die Augen sehen konnte. Morbus Wilson wird häufig übersehen, die Symptomatik variiert. Die Krankheit hat genetische Ursachen und das dafür verantwortliche Gen ist gerade erst identifiziert worden. Wenn ich nicht zufällig vor Kurzem einen Artikel darüber gelesen hätte, wäre mir die Sache wahrscheinlich auch entgangen.»

«Sind da nicht etwas viele Zufälle im Spiel?»

Niki ging auf Pater Leos Bemerkung nicht ein. «Katharinas Leberwerte haben die Diagnose bestätigt. Morbus Wilson hindert den Körper daran, Kupfer auszuscheiden. Es sammelt sich an und vergiftet den Patienten allmählich. Das Alter, in dem sich die Vergiftung erstmals bemerkbar macht, variiert stark. Früher ist man dran gestorben, aber heute kann man das Kupfer medikamentös wieder aus dem Gewebe herausholen.»

Für Pater Leo mit seiner Franziskaner-Frömmigkeit war der Wundercharakter der ganzen Angelegenheit über jeden Zweifel erhaben. Und als wollte er Niki von nun an nicht mehr aus den Augen lassen, mischte er sich abends mit ihr unter das bunte Uniformenallerlei auf dem *Café la Terrasse*, das bei deutschen Soldaten derart beliebt war, dass sich dort, im tiefsten Frankreich, der Maßkrug als Standardbierglas durchgesetzt hatte. Die Warteschlangen vor den Toiletten waren bei den Männern hier ausnahmsweise länger als bei den Frauen.

Später rief Niki Kaspar an und erzählte ihm die Geschichte.

«Großartig», sagte er. «Ich finde, du solltest die Rolle der Wunderheilerin annehmen. Sind Engel in Lourdes nicht etwas Alltägliches?»

«Stell dir vor, meine Mutter hat mich immer Engelchen genannt.»

«Und sie musste es ja wissen», sagte er. «Ich würde sie übrigens gerne mal kennenlernen.»

«Meine Mutter? Besser nicht.»

Susanne hatte so ostentativ und oft «Engelchen» oder «mein Engelchen» zu Niki gesagt, dass es irgendwann eine eigene Art von Realität hervorzubringen schien. Vermutlich hatte die Begebenheit mit dem Bauern bei ihrer Ankunft in Real de Catorce in Susanne die Idee genährt, als Mutter möglicherweise *wirklich* einen Engel zur Welt gebracht zu haben. Das war ihr zuzutrauen. Es stimmte vielleicht auch, dass jener Bauer, dem wohl nie zuvor ein so hellhäutiges, blondes Mädchen begegnet war, in Niki einen Engel gesehen hatte, und da er nicht wusste, ob ihm im Leben jemals noch ein Engel erscheinen würde, hatte er die Gelegenheit ergriffen, Niki auf den Kopf geküsst und sich anschließend bekreuzigt. Und dann hatte sich all das auf Niki übertragen, so wie man als Kind schnell glaubt, etwas Besonderes zu sein oder über bestimmte Fähigkeiten zu verfügen, wenn die Eltern es einem nur häufig genug sagen.

Vielleicht war Susanne die Engelhaftigkeit ihres Kindes auch deswegen so wichtig, weil sie Niki als ihren Beitrag zu jener Weltverbesserung betrachtete, die ihr und Michael angeblich so sehr am Herzen lag, für die sie aber kaum je einen Finger gerührt hatten – wie Niki fand. Reichte es denn bereits, auf Konsum, Karriere und gesellschaftliche Anerkennung zu verzichten, um die Welt zu einem besseren Ort zu machen? Niki glaubte nicht, dass es so einfach war. Waren Hippies im Innersten nicht genauso ichbezogen wie jene, denen sie vorwarfen, sich nur um ihre persönliche Bereicherung zu kümmern? Aber Niki war bereit zuzugeben, dass Susanne und Michael mit ihrer Sinnsuche auch niemandem geschadet hatten, vielleicht musste man das gelten lassen. Und außerdem – das konnte sie nicht leugnen – hatte sie sich als Kind in der Rolle des kleinen, blonden Engels der Sierra Madre gefallen.

«Und warum nicht?», sagte Kaspar, der das distanzierte Verhältnis Nikis zu ihren Eltern nicht verstand. «Deine Mutter und ich, wir würden uns bestimmt gut verstehen.»

«Da wir nicht heiraten werden, ist das nicht so wichtig», befand Niki und fügte hinzu: «Glaube mir. Meine Mutter ist nicht so, wie du sie dir vorstellst. Natürlich hat sie mich auch deswegen immer ‹Engelchen› oder ‹kleiner Engel› genannt, um ihre eigene Wundertat als Mutter, die so ein Wesen in die Welt gezaubert hatte, anderen gegenüber zu betonen.»

«Sie kann ja trotzdem recht gehabt haben.»

«Ach ja?», sagte Niki. «Und wieso glaubst du dann so hartnäckig, dass ich lesbisch bin?»

«Wieso sollen Engel nicht lesbisch sein? Ich sehe da überhaupt keinen Widerspruch.»

Soweit Niki wusste, hatten Engel überhaupt kein Geschlecht. Sie hätte es aber interessant gefunden zu erfahren, was Pater Leo dazu sagen würde. Sie sah ihn am nächsten Morgen in aller Herrgottsfrühe wieder, weil er einen wichtigen Wallfahrtstermin angesetzt hatte. Sie fragte ihn bei der Gelegenheit aber doch nicht, wie er zu Kaspars These stand, dass Engel auch lesbisch sein konnten.

Die Soldaten fanden sich in einem schmalen Park am Fuß einer Anhöhe am Stadtrand ein. Es war die beste Zeit für den Kreuzweg, später am Tag wäre der Weg für diese aufwendige humanitäre Aktion zu voll, sagte Pater Leo. Dann wäre von den beeindruckenden Bronzefiguren, die die Stationen der Leidensgeschichte Jesu darstellten, insbesondere von der bodennahen Grablegung Christi vor lauter Pilgern nichts mehr zu sehen.

«Wir verwirklichen beim Kreuzweg den christlichen Grundgedanken, dass einer des anderen Last trage, ganz wörtlich», fuhr Pater Leo fort. Über Nacht war es bitterkalt geworden, und der Zigarettenrauch vermischte sich mit seinem dampfenden Atem. «Die gesunden Soldaten schultern die Kranken auf einer Pritsche und tragen sie durch den Kreuzweg. Das Gelände ist hügelig und der Weg nicht im besten Zustand, da hat man mit dem Rollstuhl keine Chance. Heute tragen wir Bernarda.»

Als Bernarda mit dem Shuttlebus ankam, stellte sich heraus, dass es ihr sehr schlecht ging. Offenbar hatte sie sich ein Magen-Darm-Virus eingefangen. Die Stationsärzte im Accueil Notre Dame hatten sie überhaupt nicht gehen lassen wollen, doch sie hatte darauf bestanden. Sie war der Meinung, dass man sich von einem Leiden nicht davon abhalten lassen dürfe, Gutes zu tun.

«Jesus hat auf dem Kreuzweg auch gelitten», erklärte sie mit eiserner christlicher Logik. Danach übergab sie sich. Niki maß ihren Puls und legte eine Hand auf ihre Stirn, um die Temperatur abzuschätzen.

«Als deine Ärztin verbiete ich dir, dich auf diese Pritsche zu legen und eine Stunde lang durch die Kälte tragen zu lassen.»

Bernarda hatte Niki bei dieser Reise als eine Art Erziehungsberechtigte anerkannt, deren Anweisungen sie bereit war, Folge zu leisten, auch wenn es ihr schwerfiel. Sie widersprach nicht. Niki spürte aber, dass Pater Leo nicht mit ganzem Herzen hinter ihrer Verordnung stand.

«Und wenn wir noch ein paar Decken mehr auftreiben?», überlegte er. «Ich denke ja nur, dass es schön wäre, wenn die Öffentlichkeit auch mal sieht, dass Soldaten was Gutes tun.»

«Sie wollen Bernardas Gesundheit für eine militärische PR-Aktion aufs Spiel setzen?»

Pater Leo war klar, dass er sich in diesem Punkt argumentativ auf heiklem, um nicht zu sagen: moralisch vermintem Gelände bewegte. Die Einer-trage-des-anderen-Last-Prozession war ihm tatsächlich auch deswegen so wichtig, weil der Kreuzweg ein beliebtes Motiv der Pressefotografen war, die sich bei der Soldatenwallfahrt in Lourdes einzufinden pflegten. Niki ahnte, dass Pater Leo den frühen Zeitpunkt für den Kreuzweg nicht nur gewählt hatte, damit die Soldaten etwas *sehen*, sondern auch oder vielleicht vor allem, damit sie von anderen *gesehen* werden konnten.

Die Journalisten kamen nicht nach Lourdes, um dem Militär oder der katholischen Kirche einen Gefallen zu tun. Pater Leo hatte mit der Presse keine guten Erfahrungen gemacht und bemühte sich um ein positiveres Image. Einmal war ein Kamerateam morgens ins Zeltlager gestürmt, um die vom Vorabend im *Café la Terrasse* noch verkaterten Soldaten wach zu rütteln und nach den ihnen bekannten Zehn Geboten zu befragen, wenigstens einem oder zwei.

Das Ergebnis war, wie nicht anders zu erwarten, katastrophal gewesen. Keinem der jungen Männer war: «Du sollst nicht töten!» eingefallen, oder falls doch – Pater Leo war sich da nicht sicher –, war es aus der späteren Dokumentation herausgeschnitten worden.

Besonders verärgert war er, weil die freimütige Aussage eines Rekruten: «Das ist mir doch scheißegal, ob das hier ein heiliger Ort ist», mit dem die Fernsehreportage begonnen hatte, von einem *österreichischen* Gebirgsjäger stammte und keineswegs von einem seiner Bundeswehr-Schützlinge.

«Weder Journalisten noch Fernsehzuschauer haben eine Ahnung von Uniformen, schon gar nicht von denen österreichischer Gebirgsjäger!», beschwerte er sich Niki gegenüber, als er ihr die Geschichte erzählte.

Bernarda übergab sich noch einmal in den Eimer auf ihrem Schoß. Niki konnte den bekümmerten Blick von Pater Leo nur schwer ertragen und erst recht nicht den flehenden von Bernarda. Um nicht etwas Unüberlegtes zu tun, rief sie sich ganz bewusst Doktor Lothar in Erinnerung: «Nikisha, Sie können nicht allen helfen!»

Aber es nützte nichts.

«Na gut, dann los», sagte sie und legte sich auf die Pritsche. «Und du kehrst auf der Stelle zurück ins Accueil», wandte sie sich an Bernarda. «Sonst stehe ich gleich wieder auf.» Bernarda fügte sich und wurde zurück in den Krankenwagen geschoben.

Die Pritsche, ein leicht durchhängendes Leinentuch zwischen zwei kräftigen Holzstangen, war einigermaßen bequem. Man breitete eine Wolldecke über Niki aus und schob ihr ein Kissen unter den Kopf. Nachdem man sie in die Höhe gehoben hatte, wölbte sich der noch ungetrübte, blaue Morgenhimmel über ihr. Die beiden vorderen Soldaten, deren Hinterköpfe sie sah, trugen schmale, nur die Scheitellinie bedeckende Käppis. Pater Leo ging neben Niki her.

«Einer trage des anderen Last», murmelte er ihr zu. «Ob gesund oder krank, darüber sagt die Bibel nichts.»

Niki wusste ja, dass er theologisch flexibel war. Einmal hatte er das Franziskaner-Kürzel OFM mit «ohne feine Manieren» übersetzt. In diesem PR-Fall offenbar zu Recht.

Die Bronzefiguren auf dem Kreuzweg waren überlebensgroß und alle Stationen der christlichen Passionsgeschichte naturgetreu gestaltet, mit genau gearbeiteten Faltenwürfen der Stoffe und realistisch durchmodellierten Gesichtszügen. Bei der Urteilsverkündigung durch Pontius Pilatus wurde Jesus von sieben römischen Soldaten mit Bandsandalen, Hüftröcken aus Lederstreifen und durchtrainierten nackten Oberkörpern bewacht, an denen Kaspar Tickel seine helle Freude gehabt hätte.

Durch das Schaukeln der Pritsche wurde Niki schläfrig. Die biblischen Szenen begannen sich mit verschiedenen Erinnerungen zu vermischen. Bei einer der Stationen glaubte sie, in Jesus jenen Campesino wiederzuerkennen, der ihr in Real de Catorce seine Hände auf die blonden Mädchenhaare gelegt hatte. Und bei Jesu Grablegung wunderte Niki sich in ihrem Traum, dass dieser Campesino jetzt vor einer hohen, schmalen Felsengrotte, der Grabhöhle, auf dem Boden lag, umgeben von mehreren kniend-betenden Frauen und zwei Männern, die ihn dort hingelegt hatten.

Hier geriet einer der Soldaten, die die Pritsche trugen, ins Straucheln. Die Bewegung der Trage ging in wenigen Sekunden von jenem sanften Schaukeln, das Niki hatte eindösen lassen, in ein hektisches Hin und Her über, bis die Liegefläche schließlich zur Seite kippte. All das ging so schnell, dass es für Niki unmöglich war – erst recht in ihrem Dämmerzustand –, sich auf den nicht mehr aufzuhaltenden Sturz vorzubereiten. Sie rollte über den Rand der Trage und fiel lang ausgestreckt ins Leere.

Das Eigenartige dabei war, dass ihre Wahrnehmungen sich in diesen Sekundenbruchteilen des ungebremsten Fallens von ihrem Körper abzulösen und alle Bewegungsvorgänge sich zu verlangsamen schienen. Niki sah alles, was geschah, wie von außen – sah Pater Leos Soldaten, die nicht in der Lage waren, sie aufzufangen, und die umstehenden Pilger, die ihrem Sturz mit entsetzten Blicken folgten. In dem Schreckmoment nach dem für sie völlig schmerzlosen Aufschlag erstarrte die ganze Szenerie wie für immer. Die Soldaten und Pilger standen so regungslos um sie herum wie die großen Bronzefiguren des Kreuzwegs um den ins Grab gelegten Jesus.

Ihr erster Gedanke – sie würde sich erst nachträglich all dieser Details bewusst werden – war sehr beunruhigend. Nun würden alle erfahren, dass sie getäuscht worden waren, dass Niki nicht die Kranke war, die sie vorgegeben hatte zu sein, sondern eine Patienten-Hochstaplerin – eine, die den Glauben, mit dem die Menschen voller Hoffnung nach Lourdes kamen, offensichtlich verspottete. Und sie wollte fort, so schnell wie möglich, bevor jemand auf die Idee kam, sie des religiösen Betrugs, der Respektlosigkeit gegenüber dem echten Leiden anderer zu beschuldigen.

Sie erhob sich, spürte immer noch keine Schmerzen und ging los. Niemand machte Anstalten, sie aufzuhalten. Im Gegenteil, die Pilger wichen sogar aus irgendeinem Grund vor ihr zurück. Niki ging durch die Menschenansammlung, die sich um sie herum gebildet hatte und sich nun wie von selbst vor ihr teilte, bis sie sich schließlich so weit vom Ort des Geschehens entfernt hatte, dass niemand auf dem Kreuzweg mehr wusste, woher sie kam und wer sie war.

Erst im Hotelzimmer begriff sie, was geschehen war. Die Welt mit ihren gewohnten Gegenständen, Geräuschen und Abläufen drang allmählich wieder zu ihr durch, und mit ihr stellten sich auch Schmerzen ein. In Nikis Kopf pochte ein dumpfer Druck, ihre Haut an den Handgelenken brannte, und jeder Schritt verursachte ein Stechen in ihren Hüften. Sie ging ins Bad und stellte sich vor den Spiegel. Auf ihrem Gesicht unterhalb des linken Auges war verschorftes Blut. Einen Moment lang wusste sie nicht, wer sie war, dann fiel es ihr wieder ein. Vielleicht hatte sie eine Gehirnerschütterung.

Instinktiv fing sie an, sich zu untersuchen. Sie hatte wohl doch versucht, den Sturz abzufangen, und sich dabei blutige Schürfwunden an Handballen und Pulsadern sowie Stauchungen in den Sprunggelenken zugezogen. Ihre Brust kam ihr zusammengepresst vor, und ihr Oberkörper schien bei jedem Atemzug zu zerreißen. Sie zog Pullover und Unterhemd aus. Auf der rechten Seite auf den unteren Rippenbögen hatte sich ein dunkles, halbmondförmiges Hämatom gebildet. Beim Abtasten stellte Niki wenigstens fest, dass keine Rippe gebrochen war.

Sie wusch ihr Gesicht und die Schürfwunden, desinfizierte sie, nahm zwei Aspirin und legte sich ins Bett. Sie schlief unruhig und träumte wieder von dem mexikanischen Bauern. Er stand vor Gericht und wurde von Pontius Pilatus zum Tode verurteilt. Die Haut von Pontius Pilatus war bronzefarben, aber seine Gesichtszüge glichen denen des Militärbischofs. Niki wollte etwas tun, aber es gab nur einen Weg, den Bauern zu retten: Sie musste mit ihm schlafen, dann würde er begnadigt. Sie traf sich mit ihm auf einer Anhöhe und legte sich auf den trockenen Boden. Sie zweifelte nicht daran, das Richtige zu tun, aber als der Mann auf ihr lag, war er so schwer, dass sie das Gefühl hatte, er würde ihren Brustkorb zerquetschen. Und er wurde immer noch schwerer, bis sie irgendwann nicht mehr atmen konnte.

Sie erwachte nassgeschwitzt und frierend und rang nach Luft. Ihr Brustkorb schien vor Schmerzen zu explodieren, und ihre Kehle brannte. Als sie aufstand, um im Bad ein Glas Wasser zu trinken, wurde ihr für einen Moment schwarz vor Augen. Sie stützte sich gegen die Zimmerwand und wartete, bis sich ihr Kreislauf wieder fing. Im Bad tastete sie nach dem Becher und nahm noch zwei Aspirin. Dann legte sie sich wieder ins Bett.

Die Schmerzen wurden in der Nacht nicht stärker, hielten sich aber auf hohem Niveau. Als Niki das nächste Mal erwachte, war es wieder hell, und sie stellte sich unter die Dusche. Der Bluterguss auf den Rippenbögen unter ihrer rechten Brust war jetzt handtellergroß. Auch ihre Gliedmaßen waren übersät mit Hämatomen, es sah aus, als wäre sie schwer misshandelt worden. Wenigstens ging der Druck im Kopf beim Duschen etwas zurück, aber alle Bewegungen blieben schmerzhaft, sie brauchte fast eine Stunde, um sich abzutrocknen, frische Kleidung aus dem Koffer zu nehmen und sich anzuziehen. Danach setzte sie sich auf die Bettkante und dachte darüber nach, ob sie zum Frühstück ins Erdgeschoss gehen sollte. Immerhin würde es hier in Lourdes nicht weiter auffallen, wenn sie sich nur im Zeitlupentempo bewegte.

Sie saß unschlüssig da, als es an der Tür klopfte. Es war Pater Leo, und Niki ließ ihn herein. «Ich habe mir solche Sorgen gemacht», sagte er. «Ich habe auch gestern schon ein paar Mal bei Ihnen geklopft, aber Sie haben nicht geantwortet.»

«Ich habe den Tag und die Nacht durchgeschlafen», sagte Niki.

«Wie geht es Ihnen denn?»

«So als wäre ich neun Runden lang in einem Boxring verprügelt worden.»

«Die Soldaten waren untröstlich. Das ist ihnen noch nie passiert.»

Niki zuckte schwach mit den Achseln. «Es war ein Unfall.»

Pater Leo setzte sich auf den Stuhl vor der schmalen Schreibplatte am Fenster. «Sie hätten nicht fortgehen sollen, wir hätten uns um Sie gekümmert. Wenn es irgendwo auf der Welt eine perfekte Gesundheitsversorgung gibt, dann hier in Lourdes.»

Niki schüttelte den Kopf. «Das ist nicht der Grund, oder? Ich hätte liegen bleiben sollen, damit Ihr Schwindel nicht auffliegt», warf sie ihm vor. «Tut mir leid um Ihre christliche Reputation. Sie wollten eine PR-Aktion, und jetzt ist Ihr Ruf vermutlich im ... Entschuldigung ... Ich werfe Ihnen nichts vor, das wäre unfair, schließlich habe ich mitgemacht.»

Sie ging ins Bad und spritzte sich kaltes Wasser ins Gesicht.

Als sie zurückkam, sagte Pater Leo: «Machen Sie sich keine Gedanken. Die Dinge haben sich nicht so entwickelt, wie Sie annehmen.»

«Ach ja? Wie denn? Werde ich als Hexe gesucht?»

«Sie verstehen nicht», sagte er, und auf seinem hageren Gesicht erschien der Hauch eine Lächelns. «Nicht als Hexe, sondern als Heilige.»

«Wie bitte?»

Er hob die Schultern, als sei er vollkommen machtlos. «Es macht die Runde, dass ein medizinisches Wunder geschehen ist.»

«Wie bitte? Was wollen Sie damit sagen?»

Er stand auf und sah eine Weile aus dem Fenster. «Nikisha, wir sind in Lourdes. Hören Sie die Glocken da draußen? Hören Sie den Gesang aus dem heiligen Bezirk? Hier herrscht eine andere Wirklichkeit. Die universelle Gültigkeit des Kausalitätsgesetzes ist hier eingeschränkt. Hier laufen die Schicksalsfäden zusätzlich durch die Hände Gottes.» Er wandte sich ihr wieder zu. «Ich frage Sie: Was haben die Menschen da draußen – die, die gestern Morgen dabei waren – gesehen? Dass eine des Gehens offenbar nicht mächtige Frau durch einen Unfall auf dem Kreuzweg vor der Grablegung Christi von der Trage gefallen ist. Und dann? Versuchen Sie es mit den Augen der Pilger zu sehen! Dann hat die Frau sich erhoben und ist auf ihren eigenen Beinen von dannen gegangen, wie in Trance, offenbar selbst ganz benommen von diesem – Wunder ...»

Niki hatte ihm schweigend zugehört. Sie brauchte eine Weile, um seine Rede zu sortieren und zu begreifen, was er ihr zu verstehen geben wollte.

«Das ist nicht Ihr Ernst!»

«Es gibt Dinge, die entscheiden nicht wir», sagte er und hob die Hände. «Nikisha, um uns geht es dabei überhaupt nicht! Wir haben die Kontrolle über die Ereignisse längst verloren – wenn wir sie denn überhaupt jemals gehabt haben. Die Geschichte ist als solche in der Welt, und daran werden weder Sie noch ich mehr etwas ändern. Die Frage ist nur noch, wie wir damit umgehen.»

«Ganz einfach», sagte sie. «Wir klären die Sache auf. Wir sagen, was wirklich geschehen ist.»

Pater Leo schwieg lange. Wenn es drauf ankam, konnte er wohl doch auf seine Zigaretten verzichten, dachte Niki.

Schließlich sagte er: «Sind Sie sich in dem Punkt ganz sicher?»

«Natürlich bin ich das!»

Pater Leo setzte sich wieder und dachte eine Weile nach. «Ich habe Sie das nie gefragt, Nikisha, aber ich weiß, dass Sie keine kühle Atheistin oder gleichgültige Agnostikerin sind. Sie tragen die Spiritualität ja schon im Namen. Glauben Sie an Gott?»

«Darüber können wir gerne sprechen», sagte sie. «Aber es hat mit dem, worum es gerade geht, nicht das Geringste zu tun.»

«Finden Sie? Die Menschen kommen nach Lourdes, weil sie an die besonderen Heilkräfte hier glauben. Vielleicht sind Sie als Medizinerin in diesem Punkt vorsichtig, das ist Ihr gutes Recht, aber für mich ist es ganz klar: Gott ist hier nicht taub. Sie haben die vielen nicht mehr benötigten Krücken gesehen, die man an der Erscheinungsgrotte als Zeichen der Hoffnung aufgehängt hat. Was für eine Rolle spielt es da, ob es eine Heilung mehr oder weniger gibt? Lourdes ist für die Kranken ein Ort der Hoffnung und Zuversicht, und das wird so bleiben.» Er machte eine kurze Pause und fuhr dann fort: «Wenn Sie aber hingehen und den Menschen erzählen, dass eine Heilung vorgetäuscht worden ist, nehmen Sie Millionen von Kranken genau diese Hoffnung, oder Sie beschädigen sie zumindest. Wollen Sie das wirklich?»

Pater Leo, das begriff Niki in diesem Moment, mochte auf seine Weise ein schlichter Geistlicher sein, aber er wusste sehr genau, wo bei einem Menschen die wunden Punkte lagen. Als Ärztin konnte sie ja nicht bestreiten, dass eine positive, zuversichtliche Lebenseinstellung, dass Hoffnung ein wichtiger Faktor bei der Behandlung von Patienten mit chronischen Erkrankungen war. Aber rechtfertigte das einen solchen Betrug? Sie hielt sich an ihren moralischen Kompass.

«Man kann Hoffnungen nicht auf einer Lüge aufbauen», sagte sie.

«Wahrheit, Lüge ...» Pater Leo wiegte den Kopf hin und her. «Nikisha, Sie wissen, ich bin ein frommer Mann, und ich lasse mir meine Frömmigkeit nicht durch ein Übermaß an rationalen Skrupeln zerstören.» Er machte eine kurze Pause und sah sie an. «Warum sind Sie hier? Warum ist Katharina hier? Warum sind wir am Flughafen miteinander ins Gespräch gekommen? Warum haben Sie sich mit Bernarda angefreundet? Warum war Katharina Bernardas Zimmergenossin? ... Verstehen Sie, was ich sagen will? Katharina wird aufgrund Ihrer Diagnose geheilt werden – hier, in Lourdes.» Er sah noch einmal aus dem Fenster. «Gott hat viele Möglichkeiten, seinen Willen geschehen zu lassen, ohne dass wir es merken. Warum sollen die Menschen nicht daran glauben, dass er ihnen hier hilft? Mit seinen Mitteln.»

Niki schwieg. Es gab so viel, was sie gegen Pater Leos Argumentation hätte einwenden können, aber sie fühlte sich zu schwach dazu. Schließlich sagte sie nur: «Das kann doch nicht funktionieren.»

«Wer will die Dinge so genau wissen? Die Soldaten sind froh, dass aus ihrem Missgeschick auf diese Weise etwas Gutes wird. Sie werden dabeibleiben, über Ihre Identität nichts zu wissen. Bernarda hält Sie sowieso für einen Engel und sieht sich darin jetzt bestätigt. Und ansonsten kennt Sie hier außer mir niemand. Wenn Sie morgen abreisen, werden Sie als die Unbekannte in die Geschichte von Lourdes eingehen, die nach einem Sturz vor der Grablegung Christi spontan wieder gehen konnte.»

Nachdem Niki am nächsten Tag am Flughafen ihr Gepäck aufgegeben hatte, entdeckte sie sich am Kiosk. Die Schlagzeile auf der Titelseite einer Regionalzeitung dort lautete: «Nouveau miracle à Lourdes?» Darunter sah man auf einem Schwarz-Weiß-Foto, wie sie durch die sich teilende Menschenmenge schritt. Es gab auf der Seite auch eine Ausschnittsvergrößerung von ihrem Gesicht, aber die Bildqualität war sehr schlecht, das Porträt unscharf, sodass man sie eigentlich nicht erkennen konnte. Man hätte schon wissen müssen, dass sie es war, doch niemand verdächtigte sie.

Dennoch hatte Niki das Gefühl, von allen Passagieren im Terminal angestarrt zu werden. Zum Glück hatte sie im Gesicht keine blauen Flecken, sondern nur ein paar Schrammen, die sich überschminken ließen. Wahrscheinlich würde man sie aber spätestens bei der Sicherheitskontrolle als Wunderbetrügerin festnehmen. Sie fragte sich aber doch, ob es auf der Welt überhaupt irgendein Gesetzbuch gab, in dem das Vortäuschen eines Wunders ein Straftatbestand war?

Als sie die Zeitung bezahlte, hielt sie die Augen gesenkt und wendete den Blick nicht von den französischen Münzen in ihrem Portemonnaie ab. Der Verkäufer nahm das Geld ohne jedes Misstrauen entgegen. Auch bei der anschließenden Sicherheitskontrolle verhielt sich keiner der Beamten ihr gegenüber besonders argwöhnisch. Niemand dort zeigte ein gesteigertes Interesse an ihrer Person. Und als sie schließlich in der Maschine saß und die Türen geschlossen wurden, begann sie allmählich daran zu glauben, dass niemand sie suchte.

In den französischen Zeitungen, so erfuhr Niki später von Pater Leo, sollte das Thema noch einige Wellen schlagen, aber die deutschen Medien interessierten sich nicht dafür. Die ganze Geschichte blieb östlich des Rheins weitgehend unbeachtet. Ein paar Boulevardblätter druckten das Foto mit Niki zwar ab, aber nicht sehr groß und auch nur auf den Seiten mit jenen gemischten Meldungen, die man überflog und am nächsten Tag schon wieder vergessen hatte. Der kleine «Taschenspielertrick Gottes», wie Pater Leo es einmal ausdrücken würde, hatte funktioniert.

Kaspar hatte für sie gekocht, als sie nach Hause kam. Sie hatte im Flugzeug darüber nachgedacht, ob sie ihm die Geschichte erzählen sollte, und sich dagegen entschieden. Sie wollte ihn nicht in den gleichen Konflikt bringen wie sie.

«Und? Hat es dir etwas gebracht?», fragte er.

«Eher nicht», sagte sie. «Aber es war eine interessante Erfahrung.»

«Warte ab. Vielleicht hast du von nun an mehr Glück mit Männern.» Er zwinkerte. «Oder mit Frauen.»

Obwohl die eine oder andere Boulevardzeitung von Teilen des Personals gelesen wurde, kam auch im Krankenhaus niemand auf die Idee, dass es sich bei der unbekannten Geheilten im fernen Lourdes um Frau Doktor Lamont handeln könnte. Niki hatte allerdings auch niemandem erzählt, dass sie in Lourdes gewesen war, denn das hätte unvermeidlich zu ironischen Nachfragen geführt – ganz zu schweigen davon, die Sache wäre Dr. Lothar zu Ohren gekommen –, die sie nicht, jedenfalls nicht wahrheitsgemäß, hätte beantworten wollen.

Ihre «Auferstehung» – die Auferstehungsmetapher setzte sich in den französischen Medien trotz bremsender Mahnungen seitens der Kirche ziemlich schnell durch – wäre für sie also ohne Folgen geblieben, wenn nicht in der Woche nach ihrer Rückkehr an einem sonnigen Morgen niemand anders als Clemens Rubener in ihr Dienstzimmer getreten wäre. Auch ohne einen Blick auf seine Shorts zu werfen, erkannte Niki ihn sofort. Er hielt eine französische Boulevardzeitung in der Hand. Clemens betrachtete Niki freundlich, hob die Zeitung hoch, wies auf ihr Porträt und fragte: «Sind Sie das?»

8
Der Roman als Hologramm

Kurz vor dem Ende seines Writer-in-Residence-Aufenthalts in Aix-en-Provence konnte Clemens Rubener ein Problem, das er monatelang, um nicht zu sagen: ein ganzes Jahr vor sich hergeschoben hatte, nicht länger ignorieren. Irgendwann in den nächsten Stunden, und am besten gleich, wenn Corinna, seine anreisende Verlagslektorin, eintreffen würde, musste er ihr beibringen, dass er seinen zweiten Roman nicht termingerecht würde abliefern können – wobei «nicht termingerecht» nur eine vertragsfloskelhafte Umschreibung für die Tatsache war, dass es von diesem Roman nicht einmal dreißig oder vierzig Seiten gab, die er ihr hätte zu lesen geben können.

Als Schriftsteller stand Clemens nach einem erfolgreichen Debüt, einem angesehenen Literaturpreis und sieben Auflagen seines ersten Romans mit leeren Händen da, was er schon seit Langem wusste, Corinna gegenüber aber nie hatte durchblicken lassen. Alles, was er im vergangenen Jahr zuwege gebracht hatte, war Stückwerk und Fragment geblieben, doch anstatt ab einem gewissen Zeitpunkt Corinna in seine Schwierigkeiten mit seinem neuen Roman einzuweihen, hatte er immer so getan, als sei alles in bester Ordnung. Er vertröstete sie ein ums andere Mal damit, dass er ihr das Manuskript, auf das sie so dringend wartete und für das der Verlag auch schon bezahlt hatte, «als Ganzes» und nicht stückchenweise auf den Schreibtisch legen wolle.

«Wie es für dich am besten ist», sagte sie immer wieder. «Ich kann dir gar nicht sagen, wie rasend gespannt ich auf das neue Buch bin. Es ist für das Verlagsprogramm enorm wichtig!»

Bei dieser Geheimniskrämerei hatte Clemens es immer belassen und den Hörer aufgelegt, weil es ihm trotz seines schlechten Gewissens ja schmeichelte, welche Bedeutung Corinna seinem neuen Roman beimaß. Er hatte sie das aus purer Selbstgefälligkeit immer wieder sagen lassen, bis er irgendwann anfing, selbst daran zu glauben, dass der Verlag sein Buch dringend brauchte, und schließlich hatte er den Zeitpunkt verpasst, die Bremse zu ziehen und mit der Wahrheit herauszurücken. Es war ein Desaster.

Wie hatte er nur in diese Lage geraten können, wo doch vor zwei Jahren alles so glänzend begonnen hatte? Jetzt, als er auf einer Bank am Cours Mirabeau saß und darauf wartete, dass Corinna aus einem der an der Place Forbin haltenden Taxis steigen und ihn mit ihrem leidenschaftlichen Optimismus überrollen würde, obwohl sie einen Kopf kleiner war als er, war von diesem strahlenden Anfang seiner Autorenkarriere so gut wie nichts übrig geblieben. Das Einzige, worauf er sich vielleicht verlassen konnte, war, dass er mit seiner Sonnenbrille, den vollen, braunen Haaren und seinen schlanken Einmeterfünfundachtzig sehr gut und keineswegs wie ein Verlierer aussah.

Die Kronen der Platanen wölbten sich in den azurblauen Hochglanzhimmel, und in ihrem Schatten tranken die Gäste der Straßencafés Pastis oder Café au Lait – es hätte alles so perfekt sein können. Clemens sah nervös auf die Uhr, eine Tissot, die er sich vor zwei Jahren von seinem Literaturpreis gegönnt hatte, die ihn jetzt aber nur noch mehr daran erinnerte, wie unerbittlich die Zeit ablief. Er konnte sich trotzdem nicht dazu durchringen, die Uhr nicht mehr zu tragen, sie konnte ja nichts dafür. Mit der Zeit konnte man nicht verhandeln …

Ein Taxi hielt vor der Fontaine du Roi René, und kurz darauf öffnete sich die hintere Tür. Corinna stieg aus, der Taxifahrer reichte ihr den Koffer, und sie zog los. Sie ging ein paar Schritte um den Springbrunnen herum, noch ohne konkretes Ziel und doch irgendwie zielstrebig – wie sie das machte, war ihr Geheimnis – und eilte, nachdem Clemens ihr zugewinkt und sie ihn entdeckt hatte, mit einem euphorischen Strahlen auf ihn zu. Sie trug ein sommerliches Kleid aus heller Seide mit einem Gladiolenblütenmuster und sandfarbene Leinenespadrilles mit Plateausohlen aus geflochtenem Sisal.

«Wahnsinn!», sagte sie, nachdem Clemens sie mit drei Wangenküsschen nach südfranzösischer Art begrüßt hatte. Sie sah sich um. «Beneidenswert, dass du hier drei Monate leben und arbeiten durftest.»

Sie zog ihren Hartschalen-Rollkoffer mit ausklappbarem Metallgriff hinter sich her, aber die Konstruktion mit den dicht nebeneinander angebrachten Polyurethanrädern funktionierte nur auf ebenen Flughafenfußböden. Auf dem südfranzösischen Gehwegpflaster schaukelte der Koffer störrisch hin und her und drohte mehrfach zur Seite zu kippen. Clemens nahm ihn ihr ab und trug ihn bis zu einer der vielen Caféterrassen. Dort setzten sie sich in die Korbstühle im Platanenschatten und bestellten Café au Lait.

«Wirst du heute Abend schon etwas aus dem neuen Buch lesen?», fragte Corinna. Sie würde auf der Reise noch zwei weitere Autoren des Verlags besuchen, die in Südfrankreich lebten und jeweils an neuen Büchern arbeiteten. Aber sie hatte den Reisetermin bewusst so gelegt, dass sie bei Clemens' Auftritt an diesem Abend dabei sein konnte. Das war zweifellos ein Ausdruck großer Wertschätzung sowohl von ihrer als auch von Verlagsseite aus, was das Dilemma, in dem Clemens sich gefangen fühlte, nicht gerade erträglicher machte. «Eine Kostprobe, meine ich», sagte sie. «Das wäre doch gar nicht so schlecht, eine Art Teaser. Ich bin gespannt wie ein Flitzebogen.»

«Nein, ich glaube nicht.»

«Manchmal ist es gut, etwas vor Publikum auszuprobieren.»

«Du kennst mich ja, ich arbeite lieber im Verborgenen. Ich kann nichts Unfertiges aus der Hand geben.»

Sie sah ihn fragend an. «Aber es *ist* doch fertig?»

«Ja klar», versicherte er ihr schnell. «Aber es ist ja noch nicht im Druck. Es ist immerhin dein Job, vor dem Erscheinen noch ein Wörtchen mitzureden. Wirklich, ich brauche hier und da noch Feedback.»

Sie nickte. «Jederzeit, das weißt du. Du bestimmst das Tempo. Du sollst nur wissen, dass ich mich auf die Arbeit freue. Und natürlich bin ich neugierig.» Der Kaffee wurde gebracht. «Wie wäre es denn mit einer klitzekleinen Andeutung? ... Um wen geht es? Wieder eine Frau? Eine zweite Jeanne Baret?»

Vor vier Jahren war Clemens durch Zufall auf die Lebensgeschichte der französischen Naturforscherin Jeanne Baret gestoßen, die im 18. Jahrhundert bei der ersten französischen Weltumseglung durch General Louis Antoine de Bougainville den Botaniker Philibert Commerson als wissenschaftliche Assistentin begleitet hatte. Dadurch wurde sie zur ersten Frau, die einmal um die Welt reisen sollte, und das hatte Clemens neugierig gemacht.

Seine damalige Freundin schrieb ihre Magisterarbeit in Philosophie über Jean-Jacques Rousseau, der seine zivilisationskritischen Thesen und die idealistische Vorstellung von einer ursprünglichen, von gesellschaftlichen Zwängen unverdorbenen Natürlichkeit des Menschen maßgeblich unter dem Einfluss von Bougainvilles 1771 erschienenem Südsee-Reisetagebuch und den darin enthaltenen Schilderungen über die Ureinwohner Tahitis entwickelt hatte. Bougainville nannte Tahiti das neue Kythira, die neue Heimatinsel der Liebesgöttin Aphrodite. Und er beschrieb die Ureinwohner als «beständig ruhig und vergnügt», freundliche Wesen, deren «einzige Leidenschaft die Liebe» sei.

Das und die Tatsache, dass Jeanne Baret, angetrieben von ihrer wissenschaftlichen Neugier, nicht etwa als *Frau* an der Weltumseglung teilgenommen hatte, das wäre im 18. Jahrhundert gar nicht möglich gewesen, sondern als *Mann* verkleidet, überzeugte Clemens schnell davon, mit ihrer Lebensgeschichte den perfekten Stoff für seinen ersten Roman gefunden zu haben.

Sicher, er hatte in *Die Erfindung des Paradieses* das Klischee vom «edlen Wilden» und unschuldiger Südsee-Erotik durchaus ein wenig bedient. Aber es war ja ein Klischee aus erster Hand – nach Bougainville waren auch eine prächtige tropische Blume aus der Familie der Wunderblumengewächse und eine Insel benannt – und genoss durch Rousseau prominente philosophische Rückendeckung. Und indem Clemens ein fiktives Tagebuch Jeanne Barets einführte, war es ihm als Autor jederzeit möglich, die Außenperspektive seiner Geschichte literarisch durch Reflexionen seiner Heldin zu brechen, der er einen moderneren Blick auf die Ereignisse gestattete.

Vertraute man den Schilderungen Bougainvilles, musste Tahiti vor der Ankunft der Europäer tatsächlich eine Art erotisches Paradies gewesen sein – jedenfalls wenn man es als paradiesisch empfindet, wenn Sex keinen religiösen oder moralischen Beschränkungen unterliegt. Clemens war überrascht von der Freimütigkeit, mit der Bougainville über die Liebessitten der Inselbewohner berichtete.

Eifersucht sei unter ihnen unbekannt, schrieb der General und fügte ohne große Umschweife hinzu: «Ein unverheiratetes Mädchen kann ihrer Neigung und sinnlichen Trieben ungehindert folgen. Es scheint, dass man keine Bedenken trägt, eine Person zu heiraten, wenn sie gleich noch so viele Liebhaber zuvor gehabt hat.»

Solche und ähnliche Zitate hatte Clemens gelegentlich in den Text geflochten, und geschadet hatte der literarische Flirt mit einer gewissen Polynesiensehnsucht dem Erfolg des Romans nicht. Die meisten Rezensenten ließen Clemens Tahiti als einstiges Südseearkadien durchgehen – vermutlich auch deswegen, weil die Geschichte Jeanne Barets durch das Vexierspiel mit den Geschlechterrollen einen Aspekt hatte, der darüber hinausging. Man konnte den Roman auch als Kritik an traditionellen Männlichkeitsbildern und patriarchalischen Wahrnehmungsverengungen lesen.

Jeanne Baret nannte sich in ihrer Männerrolle an Bord Jean Baré. Wie gut Jeannes/Jeans Gendercamouflage während der langen Reise wirklich funktioniert hatte, ging aus den Reisetagebüchern Bougainvilles nicht hervor. Als Clemens auf die Geschichte stieß, tat er sich zunächst schwer damit, zu glauben, dass es im 18. Jahrhundert einer

Frau möglich gewesen sein könnte, auf See als Mann durchzugehen, ohne innerhalb kürzester Zeit aufzufliegen.

Laut Bougainvilles Tagebuch hatte es an Bord zu Beginn auch einige Gerüchte gegeben, denen zufolge der Assistent des Expeditionsbotanikers – die hohe Stimme, das glatte Kinn – vielleicht eine Frau sein könnte, aber in dieser Frage herrschte unter den Matrosen wohl keine Einigkeit. Ihren eigenen Seemannsklischees gehorchend, entschieden sie sich dafür, es bei ihr/ihm mit einem femininen Mann zu tun zu haben, anstatt mit einer maskulinen Frau, und akzeptierten Jeanne als Jean.

Der Geschlechtertausch flog erst auf, als die Mannschaft der *Étoile* in der Matavi-Bucht von Bord ging. Philibert Commerson ruderte mit seinem vermeintlich männlichen wissenschaftlichen Assistenten an Land, um Kräuter zu sammeln. Doch kaum hatten die beiden den Strand betreten, stürzten sich ein paar der jungen tahitianischen Männer auf Jeanne/Jean, riefen «aiene» und verschwanden sodann mit ihr/ihm in den tropischen Wäldern.

All das ging zu schnell, um etwas dagegen zu unternehmen, und der Zwischenfall hätte beinahe eine diplomatische Krise zwischen den Europäern und dem *Ariki*, dem König der Tahitianer, Pomaré I., heraufbeschworen, weil die Mannschaft der *Étoile* natürlich annahm, Jean Baré sei soeben vor ihren Augen entführt worden. Die Angelegenheit klärte sich erst, als es dem Ariki gelang, Bougainville verständlich zu machen, was «aiene» hieß: Mädchen.

Jene jungen Männer am Strand hatten sich von Jeannes/Jeans Verkleidung nicht täuschen lassen. Sie erkannten auf den ersten Blick, dass es sich bei ihr um eine junge Frau handelte. Und so taten sie das, was sich ihrer kulturellen Tradition nach gegenüber einem Gast ziemte: Um Jean/Jeanne die Ehre zu erweisen, wollten sie, Clemens zitierte es: «nach dem Brauch ihrer Insel mit ihm» – also ihr – «umgehen», wie Bougainville es in seinen Aufzeichnungen formuliert.

Ob Jean als Jeanne sich dieser tahitianischen Ehrungen erfreut hat, darüber lässt sich der General in seinem Reisetagebuch nicht näher aus. In diesem Punkt konnte Clemens seiner dichterischen Fantasie freien Lauf lassen, was ihm als Autor gelegen kam. Er entschied sich dafür, Jeanne Baret das polynesische Liebes-Know-how gerne erlernen und an sich anwenden zu lassen, und ließ sie in ihrem Tagebuch notieren, dass es das Recht einer jeden Frau sein sollte, selbst über ihr Liebesleben zu bestimmen, anstatt sich dieses von gesellschaftlichen, religiösen oder materiellen Zwängen vorschreiben zu lassen.

Nach knapp zwei Wochen – länger dauerte der Aufenthalt der Expedition auf Tahiti nicht – setzte Jeanne die Reise ohne weitere Maskerade als Frau fort, was Bougainville – das wiederum geht aus seinen Aufzeichnungen hervor – auch akzeptierte. «Ich muss ihr Gerechtigkeit widerfahren lassen», schrieb der General, «dass sie sich auf der ganzen Reise sehr klug und ehrbar aufgeführt hat.»

Wie die Mannschaft mit einer Frau an Bord klarkam, darüber findet sich in seinen Aufzeichnungen kein Hinweis. Bougainville fügte am Ende des Tahiti-Kapitels mit dem letzten Satz aber noch einen eigenartigen Gedanken hinzu: «Hätten unsere beiden Schiffe auf einer wüsten Insel Schiffbruch erlitten, so hätte Baré vermutlich eine sonderbare Rolle spielen müssen.»

Um nicht weiter über seinen neuen, noch kaum vorhandenen Roman sprechen zu müssen und den Fokus des Gesprächs zu verlagern, sagte Clemens: «Die Konferenz heute Abend ist nicht der passende Ort, um ein neues Buch vorzustellen. Ich bin da als Autor in anderer Weise gefragt.»

Corinna schob ihre Sonnenbrille ins Haar und schlug die Beine übereinander. «Solche Podien gehören zum Job», sagte sie. «Es ist gut, dabei zu sein, aber du solltest sie nicht allzu ernst nehmen.»

«Ich soll es als Schriftsteller nicht ernst nehmen, wenn das Ende der Literatur verkündet wird?»

Corinna machte eine dämpfende Handbewegung. «Ach, Clemens,

das wird seit über hundert Jahren heraufbeschworen! Wenn ich jemals daran geglaubt hätte, wäre ich bestimmt nicht Lektorin geworden. Vielleicht hast du dich da zu sehr reingekniet.»

Die Bemerkung bezog sich auf den Vortrag, den er an diesem Abend zur Eröffnung der literaturwissenschaftlichen Konferenz mit dem ambitionierten Thema «Literatur am Ende der Geschichte» des Goethe-Instituts und des *Secteur Lettres et Sciences Humaines* der Universität Aix-Marseille halten würde. Die Konferenz war zugleich der Abschluss seines Writer-in-Residence-Aufenthalts, und da er mit seinem Romanprojekt nicht mehr vorankam, hatte er sich in den vergangenen Wochen geradezu manisch in die Ausarbeitung seines Vortrags über den Roman im «postpolitischen» Zeitalter gestürzt. Und nach einer, wie er fand, ziemlich guten Eingebung bei einem Glas kühlen Sancerre gab er dem fertigen Essay den Titel «Der Roman als Hologramm». Gestern Abend hatte er diesen Text an Corinna gefaxt, davon überzeugt, dass sie ihn gewiss ebenso brillant finden würde wie er.

In dem mehrseitigen Einladungsfolder zur «Literatur am Ende der Geschichte»-Konferenz war die These vertreten worden, dass das, was sich nach dem Ende des Kalten Krieges zunehmend auch als «Ende der Geschichte» erweise, die von Francis Fukuyama prognostizierte globale Etablierung von Demokratie und Kapitalismus, der Literatur letztlich den Boden entziehe. Wenn das «Außen» sich zunehmend in einem diffusen Zivilisationseinerlei auflöse, keine Angriffsfläche mehr biete und über kurz oder lang als Thema verschwinde, bleibe der Literatur als Betrachtungsgegenstand nur noch das «Innen», das Selbstgespräch des Autors oder die Literatur selbst, das Zurschaustellen ihrer eigenen Konstruiertheit, die nicht mehr als Spiegelung von Welt gedacht werden könne, sondern nur noch als Spiegelung ihrer selbst, womit auch die Literatur an ihr Ende gekommen sei.

Da Clemens sich mit seinem zweiten Roman so schwertat, fiel

diese These bei ihm, der sich für die Theorie des Schreibens bisher nicht sonderlich interessiert hatte, auf fruchtbaren Boden. Bereits zu Beginn des Jahrhunderts, so erfuhr er, habe sich gezeigt, dass das epische Erzählen mit seiner vermeintlichen Handlungslogik eine verfehlte Konstruktion sei – der vergebliche Versuch, eine sogenannte «objektive Realität» mit den Mitteln der Sprache zu doppeln. De facto bestehe die Welt aber nur aus Fragmenten und Splittern isolierter, subjektiver Wahrnehmungen und individueller Existenzimpulse, die man als Autor allenfalls in ihrer Zufälligkeit nebeneinanderstellen oder in freier Form willkürlich anordnen könne. Die einzige noch nachweisbare Form von Realität sei die Simulation.

Als Clemens diesen Einladungstext las und anfing darüber nachzudenken, was das alles bedeuten könnte, überfiel ihn das mulmige Gefühl, als Gegenwartsautor und überhaupt intellektuell nicht auf der Höhe der Zeit zu sein. Und um mitreden zu können, las er – das passte hier in Aix ja gut – eine Reihe von französischen Philosophen wie Baudrillard, Derrida oder Virilio. Realität in einem traditionellen Sinne, so hieß es bei diesen, sei in der Postmoderne obsolet. Die Wirklichkeit habe sich in ein implodierendes System von Zeichen, Bildern und «Simulakren» aufgelöst, das dem Individuum Wirklichkeit nur noch vortäusche. Aus dem abendländischen Kernversprechen von Teilhabe, Selbstbestimmung und individueller Freiheit sei die Isolation des modernen Subjekts in einer Sphäre der kapitalistischen Codes geworden.

Clemens war sich nicht sicher, ob er die mit vielen philosophischen Anspielungen, technischen Metaphern und Kunstwörtern wie «Simulationsmaschine», «einzig noch funktionierender Referent», «nebulöse Entität» oder «Zirkularität von Zeichen und Symbolen» gespickten Texte richtig verstand. Er las sie auf Deutsch, sein Französisch war alltagstauglich, aber für intellektuelle Ansprüche diesen Ausmaßes reichte es nicht.

Und doch empfand er bei der Lektüre – und vielleicht gerade, weil er nur die Hälfte verstand – ein irgendwie tröstliches Übereinstimmungsgefühl mit seiner eigenen, verfahrenen Lage. Ihm wurde bewusst, dass er *Die Erfindung des Paradieses* mit einer gehörigen Portion schriftstellerischer Naivität geschrieben hatte. Das ging so weit in Ordnung, würde ihm aber nicht noch einmal gelingen. Er musste als Schriftsteller mit seinem nächsten, dem berüchtigten zweiten Buch, den ästhetischen Ansprüchen der Postmoderne gerecht werden. Und das bedeutete, er musste anfangen, über das Schreiben an sich nachzudenken.

Corinna trank einen Schluck Milchkaffee und blinzelte in die Sonne. Wenn er doch nur in der Lage gewesen wäre, sie auf seine Seite zu ziehen. Warum hatte er ihr nicht schon vor Monaten gebeichtet, dass er literarisch feststeckte? Vielleicht hätte *sie* ja einen Ausweg gewusst. Corinna wusste, das glaubte Clemens jetzt klar zu erkennen, immer einen Ausweg. Es gab solche Menschen, die noch in der aussichtslosesten Lage eine Idee in petto hatten. Corinna könnte man ohne Kompass in einer Wüste aussetzen, und ihr würde schon irgendetwas einfallen, so schätzte Clemens sie ein. Und dafür mochte er sie. Sie war nicht die Frau, in die er sich verlieben würde, aber ihre unerschütterliche Lebenstauglichkeit beeindruckte ihn. Sie war stärker als er, und eine Sekunde lang hatte er die gefährliche Vision, sich vor ihr auf die Knie zu werfen, seinen Kopf in ihren Schoß zu pressen und ihr sein ganzes Elend anzuvertrauen.

Um diese Vorstellung zu verscheuchen, sagte er schnell: «Wieso zu sehr reingekniet? Das Konferenzthema ist wichtig, *mir* ist es wichtig. Es reflektiert die Erfahrungen, die ich als Schriftsteller gemacht habe und noch mache. Was stört dich an meinem Vortrag?»

Sie schwieg einen Moment. «Nichts, so meine ich das nicht. Ich denke nur, der Vergleich eines Romans mit einem Hologramm ist nicht ohne Risiken. Vielleicht bin ich da als Lektorin ein bisschen pingelig, aber sollte bei einem Vergleich das, womit verglichen wird, nicht klarer sein, als die Sache selbst? Also wie bei: Sie war so schön wie eine Blüte, oder: Seine Gefühle waren so aufgewühlt wie die See bei Sturm. Das sind jetzt bewusst abgedroschene Wendungen, es geht bloß ums Prinzip. Blüten und Sturm kennt jeder. Und jeder weiß, was ein Roman ist. Aber wenn ich ganz ehrlich bin, dann weiß ich eigentlich nicht so genau, was ein Hologramm ist.»

«Du weißt nicht, was ein Hologramm ist?»

«Ja, doch, etwas Dreidimensionales, ein Bild mit Raumwirkung. Aber es ist für mich nicht direkt fassbar. Ich frage mich sogar, ob ich schon jemals ein Hologramm gesehen habe oder ob ich nur weiß, dass es Hologramme gibt, und deshalb glaube, dass ich schon mal eins gesehen habe. Wie bist du auf den Vergleich gekommen?»

«Ich habe übers Schreiben nachgedacht.»

Sie nickte. «Solltest du. Musst du. Solche Essays sind eine eigene literarische Form. Aber entschuldige, wenn ich dennoch nachhake. Du bist mitten in einem Erzählprojekt. Und ich habe einfach Sorge, du könntest dich von der Theorie ... zu sehr ablenken lassen. Was auch immer ein Hologramm genau ist – es ist auf jeden Fall etwas sehr Abstraktes.»

Auf die Idee mit dem Hologramm war Clemens vor ein paar Wochen gekommen, als bei einem perfekten Sonnenuntergang über der Provence ein letzter Sonnenstrahl das Weinglas auf seinem Schreibtisch getroffen hatte. Das in diesem Strahl intensiv rot aufleuchtende Glas wurde dabei an einem geöffneten Fensterflügel reflektiert, und diese Reflexion wiederum schien so real wie das Weinglas selbst hinter der Scheibe im Raum zu schweben.

Das erinnerte ihn an einen schon lange zurückliegenden Besuch im Deutschen Museum. In einem dunklen, mit schwarzen Wänden ausgekleideten Raum hatte er damals, er musste elf oder zwölf Jahre alt gewesen sein, zum ersten Mal echte Laserhologramme gesehen. Die rubinroten Bilder – waren sie das eigentlich: Bilder? – beschäftigten seine Fantasie noch lange. Die holografierten Gegenstände, simple Alltagsdinge wie eine Feder oder ein Spielwürfel oder eben Trinkgläser, schienen glitzernd und so glutrot wie das Weinglas in der untergehenden Provencesonne hinter oder in einem Fall auch vor! der Hologrammscheibe zu schweben. Doch wenn man die dreidimensionalen Abbilder mit der Hand berühren wollte, war da nichts, man griff durch das Trinkglas hindurch, weil es ja aus nichts als Licht bestand. Es war so real wie ... die Literatur! Die Literatur bestand nur aus Sprache und besaß doch eine eigene, erlebbare Wirklichkeit! Das war die wunderbare Eingebung, die Clemens nach ein paar Gläsern Sancerre hatte. Was war daran so schwer zu verstehen?

«So kompliziert ist das mit Hologrammen nicht», sagte er jetzt. «Die ganze Geschichte hat technisch mit zwei Laserwellen zu tun, die sich überlagern – so ähnlich wie ringförmige Wasserwellen von Steinwürfen sich überlagern und hübsche gekräuselte Muster bilden können.»

«Das hat mir an deinem Vortrag auch gefallen», sagte Corinna. «Es gelingt dir, sehr anschaulich zu beschreiben, wie ein Hologramm zustande kommt. Man merkt, dass du dich sehr gründlich damit beschäftigt hast.»

Er redete dennoch weiter, um ihr zu vermitteln, was er meinte: «Der Trick ist, dass in den Überlagerungsmustern sämtliche Informationen über die ursprünglichen Wellen gespeichert sind, ihre Richtung, ihre Verteilung, ihre Stärke – einfach alles. Und genauso ist es bei einem Hologramm. Man braucht dafür zwei Wellen: eine Objekt- und eine Art Betrachtungs- oder Beleuchtungswelle.»

«Clemens ...»

«Eine Sekunde noch. Romane entstehen genauso! Die Welt ist die Objektwelle und das Bewusstsein des Autors die Betrachtungs- oder Beleuchtungswelle. Und das Ergebnis ihrer Überlagerung, das gekräuselte Muster ist der Text. Weder Autor noch Welt existieren für sich selbst, erst wenn sie zusammenkommen, entsteht etwas – ein Roman. Klingt das für dich wirklich so unverständlich?»

Sie schwieg, als müsste sie darüber nachdenken. Schließlich sah sie ihn an. «Nein, Clemens, es ist nicht unverständlich, und vielleicht sogar spannend. Ich konnte den Vortrag ja erst vorhin auf dem Flug lesen und werde dir ganz bestimmt noch ein genaueres Feedback geben. Das ist doch klar. Aber wenn ich ehrlich sein soll, dann gehen meine Gedanken in eine andere Richtung. Es kommt mir so vor, als ob du dich so sehr in diese theoretischen Gefilde begeben würdest, weil du dich von irgendetwas ablenken möchtest. Könnte das sein?»

«Wie kommst du darauf?»

«Ganz ehrlich?»

«Ja.»

«Ich glaube, es müsste dir im Moment wichtiger sein, über deinen neuen Roman zu reden als über Literaturtheorie. Das ist alles. Das ist es, was ich als deine Lektorin denke. Liege ich da völlig falsch?»

Bei seinen Ausführungen über Hologramme, und wie sie funktionierten, war seine bisherige Begeisterung über die Metapher verflogen. Auf einmal kam sie ihm selbst lahm vor. Wie war das möglich, wo sie doch in seinen Gedanken in den vergangenen Wochen eine solche Eleganz entfaltet hatte?

Er schüttelte den Kopf. «Du musst dir keine Sorgen machen.»

Sie sah ihn an. «Es ist wirklich alles in Ordnung?»

«Ich denke über mich nach. Über mich und meine Arbeit.»

«Das habe ich verstanden. Und für den Fall, dass das, was ich gesagt habe, bei dir anders angekommen sein sollte, wiederhole ich: Du hast da meine volle Rückendeckung. Meine einzige Überlegung ist, ob du es gerade *jetzt* tun solltest.»

«Ich brauche ...», mehr Zeit, lag ihm auf der Zunge, aber er sagte es nicht, sondern: «Ich brauche ... das jetzt. Die Reflexion über die Literatur, über mich. Das wird dem Roman zugute kommen.»

Sie nickte nachdenklich. «Und du kannst mir wirklich nicht sagen, worum es geht?»

Sie war auf seiner Seite, das glaubte er jetzt, aber das machte alles nur noch schlimmer. Er musste ihr etwas geben, irgendetwas, das war er ihr schuldig.

«Um Amelia Earhart.»

«Amelia Earhart?»

«Eine Flugpionierin.»

«Eine Fliegerin? Das hört sich gut an. Über welche Zeit reden wir?»

«Die Zwanziger- und Dreißigerjahre.»

«Spannend! Erzähl mir etwas von ihr.»

Ursprünglich hatte Clemens geglaubt, Amelia Earhart wäre eine moderne Variante seiner Jeanne Baret, und das machte ihn neugierig. Er lag mit dieser Einschätzung auch nicht ganz falsch. So wie Jeanne als erste Frau einmal um die Welt gesegelt war, überflog Amelia im Jahr 1928 als erste Frau den Atlantik von Amerika nach Europa – allerdings nicht als Pilotin, sondern als Fluggast an Bord einer regulären Verkehrsmaschine. Das reichte aber in den späten Zwanzigerjahren bereits aus, um als Frau in den USA zu einer landesweit gefeierten Berühmtheit zu werden.

Dabei konnte sie selbst fliegen und hätte das Ticket gar nicht gebraucht. Der luftfahrtbegeisterte Verleger George Putnam, der ein Jahr zuvor sehr viel Geld mit dem autobiografischen Buch *We* von Charles Lindbergh über dessen Nonstop-Atlantikflug von New York nach Paris verdient hatte, sprach Amelia Earhart auf der Suche nach weiteren Stoffen für Bücher über fliegerische Bravourleistungen an. Sie heirateten, und er begann damit, sie zu vermarkten. Sie stellte – jetzt als Pilotin – einen fliegerischen Rekord nach dem anderen auf und wurde zu einer Vorreiterin und Ikone der frühen Frauenbewegung in den USA.

1929 organisierte sie das erste *Women's Air Derby* von Santa Monica nach Ohio, das unter dem legendären Namen «Puderquastenrennen» in die Geschichte der Frauenluftfahrt eingehen sollte. Anschließend flog sie als erste Frau quer durch die Vereinigten Staaten von Küste zu Küste und danach – diesmal als erster, nicht nur weiblicher, Pilot überhaupt – über den offenen Atlantik von Mexiko nach Newark und über den Pazifik von Hawaii nach Kalifornien. Und schließlich überquerte sie auch als erste Pilotin in einem Nonstop-Alleinflug den Atlantik wie Charles Lindbergh ein paar Jahre zuvor.

«Warum hast du so ein Geheimnis daraus gemacht? Das ist ein großartiger Stoff!», sagte Corinna. «Ich hätte dich von Anfang an bei dem Projekt unterstützt. Oder hattest du Angst, dass dir jemand die Geschichte wegschnappen könnte?»

«Nein, das war es nicht. Ich wollte einfach ... sichergehen, dass es etwas wird. Du weißt ja, wie das ist. Man ist begeistert von einem Stoff, und dann, in der Ausarbeitung, kommt man nicht durch.»

«Ich weiß es nicht», lachte Corinna. Sie war jetzt entspannt, was die Sache für Clemens nicht leichter machte. Er hatte einen Aufschub erwirkt, wieder einmal – doch wozu? Corinna lachte noch einmal auf. «Nein, Clemens, ich weiß es nicht. Ich bin ja keine Schriftstellerin.»

«Aber du kennst eine Menge.»

«Ja, das stimmt», sagte sie und drehte sich zu ihm.

Sein Blick fiel auf den Ansatz der Hautfalte zwischen ihren Brüsten, und das in heterosexuelle Männergehirne einprogrammierte evolutionäre Interesse an der weiblichen Brust ließ das unverfängliche Weiterschweifen seines Blicks für den Bruchteil einer Sekunde ins Stocken geraten. Wahrscheinlich hatten Frauen für solche Sekundenbruchteile eine empfindliche Antenne. Und im Moment war es Clemens sogar ganz lieb, wenn Corinna seinen gesenkten Blick nicht als Warnsignal interpretierte, dass er etwas vor ihr verbergen könnte, sondern vielleicht als Interesse an ihren Brüsten deutete.

«Ich müsste dann mal los», sagte er.

«Noch was vor?»

«Ich will den Vortrag noch mal überfliegen.»

«Ach, Clemens ...»

«Es muss sein.»

«Wie du meinst», sagte sie und schob die Sonnenbrille aus ihren Haaren wieder zurück auf die Nase. «Ich mache mich im Hotel frisch. Wie wär's danach mit einem Aperitif?»

«Nicht vor der Arbeit.»

«Ich habe dich gar nicht für so prinzipientreu gehalten.»

«Ich mich auch nicht ...»

Womit ihm ein einigermaßen souveräner Abgang gelang. Er besaß ja die Fähigkeit, nichts von dem, was in ihm vorging, nach außen dringen zu lassen, aber als er die Fontaine du Roi René hinter sich ließ und um die nächste Straßenecke bog, wäre er am liebsten nicht nur aus Corinnas Blickfeld verschwunden, sondern gleich vom Erdboden selbst, er wusste nur nicht, wohin. Welchen Sehnsuchtsort konnte es für ihn noch geben? Er hatte ein Paradies für eine literarische Figur erfunden, aber für ihn selbst versagte seine Fantasie.

Umso mehr dachte er jetzt: Ja, das Paradies ist eine Erfindung – deswegen hatte er seinen Roman auch so genannt. Corinna war für Entdeckung gewesen: Die *Entdeckung* des Paradieses. Aber die Hoffnung auf ein Paradies brauchte man nur, wenn es die Sünde gab, dieses Prinzip von Schuld und Versagen, mit dem Clemens jetzt zu kämpfen hatte. Den Polynesiern war das christliche Konzept der Sünde bei der Ankunft Bougainvilles völlig fremd gewesen. Sie brauchten für sich kein Paradies zu erfinden, weil sie eins hatten.

Nach einer Viertelstunde bog Clemens um die letzte Straßenecke vor seiner Writer-in-Residence-Wohnung. Bei seiner Ankunft im März waren die Platanen, die die Straße jetzt frühabendlich verschatteten, noch ohne Laub gewesen – ein Tag wie in einem Diamanten, voll von klarsten, satten Farben und gleißendem Licht.

Man hatte ihn an der hiesigen Universität mit viel Neugier empfangen. Der historische Hintergrund seines Romans und die französische Heldin im Zentrum passten – zumal als Werk eines jungen deutschen Autors – perfekt zu der interkulturellen, deutsch-französischen Ausrichtung der Geisteswissenschaften in Aix-en-Provence, die dort in enger Kooperation mit der Universität Tübingen seit Langem gepflegt wurde. Die meisten Fakultätsveranstaltungen fanden im *Centre Franco-Allemand de Provence* statt, so auch die Eröffnung der «Literatur am Ende der Geschichte»-Konferenz mit seinem Vortrag am Abend.

Clemens schloss die Haustür auf. Die Konferenz würde in knapp zwei Stunden beginnen, ihm blieb also noch etwas Zeit, um sich wieder zu beruhigen. Seine Wohnung lag im zweiten Stock unter dem Dach eines Gebäudes am südlichen Rand der Altstadt. Vom Fenster seines Wohn- und Schreibzimmers aus hatte man einen weiten Blick auf die umliegenden Weinberge. Das Abendlicht fiel mit einem Honigfarbton ins Zimmer, noch nicht ganz das Licht, dem Clemens die Eingebung für seine Hologramm-Metapher verdankte, aber beinahe schon.

Beim Eintreten stellte er fest, dass er überhaupt keine Lust hatte, sein Vortragsmanuskript noch einmal durchzugehen. Das war Corinna gegenüber ja nur ein Vorwand gewesen, um sich davonzumachen. Vielmehr war jetzt der richtige Zeitpunkt, um sich zum Start in den Abend einen ersten kühlen Weißwein mit Kondenswasserperlen auf dem Glas zu gönnen. Sicher, es war noch zu früh, um sich endgültig zu entspannen, aber ein abendliches Glas Weißwein, das bei ihm längst zur Gewohnheit geworden war, würde kaum schaden, zumal verteilt auf die beiden Stunden, die ihm bis zum Vortrag noch blieben.

Er ging in die Küche und entnahm dem Kühlschrank eine grüne Flasche Entre-deux-mers, die er im hinteren Teil des unteren Fachs gelagert hatte, seiner Erfahrung nach die kälteste Stelle. Bei dem Versuch, die Flasche zu öffnen, kam er mit dem Korken nicht zurecht. Das Ding saß enorm fest und war zugleich morsch. Er zermalmte das weiche Material beim Hineinbohren der Korkenzieherwendel und zog anschließend nur Brösel heraus.

Danach versuchte er es dichter am Glasrand, womit er auch nicht mehr erreichte. Nach einem dritten, ebenfalls erfolglosen Versuch, lief es darauf hinaus, den schon halb zerfallenen Korken mit einem spitzen Gegenstand aus dem Flaschenhals herauszukratzen, wobei am Ende eine Menge Korkengrieß in den Wein rieselte. Als Clemens damit fertig war, goss er einen Schuss Wein ins Becken, um die Brösel aus der Flasche zu spülen, und kehrte ins Zimmer zurück.

Er setzte sich ans Fenster, stierte in den Sonnenuntergang und trank den ersten Schluck. Vielleicht, dachte er, war er ja christlicher geprägt, als er es selbst für möglich gehalten hätte. Wenn er das Schreiben seines ersten Romans als paradiesische Zeit empfunden hatte und es ihm jetzt so vor kam, als habe sich all das unumkehrbar geändert, dann war das doch ganz offensichtlich nichts anderes als eine biblische Selbstdeutung seines bisherigen Lebens. Er war aus dem Paradies des unmittelbaren Erzählens vertrieben worden. Nur was war sein Sündenfall gewesen? Der Erfolg? Aber es so zu sehen wäre ja auch eine Verbrämung christlicher Werte. Alles Angenehme war Sünde: Erfolg, Müßiggang, Genuss, Sex.

Alkohol. Er betrachtete sein Glas – überraschenderweise war es schon fast leer. Offenbar hatte er schneller getrunken als geplant. Er schüttete die Pfütze mit den Korkresten aus dem Fenster und füllte das Glas wieder auf. Ja, er hatte Erfolg gehabt! Und er hatte sich dabei – entgegen dem Klischee vom einsam grübelnden Dichter – immer auf einen Fundus an Freundschaften und Liebschaften außerhalb jenes, wie er fand, komplizierten Rahmens einer festen Beziehung stützen können, wenn ihm beim Schreiben die Decke auf den Kopf zu fallen drohte. Warum reichte die Befriedigung, die sich aus all dem doch ergeben müsste, nicht aus, ihm jetzt mehr literarisches Selbstvertrauen einzuflößen?

Er leerte das zweite Glas Entre-deux-mers mit Korkbröseln, um sich sodann ein drittes einzugießen, in dem immer noch Korkbrösel herumschwammen. Und nein, er hatte es sich wirklich nicht leicht gemacht. Zwei Jahre lang hatte er sich mit dem Amelia Earhart-Stoff beschäftigt, aber sosehr er sich auch bemühte, er fand keinen Zugang zu seiner Heldin.

Die sonderbar zweckdienliche, unspektakuläre und wohl nicht sehr leidenschaftliche Ehe, die sie mit dem Verleger Putnam geführt hatte – daraus ließ sich erzählerisch nicht viel machen. Und was dachte man denn, wenn man mutterseelenallein in einem Cockpit Tausende von Kilometern zwischen Himmel und Meer hing und auf Instrumente starrte, die einem mit der stummen Nüchternheit von Zahlen mitteilten, ob alles in Ordnung war oder das Leben in ein paar Minuten enden würde? Was, wenn der künstliche Horizont kippte, wenn das Kerosingemisch zu fett oder zu mager war – Clemens hatte eine Menge übers Fliegen gelesen, an Fleiß hatte es ihm nicht gemangelt –, wenn der Motor überhitzte oder die Höhenanzeige ausfiel, wie es im Übrigen bei Amelias Atlantiküberflug tatsächlich einmal der Fall gewesen war!

Mitten über dem Ozean hatte sie in den dichten Wolken der nordatlantischen Nacht keine Ahnung mehr gehabt, auf welcher Höhe sie sich befand, was nach Clemens' Recherchen beim Fliegen so ziemlich das Unangenehmste war, was einem passieren konnte. Als indirekter Höhenindikator blieb Amelia nur die Außentemperatur: Ließ sie das Flugzeug zu hoch steigen, wurde die Umgebungsluft zu kalt, sodass die Steuerungsmechanik vereiste und sie die Manövrierfähigkeit der Maschine verlor. Sank sie, taute die Mechanik zwar wieder auf, aber dafür musste sie jetzt damit rechnen, an der Spitze eines unsichtbar im Nebel treibenden Eisbergs zu zerschellen.

Doch das war auch schon die spannendste Situation, die Clemens in Amelia Earharts Leben hatte finden können. Sie war wie Jeanne Baret eine Kämpferin für die Anerkennung der Frauen, aber ihr Schlachtfeld war ihr einsames Cockpit und nicht das sonnige Tahiti. Clemens schrieb dennoch mehrere Kapitel. Er probierte aus, ob es ihm half, Amelia Earhart wie Jeanne Baret ein fiktives Tagebuch führen zu lassen. Doch bei allem, was er schrieb, schien etwas zu fehlen – etwas, das ihn beim Schreiben antrieb: der innerste Wesenskern einer Figur, um den man als Erzähler wie in einem wunderbaren Textkarussell kreisen konnte. Er hatte es versucht, er hatte es wirklich versucht – doch schließlich war sein schriftstellerischer Schwung erlahmt.

Er stand auf und suchte im Kühlschrank nach etwas Essbarem, um sich abzulenken. In der seelischen Verfassung, in der er jetzt war, würde er unmöglich seinen Vortrag halten können, erst recht nicht nach Corinnas Bedenken wegen seiner Hologramm-Metapher. Wo sollte er das Selbstvertrauen herbekommen, um vor den mit allen intellektuellen Wassern gewaschenen Literatur-am-Ende-der-Geschichte-Konferenzteilnehmern zu bestehen, die mit Adorno, Foucault und Derrida, mit Poststrukturalismus, literarischer Semiotik, Dekonstruktion und kritischer Theorie akademisch sozialisiert worden waren?

Da er im Kühlschrank außer alten Fruchtjoghurts nichts zu essen fand, trank er noch ein viertes und fünftes Glas Wein, allerdings kleine französische Gläser, mit Korkbröseln, die immerhin weniger wurden, und rief sich, um sich zu beruhigen, die verschiedenen Phasen beim Weintrinken in Erinnerung. Richtig gut war bei jeder Form des Alkoholkonsums eigentlich nur die erste, die Anstiegsphase mit einem Optimum an Entspannungszugewinn nach etwa einem halben Glas. Diese Anstiegsphase dauerte bei ihm – bei Wein, stärkere Alkoholika mochte er nicht, und Bier trank er eher selten – etwa eine halbe Stunde. Danach flachte die Entspannungskurve ab, und es folgte der Eintritt in die Latenzphase, wie er diesen Bereich alkoholinduzierter Stimmungsverläufe zu nennen pflegte. Die Latenzphase war aber auch schon eine erste, leichte Enttäuschung, weil man das Ausbleiben eines weiteren Anstiegs der Euphorisierung bereits als eine Form von Stimmungsdämpfung erlebte. Aber durch eine kontrollierte weitere Zufuhr von Wein ließ sich in der Latenzphase ein stabiles Stimmungsgleichgewicht auf angenehm hohem

Niveau über längere Zeit aufrechterhalten, und genau in diesem Zustand musste Clemens vor sein Publikum treten: gelassen, souverän und von sich selbst überzeugt.

Wenn ihm dieses Timing gelang, würde er den Abend meistern können, sagte er sich und verbot sich darüber nachzudenken, was geschehen würde, wenn es ihm nicht gelang. Wenn er sich unvorsichtigerweise in die dritte Phase des Rausches hineintrinken sollte, jene vorletzte des unaufhaltsamen Kontrollverlustes und des rapiden Abnehmens von artikulatorischen Fähigkeiten – nicht auszudenken, was das allein für das Aussprechen des Wortes Hologramm-Metapher bedeuten würde!

Durch den Entre-deux-mers tatsächlich etwas gelassener, nahm Clemens sein Vortragsmanuskript zur Hand und begann nun doch, den ersten Absatz noch einmal zu überfliegen. Anstatt dabei allerdings, wie er gehofft hatte, zu der beruhigenden Einsicht zu gelangen, dass sein Vortrag doch den richtigen Ton traf, um bei der Konferenz zu bestehen, glaubte er auf einmal, das ganze Ausmaß der ihm bevorstehenden Katastrophe erst recht glasklar vorauszusehen. Niemand würde sich auch nur ansatzweise für seine an den Haaren herbeigezogene, viel zu abstrakte – Corinna hatte völlig recht – Hologramm-Metapher interessieren.

Er trank noch ein letztes Glas Entre-deux-mers, in dem nun wieder mehr, wenn nicht sogar besonders viele Korkbrösel herumschwammen, weil es sich um den Rest aus der Flasche handelte, steckte sein Vortragsmanuskript ein und verließ die Wohnung. Auf der Treppe hatte er immerhin das beruhigende Gefühl, in seiner Bewegungskoordination sicher zu sein, und vor der Haustür registrierte er, dass die Abenddämmerung sogar in den engen Gassen der Altstadt nach Süden, Zypressen und Kräutern roch.

Das gefiel ihm. Er machte sich klar, dass er durch echte französische Straßen mit echten französischen Bars und echten französischen Gästen ging, und das als eingeladener und erwünschter Gast und Europäer – ein Schriftsteller in einem Land, das seine Schriftsteller wirklich las, liebte und verehrte. Und das, hier zu sein, hatte er in seinem Leben erreicht! Das war doch etwas!

Mit solchen Überlegungen versuchte er sich in einen Zustand zu versetzen, der ihm ein Mindestmaß an Selbstvertrauen und innerer Stabilität garantierte. Als er das Institut erreichte, war diese Zuversicht allerdings schon wieder verflogen. Wahrscheinlich würde ihm jetzt auch ein weiteres Glas Weißwein, selbst ohne Korkbrösel, nicht mehr weiterhelfen, beliebig ließ sich die Latenzphase nicht ausdehnen, und schon gar nicht über jene Grenze hinaus, nach deren Überschreiten allein die Menge der im Blut zirkulierenden Alkoholabbauprodukte mit ihren ungünstigen neurochemischen Eigenschaften das Gehirn auch ohne unlösbare Probleme zwangsläufig in eine depressive Krise trieb.

Und genau so kam es. Als Clemens durch die hohe Glasfront des Instituts blickte, unterhielt sich Corinna im Foyer mit Jacques Weber, einem hochnäsigen, deutschstämmigen Franzosen, der als Walter-Benjamin-Koryphäe galt. «Laisser aller le cours des choses, voilà la catastrophe», prangte als Benjamin-Zitat an der Wand über seinem Schreibtisch. Er hatte Clemens gegenüber relativ unverblümt durchblicken lassen, dass er *Die Erfindung des Paradieses* belanglos fand. Als Clemens ihn und Corinna im Gespräch sah, wurde ihm klar, dass er sich, was die Dauer der Latenzphase anging, verrechnet hatte. Und er begriff, dass er diesen Abend nicht würde durchstehen können, ohne irgendwann zu kapitulieren – ja, er spürte das alarmierendste aller Anzeichen einer totalen Sinnkrise: Er wollte wieder Kind sein.

Er war an jenem Endpunkt angelangt, den er immer vorausgesehen, vor sich hergeschoben und verdrängt hatte. Und zu allem Übel stellte sich heraus, dass ausgerechnet Jacques Weber mit seinem hochtrabenden Walter-Benjamin-Zitat recht behalten sollte: Clemens hatte die Dinge monatelang laufen lassen, ohne sich den Tatsachen zu stellen, und nun war die Katastrophe da.

Er ging am Institut vorbei und bog so unauffällig wie möglich in die nächste Querstraße, in der Hoffnung, dass ihm aus dieser kein Kongressteilnehmer entgegenkommen würde. Die Befürchtung, dass ihn jemand beim Institut erkannt haben und ihm hinterherschauen könnte, erzeugte ein leichtes Druckgefühl in seinem Nacken, das sich erst legte, als er um weitere drei oder vier Straßenecken gebogen war und sich schließlich in der Sicherheit einer gewissen Anonymität des abendlichen Passanten wähnen durfte.

Er kannte das Viertel nicht, durch das er ging. Er wollte unsichtbar sein, und hier gelang ihm momentweise die Illusion, dass er es auch war. Er kam an einem *8 à Huit*-Laden vorbei, dessen Glastür noch – natürlich, es war ja noch *vor* acht, Clemens hätte sogar noch umkehren können – geöffnet war. Er ging hinein und am Gemüse und den Konserven vorbei zu den hinteren Regalen mit Wasser, Wein und Spirituosen. Das entscheidende Kriterium dort war, eine Flasche mit Schraubverschluss zu finden, was nur in der allerbilligsten Kategorie überhaupt möglich war: bei jenen Literflaschen von aus den Trauben der Region verschnittenen Weinen, die Clemens gar nicht mal so schlecht fand, was er aber, um nicht als Weinbanause dazustehen, tunlichst niemandem gegenüber je hatte durchblicken lassen.

Er kaufte einen *Vin de table regional*, eine Tüte Pistazien und ein *Sandwich au paté*, zahlte, verließ den Laden und ging weiter, ohne sich über den Weg Gedanken zu machen. Irgendwann verlief neben ihm die steinerne Mauer des Saint-Pierre-Friedhofs, über der die Giebel der Familienmausoleen mit ihren Kreuzen in die dunkelblauen Reste des Tageslichts ragten. Am Ende der Straße wandte er sich nach links und erreichte kurz darauf einen kleinen Park am Ufer der *Torse* und dachte: Torso. Das passte ja bestens.

Er setzte sich auf eine Bank, aß das Sandwich und trank den Wein in Ermangelung eines Glases aus der Flasche. Und da er seit über einer Stunde keinen Wein mehr getrunken hatte, erlebte er mit dem billigen *Vin de Table regional* aus der Schraubverschlussliterflasche eine beinahe tröstliche, zweite Anstiegsphase, die ihn für kurze Zeit aus dem Loch des Selbstmitleids herausholte und ihm vorgaukelte, dass er nicht viel brauchte, um mit der Welt im Reinen zu sein, kaum mehr als das: mit einem Leberpasteten-Sandwich, einer Tüte Pistazien und einem schlichten Tafelwein an einem lauen Abend in einem Park zu sitzen, das Aufschimmern der Mondsichel über den Bäumen zu erleben und von niemandem behelligt zu werden.

Wie nicht anders zu erwarten, hielt dieses Stimmungsintermezzo nicht sehr lange an, schon bald kehrte das Bewusstsein zurück, in jeder Hinsicht versagt – und, was noch schlimmer war, nicht die geringste Ahnung zu haben, wie er daran etwas ändern konnte. Er hatte alles versucht und war gescheitert. Und die Parkbank und der Wein und die Mondsichel in der Dämmerung, die ihm eben noch als ausreichende Ingredienzen für ein zufriedenstellendes Leben erschienen waren, spendeten ihm nicht mehr den geringsten Trost. Trotzdem trank er weiter, während der Mond unter die Baumwipfel sank, die Dinge ihre Konturen verloren und sich die dunkelblaue Dämmerung in schwarze nächtliche Kälte verwandelte, von der ihm bald nicht mehr klar war, ob sie ein äußeres, klimatisches Phänomen war oder ein inneres, seelisches Versinken im Nichts ...

Er erwachte im Morgengrauen und fror. Als er sich bewegte, raschelte Papier. Auf seiner Brust lag eine aufgefaltete Zeitung. Er konnte sich nicht daran erinnern, aber offenbar hatte er sie aus dem Papierkorb neben der Bank gefischt und sich mit ihr zugedeckt, oder jemand anders hatte es für ihn getan. Sein Kopf schmerzte, er richtete sich vorsichtig auf, die Zeitung rutschte ihm auf die Knie. Die leere Weinflasche lag am Fuß der Parkbank. In seinem pochenden Gehirn bildete sich ein eigenartiger, aber in Anbetracht des Abends, der hinter ihm lag, nicht völlig abwegiger Gedanke: So musste einst das Erwachen nach der Vertreibung aus dem Paradies gewesen sein.

Vielleicht dachte er das ja auch wegen der *France Soir* auf seinen

Knien. Auf deren Titelseite war die Statue einer Madonna mit gefalteten Händen abgebildet, darunter die Schlagzeile: «Résurrection à Lourdes. Un ange aurait été guéri sur le Chemin de Croix.»

Die Überschrift stellte seine Französischkenntnisse – zumal in seinem verkaterten Zustand – auf eine schwere Probe. *Lourdes, chemin* und *croix*, damit konnte er etwas anfangen, aber *résurrection* war eine harte Nuss, die er nur durch die etwas unpassende lautliche Verwandtschaft mit dem Wort Erektion, den religiösen Kontext der Schlagzeile und der gleichen Bedeutung im Englischen knackte: Auferstehung.

Wahrscheinlich hätte er sich die Mühe, das Sprachrätsel zu lösen, auch gar nicht gemacht, wäre nicht unter der Madonna auf einem zweiten Foto eine Frau zu sehen gewesen, die ihm – obgleich aus großer Distanz nur unscharf abgelichtet – bekannt vorkam. Auf der Titelseite einer Boulevardzeitung wäre das ja auch nicht ausgeschlossen gewesen, wenn es sich zum Beispiel um eine Schauspielerin oder Politikerin gehandelt hätte. Doch die blonde Frau auf dem Bild war nicht prominent.

Und doch hatte Clemens das vage Gefühl, ihr schon einmal begegnet zu sein. Nur wo? Und wann? Die Sache ließ ihm keine Ruhe, und er machte sich daran, den zugehörigen Artikel zu lesen. Er begriff, worum es ging, um die mögliche Wunderheilung eines Engels. Und da fiel es ihm wieder ein.

9
Die Töchter Egalias

Lus Umzug in Vics Wohnung ging sonderbar fließend vonstatten, manchmal hatte sie sogar das Gefühl, überhaupt nicht umzuziehen. Ihr Zimmer bei Vic glich exakt jenem, in dem sie ein Stockwerk darüber aufgewachsen war. Der Grundriss war identisch, die Bodendielen bestanden aus dem gleichen Holz, die Tür hatte die gleichen Profilleisten wie in ihrem alten Zimmer und die zweiflügeligen Fenster die gleiche Größe. Sogar die Messingbeschläge und Griffe glichen sich aufs Haar.

Es schien, als verwandele sich ihr altes Zimmer lediglich der Farbe, der Einrichtung und dem Geruch nach. Die vormals tapezierten Wände wurden weiß, die letzten, aus Anhänglichkeit noch verbliebenen Plüschtiere verschwanden, die Stereoanlage blieb, der Schrank löste sich auf und ließ einen offenen Stapel Unterwäsche, Hosen- und T-Shirts zurück, und das Bett büßte sein Gestell ein und wurde zu einer auf dem Boden liegenden Matratze. Lu und Vic besprachen nie offiziell, dass sie bei ihm einziehen würde.

Aber wenn Lu morgens aufstand und in die Küche kam, war unübersehbar, dass sich nicht nur ihr Zimmer verändert hatte, sondern alles andere auch: der Flur, durch den sie ging, das Bad, in dem sie duschte, die Küche, in der sie ihren Kaffee trank. Meistens frühstückte sie allein. Sie aß morgens nicht viel. Vic lag dann oft noch auf seinem selbst gezimmerten Bett. Wann er üblicherweise aufstand, wusste sie nicht, ob überhaupt zu einer festen Zeit oder lediglich irgendwann im Laufe des Vormittags. Da war sie schon in der Schule. Sie hatte noch gut zwei Jahre bis zum Abitur, auf das sie mehr aus Gewohnheit als aus Bildungshunger oder wenigstens Interesse zusteuerte. Als Ziel bedeutete es ihr nichts.

Genau genommen wusste Lu nicht einmal, wofür sie den Abschluss brauchte. Wenn sie sich dafür hätte anstrengen müssen, hätte sie die Schule vielleicht sogar geschmissen – auch wenn Hans Krol darüber entsetzt gewesen wäre. Lu wusste, dass er der Meinung war, Bildung erwerbe man nicht, um sie dann zu etwas zu gebrauchen, sondern weil sie das Einzige sei, das einem half, mit Würde durchs Leben zu gehen.

Sie wollte ihm sagen, dass sein Glauben an den Wert von Bildung für sie im Widerspruch zu der Tatsache stand, dass er einmal wegen einer musikalischen Frage, die kein ungebildeter Mensch jemals verstehen würde, versucht hatte, sich umzubringen. Aber möglicherweise betrachtete Hans einen Selbstmordversuch im Leben sogar als etwas Natürliches, wenn nicht sogar als ein Zeichen von geistiger Gesundheit.

Lu hielt sich in der Schule im Leistungsmittelfeld und in manchen Fächern sogar im oberen Bereich des Notenspektrums. Es gab keinen Grund, die Sache abzubrechen, denn dann hätte sie die Frage beantworten müssen, was sie stattdessen mit ihrem Leben anfangen wollte. Und die schlichte Wahrheit war: Sie hatte nicht die geringste Ahnung.

An ein paar Tagen im Herbst 1988 kam ein Mitarbeiter des Arbeitsamts in die Schule, und alle in der Klasse wurden zu ihm geschickt, um sich eine halbe Stunde lang von ihm über Berufswünsche, -möglichkeiten und -aussichten beraten zu lassen. Lu setzte sich vor ihn, und er fragte sie, welchen Werdegang sie denn anstrebe?

«Keine Ahnung», antwortete sie.

Es ging bei dem Gespräch darum, aus ihr herauszukitzeln, wofür sie sich in besonderer Weise interessierte, wo ihre Stärken und Schwächen lagen und ob sich daraus nicht eine berufliche Perspektive entwickeln lassen könnte.

«Irgendetwas werden Sie doch mögen», sagte der Berufsberater.

«Ich geh gern ins Kino», meinte sie schließlich.

«Nun ja.» Der Mann hob leicht die Schultern. «Kinobetreiber sind selbstständige Unternehmer. Lernen im Sinne eines Lehrberufes kann man deren Geschäft an sich nicht.»

«Ich hab mal bei 'ner Schulaufführung mitgemacht.»

«Sie meinen bei einem Theaterstück?»

«Ja, klar ...»

«Kreativität ist wichtig», sagte er, wenn auch nicht sehr begeistert.

«War ein uraltes Stück. Aber ich fand's auch lustig.»

«Wie hieß es denn?»

«*Der Hauptmann von Köpenick*.»

«Das ist bekannt.» Er zupfte an den Ärmeln seines Cordjacketts, die ein bisschen hochgerutscht waren. Er wirkte ungeduldig und schien mit dem Gesprächsverlauf nicht zufrieden zu sein. «Und was haben Sie dabei gemacht?»

«Mitgespielt.»

«Sie hatten eine Rolle? Welche denn?»

«Den Hauptmann.»

«*Sie* haben den Hauptmann von Köpenick gespielt?»

Lu nickte. «Wir hatten kaum Jungs, die mitspielen wollten. Den meisten ist es peinlich, auf der Bühne zu stehen. Und die zwei oder drei, die dabei waren, haben sich nicht getraut, den Hauptmann zu spielen. Da dachte ich, dann mach ich das eben, ich kann ganz gut berlinern, ich bin hier aufgewachsen, auch wenn ich Ljubina heiße. Meine Mutter kommt aus Jugoslawien – also kam, meine ich, sie ist vor ein paar Jahren gestorben.»

«Das tut mir leid.»

«Ich hätte mit der Schule vielleicht schon aufgehört, wenn ich 'nen Plan hätte. Aber zu Hause mit meinem Vater rumsitzen, bringt's auch nicht, da bin ich schon lieber in der Schule. Und als Herr Baumann, so heißt unser Deutschlehrer, gesagt hat, er würd gerne 'ne Theatergruppe aufmachen, dachte ich, da mach ich mal mit. Und so ist das dann mit dem Hauptmann gekommen.»

Der Berufsberater ging nicht weiter darauf ein. «Und welche Fächer gefallen Ihnen sonst noch?»

«Spanisch ist okay.»

«Eine Fremdsprache», nickte er. «Das ist doch was!»

Man kann nicht sagen, dass Lus Auftritt als Hauptmann von Köpenick ein großer Erfolg gewesen wäre. Herr Baumann, der die Theater-AG initiiert hatte, unterrichtete an der Schule seit jenem Sommer, in dem Lu mit Timo geschlafen hatte. Es war bei diesem einen Mal geblieben.

Herr Baumann wollte Lu die Rolle des Hauptmanns erklären, indem er versuchte, ihr die historische Dimension des Stoffes und seine sozialen Voraussetzungen nahezubringen: die blinde Obrigkeitshörigkeit im Kaiserreich des frühen 20. Jahrhunderts, den preußischen Militarismus, die unüberwindliche Trennung zwischen Arbeiterklasse und Bürgertum in der wilhelminischen Gesellschaft.

«Das Stück basiert auf historischen Tatsachen», sagte er zu Lu. «Es hat den Schuster Wilhelm Voigt wirklich gegeben. Und er hat tatsächlich mit einer falschen Hauptmanns-Uniform die Befehlsgewalt über eine preußische Kompanie übernommen, die ihm zufällig über den Weg gelaufen ist. Und weißt du auch, wo das war? Hier im Wedding!»

«Im Ernst?»

«Und dann ist er mit der Truppe nach Köpenick gefahren und hat die Soldaten angewiesen, das dortige Rathaus im Namen des Kaisers zu besetzen, was diese auch anstandslos gemacht haben. Danach hat er versucht, im Meldeamt eine Aufenthaltsgenehmigung für Berlin zu bekommen, die ihm zuvor – er hatte ein paar Einbrüche hinter sich – verweigert worden war.»

Lu hörte zu. Sie hatte aber einen anderen Zugang zu der Rolle des Wilhelm Voigt. Sie verstand, dass der Schuster mit allen Mitteln versuchte, sich etwas zu verschaffen, das für ihn nicht zu bekommen war. Lu stellte sich beim Spielen ihren Vater vor, der ja auch etwas haben wollte, was er nicht mehr bekommen konnte: ihre Mutter. Und der deswegen absurde Dinge anstellte wie die Verwandlung anderer Frauen in Draga. Die Wahrscheinlichkeit, dass das mal jemand auf die Bühne bringen würde, war vermutlich gering.

Lu wusste nicht, warum sie ausgerechnet ihren Vater spielen wollte. Sie hatte aber das Gefühl, dass sie ihn gut spielen konnte und sich dabei gar nicht so sehr verstellen musste. Als sie ihn in ihrem Zimmer einmal probeweise spielte, war es, als kämen gewisse Gesten oder seine Art zu reden so selbstverständlich aus ihr, als *wäre* sie Herbert. Es war ihr etwas unheimlich, aber so war es: Sie musste ihn nicht imitieren.

Lu sagte niemandem, dass sie auf der Bühne an ihren Vater dachte. Sie wusste lange Zeit auch nicht, ob sie ihm überhaupt von der Aufführung erzählen sollte, und tat es erst kurz vorher. Sie befürchtete, er würde vielleicht sehen, dass sie beim Spielen an ihn dachte, und vielleicht würde ihm das nicht gefallen. Aber sie hatte auch die Hoffnung, dass ihm dadurch vielleicht etwas klar werden würde. Herbert kam nicht zu der Aufführung.

Als Schuster Voigt trat Lu im ersten Akt auf der Bühne im Musikraum des Gymnasiums mit Hosenträgern, löchrigen Schuhen, fadenscheinigem Hemd und angeklebtem Schnauzbart auf. Für die Verwandlung des Schusters in den vorgeblichen Hauptmann zog sie in Ermangelung einer preußischen Uniform einen langen Ledermantel vom Sonntagsflohmarkt in der Gustav-Meyer-Allee am Humboldthain an. Der Mantel erinnerte historisch allerdings an die Zeit der Nazidiktatur. Herr Baumann, der nicht nur der Regisseur des Stückes war, sondern auch Bühnenbildner, Ausstatter, Beleuchter und Souffleur, befestigte billige Rangabzeichen, Ritterkreuze und Blechorden von einem der zahlreichen Militariastände des Weddinger Flohmarkts an den Schulterklappen, Lederrevers und der Brusttasche des Mantels.

Die drei Vorstellungen waren nur schwach besucht, obwohl Lu und alle anderen Schauspieler ihr Bestes gaben. Herr Baumann versicherte Lu, dass sie ein sehr guter Hauptmann von Köpenick sei. Er erkannte ihr Talent, aber die Aufführung wurde kein großer Erfolg. Warum die Mitschüler, die Lu als Hauptmann von Köpenick gesehen hatten, ihr in der Zeit danach oft abweisend oder offen ironisch begegneten, war ihr nicht klar. Herr Baumann meinte, sie solle sich darüber keine Gedanken machen. Es sei ganz einfach so, dass sie für diejenigen, die das Theater insgeheim doch interessant fanden, als Schauspielerin schon zu gut, zu ernsthaft und zu ausdrucksstark gewesen sei, und sie sich dadurch provoziert fühlten, weil sie selbst nicht den Mut gehabt hatten, mitzumachen. Und den anderen, den älteren, hätte sie als junge Frau gefallen, und um das nicht zuzugeben, machten sie sich über die Uniform lustig.

Bei einer der drei Aufführungen löste sich Lus angeklebter Schnurrbart ausgerechnet in dem Moment, als sie in dem Naziledermantel ihr Regiment – drei oder vier als Soldaten verkleidete Mädchen aus der siebten Klasse – zum Besetzen des Köpenicker Rathauses – ein mit einem historischen Telefon versehener Lehrertisch – kommandierte. Bei den wenigen älteren Schülern, die die Vorstellung besuchten, trug ihr diese Szene den Ruf einer lesbischen Domina ein. Lu hörte davon, wusste aber nicht, was das war. Aus irgendeinem Grund fragte sie Herrn Baumann diesmal nicht danach.

Allerdings taugte die Aufführung mit einem weiblichen Hauptmann von Köpenick auch nicht zum Schulskandal, vielmehr geriet die Geschichte schnell wieder in Vergessenheit. Der Einzige, der Lus Talent zu schätzen wusste, blieb Herr Baumann. Obwohl er sie zu überreden versuchte, machte Lu beim Folgeprojekt nicht mehr mit. Sie bewahrte aber die Blechorden der «Hauptmannsuniform» in einer Schublade als Erinnerungsstücke auf. In Vics Wohnung nahm sie sie aber nicht mit. Sie hatte dort kein Möbelstück mit einer Schublade.

Eine Zeit lang hatte Lu sich vorgestellt, wie es wäre, mit Vic zu schlafen. Doch da sie beschlossen hatte, niemals mit einem Mann zu schlafen, wenn die Möglichkeit bestand, dass Liebe im Spiel sein könnte, hatte sie diese Vorstellung wieder verworfen. Sollte Vic also darauf spekuliert haben, sie könnten nach ihrem Umzug zu einem Liebespaar werden, hatte er sich getäuscht.

Allerdings gewann Lu schon bald die Einsicht, dass es Vic nicht darum ging, mit ihr zu schlafen. Das irritierte sie, weil sie nicht dahinterkam, warum er sie bei sich wohnen ließ. Sein Verhältnis zu Frauen schien anders zu sein, als sie es von ihren Mitschülern her kannte, die sich den Mädchen gegenüber oft besitzergreifend, großspurig und faul verhielten. Allerdings war Vic auch nicht mehr so jung wie diese. Er war freundlich, schien nur selten schlechte Laune zu haben und bedrängte sie nie mit irgendetwas.

Wenn Lu von der Schule nach Hause kam, war er manchmal da und manchmal nicht. Er sprach nicht darüber, was er machte, wenn er nicht zu Hause war. Womit Vic seinen Lebensunterhalt verdiente, wusste Lu ebenso wenig. Manchmal war er tagelang zu Hause und sah fern oder las. Er schien gern zu lesen. Dann wieder verschwand er mitten am Tag, ohne dass es dafür ein System gegeben hätte, jedenfalls konnte Lu keins erkennen. Hin und wieder blieb er ein oder zwei Nächte lang fort, ohne ihr das anzukündigen. Vielleicht hatte er es am Morgen selbst noch nicht gewusst. Die plausibelste Erklärung war, dass er irgendwo eine Freundin hatte, bei und mit der er schlief. Solange er selbst nicht darüber sprach, fragte Lu ihn nicht danach.

Ein- oder zweimal in der Woche gingen sie ins Kino. Der Wedding war nicht das ideale Viertel für abendliche Unternehmungen, aber nur ein paar Gehminuten vom Haus entfernt gab es ein ehemals türkisches Kino, das von seinem Betreiber aufgegeben worden war. Das Aufkommen von Videotheken hatte dem *Gloria*, wie das Kino hieß, trotz des hohen türkischen Bevölkerungsanteils im Wedding, der immer höher gewesen war als in Kreuzberg, seine wirtschaftliche Grundlage entzogen.

Danach wurde der Saal mit seinen über 300 Sitzplätzen ein paar Jahre lang an einen Betreiber verpachtet, der hauptsächlich Filme des florierenden Horror- und Katastrophengenres spielte, wie *Die Körperfresser kommen* mit Donald Sutherland, Genreklassiker wie *Halloween* und *Erdbeben* oder Splattermovies wie *Zombies im Kaufhaus* oder *Blood Beach*, eine Art Trockenvariante von *Der weiße Hai*: Eine gefräßige Kreatur, eine Art Riesenwurm, lebt im Erdreich unter dem Strand von Santa Monica und packt ab und an einen der Badegäste am Fuß, um ihn durch den Sand zu sich herabzuziehen und zu verspeisen.

Lu und Vic knabberten dabei Chips und entwickelten sich bald zu Experten des Genres. Doch auch diese Phase war nur von kurzer Dauer. Mit der Zeit saßen immer weniger Zuschauer im Kinosaal, sodass Lu und Vic manchmal den Eindruck hatten, die Vorführung finde nur für sie statt. Das Gloria gab auf, und nachdem der Pachtvertrag mit dem Betreiber von diesem nicht verlängert worden war, ergriff ein filmbegeistertes Kollektiv aus Lesben und Schwulen die Chance und mietete den leer stehenden Kinosaal an.

Sie tauften das *Gloria* in *Egalia*-Lichtbühne um. Das Konzept sah vor, auf keinen Fall die üblichen, wie man sie im Kollektiv nannte: Chauviefilme aus Hollywood zu zeigen, diese lärmenden Cinemaskope-Produktionen, in denen Machohelden irgendwelche obskuren Schurken jagten und unterdessen ein paar Frauen flachlegten. In der Planung waren stattdessen eine Lesbenfilmwoche und eine Nouvelle Vague-Reihe, allerdings auch – als Tribut an die *Gloria*-Phase der Horrorfilme – ein nächtliches Andy-Warhol-Special mit *Dracula* und *Frankenstein* auf 3D oder eine lockere Melodramenreihe unter dem Titel «Pornografie des Herzens».

Der neue Name *Egalia*-Filmbühne leitete sich entweder von dem feministischen Roman *Die Töchter Egalias* der norwegischen Autorin Gert Brantenberg her, der in einer fiktiven Welt spielte, in der die Machtverhältnisse zwischen den Geschlechtern auf den Kopf gestellt wurden. Die Männer kümmerten sich um die Kinder, und die Frauen hatten ökonomisch und auch sonst das Sagen – eine Umkehrung, die in dem Buch bis in die Sprache hinein betrieben wurde: Aus Menschen wurden Wibschen, aus man frau, aus beherrschen befrauschen und so fort.

Es war andererseits aber auch möglich – die erste Sitzung des Gründungskomitees verlief ziemlich chaotisch –, dass das sehr beliebte Anarchomotto «Legal, illegal, scheißegal» bei der Namensgebung Pate gestanden hatte. Manche, die an der legendären Sitzung teilgenommen hatten, wollten sich sogar daran erinnern, dass in Wahrheit weder Gert Brantenbergs Roman noch der Scheißegal-Spontispruch dem neuen Kinonamen zugrunde lagen, sondern die in alternativen Kreisen populäre, sich von der Erdgöttin Gaia herleitende Gaia-Hypothese, der zufolge die Erde als weibliches Gesamtlebewesen zu betrachten war. Am Ende der turbulenten Sitzung sei durch ein akustisches Missverständnis aus Gaia Egalia geworden. Möglicherweise stimmten alle drei Versionen. Es wurde bei der Gründungssitzung so spät, dass schließlich alle Teilnehmer in ihrer nächtlichen oder frühmorgendlichen Erschöpfung das Gefühl hatten, der Vorschlag *Egalia* stamme von ihr beziehungsweise ihm, und der Umbenennung zustimmten.

Für Lu und Vic änderte sich durch all das nichts. So wie sie vorher ab und an ins *Gloria* gegangen waren, gingen sie jetzt ins *Egalia*, in dem bei allen inhaltlichen, künstlerischen und politischen Ambitionen auch weiterhin publikumsorientierte Filme gezeigt wurden, etwa von Louis Malle, Sidney Lumet oder Rainer Werner Fassbinder. Lu und Vic saßen vor oder nach den Vorstellungen manchmal im Foyer, tranken Bier und lernten als Stammgäste im Laufe der Zeit auch ein paar der Mitglieder des *Egalia*-Kollektivs kennen, sodass diese Kinoabende für sie zu einer noch persönlicheren Erfahrung wurden, zu etwas Schönem, das sie noch mehr verband.

Kurz nach der Wiedereröffnung des *Gloria/Egalia* begegnete Lu im Treppenhaus Hans Krol und erschrak darüber, wie lange sie ihn nicht mehr gesehen hatte. Seit sie bei Vic wohnte, war sie nicht mehr bei ihm gewesen, und sie plagte ihm gegenüber ein schlechtes Gewissen. Sie verdankte ihm so viel, vielleicht verdankte sie ihm sogar alles, dachte sie manchmal. Wer außer Hans hätte sie als Teenager vor der kaputten Existenz ihres Vaters retten können? Wo wäre sie ohne seine Wohnung als Zufluchtsort hingegangen? Auf seinem Sofa mit dem schlummernden Domenico auf dem Bauch hatte sie sich immer sicher gefühlt. Lu kam sich Hans gegenüber undankbar vor. Musste es für ihn nicht so aussehen, als hätte sie ihn fallengelassen?

«Wie geht es dir denn?», fragte er.

«Ganz gut. Nicht mehr lange, und ich hab das Abitur in der Tasche.»

«Das ist gut», sagte er. «Ich freue mich sehr für dich.»

«Und bei dir?»

«Ich arbeite an einer Sinfonie.»

Sie standen auf dem Treppenabsatz zwischen Erdgeschoss und erstem Stock. Hans beugte sich bei der letzten Bemerkung zu Lu vor und sprach leiser, als wollte er nicht, dass irgendjemand sie hören könnte. Lu war nicht klar, wer sie im Treppenhaus belauschen sollte, und auch nicht, wer in diesem Treppenhaus ein gesteigertes Interesse daran haben könnte, dass Hans eine Sinfonie komponierte. Aber sie kannte Hans. Aus irgendeinem Grund schien er *immer* damit zu rechnen, dass jemand mithörte. Sogar in seiner Wohnung hatte er die Stimme manchmal gesenkt, wenn er Lu etwas mitteilen wollte, das ihm besonders wichtig war.

«Eine Sinfonie? Das ist so was Großes, oder? Mit Pauken und Trompeten, meine ich.»

Er flüsterte jetzt beinahe. «Es gibt beim Komponieren ein Problem, bei dem du mir helfen musst.»

Er ging voraus, und sie folgte ihm in den dritten Stock. Obwohl es dort nicht anders aussah als im ersten oder zweiten, wurde Lu noch einmal bewusst, wie lange sie nicht mehr vor seiner Tür gestanden hatte. Und sie dachte auch kurz an ihren Vater. Nach jenem Delirium, vor dem sie endgültig aus der Wohnung geflohen war, hatte Herbert sich wieder gefangen. Vielleicht brauchte er solche Abstürze, um wieder auf die Beine zu kommen. Lu hatte trotzdem keine Lust, in ihr altes Zimmer zurückzukehren. Ihr Vater hatte inzwischen auch wieder eine Frau kennengelernt. Sie hieß Swetlana, stammte aus Weißrussland und war bei ihm eingezogen. Lu wusste nicht, ob sie sich darüber freuen sollte. Was Swetlana darüber dachte, dass Lu ein Stockwerk tiefer bei Vic wohnte, anstatt in ihrem früheren Zimmer, wusste sie ebenfalls nicht. Herbert hatte ihr über die Gründe dafür mit Sicherheit nicht die Wahrheit gesagt.

Lu befürchtete, er könnte wieder anfangen, auch Swetlana in Draga verwandeln zu wollen. Immerhin war Swetlana tatsächlich blond, wenn auch nicht so hellblond wie Draga. Und sie trug ihre Haare auch nicht aufonduliert, in Form gekämmt und gefestigt, sondern glatt, schulterlang und offen. Wenn es so kam, wie bei Natalia, würde sich das in nächster Zeit ändern. Lu hoffte, dass ihr Vater diesmal klüger sein würde, aber sie war inzwischen alt oder erfahren genug, um zu wissen, wie trügerisch Hoffnungen sein konnten.

«Hans. Wie sollte ich dir beim Komponieren helfen?»

Nachdem Hans die Tür aufgeschlossen hatte, folgte Lu ihm ins Wohnzimmer, in dem alles unverändert war, nur dass sich auf dem Sofa, auf dem sie geschlafen hatte, wieder Bücher, Notenbände, Fressnäpfe und Wäsche stapelten, zuoberst ein Pullover, auf dem eine der Katzen schlief. Es war aber nicht Domenico.

«Wo ist Domenico?», fragte Lu.

«Er ist vor einem halben Jahr gestorben.»

«Aber woran denn?»

«Ich weiß es nicht. Er hat nicht mehr gefressen.»

Traurig setzte Lu sich. «Wir hatten so eine Technik entwickelt, uns das Sofa zu teilen. Er lag auf mir, und immer wenn ich mich im Schlaf gedreht habe, ist er, ohne aufzuwachen, in die nächste Mulde gerutscht. Ich hab mal 'nen Film über Wellenreiten in Acapulco gesehen. Ich glaube, Domenico konnte auf meinem Körper wellenreiten.»

Hans war mit dem toten Domenico zu jenem nahe gelegenen Krematorium gegangen, in dem Draga eingeäschert worden war. Lu befürchtete, dass er ihn in einer der Plastiktüten vom Plus-Markt auf der Reinickendorfer Straße dorthin getragen hatte. Immer wenn Hans etwas aus seiner Wohnung hinaus- oder in diese hereintrug, benutzte er solche Plastiktüten. Im Krematorium hatte man ihm mitgeteilt, dass eine Einäscherung von Tieren nicht vorgesehen sei.

Und so hatte er ratlos in der eiskalten Winterluft vor dem abgestellten Springbrunnen auf dem Nettelbeckplatz gestanden und sich gefragt, wie er dem verstorbenen Kater die letzte Ehre erweisen sollte. In dem schmalen Park an der Panke versuchte er, mit einem großen Löffel an einer unbeobachteten Stelle ein Loch zu graben, aber die Erde war hart gefroren. Aus demselben Grund hatte er Domenico auch nicht in der Panke versenken können, die war zu einem Band aus silbergrauem Eis geworden. Und so hatte er ihn schließlich behutsam in einem Müllcontainer abgelegt.

«Alles Materielle ist in Wahrheit vollkommen unwichtig», erklärte er Lu, damit sie ihn nicht für herzlos hielt, und stellte ihr eine Tasse Tee hin. «Sogar der Schall.»

«Der Schall soll unwichtig sein?»

«Im Grunde ja», nickte er.

Die Sinfonie, an der er arbeitete, war eine Weiterentwicklung jenes Ansatzes von John Cage, demzufolge alles Musik war, auch die Abwesenheit von Musik beziehungsweise akustischen Klängen. Es gab auch nicht-akustische Klänge, aber darauf würde er erst später zu sprechen kommen. Die Schallisolation seines Eierkartonzimmers, das er sich zum Üben von *4′33″* eingerichtet hatte, war zur Komposition der *Sinfonie der Stille*, wie er sein Projekt nannte, ideal geeignet.

«Es gibt eine Menge Dinge, die man hört, wenn man alle Geräusche eliminiert», sagte er zu Lu. «Zuerst ist da natürlich der Atem, es ist jedenfalls sehr schwer, auf Dauer völlig geräuschlos zu atmen. Und wenn man sich lange genug darauf konzentriert, hört man auch den eigenen Herzschlag wie ein tief aus dem Innern kommendes, dunkles Wummern.»

«Das kommt mir bekannt vor, Hans», meinte Lu. Sie musste dabei an jenes fast unhörbare Geräusch von Vics Ventilator denken, das ihre Eltern so gequält hatte.

Hans nickte. «Es könnte sein», sagte er, «dass der Ventilator mit seinem Rhythmus deine Eltern unterbewusst an ihren Herzschlag erinnert hat. Den eigenen Herzschlag zu hören kann sehr beunruhigend sein. Ich sage nicht, dass die Sinfonie, an der ich arbeite, leicht und unbeschwert sein wird.»

«Das hätte mich auch gewundert», sagte Lu.

Hans war der Meinung, dass man auch Magenknurren oder Ohrensausen bei hohem Blutdruck unvoreingenommen als Klänge betrachten sollte. Deswegen setzte er sich stundenlang in die Stille seines schalldichten Musikzimmers und horchte in sich hinein.

«Und dann», fuhr er fort, «gibt es noch die Welt der nicht-akustischen Klänge. Hast du schon einmal aus heiterem Himmel einen Ton im Ohr gehört, der nur aus dir, aus deinem Kopf gekommen ist? Man nennt das einen Tinnitus, ich habe solche Töne regelmäßig im Ohr. Sie entstehen ohne äußere Schalleinwirkung.»

Vor ein paar Monaten hatte Hans damit begonnen, ein Tinnitus-Tagebuch zu führen. Jedes Mal, wenn ein Ton aus dem Nichts in seinem Kopf hörbar wurde, versuchte er dessen Eigenschaften näher zu bestimmen, bevor er wieder verklang, was manchmal schon nach Sekunden geschehen konnte, manchmal aber auch erst nach Stunden.

Hans protokollierte die Dauer eines Tons, und ob er eher rechts oder links erklungen war, was sich nicht immer eindeutig feststellen ließ. Unerwartet große Schwierigkeiten bereitete es ihm, die Tonhöhe zu bestimmen, was ihn überraschte. Die naheliegende Methode war, einen Vergleichston auf dem Klavier anzuschlagen, um dann aus dem Unterschied zum Tinnitus auf die Tonhöhe zu schließen.

Dabei stellte sich heraus, dass seine Tinnitus-Töne ziemlich scheu waren. Das überraschte Lu nicht. Bei der Konfrontation mit einem Vergleichston wurden sie aus irgendeinem Grund so lange leiser, bis der Vergleichston verklungen war, um sodann allmählich wieder hörbar zu werden. Außerdem waren die Tinnitusfrequenzen seltsam vage. Hans hatte ein geschultes Ohr, und doch unterliefen ihm beim Tonhöhenvergleich regelmäßig Oktav- und sogar Quint- und Quartverwechslungen. Und kaum hatte er eine vermeintlich identische Überlagerung von Tinnitus und Vergleichston erreicht, schien sich die Höhe des Tinnitus auf wundersame Weise zu verschieben.

«Es ist so, als wolltest du ein in der Luft schwebendes Katzenhaar zu fassen bekommen», sagte er zu Lu.

Im Laufe der vergangenen Monate hatte Hans bei den Stillesitzungen in seinem Eierkartonzimmer beachtliche Fortschritte beim Tinnitus-Matching erzielt. Inzwischen war er in der Lage, den richtigen Oktavbereich sicher einzugrenzen und Quart- und Terzverwechslungen nahezu auszuschließen, sodass in seinem Tagebuch eine Art von Tinnitusmelodie heranwuchs, die ihm mit ihren geheimnisvollen, hohen Modulationen jenseits des dreigestrichenen c's wie Sirenengesang vorkam.

«Und selbst wenn man glaubt, gar nichts mehr zu hören», sagte er zu Lu und machte eine längere Pause, um ihr dieses «gar nichts» zu verdeutlichen, «bleibt immer noch eine Art Rauschen übrig, wobei der Begriff Rauschen es nicht sehr gut trifft. Was ich in der absoluten Stille schließlich höre oder besser: wahrnehme, ist nicht dumpf, sondern eher kristallin – eine Art weit entferntes Klickern, wie von Tausenden winziger Murmeln am Rande des Sonnensystems oder so. Schwer zu beschreiben. Ich habe noch nicht die geringste Vorstellung, wie ich diesen Klang in meiner Sinfonie instrumentieren könnte.»

«Also ich kann dir dabei bestimmt nicht helfen», sagte Lu.

Hans nickte und sah kurz auf seine Uhr. «Komm mit.»

Sie folgte ihm in sein Eierkartonzimmer. Das Klavier stand nicht mehr mitten im Raum wie vor einem Jahr. Er hatte es an die Wand gerückt, und dort, wo der Hocker gestanden hatte, lag jetzt ein orientalisch oder chinesisch gemustertes Sitzkissen zwischen zwei mehrarmigen Kerzenständern auf dem Boden. Hans verrückte einen der Leuchter und legte ein zweites Kissen daneben, auf dem Lu Platz nehmen sollte. Er zündete ein paar der Kerzen an, schloss die Tür, setzte sich neben sie und schlug die Beine nach Yogaart übereinander. Lu war überrascht, dass er so gelenkig war, aber es gab ja auch keine ausgeprägte Muskulatur, die ihm bei seiner Beinverschränkung im Weg gewesen wäre.

«Und jetzt?»

«Nimm dir Zeit.»

Lu gab sich Mühe, etwas zu hören, aber sie hörte nichts. Ihre Ohren fahndeten nach einem Geräusch, wie es einst Vics Ventilator verursacht hatte, aber vielleicht war das ein Fehler. Sie musste offen sein für jede Art von Geräusch, sie durfte nicht nach einem bestimmten suchen.

Lu bemühte sich also nichts zu hören, was nicht da war, und tatsächlich fiel ihr nach einer Weile ein Geräusch auf, das seine Quelle nicht geisterhaft in ihrem Kopf hatte, sondern hinter der Schallisolation der linken Wand – eine Art leises Kratzen, das gelegentlich von einem vorsichtigen, schwachen Hämmern unterbrochen wurde.

«Jetzt verstehe ich», sagte Lu. «Deswegen soll ich dir helfen.»

Die linke Wand grenzte an das Schlafzimmer ihres Vaters.

«Ich weiß nicht, was es ist», sagte Hans, «aber seit letzter Woche macht er da drüben irgendwas. Und zwar immer um die gleiche Zeit. Wie soll ich da an meiner Sinfonie der Stille arbeiten?»

«Ich kümmere mich darum», sagte sie und erhob sich.

Ihr alter Wohnungsschlüssel war immer noch an ihrem Schlüsselbund, obwohl es fast gar nicht mehr vorkam, dass sie die Wohnung betrat, um beispielsweise etwas aus ihrem einstigen Zimmer zu holen. Was noch dort war, vermisste sie nicht. Und sie hatte auch kein Bedürfnis, ihren Vater und Swetlana zu besuchen.

Sie fand ihn jetzt im Schlafzimmer an jener Wand, die an Hans Krols Musikzimmer grenzte. Er kniete hinter dem Bett, sodass sie von der Zimmertür aus nur seinen gebeugten Rücken und die schüttergelockten, grauen Haare seines Hinterkopfs sehen konnte. Es wirkte so, als suchte er dort etwas auf dem Boden, aber das erklärte die sonderbaren Geräusche nicht.

«Was machst du da?», sagte Lu.

Er richtete sich auf und drehte sich zur Tür. Er war überrascht, sie wieder einmal in der Wohnung zu sehen, und schien sich sogar darüber zu freuen. Er winkte sie zu sich. Sie ging um das Bett herum und sah, dass er hinter dem abgerückten Nachttischschrank die hellgrüne Tapete mit den goldenen Ornamenten von der Wand gelöst hatte. In dem freigelegten, quadratischen Stück Mauerwerk fehlte ein Stein, und Herbert war gerade dabei, einen zweiten mit einem kleinen Meißel aus den Fugen zu lösen. Lu nahm an, dass er etwas reparieren wollte, eine Stromleitung vielleicht, auch wenn sie kein Kabel erkennen konnte.

«Wieso sagst du nicht dem Vermieter Bescheid, wenn was nicht in Ordnung ist?», erkundigte sie sich.

Herbert schüttelte den Kopf. «Das ist es nicht.»

«Und was ist es dann?», fragte sie und setzte sich neben ihn auf die Bettkante. «Ich komme nämlich von Hans, du weißt, der Musiker von nebenan. Er fühlt sich durch die Geräusche gestört.»

Herberts Haltung zu Hans Krol war zwiespältig. Er empfand ihm gegenüber immer noch einen gewissen Respekt, weil er die Sache mit dem Ventilator hatte aufklären können. Aber dass er Natalia zur Flucht verholfen und Lu Asyl gewährt hatte, nahm er ihm übel.

«Ich bin so leise wie möglich», sagte er. «Ist ja auch in meinem Interesse, dass niemand mitbekommt, was ich hier mache.»

«Und was zum Teufel machst du? Was, wenn die Wand einstürzt?»

Er rückte etwas näher an sie heran. Sie roch, dass er getrunken hatte.

«Die stürzt nicht ein. Ich fülle das Loch wieder auf.»

«Und womit?»

«Mit einem Wandsafe. Für Schmuck und Wertsachen.» Er senkte seine Stimme, als könne jemand mithören.

«Wozu denn ein Safe?»

Herbert kam noch näher und flüsterte: «Swetlana bestiehlt mich. Sie ist 'ne raffgierige Kuh.»

Bei diesen Worten lag in seinem Blick wieder ein Hauch manischer Hysterie. Es fing also wieder an, dachte Lu. Und auf einmal begriff sie, dass Herbert nicht erst durch Dragas Tod wahnsinnig geworden war, sondern dass der Wahnsinn zu seinem Wesen gehörte. Wie nannte man das? Verfolgungswahn vielleicht, krankhaftes Misstrauen oder Schwachsinnigkeit? Eine Wand einzureißen, um einen Safe einzubauen, war offenbar eine von Herberts Irrsinnsaktionen, die der Wahn, oder was auch immer es war, von Zeit zu Zeit von ihm forderte. Er kam nicht dagegen an. Und er wollte es wohl auch nicht. Lu sah es in diesem Moment deutlicher denn je: Es war völlig vergeblich, darauf zu hoffen, ihr Vater könnte irgendwann wieder normal werden. Er war es nie gewesen.

Sie stand vom Bett auf, ging zur Tür und sagte so distanziert wie möglich: «Wenn Swetlana dich bestiehlt, dann lass sie eben nicht bei dir wohnen.»

«Das kann ich nicht!», rief er ihr nach.

«Wieso nicht?»

«Weißt du überhaupt, was es bedeutet, allein in *dieser* Wohnung zu leben. Wenn du nicht abgehauen wärst ...»

«Oh nein!» Sie drehte sich abrupt zu ihm um. «Schieb das nicht auf mich! Das hast du dir selbst zuzuschreiben. Ich hätte mich an Natalia gewöhnt, wenn du nicht versucht hättest, eine zweite Mama aus ihr zu machen. Wann willst du Swetlana denn zum Friseur schicken? Aber weißt du was, eigentlich ist es mir nämlich egal! Mama ist tot, und ich komme damit klar.»

Herbert stand auf und fuchtelte beim Reden mit den Armen. Er hielt immer noch den Hammer in der Hand. «Na klar, jetzt, wo du mich nicht mehr brauchst, zeigst du mir die kalte Schulter. Du hältst dich wohl für sehr stark, seit du bei diesem Tagedieb unter uns wohnst.»

«Du kennst Vic doch überhaupt nicht!»

«Lass dir nur kein Kind machen, hörst du!»

«So ein Blödsinn. Es ist überhaupt nicht so, wie du denkst.»

«Und wie ist es? Hat er was zu verschenken, dass er dich bei sich wohnen lässt?»

«Ich such mir 'nen Job und zahle Miete, sobald ich das Abitur habe.»

«Vielleicht hat er ja 'nen Job für dich, für den du kein Abitur brauchst», schrie Herbert. «Würde mich nicht wundern, wenn er so einer wäre. Und jetzt bist du ihm in die Fänge gegangen. Dieser Typ hat dir den Kopf verdreht. Genau wie dieser Musiker, und der Orientale aus dem Erdgeschoss wahrscheinlich auch!»

Er zeigte mit dem Hammer nach schräg unten, dorthin, wo er Kostas Mastorakis vermutete, mit dem Lu noch nie mehr als ein paar freundliche Worte im Hinterhof gewechselt hatte.

«Merkst du das eigentlich?», sagte sie. «Du denkst, alle sind gegen dich! Vic, Hans, Natalia, Swetlana, ich ... Vielleicht stimmt mit *dir* ja irgendwas nicht. Hast du darüber schon mal nachgedacht?»

«Na klar doch!» Seine von Wutanfällen, dem Alkohol und Rauchen aufgeriebene Stimme überschlug sich und wurde zu einem hohen Quieken. «Jetzt bin mal wieder *ich* an allem schuld! Das war ja schon immer euer Plan: Mich in die Klapse zu kriegen. Aber da mache ich nicht mit. Da könnt ihr lange drauf warten.»

Er hob den Arm mit dem Hammer und stand auf einmal in der gleichen Pose da wie die goldene Statue auf der Siegessäule.

«Du müsstest dich mal sehen!», sagte Lu. «Und lass endlich den scheiß Hammer fallen!»

Sie verließ den Raum und knallte die Wohnungstür zu. Sie konnte sich noch daran erinnern, wie er in der fensterlosen Kammer hinter der Küche mit demselben Hammer jene Heimbar gezimmert hatte, die seinen Vorstellungen von Luxus entsprach: ein Tresen mit dunkler Marmorimitatplatte, Messingfußrasten, indirekte Beleuchtung, Glashängeregale und über den Köpfen eine rotierende Spiegelkugel. In ihren vielfarbigen Lichtreflexen, die langsam über den falschen Tresenmarmor, die Gesichter und Körper wanderten, hatten Draga und er manchmal Musik gehört, Cola mit Rum getrunken und einmal sogar auf dem einen Quadratmeter Flauschteppich hinter den Barhockern miteinander getanzt. Lu war zum Heulen zumute. Wie er mit dem hochgestreckten Hammer vor ihr gestanden hatte! Es war bedrohlich und auch lächerlich gewesen, und Lu verstand nicht, wie beides zugleich möglich war.

Vic saß in der Küche und las *Der Meister und Margarita*. Vor ein paar Tagen hatte er Lu beim Abendessen erzählt, worin es in dem Roman ging: In den Zwanzigerjahren kommt der Teufel nach Moskau und heizt den kommunistischen Funktionären dort ordentlich ein. Einer kommt unglücklich unter die Straßenbahn und wird von dieser geköpft, ein anderer per Zaubertrick aus Moskau nach Jalta verfrachtet und ein dritter öffentlich und im Beisein seiner Frau einer Affäre überführt.

Das fand Vic großartig. Lu hatte keine Ahnung, warum es ihm gefiel, dass kommunistische Funktionäre drangsaliert, lächerlich gemacht und sogar zu Tode gebracht wurden. Ihr gefiel aber der gezeichnete Einband des Taschenbuchs. Auf diesem waren zwei Frauen abgebildet, die in einer blauen Vollmondnacht nackt über eine Stadt flogen, die eine auf einem Besen reitend, die zweite auf einem Wildschwein. Offensichtlich handelte es sich um Hexen. Sie wirkten frei, übermütig und unbeschwert.

Vic sah auf. «Was war denn los?»

«Nichts.» Lu ging zum Kühlschrank, den Vic in unregelmäßigen Abständen mit dem Inhalt von zwei oder drei Supermarkttüten auffüllte. Sie nahm einen angebrochenen Tetrapack Apfelsaft heraus und goss sich ein Glas davon ein. «Hast du uns gehört?»

«Nur, dass es laut war.»

«Er dreht wieder durch.»

«Tut mir leid. Kann ich irgendwas für dich tun?»

Sie trank den Apfelsaft in einem Zug aus.

«Warum tust du überhaupt etwas für mich?»

Vic klappte das Buch zu und legte es auf den Tisch. «Wieso ist das jetzt auf einmal wichtig?»

Lu ärgerte sich über sich selbst. Vic hatte recht. Offenbar hatte ihr Vater sie mit seinem krankhaften Misstrauen schon angesteckt.

Sie schüttelte den Kopf. «Vergiss es.»

Sie stellte das Glas ins Spülbecken, in dem schon eine Menge anderer Gläser und Kaffeetassen standen. Es war mal wieder an der Zeit, abzuwaschen. Lu fragte sich, ob Hexen abwaschen mussten oder nur einmal mit dem Finger zu schnippen brauchten, um die Sache zu erledigen. Sie ließ Wasser ins Spülbecken laufen.

«Das machen wir morgen», sagte Vic. «Sollen wir was essen gehen? Ich lad dich ein.»

«Lieber ins Kino.»

«Was gibt es denn?»

«*Taxi Driver.*»

Robert de Niro erinnerte Lu in *Taxi Driver* an ihren Vater auf den Hochzeitsbildern. Der Showdown war extrem blutig. Als Taxifahrer Travis mit Irokesenschnitt und Armyjacke betrat de Niro durch eine

Schwenktür einen schmalen, schummrigen Hausflur, an dessen Ende ein anderer Mann gerade die Treppe runterkam. Ohne überhaupt ein Wort mit ihm zu wechseln, zog Travis seine Waffe und schoss dem Mann die rechte Hand weg, die dieser wie zur Abwehr angehoben hatte. Dann wurde Travis selbst von einer Kugel am Hals getroffen. Blut spritzte aus seiner Halsschlagader, was ihn aber kaum schwächte. Er drehte sich um, sah an der Eingangstür den Mann, der auf ihn gefeuert hatte, und erschoss ihn seinerseits. Dann ging er an dem blutenden ersten Mann vorbei die Treppe hoch. Sein Ziel war ein Zimmer, in dem eine junge Prostituierte neben einem Sofa saß. In dem Raum brannten lauter Kerzen. Travis wollte sie retten oder befreien oder erlösen. Als er den oberen Treppenabsatz erreichte, verließ ein Mann die Wohnung der Prostituierten und schoss Travis ohne Vorwarnung in den Oberarm. Travis ging zu Boden, verlor dabei seine Waffe, hatte aber einen zweiten Revolver in der Socke. Er erschoss den Mann und betrat über seine Leiche steigend die Wohnung der Prostituierten. Der erste Mann, der mit der abgeschossenen Hand, war ihm aber in die Wohnung gefolgt und stürzte sich dort auf ihn. Nach einem kurzen Handgemenge schoss Travis ihm in den Kopf. Er war jetzt am ganzen Körper voller Blut und versuchte sich selbst zu erschießen, aber es war keine Kugel mehr im Revolver. Er setzte sich aufs Sofa und wartete erschöpft ab. Es sah so aus, als würde er dort auf dem Sofa sterben. (In der letzten Szene des Films, die Lu nicht verstand, war er wieder lebendig.) Als die Polizei eintraf, schwenkte die Kamera noch einmal über alle Leichen – die Prostituierte war wie durch ein Wunder am Leben geblieben – und schwebte dann durch das Treppenhaus mit den blutbespritzten Wänden und den vielen Toten zurück auf die Straße, auf der sich inzwischen, angelockt durch das Geschrei, die Schüsse und die eingetroffenen Polizeifahrzeuge, eine Menschenmenge eingefunden hatte.

Lu war sich nicht sicher, ob ihr *Taxi Driver* gefiel. Sie wusste, dass es sich um einen erfolgreichen, viel gelobten und preisgekrönten Film handelte – sonst hätte das *Egalia*-Kollektiv ihn auch nicht ins Programm genommen. Offenbar war es gar nicht so leicht, zwischen reinen Splatter- und Horrorstreifen und anspruchsvollen Kunstfilmen zu unterscheiden.

Im Foyer trafen sie Annrike, die den Film als Vorführerin projiziert hatte. Sie studierte Kunstgeschichte und war die Cheftechnikerin des Kollektivs. Lu, Vic und sie setzten sich mit einem Bier in die durchgescheuerten, roten Sessel gegenüber der kleinen Bar neben der Kasse. Das original 50er-Jahre-Kinofoyer wurde von fünfzig oder sechzig kleinen, in die dunkelblaue Decke eingelassenen Glühbirnen beleuchtet, als wölbte sich über einem ein Sternenhimmel. Aus zwei halbkugelförmigen Kupferschüsseln, daraufgeklebten Silbermünzen und ein paar Regenschirmspeichen hatte jemand einen Satelliten gebaut, der unter dem Glühbirnenhimmel schwebte.

«Wir planen gerade eine Lesbenwoche», sagte Annrike. «Da besteht ein Rieseninteresse, und nicht nur von Lesben. Es ist ein allgemeines Frauenthema. Ich glaube, das könnte ein ziemlicher Erfolg werden. Es wäre die erste Lesbenfilmwoche in Berlin *überhaupt*, stellt euch das mal vor! Was meint ihr dazu?»

«Find ich gut», sagte Lu.

Annrike rauchte, und gelegentlich zündete sich Lu eine von ihren Zigaretten an. Eigentlich musste Lu nicht mit dem Rauchen anfangen, weil sie durch ihre Eltern gewissermaßen immer schon geraucht hatte. Vielleicht hätte sie es sich dennoch nicht angewöhnen sollen, aber mit der Zeit kam es so. In den besseren Momenten mit ihrem Vater saßen sie sogar ab und an mit einer Zigarette in seiner Küche. Eigentlich war im Kinofoyer Rauchen nicht gestattet, aber bei den gemütlichen Runden nach der letzten Vorstellung wurde das nicht so eng gesehen. Es schien Annrike sehr zu gefallen, dass Lu mit ihr rauchte.

«Es muss allerdings schwer sein, an gute Filme für so ein Festival zu kommen, meinen die im Programmausschuss», fuhr Annrike jetzt fort. «Ich glaube, die telefonieren sich gerade die Finger wund. In England gibt es wohl schon feministische Filmverleihe, bei uns aber noch nicht. Gerade suchen sie einen französischen Film, der *Olivia* heißt. Das Drehbuch ist von Colette, einer französischen Autorin, die schon am Anfang des Jahrhunderts hauptsächlich über Frauen geschrieben hat. In England haben sie eine 16-mm-Kopie von *Olivia* aufgetrieben, aber dafür müsste unser 16-mm-Projektor funktionieren. Blöderweise brennt aus einem Grund, hinter den ich noch nicht gekommen bin, immer die Lampe durch. Ich will mich da kundig machen, vielleicht kriege ich das hin.»

Vic trank einen Schluck Bier und nickte. «Wenn's so weit ist, kommen wir auf jeden Fall vorbei.»

Annrike lächelte verschmitzt und schüttelte den Kopf. «*Du* nicht.»

«Ach nein?»

«Denkst du, wir lassen bei 'ner Lesbenwoche Männer rein? Das wäre für eine Menge fieser Kerle ein gefundenes Fressen.»

«Seit wann bin ich denn ein fieser Kerl?»

«Tut mir leid. Mitgefangen, mitgehangen.»

«Nennt man das nicht ... Diskriminierung?»

«Dann lernt ihr mal, wie das so ist mit der Diskriminierung», sagte Annrike. «Und mach dir nichts draus. Yussuf», einer der Männer im Kollektiv, der eigentlich Jochen hieß, sich aber aus Gründen, die niemandem bekannt waren, in Yussuf umbenannt hatte, «plant schon eine Schwulenwoche. Die kommt dann als Nächstes.»

Vic winkte fröhlich ab. «Tut mir leid, kein Interesse.»

«Siehst du, aber zur Lesbenwoche würdest du kommen.»

«Na, klar. Pure Neugier.»

«Und wieso bist du auf Schwule nicht neugierig? Vielleicht hast du da eine Form von Berührungsangst? Yussuf meint, viele Männer wüssten gar nicht oder wollen nicht wissen, dass sie schwul sind. Oder *auch* schwul.»

«Da muss ich ihn wirklich enttäuschen», sagte Vic und hatte dann eine Idee. «Dürfte ich als Schwuler denn zur Lesbenwoche?»

«Sehr komisch, Vic», sagte Annrike und wandte sich an Lu. «Das ist uns übrigens wirklich wichtig. Wir wollen diese Woche hundertprozentig weiblich durchziehen, *Ladies only*, aber dabei gibt es ein kleines technisches Problem. Wir haben nicht genügend Filmvorführerinnen. Heti und ich schaffen das nicht allein. Neben dem 16-mm-Projektor, wenn ich ihn denn hinkriege», was ihr übrigens gelingen würde, «haben wir ein Projektionssystem für 35-mm-Filme, das ist das eigentliche Kinoformat. Die Dinger zu bedienen und einen Film ohne Unterbrechung vorzuführen ist gar nicht so leicht. Aber es ist auch kein Hexenwerk. Wir würden gerne noch eine oder zwei Frauen dazu anleiten, weil es sonst in der Lesbenwoche knapp wird. Und für dich wäre das doch ideal, oder? Du wohnst nur fünf Minuten entfernt, und es muss noch nicht mal nur für die Lesbenwoche sein. Du könntest einen Job draus machen. Wir können zwar kaum was zahlen, aber ein bisschen schon, so ist es nicht, oder du hast lebenslangen, freien Eintritt oder so was. Was meinst du? Kannst du dir das vorstellen?»

«Toll!», sagte Lu. «Gerade heute hab ich gedacht, dass 'n Job echt nicht schlecht wär.»

Als sie abends im Bett lag, dachte sie darüber nach, ob Annrike sie vielleicht für lesbisch hielt, obwohl sie gesagt hatte, dass die *Ladies-only*-Woche sich nicht ausschließlich an lesbische Frauen richtete. Lu wurde bewusst, dass sie gar nicht auf die Idee gekommen war, ihren ersten Sex mit einer Frau zu haben. Wieso nicht? Sie war in der scheinbar selbstverständlichen Gewissheit aufgewachsen, das Sex etwas zwischen Männern und Frauen war, aber inzwischen wusste sie, dass das nicht zwangsläufig so sein musste. Sie versuchte, sich vorzustellen, eine Frau würde sie berühren, was ihr gar nicht schwerfiel, weil sie selbst – eine Frau – sich abends häufig berührte. Vielleicht – oder eigentlich doch ganz sicher – wusste eine Frau besser, wie eine Frau berührt werden wollte, als ein Mann es wissen konnte. Timo hatte es nicht gewusst.

Sie lauschte auf das Abbremsen einer S-Bahn, die in den Humboldthain einfuhr. Es war ein vertrautes, eigenartig seufzendes Geräusch – ein Geräusch, mit dem sie aufgewachsen war. Der S-Bahnhof Humboldthain lag unterhalb der Straßenebene in einer mehrere Meter tiefen Schneise. Mit ihrem Böschungsbewuchs aus hochgeschossenem Gras, Sträuchern und blühenden Wildblumen war sie Lu als Kind immer wie eine geheimnisvolle Landschaft vorgekommen, die sie gerne erkundet hätte, obwohl ihr ihre Eltern strikt verboten hatten, die S-Bahn-Trasse jemals zu betreten.

Sie drehte sich im Bett auf den Rücken und berührte sich zwischen den Beinen. Wie so oft am Abend spürte sie eine Spannung in sich, eine Unruhe, die sie nicht einschlafen lassen würde. Der Zustand überfiel sie immer wie aus dem Nichts. Sogar die Luft, die sie atmete, schien in diesen Momenten heißer zu werden, und die Empfindlichkeit ihrer Haut steigerte sich so weit, dass sie jede Berührung nicht nur an einer Stelle, sondern an ihrem ganzen Körper zu spüren meinte.

Die Bewegungen ihrer Finger ließen sie schneller atmen. Müsste ihre Sex-ohne-Liebe-Regel das Begehren nicht vereinfachen? Bedeutete Sex ohne Liebe im Umkehrschluss nicht: egal mit wem? Lu lenkte ihre Gedanken zu Kostas Mastorakis, dem griechischen Studenten aus dem ersten Stock mit seinem explosiven, hellen Lachen, das manchmal durchs Treppenhaus schallte. Sie wusste wenig genug über Kostas, um ihn in ihrer Fantasie, wer auch immer er war, zu dem werden zu lassen, den sie jetzt brauchte. Jemand, der einfach nur tat, was getan werden musste. Jemand, der sich keine Gedanken darüber machte, ob sie «heiß» war oder nicht, sondern jemand, der durchhielt. Wieder fuhr eine S-Bahn in die Station. Das war das Geräusch, zu dem sie immer eingeschlafen war und zu dem sie auch heute Nacht würde einschlafen können, nachdem sie gekommen war.

10
Die Erfindung des Paradieses

Niki Lamonts Hochzeit mit Clemens Rubener, die in der Hoffnung auf spätherbstlich mildes Wetter am vorletzten Samstag im Oktober stattfinden sollte, stellte für Niki eine nicht unerhebliche planerische Herausforderung dar. Das Ganze war ein vielschichtiges, multispirituelles und polyreligiöses Brauchtumspuzzle, das sie sehr ernst nahm, um auch all ihren diversen Weihen, Segnungen und Taufen gerecht zu werden.

Die Schwierigkeiten begannen schon mit der Wahl des richtigen Hochzeitstermins. Dieser hätte eigentlich, so war es im Hinduismus üblich, durch eine genaue Berechnung aus den Horoskopen von Braut und Bräutigam bestimmt werden müssen. Aber Niki kannte niemanden, der sich in der indischen Astrologie gut genug auskannte, um so eine Berechnung durchführen zu können. Und sie hatte auch keine Lust, je nach kosmischer Konstellation mitten im Winter heiraten oder wegen eines ungünstig stehenden Sterns bis zum nächsten Frühjahr damit warten zu müssen.

Außerdem waren neben der hinduistischen Tradition auch Nikis muslimische Geburt und ihre mexikanische Campesino-Engelsweihe zu berücksichtigen. Da traf es sich gut, dass der Islam den Familien eines Brautpaars keine besonderen Vorschriften hinsichtlich des Hochzeitstermins machte, was Niki überraschte, weil es ihr irgendwie unislamisch vorkam, die Planung eines so wichtigen Ereignisses den Menschen zu überlassen. Doch so war es. Seitens des Korans stand einer Trauung an einem durch außerreligiöse Gegebenheiten festgelegten Hochzeitstermin nichts im Weg. Und so ergab sich unter Berücksichtigung aller wichtigen Faktoren wie der anzusetzenden Vorbereitungszeit, der Vermeidung der Feriensaison und der mitteleuropäischen Wetterstatistik der Spätherbst als beste Wahl.

Der eigentliche Akt der Eheschließung wurde in der muslimischen Tradition unter Ausschluss der Öffentlichkeit in einer kurzen Sechs-Augen-Sitzung des Brautpaars mit einem Geistlichen vollzogen. In manchen Ländern war es sogar üblich, diese Angelegenheit nicht vom Imam und dem Brautpaar, sondern vom Imam, dem Bräutigam und dem Vater der Braut erledigen zu lassen. Das missfiel Niki allerdings. Und sie konnte sich auch nicht vorstellen – und das sprach wirklich für ihren Vater –, dass Michael, der mit seiner Selbstbezogenheit oder einer gewissen pädagogischen Bequemlichkeit seine Fehler haben mochte, aber patriarchalische Neigungen gehörten nicht dazu, sich an solch einem Hinterzimmerhandel über seine Tochter beteiligt hätte.

Nach dem Jawort war es im Islam üblich, einen Ehevertrag zu schließen, in dem der Bräutigam der Braut zusichern musste, dass es ihr nach der Eheschließung materiell nicht schlechter gehen werde als zuvor. Obwohl Niki Eheverträge nicht mochte, schien ihr dieser Passus im Sinne der Frauen zu sein. Allerdings fragte sie sich – nicht, weil es ihr wichtig gewesen wäre, sondern nur ganz allgemein –, ob Schriftsteller zu einer solchen Zusicherung materiellen Wohlstands in der Lage waren?

Das Eheversprechen des Brautpaares, so entschied Niki schließlich, sollte wie im Christentum üblich in einer feierlichen Zeremonie vor allen Hochzeitsgästen und dem trauenden Geistlichen – das konnte nur Pater Leo sein – abgegeben werden und alle Anwesenden, wie es sich gehörte, zu Tränen rühren.

Sowohl im Islam als auch im Hinduismus wurde die Haut der Braut vor der Hochzeit mit Mehndis, filigranen Mustern aus Henna, verziert. Niki wollte diesen Brauch befolgen, und um sich besser vorstellen zu können, welche Wirkung eine Henna-Bemalung auf ihrer Haut haben würde, ging sie in ein Geschäft für türkische Brautmode, wo man ihr die Adresse einer Henna-Malerin gab. Sie hieß Ayla und erläuterte Niki bei einer Tasse Rize-Tee das schwierige, mehrstufige und daher langwierige Malverfahren aus Hennapasten-Farbauftrag, Fixierung mit gezuckertem Zitronensaft, Umwicklung mit Mullbinden, mindestens vierundzwanzigstündiger Trocknungsphase und abschließendem Abbröckelnlassen der Hennapaste, das man auf keinen Fall durch Abkratzen beschleunigen durfte.

Niki ließ sich ein kleines Probe-Mehndi auf den linken Unterarm auftragen, eine Art vierblättriges Kleeblatt mit ornamentalen Erweiterungen. Den speziellen Hochzeitsmehndis, die viel aufwendiger waren, wurden legendäre Wirkungen nachgesagt. Je nach Region hieß es, dass sie die Braut bis zum Verblassen der Farbe vor jeder Form von Hausarbeit bewahren würden, dass die Liebe des Bräutigams umso tiefer wäre, je dunkler das Henna beim Trocknen wurde, und dass Mehndis ihren Träger zuverlässig vor dem *Bösen Auge* schützten.

Niki entschied, den letzten Punkt vor Pater Leo zu verschweigen. Vielleicht hätte ein solcher Zauber ihn bei aller religiösen Toleranz, für die er berühmt war, doch zu sehr an Hexerei, Aberglaube und Schamanismus erinnert.

Es gab verschiedene Traditionen, welche Teile des Körpers vor einer Hochzeit mit Mehndis bemalt wurden, und vor allem, wie umfangreich. Niki fand es in diesem Punkt schwierig, eine Wahl zu treffen. Sollte sie sich wirklich für die komplette Verzierung von Händen und Armen bis hinauf zu den Schultern sowie ihrer Füße, Fesseln und Waden entscheiden oder es lieber bei der Bemalung von einem oder beiden Handrücken belassen?

«Wirklich?», sagte Kaspar neugierig, von dem Niki annahm, dass er sich als Künstler zu dieser schwierigen Frage kompetent würde äußern können. «Es wird vor der Hochzeit der ganze Körper der Braut bemalt?»

«Der halbe.»

«Aber *sehen* kann das nur der Bräutigam beim ersten ... *Vollzug der Ehe* ...»

«Blödmann.»

«Warum?», wehrte er sich. «Ist doch wirklich schade. Da wird die Braut stundenlang bemalt, und alles, was man davon als Gast zu sehen bekommt, sind die Fingerspitzen.»

«Kaspar, es geht nicht um deine Bedürfnisse. Es ist ein Schutz.»

«Aber natürlich ist es das, Liebste. Die Kunst selbst ist ein Schutz! Sie bannt die Dämonen und bösen Geister unserer Existenz!», verkündete er. «Wenn du mich fragst, ist das sogar der Ursprung der Kunst. Und Körperbemalung ist eine der ältesten Kunstformen überhaupt. In archaischen Kulturen schämte man sich nicht, sie offen zu tragen, ganz gleich an welcher Stelle.»

«Na bestens. Sag doch gleich, dass ich in BH und Slip heiraten soll.»

«In *Star Trek* gibt es eine außerirdische Rasse, da heiratet man sogar nackt», wusste er zu berichten. Aus Gründen, hinter die Niki nie kommen sollte, war Kaspar Tickel ein Fan dieser Serie und saß nachmittags mit einer gewissen Regelmäßigkeit vor dem Fernseher in seinem Atelier, aus dem dann nicht Wagner, Nirwana oder Marianne Rosenberg ertönte, sondern Geräusche, die die Beschleunigung von Raumschiffen, das Abfeuern von Strahlenwaffen oder Weltraumstürme zum Ausdruck bringen sollten.

«Super. Bei homosexuellen Alien-Ehen auch?»

«Warum denn nicht?», zuckte er die Achseln. «Aber wir dürfen ja nicht heiraten.»

«Du bist doch eh gegen die Homoehe.»

«Ich bin für die Homoehe, aber dagegen, sie einzugehen.»

«Großartig! Du solltest in die Politik gehen», sagte sie und blätterte in dem Fotoband über die unterschiedlichen Stiltraditionen der Henna-Körperkunst im mittleren Osten, Pakistan und Indien, den ihr Ayla mitgegeben hatte. «Sag doch gleich, dass du dagegen bist, dass ich heirate.»

«Vielleicht kommt das einfach nur etwas plötzlich?»

Es gefiel ihm nicht, dass sie heiraten würde, so viel war klar. Aber der Grund dafür war wohl nicht, dass er prinzipiell nichts von der Ehe hielt, sondern ein gewisser Unmut, weil ihre Heirat jene Theorie widerlegte, die er insgeheim vermutlich nie aufgegeben hatte, nämlich, dass sie lesbisch wäre. Vielleicht, dachte Niki, argwöhnte er sogar, dass sie nur heiratete, um sich und/oder ihm und allen anderen zu beweisen, dass sie *nicht* lesbisch war.

Und so ganz unbegründet war dieser Gedanke aus seiner Sicht als ihr Mitbewohner nicht. Sie lebten jetzt seit über fünf Jahren zusammen in dieser Wohnung, die zugleich sein Atelier war, und es stimmte, dass sie in all diesen Jahren nicht eine einzige Männergeschichte gehabt hatte, weder eine längere noch kürzere noch kürzeste, auf eine Nacht beschränkte.

Für Niki bewies ihre Männerabstinenz aber nicht viel. Ebenso wenig, wie sie in den vergangenen Jahren eine Nacht mit einem Mann verbracht hatte, hatte sie in dieser Zeit eine Nacht mit einer Frau verbracht. Und der Grund dafür war denkbar schlicht: Sie hatte in dieser Zeit nicht den richtigen Menschen getroffen, mit dem sie hätte schlafen wollen. Ihr Problem – wenn es überhaupt eines war – war nicht Sex, sondern die Voraussetzungen für Sex, so einfach war das. Aber wahrscheinlich würde Kaspar behaupten, dass sie sich bloß etwas vormachte. Deswegen würde sie ihm auch niemals von ihrer mexikanischen Zimmergenossin Inkarni erzählen, er würde nur wieder falsche Schlüsse daraus ziehen.

Und vielleicht war er auch einfach nur traurig darüber, dass sie nach der Hochzeit ausziehen würde. Es ging alles so schnell, dass sie noch nicht dazu gekommen waren, darüber zu sprechen, wie es mit ihnen weitergehen sollte. Niki selbst hatte darüber auch noch nicht nachgedacht. Wenn sie es getan hätte, wäre es ihr vielleicht ebenso gegangen wie Kaspar. Es schmerzte sie. Sie waren kein Paar, aber er war ihr ans Herz gewachsen, und sie ihm wohl auch.

«Plötzlich? Wieso das denn?» Sie log nicht gern, und faktisch war es ja auch keine Lüge. «Wie du weißt, habe ich Clemens vor fünf Jahren kennengelernt. Von ‹plötzlicher Heirat› kann also gar nicht die Rede sein. – Und wer, bitte schön, hatte denn die Idee, ich solle nach Lourdes fahren, um meine spirituelle Matrix zu reparieren? Alles, was ich im Moment tue, ist, deinen Rat konsequent in die Tat umzusetzen. Also bitte, würdest du jetzt dein Beleidigtsein mal vergessen und mir bei der Lösung meines Körperbemalungsproblems helfen? In diesem Buch sind Hunderte von Mehndis abgebildet, und es wäre wirklich nett, wenn du mal einen professionellen Blick draufwerfen würdest.»

Auch mit Pater Leo waren eine Menge Details abzustimmen. Mit manchen Punkten wie dem *Pani-Grahan*, bei dem das Paar die Hände ineinanderlegte und der Bräutigam die Braut als seine rechtmäßige Ehefrau annahm, und dem *Pratigna-Karan*, bei dem die Braut dem Bräutigam lebenslange Treue schwor, würde es wohl keine rituellen Probleme geben. Und auch nicht bezüglich des Eheversprechens, da Niki zu der möglichst viele Tränen garantierenden Bis-dass-der-Tod-euch-scheidet-Variante entschlossen war. Aber vielleicht wäre Pater Leo das *Abhishek*, eine gemeinsame Mediation über die Sonne und den Polarstern, ja doch ein wenig suspekt.

Es sollte sich jedoch herausstellen, dass ihre Befürchtungen unbegründet waren. Pater Leo erklärte ihr, dass er als Franziskaner ein sehr positives Verhältnis zur Sonne habe, schließlich habe der, wie er ihn stets nannte: «heilige Franziskus» in seinem berühmtesten Gebet, dem *Sonnengesang*, die Sonne als Bruder besungen, als Sinnbild des Schöpfers, und Erde, Mond und Gestirne in diese Lobpreisung gleich mit einbezogen. Pater Leo schlug vor, die Hochzeit mit diesem Gebet zu beenden.

Als sie ihn vor ein paar Wochen angerufen hatte, um ihm zu erzählen, dass sie heiraten werde und wie es so überraschend dazu gekommen war, sagte er zunächst nur: «So, so.»

Er klang nicht so erfreut, wie Niki es erhofft hatte, und das überraschte sie. Sie hatte angenommen, dass Pater Leo die Tatsache, dass, und vor allem wie, Clemens und sie sich wiedergefunden hatten – sie hatte ihm die Einzelheiten bei dem Telefonat geschildert – als weiteres Lourdes-Wunder verbuchen und als solches naturgemäß begrüßen würde.

«Ja», sagte sie, «und wenn Sie die Trauung ...»

«Sind Sie denn nicht Hinduistin?», unterbrach Pater Leo sie.

«Ich bin polyspirituell.»

«Und das bedeutet?»

«Jedenfalls kenne ich niemanden, von dem ich lieber getraut werden würde als von Ihnen.»

«Und Ihr Verlobter? Wie sieht der das?»

«Clemens glaubt an nichts, das ist eins seiner Probleme. Er hat natürlich noch mehr. Sie wissen ja, wie das heutzutage so ist: Mit wem stimmt schon noch alles?» Sie machte eine kurze Pause. «Ach ja, und würde es Sie stören, wenn der Trauzeuge schwul wäre?»

«Was halten Sie davon, wenn wir uns mal treffen?»

«Unbedingt. Danke.»

«Wir treffen uns. Und dann sehen wir weiter.»

Nach dem Telefonat sagte sich Niki, dass sie Pater Leo eine gewisse Skepsis bezüglich ihrer Heiratspläne nicht übel nehmen könnte. Für ihn als Pater war eine Hochzeit keine folkloristische Spaßveranstaltung, sondern ein spirituelles Mysterium. Aber die ganze Geschichte von ihrer und Clemens' Wiederbegegnung war so unwahrscheinlich, dass es ihr beinahe wie ein Frevel an der geheimnisvollen Verschlungenheit des Lebens vorgekommen wäre, dem nicht nachzugehen. Nun gut – zwischen «dem nachgehen» und «heiraten» gab es schon noch einen gewissen Unterschied.

Nachdem Clemens mit seiner zerknitterten, mit Rotweinflecken bekleckerten Ausgabe der *France Soir* bei ihr im Arztzimmer aufgekreuzt war, hatten sie sich zunächst auf einen Tee im *Café Savigny* verabredet. Als er dort anfing, von sich zu erzählen, war es Niki unangenehm, dass sie seinen Roman nicht gelesen hatte, und sie versprach, das sofort nachzuholen. Sonderbarerweise schien ihm das aber gar nicht so wichtig zu sein. Niki fragte sich manchmal, warum er eigentlich ins Krankenhaus gekommen war? Was wollte er von ihr? Sie kam bei diesem Treffen am Savignyplatz nicht dahinter. Er sprach nicht sehr viel über sich. Umso mehr wollte er von ihrem Leben wissen. Jedes Detail interessierte ihn. Er war begierig auf ihre Geschichte.

Im Sommer trafen sie sich ein paarmal am verhüllten Reichstag, der zwei Wochen lang die größte Attraktion der Stadt war. Die riesige Fläche aus glänzend silbernem Stoff auf der Fassade wurde für Niki zu einer Art Leinwand, auf die sie beim Erzählen in Gedanken jene Bilder projizierte, die ihr aus ihrer Kindheit im Gedächtnis geblieben waren: Say Babas gelb-orange Gewänder, der VW-Bus vor indischen Tempeln und an langen Hafenkais, der große Frachter in der Javasee, das Deck mit dem Gemisch aus Meeresluft und Dieselabgasen, Michaels wirr abstehende Haare, die im Seewind mal nach rechts, mal nach links klappten, sein vom gleichen Wind platt gedrückter Bart, Susannes bunt gebatikte, flatternde Kleider und ihre tibetanische Gebetskette mit den hundertacht gemaserten Holzperlen, die für die hundertacht Bände der gesammelten Lehren Buddhas standen.

All das war ja einfach nur ihr Leben gewesen und für sie nichts Besonderes. Ebenso wie das viele Jahre später gelegentlich von Kakerlakenarmeen heimgesuchte, ungespülte Geschirr in der Küche in Real de Catorce und ihr Mordskinderhunger vor der gähnenden Leere der Vorratsregale, weil Susanne und Michael gerade knapp bei Kasse waren. Susannes Vogelfedergestecke, Baumwolltaschen und Fadenbilder verkauften sich auf den Märkten mal besser, mal schlechter. Und Michael versuchte in einem Schuppen, den er sich als Labor eingerichtet hatte, ein einfaches Verfahren zu entwickeln, um aus dem in der tiefer gelegenen Wüstenebene wachsenden Peyote-Kaktus, dessen halluzinogene Wirkung die indigenen Huicholen bei ihren religiösen Ritualen zur Kontaktaufnahme mit ihren Vorfahren nutzten, eine vorratsfähige, pulverige oder körnige, wasserlösliche oder rauchbare Substanz zu extrahieren, die eine möglichst hohe, biologisch gut aufzunehmende Dosis Meskalin enthielt.

«Was für eine Kindheit!», sagte Clemens mit einem Unterton von Bewunderung, vielleicht sogar Neid in der Stimme.

Niki sah ihn an: «Es war nicht das Paradies.»

Er nickte, er verstand die Anspielung.

Über das in der *France Soir* gemeldete Lourder «Auferstehungs-Wunder» verriet sie ihm nur das Nötigste, weil sie mit ihrer eigenen Rolle dabei nach wie vor nicht im Reinen war. Sie blieb vage und meinte nur, es habe da eine medizinisch «nicht ganz eindeutige» Situation auf dem Wallfahrts-Kreuzweg gegeben. Im Einzelnen habe sie davon aber kaum etwas mitbekommen, sie sei nur zufällig dort und in das «Wunder» selbst gar nicht involviert gewesen. Vermutlich habe sie aber mit ihren hellblonden Haaren aus der Ferne für den Fotografen den besten Engel abgegeben – so sei das nun mal in Lourdes: Religion Religion Religion. Und natürlich hätte sie, wenn sie von dem Foto gewusst hätte, den Irrtum umgehend aufgeklärt. Da sie aber am nächsten Morgen in aller Frühe nach Berlin zurückgeflogen sei, habe sie von dem ganzen Presserummel erst aus der zerknitterten Zeitung erfahren, die Clemens ihr ins Krankenhaus gebracht habe. Und da sei die Angelegenheit ja schon Schnee von gestern gewesen. Er glaubte ihr das. Vielleicht, so sagte sie sich, würde sie ihm irgendwann einmal die Wahrheit sagen.

Als Clemens sich wieder einmal etwas zu interessiert an ihrer Hippiekindheit zeigte, warf Niki ihm Naivität vor: Offenbar sympathisiere er als Schriftsteller aufgrund einer vermeintlichen kreativen Nähe oder der Unabhängigkeit und des künstlerischen Anspruchs wegen mit dem Lebenssystem ihrer Eltern. Falls er aber darauf hoffen sollte, mit ihr eine Freundin gefunden zu haben, die ein ähnliches Leben anstrebe, irre er sich. Sie sei nicht wie ihre Eltern und habe auch nicht vor, den gleichen Weg einzuschlagen. Das, was sie sich für ihr Leben vorstelle, sei vielleicht nicht die Erfindung des Paradieses, das wisse sie sehr wohl, aber ihr Platz – so viel habe sie inzwischen über sich herausgefunden – sei nicht außerhalb der Gesellschaft. Sie sei keine Aussteigerin, keine Künstlerin, keine Revolutionärin, was auch immer, und sie werde ihm zuliebe auch nicht zu einer werden. Was sie suche, sei im Wesentlichen das, was alle suchten: eine sinnvolle Tätigkeit, einen gewissen Wohlstand, Stabilität. Wenn ihm das zu wenig sei oder zu unambitioniert oder zu langweilig, dann wäre es besser, sie würden sich gleich wieder trennen.

Niki fürchtete nach diesem Nachmittag, dass er genau das tun würde. Doch da irrte sie sich. Am nächsten Morgen machte Clemens ihr einen Heiratsantrag.

Als sie zum ersten Mal miteinander schliefen, geschah das nicht in ihrem Atelierzimmer, sondern in Clemens' Wohnung in Friedenau. Sie lagen nebeneinander im Bett und Clemens machte eine scherzhafte Bemerkung darüber, dass Niki ihn schon einmal ohne Shorts gesehen hatte. Einen Moment lang blitzte jener unbeschwertere Clemens aus ihrer Erinnerung auf, der sich vor fünf Jahren unverhohlen darüber gewundert hatte, Schwierigkeiten mit seinen Eiern bekommen zu haben, und sich sogar die Anspielung nicht verkniffen hatte, ihr, Niki, könne da unten etwas fehlen.

«Und? Gefällt er dir noch?», fragte er.

«Woher willst du wissen, ob er mir gefallen hat?»

«Hat er nicht?»

«Vergiss Freud», sagte sie. «Er war auch nur ein Mann. Wir Frauen sind nicht neidisch.»

«Also nein.»

«Ich habe ihn als Ärztin untersucht.»

«Vielleicht solltest du das noch einmal tun ...»

«Du willst ein Doktorspiel?»

«Mit dir.»

In Nikis Vorstellung von Liebe war das Sinnliche, ihre körperliche Seite nicht bestimmend. Es gefiel ihr, wenn Clemens sie streichelte, aber seine Berührungen mussten für sie nicht zwangsläufig auf jenen Moment der Ekstase hinauslaufen, den er suchte. Sie hielt sich nicht für unsinnlich, aber etwas störte sie daran, wie sehr Sex mittlerweile durch Werbung, Musikvideos, Mode und eine – so schien es ihr – mediale Dauerpräsenz zu einem Kult geworden war, fast schon zu einer Ideologie, die alles zu durchdringen schien. Sie konnte sich Liebe auch ohne Sex vorstellen, und vielleicht war es das sogar, wonach sie insgeheim suchte, etwas, zu dem – hetero- oder homosexuell hin oder her – ein Geschlechtsunterschied gar nicht zwingend erforderlich war.

In jenem Sommer 1995, kurz nachdem Niki Clemens' Heiratsantrag angenommen hatte, wurde an einem für Berliner Verhältnisse kühlen Tag im Krankenhaus ein Komapatient eingeliefert. Die Tochter hatte ihren etwa fünfzigjährigen Vater bewusstlos mit dem Gesicht nach unten auf dem Wohnzimmerteppich liegend vorgefunden. Sein Mund steckte in seinem Erbrochenen, sodass er praktisch nicht mehr atmen konnte, und der Sauerstoffmangel im Gehirn hatte ihn schließlich ins Koma fallen lassen.

Die Sache war ernst. Auf der zur Bestimmung des Schädigungsgrades von Komapatienten seit 1974 international gültigen Glasgow-Koma-Skala, die elementare Grundfunktionen wie Ansprechbarkeit, Pupillenreaktion und Bewegungskontrolle maß, erreichte Herbert Sellen, so der Name des Patienten, bei seiner Einlieferung nur noch drei von fünfzehn möglichen Punkten, was dem absolut möglichen Punkteminimum entsprach, es sei denn, er wäre tot gewesen.

Die Tochter des Patienten saß auf dem Korridor vor der Intensivstation, auf der Herbert Sellen behandelt wurde. Sie hieß Ljubina, wie Niki dem Einlieferungsformular entnahm. Die toxikologische Untersuchung, erklärte sie der jungen Frau, hatte einen Blutalkoholwert von über viereinhalb Promille ergeben. Das war eine Überschreitung der in der Fachliteratur allgemein als letal angenommenen Dosis von mehr als einem Promille.

«Training», sagte die Tochter. «Er hat das drauf.»

«Ihr Vater ist Alkoholiker?»

«Meistens.»

«Es gibt auch trockene Phasen?»

Sie zuckte mit den Schultern. «Ist kompliziert. Wie genau müssen Sie es denn wissen?»

«Es könnte für die weitere Behandlung wichtig sein», sagte Niki. «Vielleicht sollte Ihr Vater eine Therapie machen. Im Moment beschränken wir uns auf die akut notwendigen Maßnahmen. Wir konnten seinen Zustand stabilisieren und überwachen ihn jetzt.»

Die junge Frau reagierte mit sparsamer Körpersprache auf Nikis Einlassungen – hier ein schwaches Nicken, dort ein noch schwächeres Achselzucken. In den Händen hielt sie eine Schachtel Zigaretten, mit der ihre Finger spielten, als wäre sie stärker daran interessiert, eine zu rauchen, als noch mehr über den Zustand ihres Vaters zu erfahren.

«Und wie geht's jetzt weiter?»

«Das kann man nicht genau sagen. Ihr Vater atmet selbstständig. Wir überwachen seine Herzfunktion, die Sauerstoffsättigung und den Blutdruck und versorgen ihn mit Flüssigkeit und Elektrolyten. Der Alkoholabbau scheint zu funktionieren, die Leber arbeitet also noch, und die Nierenwerte liegen ebenfalls im Rahmen. Es besteht die Möglichkeit, dass sich der Zustand Ihres Vaters ohne weitere Maßnahmen bessert, aber wir müssen auch damit rechnen, dass sein Gehirn durch den Sauerstoffmangel irreversibel geschädigt sein könnte. Dazu sind genauere Untersuchungen erforderlich. Für eine weitergehende Prognose ist es noch zu früh.»

«Sie wissen nicht, wann er wieder zu sich kommt?»

«Das hängt davon ab, wie lange er bewusstlos war, bevor Sie ihn gefunden haben. Können Sie das sagen?»

«Ich wohne nicht bei ihm.»

Aus ihrer kurz angebundenen Art schloss Niki, dass sie, was ihren Vater anging, wohl einiges gewohnt und in gewisser Weise abgestumpft war.

«Zeit ist dabei ein wichtiger Faktor», hakte sie noch einmal nach.

Um Ljubinas Lippen lag ein mürrischer Zug, als wäre ihr das egal, aber dann sagte sie: «Wenn er trinkt, fängt er irgendwann an herumzutoben, und das ist dann, als würde die Zimmerdecke über mir einkrachen.»

«Über Ihnen?»

«Ich wohne ein Stockwerk tiefer und bekomme seine Abstürze mit. Und wenn es dann plötzlich ruhig ist, denke ich, na gut, jetzt liegt er im Koma. Aber natürlich meine ich kein echtes Koma, so wie jetzt. Na, Sie wissen schon, wie man das eben so sagt.» Sie schob die Zigarettenschachtel in ihre Jeanstasche, die eigentlich zu eng dafür war. «Aber dann ... Ich weiß auch nicht, irgendwie fand ich es dann doch unheimlich und bin zu ihm hochgegangen. Ich weiß nicht genau. Nach fünfzehn oder zwanzig Minuten, würde ich sagen. Vielleicht war die Stille irgendwie anders als sonst. Komisch nicht? Ruhe ist Ruhe, was soll da anders sein?»

«Der Ablauf, irgendein Detail ... Sie haben wahrscheinlich ein gutes Gespür für Ihren Vater. Zum Glück für ihn.»

Nach der soeben abgegebenen Erklärung schien ihr Interesse am Schicksal ihres Vaters bereits wieder erloschen.

«So war das eben.»

«Hoffen wir das Beste.»

Sie standen schweigend voreinander. Niki wusste nicht warum, aber auf einmal hatte sie das Gefühl, als wäre sie ihr schon einmal begegnet – möglicherweise sogar hier, im Krankenhaus. Etwas in ihren Zügen kam ihr bekannt vor, und sie fragte sich, wie ihr Gesicht entspannt aussehen würde. Oder verlieh der leichte Abwärtsschwung der Mundwinkel ihr immer etwas Skeptisches? Und Niki wunderte sich, wieso sie fand, dass die junge Frau ein schönes Gesicht hatte.

«Das heißt, im Moment kann ich nichts tun?»

«Komapatienten geben uns immer noch sehr viele Rätsel auf», sagte Niki. «Es scheint so, als ob sie trotz ihrer Bewusstlosigkeit die Anwesenheit von Angehörigen und Freunden spüren könnten, von Menschen, die sich Sorgen um sie machen. Sie können sich zu Ihrem Vater ans Bett setzen, vielleicht sogar mit ihm reden, wenn Sie das möchten. Schaden wird es sicher nicht.»

Wieder ein minimales Achselzucken.

«Und wenn es mir nichts bedeutet?»

Das war immerhin ehrlich.

«Vielleicht bedeutet es Ihrem Vater ja etwas», sagte Niki.

Die Tochter dachte darüber nach und zog dann die platt gedrückte Zigarettenschachtel wieder aus der Jeanstasche. Erst mal eine rauchen. Niki wusste zu wenig über sie, um sich ein Urteil zu erlauben.

«Danke, dass Sie sich Zeit genommen haben.»

«Natürlich.»

Abends begegnete Niki in der Kantine Doktor Lothar. Von ihm hieß es im neuesten Krankenhausklatsch, dass er sich in letzter Zeit nicht mehr nur seinen Pflichten als Oberarzt – mit aussichtsreicher Perspektive auf den in anderthalb Jahren aus Altersgründen frei werdenden Chefarztposten – widmete, sondern in seiner Freizeit an einem geheimen Buchprojekt tüftelte. Irgendwie war durchgesickert, dass er – möglicherweise eine Lücke auf dem unüberschaubaren Markt der medizinischen Ratgeber, Medikamentenführer und Gesundheitswörterbücher, ganz zu schweigen von deren «ganzheitlichen» Pendants – über ausgefallene Krankheitsfälle, gewissermaßen die Highlights oder Kuriositäten der medizinischen Kunst, zu berichten beabsichtigte.

In Wahrheit war das Projekt aber nur halb geheim. Doktor Lothar hatte mit seinem Verleger keine Fachpublikation verabredet, sondern ein Buch für ein breites Publikum. Und so war er wegen des geplanten allgemein verständlichen und unterhaltsamen Charakters seines Werks in Sorge, seine ärztliche Reputation und vielleicht sogar seine Beförderung auf den Chefarztposten könnte unter einem allzu populären Buch leiden.

Andererseits war er für die Recherche möglichst spektakulärer medizinischer Fälle auf Informationen von Kollegen und Hinweise aus den Reihen des Pflegepersonals angewiesen – auf ein wenig medizinischen Korridortratsch, nützliche Insidertipps und kleine Unterderhandverletzungen der ärztlichen Schweigepflicht.

Ohne die hätte er zum Beispiel nicht von jenem Patienten erfahren, der regelmäßig mit einem sagenhaften Blutalkoholwert von mehr als drei Promille in die Notaufnahme gebracht wurde, obgleich er, wie glaubwürdige Nachfragen bei seinen Angehörigen ergaben, nie einen Tropfen Alkohol zu sich nahm.

Die Sache war ein Rätsel, das sich schließlich folgendermaßen auflöste: Nach einer Behandlung mit einem bestimmten Antibiotikum war dem Patienten aus noch ungeklärten Gründen eine säureresistente Pilzkultur auf der Magenschleimhaut gewachsen, und zwar aus einer Sorte von Hefepilzen, die im Brauereiwesen für ihre Gärtätigkeit sehr geschätzt war. Der Mann hatte also eine echte Privat- oder Mikrobrauerei im Magen, die jedes Gramm Zucker, das er zu sich nahm, in Alkohol verwandelte.

Und dann war da noch der Fall jenes Chinesen – auf den war ein Kollege aus der Urologie im *Hong Kong Medical Journal* gestoßen –, der mit starken Bauchschmerzen ins Krankenhaus kam, wo die Ärzte in seinem Unterleib wuchernde Eierstöcke fanden! Der Chinese war, ohne davon die geringste Ahnung zu haben, von Geburt an eine Frau. Aufgrund eines angeborenen Gendefekts produzierte ihr/sein Körper aber so viele männliche Hormone, dass sie/er äußerlich nahezu vollkommen einem Mann glich – und das in jeder Hinsicht, weil die Hormone auch die Klitoris enorm vergrößert hatten, wenn auch ohne

Hoden auszubilden, was dem Patienten aber nie aufgefallen war. Über eventuelle Lebenspartner oder Diagnosen anderer Ärzte machte der Artikel keine Aussage. Solche Geschichten machten die Runde, und auf diese Informationen war Doktor Lothar für sein Buchprojekt angewiesen. Und so war es schließlich zu jener sonderbaren Aura von öffentlicher Heimlichtuerei um sein Buch gekommen, die das Projekt im Krankenhaus umgab.

Am vergangenen Wochenende hatte Doktor Lothar das Kapitel über den unfreiwilligen chinesischen Transsexuellen mit der vergrößerten Klitoris und den fehlenden Hoden abgeschlossen. Dabei war ihm ein anderer Fall in den Sinn gekommen, der sich vor ein paar Jahren im Krankenhaus zugetragen hatte – wann war das noch gewesen?, kurz nach dem Fall der Mauer?, er wusste es nicht mehr. Aber er meinte sich noch zu erinnern, dass die Sache ebenfalls etwas mit einem Hoden, in diesem Fall einem vorhandenen, und einer recht dramatischen genitalen Komplikation zu tun gehabt hatte. Eine Ahnung sagte ihm, dass sich der Fall möglicherweise für sein Buchprojekt eignen könnte, und schließlich fiel ihm wieder ein, wer seinerzeit die behandelnde Ärztin gewesen war: die erst ein paar Wochen zuvor frisch eingestellte Frau Dr. Lamont.

Als Dr. Lothar Niki an jenem Abend, an dem man Lus Vater eingeliefert hatte, in der Kantine sah, setzte er sich zu ihr und sprach sie auf die alte Geschichte an in der Hoffnung, dass sie sich an den Vorfall noch würde erinnern können. Er konnte natürlich nicht ahnen, wie gut sie sich gerade daran erinnerte.

Niki war überrascht. Vielleicht war seine Frage ja ein Wink des Schicksals, dachte sie: Über den Fall zu sprechen und ihre Fehldiagnose noch einmal einzugestehen war offenbar eine letzte ihr auferlegte Buße, eine vor ihrer Hochzeit moralisch notwendige, finale Läuterung, um den auf ihr lastenden Fluch zu tilgen.

«Es ging damals um eine Hodentorsion», sagte sie. «Aber ich hatte zunächst eine Epididemytis diagnostiziert. Leider.»

«Das macht doch nichts», sagte Doktor Lothar bestens gelaunt. «So etwas kann jedem passieren. Gerade das macht den Fall ja so interessant.»

«Meinen Sie?»

«Unbedingt, unbedingt ...», nickte er, ohne weiter auszuführen, was daran für ihn denn so interessant war. Es gehörte zu den ungeschriebenen Gesetzen solcher Fallgespräche mit ihm, dass man dabei niemals direkt sein Buchprojekt erwähnte, das offiziell ja geheim war. Aber natürlich wussten beide, dass es darum ging.

«Sie haben mich damals vor einer fatalen Fehldiagnose bewahrt», sagte Niki. «Die Torsion konnte operativ behoben werden. Es gibt allerdings keine Unterlagen mehr darüber.»

«Ach ja? Woher wissen Sie das?»

Niki ärgerte sich über sich selbst. Ihre letzte Bemerkung wäre nicht notwendig gewesen. Aber was anderen mühelos gelang, fiel ihr, wie sie inzwischen begriffen hatte, schwer: Informationen vor dem Aussprechen in ihren Gedanken zu filtern, zu bewerten und gegebenenfalls zurückzuhalten. Stattdessen war es, als stünde sie bei jedem Gespräch, sei es privat, sei es dienstlich, in einem Zeugenstand. Immer fühlte sie sich unter diesem Druck, wie unter Eid alles sagen zu müssen, was der Wahrheitsfindung dienen könnte.

«Ich habe mal ... irgendeine Akte von damals gesucht, aber ...»

«Die Details sind nicht von Bedeutung», unterbrach Doktor Lothar sie und hob die Hand. «Es ist das Grundsätzliche, um das es dabei geht. Wer weiß denn überhaupt, was eine Hodentorsion *ist*? Samenleiter, Bulbourethraldrüse, Ductus ejaculatoris? Die Menschen da draußen sind völlig ahnungslos, was ihre Körper angeht. Und das ist bedenklich. Wer würde denn Auto fahren, ohne Bremse und Gaspedal zu kennen? Aber unsere Körper benutzen wir ein Leben lang, ohne je eine Bedienungsanleitung gelesen zu haben. Nikisha, letztlich geht es um medizinische Aufklärung. Daran muss man arbeiten.»

«Medizinische Aufklärung» – das war eine der verklausulierten Formulierungen, mit denen Doktor Lothar seine Buchambitionen zu rechtfertigen pflegte. Niki vermutete aber, dass ihm die Hodentorsion als Kapitel für sein Buch weniger aus medizinisch-aufklärerischen Gründen, sondern aufgrund einer gewissen Sensationslust gefiel. Als Krankheit hatte sie keine besondere Aussagekraft, aber vermutlich würde sich jedem männlichen Leser bei der Lektüre gleichsam das Skrotum zusammenziehen. Zweifellos besaß die Strangulation des Hodens durch den Samenleiter einen publikumswirksamen Schockfaktor.

«Ich habe den Patienten übrigens vor Kurzem wiedergetroffen», gestand Niki ein.

«Ach ja? Wie das?»

«Reiner Zufall.»

«Ja, das kommt vor. Wie geht es ihm?»

«Sehr gut ... Es ist verrückt, aber ... wir werden heiraten.»

«Ach ja?» Doktor Lothar sah sie an. «Na, die Welt ist ungerecht. Eigentlich müsste er ja mich heiraten.»

«Wie ...?»

Er schüttelte den Kopf. «Nikisha, das war ein Scherz!»

Irgendwann – wie es genau dazu gekommen war, wusste Niki nicht mehr, vielleicht bei einer Weihnachtsfeier, einem Abschied oder einem runden Geburtstag im Kollegium – hatte es sich zwischen ihnen eingebürgert, dass er sie mit dem Vornamen ansprach und siezte, während sie ihn als Vorgesetzten weiterhin mit Dr. Lothar anredete.

«Ja, natürlich», nickte sie.

«Ich gratuliere Ihnen. Aber falls Sie Kinder von ihm bekommen sollten, müssten Sie mich zum Paten machen, das ist das Mindeste.»

«Ach so ... ja ... gerne ...»

Er machte sich in seiner Art, die ein wenig zynisch, aber nicht boshaft war, über sie lustig, aber das kannte sie inzwischen. Trotzdem war sie froh, als er das Thema fallen ließ.

«Was ist übrigens mit dem Komapatienten, der heute reingekommen ist?», erkundigte er sich.

«Er atmet selbstständig, und wir haben inzwischen ein CT. Die Unterversorgung mit Sauerstoff hat verschiedene Bereiche seines Gehirns geschädigt. Frontal- und Parietallappen sind betroffen, die weiße Substanz und auch der Globus pallidus. Nach wie vor keine Reaktionen auf Schmerzreize oder verbale Ansprache.»

«Wäre für den Mann wohl besser, wenn er es *nicht* schafft.»

«Eindeutig war das CT nicht. Und der Blutalkoholwert ist immer noch hoch. Ich denke, man muss abwarten.»

Doktor Lothar seufzte. «Irgendwann mal werden auch Sie Ihren Frieden mit den medizinischen und übrigens auch sozialen Realitäten machen müssen. Nach dem, was Sie mir schildern, ist da im Hirn nicht mehr viel übrig. Manchmal müssen wir akzeptieren, dass wir machtlos sind. Was ist die wahrscheinlichste Entwicklung? Ich sage es Ihnen: dass Ihr Patient in einem persistierenden vegetativen Zustand endet. Aber ist das auch die wünschenswerteste?»

«Es gab vor ein paar Jahren in Neuseeland einen Komafall …»

«Nikisha, es gibt immer Fälle», unterbrach er sie. «Aber versuchen Sie die Dinge mal aus einer anderen Perspektive zu sehen. Warum säuft sich jemand ins Koma? Warum nimmt jemand eine Überdosis? Vielleicht wollen diese Patienten ja gar nicht zurückkommen.» Er rührte in seinem Pfefferminztee und fuhr nach einer Weile fort: «Und selbst wenn. Wir hatten mal einen Patienten mit einem Hirnkarzinom. Der Tumor übte zu viel Druck auf das Stammhirn aus. Chirurgisch konnte man nichts machen, das Ding war inoperabel. Schließlich fiel der Patient ins Koma und lag jahrelang bewusstlos da, bis er plötzlich wieder aufwachte. Zugegeben, das war ziemlich überraschend. Wir hatten keine Ahnung, was da genau geschehen war. Wir dachten, es müsste etwas mit dem Tumor zu tun haben, vielleicht hatte er sich spontan zurückgebildet, kommt ja vor. Aber so war's nicht. Das Geschwür saß immer noch an derselben Stelle am

Hirnstamm wie all die Jahre zuvor, und trotzdem war der Patient wieder da. Er und seine Familie waren überglücklich, verständlich, aber wissen Sie, wie die Geschichte ausgegangen ist?»

«Nein.»

«Ein paar Monate später ist er an dem Tumor gestorben. Bestrahlung, Chemotherapie, alles umsonst. Dabei war der Mann, nachdem er das Koma überwunden hatte, fest davon überzeugt, dass er auch den Krebs besiegen würde, aber er hatte keine Chance. Er ist aus dem Koma zurückgekehrt, um zu sterben – so banal war das. Nicht schön, aber der Tod findet immer einen Weg.»

Und doch machte ihre Empathie mit den Patienten, vor der Dr. Lothar sie immer warnte, vor dem ins Koma gefallenen Herbert Sellen nicht halt. Obwohl es schon spät war, ging sie noch einmal zu ihm. Ihre weichen Schuhsohlen hinterließen auf dem PVC-Boden der Intensivstation kaum ein Geräusch, und das gleichmäßige Neonlicht von der Korridordecke war so richtungslos, dass sie keinen Schatten warf. Einen Moment lang kam es ihr so vor, als hätte sich das feste Gerüst von Raum und Zeit aufgelöst. Vielleicht war es im Koma ja auf Dauer so, dachte sie. Man war da, und war es nicht. Jeder aktive Kontakt zwischen einem selbst und den Dingen war unterbrochen.

Herbert Sellens Tochter saß an seinem Bett. Die junge Frau hatte auf Nikis Rat gehört und war bei ihrem Vater geblieben. Niki befürchtete inzwischen aber, dass sie ihr zu viel versprochen hatte. Vielleicht machte sie sich Hoffnung, wo keine mehr bestand.

Ihr Vater lag reglos und mit geschlossenen Augen im Bett, ein Tropf versorgte ihn mit Flüssigkeit. Seine Tochter las etwas in einem schmalen Reclam-Bändchen, wobei sie die Lippen bewegte und den Text lautlos mitzusprechen schien. Als Niki in der Tür erschien, sah sie auf.

«Können wir uns einen Moment unterhalten?»

Sie kam aus dem Zimmer.

«Gibt's was Neues?»

Niki ging zum Ende des Korridors und blieb vor dem Fenster stehen. Sie wollte ausschließen, dass Herbert Sellen mithörte. Vielleicht konnte er Gehörtes verarbeiten, ausgeschlossen war das nicht – in Wahrheit wusste das niemand.

«Wir haben uns die Röntgenbilder mit einem Neurologen angesehen.»

«Und?»

«Es könnte sein, dass das Gehirn ihres Vaters stärker geschädigt ist als zunächst angenommen.»

«Und was bedeutet das?»

«Ehrlich gesagt, ich weiß es nicht.»

«Sie wissen's nicht?»

«Es gibt im Moment keine seriöse Prognose. Es ist alles möglich, aber ich möchte Ihnen auch keine falschen Hoffnungen machen.»

Sie sah eine Weile in die Berliner Nacht mit ihrer Mischung aus ruhenden, aufleuchtenden, verlöschenden und sich bewegenden Lichtern.

«Er ist über den Tod meiner Mutter nicht weggekommen. Getrunken hat er immer schon, aber er hatte das einigermaßen im Griff. Wenn er trocken war, haben wir uns nicht mal schlecht verstanden. Aber das ist 'ne Weile her.»

«Das tut mir leid.»

Sie schüttelte den Kopf. «Ich bin damit aufgewachsen, oder besser gesagt, erwachsen geworden. Aber danke, dass Sie noch mal vorbeigekommen sind.»

Auf dem Weg zur U-Bahn begegnete Niki niemand. In Kreuzberg oder Schöneberg würden die Leute noch vor den Kneipen auf dem Bürgersteig sitzen, vielstimmig reden und ihr Bier trinken. Niki fragte sich einmal mehr, was sie eigentlich im Wedding hielt? Clemens hatte eine großzügige, helle Wohnung in Friedenau. Kleine, grüne Vorgärten säumten dort die stuckgeschmückten Eingangsportale der Jahrhundertwendebauten, die den Krieg überstanden hatten, und immer schien jemand die Buchsbäume, Rhododendren und Rosenstöcke sogar zu pflegen. Natürlich, nach der Hochzeit würde sie dorthin ziehen, was auch sonst? Warum tat sie es eigentlich nicht schon jetzt?

Als die U-Bahn mit ihrem nach Metall, Gummiabrieb und Schachtbeton riechenden Fahrtwind einrauschte, saßen im Waggon nur ein paar müde Gestalten. Nikis Blick fiel auf ein schmales Reklamebanner, das über einer der Scheiben angebracht war. Sie starrte eine Weile auf die altmodische, weiße Schreibschrift auf blauem Grund, ohne sie zu lesen, den Spruch kannte sie ohnehin längst. Aber dann drang der Zweizeiler doch in ihr Bewusstsein, und ein paar Wochen vor ihrer Hochzeit fiel ihr zum ersten Mal seine antiquierte Absurdität auf: «So nötig wie die Braut zur Trauung / ist Bullrich-Salz für die Verdauung.»

Zu Hause hing ein Zettel von Kaspar an ihrer Zimmertür: «Deine Mutter hat angerufen.» Niki sah auf die Uhr, halb elf, also halb vier Uhr nachmittags in Mexiko. Sie nahm das Telefon mit der extralangen Schnur und klappte das Einheitenbuch auf, das sie mit Kaspar führte: aktueller Stand 2764. Die ersten beiden Stellen gingen auf das Konto ihrer Anrufe in Mexiko.

Mit einer Tasse Tee in der einen und dem Telefon in der anderen Hand ging sie in ihr Zimmer und setzte sich im Schneidersitz auf das Eins-vierzig-mal-zwei-Meter-Bett, das Ikea Ende der Achtzigerjahre unter dem Namen *Heiane* im Programm gehabt hatte. Kaspar machte sich gerne darüber lustig, wenn Niki abends die Segel strich: «Na?, ab in die *Heiane*?» Gehorchten die Produktnamen von Ikea eigentlich einem System, das international gültig war, oder wurden sie auf die jeweilige Landessprache abgestimmt, was man bei *Heiane* für ein *Bett* ja vermuten könnte?

Niki hatte sich vor fünf Jahren weder für ein Einzel- noch für ein Doppelbett entscheiden können, und dabei war dann jenes Eins-vierzig-mal-zwei-Meter-Zwitterformat herausgekommen, das es serienmäßig nur bei *Heiane* gegeben hatte. Brauchte sie ein Doppelbett oder nicht, hatte sie sich gefragt. Oder sah sie sich nach ihrem Einzug als eine Frau, die als Neu-Berlinerin mit Sicherheit bald eines brauchen würde? Allerdings wäre ihr die Anschaffung eines Einzelbetts mit seiner unschuldigen Kinderzimmeraura auch sonderbar vorgekommen. Die Wahl des Bettes war ein durchaus kniffliger Akt der Selbstdefinition gewesen, und vor dem hatte sie sich mit den Nicht-Fisch-nicht-Fleisch-Maßen von *Heiane* gedrückt, das stimmte wohl.

Sie trank einen Schluck Tee, stellte die Tasse ab und wählte die lange Nummer. «Hallo Mama.»

«Ist das wahr?», sagte Susanne aufgeregt. «Du willst heiraten?»

«Ja, das stimmt.»

«Habe ich was verpasst?» Sie beruhigte sich etwas. «Für eine kurze Info auf dem AB fand ich die Nachricht, ehrlich gesagt, etwas unpassend.»

«Tut mir leid», sagte Niki. «Ich habe Spätdienst und dachte, ich probier's mal vorher.»

«Morgens bin ich zurzeit viel draußen.»

«Wieso ist Papa nicht rangegangen?», sagte Niki. «Ich hab's ein paar Tage hintereinander probiert.»

Niki machte sich seit einiger Zeit Sorgen um Michael. Immer wenn sie ihn am Apparat hatte, was schon länger nicht mehr der Fall gewesen war, reichte er nach ein paar nichtssagenden Floskeln («Lange nichts gehört.»), Resümees der allgemeinen Lage («Hier läuft alles wie üblich.») oder belanglosen Aussagen über das persönliche Befinden («Uns geht's prächtig, na klar doch!») den Hörer an Nikis Mutter weiter mit der Bemerkung: «Du willst sicher Susanne sprechen», worum Niki gar nicht gebeten hatte.

Niki schien es, als würde er sich davor drücken, mit ihr zu telefonieren, und das gefiel ihr nicht – nicht, weil sie ihm in regelmäßigen Abständen ein Vater-Tochter-Telefonat hätte aufzwingen wollen, sondern weil kommunikative Verweigerung zu den typischen Symptomen einer Depression gehörte. Und die wäre bei Michael bei den vielen Drogen, mit denen er über die Jahre herumexperimentiert hatte, nicht unwahrscheinlich. Das besorgte sie.

«Er entwickelt gerade eine neue Geschäftsidee», sagte Susanne. «Deswegen ist er oft in Gedanken.»

«Eine neue Geschäftsidee?» Niki hob, für ihre Mutter unsichtbar, die Augenbrauen. Was konnte das in Michaels Fall sein? Vermutlich nur ein weiterer Grund, sich Sorgen zu machen. Hoffentlich hatte er in seinem Labor keinen Durchbruch bei einem seiner Drogenkochrezepte erzielt und versuchte nun, das Verfahren zu vermarkten. Ein Chemiker in Mexiko ...

«So wichtig ist das im Moment nicht», sagte Susanne. «Nun erzähl mir von dir. Du heiratest, nun gut, aber wen?»

«Das ist eine längere Geschichte, und dann auch wieder nicht. Das klingt jetzt vielleicht ein bisschen kompliziert, aber wenn es das nicht wäre, wäre es ja auch nicht *meine* Hochzeit.»

«Aber ...», auf einmal schien Susanne einen Verdacht zu haben. «Sag mal, es ist aber nicht dein Mitbewohner?»

«Wer? Kaspar? Aber nein, Mama. Der ist doch schwul, wie du weißt.»

«Ja, eben. Ist es eine Scheinehe? Ich habe gelesen, dass die Nazis in Deutschland wieder auf dem Vormarsch sind, und da möchte er sich als Homosexueller vielleicht absichern. Hat es damit zu tun? Niki, mir könntest du es erzählen. Für politische Aktionen habe ich wirklich Verständnis, das weißt du doch.»

Niki trank einen Schluck Tee. «Nein, Mama, es ist nicht Kaspar. Und das mit dem Vormarsch der Nazis ist auch kompletter Blödsinn. Absolut übertrieben. Woher hast du das?»

«Die vielen Brandanschläge gegen Ausländer», sagte Susanne, «die es bei euch gibt, werden hier sehr genau registriert. Die Kommentatoren können zwar Mölln nicht aussprechen, aber was es in

Deutschland bedeutet, Menschen zu verbrennen, wissen sie sehr gut.»

«Willst du darüber jetzt wirklich diskutieren?»

Susanne machte eine kurze Pause. «Entschuldige, bei diesen politischen Themen geht auch heute noch mein Temperament mit mir durch, das tut mir leid.»

Niki trank einen Schluck Tee. «Er heißt Clemens und ist Schriftsteller. Und bei unserer Hochzeit wird es sehr locker und bunt und international zugehen. Der Pater ist sehr unkonventionell, er wird euch gefallen. Ich plane eine multispirituelle Hochzeit mit vielen rituellen Elementen – auch indischen, wie wir sie im Ashram gesehen haben. Na gut, ich habe daran keine echten Erinnerungen, aber ich habe mich kundig gemacht. Beim *Vara Satkaarah* wäscht die Mutter der Braut dem Bräutigam die Füße mit Milch, und beim *Shila Arohan* würdest du mir auf einer erhöhten Steinplatte ein paar Ratschläge für mein neues Leben geben. Na ja, das weißt du ja alles. Und wir können es auch lassen. Ich würde mich einfach freuen, wenn ihr dabei wärt. Wäre das denn nicht die Gelegenheit, wieder einmal nach Deutschland und Berlin zu kommen?»

Susanne schwieg einen Moment und sagte dann: «Wie wäre es denn, wenn ihr in Mexiko heiratet? Das wäre doch was Internationales! Der ganze Ort würde mitfeiern!»

«Ich zahle euch den Flug», sagte Niki. Vielleicht konnte sie Pater Leo ja überreden, als rituellen Köder für ihre Eltern ein Ritual der Huicholen oder Rarámuri in die Zeremonie zu schmuggeln.

Susanne ging auf das Angebot nicht ein. «Niki, es hat ja seine Gründe, weswegen dein Vater und ich», eine Formulierung, die sie immer benutzte, wenn sie etwas sehr Grundsätzliches sagen wollte, «vor dreißig Jahren Deutschland verlassen haben. Es geht nicht um Geld. Wir kennen das Land.»

«Glaub mir», sagte Niki, «mit euren Fünfzigerjahre-Erinnerungen hat das heutige Berlin nichts mehr zu tun.»

Susanne ließ sich nicht beirren. «Wir verstehen nicht, warum du als Ärztin, die überall arbeiten könnte, ausgerechnet in dieses Land gegangen bist. Hier dagegen – hier bist du aufgewachsen, hier sind deine Wurzeln, und hier könntest du doch auch heiraten. Traditionen sind dir doch wichtig, und traditionell heiratet man bei den Eltern der Braut. Wir wären überglücklich.»

«Aber ich lebe nun mal hier, in Berlin, Mama. Und das war meine Entscheidung. Vielleicht versteht ihr es, wenn ihr hier seid.» Und nachdem Susanne eine Weile nichts erwidert hatte, fügte Niki hinzu: «Versprichst du mir, wenigstens darüber nachzudenken?»

«Na klar, Engelchen. Das mache ich.»

Sie versprach, die Sache mit Michael zu besprechen, aber Niki machte sich keine großen Hoffnungen, dass sie wirklich nach Deutschland kommen würden. Und es stimmte ja auch nicht, dass Berlin perfekt gewesen wäre. Bei ihrer Ankunft wenige Tage nach dem Mauerfall im Herbst '89 hatte Niki fast keinen Pfennig in der Tasche und suchte ein möglichst billiges Hotel.

Von irgendjemandem bekam sie den Tipp, es in Ostberlin zu versuchen, wo man mit Ostmark bezahlte, einer Währung, die auf der Straße zu einem sagenhaften Wechselkurs von zehn zu eins oder noch billiger gegen Westgeld umzutauschen wäre. Und so war es tatsächlich. Umgerechnet in Westwährung bezahlte Niki für das Hotelzimmer in der Torstraße weniger als fünf D-Mark.

Der Raum war sehr schlicht eingerichtet, aber das war ihr egal. Sie war hier, in Deutschland, in Berlin, mit einer Stelle, sie hatte es geschafft! Sie schrieb ein paar trotzige Postkarten, dass sie nun «angekommen» sei, und ging mit diesen zur Rezeption. Sie hatte keine ostdeutschen Briefmarken und bat die augenscheinlich unbeschäftigte Abendbelegschaft hinter dem Empfangstresen darum, die Karten zu frankieren und am nächsten Morgen in die Post zu geben.

Man betrachtete sie höchst distanziert. In die Post? Niki merkte schon, das war offenbar viel verlangt. Zuerst weigerte man sich, ihrer

Bitte nachzukommen, weil es nicht vorgesehen und möglicherweise ja auch nicht gestattet war, Post von Hotelgästen entgegenzunehmen. Dann weigerte man sich, weil sämtliche Postangelegenheiten sowieso Sache der Frühschicht wären. Dann weigerte man sich, weil Postkarten ins Ausland mit 25 Pfennig zu frankieren waren, im Hotelbüro aber nur Marken für das Briefporto von 35 Pfennig vorhanden wären. Dann weigerte man sich auf Nikis Vorschlag hin, doch einfach diese Marken zu verwenden, so vorzugehen, weil ja schließlich auch eine Überzahlung eine Falschfrankierung darstelle. Dann weigerte man sich, ihr ganz einfach ein paar 35-Pfennig-Briefmarken zu verkaufen, Zweck unbekannt, weil man ja schließlich keine Postfiliale wäre. Dann weigerte man sich ... Niki hatte inzwischen vergessen, weswegen man sich als Nächstes weigerte, ihr zu helfen, und wann man schließlich damit aufgehört hatte, sich zu weigern. Denn irgendwann hatte man die Postkarten doch entgegengenommen und womit auch immer frankiert und morgens in die Post gegeben – denn sie kamen an.

Der Kern dieser Post-Mauerfall-Anekdote war aber nicht, wie Niki bald herausfand, der Tatsache geschuldet, dass sie sich im Ostteil der Stadt zugetragen hatte. Sie taugte nicht zum Beleg für den gelegentlich geäußerten Verdacht, dass sich unter den Bedingungen der DDR-Diktatur die deutsche Beamtenmentalität besonders gut erhalten hätte. Nur kurze Zeit später, an einem ihrer ersten Arbeitstage, eilte Niki morgens in einen Weddinger Supermarkt und wurde, kaum dass sie die Türschwelle überschritten hatte, mit der Bemerkung: «Wir öffnen um neun!», schroff zurückgepfiffen, woraufhin Niki mit Blick auf ihre Uhr meinte, es wäre doch neun – der Minutenzeiger stand genau auf der vollen Stunde, sodass Niki schon befürchtete, bereits nach wenigen Wochen in Berlin irgendeine Form von deutscher, in Mexiko völlig unbekannter Pünktlichkeitsakribie verinnerlicht zu haben. Doch die Angestellte wies auf die Neonröhren an der Decke des Ladens: «Neun Uhr ist, wenn das Licht angeht!»

Nein, Susanne und Michael würden nicht zurückkehren. Susanne war nicht einmal zur Beerdigung ihres Vaters nach Deutschland gereist und hatte auch nicht genug für ihre Mutter empfunden, und sei es nur einen gewissen Respekt davor, dass diese es in ihrem Leben auch nicht leicht gehabt hatte, um sie im hohen Alter im Heim zu besuchen, ihr ein letztes Mal gegenüberzutreten und ihrem schwindenden Bewusstsein wenigstens eine versöhnliche Ich-liebe-dich-denn-du-hast-dein-Bestes-getan-Botschaft zu übermitteln.

Denn so sah Susanne es nicht. Alles, was ihr Leben ausmachte, was ihr wichtig war und wofür sie gekämpft hatte, wurde in ihrer Familie nicht geschätzt, es wurde abgelehnt, mit Spott bedacht, für unmoralisch gehalten oder sogar gehasst. Und daran, soviel stand für Susanne fest, hätte auch ein später Besuch in Ilshofen nichts geändert. Sie überließ das Elternhaus – jenes, das in den letzten Kriegstagen von einem Blindgänger getroffen worden war –, ihrem Bruder, der sich dort mit seiner Frau und seinen beiden Kindern einrichtete.

«Ich bin ihre Tante, und sie könnten einiges von mir lernen, aber sie halten mich für eine Spinnerin», hatte Susanne gelegentlich beim Zerteilen von Avocados fürs Abendessen geklagt. «Das hat ihnen mein Bruder eingetrichtert. Er ist ein unerträglicher Spießer, dem es nie auch nur ansatzweise gelungen ist, sich zu befreien.»

Und Michael? Er hatte keine Geschwister, und nach allem, was Niki wusste, war das Verhältnis zwischen ihm und seiner Mutter ebenfalls nicht besonders gut gewesen, wenn auch aus anderen Gründen. Seinen leiblichen Vater, Eduard Lamont, hatte Michael kaum je kennengelernt. Dieser war als Soldat an einer der vielen Fronten des Zweiten Weltkriegs umgekommen, wo genau, wusste Michael nicht – im Osten oder Westen oder der Wüste oder dem Eismeer ...

Nachdem Bruni, seiner Mutter, in dem offiziellen Schreiben des zuständigen Gauleiters mitgeteilt worden war, dass ihr Mann im großen Ringen um Deutschlands Größe und Zukunft den Heldentod für Führer, Volk und Vaterland gefunden hatte, Heil Hitler, war sie gezwungen, Michael allein großzuziehen, was ihr auch gelang, aber besonders begabt, das sollte sich im Lauf der Jahre herausstellen, war sie weder fürs Erziehen noch fürs Alleinsein.

Sie hatte nach dem Krieg in rascher Folge einige Liebschaften mit alliierten Soldaten, die Michael in seiner Erinnerung nicht auseinanderhalten konnte. Er wusste lediglich immer, ob es sich um Amerikaner oder Engländer handelte, weil er sie am Grad ihrer Großzügigkeit, den Schokoladen-, Keks- oder Fruchtdropssorten und der Art, ihm zu begegnen, die Engländer waren etwas förmlicher, schnell zu unterscheiden lernte. Doch im Rückblick verschmolzen sie für ihn zu einem einzigen summarischen GI- oder Tommy-Amalgam aus einer unbekannten Anzahl von Liebhabern seiner Mutter.

Anfang der Fünfzigerjahre tat Bruni sich mit einem zwanzig Jahre älteren deutschen Seifenfabrikanten zusammen, dessen Geschäfte durchgängig floriert hatten – vor dem Krieg, im Krieg, nach dem Krieg. Seife wurde immer gebraucht. Bruni heiratete ihn, und das bescherte ihr sehr luxuriöse Wirtschaftswunderjahre, die Michael aber nur begrenzt genießen konnte. Bruni war der Meinung, ihren Mutterpflichten während der harten Kriegs- und Nachkriegsjahre in mehr als ausreichender Weise nachgekommen zu sein, und schickte ihn nach der Hochzeit in ein – allerdings sehr teures, in dem Punkt glaubte sie wirklich, ein reines Gewissen zu haben – Internat.

Mit seinem Stiefvater verstand sich Michael gut, aber über seine Zeit im Internat würde er nie sprechen. Susanne versuchte immer mal wieder, etwas darüber zu erfahren, doch schließlich ließ sie es, obgleich fest davon überzeugt, dass es da eine Menge «aufzuarbeiten» gegeben hätte. Es sollte ihr in all den Jahren auf dem Hippietrail oder im Ashram nicht gelingen, Michael über seine Internatszeit viel mehr zu entlocken als den Satz: «Das Essen war scheiße.»

Mit dem Telefon im Schoß auf dem Bett sitzend, driftete Niki in eine Halbschlaf-Traumlandschaft aus trockenen Hügelketten, agavenübersäten Abhängen und in Hitzewirbeln flirrenden Böden, über die von der Wüstenebene her ein steter Aufwind strömte, in dem Michael ohne jegliches Gerät, nur vermöge der neuen Eigenschaften seines Körpers, zu fliegen versuchte. In monatelangen Experimenten hatte er in seinem Labor eine Substanz hergestellt, deren Einnahme Menschen leichter als Luft werden ließ, und so sauste er für ein paar wunderbare Augenblicke mit ausgebreiteten Armen, flatternden Haaren und seligem Lächeln über das graugrüne Agavenmeer, aus dem ein paar meterhohe Blütenstängel aufragten, wie ihn diese Wüstengewächse nur einmal in Jahrzehnten aus sich heraustreiben, um danach abzusterben.

Doch dann ließ die Wirkung des Pulvers nach. Michael hatte sich mit der Dosierung verrechnet. Er stürzte ab, als Niki hinzukam, um seinen Flug zu bewundern. Sie wollte zu ihm aufschauen und sah ihn stattdessen auf dem steinigen Wüstenboden aufschlagen. Sie rannte zur Absturzstelle, und als sie ihn erreichte, war sein Gesicht blutig. Eine Platzwunde am Kopf musste genäht werden, und das hier in der Wüste, fern jeder Notaufnahme.

Aber Niki war ein Wüstenkind und wusste sich zu helfen. Sie brach einen spitzen Blattdorn von einer Agave ab, an dem beim Herausziehen eine lange, dünne Pflanzenfaser hing – eine Naturnadel, die ihren eigenen Faden mitbrachte! Die Indios nähten damit seit Jahrhunderten ihre Kleider zusammen, das hatte Michael sie gelehrt, da sollte es mit seiner Haut doch keine Probleme geben ...

Nikis Bewusstsein kehrte noch einmal in ihr Zimmer zurück, als ihr das Telefon vom Schoß rutschte und der Hörer auf den Boden schlug. Nein, sie konnte nicht alle retten. Und wo blieb bei alldem *sie* mit ihren Bedürfnissen? Vielleicht waren Engel dazu verurteilt, stellvertretend für andere zu leiden. Hätte sie sich damals von jenem Makler vergewaltigen lassen müssen, um einer anderen Frau dieses Los zu ersparen? Und hätte sie aus demselben Grund jenen Taxifahrer zu Ende masturbieren lassen sollen, damit er es nicht vor der nächsten Kundin tat? Sie hatte ernsthaft darüber nachgedacht.

Im Fenster sah sie beim Einschlafen manchmal die Mondsichel, ob zu- oder abnehmend wusste sie nicht mehr. Dabei hatte Susanne immer wieder versucht, es ihr in den mexikanischen Wüstennächten beizubringen, weil von den Mondphasen ja so «wahnsinnig viel abhing».

Vielleicht in Mexiko – aber hier? Niki lauschte auf die Nachtgeräusche Berlins wie auf das gedämpfte Summen eines nie stillstehenden Maschinenraums unter der Stadt. Nein, sie zweifelte nicht daran, dass es richtig war, hier zu sein. Es war ihre Entscheidung gewesen, ganz allein ihre ...

Ihr fielen die Augen zu.

11
Lesbenwoche

Lu würde nie vergessen, wie der durchsichtige, mit knallroter Farbe gefüllte und einer Plastikklammer verschlossene Gefrierbeutel auf die Leinwand des *Egalia*-Kinos zuflog, auf der gerade ein Scheich ein kniendes Haremsmädchen von hinten nahm.

Genau genommen war es nur eine Vermutung, dass es sich bei dem Mann auf der Leinwand um einen Scheich handelte, weil alles, was er am Leib trug, ein von einer geflochtenen Kordel auf seinem Kopf gehaltenes Tuch war. Und auch dass die vor ihm kniende Frau ein Haremsmädchen darstellen sollte, war eine Interpretation. Lu hatte nicht die geringste Ahnung, wie Haremsmädchen aussahen und ob sie beim Sex aufgeknöpfte Rüschenmieder trugen.

Der alte Schwarz-Weiß-Film war stark verkratzt, Staubkörner flimmerten durch das Bild, und weil der 16-mm-Projektor die ursprünglich mit 18 Bildern pro Sekunde gedrehte Sequenz – und auch das war nur ein ungefährer Wert, weil die Aufnahmekamera wahrscheinlich noch mit einer Handkurbel betrieben worden war – mit 24 Bildern pro Sekunde abspielte, wirkten alle Bewegungsabläufe slapstickartig. Der kurze Film war historisch und insofern, wie Annrike fand, nicht unbedingt das einleuchtendste Ziel für einen Farbbeutelanschlag gegen Pornografie.

Außerdem hatte das *Egalia*-Kollektiv immer darauf bestanden, dass es sich bei der Themenwoche zur Pornografie – der offizielle Titel des Programms lautete «Filmische Betrachtungen über Pornografie und Zensur» – nicht um ein «Pornofilmfestival» handelte. Aber in den Schlagzeilen der Zeitschriften, Stadtmagazine und der ansonsten am Programm des *Egalia* nicht sonderlich interessierten Boulevardpresse war genau das daraus geworden.

Allerdings hatte sich das *Egalia* schon ein paar Monate zuvor in der Alternativ-Szene unbeliebt gemacht, als bei der Lesbenwoche *Blut an den Lippen* von Harry Kümel gezeigt worden war. Geklärt wurde zwar nie, wer hinter dem Farbbeutelanschlag auf die Kinoleinwand steckte, aber die Mitglieder des Kollektivs waren nicht naiv. Sie wussten sehr wohl, dass die sinnliche, explizite Seite der Frauenliebe immer Gefahr lief, letztlich nur Männerfantasien zu bedienen, und sie als Kinokollektiv mit der Vorführung von *Blut an den Lippen* zur Zielscheibe jener Frauen werden könnten, denen sie sich verbunden fühlten.

Es war sehr schwierig gewesen, überhaupt an interessante Filme für die Lesbenwoche zu kommen. Gerade wenn es um anspruchsvolle Filme ging, gab es in den seltensten Fällen VHS-Kassetten zum Preview. Das meiste hatte der Programmausschuss blind bestellen müssen, und das hatte die Filmauswahl für die Lesbenwoche nicht leicht gemacht. Es gab keine Listen, Kataloge oder allgemein verfügbare Zusammenstellungen von schwulen oder lesbischen Filmen, und in den Videotheken waren solche Filme auch nicht zu finden. Die meisten Informationen stammten aus Filmbesprechungen, vom Hörensagen oder von Festivals wie der *Feminale* in Köln oder dem *Festival de films de femmes* in Créteil.

Auf diese Weise war der Programmausschuss – die endgültigen Entscheidungen wurden in den wegen des Einstimmigkeitsprinzips berüchtigten Nachtsitzungen des Kollektivs getroffen – schließlich auf *Blut an den Lippen* gestoßen, einen Vampirfilm des belgischen Regisseurs Harry Kümel aus dem Jahr 1971. Im Unterschied zu den üblichen Vampirfilmen fiel die Rolle des blutsaugenden Grafen Dracula darin einer Frau, der Gräfin Bathory zu, einer geheimnisvollen Untoten, gespielt von der französischen Schauspielerin Delphine Seyrig. Und diese Gräfin interessierte sich nicht für das Blut von Männern, sondern nur für das von Frauen.

«Ein weiblicher Vampir ist in der Filmgeschichte nichts vollkommen Neues», fasste Annrike gegenüber Lu und Vic die nächtliche Diskussion über *Blut an den Lippen* zusammen. «In den Dreißigerjahren gab es schon mal einen erfolgreichen Film mit Gloria Holden, der hieß *Dracula's Daughter*. Aber darin sträubt sich Draculas Tochter noch gegen ihre Lust auf Frauenblut. Lediglich einmal macht sie eine Andeutung gegenüber ihrem Psychiater und sagt: ‹Es gibt mehr Dinge im Himmel und auf Erden, als Sie sich mit Ihrer Psychologie erträumen.›»

«Und dann?», erkundigte sich Vic. Sie saßen im Foyer.

«Leider – oder wie bei einem Film aus den Dreißigerjahren ja nicht anders zu erwarten», sagte Annrike, «endet der Film klassisch patriarchalisch. Draculas Tochter wird am Ende getötet, und Janet, die gerettete Sekretärin des Psychiaters, sinkt ihrem Chef glücklich in die Arme. Sie heiraten.» Sie machte eine kurze Pause und fügte dann hinzu. «Bei ‹Blut an den Lippen› ist das genau andersherum. Der Film heißt im Original ‹Daughters of Darkness›, ein Titel, der den emanzipatorischen Grundgedanken besser zum Ausdruck bringt. Am Ende tötet die junge Heldin, sie heißt Valerie, ihren Verlobten, Stefan, um bei der Gräfin Bathory zu bleiben. Deswegen haben wir alle für den Film gestimmt.»

Genauer kannte Annrike *Daughters of Darkness* allerdings auch nicht – wie alle im Kollektiv. Dennoch kündigten ein paar Frauen in der PR-Gruppe den Film im Rahmen der Lesbenwoche als feministisches Drama an, in dem Delphine Seyrig als verführerische Vampirgräfin den Zustand der erotischen Unwissenheit der jungen Valerie beendet. In ihrer wohl etwas zu euphorischen Ankündigung im Festivalprogramm hieß es:

«Die geheimnisvolle Gräfin Bathory mit ihrer unsterblichen Leidenschaft für Frauen weist Valerie den Weg. Sie braucht keine Gewalt, keine Machobrutalität, kein selbst*herr*liches Imponiergehabe, um Valeries männlichen Geliebten aus dem Feld zu schlagen und der jungen Frau die Augen für ihre wahren Empfindungen zu öffnen.

Und wenn sie am Ende geht, ist Valerie der Frauenliebe so leidenschaftlich verfallen wie sie.»

Lu war vor der Lesbenwoche häufiger im *Egalia* als sonst. Sie hatte Annrikes Angebot, sich von ihr zur Filmvorführerin ausbilden zu lassen, angenommen. Es war wirklich ein praktischer Job. Und außerdem, so dachte sie, könnte man dabei alle Filme umsonst sehen – was im Prinzip richtig war, sich in der Praxis aber nicht gut umsetzen ließ.

Da es sich bei der Projektionstechnik um ein altes Vorführsystem mit zwei Projektoren handelte, war man beim Abspielen eines der maximal zwanzig Minuten langen Teilstücke eines Films – «Akte», wie Annrike sie nannte – immer damit beschäftigt, auf dem anderen, dem jeweils nicht aktiven Projektor, den vorhergehenden Akt zurückzuspulen, um danach den nächsten einzulegen. Es war ein ständiges Hin und Her zwischen den beiden Projektoren, und das Einfädeln eines Films erforderte Konzentration. Man konnte dabei eine Menge falsch machen.

«Es kommt leider immer wieder vor», erklärte Annrike Lu in dem engen Vorführraum, «dass eine vom Verleih frisch angelieferte Filmrolle bei ihrer letzten Projektion in einem anderen Kino nicht zurückgespult worden ist. Wenn du die dann einlegst, stehen die Figuren bei der Projektion auf dem Kopf, und alles läuft rückwärts – mal abgesehen davon, dass du in der Handlung zwanzig Minuten nach vorne springst. Das findet das Publikum zehn Sekunden lang komisch, und dann geht das Pfeifkonzert los. Vor der ersten Vorstellung eines Films musst du das unbedingt kontrollieren.»

«Okay», sagte Lu.

«Und jetzt zum Einfädeln selbst.» Annrike legte den Finger auf eine der vielen Zahnrollen des Projektors. «Du musst den Film korrekt auf die Zähne der Vorwickelrolle legen, hier, sonst projizierst du immer einen Teil des oberen und einen Teil des unteren Bildes, und dazwischen ist ein Strich. Das kann man zwar durch Drehen an diesem Rad noch korrigieren, sieht aber bei einer Vorstellung unprofessionell aus.»

«Klar», sagte Lu.

Als sie versuchte, den Film einzulegen, blieb Annrike sehr dicht hinter ihr stehen.

«Mit Vic und dir, das läuft recht gut, oder?», erkundigte sie sich.

Lu konzentrierte sich darauf, die Filmperforation korrekt auf die Vorwickelrolle mit den Markierungen für den Bildstrich zu legen.

«Wir mögen uns ganz gern», sagte sie.

«Wie lange wohnst du schon bei ihm?»

«Eigentlich bin ich nie so richtig eingezogen.»

«Ach ja? Warum nicht? ... Die Filmschlaufe nach der Vorwickelrolle musst du so lang wie möglich machen, das nennt man das Prinzip des längsten Weges.»

Lu bewegte den Projektor im Handbetrieb vorwärts, um die Schlaufe zu bilden und den Filmstreifen zur Schaltrolle zu führen.

«Der Einzug ging so peu à peu vor sich. Inzwischen sind meine Sachen aber fast alle da, und 'ne Matratze und so. «

«Du hast deine eigene Matratze? ... Achtung, die Markierung hier am Schwarzstreifen musst du genau am Bildfenster positionieren, sonst hast du dieses Problem mit dem Bildstrich.»

«Okay, verstanden ... Ja, klar, Matratze, Anlage, Klamotten ...»

«Ich dachte, *eine* Matratze würde bei euch reichen.»

«Ne, wir haben nichts miteinander.»

Annrike streckte den Arm aus, um den Blankstreifen am Anfang des Films zu ergreifen, und strich dabei mit der Hand über Lus Unterarm. Um zu demonstrieren, wie man den Streifen korrekt vor dem Bildfenster platzierte, musste sie sich etwas näher an Lus Rücken schmiegen.

«Ach so. Ich dachte, da wäre mehr.»

«Ja, schon.»

«Ach ja? So, jetzt kommt wieder eine Schlaufe.»

Lu übernahm den Filmstreifen, bildete die zweite Schlaufe und führte ihn zur Nachwickelrolle. «Aber nicht so, wie du meinst.»

«Also, ihr seid so was wie ... Geschwister?»

«Weiß nicht. Könnte sein ... Ne, das stimmt auch nicht.»

«Scheint ja eine sehr besondere Beziehung zu sein ... Die Schlaufe zur Nachwickelrolle musst du größer machen. Denk an das Prinzip des längsten Weges.»

«Okay, lange Schlaufe.»

«Und so 'nen richtigen Freund hast du nicht?»

«Ich find, Vic *ist* ein richtiger Freund. Das trifft es vielleicht am besten.»

Annrike nahm Lus Hand, um sie zur Bremsrolle zu führen. «Und was bei dir in der Schule so läuft, interessiert ihn gar nicht? ... Diese Rolle versetzt den Film zurück von einem getakteten in einen gleichmäßigen Lauf, den man braucht, um den Ton abzutasten.»

«Du meinst das mit den Jungs? Da steh ich nicht drauf.»

«Du stehst nicht auf Jungs?»

«Vic ist älter, meine ich. Der ist anders.»

«Jungs ändern sich nicht, wenn sie Männer werden. Die sind mit dreißig immer noch genauso wie mit zwanzig. Oder mit zehn, wenn du mich fragst. – Und jetzt noch über die letzte Nachwickelrolle durch den Filmkanal zum Bobby.»

«Bobby?»

«Das ist das kleine, runde Ding hier. Auf das wird der Film gespult. Man nennt es Bobby – keine Ahnung, warum. Vielleicht weil man ihn so schön um- oder einwickeln kann, hihi ...» Sie stellte sich neben Lu, nahm ihr den Anfang des Filmstreifens ab und wickelte ihn auf.

«Okay, hab ich verstanden», sagte Lu.

«Wenn du alles richtig gemacht hast, sollte der Film jetzt aufrecht und ohne Bildstrich starten. Bist du bereit?»

Lu schaltete den Projektor ein, und die vielen Auf- und Abwickelrollen ratterten los. Staubpartikel in der Luft machten den Lichtstrahl sichtbar, der vom Objektiv ausgehend durch eine kleine rechteckige Scheibe in den Kinosaal fiel. Lu stellte sich vor das Sichtfenster, und Annrike quetschte sich neben sie. Die Projektoren entwickelten beim Betrieb viel Hitze, es war immer sehr warm im Vorführraum.

Der Film startete perfekt, ohne Bildstrich, Geflacker oder Tonschwankungen. Zur Musik erschien auf der Leinwand eine Schautafel in Schwarz-Weiß mit dem Satz: «L'amour, tout agréable qu'il est, plaît encore plus par les manières dont il se montre que par lui-même.»

«Was heißt das?», fragte Lu.

Annrike überlegte einen Moment. «Die Liebe, so angenehm sie ist, gefällt noch mehr durch die Art und Weise, wie sie sich zeigt, als durch sich selbst.»

«Und was heißt *das*?», fragte Lu.

Es war eine Filmrolle von *Unmoralische Geschichten* des polnischen Regisseurs Walerian Borowczyk, an der Annrike Lu die Projektionstechnik erklärt und Lu das Einfädeln geübt hatte. Der Film sollte am Wochenende im Rahmen einer langen «Erotiknacht» mit zwei Filmen von Russ Meyer, *Im tiefen Tal der Superhexen* und *Die Satansweiber von Titfield*, gezeigt werden, ein Programm in der Art eines Trashkinos, denen sich das *Egalia* nicht direkt zugehörig, aber wegen des gemeinsamen Anliegens, nicht nur kritiklos den Kinomainstream zu bedienen, doch verbunden fühlte.

«Weißt du», sagte Annrike. «Uns Frauen wurde immer beigebracht, dass es bei der Liebe nicht um uns geht, sondern ums Kinderkriegen oder ums Stillhalten, bis es vorbei ist. Wir müssen die ‹Art und Weise›, wie die Liebe sich für uns zeigen soll, damit sie uns gefällt, erst noch finden.»

In einer der Episoden von *Unmoralische Geschichten* trat Paloma Picasso, die Tochter Pablo Picassos, als Gräfin Bathory auf – der gleichen Rolle wie Delphine Seyrig in *Blut an den Lippen*. Es war ihre erste und einzige Filmrolle. Viele junge Frauen, allesamt nackt und sehr schön, rissen ihr das gräfliche Perlenkleid vom Leib, dann folgte eine Liebesnacht mit einer als Mann verkleideten Dienerin, und danach wurde die Gräfin verhaftet.

Bei der Liebesszene sagte Annrike sehr nah an Lus Ohr: «Ich habe lange Zeit nicht gewusst, was mir gefällt. Ich wusste nur, was nicht – nämlich das, was Männer von mir wollten oder von mir erwartet haben. Erst als mir das klar geworden ist, konnte ich anfangen, meine eigenen Wünsche zu entdecken und herauszufinden, was mir gefällt.» Die nächsten Worte flüsterte sie. «Und du, Lu? Weißt du, was dir gefällt?»

Lu starrte auf die Leinwand mit der schönen Paloma Picasso und ihrer jetzt ebenfalls entkleideten Dienerin.

«Ich glaub, ich hab alles verstanden», sagte sie schließlich. «Ich kriege die Vorstellungen hin.»

Die Lesbenwoche endete mit einem Eklat. Stein des Anstoßes war eine Szene aus *Blut an den Lippen*. Harry Kümel hatte als Autor und Regisseur einiges getan, um den Kunstanspruch des Films zu unterstreichen und aus der Geschichte mehr zu machen als eine Aneinanderreihung von blutigen, cineastischen Schockeffekten. Er hatte mit Delphine Seyrig eine begehrte Schauspielerin und – seit ihrer Rolle in *Letztes Jahr in Marienbad* – Stilikone der *Nouvelle Vague* engagiert, die Ausstattung des menschenleeren Grand-Hotels in Ostende war opulent und der Soundtrack stammte von François de Roubaix, der zuvor schon Musik für Filme mit Jacques Brel, Louis de Funès oder Lino Ventura geschrieben hatte. Neben Schwarzblenden kamen als avantgardistisches Stilmittel auch Rotblenden zum Einsatz, und in einer Badezimmer-Szene zitierte Kümel einen der legendärsten Filme der Kinogeschichte: Alfred Hitchcocks *Psycho*.

Doch ausgerechnet diese Szene wurde zum Auslöser der Proteste. Ilona, die Zofe der Gräfin, steht nackt im Badezimmer und wird von dem Verlobten Valeries bedrängt. Auf der Suche nach einem Halt greift sie versehentlich in sein aufgeklapptes Rasiermesser. Ihre Hand beginnt zu bluten, und sie stößt einen Schrei aus, der exakt so klingt wie der von Marion Crane in *Psycho*, als Norman Bates den Duschvorhang zur Seite reißt, um sie zu erstechen. Auch die Großaufnahme von Ilonas aufgerissenem Mund gleicht jener von Marions Schrei in *Psycho*. Schließlich stürzen beide zu Boden, Ilona fällt mit dem Rücken in das Rasiermesser und stirbt. Und man sieht, genau wie in *Psycho*, Blut in einen Ausguss rinnen und, zum Abschluss der Sequenz, das gebrochene Auge der Toten.

Die Verleihfassung des Films stammte vom englischen Frauenfilmkollektiv *Cinema of Women*. Es handelte sich um eine 16-mm-Kopie, sodass der ganze Film auf einer einzigen Rolle Platz hatte und das sonst übliche Umspulen und Wechseln des Projektors nicht notwendig war. Lu machte es sich im Vorführraum auf einem Stuhl und mit einer Tüte Chips vor dem Kontrollfenster gemütlich.

Während der Vorstellung geschah auch nichts Besonderes, bis bei der Badezimmerszene ein paar Zuschauerinnen von ihren Plätzen aufstanden und auf die Bühne vor der Leinwand stiegen, um den Film mit ihren Jacken, Mänteln und Schals zu verdecken. Das war aber nicht möglich, die Projektion fand danach, lediglich farblich verfremdet, auf ihren Pullovern, Gesichtern und hochgehaltenen Kleidungsstücken statt.

Lu war sich nicht sicher, was sie in dieser Lage als Vorführerin tun sollte. Auf eine mögliche Besetzung der Leinwand durch das Publikum hatte Annrike sie bei ihrer Schulung nicht vorbereitet. Über den hochgehaltenen Jacken lief der Film auf der fast vier Meter hohen Leinwand weiter. Lu wollte die Projektion ohne Rücksprache mit Annrike oder Heti, die heute Abend im Publikum saßen, nicht abstellen.

Als deutlich wurde, dass es sich bei der Aktion um einen feministischen Protest gegen die Aufführung handelte, gingen zwei Frauen vom Programmausschuss nach vorne, um mit den demonstrierenden Zuschauerinnen zu reden.

«Bitte habt etwas Geduld», rief eine von ihnen in den Saal. «Am Ende werden die Frauen siegen.»

«Was hat Heterogewalt gegen Frauen in einer Lesbenwoche zu suchen?», rief eine der Zuschauerinnen.

«Ihr müsst der Entwicklung des Plots eine Chance geben!»

Nicht alle im Saal hielten die Besetzung der Leinwand für berechtigt.

«Keine Zensur!», rief eine andere. «Das muss klar sein!»

Da sich mit hochgehaltenen Kleidungsstücken nichts gegen die Projektion ausrichten ließ, versuchten ein paar Bühnenbesetzerinnen die dunkelgrünen Seitenvorhänge vor die Leinwand zu ziehen, was aber nicht möglich war, ohne den elektrischen Zugmechanismus zu beschädigen.

«Ihr habt ja recht: Stefan ist ein Arschloch. Aber auch wenn wir solche Typen von der Leinwand verbannen, verschwinden sie noch lange nicht aus der realen Welt. In der Person der Gräfin Bathory hingegen können wir sehen, was ihnen blüht! Delphine Seyrig hat immer selbstbestimmte Frauen gespielt, sie sollte uns ein Vorbild sein. Wenn ihr uns nicht vertraut, dann vertraut ihr. Sie würde niemals eine Rolle spielen, mit der sie uns Frauen verrät. Wir dürfen nicht naiv sein. Die Männerwelt ist brutal. Und wenn wir das ausblenden, werden wir am Ende nur falsche Frauenmärchen zeigen. Es ist ein Kampf, dem wir uns stellen müssen! Und wenn wir das tun, ohne die Augen vor der Wirklichkeit zu verschließen, wird unser Sieg am Ende umso größer sein!»

Wahr war aber auch, dass es aufgrund von Unstimmigkeiten zwischen Harry Kümel und den Produzenten des Films zwei Schnittvarianten von *Blut an den Lippen* gab: eine längere, französische und jene, die soeben lief, eine kürzere, englische Verleihfassung, die den Schwerpunkt auf Erotik, Gewalt und Schockeffekte legte und dem Film zu kommerziellem Erfolg verhalf.

Während im Saal diskutiert wurde, klopfte jemand an die Tür des

Projektionsraums. Lu öffnete, und vor ihr standen drei Frauen, die von ihr verlangten, den Projektor abzustellen.

«Und wenn nicht?», sagte Lu.

«Ja, was, wenn nicht?» Auf dem Gesicht der vorderen erschien ein ironisches Grinsen. «Ich kenne dich nicht, aber wahrscheinlich denkst du wie die meisten von uns, dass wir Frauen von Natur aus konsensorientiert sind und darauf programmiert, Konflikte durch Kommunikation auf friedlichem Wege zu lösen. Aber ich sage dir was: Dass du so denkst, zeigt nur, wie sehr du dieses männergemachte Frauenbild schon internalisiert hast. Schwester, es wird Zeit, dass du aufwachst! Konsens ist was Schönes, aber da, wo er uns unterdrückt, also sozusagen überall, machen wir nicht mehr mit! Also: Entweder du stellst diesen männergeilen Scheißfilm jetzt auf der Stelle ab, oder wir nehmen die Bude hier auseinander.»

Lu sah die Frau eine Weile an und nickte dann. «Das kenn ich. Wenn ihm was nicht passt, schlägt mein Vater zu Hause auch immer alles kurz und klein.»

In dem Moment kam Annrike dazu und stellte sich neben Lu.

«Wenn ihr den Film nicht sehen wollt, könnt ihr ja gehen.»

«Ach ja? Das ist dein Lösungsvorschlag für Gewalt gegen Frauen: einfach nicht hinsehen.»

«Filme sind Diskussionsgrundlagen.»

Die andere schnaubte verächtlich. «Eine Gräfin, die nicht altert, und ein Scheißtyp, der seine Freundin demütigt, betrügt und dafür am Ende alibimassakriert wird? Echt, ich habe keine Lust mehr, über solchen pseudofeministischen Scheiß zu diskutieren.»

«Dann lass es.»

Sie standen eine Weile schweigend voreinander. Dann nickte die Frau. «Du kannst von Glück reden, dass deine Zuckerpuppe hier», ihr Blick wanderte zu Lu, «ziemlich pfiffig ist. Wahrscheinlich hat sie gar keinen prügelnden Alten.»

Mit diesen Worten zogen sie ab.

Annrike umarmte Lu lange. «Danke.»

Als Lu nach Hause kam, saß Vic mit einer aufgebackenen Tiefkühlpizza vor der Spätausgabe der *Tagesschau*, um die Berichte über den Abbau der Sperranlagen an der Grenze zwischen Ungarn und Österreich zu verfolgen. Früher hatte er nur selten vor der *Tagesschau* gesessen. Lu ging in die Küche, um sich ein Bier zu holen.

«Wie war der Ladies-only-Abend?», rief Vic.

«Es ging ziemlich zur Sache.»

«Auf der Leinwand?»

«Das auch. Aber nicht nur.»

Lu kam mit ihrem Bier zurück ins Wohnzimmer. Der Fernseher war ein alter Grundig mit einem ziemlich blassfarbigen Bild. Er stand auf dem Boden, und Vic hatte es sich davor in einem Sessel bequem gemacht, der augenscheinlich das gleiche Alter wie das Gerät hatte. Im Bild war ein Soldat zu sehen, der mit einem Bolzenschneider den Stacheldraht eines Zauns durchtrennte.

«Da waren 'ne Menge Frauen im Publikum, die den Film bescheuert fanden. Ein paar von ihnen sind hochgekommen, haben sich vor mir aufgebaut und meinten, ich soll den Projektor abstellen.»

«Und was hast du gemacht?»

«Ich hab ihn laufen lassen. Ich dachte, was haben die denn für Probleme? Wenn wir bei jedem Horrorfilm so vorgegangen wären, hätten wir 'ne Menge zu tun gehabt. Irgendwann kam Annrike dazu, und dann sind sie abgezogen.»

«Dann habe ich ja was verpasst.»

Lu grinste und hockte sich neben Vic auf den Boden.

«Vielleicht geht's in der Schwulenwoche ja auch so zur Sache.»

«Vergiss es!»

Ein paar Tage später erschien in der TAZ ein Kommentar zur *Egalia*-Lesbenwoche, und erwartungsgemäß fiel er nicht positiv aus. Annrike nahm an, dass er von einer der Frauen stammte, die zum Projektionsraum gekommen waren.

Das muss frau sich mal vorstellen: Harry Kümel lässt eine nackte Zofe, natürlich mit Modellmaßen (unsere Schwester Andrea Rau, die einmal John-Cranko-Tänzerin war, dann Groopie bei Insterburg & Co. wurde und die, liebe Andrea, die sexuelle Revolution leider komplett falsch verstanden hat), in Hitch-cock(!)-Psycho-Manier (oder eigentlich nicht, denn Alfred Hitchcock, das muss zu seiner Ehrenrettung gesagt werden, beschränkt sich in «Psycho» im Wesentlichen darauf, das Gesicht der Frau zu zeigen und nicht ihren entblößten Körper) zu Tode kommen. Ich möchte nicht wissen, wie vielen Männern bei Ilonas vorausgehendem Gerangel mit dem siegfriedblonden Stefan, der sie vorher nach allen Regel der Machokunst gedemütigt hat, in der Hose ein fetter Ständer wächst. Was sollen wir Frauen mit so einer Szene! Das ist nichts als Pornografie unter dem Deckmäntelchen der Filmzitatkunst. Weg mit diesem Schund.

Die Antwort, die das Kollektiv auf diese Kritik gab, war eine weitere Themenwoche unter dem programmatischen Titel: «Filmische Betrachtungen über Pornografie und Zensur.»

Diese Themenwoche sollte eine möglichst breite, inhaltliche Diskussionsgrundlage zum Thema Sexualität in der medialen Darstellung bieten, die neben Spiel- auch Dokumentar- und Experimentalfilme enthielt. Gedacht war an Regiearbeiten von Hans-Jürgen Syberberg oder Valie Export, aber auch an einige, von den Fans schlechter oder sehr schlechter Filme hoch geschätzte, amerikanische B- oder C-Movies – insbesondere bei Yussuf brach die Liebe zum Trash-Kino immer wieder durch – mit viel nackter Haut, hauptsächlich großen oder eher sehr großen Brüsten. Und jemand trieb bei einem Kölner Verleih einen kaum je gezeigten Schwarz-Weiß-Kurzfilm im Ur-Noir-Stil von Jean Genet über eine Liebesbeziehung zwischen zwei Männern auf.

Doch allen im Programmausschuss war auch klar, dass man sich mit so einer Zusammenstellung intellektueller oder trashiger, erotischer Filmkunst vor dem Grundproblem einer Filmwoche zum

Thema Pornografie drückte. Am schwierigsten dabei war es, explizit pornografisches Material in den Filmmix zu integrieren, das wenigstens ein Mindestmaß an Niveau erreichte, sodass man es einem cineastisch versierten Publikum als Beitrag zum Thema Erotik im Film präsentieren konnte, ohne sich lächerlich zu machen oder schlicht unglaubwürdig zu werden.

Die Situation war kompliziert. Während manche Frauen ein generelles Verbot von Pornografie forderten, in der sie im Wesentlichen die «Theorie» zur «Praxis der Vergewaltigung» sahen, hielten andere – ohne dabei die Jämmerlichkeit der kommerziellen Pornoproduktion in Abrede zu stellen – eine weibliche Pornografie durchaus für möglich und sogar wünschenswert.

«Annrike und Heti sind von der ganzen Programmdiskussion gerade ziemlich genervt», sagte Lu an einem Abend zu Vic. «Vorgestern hat der Programmausschuss ein Testscreening mit einem Stapel Pornokassetten aus der Videothek am Nettelbeckplatz veranstaltet. Es waren fast alle da, und sie haben mich gefragt, ob ich nicht dazukommen wollte. Sie meinten, ich hätte vielleicht 'nen anderen Blick drauf als sie.»

Der erste Film dieses Screenings hieß *Geheime Lüste* und spielte in einem einsam gelegenen Ferienhotel auf einer sonnigen Insel. Dort brachte ein als Gast angereister Hypnotiseur die Frauen dazu, auch mit anderen als ihren Partnern und auch nicht nur mit Männern zu schlafen. Irgendwann kam ihm die Hotelbesitzerin auf die Schliche. Sie stellte ihn zur Rede, doch er behauptete, mit der Hypnose niemanden zu manipulieren, sondern nur unterbewusste Wünsche zu aktivieren.

«Hahaha», rief Heti.

«Das hätten die Typen wohl gerne!», amüsierte sich Annrike.

«Das mit dem Screening war ein Flop», sagte Lu später zu Vic.

Sie wärmte ihre Hände an der Kaffeekanne. Es war kühl in der Wohnung, die zentral durch einen Koksofen in der Küche beheizt wurde. Doch da Vic nicht immer Lust hatte, eimerweise Koks aus dem Keller in den dritten Stock zu schleppen, kühlten die Zimmer nachts oft aus.

«Das Blöde ist», fuhr sie fort, «dass die PR-Gruppe den Termin für die Themenwoche schon angekündigt hat, und der sitzt ihnen jetzt im Nacken. Sie brauchen auch dringend die Einnahmen, weil der Besitzer ihnen die Miete raufgesetzt hat. Sie meinen, dass er sie wahrscheinlich rausdrängen will, weil ihm die Richtung des Ganzen nicht passt oder er ein besseres Angebot hat. Auf jeden Fall stehen sie gehörig unter Druck.»

Nach dem Testscreening dachte Lu im Bett darüber nach, ob sie in ihrem Unterbewusstsein Wünsche hegte, die ihr unbekannt waren. Gab es Dinge, die sie tun wollte, ohne zu wissen, dass sie sie tun wollte? Sie dachte an Timo und überlegte, ob es gut wäre, wenn er jetzt neben ihr läge.

Wenn sie etwas an *Geheime Lüste* gestört hatte, dann nicht der Sex oder die Rolle der Frauen, die im Kollektiv einhellig verurteilt worden war, sondern bestimmte Details: lange Zehennägel, zu alte Männer, Penisse und Schamlippen in zottelig wuchernden dunklen, Lockennestern, und der Versuch einer Darstellerin, mit dem Nagel des kleinen Fingers unauffällig ein Schamhaar von ihrer Zunge zu kratzen. Lu glaubte nicht, dass ihr Unterbewusstsein eine Quelle von verborgenen Wünschen war, jedenfalls nicht jenen aus *Geheime Lüste*.

Ein paar Tage nach Lus Gespräch mit Vic saß er im Kino-Foyer, rauchte und unterhielt sich mit Annrike, Heti und Yussuf.

«Wir zeigen Pornofilme aus den Zehner- und Zwanzigerjahren», sagte Annrike gut gelaunt zu Lu. Offenbar hatte das Kollektiv das Programmproblem gelöst. «Die sind auf 16-mm und sehr originell. Natürlich machen sie es da genauso wie heute, aber durch die Stummfilmästhetik und das etwas unscharfe Geflimmere entsteht eine Distanz, die dem Ganzen die voyeuristische Plattheit nimmt.»

«Klingt gut», sagte Lu. Es hatte also wieder ein Screening gegeben, aber diesmal hatte man sie nicht dazu gebeten.

«Wir verweisen im Programmheft darauf, dass Pornografie ein altes Sujet der Kunst war und ist», fuhr Annrike fort, «und von Anfang an auch im Film eine bedeutende Rolle gespielt hat. Irgendwie wirken die Filme von früher nicht so aggressiv und, ich sag mal, weniger leistungsorientiert. Es fehlt diese frauenfeindliche Machmal-Baby!-Attitüde, oder sie ist jedenfalls nicht so dominant. Musketier und Magd sind nicht dasselbe wie Chef und Sekretärin, jedenfalls nehme ich es so wahr. Es wirkt alles weniger hierarchisch, sondern spielerischer. Na ja, so genau weiß ich es auch nicht, aber deswegen wollen wir die Filme ja auch zeigen – als Diskussionsgrundlage.»

Tageszeitungen und Stadtmagazine berichteten im Vorfeld ausführlich über die Themenwoche. Die PR-Gruppe kam aus dem Interviewgeben gar nicht mehr raus, abwechselnd hingen sie stundenlang an der Spiralstrippe des alten, einstmals hellgrauen, inzwischen aber mit einem gelblichen Nikotinfarbstich überzogenen Telefons im Kinobüro. Sie mussten erklären, was das Kollektiv über die PorNO!-Kampagne von Alice Schwarzer dachte, und ob die Frauen dafür waren oder sich im Gegensatz dazu als «sexpositive Feministinnen» betrachteten.

«Wer projiziert denn?», fragte Vic am Abend davor.

«Heti. Ich hab gesagt, ich will nicht wieder vor der Frage stehen, abzuschalten oder nicht.»

«Versteh ich», nickte er.

«Was ist mit dir? Kommst du mit?»

«Mal ehrlich, Lu – ist das was für mich?: ‹Filmische Betrachtungen über Pornografie und Zensur›.»

Der Saal war bis auf den letzten Platz ausverkauft, was für ein Kino im Wedding mehr als ungewöhnlich war. Lu saß in einer der vorderen Reihen. Sie saß gerne so nah an der Leinwand, dass sie die Ränder nicht mehr sehen konnte und das Gefühl hatte, Teil des

Geschehens zu sein. Das 16-mm-Filmbild war aber nicht so groß wie das übliche Kinoformat. Es war eher so, wie vor dem Fernseher zu sitzen.

Annrike hatte recht: Durch die flimmernde Schwarz-Weiß-Stummfilmästhetik, den fehlenden Ton und die Tatsache, dass alle Bewegungen wegen der hohen Projektionsgeschwindigkeit zu schnell ausgeführt wurden, wirkten die kurzen Filme eher komisch als erotisch. Dazu trugen auch die Kostümierungen bei. Mal waren es Nonnen in einem Kloster, die etwas mit dem Abt anfingen, oder Schulmädchen in Uniformen, die es mit dem Lehrer machten.

Vieles war aus der Totalen oder Halbtotalen gefilmt, sodass man meist alle Akteure im Bild hatte. Da es keinen Ton gab, hörte man bei den Szenen kein Hecheln, Stöhnen oder «Ja-oh-ja!»-Gestammel, sondern Publikumsgeräusche: Hüsteln, Tütenrascheln und im Hintergrund, gedämpft durch die Trennscheibe im Vorführraum, das leise Rattern des Projektors. Beim Betrachten von Pornografie war das eine eigenartige Mischung. Überhaupt fand Lu es sonderbar, mit dreihundert ihr unbekannten Menschen Sex auf der Leinwand anzusehen. Besonders wunderte sie sich über die zwischendurch eingeblendeten Texttafeln. Was gab es zu einer pornografischen Szene über den Sex hinaus noch mitzuteilen? Sie hatte nicht das Gefühl, etwas zu verpassen, weil sie die Texttafeln – sie waren auf Französisch – nicht lesen konnte.

(Beim späteren Zurückspulen der Filme fragte Lu Annrike nach den Äußerungen von zwei Frauen in einem Verlies. Annrike nahm die Bildlupe zur Hand und entzifferte: «Courage! Un dernier espoir nous reste … Essayons de séduire notre géolier.» – «Mut! Eine letzte Hoffnung bleibt … Versuchen wir, unseren Gefängniswärter zu verführen.» Und den Dialog zwischen dem Musketier und der Magd im Restaurant hatte Lu sich selbst bereits zurechtgereimt: «Je voudrais manger, boire et baiser.» – «Nous avons ce qu'il vous faut.»)

Die Atmosphäre im Kino war entspannt, als die schwere Schwenktür zum Saal aufgestoßen wurde und zwei oder drei – im Gegenlicht der Projektion konnte Lu das nicht genau erkennen – vermummte Gestalten mit Springerstiefeln, ausschließlich schwarzer Kleidung und heruntergezogenen Sturmhauben sich im linken Seitengang der Leinwand, auf der soeben der Scheich die von Lu als Haremsmädchen angesehene Frau von hinten nahm, bis auf sechs oder sieben Meter näherten. Dann hob die Vordere von ihnen den Arm, holte aus und warf jenen roten Farbbeutel Richtung Leinwand, der in der Presse dem Anschlag seinen Namen geben sollte.

Dieser Farbbeutel – eine mit einer Klammer verschlossene Gefriertüte – schien bei seinem Flug durch die unterschiedlich hellen Bildbereiche im Projektionslicht zu pulsieren, bevor er die Leinwand traf und genau an jener Stelle des Bildes aufschlug, wo der Scheich in das Haremsmädchen eindrang. Die beiden anderen Vermummten warfen dazu Flugblätter in die Luft, die als Stapel hochstiegen, über den Köpfen des Publikums auseinanderstoben und breit gefächert von der Saaldecke wieder hinunterflatterten.

Auf der Leinwand spritzte die rote Farbe in alle Richtungen, dann bogen sich die einzelnen Strahlen nach unten und krochen als dünne, rote Rinnsale abwärts über das Bild. Einen Moment lang sah es aus wie ein gestochen scharfer Farbspezialeffekt auf dem altertümlich flimmernden Schwarz-Weiß-Film. Als die ersten roten Tropfen den unteren Bildrand erreichten, waren die drei Vermummten durch die Ausgangstür bereits ins Freie verschwunden, während innen alle noch zu perplex waren, um zu reagieren. Erst als die letzten Farbrinnsale erstarrten, stand eine der Kollektivsprecherinnen auf.

«Tja, tut uns leid, Leute. Da gibt es wohl Kräfte, die nicht wollen, dass wir hier eine umfassende, vorurteilsfreie, offene Debatte über das Thema Pornografie und Zensur führen. Dabei zeigt das, was gerade geschehen ist, ja überdeutlich, wie notwendig diese Debatte ist. Was ist dieser Angriff denn? Doch nichts anderes als ein Akt von Zensur!»

Natürlich lag die Vermutung nahe, dass der Anschlag von radikalen PorNO!-Aktivistinnen verübt worden war, aber jene Autorin, die in der TAZ gegen die Lesbenwoche polemisiert hatte, schrieb in der Ausgabe am übernächsten Tag: *Obwohl es gute Gründe gab und gibt, gegen das Pornofestival des Egalia-Kinos zu sein, und obwohl es im weiteren gute Gründe dafür gibt, sich von der letztlich repressiven Gewaltfreiheitsdoktrin abzukehren, die in Teilen der Szene ja immer noch zum guten Ton gehört, um in der Öffentlichkeit und den bürgerlichen Milieus um Sympathien zu buhlen, ist der Anschlag auf das Egalia letztlich dennoch kontraproduktiv. Er bietet nämlich nur der angepassten bürgerlich-patriarchalischen Presse einen willkommenen Anlass, mit Häme auf die offensichtliche Spaltung der Frauenbewegung hinzuweisen und uns das zu unterstellen, was uns als Frauen immer schon unterstellt wurde: zu keiner Einigkeit fähig zu sein.*

Das bei der Aktion ins Publikum geworfene Flugblatt war mit den Buchstaben RAF für «Rache Ausübende Frauen» unterzeichnet. Ein stempelartiges Symbol zeigte einen mit einem Metzgermesser gekreuzten, erigierten Penis. Dem *Egalia* wurde vorgehalten, sich mit Pornos aus seiner finanziellen Schieflage befreien zu wollen – die Vorstellung war ja ausverkauft gewesen – und daher ganz im Geiste typisch kapitalistischer Vermarktungsmechanismen die Vergewaltigung von Frauen zur Gewinnmaximierung zu benutzen. Die Zerstörung der Leinwand sei ein Akt weiblicher Selbstverteidigung gewesen.

«Woher wissen die denn von unseren finanziellen Schwierigkeiten?», wunderte sich Annrike bei der Krisensitzung am nächsten Morgen. Yussuf, Heti und die anderen zuckten mit den Achseln. Außer den Mitgliedern des Kollektivs wusste niemand von der Mieterhöhung, und keiner glaubte an Verrat aus den eigenen Reihen. Die Anschaffung einer neuen Leinwand würde das Kollektiv ruinieren.

«Der Vermieter weiß es», sagte Lu.

Es konnte nie geklärt werden, wer den Farbbeutelanschlag auf das Kino tatsächlich ausgeführt oder in Auftrag gegeben hatte. Keine der verschiedenen Spekulationen ließ sich beweisen, und eine polizeiliche Untersuchung dieses Falles von Vandalismus und Hausfriedensbruch wurde schließlich ohne Ergebnis eingestellt.

Angesichts der historischen Ereignisse, auf die Deutschland in jenen Herbstwochen des Jahres 1989 zusteuerte, wurde der Anschlag seitens der Presse bald vergessen. Die immer stärker anschwellende Protestbewegung gegen das Regime in der DDR, die Montagsdemonstrationen in Leipzig für Meinungsfreiheit, Demokratie und ein Ende der Reisebeschränkungen in den Westen dominierten in diesem einzigartigen deutschen Herbst die Schlagzeilen der Tageszeitungen.

Als sich am 9. November '89 in der Stadt die Nachricht verbreitete, die Grenzen zwischen Ost- und Westberlin seien geöffnet worden, machte Lu sich auf den Weg zur Bornholmer Brücke. Die Schlagbäume dort standen senkrecht, und Menschen aus dem Ostteil der Stadt konnten ungehindert in den Westen gelangen. Autos wurden mit Sekt übergossen, und die Menschen staunten, jubelten und konnten es nicht fassen.

Im Gedränge auf der Ostseite der Brücke entdeckte Lu Timo mit ein paar Freunden. Er trank Sekt aus der Flasche, und irgendwann fiel sein Blick in ihre Richtung. Es wäre in der gegebenen Situation für ein kurzes Hallo völlig ausreichend gewesen, seiner Überraschung, Verwunderung oder Begeisterung mit beständigen «Wahnsinn!»-, «Irre!»- oder «Das gibt's doch nicht!!»-Rufen Ausdruck zu verleihen. Aber Timo fragte Lu nach ein paar Minuten, wie es ihr ging, was er noch nie getan hatte, auch nicht vor oder nachdem sie miteinander geschlafen hatten.

«Ganz gut», sagte Lu. «Ich jobbe im *Egalia* als Filmvorführerin.»

«Stelle ich mir toll vor», sagte Timo.

«Geht so. Am besten ist es, wenn nichts passiert. Also kein Filmriss oder so. Dann hat man zwei Stunden lang nicht viel zu tun. Kannst ja mal vorbeischauen.»

Ein letzter Versuch des Kollektivs, die leeren Kassen des Kinos mit ein paar ewigen Travestieklassikern wie der *Rocky Horror Picture Show*, *Ein Käfig voller Narren* oder *Manche mögen's heiß* zu füllen, scheiterte. Um überhaupt Filme zeigen zu können, überdeckten Annrike und Yussuf den roten Fleck vom Farbbeutelanschlag mit weißen Bettlaken, die sie mit Stecknadeln an der Leinwand befestigten. Das konnte keine dauerhafte Lösung sein, funktionierte aber gar nicht schlecht. Sobald bewegte Bilder auf der Leinwand zu sehen waren, fielen die Übergangslinien zwischen Leinwandmaterial und Bettlaken kaum auf. Die Zuschauer waren bereit, die Einschränkung zu akzeptieren, aber eine im Foyer aufgestellte Spendenbox zur Finanzierung einer neuen Leinwand für den Erhalt des einzigen, unabhängigen Off-Kinos im kulturell dürftigen Wedding blieb weitgehend unbeachtet.

Die *Rocky Horror Picture Show* war der letzte Film, den Lu vorführen sollte. Das gruftige Kultmusical kam ihr wie eine lustige und tanzbare Variante von *Blut an den Lippen* vor: Da war das junge, frischverliebte Paar zu Beginn, das in ein geheimnisvolles Anwesen gerät und dort einer nicht minder geheimnisvollen Hauptfigur mit sonderbaren erotischen Gelüsten, hier dem Transvestiten Frank N. Furter, dort der Vampirgräfin Bathory, begegnet – in der Tat, es war alles ziemlich ähnlich bis auf die Musik und die vielen seltsamen Gestalten im Rocky-Horror-Schloss. Das Ostender Grand Hotel in *Blut an den Lippen* war leer gewesen, und Tim Curry alias Frank N. Furter war, obgleich perfekt geschminkt, nicht annähernd so schön wie Delphine Seyrig.

Bei einer Vorstellung Mitte Dezember saß Timo unter dem liebevoll renovierten Deckensternenhimmel aus Fahrrad-Glühbirnchen des Foyers in einem der drei alten, mit rotem Vinyl bezogenen Sessel, in denen Lu im vergangenen Jahr so oft mit Vic und Annrike oder Heti ein Bier getrunken hatte. Für den Abend war Schneefall angesagt, draußen war es kalt, im Projektionsraum dagegen wie immer sehr warm. Lu nahm Timo mit.

Der Vorteil der letzten Projektion eines Kinofilms war, dass man sich das Zurückspulen der Filmrollen sparen konnte und zwischen den Projektorwechseln Zeit hatte. Gegenüber dem Vorführer, der die Kopie als Nächstes zugeschickt bekam, war das zwar nicht kollegial – besonders ausgeprägt war die Solidarität unter den Vorführern nach Lus Erfahrung aber nicht. Nicht umsonst hatte Annrike ihr eingeschärft, bei einer neu eingetroffenen Kopie vor der ersten Projektion alle Rollen auf ihre korrekte Spulrichtung hin zu überprüfen. Lu entschied sich gegen ihre Integrität als Filmvorführerin und für Sex mit Timo.

Auf der Leinwand erschienen formatfüllend die rot geschminkten Lippen von Patricia Quinn und öffneten und schlossen sich zu *Science Fiction/Double Feature: And Flash Gordon was there …* Das Rot der Lippen war fast das Gleiche wie das der Farbbeutelattacke. Bei dieser ersten Szene hätte man die Zusatzbettlaken auf der Leinwand gar nicht gebraucht.

Timo setzte sich auf den Stuhl unter dem Kontrollfensterchen, hinter dem sich die roten Lippen auf der Leinwand bewegten. Lu zog Timo die Hose runter und machte mit ihren Lippen, was sie in *Geheime Lüste* gesehen hatte. Sie hatte das Gefühl, dass Timo gar nicht wusste, wie ihm geschah.

«Kannst du auf mich warten?», sagte sie.

«Dann solltest du jetzt aufhören», sagte er.

Er hatte eine starke Erektion, das spürte sie, als sie sich auf ihn setzte, und eigentlich hatte sie ihn genau darum gebeten: eine ausdauernde Erektion bis zum Moment ihres Höhepunkts. Doch noch bevor sie diesem überhaupt nahekommen konnte, bat Timo sie, obwohl seine Erektion noch nicht nachgelassen hatte und weder er noch sie gekommen waren und Lu sich auf ihm bewegte, wie sie glaubte, dass es richtig war, es fühlte sich für sie richtig an –, bat er sie aufzuhören. Nach allem, was Lu wusste, baten Männer Frauen im Normalfall nie aufzuhören, wenn sie noch nicht gekommen waren.

«Scheiße!», sagt er.

«Was ist denn?»

«Weiß nicht ... Er tut gerade höllisch weh.»

«Kann ich irgendwas tun?»

«Nee, was denn? Ich kenn das nicht. Kommt vielleicht vor.»

Es wurde heller im Raum. Die erste Filmrolle war abgespult, und es strahlte nur noch das weiße Projektionslicht auf die Leinwand. Statt Frank N. Furter, der jetzt eigentlich *Sweet Transvestite* hätte singen sollen, war im Saal nur noch das leise Rattern des leerlaufenden Projektors zu hören. Die ersten Zuschauer fingen an zu pfeifen. Lu schaltete zwischen den beiden Projektoren um, und die *Rocky Horror Picture Show* ging weiter. Dafür erntete sie Applaus.

Ihr war nicht nach Applaus zumute. Timos Erektion war groß, dunkel und hart – *zu groß, zu dunkel* und *zu hart* dafür, dass er soeben «Scheiße!» gesagt und sie sich nicht um ihn, sondern um den Projektor gekümmert hatte. Er zog seine Hose hoch und stöhnte bei dem Versuch, den Reißverschluss zu schließen, vernehmlich auf. *Sweet Transvestite* drang gedämpft aus dem Kinosaal.

«Vielleicht solltest du ins Krankenhaus», sagte Lu.

«Mit 'ner Dauerstange? Blödsinn ... Oh, Mann, scheiße, tut das weh.»

«Wenn es harmlos ist, schicken sie dich nach Hause.»

«Das geht schon wieder weg.»

«Und wenn nicht?»

«So was geht doch immer von alleine weg ... oh Mann ...»

«Ich sag Heti Bescheid, dass sie die Vorstellung übernimmt. Bitte, sei vernünftig. Wir rufen 'ne Taxe.»

Später erfuhr Lu, dass die medizinische Komplikation, die ihren ersten möglichen Orgasmus mit einem Mann verhindert hatte, Priapismus hieß, eine krankhafte Dauererektion ohne Lustgefühl, deren physiologische Ursache noch unaufgeklärt war.

Die Krankheit war ernst. Unbehandelt klang die ungewollte Erektion meist erst nach zwei bis drei Wochen wieder ab, und dann waren durch den permanenten inneren Druck und eine Unterversorgung mit Sauerstoff die Schwellkörper des Penis zumeist schon so stark geschädigt, dass die Erektionsfähigkeit verloren war.

In der überfüllten Notaufnahme kam es noch zu einer kleinen bemerkenswerten Szene. Einer jungen, blonden Ärztin fiel im Vorbeigehen Timos gekrümmte Haltung auf, und es schien, als wären ihr seine offensichtlichen Schmerzen nicht gleichgültig. Lu ergriff die Gelegenheit, machte einen schnellen Schritt auf sie zu, näherte sich ihrem Ohr und sagte mit Blick auf Timo leise: «Hören Sie, ich will das hier nicht so rausposaunen, aber da ist was mit seinem ... Ding nicht in Ordnung. Er ist riesig, also irgendwie *unnatürlich* riesig, meine ich ... Und er hat da unten wirklich heftige Schmerzen, das sollte sich vielleicht mal jemand ansehen.»

Lu konnte nicht wissen, dass die Ärztin – Frau Doktor Nikisha Lamont – gerade das Clemens-Rubener-Debakel hinter sich hatte und die Ankündigung eines weiteren Hoden- oder Penisproblems ihr zerrüttetes Nervenkostüm an den Rand des Kollapses trieb. Lu fand aber, dass die plötzlich aufgerissenen Augen der Ärztin, unter denen schwere Erschöpfungsschatten hingen, fast ein bisschen irre wirkten, als sie abwehrend die Hände hob und beinahe panisch sagte: «Nein, auf keinen Fall ... Wenden Sie sich an ...»

Mit hektisch suchenden Blicken entdeckte sie einen älteren Kollegen und winkte ihn heran. Doktor Lothar hob die Augenbrauen und sagte, nachdem sie ihm etwas zugetuschelt hatte, mit ironischem Unterton und durchaus nicht gedämpft: «Tja, Frau Doktor Lamont, das muss dann wohl an *Ihnen* liegen. Offenbar üben Sie auf Genitalkomplikationen eine geheimnisvolle Anziehungskraft aus. Habe ich Ihnen nicht schon vor ein paar Stunden gesagt, Sie sollen nach Hause gehen? Na denn, ich übernehme das.»

Es schneite, und trockene, kalte Flocken wirbelten Lu entgegen, als sie das Krankenhaus verließ. Zwei oder drei Straßen weiter war von der Unruhe in der Notaufnahme nichts mehr zu spüren. Hier, im «tiefen Wedding», wie es manchmal hieß, war um diese Zeit niemand unterwegs. Weder die Öffnung der Mauer noch das jahreszeitlich übliche Weihnachtsgeschäft konnten diesen Teil Berlins beleben. Lu dachte darüber nach, ob sie jemals woanders leben würde.

Sie machte sich Vorwürfe wegen Timo. Wenn sie ihn nicht gebeten hätte, auf sie zu warten, wäre das mit seiner Dauererektion vielleicht nicht passiert. Vielleicht hatte ihre Bitte ihn unter Druck gesetzt? Sie wusste es nicht. Offenbar war auch Sex-ohne-Liebe nicht unkompliziert. Sie überquerte die Panke. Das Wasser unter der Brücke war an den Rändern gefroren. Nicht mehr lange, dann würde man darauf stehen können. Als Kind war sie im Winter auf dem kurzen, gefrorenen Pankestück in der Nähe des Hauses juchzend herumgeschliddert. Das Pankeeis war etwas, an das sie sich gern erinnerte, auch wenn es Hans Krol daran gehindert hatte, Domenico zu bestatten.

Lu dachte über das Ende des *Egalia*-Kinos nach und was das für sie bedeutete. Im Kollektivbüro hatte sie für ihre Dienste regelmäßig ein bisschen Geld in die Hand gedrückt bekommen und sich auf diese Weise wenigstens ab und an durch das Füllen des Kühlschranks an den Haushaltskosten beteiligen können. Einen Beitrag für die Miete wollte Vic nicht von ihr. Er würde, pflegte er zu argumentieren, wenn Lu dagegen protestierte, in jedem Fall, auch wenn sie nicht bei ihm wohnen würde, für die ganze Wohnung bezahlen müssen, durch Lu entstanden ihm also keine zusätzlichen Kosten, und daher fand er es unlogisch, von ihr Geld zu nehmen.

Womit er sein Geld verdiente, wusste Lu nicht genau. Als sie ihn einmal danach fragte, erzählte er ihr, dass er zusammen mit zwei Freunden, die ebenfalls aus dem Osten geflohen waren, mit gebrauchten Sachen handelte. Lu hatte die beiden, Zilla und Ronny, kennengelernt. Sie tauchten manchmal in der Wohnung auf, aber dann besprachen sie mit Vic nichts Geschäftliches. Vic fuhr zu Wohnungsauflösungen, auch solchen in Westdeutschland – das waren die Tage, an denen er für ein oder zwei Nächte wegblieb –, und erwarb Dinge, die er mit Zilla und Ronny weiterverkaufte. «Antiquitäten, Bilder, Geschirr – so Zeugs eben, auf das manche Leute stehen», sagte er, und Lu hakte nicht weiter nach.

Dringend Geld brauchte sie also nicht, aber ins *Egalia* zu gehen, Filme vorzuführen und anschließend mit Annrike oder Heti ein Bier zu trinken würde ihr fehlen. Annrike, das war ihr inzwischen bewusst, wäre für sie gerne das geworden, was die Gräfin Bathory für Valerie in *Daughters of Darkness* war: ihre sensible Lehrerin in Frauenliebe. In *Geheime Gelüste* hatte es eine lesbische Szene gegeben. Die Frauen in dem Film waren Lu gepflegter vorgekommen als die Männer. Und manchmal dachte sie an Paloma Picasso und ihre Dienerin.

Vic saß in der Küche. Etwas schien ihn zu bedrücken.

«Ist was?» Lu nahm sich ein Bier aus dem Kühlschrank.

Vic hatte auch ein Bier vor sich stehen. Er antwortete nicht sofort und schien aus irgendeinem Grund darüber nachzudenken, ob er es überhaupt tun sollte. Er trank einen Schluck.

«Meine Mutter ist gestorben», sagte er. «Und ich bin pleite.»

12
Super 8

Im Frühjahr 1980, nach dem Notaufnahmeverfahren für Flüchtlinge aus Ostdeutschland im Auffanglager Gießen, in das Vic nach seiner Ankunft im Westen gebracht worden war, entschied er sich für Westberlin als zukünftigen Wohnort. Er wusste nicht, wo sonst in Deutschland er hätte hingehen sollen. In Westberlin, dachte er, wäre er in der Nähe seiner Mutter, und er hoffte, dass es irgendwann möglich sein würde, sie zu besuchen. Dazu sollte es bis zum Fall der Mauer aber nie kommen, da die ostdeutschen Behörden geflüchteten ehemaligen Bürgern eine Einreiseerlaubnis grundsätzlich verweigerten. Nach einer Woche in dem Gießener Lager bekam Vic ein Flugticket nach Westberlin ausgehändigt. In der Maschine musste er an seinen Flug als Gefangener von Prag nach Berlin denken. Immer, wenn er flog, geschah dies auf Staatskosten.

Von den zwölf Stationen des Aufnahmeverfahrens, die jeder ehemalige DDR-Bürger nach seiner Flucht zu durchlaufen hatte, um in die Bundesrepublik eingebürgert zu werden – unter anderem eine ärztliche Untersuchung, die polizeiliche Anmeldung oder eine Anhörung vor Vertretern des Bundestages – waren die Gespräche mit den westlichen Geheimdiensten am eigenartigsten, fand Vic. Er wurde dazu in sogenannte «alliierte Sichtungsstellen» einbestellt, die Amerikaner, Briten und Franzosen in Marienfelde im Süden Berlins unterhielten, wo es ebenfalls ein Notaufnahmelager für Geflüchtete gab. In langen Gesprächen und dreimal hintereinander musste Vic den Mitarbeitern dort von seiner gescheiterten Flucht erzählen, von seinen Fluchtgründen, aber auch ganz allgemein Auskunft geben über sein Leben in Ostdeutschland, seine Schulbildung und Lehre und darüber, ob er beim Militär gewesen sei, wozu Vic mit reinem Gewissen Nein sagen konnte, weil er der bevorstehenden Einberufung mit seiner Flucht zuvorgekommen war.

Später machte Vic sich den Sinn dieser Verhöre klar. In den DDR-Gefängnissen saßen ja nicht nur gescheiterte Republikflüchtige wie er, sondern auch gewöhnliche Kriminelle, die Ostdeutschland durch das Mittel des Gefangenenfreikaufs auf Devisen bringende Weise loswerden konnte. Hin und wieder tönten sogar Lautsprecheransagen über das Marienfelder Lagergelände, die einen ermahnten, gegenüber anderen Aufnahmesuchenden nicht über den eigenen Fall zu sprechen, denn die Stasi habe auch hier ihre Spitzel.

Dennoch war Vic sich zunächst nicht sicher, ob sein Gefühl, bei jenen Gesprächen in den alliierten Sichtungsstellen politisch überprüft zu werden, begründet war oder nicht doch eher Ausdruck eines grundsätzlichen Misstrauens als ehemaliger Ostdeutscher gegenüber staatlicher Kontrolle. An einem Punkt des Gesprächs wurde ihm unwohl, als der Mitarbeiter des amerikanischen Geheimdienstes in seiner Akte blätterte und feststellte, dass Vic nur sehr kurze Zeit in Haft verbracht habe. Im Durchschnitt dauere es anderthalb bis zwei Jahre, bis die DDR-Behörden einem Gefangenenfreikauf zustimmten, in Vics Falle dagegen habe es sich nur um sechs Wochen gehandelt.

«Haben Sie eine Vorstellung, woran das liegen könnte, dass man sie so schnell hat ziehen lassen?», fragte er.

Für Vic war die Situation knifflig. Er wollte nicht, dass man ihn für einen Spitzel hielt. Doch ebenso wenig wollte er davon erzählen, dass er ein Jahr vor seiner Flucht mit der Richterin, die seinen Fall verhandelt hatte, einen Sommer lang täglich geschlafen hatte.

«Weiß nicht. Keine Ahnung. Ehrlich.»

«Sie haben keine Idee, warum man ihre Abschiebung beschleunigt haben könnte?»

«Vielleicht war's ein Irrtum. Irgendeine Verwechslung bei den Akten.»

«Sicher, so was kann vorkommen.»

«Ich würde Ihnen wirklich gerne helfen», sagte Vic. «Aber wenn man im Gefängnis sitzt, und plötzlich heißt es, dass man in den Westen abgeschoben wird, dann denkt man nicht nach, warum? Dann ist man einfach nur glücklich. Und man zittert bis zum Schluss, ob sie sich's nicht doch wieder anders überlegen.»

Der Mann nickte nachdenklich.

Vic musste noch bei einigen anderen Sichtungsstellen vorsprechen – den Büros der westdeutschen Parteien, der «Kampfgruppe gegen Unmenschlichkeit» oder dem «Untersuchungsausschuss freiheitlicher Juristen» –, bevor er nach ein paar Wochen seinen Pass bekam und damit auch ganz offiziell im Westen als Bürger Westberlins angekommen war.

Vic bekam einen Wohnberechtigungsschein, mit dem er eine Sozialwohnung im afrikanischen Viertel im Bezirk Wedding fand. Gleich bei seiner Ankunft hatte er hundertfünfzig D-Mark Begrüßungsgeld erhalten. Darüber hinaus standen ihm als anerkanntem Flüchtling Wohngeld und, als ehemaligem Häftling, Eingliederungshilfe und Haftentschädigung zu.

Vic dachte, finanziell damit fürs Erste gut ausgestattet zu sein. Er kannte nur das Preissystem in Ostdeutschland: 40 Pfennig für ein Bier, 85 Pfennig für eine Bockwurst mit Brötchen und Senf, 80 Pfennig für eine Schlager-Süßtafel oder 13 Pfennig für ATA Scheuerpulver. Er bekam zwar recht schnell mit, dass das Preisniveau im Westen ein anderes war, aber er hatte keine großen Ansprüche und kam über die Runden.

Bei einem Orientierungskurs für Übersiedler aus Ostdeutschland in der Volkshochschule Wedding, der zweimal im Jahr stattfand, lernte Vic Zilla und Ronny kennen. Das Kursprogramm deckte alle Themenfelder ab, von denen die Organisatoren annahmen, dass sie für einen erfolgreichen Start in der Marktwirtschaft von Bedeutung waren: «Integration ehemaliger DDR-Bürger», «Mieten und Wohnen»,

«Leistungen der Arbeitsämter», «Kredit und Versicherungswesen». Das Programm griff aber auch persönliche Aspekte auf wie «Die psychologische Situation der Übersiedler». In diesem Kurs sollten, wie es im Programmheft hieß, «gemeinsam die erlebte Realität im Westen und die Vorstellung vor der Übersiedlung betrachtet und individuelle Aspekte der Bewältigung der neuen Situation erörtert werden».

Vic war arbeitslos. Vor seiner Flucht hatte er in Ostberlin eine zweijährige Ausbildung zum Waggonsitzpolsterer bei der Deutschen Reichsbahn absolviert. Bereits im Notaufnahmelager Marienfelde hatte man ihm zu verstehen gegeben, dass er mit dieser Ausbildung in Westdeutschland nicht viel würde anfangen können – oder eigentlich gar nichts. Für Fälle wie ihn, und es gab unter den Übersiedlern einige davon, war der Vortrag «Ausbildungsfragen aus der Sicht eines großen Unternehmens» gedacht, der von einem Abteilungsleiter der nahe gelegenen Schering-AG gehalten wurde. Computerkenntnisse, so eine seiner zentralen Botschaften, würden in Zukunft immer wichtiger werden. Vic hatte noch nie einen Computer gesehen.

Eine besonders beliebte Unterrichtsstunde im Weddinger Integrationsprogramm war: «Von *Playboy* bis *FAZ* – Massenmedien in der Bundesrepublik». Der Kurs wurde vom Rektor einer evangelischen Fachhochschule für Sozialpädagogik gegeben, der ab und an eines der von ihm besprochenen Druckerzeugnisse durch die Reihen der Teilnehmer wandern ließ, was bei der *FAZ*, der *Süddeutschen* oder dem *Spiegel* etwas schneller ging als beim *Playboy*.

«Sie werden zu jeder Meinung in der westdeutschen Presse auch die Gegenmeinung finden», sagte der Dozent, in der Absicht, den Kursteilnehmern das Verfahren demokratischer Willensbildung zu erläutern. «Und das bedeutet, dass Sie selbst herausfinden müssen, welcher Position Sie sich anschließen.»

Das Playmate des Monats hieß Heidi, stammte aus Ellwangen und trug eine goldene, weit geöffnete Weste. Neben ihren Brüsten waren die wichtigsten Themen des Hefts aufgelistet: «Mädchen in New York und Paris» und «Männer: Henry Fonda, Woody Allen, Niki Lauda».

«Auf unsere Meinungsfreiheit sind wir stolz, auf die Männermagazine weniger», sagte der evangelische Dozent. Er schickte Heidi dennoch auf Wanderschaft durch die Tischreihen. «Meiner Meinung nach sind Männermagazine der Ausdruck eines enthemmten Vermarktungssystems, das vor nichts haltmacht und auch noch die nackte Haut des Menschen ausbeutet.»

Zilla hatte keine Schwierigkeiten mit dem *Playboy*. Sie hatte im Osten gelegentlich als Fotomodell gearbeitet, und einer der Gründe für ihre Flucht war der Wunsch gewesen, ihre Karriere im Westen fortzusetzen. Begonnen hatte alles mit einer Anzeige in der Strickzeitschrift *Modische Maschen*. Beim Durchblättern einer Ausgabe entdeckte Zilla in der Rubrik *Verschiedenes* einen Kasten, den das Magazin selbst geschaltet hatte. Dort wurde nach «attraktiven Hobbymodellen» für die Präsentation der im Heft jeweils vorgestellten Strickwaren gesucht.

MM, wie das Heft zumeist genannt wurde, erschien vierteljährlich, war immer kurz nach Erscheinen vergriffen, und die Vorstellung, dafür als Fotomodell ausgewählt zu werden, war für Zilla sehr aufregend. Sie schickte ihre Bewerbung mit ein paar beigelegten privaten Schnappschüssen an die Redaktion und erhielt kurz darauf eine Einladung zu Probeaufnahmen.

Ein paar Wochen danach wurde Zilla engagiert. Ihre Karriere als Fotomodell begann im Chemiedreieck zwischen Bitterfeld und Wolfen auf den sandigen Abraumhalden des dortigen Braunkohlekombinats. Da es nicht möglich war, Aufnahmen an exotischen Orten im Ausland zu machen, waren die Hausfotografen von *MM* sehr erfinderisch, wenn es darum ging, Orte mit einem gewissen exotischen Flair für die Präsentation von Mode zu finden oder eben auch vorzutäuschen. Die Sandberge neben den großen Braunkohlegruben wirkten aus der richtigen Perspektive aufgenommen wie die Dünen einer großen Wüste.

«Sah prima aus», sagte Zilla zu Vic. «Wie eine echte Wüste – nehme ich jedenfalls mal an. Ich war ja noch nie in einer. Was ich bei den Aufnahmen um mich herum gesehen habe, waren die Chemikalienseen. Und es war nicht so heiß wie in Afrika. Da ist es doch heiß, oder?»

«Ich denke schon», sagte Vic.

«Und stell dir vor, ein paar Wochen nach dem Erscheinen der *MM*-Ausgabe hat *Das Magazin* bei mir angerufen!»

«Wirklich?»

Viele Jahre lang war *Das Magazin* die einzige Zeitschrift, die in jeder Ausgabe ein Aktfoto abgedruckt hatte. Das Heft erschien monatlich, und irgendeiner im Freundeskreis ergatterte immer ein Exemplar. Vic war sich nicht sicher, ob er jemals einen der Artikel oder Reportagen des *Magazins* auch *gelesen* hatte. Er konnte sich nur daran erinnern, wie er und seine Freunde eng nebeneinandersitzend die Köpfe zusammengesteckt hatten, um im Heft das Aktfoto jener jungen Frau zu betrachten, die von allen nur «DDR-Nackedei» genannt wurde.

Zilla war der «DDR-Nackedei» im April 1979. Sie und Ronny hatten sich bei Aufnahmen für *MM* in dem Metallverarbeitungsbetrieb kennen gelernt, in dem Ronny als Heizer arbeitete. Pro Zwölf-Stunden-Schicht schaufelte er zwanzig Zentner Briketts in drei Niederdrucköfen. Es gehörte zum Stil von *MM*, die neueste Strickmode nicht nur auf getürktem Wüstensand oder vor dem Sonnenuntergang in Heringsdorf zu fotografieren, sondern auch dort, wo Arbeiter anzutreffen waren: vor den Drehbänken in den Volkseigenen Betrieben oder auf den Feldern zur Erntezeit mit den aufgereihten Mähdreschern der Landwirtschaftskombinate im Hintergrund.

Die Heizkessel in dem Metallwerk waren ein origineller sowie jahreszeitlich passender Hintergrund für die Präsentation der *MM*-

Winterkollektion. Ronny, der gerade eine Schaufelpause eingelegt hatte und an Händen, Armen und im Gesicht vom Kohlenstaub schwarz schimmerte, sollte für eine realistische Atmosphäre sorgen, indem er so tat, als kontrolliere er mit einem Blick in den Heizkessel oder auf eines der Thermometer an der Wand die Qualität des Feuers. Auf den Fotos machte er sich im Hintergrund gut: ein muskulöser, schwitzender Heizer, der einen fast schon erotischen Kontrast zu der hell gekleideten – in diesem Winter waren Beigetöne, Sandfarben und ein mittleres meliertes Grau im Trend – blonden Zilla mit ihrem herzförmigen Gesicht und den Modellmaßen unter den Maschen bildete.

Ein halbes Jahr später gelang es Zilla, versteckt über der Toilette eines Interzonenzugs nach Westdeutschland zu fliehen. Die Zugtoiletten hatten eine Deckenklappe, durch die man in den Hohlraum unter dem Waggondach klettern konnte, und Zilla blieb dort unentdeckt. Im selben Sommer überwand Ronny mit einer selbst gebauten Spezialleiter in einer regnerischen Nacht den Stacheldraht auf einem Elbdeich und schwamm unentdeckt ans westliche Ufer nach Hitzacker. Sie wussten beide, dass sie bei ihrer jeweiligen Flucht ungeheures Glück gehabt hatten.

Nach der Integrationsstunde über die *FAZ* und den *Playboy* tranken sie mit Vic ein Bier im *Taxemoon*, das sich rühmte, die einzige Weddinger Szenekneipe zu sein. Eigentlich gab es im Wedding keine Szene, aber das *Taxemoon* unterschied sich doch deutlich von den üblichen Berliner Eckkneipen. Man saß dort auf Stahlrohrstühlen an kleinen, runden Aluminiumtischen, deren seidenmatte Oberflächen das nicht sehr kräftige, aber vielfarbige Licht von den vielen kleinen Spotleuchten über dem Tresen auf die Gesichter und Biergläser der Gäste verteilte.

«Ich war heute in einer Modelagentur am Ku'damm», erzählte Zilla. «Ich wollte ihnen meine *Magazin*-Aufnahmen zeigen. Sie haben mich ewig lange warten lassen, und als ich dann endlich vor einer der Agentinnen stand, hat sie kaum einen Blick auf die Fotos geworfen. Ich verstehe das nicht. Sie sind wirklich schön und, wie ich finde, viel ausdrucksvoller als die meisten Aufnahmen zum Beispiel im *Playboy*.»

«Und dann?», fragte Ronny.

«Wie gesagt, sie hat die Fotos nur schnell und lustlos durchgeblättert, und dann hat sie mich gefragt, ob ich denn auch was gelernt hätte. Und als ich meinte, ich wäre Bankkauffrau, sagte sie, dann sollte ich doch das machen.»

Das ärgerte Zilla ganz besonders. Sie hatte sich nämlich tatsächlich auch als Bankkauffrau beworben – allerdings ebenfalls ohne Erfolg. Einer der Personalleiter hatte ihr erklärt, dass sich das ostdeutsche Bankenwesen zu sehr von dem im Westen unterscheide. Im Osten gehe es ja nur darum, die international nicht konvertierbare Binnenwährung Ostmark zu verwalten und zu verwahren. Es gebe keine eigenen ökonomischen Aktivitäten, keine ausdifferenzierte Anlagepalette oder spezielle Finanzprodukte der Banken, und deswegen müsse man leider davon ausgehen, dass sie – womit er Zilla meinte – von allem, was das westliche Bankgeschäft ausmache, nicht die geringste Ahnung habe. Zilla fand die Leiter der Personalabteilungen der Banken, bei denen sie vorsprach, nicht weniger arrogant, wenn nicht noch arroganter als die Modelagentin. Als im Osten ausgebildete Bankkauffrau waren ihre Aussichten, im Westen eine Anstellung zu finden, offenbar noch geringer als ihre Chancen als Aktmodell.

«Vielleicht hättest du bei den Banken die Aktfotos in die Bewerbungsmappe legen sollen», sagte Ronny.

«Sehr komisch!»

Zilla und Ronny wohnten wie Vic im afrikanischen Viertel. Einmal saß Vic mit Zilla auf dem kleinen Balkon ihrer Wohnung in der Usambarastraße in der Sonne. Ronny war nicht da, und als Zilla sich in der Enge des Balkons an Vic vorbeidrückte, um sich noch ein Bier zu holen, beugte sie sich plötzlich vor und küsste ihn. Sie spürte aber gleich, dass es dem Kuss von seiner Seite an Leidenschaft fehlte.

«Schade», sagte sie und richtete sich auf. «Mit Ronny würde das aber klargehen.» Sie lächelte. «Wir gehören uns nicht – du weißt doch: Eigentum ist Diebstahl.»

Es war Vic recht, dass sie annahm, es liege an Ronny. Dann musste er ihr nicht sagen, dass es an ihr lag.

Ronny zog tagsüber durch die Secondhand- und Trödelläden des Viertels, in deren Schaufenstern ausrangierte Technik neben altmodischem Geschirr und verschlissenen Gebrauchsgegenständen wie Schuhanziehern, Schnürstiefeln, Wasserkochern oder Lampen mit vergilbten Troddelschirmen standen. Ronny glaubte, im Trödeln ein Geschäftsmodell ausfindig gemacht zu haben, mit dem er sich erfolgreich selbstständig machen könnte.

«Mit altem Kram haben wir uns drüben doch bestens ausgekannt», pflegte er seine Pläne zu untermauern. «Bei uns wird doch nichts weggeschmissen, und im Reparieren und Improvisieren sind wir echt spitze. Diese Trödelläden sind für mich wie lauter kleine DDRs ohne Mauer. Mit ein bisschen Startkapital» – das Wort hatte er in der Stunde «Die Grundlagen der Marktwirtschaft» der Weddinger Volkshochschule gelernt – «müsste da doch was zu machen sein.»

Die einzige Hürde war, dass weder er noch Zilla oder Vic über Startkapital verfügten. Umso überraschter waren die beiden, als Ronny im Spätsommer 1982 einen großen Super-8-Projektor ins Zimmer schleppte, der, wie sie mutmaßten, einiges gekostet haben musste, weil sie das Preissystem im Osten verinnerlicht hatten, in dem ein Bier oder ein paar Bockwürste mit Kartoffelsalat und Senf unschlagbar billig gewesen waren, technische Produkte aber unerschwinglich.

Auf ihre Nachfrage hin teilte Ronny ihnen mit: «Keineswegs. Der Punkt ist, dass die ganze Schmalfilmerei hier im Westen mausetot ist. Alle kaufen sich jetzt Videorekorder und VHS-Kameras und wollen diesen ganzen komplizierten 8-mm-Kram nicht mehr haben. Bei jedem Trödler stehen ein paar von diesen Projektoren im Laden und sind praktisch unverkäuflich. Das drückt die Preise ganz schön.»

Ronny hatte Geschmack daran gefunden, die Lehrsätze aus dem Kurs «Grundlagen der Marktwirtschaft» zur Anwendung zu bringen.

«Und was sollen wir nun mit dem Projektor?», hakte Zilla nach.

Er stellte das Gerät auf den Wohnzimmertisch und richtete das Objektiv auf die weiße Wand über dem Plüschsofa, das er mit Zilla ebenfalls bei einem Trödler auf der Müllerstraße erstanden hatte.

«Ganz einfach, ich habe die Lösung für unser Finanzproblem gefunden! Oder fast. Der Plan hat noch ein paar Lücken, aber das lässt sich sicher hinbiegen.»

«Seit wann interessierst du dich denn fürs Filmen?»

«Da bricht gerade ein ganzer Markt zusammen», fuhr Ronny fort, «und wir können uns nach Herzenslust mit kleiner Münze bedienen.»

«Und das heißt?»

«Ich erklär's euch gleich. Gebt mir noch eine Sekunde.»

Er verschwand im Flur und kam mit einer schmalen Aufbewahrungsbox für Super-8-Spulen zurück, die mit farbigen Szenenfotos irgendeines Films bedruckt war. Er nahm die Spule heraus. Der Verkäufer hatte ihm die Funktionstüchtigkeit des Projektors vorgeführt und dabei das Einfädeln eines Films erklärt, aber es dauerte dennoch eine Weile, bis Ronny die Sache am Laufen hatte.

Für einen Tonprojektor hatte Ronnys Budget trotz der steilen Baisse auf dem 8-mm-Projektorenmarkt nicht gereicht, und so sahen sie in Farbe, aber ohne Dialoge und Musik die auf die zwanzig Minuten Spieldauer einer 120 Meter Schmalfilmspule zusammengekürzte Version eines *Schulmädchenreports* – des vierten Teils, um genau zu sein, aber das war für Ronnys Geschäftsidee unerheblich.

Zilla und Vic kannten die *Schulmädchenreport*-Filmreihe nicht oder nur vage vom Hörensagen. Die Filme waren nie im Fernsehen gezeigt worden und waren als Westproduktionen auch nicht in ostdeutschen Kinos zu sehen gewesen. Ronny hatte sich aber kundig gemacht, und wusste zu berichten, dass der erste Teil der Reihe mit dem Untertitel *Was Eltern nicht für möglich halten* von 1970 eine der zehn erfolgreichsten deutschen Kinoproduktionen aller Zeiten war. Nachgespielt von Laiendarstellerinnen zeigten die Filme, was angeblich die sexuelle Realität junger Frauen sein sollte.

Ronny meinte, dass für eine kleine 15-Meter-Super-8-Spule mit Sex- oder Pornofilmen im Osten auf dem Schwarzmarkt – einen anderen Markt für solche Filme gab es dort allerdings auch nicht – Preise von drei- bis vierhundert Mark zu erzielen wären. Und da er für den *Schulmädchenreport* mit einer Länge von 120 Metern nur fünfundzwanzig D-Mark bezahlt hatte, folgte daraus unter Annahme des üblichen Wechselkurses zwischen West- und Ostmark und unter großzügiger Gewährung eines gewissen «Mengenrabatts» wegen der Länge ein Gewinn von mindestens fünfhundert D-Mark pro Langfilm. Und da sich schon in einer unauffälligen Aktentasche mindestens zehn solcher Filmrollen unterbringen ließen, könne man dabei pro Lieferung mit einem Reingewinn von mindestens fünftausend Mark – West! – rechnen. Was bei zwei Lieferungen pro Monat für jeden ein Einkommen von mehr als 3000 DM bedeute.

Obwohl die Super-8-Kopie des *Schulmädchenreports* etwas blass – das Zimmer war nicht abgedunkelt – über dem Sofa flimmerte, wurde doch deutlich, dass man beim Zusammenschnitt der Szenen auf die Schein-Interviews von Schülerinnen und die psychologischen «Expertisen» zwischen den einzelnen Sex-Episoden verzichtet und sich auf die Nacktszenen konzentriert hatte, sodass Ronnys Rechnung sogar aufgehen konnte.

«Ökonomisch gesehen ist die ganze Sache ein Kinderspiel», sagte er. «Mir ist nur noch nicht ganz klar, wie wir die Filme über die Grenze bekommen. Da müssen wir uns noch was einfallen lassen.»

«Darum könnte ich mich vielleicht kümmern», sagte Vic.

Bei dem Versuch einer Selbstanalyse war Vic auf einen Widerspruch gestoßen. Er hatte unbedingt in die Freiheit gewollt, aber wohin er in der Freiheit wollte, wusste er nicht. Oder wie Ronny es jetzt ausdrücken würde: Er hatte keine Geschäftsidee.

In den Briefen an seine Mutter erwähnte er diesen Aspekt seines Lebens im Westen aber nie. Er wollte nicht, dass sie sich Sorgen machte, und es gefiel ihm auch nicht, einräumen zu müssen, dass er sich in dieser Hinsicht mit der Freiheit schwertat. Er wollte das nicht nur seiner Mutter gegenüber nicht zugeben, sondern auch nicht gegenüber den Sicherheitsbehörden im Osten. Vic nahm an, dass die Stasi seine Briefe las, bevor sie seiner Mutter zugestellt wurden.

Manchmal versuchte er seinen Anwalt anzurufen, um etwas über sie zu erfahren. Es war offiziell möglich, mit der Vorwahl 0372 direkt von West- nach Ostberlin zu telefonieren, aber in der Praxis funktionierte das nie. Es hieß, zwischen den beiden Teilen der Stadt gebe es nur etwa hundert direkte Telefonleitungen in einem überalterten Schaltwerk aus den Zwanzigerjahren. Nach der Vorwahl 0372 erhielt man unweigerlich ein Besetztzeichen.

Vic meldete die Telefonate mit seinem Anwalt immer an – so auch, nachdem Ronny seine Super-8-Idee entwickelt hatte. Es dauerte dann ein paar Stunden, bis das Telefon klingelte und es hieß, die Leitung sei nun geschaltet. Nach einem leisen Knacken im Hörer meldete sich sein Anwalt. Die Gespräche wurden mitgehört, Vic durfte also nicht zu konkret werden.

«Haben Sie wieder etwas von meiner Mutter gehört?», fragte er.

«Es geht ihr gut», sagte der Anwalt, dessen Stimme leise in an- und abschwellenden Wellen knisterte. «Ich habe Grund zu der erfreulichen Annahme, dass das Verfahren wegen Beihilfe zur Republikflucht demnächst eingestellt wird.»

«Das wäre sehr gut.»

«Ja, das wäre es.»

«Und meine Mutter wird ihren Arbeitsplatz behalten? Ich frage das, weil sie mir in ihren Briefen, glaube ich, nie die ganze Wahrheit schreibt. Sie möchte mir keine unnötigen Sorgen machen.»

«Sie müssen sich auch keine Sorgen machen», sagte er. «Es wird alles nach Maßgabe und im Einklang mit den Gesetzen der Deutschen Demokratischen Republik abgewickelt werden.»

Wahrscheinlich drückte er sich so förmlich aus, weil ihm ebenfalls klar war, dass die Stasi mithörte.

«Es war wohl gut, dass Sie mir geraten haben, bei dem Gerichtsverfahren zu kooperieren», sagte Vic.

«Es ist immer das Beste, als Beschuldigter zur Aufklärung einer Straftat beizutragen. Nur das habe ich versucht, Ihnen nahezulegen. Das war meine Aufgabe als Ihr Anwalt.»

Sie schwiegen einen Moment. Es war klar, dass Vic nun zum eigentlichen Grund seines Anrufs kommen musste – er wusste nur noch nicht, wie.

«Ich würde Ihnen gerne etwas zukommen lassen», sagte er.

«Etwas zukommen lassen? Wie meinen Sie das?»

Das Knistern in der Leitung kam Vic auf einmal argwöhnisch vor.

«Ein Dankeschön», improvisierte er. «Es würde Ihnen vielleicht gefallen. Und wenn nicht, dann schmeißen Sie's einfach weg.»

«Ein Dankeschön?» Er klang nun etwas gelassener: «Es freut mich, dass Sie an mich denken und Ihre Dankbarkeit zum Ausdruck bringen wollen. Aber das ist nicht nötig. Mein Mandat in Ihrer Angelegenheit wurde von dem Staat, dem Sie den Rücken gekehrt haben, bezahlt, wofür sollte ich von Ihnen ein Geschenk entgegennehmen – abgesehen davon, dass ich das nicht darf.»

«Ja, ich verstehe, ich dachte nur, jetzt, wo hoffentlich alles bald abgeschlossen ist …»

«Das ist es.»

«Und um meine Mutter hätten sie sich ja nicht kümmern *müssen*.»

«Sie brauchte einen Rechtsbeistand, und es war mir ein Bedürfnis.» Er machte eine kurze Pause und fuhr dann fort. «Herr Belkow, die Deutsche Demokratische Republik ist kein Unrechtsstaat. Ob Sie Ihrer Mutter gegenüber ein schlechtes Gewissen haben sollten oder nicht, kann ich Ihnen nicht beantworten. Ich persönlich bin der Meinung, dass Sie für Ihr Leben eine falsche Entscheidung getroffen und damit auch Ihrer Mutter keinen Gefallen getan haben – das ist nun mal meine politische und übrigens auch meine menschliche Überzeugung. Aber damit müssen Sie selbst zurechtkommen.»

«Verstehe. Danke.»

Über den Dächern draußen lag eine schöne Frühsommerdämmerung, wie Vic sie auch von der anderen Seite der Mauer her kannte. Wenn er den Kopf in den Nacken legte und das tiefe, leuchtende Blau sah, in dem sich ein letzter Schimmer Gold vom endenden Tag mit dem ersten Silber der heraufziehenden Nacht mischte, war es, als wäre er gar nicht fortgegangen.

Auf der Müllerstraße mit der Markthalle, den vollgeparkten Seitenstreifen und dem alten Alhambra-Kino flirrten die Lichter der Großstadt. Hier war es heller, als er es in seiner Jugend in Friedrichshain je erlebt hatte. Er ging an den Geschäften vorüber, in denen Ronny sein Sofa, den Projektor und den *Schulmädchenreport* aufgetrieben hatte. Zilla, Ronny und er waren wie Insekten ins Licht der Freiheit geflattert, und vielleicht würden sie abstürzen, dachte Vic. Und doch fühlte er sich gut.

In den folgenden Wochen arbeitete sich Ronny in die Technik der Schmalfilmbearbeitung ein. Mit einem Gerät, das er Klebepresse nannte, schnitt er die 120 Filmmeter des «Schulmädchenreports» in verkaufs- und schmuggelgerechte 15-Meter-Teilstücke, die er mit Vor- und Abspannstreifen versah und auf kleine Spulen zog. Er glaubte immer noch an sein Geschäftsmodell, obwohl sie nach wie vor keine Idee hatten, wie sie die Filme über die Grenze in den Osten bringen sollten.

Außerdem war der kostengünstige vierte Teil des *Schulmädchen-*

reports ein Glückstreffer gewesen. Meist fand Ronny bei seiner Suche nach weiteren Super-8-Filmen nur zusammengeschnittene Hollywoodproduktionen wie *Ein toller Käfer* oder *King Kong*, Italo-Western mit Bud Spencer und Terence Hill, Simmel-Verfilmungen oder auf 15m-Rollen heruntergekürzte Dick-und-Doof- oder Charlie-Chaplin-Häppchen, für die man auch im Osten nicht viel bekommen hätte. Und für einen *Bademeister-Report*, auf dessen Hülle ein kleiner, dicker Mann mit Badehose wie ein Affe zwischen zwei großen, barbusigen Frauen posierte und der, wie das noch auf der Hülle klebende Preisschild kundtat, ursprünglich 149 DM gekostet hatte, wollte der Trödler 99 DM haben, was Ronny zu viel fand.

In dieser Zeit traf Zilla sich einmal mit dem Fotografen, der sie als «DDR-Nackedei» abgelichtet hatte. Er besaß inzwischen eine gewisse Prominenz und war dank einer Wiener Großmutter im Besitz eines österreichischen Passes. Mit dem konnte er nach Belieben zwischen Ost und West pendeln, womit er ein perfekter Kurier für den Transport der Super-8-Filme gewesen wäre.

Aber er winkte lächelnd ab. Als Fotograf sehe er so viele Mädchen, nackt und schön, wie die Natur sie erschaffen habe, da brauche er keine Pornos ins Land zu schmuggeln. Und überhaupt seien die Mädchen im Osten die schönsten auf der ganzen Welt, und so habe die DDR wenigstens in dieser Hinsicht keinen Bedarf für West-Importe.

Eines Tages, ein paar Wochen nach Vics Telefonat mit seinem Anwalt, läutete es an der Wohnungstür. Vic erwartete niemanden. Vielleicht war es Zilla, die sich langweilte? Sie hatte ihn seit der Szene auf dem Balkon nicht mehr geküsst, kam aber gerne vorbei und trug dabei in diesen warmen Sommerwochen nicht immer einen BH.

Vor der Tür stand aber nicht Zilla, sondern ein Mann, den Vic nicht kannte. Er war ungefähr Mitte vierzig, mittelgroß, unscheinbar und stellte sich als ein Bekannter von Vics Anwalt vor. Er sei gekommen, um ein «Dankeschön» abzuholen. Vic hatte also doch den richtigen

Riecher gehabt. Vielleicht war er gar nicht so untauglich für das westliche System, wie er befürchtet hatte.

Er gab dem Mann eine 15m-Rolle des von Ronny portionierten *Schulmädchenreports* und sagte: «Er kann damit machen, was er will. Richten Sie ihm lediglich aus, dass ich noch eine Menge solcher Rollen habe und bei Interesse bereit bin, mich mit ihm über die Konditionen für regelmäßige Lieferungen zu unterhalten.»

Ronnys Gewinnerwartungsprognose erwies sich bei der Ausarbeitung der Details des Handels in den nächsten Wochen als etwas zu optimistisch. Es gab auf dem Weg der Filmspulen von West nach Ost, der ein Geheimnis bleiben sollte, einige Beteiligte, die wegschauen und dabei ein gewisses Risiko eingehen mussten, was nicht umsonst zu haben war.

Zilla übernahm den Posten der Buchhalterin, wobei sich herausstellte, dass ihre Ausbildung keineswegs so wertlos war, wie man es ihr bei ihren Bewerbungsgesprächen in den westdeutschen Banken zu verstehen gegeben hatte. Als Ost-Bankkauffrau kannte sie sich mit dem Verrechnungssystem zwischen Ost- und D-Mark sehr gut aus.

«Der offizielle Wechselkurs ist eine finanzielle Fantasiekonstruktion», referierte sie bei einem Abendessen, das jetzt ein Geschäftsessen war. «So etwas wie ein sinnvoller Kaufkraftvergleich zwischen Ost- und Westmark ist gar nicht möglich, weil im Osten elementare Grundbedürfnisse wie Wohnen und Essen stark subventioniert werden. Wir haben bei Export- und Importgeschäften immer mit einem sogenannten Richtungskoeffizienten gerechnet. Der lag bei vier Komma vier, aber das war geschönt. Wenn wir unsere Einnahmen hier bei einer Bank umtauschen, bekommen wir eins zu fünf, und auf dem Schwarzmarkt im Osten vielleicht noch mehr. Aber wozu sollten wir dieses Risiko eingehen? Ich denke, mit eins zu fünf fahren wir gut.»

Zilla brachte auch die Suche nach weiteren Filmen voran. Sie schaltete in der *Morgenpost* und der *BZ* Kleinanzeigen in der Rubrik *Suche*: «Suche freizügige Schmalfilme (Super 8).» Danach klingelte das Telefon mehrmals am Tag.

Die erste Adresse, zu der Zilla Vic schickte, war ein Sexshop unter einer S-Bahn-Trasse, der zu keiner Erotikmarkt-Kette gehörte. Die Schaufenster waren mit großen, braunen Resopalplatten verschlossen, auf denen in Gelb zu lesen stand, was einen hinter dem Eingang erwartete: Videos, Literatur, Magazine, Privatfilme, Privatfotos, Spielzeug, Kondome.

Als Vic öffnete, ertönte ein Beeper wie in einem Friseursalon. Der Verkaufsraum war mit Regalen, Verkaufstischen und Pappkisten vollgestellt oder besser -gestopft, in denen sich tatsächlich alles fand, was auf den Resopalplatten angekündigt worden war. Es war schummrig und schmutzig, und jedes Mal, wenn oben ein Zug über die Gleise fuhr, zitterten die Regale mit den Sexheften, Videokassetten, Dildos, Handschellen und Vibratoren. Vic war noch nie zuvor in einem Sexshop gewesen, er staunte über das Angebot.

Der Ladenbesitzer saß stumm hinter einem alten Holztresen mit schwarzer, zerkratzter Kunststoffauflage und rauchte filterlose Zigaretten. Vermutlich war er es gewohnt, dass seine Kunden sich alles Mögliche ansahen, die Hefte durchblätterten und dabei nicht gestört werden wollten, bevor sie sich für etwas entschieden. Pornoartikel zu verkaufen war wohl ein eher wortkarges Geschäft.

Vic entdeckte ein Regal mit Super-8-Filmen. Im Gegensatz zu Ronnys *Schulmädchenreport* handelte es sich um harte Pornografie, wenn man den Bildern auf den Hüllen trauen konnte. Die Filme hießen: *Orgie am Meer*, *Waldeslust* oder *Susannes süße Kitzelspiele*. Einige wurden unter dem Label *Bums-Film* vertrieben.

«Haben *Sie* die Anzeige geschaltet?», fragte der Mann hinter dem Tresen durch den Raum. «Von wegen Super 8, meine ich.»

Vic drehte sich zu ihm um. Er war der einzige Kunde im Laden. Vormittage waren vermutlich keine sexuelle Rushhour.

«Ja», sagte Vic. Er stellte *Susannes süße Kitzelspiele* zurück ins Regal und ging zum Kassentresen.

«Und Videokassetten? Interessieren die Sie auch? Ich hab allerdings nur VHS. Wissen Sie, warum sich Betamax und Video-2000 als Videosysteme nicht durchgesetzt haben?»

«Keine Ahnung.»

«Weil Sony und JVC sich geweigert haben, ihre Kassetten für die Verbreitung von Pornos nutzen zu lassen. Damit waren die Formate für die Videotheken aus dem Rennen. So einfach war das.»

«Ich suche wirklich nur Super 8», sagte Vic.

«Klar, wie Sie wollen», sagte der Ladenbesitzer. «Allerdings ist die Auswahl bei Videos inzwischen viel größer. In den Siebzigern war das anders, aber das Super-8-Zeug will jetzt keiner mehr haben.»

«Ja, hab ich auch schon gehört.»

«Worauf stehen Sie denn?» Der Mann war Mitte fünfzig und hatte kleine, graue Locken und einen Schnauzbart, der zu beiden Seiten der Mundwinkel ein paar Zentimeter herabhing.

«Keine Ahnung ... also ich bin normal, meine ich ...»

«Für mich ist alles normal», sagte er. «Also wenn Sie was Bestimmtes suchen, sagen Sie Bescheid. Bei mir kriegen Sie wirklich alles. Aber eben nicht auf Super 8, das sollten Sie sich überlegen.»

«Klar. Mache ich.»

«Ich kann Ihnen auch 'nen Videorekorder verkaufen. Gebraucht, aber tipptopp in Ordnung. Bei 'nem Videorekorder können Sie zum Beispiel auch vorspulen. Wenn's mal schnell gehen muss.»

«Ja natürlich, das ist praktisch.»

«Und Sie haben Zeitlupe. Es gibt sogar 'ne JOG-Funktion, so nennt die sich, glaube ich. Damit können Sie sich nacheinander Bild für Bild anschauen. Das geht bei Super 8 nicht. Da würde Ihnen wegen der heißen Lampe der Filmstreifen im Projektor abfackeln. Und die Qualität der winzigen Einzelbilder ist sowieso miserabel.»

«Wie viel sollen die denn kosten?» Vic wies auf das Super-8-Regal.

«Die Bums-Filme? Die könnte ich Ihnen das Stück für fünfzig lassen. Und die Report-Serien für vierzig.»

«Ich dachte, die will keiner mehr haben.»

«Im Moment.» Er zündete sich die nächste Zigarette an. «In zehn Jahren sind's vielleicht begehrte Sammlerobjekte. Wer weiß das schon? So was muss man immer im Hinterkopf haben. Verramschen tu ich nichts. Die haben mal das Vierfache gekostet.»

«Wie wär's mit dreißig?»

Sie einigten sich auf vierzig für die Bums-Filme und dreißig für die Reporte. Die nächste S-Bahn ratterte über sie hinweg.

Im Frühjahr 1983 zog Vic in eine größere Wohnung, deren Miete er selbst und nicht mehr das Sozialamt bezahlte. Sie lag ebenfalls im Wedding und war immer noch günstig. Dort lernte er im Sommer Lu kennen, als sie eines Nachts mit Hans Krol vor seiner Wohnungstür stand, weil die Schwingungen seines Ventilators ihre Eltern nicht hatten einschlafen lassen. (Ronny hatte den Ventilator bei seinen Streifzügen durch die Trödelläden entdeckt, Vic zum Einzug geschenkt und, wie sich in dieser Nacht herausstellte, nicht richtig an die Decke montiert.) Danach begegnete Vic Lu manchmal im Treppenhaus, und sie huschte stets eigenartig scheu an ihm vorbei. Sie war dreizehn oder vierzehn, schätzte Vic, also acht oder neun Jahre jünger als er. Als Vic vom Tod ihrer Mutter erfuhr, ging er zur Beerdigung.

In der Zeit danach bekam er mit, dass Herbert Sellen allmählich den Halt verlor. Manchmal hörte er ihn über sich so heftig poltern, als könnte jeden Moment die Decke einbrechen. Vic beschwerte sich nie. Er hoffte, dass es Lu gut ging.

Gelegentlich dachte er darüber nach, ob er durch den Handel mit den Super-8-Filmen seine Chancen gefährdete, seine Mutter jemals wiederzusehen. Er wusste inzwischen, dass es selbst mit einem gültigen Westberliner Pass eine reine Willkürentscheidung der Ostbehörden blieb, ob jemand einreisen durfte oder nicht. Sein Anwalt machte ihm keine großen Hoffnungen. Und sollte der Schmuggel der Filme irgendwann auffliegen und die ostdeutschen Sicherheitsbehörden ihn damit in Verbindung bringen können, würde er wohl endgültig ein lebenslanges Einreiseverbot erhalten.

Im Laufe der Zeit entwickelte sich zwischen Vic und dem Kurier, der die Filme bei ihm abholte und ihm das Geld übergab, eine persönliche Beziehung, für die Freundschaft vielleicht nicht die richtige Bezeichnung war, aber sie lernten sich schätzen. Sie vertrauten einander als Geschäftspartner und irgendwann auch als Menschen. Als Vic Werner, so hieß der Kurier – ob wirklich, wusste Vic nicht –, gegenüber einmal seine Sorgen artikulierte, der Schmuggel könne auffliegen und ihm die Chance, seine Mutter wiederzusehen, endgültig zunichtemachen, beruhigte Werner ihn.

Es habe, so wusste er zu berichten, vor nicht allzu langer Zeit tatsächlich einen Schlag gegen die ostdeutsche Pornoszene gegeben. Bei einer Familie in Karl-Marx-Stadt sei den Stasiermittlern eine Adressliste in die Hände gefallen, auf der sich rund zweitausend Namen von Lieferanten, Zwischenhändlern, Produzenten – «Die gibt es bei uns im privaten Bereich doch auch!», sagte er – und Konsumenten von pornografischem Material fanden. Allerdings enthielt diese Liste auch Namen von wichtigen Personen aus der Partei und den Gewerkschaften. Der Fall wurde nicht weiterverfolgt, Vic solle sich also keine Sorgen machen. Solange die Mauer stand, durfte er dennoch nie nach Ostberlin einreisen.

Aus westdeutscher Perspektive war ihr Filmhandel legal. Dass sie den Gewinn aus ihren Geschäften hätten versteuern müssen, war ein anderes Kapitel. Vic hatte keine Ahnung von Steuern, im Osten brauchte man keine zu zahlen. Es hatte dort keine Finanzämter gegeben, und Vic hatte sich nie Gedanken darüber gemacht, wie der Staat sich finanzierte. Er hatte kein Interesse an dem Thema. Den Steuerkurs im Integrationsprogramm hatten Ronny und er geschwänzt. Zilla war hingegangen.

Auf der Suche nach Filmen schaltete Zilla auch in Hamburg und

Hannover Kleinanzeigen. Sie hatte das durchkalkuliert und war zu dem Ergebnis gekommen, dass sich ab drei Langfilmen Bahnreisen dorthin inklusive einer Hotelübernachtung rechneten. Vic hatte nichts dagegen, Hamburg und Hannover kennenzulernen.

Bei der Fahrt mit dem Transitzug durch die ostdeutsche Landschaft hatte er aber stets ein ungutes Gefühl. Wenn er aus dem Zugfenster sah, bedrückte ihn das, obwohl es doch einfach nur eine ebene Gegend mit vielen weiten Feldern war. In den Städten, durch die sie fuhren, zum Beispiel Magdeburg, waren die Straßen jenen ähnlich, in denen er aufgewachsen war. Vic versuchte, nicht daran zu denken, wo er sich befand. Es war politisch durch ein innerdeutsches Abkommen geregelt, dass Geflüchtete die Transitzüge von Westberlin ins Bundesgebiet unbehelligt benutzen durften.

Oft dachte Vic dabei an seine Mutter. Sie hätten sich in Prag oder in Ungarn am Plattensee treffen können – das war für Familien und Freunde, die durch die innerdeutsche Grenze getrennt worden waren, die einzige Möglichkeit einander zu sehen. Doch Vic und seine Mutter machten keinen Gebrauch davon. Seiner Mutter ging es gesundheitlich nicht gut, ihr Blutdruck war zu hoch, und das besorgte Vic. Sie war nie viel gereist, und nun wollte sie es gar nicht mehr. Vielleicht glaubte sie auch nicht daran, wirklich unbehelligt nach Prag oder an den Plattensee kommen zu können. Vic hätte das verstanden. Er war immer froh, wenn die Transitzüge die Grenze erreichten und er wieder, je nach Fahrtrichtung, in Westdeutschland oder in Westberlin war.

Als Lu ihn einmal fragte, womit er sein Geld verdiene, sagte er, dass er mit Gebrauchtem handele, und das stimmte ja. Es reichte ihr als Erklärung. Manchmal wunderte Vic sich, dass er mit dem Mädchen zusammenlebte, das ein paar Monate nach seinem Einzug mitten in der Nacht vor seiner Wohnungstür gestanden hatte – und das inzwischen kein Mädchen mehr war, sondern eine junge Frau. Auf eine bestimmte Weise, dachte er manchmal, waren sie einander ähnlich. Sie waren beide auf sich allein gestellt. Ihre beiden Mütter waren unerreichbar und der Kontakt zu ihren Vätern – aus unterschiedlichen Gründen – verloren. Sie waren eine Art Waisen, und das machte sie biografisch vielleicht zu Geschwistern.

Im Sommer 1989 schickte Zilla Vic in ein gehobenes Wohngebiet im Süden Berlins, Dahlem oder Zehlendorf. Dort hatte jemand auf ihre Anzeige reagiert. Während sonst fast ausschließlich Männer bei ihr anriefen, hatte sie in diesem Fall mit einer Frau telefoniert. Es war von Anfang an klar gewesen, dass Zilla *nie* zu den Verkaufstreffen gehen würde, immer nur Ronny, der sich aber am liebsten in Trödelläden herumtrieb, oder Vic. Obwohl diesmal eine Frau angerufen hatte, wichen sie von dieser Regel nicht ab, und Zilla gab Vic die Adresse.

Es handelte sich um ein älteres, gut renoviertes Einfamilienhaus auf einem großzügigen Grundstück, vor dessen Fassade ein paar alte Essigbäume standen. Ihre Kronen leuchteten in der abendlich tief stehenden Sonne. Vic klingelte am verschlossenen Gartentor, und kurz darauf meldete sich durch die Sprechanlage eine Frauenstimme: «Ja?»

«Hallo», sagte er. «Ich komme wegen der Reaktion auf die Anzeige. Bin ich da bei Ihnen richtig?»

Nach einer kurzen Pause: «Ich habe mit einer Frau telefoniert.»

«Ja, das stimmt. Wenn es Ihnen nicht recht ist, dass *sie* nicht gekommen ist, verstehe ich das. Ich kann auch wieder gehen.»

Nach einer weiteren Pause öffnete sich die Haustür. Die Frau, mit der Vic offenbar gesprochen hatte, betrachtete ihn einen Moment lang.

«Und weswegen kommt sie nicht, sondern Sie?» Beim Sprechen lehnte sie sich seitwärts zur Gegensprechanlage, danach sah sie Vic wieder an.

«Das machen wir grundsätzlich so. Aus demselben Grund, weshalb Sie zögern, mich hereinzulassen. Zu den Treffen gehe immer ich.»

«Wahrscheinlich vernünftig.»

«Soll ich wieder gehen?»

Sie dachte einen Moment darüber nach, dann ertönte der Summer.

«Danke», sagte er und ging an den Bäumen vorbei zum Eingang.

«Kommen Sie herein», sagte sie und schloss hinter ihm die Haustür. Dann ging sie voraus. «Die Filme sind im Wohnzimmer.»

Vic war inzwischen besser darin geworden, das Alter von Frauen zu schätzen. Die Frau vor ihm war ungefähr fünfzig und hatte eine schlanke, sportliche Figur. Sie führte ihn ins Wohnzimmer, in dem ein großes Übereckosofa stand, von dem aus man durch die breite Fensterfront in den Garten sehen konnte. Der Rasen war gemäht und die Buchsbäume in Form geschnitten.

«Tolles Haus», sagte Vic. «Tolle Lage.»

«Wollen Sie etwas trinken?»

«Nein, ich denke nicht.»

«Ich fange um die Zeit immer mit Wein an. Keine gute Angewohnheit. Ist wahrscheinlich zu früh. – Die Filme liegen auf dem Tisch. Schauen Sie sie in Ruhe durch.»

Sie wies auf die andere Seite des Raumes. Dort standen auf einem Glastisch zwei Umzugskartons, in denen Vic ungefähr fünfzig oder sechzig lose hineingeworfene Filme fand, manche in den üblichen Klappboxen mit Titel, Produktionslabel und Szenenabbildungen, einige aber auch nur in Blechdosen mit aufgeklebten, handschriftlichen Etiketten.

«Mein Mann ist Sammler», fügte sie hinzu, während Vic den einen oder anderen Film in die Hand nahm. «Lassen Sie sich Zeit.»

Vic kannte sich mit den verschiedenen Labels inzwischen gut aus. Das Highlight der Sammlung war *Josefine Mutzenbacher – wie sie wirklich war*. Der Film stammte aus einer Zeit, als erotische Filme noch mit einem ähnlichen Aufwand wie Kinoproduktionen hergestellt worden waren, an historischen Originalschauplätzen mit realistischen Kulissen, ausgetüftelter Studiobeleuchtung und sogar ernst zu nehmenden Schauspielern. Anfangs war Vic erstaunt, wie viele spätere Stars eine oder mehrere Runden in der Soft- oder auch Hardcore-Branche gedreht hatten.

Für ihre geschäftlichen Zwecke war *Josefine Mutzenbacher – wie sie wirklich war* keine sehr geeignete Produktion. Ronny würde zu viel herausschneiden müssen. Die Pornos waren im Osten viel zu teuer, als dass sich die Kunden für cineastische Kunstfertigkeit interessiert hätten. Davon gab es in den DEFA-Produktionen genug zu sehen.

Die Frau kam mit einer Flasche Wein und zwei Gläsern aus der Küche zurück. «Darf ich Sie fragen, wofür Sie die Filme suchen?»

«Wofür schon?», sagte Vic.

Das sagte er immer. Er hätte lieber gesagt: «Ansehen möchte ich sie mir nicht, das mache ich nie», aber das hätte nur unnötige Fragen über den eigentlichen Zweck seines Interesses an den Filmen nach sich gezogen. Er öffnete eine der Blechboxen. An ihrer Dicke war zu erkennen, dass es sich um einen 16-mm-Film handelte, was sehr ungewöhnlich war.

«Das ist eine beeindruckende Sammlung», sagte er. «Warum wollen Sie die abgeben?»

«Ich schmeiße alles raus, was meinem Mann gehört.»

«Okay ...», sagte Vic. Es ging ihn nichts an.

«Ist mir egal, was er dazu sagt», fuhr sie fort. «Sie brauchen sich deswegen keine Sorgen zu machen. Wenn Sie mit den Kisten hier raus sind, war's das für Sie. – Nicht doch ein Glas Wein?»

«Ich trinke eigentlich nur Bier.»

«Das ist ein Fehler.»

«Sie trennen sich von ihrem Mann?», fragte er jetzt doch nach.

Sie winkte ab. «Sprechen wir nicht drüber.» Sie schenkte zwei Gläser ein. «Es liegt nicht an den Filmen, also an deren Inhalt, dass ich sie loswerden will, falls Sie das denken.»

Vic legte die 16-mm-Rolle, deren Aufbewahrungsbox nur mit einer Zahl, 1924, gekennzeichnet war, zurück in die Kiste. Er hatte sich einen Überblick verschafft. Ernüchternd, aber wahr: Finanziell am lukrativsten war *Zapfenstreich im Internat.*

«Wenn Sie die wirklich komplett abgeben wollen, nehme ich Sie alle», sagte er.

«Abgemacht», sagte sie und kam mit den Weingläsern zu ihm.

«Wir haben noch nicht über den Preis geredet.»

«Wir werden uns in jedem Fall einig.» Sie reichte ihm das Glas. «Darauf muss man anstoßen.»

Er wollte nicht unhöflich sein und trank ein Glas mit ihr. Aber als sie ihm zehn Minuten danach die Hose von den Hüften streifte, war sein Einvernehmen keine Frage der Höflichkeit mehr.

Als er im Taxi saß und mit den Filmrollen zurück in den Wedding fuhr, dachte er an Eva/Irene. Wie sie, würde er auch Anne nicht wiedersehen. Und er bedauerte das sehr, aber sie wollte es so. Vielleicht änderte sie ihre Meinung, sie konnte ihn ja erreichen. Er sah sie wieder ausgestreckt auf dem großen Sofa im Abendlicht liegen, und die Erinnerung an ihren Anblick erregte ihn immer noch oder schon wieder.

Der Glanz junger Haut, die Makellosigkeit von Brüsten oder eine feste Taille waren nicht alles. War es die Aura sexueller Erfahrung, die sich erst ab einem gewissen Alter einstellen konnte, die ihn so anzog? Er wusste es nicht, aber es war auch nicht von Bedeutung. Wenn es geschah, war nichts mehr von Bedeutung, außer diesen Frauen, Eva/Irene, Anne ...

Vic sah aus dem Taxifenster. Die Sonne war untergegangen und über der Avus wurden erste Sterne sichtbar. Er fühlte sich wohl – vielleicht fühlte er sich *zu* wohl. Vielleicht war es nicht gut, dass die Liebe ihn nie etwas gekostet hatte. Aber warum sollte er sich dagegen wehren? Warum sollte er sich grüblerische Gedanken darüber machen, dass er mit der Liebe immer gewann: die Freiheit, eine Sammlung historischer Pornos ...

«Wir werden uns ein anderes Geschäftsmodell suchen müssen», sagte Zilla in diesem Sommer '89, als noch nicht feststand, ob das Regime in Ostdeutschland die aufkommenden Proteste, die Ausreisewelle über die Prager Botschaft und den Abbau der Sperranlagen zwischen Ungarn und Österreich überstehen würde oder nicht.

Zilla behielt recht. Als am 9. November 1989 die Kontrollen an der DDR-Grenze aufgehoben wurden und in Berlin die Mauer fiel, war es mit dem Schmuggel von Super-8-Pornos in den Osten Deutschlands vorbei. Zu den ersten Läden, in die die neugierigen Ostbürger im Westen strömten, gehörten Erotikmärkte und Sexshops. Und gegen deren Angebot waren Sexfilme und Pornos aus den Siebzigerjahren chancenlos. Zapfenstreich für Super 8.

13
White Wedding

Pater Leo hatte eine Menge Erfahrung im Improvisieren religiöser Zeremonien an ausgefallenen Orten. Er hatte Messen in Sümpfen, Zeltlagern, Luftschutzbunkern und Flugzeughangars gelesen und schlug Niki vor, die Hochzeit in einer Umgebung zu feiern, die sich durch konfessionelle Neutralität auszeichnete, was es leichter machen würde, mehreren religiösen Traditionen gerecht zu werden, wie sie es sich wünschte. Und er hatte auch schon den perfekten Ort dafür ausfindig gemacht.

Von irgendwoher hatte er einen wirklich erstaunlichen Tipp bekommen: Der kleine Biergarten am S-Bahnhof-Gesundbrunnen, der ihm für die Feier hervorragend geeignet zu sein schien, hieß – *White Wedding*! Das Lokal fand sich in keinem Reiseführer – ein Schicksal, das es allerdings mit dem gesamten Bezirk Wedding teilte – und war auch nur wenigen Stammgästen aus der näheren Umgebung bekannt. Denkbar, dass diese sogar verabredet hatten, über die Existenz eines derartigen Juwels der lokalen gastronomischen Szene zu seinem eigenen Schutz für immer Stillschweigen zu bewahren.

Von allein wäre jedenfalls niemand auf die Idee gekommen, eine Oase wie das *White Wedding* in einer Gegend zu vermuten, die auch fünf Jahre nach dem Fall der Mauer noch eine recht authentische Atmosphäre Berliner Nachkriegstristesse verbreitete. Das schmucklose, flache Gebäude lag am Rand eines der größten, nicht gerade für ihren städtebaulichen Charme bekannten Sechzigerjahre-Neubaugebiete der westlichen Stadt. Rückwärtig grenzte es an den S-Bahnhof Gesundbrunnen, der noch aussah wie in den Dreißigerjahren. Weil die S-Bahn in Westberlin nach dem Krieg rechtlich zu Ostberlin gehörte und auch von dort aus betrieben wurde, war fünf

Jahrzehnte lang nicht viel in deren westliche Infrastruktur investiert worden.

Auf der anderen Seite des Wohngebietes markierte das *White Wedding* das Ende der Einkaufsmeile mit zahllosen Billigläden auf der Badstraße, die in der deutschen Version von *Monopoly* die billigste aller Straßen war, für die kaum einer die 1200 Mark, die sie dort kostete, gerne ausgeben mochte, weil man deren Kauf eher als schlechtes Omen empfand.

Umso erstaunlicher der Eindruck, sobald man das *White Wedding* durch seine Schwingtüren betreten hatte! Die Inneneinrichtung ging sogar für den Szenekenner und späteren Trauzeugen Kaspar Tickel als cool durch: Weiß getünchte Wände, dunkler PVC-Noppenboden, Metallrohrstühle mit vielfarbiger Nylonschnurbespannung und zwei gigantische, schwarze Klötze mit Barhockern drum herum – von der jungen, meist weiblichen Bedienung sehr anschaulich Elefantentische genannt.

An den beiden Poolbillardtischen im hinteren Teil des Raumes konnte so inbrünstig über Kugelkonstellationen gegrübelt werden, als wären es neue, schicksalsmächtige Sternbilder. Und auch die Musik passte perfekt zum Ambiente: Alannah Miles sang *Black Velvet*, und Billy Idol – Kaspar bedauerte sehr, dass der wasserstoffblonde MTV-Star nach allem, was man über ihn wusste, nicht schwul war – *Rebel Yell* und, natürlich!, *White Wedding*.

Der eigentliche Clou war allerdings der von einer Mauer gegen die Stadt abgeschirmte Garten hinter dem Flachbau, wo man zwischen Blumentöpfen, Sträuchern in Kübeln und kleinen, aus Löchern im Zementboden wachsenden Bäumen saß und sich an den Wochenenden, nicht selten gegen drei oder vier Uhr nachmittags, das Lachs- und Sektfrühstück «Schicki-Micki» auftischen lassen konnte, neben dem legendären «Eiweißschock» der Renner der bis 18 Uhr gültigen Frühstückskarte, um daran anschließend einen entspannten ersten Cocktail oder Prosecco zu trinken.

Dort saßen Niki und Clemens und besprachen die Gästeliste, die nicht lang werden würde. Niki hatte sich von ihrer mitternächtlichen Post-Muttertelefonat-Krise vor ein paar Tagen wieder erholt und erzählte Clemens davon.

Schließlich sagte er: «Niki, ich weiß, du magst es nicht sonderlich, wenn ich etwas Positives oder auch nur Neutrales über deine Vergangenheit oder deine Eltern sage. Aber ich finde, das klingt für mich nach einer ganz normalen Mutter-Tochter-Beziehung, die mit dem Hippietum deiner Eltern wenig zu tun hat. Was stört dich daran, dass deine Mutter an deinem Leben teilnimmt? Andere würden sich das von ihren Müttern vielleicht wünschen – selbst wenn deine Mutter gelegentlich übers Ziel hinausschießt.»

Niki spielte mit den Fingern seiner rechten Hand, die sie auf ihre Stuhllehne gezogen hatte. Er hatte sehr schöne, gepflegte Hände – Schriftstellerhände, dachte sie.

«Du hast mir noch nichts über deine erzählt», sagte sie.

«Über wen? Über meine Mutter?»

«So richtig, meine ich. Immer wenn ich dich auf deine Eltern anspreche, bist du ziemlich verschlossen. Finde ich jedenfalls. Sie leben in Hamburg, sie sind Juristen – aber das war's dann auch schon.»

Clemens wischte mit der linken Hand durch die Luft. «Wir müssen sie nicht einladen. Wenn deine nicht kommen.»

«Kommt nicht infrage! Und endgültig entschieden ist das bei meinen Eltern auch noch nicht.»

Sie analysierte seine Handlinien. Ihre Mutter hatte ihr das Handlesen zu einer Zeit beigebracht, als Niki noch bereit gewesen war, sich von ihr etwas beibringen zu lassen. Und sie konnte es sich trotz ihres komplizierten Verhältnisses – Niki fand es jedenfalls kompliziert – zu Susanne nicht abgewöhnen. Es war ein Wahrnehmungsreflex, sobald sie eine Hand sah. Sie musste sich nicht einmal darauf konzentrieren: Lebenslinie, Schicksalslinie, Venusring …

«Ach, ich weiß auch nicht», sagte Clemens und blinzelte in die Sonne, die in einem schwülen, milchigen Himmel über dem Flachdach des *White Wedding* zu zerlaufen schien. Für den Abend waren Sommergewitter angesagt. «Vermutlich sind es einfach nur ganz gewöhnliche Eltern.»

«Und das heißt?»

«Wohlstandsfixiert und geschieden. Zum Beispiel.»

Niki konnte seinen Gesichtsausdruck nicht deuten. In seinen Zügen mischten sich verschiedene Gefühle, skeptische, neutrale, das Bedürfnis nach Abgrenzung, eine Spur Unbehagen ... Seine Hand war einfacher zu lesen als seine Mimik. Er hatte eine schöne, lange Sonnenlinie, die bei vielen Händen gar nicht ausgeprägt war und darauf hindeutete, dass er eine positive Anziehungskraft auf Mitmenschen ausübte, dass er jemand war, den man mochte und in dessen Aura man sich wohlfühlte.

«Und weiter?»

Er heftete seinen Blick auf die Reste des Frühstücks. «Wie gesagt, sie sind beide Juristen. Im Gegensatz zu meinem Vater hat meine Mutter sogar promoviert – und dann wurde sie schwanger. Sie ist nach meiner Geburt zu Hause geblieben, obwohl sie rein nominell die bessere Juristin war. Wenn meine Eltern begrüßt wurden, ich meine, in den Sechzigerjahren, als Titel noch von Bedeutung waren, wurde meine Mutter von allen Bekannten und Honoratioren immer mit ‹Frau Doktor› angesprochen, daran erinnere ich mich noch. Aber natürlich dachten alle, mein *Vater* wäre der Promovierte und sie als seine Frau eben ‹Frau Doktor›. Aber es war andersrum, was nur keiner wusste oder bereit war, sich einzuprägen. Mein Vater war nur der namentliche ‹Herr Doktor›, der sich mit ihrem Titel schmückte. Ich glaube, das muss sie geärgert haben, aber sie konnte ja nicht jedes Mal sagen: ‹Entschuldigung, das ist *mein* Titel!›»

«Gut, dann weiß ich schon mal, was auf mich zukommt», sagte Niki und lächelte.

Er brauchte einen Moment, um die Bemerkung zu verstehen. «So habe ich das noch gar nicht gesehen, Frau *Doktor* Lamont.»

«Aber deswegen haben sie sich nicht scheiden lassen?»

«Nein, natürlich nicht. Mein Vater hatte eine – oder vielleicht auch mehrere Affären. So genau weiß ich das nicht. Schließlich hat meine Mutter die Scheidung eingereicht – aber erst nach der Reform des Scheidungsrechts in den Siebzigern, die hat sie abgewartet, in dieser Hinsicht kannte sie sich aus.»

«Dann hast du *Die Erfindung des Paradieses* für sie geschrieben? Die Frau, deren Fähigkeiten in dieser Welt nicht zum Zuge kommen?»

Sie kannte das Buch im Moment womöglich besser als er, weil sie es erst vor Kurzem gelesen hatte. Es drängte sie, mit ihm darüber zu reden. Er sollte sehen, wie intensiv sie sich mit seinem Roman, und das hieß ja: mit ihm, beschäftigte. Wie sehr sie ihn kennenlernen wollte! Sie hatte versucht, durch das Buch als Pforte in seine Gedanken einzudringen. Waren Werk und Autor denn nicht irgendwie eins?

«Mit meiner Mutter hat der Roman nichts zu tun», sagte er knapp.

Aus Gefälligkeit, so erzählte er, half seine Mutter – sie hieß Elisabeth, aber alle nannten sie Lis – nach der Scheidung dem Sohn einer Freundin, der Jura studierte und unter einer hartnäckigen Examensphobie litt, bei der Prüfungsvorbereitung. Sie entwickelte aus dem Stegreif eine «Methode», wie man strategisch an eine mehrstündige Klausur heranging, ohne bei der erstbesten Wissenslücke gleich eine Panikattacke zu bekommen. Und wie auch immer sie es anstellte – ihr Schützling bestand, was eine Reihe von Ereignissen nach sich ziehen sollte. Kaum hatte Lis' erster Student sein Staatsexamen in der Tasche, standen auch schon zwei oder drei weitere Kandidaten bei ihr auf der Matte. Sie hatten mit ganz ähnlichen Unter-Druck-nicht-lernen-können-Störungen zu kämpfen, und auch bei ihnen sollte sich Lis' «Methode» bewähren. Die Sache sprach sich herum und entwickelte alsbald eine Eigendynamik. Es kam zu einem kontinuierlichen Strom von Hilfeanfragen überforderter Studenten, und als ihre, von ihr noch gar nicht als solche betrachtete, *Kundschaft* irgendwann auch im Allerentferntesten nichts mehr mit Verwandten irgendeines abstrakt hohen Grades oder mit Bekannten von Bekannten oder Freunden von Freunden von Freunden zu tun hatte, dämmerte Lis, dass ihre Dienste eine Einkommensquelle sein könnten.

Sie begann, Geld für ihre Examenskurse zu nehmen, woraufhin die Nachfrage einen weiteren Sprung nach oben machte. Der Bedarf war immens, und schließlich wurde Lis bewusst, dass Jura noch nicht einmal der springende Punkt dabei war. Es war unerheblich, ob man in Jura oder Chemie oder bei der Führerscheinprüfung mit einer Blackout-Panik zu kämpfen hatte, weil das Grundproblem immer das Gleiche war: die Unfähigkeit, an sich selbst zu glauben und innere Blockaden zu überwinden. An der Stelle musste man den Beratungshebel ansetzen: Du kannst alles erreichen, was du möchtest, du musst es nur wollen! Sie stellte zwei Psychologen ein, gründete ein Institut, und bewies einen für die damalige Zeit sehr guten Marketingriecher, als sie ihrem Institut einen englischen Namen gab: *StudentsCare*.

«Jeder hat sofort verstanden, worum es ging», sagte Clemens. «Ihre Kunden wollten kein vages Seelenwischiwaschi, sondern handfestes Verhaltenstraining und klare Problembewältigungsstrategien. Meine Mutter beziehungsweise *StudentsCare* waren die Einzigen, die das damals anboten. Und damit hat sie ins Schwarze getroffen.»

Clemens nannte es die konservative Restauration. Auf einmal spielten Begriffe wie Leistung, Aufstieg und Karriere wieder eine Rolle, über die er sich als Jugendlicher in den Siebzigern – wie alle seine Freunde auch – überhaupt keine Gedanken gemacht hatte. Sie hatten immer nach dem gesucht, was in ihnen war und was nach außen drängte und dort in eine Form gebracht werden musste, die dann ihr Leben sein würde. Es war ja überall zu sehen, dass das Streben nach maximalem Gewinn, nach Geld und gesellschaftlicher Anerkennung eine Ideologie der Zerstörung war, die komplett ignorierte, was doch schon seit Langem bekannt war: *Die Grenzen des Wachstums*. Das Leben, so hatte er es immer gesehen, war eine große Fahrt, die ihn wie von selbst dorthin führen würde, wo er hingehörte – er musste es nur zulassen. Man musste auf sich selbst hören, in jedem schlummerte eine ganz eigene Wahrheit. Daran hatte er immer geglaubt, und daran glaubte er immer noch. Doch dann, als sie alle anfingen, ihr Leben zu gestalten, interessierten sich um sie herum immer weniger dafür. Auf einmal ging es wieder um Prüfungen, Examen, Wohlstand, *den Aufschwung* – alles wie gehabt. Darüber konnte Clemens sich wirklich aufregen, und das bis heute: Solange es ihm möglich sei, werde er sich weigern, in einem System zu funktionieren, auf das man nicht den geringsten Einfluss habe und das sowohl Menschen als auch Umwelt unweigerlich ruiniere.

Niki wunderte sich, wenn er über «den Zwang zum Erfolg» sprach. Es war, als würde damit eine Wunde in ihm gereizt oder aufgerissen, ja er schien selbst mit dieser Wunde zu spielen so wie mit Schorf, an dem man immer wieder zupft, juckt und kratzt, und alles, was man damit erreichte, war, dass die Wunde erneut aufriss. Sie verstand es nicht, sie verstand ihn nicht. Er hatte doch etwas erreicht. Er hatte etwas geleistet. Er hatte einen erfolgreichen Roman geschrieben und arbeitete am nächsten. Wo lag das Problem? Worunter litt er?

«Wenn ich den Hochglanzprospekt des Instituts meiner Mutter durchblättere, wird mir ganz anders», sagte er. «Sie wirbt ungeschminkt damit, ihre Kunden fit zu machen fürs Karriererennen! Letztlich, das ist ihre Botschaft, müssen *alle* Menschen psychologisch trainiert werden! Als würde es darauf hinauslaufen, jeden permanent anzupassen, fortzubilden und zu examinieren. Das Leben als eine beständige Aneinanderreihung von Herausforderungen, wie sie es nennt, die aber eigentlich nichts anderes sind als Prüfungen. Entweder du bestehst, oder du kannst einpacken – das ist es, was sie ihren Kunden suggeriert. Und die gnadenloseste Instanz, vor der man bestehen muss, sind nicht etwa die andern, sondern die musst du selbst sein! Du kannst alles schaffen, wenn du es willst – und wenn du es nicht schaffst, dann willst du es eben noch nicht richtig. Wahrscheinlich macht sie inzwischen mehr Geld als mein Vater mit seiner Kanzlei.»

Niki betrachtete noch einmal seine Handfläche. Die Schicksalslinie war lang und kräftig und deutete auf ein eher geradliniges Leben ohne biografische Brüche hin. Allenfalls ein paar Ausfransungen am oberen Linienende unterhalb des Mittelfingerballens hätte man als Uneindeutigkeiten interpretieren können, aber eigentlich waren solche Ausfransungen, jedenfalls bei der Kopflinie, ein Zeichen für Freiheit, Fantasie und Kreativität, was auf Clemens ja zutraf. Nur wenige, abweichende Handleseschulen wollten darin ein Zeichen von Sprunghaftigkeit, Unzuverlässigkeit oder Wankelmut sehen. Seine momentane Unzufriedenheit konnte Niki aus dem Muster der Linien aber nicht herauslesen – an dieser Stelle versagte Susannes Know-how.

«Und?», fragte er. «Was kommt auf mich zu?»

Sie gab seine Hand frei. «Ein langes, erfülltes Leben.»

«Klingt ein bisschen langweilig.» Er machte eine Pause. «Ach ja, etwas solltest du über meine Eltern noch wissen, wenn du sie wirklich einladen willst.»

«Und das wäre?»

«Sie sind wieder verheiratet.»

«Gut, dann laden wir sie mit ihren jeweiligen Partnern ein.»

Er schüttelte den Kopf. «Sie sind wieder *miteinander* verheiratet.»

«Oh.»

«Vor drei Jahren haben sie verkündet, dass sie es noch einmal miteinander versuchen wollen.»

«Aber das ist doch romantisch!»

In dieser Zeit vor der Hochzeit sah Niki im Krankenhaus gelegentlich nach dem Komapatienten, der vor ein paar Wochen eingeliefert worden war. Vom Pflegepersonal erfuhr sie, dass seine Tochter hin und wieder bei ihm war, sich aber noch nicht dazu geäußert hatte, was geschehen sollte, falls sich sein Zustand im Wachkoma verfestigen würde.

Doktor Lothar hatte recht behalten. Herbert Sellens Symptome entwickelten sich allmählich in Richtung eines Wachkomas oder, wie er sich medizinisch korrekt ausdrückte: «eines persistierenden vegetativen Zustands mit möglicherweise minimalem Bewusstsein.» Er atmete wieder selbstständig, und wenn man ihn ansprach, schien in seinen zeitweise geöffneten Augen manchmal eine Reaktion ablesbar zu sein, eine kaum merkliche Bewegung des Augapfels in Richtung des Sprechers.

«Es ist nicht mehr als ein Reflex, auf nahe Geräusche zu reagieren, und keine bewusst erfolgende Hinwendung», sagte Doktor Lothar zu Niki. «Solche rein vegetativen Reaktionen kommen bei Wachkomapatienten häufig vor und werden von vielen Angehörigen als Beweis für die nach wie vor intakte seelische Existenz ihres Ehepartners, Kindes oder Elternteils gewertet. Tatsache ist aber, dass mimische Reaktionen wie gelegentliches Grimassieren oder sogar Lächeln in den meisten Fällen unwillkürlich sind, eine Art Echo von im Gehirn abgespeicherten Kontraktionsmustern der Gesichtsmuskulatur und nicht etwa ein Indiz für Bewusstsein.»

Viele Möglichkeiten, Herbert zu betreuen, gab es nicht. Da der Patient selbstständig atmete, konnte man ihn, sobald er hinreichend stabil wäre, in ein Pflegeheim verlegen. Oder die Angehörigen – niemand wusste, ob es außer der Tochter noch welche gab – konnten ihn auch zu Hause pflegen, was aber ein verantwortungsbewusstes familiäres Umfeld voraussetzte.

Einmal begegnete Niki Herberts Tochter am Bett ihres Vaters. Es war eigenartig, aber Niki gestand sich schließlich ein, dass die Möglichkeit, Herbert Sellens Tochter zu sehen, vielleicht auch ein Grund dafür war, zu ihm zu gehen. Doktor Lothar hatte ihr dringend abgeraten, sich weiter mit Herbert zu beschäftigen – sie solle ihn ausschließlich den Neurologen überlassen.

Woran es lag, dass Niki sich von Herbert Sellens Tochter angezogen fühlte, wusste sie nicht. Angezogen traf es vielleicht auch nicht richtig. Es war, als bestünde eine unsichtbare Verbindung zwischen ihnen, die Niki sich nicht erklären konnte. Und auch ihr Gefühl, Ljubina Sellen schon einmal gesehen zu haben, legte sich nie ganz. Und eines Tages löste sich das Rätsel.

«Ich glaube, wir sind uns schon mal begegnet», sagte Ljubina, als Niki wieder einmal in der Tür erschien. Sie saß neben dem Bett ihres Vaters und las in einer etwa hundertseitigen, zwischen blassrote Pappdeckel gehefteten DIN-A4-Mappe.

«Ja, sonderbar», sagte Niki, «ich denke auch manchmal darüber nach, komme aber nicht weiter.»

«Ich war vor ein paar Jahren mal hier in der Notaufnahme.»

«Ach ja?»

«Kurz nach dem Mauerfall», sagte sie. «Deswegen weiß ich das noch so genau.»

Sie klappte die Mappe zusammen und legte sie auf die Ablage des Patientenwagens. Dabei fiel Nikis Blick auf ihre Hände. Die Fingernägel waren in verschiedenen Farben lackiert und die Handrücken bemalt – oder bemalt gewesen. Im ersten Moment dachte Niki an Tätowierungen, weil eine ornamentale Musterung zu erkennen war, aber es waren keine. Außerdem wären ihr Tätowierungen auf den Handrücken sicher schon früher aufgefallen. Es war ein paarmal über die blaugrüne Farbe der Muster gewischt worden, aber nicht sehr gründlich, sodass die ursprüngliche Zeichnung lediglich etwas verblasst war.

«Ich habe kurz nach dem Mauerfall hier angefangen. Es könnte also vielleicht sein, dass Sie mich damals gesehen haben.»

«Ich bin mir ziemlich sicher, dass Sie das waren», sagte Ljubina. «Ich war nicht wegen mir hier, sondern mit 'nem Bekannten.»

Bei den rankenartigen Motiven auf ihren Handrücken musste Niki an die Mehndis denken, die Ayla ihr für die Hochzeit vorgeschlagen hatte.

«Wir hatten unglaublich viel zu tun», sagte Niki. «In der Notaufnahme ging es damals zu wie in einem Taubenschlag. An Details kann ich mich sicher nicht mehr erinnern.»

«Also mein Bekannter», sagte sie, «der hatte was ziemlich Komisches. Ich meine, jetzt kann ich ja offen darüber reden, denke ich, oder verstößt das gegen irgend 'ne Schweigeregel? Also er hatte … wie soll man das denn nennen? … er hatte 'nen Dauerständer oder so. Da gibt's auch irgendein Fremdwort für, das ich mir aber nicht gemerkt habe.»

«Sie meinen eine dauerhafte Erektion?»

«Genau. Das muss ziemlich schmerzhaft sein. Er hat kaum die Hose zugekriegt. Ich hab versucht, Ihnen das ganz dezent zu übermitteln, musste ja nicht jeder im Wartesaal mitbekommen, was los war. Aber das war wohl nicht so Ihr Gebiet, und Sie haben uns schnell weitergeleitet. Ich wusste ja nicht, dass Sie noch ganz neu hier waren.»

Und nun erinnerte sich Niki wieder. Es war in jener Nacht passiert, in der Clemens in die Notaufnahme gekommen war. Jetzt wusste sie, warum es sie immer wieder gedrängt hatte, Herbert Sellens Tochter zu sehen. Ihr Gedächtnis hatte sie als Teil jener für sie so bedeutsamen Nacht abgespeichert.

«Wie gesagt, das ist alles lange her», nickte sie.

«Na klar. Und die haben das hier ja auch hingekriegt.»

«Dann geht es Ihrem Freund wieder gut?» Die Nachfrage rutschte Niki so raus. Aber vielleicht war ja doch auch ein wenig Neugier dabei.

«Also, das war eigentlich nicht mein Freund», sagte Ljubina. «Das war mehr, wie soll ich das sagen, ein Zufall, na ja, so weit so was Zufall sein kann, dass das bei mir passiert ist.»

Niki schüttelte den Kopf. «Entschuldigung. Das geht mich ja auch rein gar nichts an.»

Ljubina winkte ab, wobei ihr Ärmel ein wenig hochrutschte und erkennen ließ, dass offenbar auch ihr Arm bemalt war – so wie sich ja auch Mehndis bis hinauf zur Schulter erstrecken konnten, dachte Niki. Sie hatte sich in dem Punkt noch nicht festgelegt.

Ljubina sagte: «Aber wissen Sie, was mir gerade durch den Kopf geht? Dass es vielleicht nicht gut ist, wenn wir uns hier über so 'ne Episode unterhalten.» Mit einem kurzen Blick auf ihren Vater fügte sie hinzu. «Meinten Sie nicht neulich, er könnte hören?»

«Ich weiß es nicht. Ich befürchte, eher nicht. Seine Prognose ist nicht besonders gut.»

«Ja, hat man mir schon gesagt. Aber unterschätzen Sie ihn nicht. Er war wirklich schon ein paar Mal ganz unten, wenn auch hauptsächlich psychisch, aber dann hat er sich auf wundersame Weise wieder berappelt und konnte 'ne Zeit lang recht normal sein. Vielleicht kriegt er das auch jetzt wieder hin.»

«Das wünsche ich ihm sehr», sagte Niki. «Ich muss leider weiter.»

«Na klar.» Ljubina nickte und griff wieder nach ihrer Mappe. «Schön, dass Sie da waren. Ich freu mich immer, wenn Sie kommen.»

Die Wahrscheinlichkeit, dass in Herberts Gehirn noch ein Rest von Bewusstsein existierte, war medizinisch sehr gering. Niki sprach auch mit Pater Leo darüber, der sich in diesem Sommer regelmäßig in der Stadt aufhielt, weil der Militärbischof statutengemäß seine Kurie am Sitz der Bundesregierung hatte. Wegen des geplanten Regierungsumzugs von Bonn nach Berlin war es daher notwendig, auch den Dienstsitz des Katholischen Militärbischofsamts in die Hauptstadt zu verlegen. Dafür wurde eine geeignete Immobilie gesucht, und Pater Leo war zweiter Vorsitzender der Findungskommission.

«Es könnte doch sein», überlegte er, «dass sich das Bewusstsein solcher Patienten vom Körper gelöst hat. Oder sagen wir, die Verbindung ist sehr schwach, und alles, was wir auf dieser Seite der Realität registrieren, ist das, was Sie vegetative Signale nennen.»

«Manche Patienten liegen Jahre, in einigen Fällen auch Jahrzehnte so da, ohne wirklich zu leben oder zu sterben», sagte Niki.

«Woher wollen Sie wissen, ob für diese Patienten dabei Jahre oder Jahrzehnte vergehen? Was weiß die Medizin über das Zeitempfinden in so einem Zustand?»

«Nichts», gab Niki zu.

«Vielleicht vergehen für diese Menschen nur Sekunden.»

«Tausend Jahre sind wie ein Tag», nickte sie. «Aber was, wenn es umgekehrt ist? Die Patienten liegen nur da, sie können nichts tun, und vielleicht erscheint ihnen ein Tag wie tausend Jahre.»

Susanne, dachte Niki nach diesem Gespräch, würde für die Komapatienten Steinkreise legen oder Räucherstäbchen entzünden, wenn das in der Neurologie gestattet gewesen wäre. Und wahrscheinlich würde sie versuchen, Niki, der Ärztin – oder in ihrer Wahrnehmung: der Schulmedizinerin, denn als Ärztin oder, präziser noch, Heilkundige betrachtete sie sich auch – jene Weisheiten näherzubringen, die sie aus verschiedenen geheimen oder jedenfalls von der Wissenschaft ignorierten Büchern und Schriften hatte, wie dem Bardo Thödöl oder dem ägyptischen Totenbuch, das die Wanderungen der Seele im rein geistigen, vom Körper losgelösten Zustand des «Ba» beschrieb, wie Susanne ihr einmal erklärt hatte. Niki verscheuchte den Gedanken. Sie wollte nicht schon wieder an ihre Mutter denken.

Gegen halb elf begab sie sich auf den Heimweg. Sie verließ das Krankenhaus und trat hinaus in den nächtlichen Regen. Die vielen glitzernden Lichtreflexionen auf Fenstern, Pfützen und Karosserien verwandelten die Stadt in einen dunklen, zerborstenen Spiegel.

Vorbei an ein paar noch geöffneten türkischen Nachtverkäufen ging Niki zum U-Bahnhof Nauener Platz. Wenn es spät geworden war, fuhr sie nicht nach Friedenau zu Clemens, sondern in ihre so viel näher gelegene Atelierwohnung. Sie schloss die Tür auf, froh, dass es kein Hindernis mehr zwischen ihr und ihrem Bett gab. Aber als sie in die Küche lugte, um Gute Nacht zu sagen, war Kaspar glänzender Laune. Er schwenkte voller Begeisterung eine Audiokassette durch die Luft.

«Das musst du dir anhören!»

«Jetzt gleich?»

Er ließ das Kassettenfach des wuchtigen Radiorekorders neben dem Kühlschrank aufspringen. «Hast du bei deinen Hochzeitsplanungen schon an die Musik gedacht?»

Sie beschloss, noch einen Tee zu trinken, und setzte Wasser auf. «Ich sage dir gleich: Wave, Grunge oder jetzt dieser Horrorpunk und wie der ganze Untergrundkram heißt, der gelegentlich aus dem Atelier dröhnt, wenn du einen kreativen Schub hast und ich wegen einer Frühschicht dringend schlafen muss – das kannst du vergessen. Und Wagner kommt auch nicht infrage.»

«Und was ist mit dem Hochzeitsmarsch?»

Er schob die Kassette ins Fach und startete sie. Aus den schwarzen Boxen mit den großen, wummernden Bass- und den kleinen, klirrenden Hochtönern schallte ein Instrumentenmix in den Raum, den Niki nicht sofort identifizieren konnte. Wagner war es nicht, das hätte sie inzwischen erkannt. Sie brauchte eine Weile, um neben einem hochgestimmten, näselnden Akkordeon ein tiefes Blasinstrument auszumachen, möglicherweise ein Saxofon, sowie eine bunte Mischung verschiedenster Perkussionsgeräte.

Nach einer rasanten, zweitaktigen, gewehrsalvenartigen tatatatatatatatatatatatatatata-Intro des Akkordeons intonierte das Saxofon eine rudimentäre Drei-Töne-Melodie, die sich nach einer Wiederholung ein wenig hinauf- und wieder herunterschraubte, um sodann in zwei kurze Sprechgesang-Statements einer Frauenstimme zu münden: «Ich fühl mich gut!» – «Ich steh auf Berlin!» Danach ratterte die tatatata-Intro wieder los.

Hätte Niki die späten Siebzigerjahre nicht im mexikanischen

Hochland verbracht, sondern in Deutschland, wären ihr die gruftige Garagenmusik und der Selfmadepunk der «Neuen Deutschen Welle», mit der Kaspar musikalisch groß geworden war, wohl kaum unbekannt geblieben.

So aber entging ihr der Witz, der darin lag, den NDW-*Ideal*-Klassiker *Berlin*, der für Kaspar haarscharf auf der Grenze zwischen gerade-noch-gruftig und schon-zu-kommerziell angesiedelt war, mit einer unplugged Akkordeon-Saxofon-Tambourine-Instrumentierung zu covern. Die Nummer verfiel in der Mitte in ein dadaistisch, mindestens vier- oder sogar achttaktiges Berlin-Berlin-Berlin-Berlin-Berlin ...-Gestammel.

«Und?», sagte Kaspar.

«Ja ... nett ... Was ist das?»

Die Band, ein Trio, das sich stilistisch zwischen Folklore, Jazz und gelegentlich eben auch Pop bewegte, nannte sich die *Trionauten* und war der zurzeit heißeste Tipp der lokalen Musikszene, behauptete Kaspar. Alles Elektronische wäre wieder out, sagte er, seit der Technorummel zum reinen Kommerzspektakel verkommen sei, bei dem Zehntausende Raver wie seelenlose, zombifizierte Marionetten hinter riesigen DJ-Trucks hinterher wippten, trippelten und tänzelten.

Bei den *Trionauten* hingegen war alles Seele, alles Musik, und sie waren sich auch nicht zu schade, zu allen denkbaren Anlässen wie beispielsweise – womit Kaspar zum entscheidenden Punkt seiner Ausführungen kam – Hochzeiten zu spielen, ganz im Gegenteil! Die Tradition des Musikmachens im privaten Rahmen vor einem ganz realen Publikum war ihnen laut Kaspar ein musikalisches Herzensanliegen!

Kaspar hatte den Akkordeonisten und Bandleader der *Trionauten*, Roman O., vor Kurzem bei einer Open-Air-Vernissage von Kunst im Wald kennengelernt. Dabei hatte ihm Roman erzählt, dass es den Standesämtern seit der Novellierung irgendeiner Hochzeitsverordnung vor ein paar Jahren möglich sei, Hochzeiten auch an ungewöhnlichen Orten wie Raubtiergehegen von Zoos, den Spitzen von Leuchttürmen oder in Flugzeugen durchzuführen. Das hatte zu einem Boom von Freiluft-Trauungen und Abenteuer-Hochzeiten geführt. Die *Trionauten* wiederum hatten schon Platten in Baumkronen und Badewannen produziert, und das schien ihnen gut mit dem neuen Hochzeitstrend zusammenzupassen.

In der unter hochzeitswilligen Paaren sehr beliebten *WeddingWorld* warben sie für sich mit dem Slogan: «Nur auf dem Mond hätten wir ein Problem», der sich allerdings als etwas *zu* hintersinnig herausstellen sollte, weil niemand sogleich auf die Idee kam, dass akustische Instrumente im luftleeren Raum keinen Ton von sich geben konnten.

Die Sache kam dennoch ins Rollen, erzählte Roman Kasper, und sollte den *Nauten*, wie sie von ihren Fans genannt wurden, ein paar legendäre Hochzeitsgigs bescheren, über die sogar in der *WeddingWorld* mehrfach berichtet wurde, wie beispielsweise eine Achterbahntrauung auf dem nagelneuen *Skyrider* des Reinickendorfer Frühlingsrummels, bei dem die fünf aufeinanderfolgenden Loopings eine einzigartige, durch den physikalischen Dopplereffekt hervorgerufene Tonhöhenschwankung bei dem berühmten Eingangsmotiv von Wagners Hochzeitsmarsch bewirkten, dessen punktierten Rhythmus die *Nauten* perfekt mit den fünf Überschlägen des *Skyriders* zu synchronisieren wussten, während der Standesbeamte in seiner Rede betonte, dass es keine bessere Versinnbildlichung des Auf und Abs einer Ehe gebe als die Fahrt auf einer Achterbahn, was die im rasenden Wagen versammelte Hochzeitsgesellschaft augenblicklich zu Tränen rührte, die der Fahrtwind sogleich mit sich fortriss.

Und dann war da noch jene nicht minder spektakuläre Fallschirmhochzeit im vergangenen Sommer gewesen, die nur deshalb eine Genehmigung erhalten hatte, weil der Standesbeamte – selbst fallschirmbegeistert und sprungsüchtig – Mitglied im gleichen Fallschirmclub, *Skyway-to-Hell e.V.,* wie das Brautpaar war. Der enorme

Flugwind beim Sprung – die *Nauten* bekamen tandemsprungerfahrene Partner zugeteilt – veranlasste Roman O. statt seines zierlichen Damenakkordeons mit Registertasten aus Perlmutt eine Melodica zum Einsatz zu bringen. Diese brauchte er beim Trauungssprung nicht mal zu blasen, sondern mit dem Mundstück lediglich im richtigen Anstellwinkel in den Flugwind zu halten, um über einen mit der Kraft des eigenen Atems unmöglich zu erzielenden Dynamikumfang für Astor Piazzollas *Libertango* zu verfügen. Nach dem gegen den Wind herausgepressten Ja-Wort legte das Brautpaar dazu den lange einstudierten «Hochzeitstanz» aufs «Wolkenparkett» – eine Tango-Freifall-Nummer, die in der anschließenden Herbstausgabe des Fachmagazins *Tangodanza* als erster schwereloser Tango Argentino der Welt gefeiert werden sollte.

«Ich plane aber weder eine Achterbahn- noch eine Fallschirmhochzeit», sagte Niki.

Kaspar nickte. «Natürlich nicht. Aber die *Nauten* solltest du trotzdem engagieren.»

«Na gut», sagte Niki. «Engagiere sie.»

«Du wirst sehen, sie werden dich nicht enttäuschen.»

Niki starrte ins Leere. Ihr Blick fiel auf die offenen Regale, die Teedosen, die Tassen und Trinkschalen, die aufgestapelten Gewürzdöschen und -tütchen, von denen einige vermutlich abgelaufen waren, und auf den Kühlschrank mit den angeklebten Info-Zettelchen, Notizen und kleinen Aktskizzen.

Vielleicht, dachte sie, gab es so etwas wie eine vorhochzeitliche Depression, ein unterschwelliges Erschrecken vor der Veränderung, verbunden mit der Sehnsucht nach einer Konstanz des Lebens in einem Zustand zufriedener Wunschlosigkeit – so ungefähr. Wozu Zukunft, wenn diese einen mit ihren Forderungen doch nur unterwarf? Es war immer das Gleiche: Wenn man sich schwach fühlte, fragte man sich, warum einem das Hier und Jetzt eigentlich nicht genügte? Niki hatte keine Antwort auf diese Frage.

Von Zeit zu Zeit flehte Kaspar sie an, sie malen zu dürfen – nackt selbstverständlich. Der weibliche Körper interessierte ihn als Künstler nicht weniger als der männliche. Seine Aktbilder waren oft fragmentarisch und voller grotesker Verschiebungen, Überzeichnungen und Verzerrungen. Wozu er ihren Körper denn als Vorlage brauche, hatte Niki ihn jedes Mal gefragt, wenn von ihm am Ende doch nichts an Ort und Stelle bleibe? Kaspar empfahl ihr, es genau andersherum zu sehen: Wenn sie am Ende nicht zu erkennen sei, könne sie ihm doch bedenkenlos Modell sitzen. Niki hatte ihm nie Hoffnungen gemacht, dass es jemals dazu kommen würde. Aber vielleicht sollte sie es einfach tun? Vielleicht sollte sie endlich einmal etwas tun, was niemand von ihr erwartet hätte. Nicht einmal sie selbst.

Ein paar Wochen später, zwei Tage vor der Hochzeit, ließ Niki ihren Körper mit Henna bemalen. Vielleicht war es eine Nachwirkung jener Nacht ihrer vorhochzeitlichen Sinnkrise und des Wunsches, etwas Unerwartetes zu tun, dass sie sich dabei für die umfangreiche Variante entschied, die Schultern und Schenkel mit einschloss. Die Sitzung dauerte lange, und die zarten Bewegungen des Pinsels auf ihrer Haut kitzelten. Ayla arbeitete konzentriert und war ihr dabei so nah, dass Niki ihren süßlichen Duft riechen konnte. Es war ein bisschen erregend, gestand Niki sich ein.

Ayla schlug ihr vor, neben der Bemalung von Armen und Beinen noch ein kleines «Überraschungsmehndi» für den Bräutigam an einer «intimeren Stelle» anzubringen, wobei sie die Auswahl ganz Niki überließ, jedoch nicht ohne darauf hinzuweisen, dass die beliebtesten Stellen dafür eine Brust, meistens die linke über dem Herzen, oder das Dreieck über der im Islam traditionell rasierten Scham oder aber eine der Pobacken oder auch beide waren. Ayla riet Niki sehr zu einem solchen Mehndi, das nämlich, wie sie von vielen ihrer Kundinnen gehört haben wollte, nicht nur den Eifer des Bräutigams in der Hochzeitsnacht sehr anfache, sondern auch seine Fähigkeiten.

Niki dachte darüber nach. Clemens war der zweite Mann in ihrem

Leben, sie verfügte also nicht über reiche sexuelle Erfahrung. Wenn sie miteinander schliefen, glaubte sie bei ihm eine gewisse Routine zu spüren, die er mit anderen Frauen erworben hatte. Er musste, so empfand sie es, an ihr nichts lernen, und er musste sich an ihr nichts beweisen. Seit ihrer ersten Begegnung in der Notaufnahme wusste sie, dass er untreu war. Sie wollte von seinen Frauengeschichten vor ihrer Zeit nichts hören, aber sie wollte ihn so, wie er war, und das hieß, mit diesen Geschichten. Sie wollte einen Mann, der sie nicht betrügen musste, weil er womöglich das Gefühl hatte, noch zu kurz gekommen zu sein. Es war ihr lieber, dass er viele Frauen gehabt hatte anstatt keine. Was sprach dagegen, dass sie es so sah, dass Frauen es so sahen?

Er behandelte sie im Bett nicht eigennützig, er benutzte sie nicht. Sie hätte ihm mehr zugestanden. Sie wusste, dass sie bereit gewesen wäre, bis zu einem bestimmten Punkt, den sie noch nicht kannte, das einwilligende Objekt seiner Dominanz zu sein. Aber sie hatte mit ihm einen Mann gewählt, der keinen Gebrauch davon machte.

«Ich bin mit dem Eifer und den Fähigkeiten meines Bräutigams sehr zufrieden», sagte sie zu Ayla.

Als Niki zwei Tage danach – sie hatte sich an alle Regeln gehalten und sich die getrocknete Hennapaste trotz des starken Juckreizes nicht von der Haut gekratzt – morgens aus dem Fenster sah, hatte sich die Hoffnung auf spätherbstlich schönes Wetter am Tag der Hochzeit erfüllt.

Pater Leo begann am Vormittag damit, den Biergarten für die Erfordernisse der Trauungszeremonie herrichten zu lassen. Die Bank für das Hochzeitspaar platzierte er auf einem roten Teppich ganz in der Nähe des großen Grills. Das *White Wedding* war für seine perfekt auf den Punkt gegarten Rosmarin-Lammkoteletts mit Folienkartoffeln für unter zehn D-Mark berühmt.

Der Grill würde auch für das *Parikrama* benötigt, das siebenmalige Umschreiten eines Feuers zu Ehren des Feuergottes Agni.

Pater Leo interpretierte Agni als eine Erscheinungsweise des Heiligen Geistes, wie er sich Moses in Form des brennenden Dornbuschs offenbart hatte, sodass er zwischen dem *Parikrama* und den vielen christlichen Lichtritualen wie Osterkerzen oder Mariä Lichtmess keinen fundamentalen Widerspruch erkennen konnte.

Mit knapp dreißig Gästen war die Hochzeitsgesellschaft nicht groß. Aus Lourdes hatte Niki Bernarda und die krampfende Katharina, oder die *einstmals* krampfende Katharina, eingeladen, der es inzwischen wieder gut ging, weil die genetisch bedingte Kupfervergiftung ihres Körpers durch die von Niki vorgeschlagene Therapie erfolgreich behandelt worden war.

Clemens hatte Corinna, seine Verlagslektorin, eingeladen. Kurz nachdem er diesen Wunsch Niki gegenüber bei der Hochzeitsplanung geäußert hatte, erzählte er ihr endlich die Wahrheit über die unrühmliche, letzte Episode seines Aufenthalts in Südfrankreich. Niki wusste nur, dass er als *Writer in Residence* in Aix-en-Provence gewesen und dort auf jene Ausgabe der *France Soir* aufmerksam geworden war, die über das «Auferstehungswunder» in Lourdes berichtet hatte. Jetzt gestand Clemens ihr, dass er am Abend davor – er gab auch zu: durch eigenes Verschulden – nach einer Überdosis Sancerre und billigem Vin-de-Table-Rotwein in ein tiefes psychisches Loch aus Selbstzweifeln, Resignation und Minderwertigkeitsgefühlen gestürzt sei und Corinna ihn vor einer Totalblamage bei der Eröffnungsveranstaltung der Konferenz «Literatur am Ende der Politik» gerettet habe, zu der er nicht erschienen sei, obwohl er eigentlich die Eröffnungsrede hätte halten sollen.

Ohne Corinnas Intervention wäre Clemens verloren gewesen. Aber ihr Lektorinneninstinkt hatte nach dem Treffen mit ihm auf dem Cours Mirabeau einen leisen, aber konstanten Alarmton ausgesandt. Deswegen nahm sie das Manuskript seines «Der Roman als Hologramm»-Vortrags, das er ihr am Abend zuvor gefaxt hatte, zur Eröffnungsveranstaltung des «Literatur am Ende der Politik»-Kongresses mit. Und als dort klar wurde, dass Clemens nicht kommen würde, entschuldigte sie ihn: Er habe ihr bereits am Nachmittag mitgeteilt, dass er sich gesundheitlich nicht wohlfühle und abends vielleicht nicht in der Lage sein werde, seinen Eröffnungsvortrag selbst zu halten.

Dann zog sie das Vortragsfax aus der Tasche und verlas – Clemens habe sie darum gebeten – den Vortrag an seiner Stelle, wobei es ihr gelang, mit ihrem Charme und ihrer positiven Ausstrahlung den abstrakten Text so lebendig zu präsentieren, dass er auf dem Kongress zu einem veritablen Erfolg wurde und alle, sogar der strenge Walter-Benjamin-Exeget Jacques Weber, es bedauerten, Clemens an diesem Abend nicht persönlich zu den näheren Details seiner Hologrammthese befragen und deren Konsequenzen mit ihm diskutieren zu können.

Corinna freute sich über die Einladung zur Hochzeit und sagte gerne zu – als Freundin *und* Lektorin. Als solche interessierte sie sich am späteren Abend sehr für Pater Leo, mit dem sie sich eine Weile unterhielt. Sie selbst betreue keine Sachbücher, sagte sie zu ihm, aber sie könne sich vorstellen, dass ein gutes, aus konkreter Erfahrung gespeistes Buch über die franziskanische Idee der Nächstenliebe und Mittellosigkeit für ihren Verlag von Interesse wäre. Als Gegenbewegung zu der immer materialistischeren Ausrichtung des Konsumkapitalismus sei, wie sie meinte, bei vielen eine Hinwendung zu traditionellen spirituellen Ideen zu beobachten. Verzicht, Einfachheit, Reduktion – die Menschen wollten raus aus der Beschleunigungsfalle! Pater Leo bedankte sich höflich für ihr Interesse, aber er sei doch mehr ein Mann des gesprochenen denn des geschriebenen Wortes.

Niki empfing Lis Rubener an der Doppelschwingtür des *White Wedding*. Clemens' Mutter hatte die sechzig überschritten, dunkelblondes, welliges Haar und eine sehr schlanke, fast schon drahtige Figur, die zu gleichen Teilen Disziplin und Eitelkeit verriet. Sie nahm Niki in den Arm und drückte sie an sich.

«Mein Mann kommt auch gleich», sagte sie. «Er parkt noch.»

«Hatten Sie eine gute Fahrt?»

«Du – ich bin Lis. Ich bin froh, dass wir es rechtzeitig geschafft haben.» Ihr Mann und sie waren mit dem Wagen über die einstige Transitstrecke aus Hamburg angereist. «Die Autobahn ist in einem schlechten Zustand, wir konnten teilweise nur schleichen. Es ist immer noch ein Abenteuer, durch die ehemalige DDR zu fahren. Aber das ist ja jetzt ganz unwichtig!» Sie lächelte. «Ich bin so froh, dass wir uns endlich kennenlernen. Clemens hat mir so viel von dir erzählt. Und nicht übertrieben, du bist wunderschön!»

«Oh, danke! Möchtest du ein Glas Champagner?», fragte Niki und nahm ein Glas von dem Bistrotisch neben dem Eingang.

Als Lis Rubener die Mehndi-Bemalung auf Nikis Handrücken bemerkte, sagte sie: «Sind diese Ornamente nicht ein orientalischer Brauch?»

«Es gibt die Tradition der Hennabemalung in vielen Kulturen», sagte Niki. «Ich bin als Kind in Indien aufgewachsen.»

Lis nickte. «Clemens hat uns davon erzählt. Aber ich dachte, es wäre Mexiko gewesen.»

«Das auch, aber etwas später.»

Lis ließ den Blick über die umliegenden Sozialbauten und den schmutzigen einstigen Luftschutzbunker im Humboldthain mit seinen abbröckelnden Simsen, Brüstungen und Flak-Plattformen hinter den unkrautgesäumten S-Bahn-Gleisen wandern.

«Sind wir hier im Westen oder im Osten?»

«Im Norden», sagte Niki und lächelte. «Es gibt schönere Ecken, aber ich konnte bei der Wohnungssuche nicht wählerisch sein.»

«Ach, wie schön, dass du jetzt zu Clemens ziehen wirst», nickte sie und nahm den Champagner entgegen.

Eine halbe Stunde später verglich Pater Leo mit Blick auf Clemens die Ehe mit einem Roman. Niki saß neben Clemens auf der Bank auf dem ausgerollten roten Teppich. Pater Leo hatte, wie sich bei seiner

Ansprache herausstellte, einen improvisierenden, von Hölzchen auf Stöckchen kommenden Predigtstil. Niki musste daran denken, dass er die Erscheinungsgrotte in Lourdes mit ihrer Felsspalte, der üppigen Vegetation zu beiden Seiten und der sprudelnden Quelle im Innern kurzerhand als Vagina bezeichnet hatte. Einen Moment lang machte sie sich Sorgen, dass er sich bei seinen Gedanken über die Ehe zu sehr treiben lassen könnte.

Nach dem Vergleich der Ehe mit einem Roman voller unterschiedlicher Kapitel, ruhiger und dramatischer, wandte Pater Leo sich Niki zu. So wie die Gesundheit sei auch die Ehe ein beständiges Auf und Ab, sagte er und nahm diesen Vergleich zum Anlass zu erzählen, wie Niki und er sich am Flughafen in Lourdes kennengelernt hatten. Nur Nikis persönlichem Einsatz, ihrem medizinischen Scharfsinn und ihrer Beharrlichkeit, fuhr er fort, sei es zu verdanken, dass Katharina heute bei bester Gesundheit unter den Gästen sei. Es war Niki nicht ganz klar, wie er von dieser Anekdote wieder zum Wesen der Ehe zurückfinden würde.

Und was, so fragte sie sich, wenn ihr Ja, sobald Pater Leo so weit wäre, in einem Anfall von übermächtiger Rührung zwischen ihrer Lunge und den Stimmbändern verebben würde? Oder ihr Atem nur für einen trockenen, klanglosen Luftstrom ausreichte? Oder was, wenn jenes Ja mit unterbewusster, zweifelnder Heiserkeit belegt wäre? Oder wenn ein minimaler Tonhöhenanstieg beim Ausklingen des a-Vokals ein Fragezeichen andeutete, einen Vorbehalt? Ihr wurde schwindlig, alles schien anzufangen, sich zu drehen.

Und dann war auf einmal alles geschehen. Ohne dass Niki es bewusst mitbekommen hatte, musste sie dieses Ja gesagt haben, musste sie die Feuerstelle sieben Mal umschritten und Clemens geküsst haben – das war der Moment, in dem sie allmählich wieder zu sich kam. Alle applaudierten, die *Trionauten* begannen zu spielen, ließen es gemächlich angehen und begannen mit dem Charlie-Chaplin-Evergreen *Smile*.

Bei dem anschließenden Umarmungsreigen gratulierte ihr Kaspar als Erster: «Niki, du bist die schönste Braut, die ich je gesehen habe – sogar angezogen.» Für den Zusatz hätte sie ihm eigentlich mit dem kleinen, festen Brautsträußchen aus Kaktusdahlien, Rittersporn und Lavendel eins übernuschen müssen. Aber das war natürlich genau das, was er wollte – und so umarmte sie ihn stattdessen unter Tränen nur noch fester.

Und sie umarmte Katharina, deren Hände nicht mehr zitterten, jedenfalls nicht aus physiologischen Gründen. Sie hatte ihren Muskeltonus wieder im Griff, wie Niki durch den sanft ansteigenden und sodann allmählich nachlassenden Druck bei der Umarmung gewahr wurde.

Und sie umarmte Pater Leo, der nach der Zeremonie erst einmal geraucht hatte und nun das Aroma des schwarzen Tabaks verströmte, aus dem er sich seine vielen, dünnen Zigaretten zu drehen pflegte und dessen Geruch sich mit dem Duft des Lavendels im Brautstrauß zu einem, wie Niki fand, südfranzösischen Bukett vermischte, wie sie es in Lourdes wahrgenommen hatte, was ihre emotionale Verwirrung noch steigerte. Vielleicht war sie ja einfach glücklich?

«Niki», sagte Pater Leo. «Ich wünsche Ihnen von Herzen alles Gute! Und ich fühle mich sehr geehrt, Sie und Clemens getraut zu haben.»

In diesem Moment fiel Niki wieder ein, dass er bei seiner Rede sogar die Anthropologie gestreift und die Ehe als die tollkühnste Entscheidung bezeichnet hatte, die Menschen jemals treffen könnten, nicht minder tollkühn als einst die Entscheidung unserer afrikanischen Primatenvorfahren, von den Bäumen zu klettern, sich aufzurichten und fortan auf dem Erdboden zu leben, ohne die geringste Vorstellung davon zu haben, wo die Idee der Zweibeinigkeit sie hinführen würde – die im Fall der Ehe zur Zwei*einigkeit* würde. Dieses Wortspiel, dachte Niki, als sie Pater Leo umarmte, hatte er sich aber doch vorher überlegt …

Alle Menschen, so sagte sie sich, hingen an bestimmten Ideen oder Sehnsüchten oder Vorstellungen von einer geglückten Version des eigenen Schicksals, und niemand wusste – schon gar nicht man selbst –, wie viele Irrtümer hinter all diesen Entwürfen für so ein Wunschleben steckten. Alles, was einen antrieb, war ein Gemisch aus Mutmaßungen und Tagträumen. Warum sollte man sich nicht «tollkühn» darauf einlassen, einen Mann zu heiraten, den man vor Kurzem noch gar nicht gekannt hatte? Die Liebe, so viel stand fest, war eine heikle Ratgeberin in Fragen des Glücks. Sie schürte hohe Erwartungen, und oft wurden sie enttäuscht. So gesehen konnte man beim Zufall, der nichts versprach, als Ehestifter vielleicht nur gewinnen.

Beim Einsetzen der Dämmerung setzte sich Lis Rubener zu Niki. «Eine wunderbare Zeremonie. Ich mag den Pater sehr.»

«Ja, er ist toll!», sagte Niki.

«Nikisha – ist das indisch?»

Niki nickte. «Zur Welt gekommen bin ich in Afghanistan, dann kamen die Jahre in Indien, und von dort aus sind meine Eltern nach Mexiko weitergezogen.»

«Dann hast du den Globus einmal umrundet, als du nach Berlin gekommen bist, um hier als Ärztin zu arbeiten.»

«Ja stimmt ... Meine Eltern haben's nicht so mit Deutschland. Sie sind in den späten Fünfzigerjahren zuerst nach Paris gegangen und dann, noch vor meiner Geburt, mit ein paar Umwegen nach Indien aufgebrochen.»

Lis nickte. «Die Fünfzigerjahre waren eine sehr ... wie soll ich sagen ... beklemmende Zeit. Das Schweigen, die Verdrängung der Naziverbrechen, der nach wie vor faschistische Ordnungssinn – ich kann deine Eltern durchaus verstehen, dass sie das Land verlassen haben, auch wenn das damals nicht mein Weg war. Sie sind jetzt nicht hier, oder?»

«Nein, leider nicht.»

«Es geht ihnen doch gut, hoffe ich.»

«Ja, doch. Ehrlich gesagt, konnte ich sie nicht überreden zu kommen. In Mexiko hätten sie ein großes Fest organisiert. Na ja, irgendwann werden sie Clemens kennenlernen. Es ging ja auch alles ziemlich schnell – mit unserer Hochzeit, meine ich.»

«Wo habt ihr euch eigentlich kennengelernt? Clemens und du?»

Dieses Detail aus dem Jahr '89 hatte Clemens ihr nicht erzählt. Das wunderte Niki nicht, aber es brachte sie in eine sonderbare Lage. Die korrekte Antwort auf Lis Rubeners Frage unterlag nämlich nach wie vor der ärztlichen Schweigepflicht. Solange Clemens ihr nicht sein Einverständnis dazu gab, durfte Niki den wahren Grund, dem sie ihre erste Begegnung verdankten, niemandem gegenüber erwähnen, auch nicht gegenüber seinen Eltern – was sie allerdings auch ohne ärztliche Schweigepflicht nicht ohne Rücksprache mit ihm getan hätte. Und da sie noch keinen gemeinsamen Freundeskreis hatten, in dem die Frage nach ihrer ersten Begegnung zwangsläufig aufgekommen wäre, hatten sie sich als Paar noch nicht auf eine gemeinsame Version verständigt.

«Wir sind nach einer Lesung aus seinem Roman ins Gespräch gekommen», sagte Niki, selbst ein wenig überrascht, wie leicht ihr diese schlichte Lüge von den Lippen ging.

«Und wie findest du sein Buch?»

«Großartig.»

Lis nickte bedächtig. «Es ist ein Roman für Frauen.»

«Meinst du?», sagte Niki. «Ich bin mir da gar nicht so sicher. Sind denn Romane für Frauen keine Romane für Männer? Ich meine, es klingt so ein bisschen einschränkend, wenn du das so sagst. Es ist wirklich ein tolles Buch!»

Lis richtete ihren Blick für ein paar Momente auf den Lorbeerstrauch neben dem Tisch. «Nun ja, wir waren schon ein wenig überrascht, als Clemens uns mitgeteilt hat, dass er an einem Roman arbeitet», sagte sie. «Seine damalige Freundin studierte Philosophie, und wir haben angenommen, dass er ihr damit irgendwie näherkommen oder ihr imponieren wollte. Hat er dir erzählt, was er gemacht hat, bevor er den Roman geschrieben hat?»

«Noch nicht so genau ... *Versucht*, einen Roman zu schreiben ...?»

«Nein, Nikisha. Er hat ...»

«Niki reicht.»

«Gut, Niki. Ich sage es dir. Er hat Jura studiert, und zwar bis kurz vor dem ersten Staatsexamen.»

«Nein, das wusste ich wirklich noch nicht. Na ja, es gibt wohl noch einiges, was wir in der kommenden Zeit voneinander erfahren werden.» Niki dachte einen Moment nach. «Ich glaube, Jura ist eine gute Grundlage für das Schreiben.»

«Ein unabgeschlossenes Studium? Er hat die Prüfung gescheut.»

«Er hat das Wissen. Den Abschluss brauchte er ja nicht, um einen Roman zu schreiben.»

Lis nickte, aber es schien Niki kein Nicken zu sein, dass Zustimmung ausdrückte, sondern eher eines, das dazu diente, sich für das nun Folgende zu sammeln.

«Ich will nicht drum herumreden, Niki», sagte sie schließlich, «weil ich glaube, dass wir uns doch sehr ähnlich sind.»

«Wir sind uns ähnlich?», fragte Niki erstaunt nach. Tatsache war ja, dass sie sich überhaupt nicht kannten.

Lis nickte noch einmal. «Ja, ich denke schon. Nach allem, was ich über dich weiß, ist es nicht selbstverständlich, dass du als Ärztin hier im Krankenhaus arbeitest. Du hast darum gekämpft. Du bist zielstrebig und hast deinen Willen durchgesetzt. Offensichtlich hat niemand von dir erwartet, Ärztin zu werden. Aber du hast dafür einmal die Welt umrundet!» Sie machte eine Pause und bot Niki eine Zigarette an, die sie ablehnte. «Niki, es ist nicht meine Art, mir oder anderen etwas vorzumachen», fuhr sie fort, zündete sich selbst eine Zigarette an und blies den ersten Zug in die Abendluft. «Manchen bin ich zu direkt, und deswegen hält man mich gelegentlich für kalt. Einem

Mann würde man das niemals vorhalten, so ist es doch. Aber nach meiner festen Überzeugung ist es richtig, Probleme von Anfang an zu benennen, sich ihnen zu stellen und konstruktiv nach Lösungen zu suchen. Versteh mich nicht falsch. Natürlich liebe ich Clemens, ich bin seine Mutter. Aber ich kenne ihn. Es war schon immer so, dass es ihm schwergefallen ist, im entscheidenden Moment konsequent zu sein, sich durchzubeißen und nicht wegzulaufen.»

«Bist du dir sicher? Ich kenne ihn ja erst seit Kurzem, aber als Autor mit einem fertigen Roman. Beim Schreiben war er konsequent. Na ja, und dann denke ich als Braut ...» Niki sah sich pro forma um, «... er hat vorhin ‹Ja› gesagt und ist nach wie vor hier.»

Sie hätte nichts dagegen gehabt, wenn sie ihn in diesem Moment tatsächlich gesehen hätte, wie um sich davon zu überzeugen, aber er war wohl schon im Innern des Restaurants, aus dem eine folkige, von ruhiger Percussion getragene Instrumentalversion des *America*-Hits *Horse with no name* herausschallte, mit einem Akkordeon statt einer Gitarre.

Lis nickte. Allmählich hatte Niki den Verdacht, dass das häufige Nicken als positive Verstärkung eine Therapiestrategie aus ihren Seminaren war. «Ja, das stimmt: Clemens ist hier», sagte sie. «Es ist dir gelungen, ihn an diesen Punkt zu bringen.»

«So schwer war das nicht. *Er* war es übrigens, der mir einen Heiratsantrag gemacht hat.»

«Er braucht dich, und das weiß er», sagte Lis. «Aber wie stellt ihr euch vor, soll es weitergehen? Ich bin seine Mutter, und ich denke, das ist eine berechtigte Frage.»

Die Tatsache, mit der Hochzeit ein weiteres Mal so etwas wie Eltern zu bekommen, hatte Niki immer wieder verdrängt oder es jedenfalls versäumt, sich darauf einzustellen, wie ihr in diesem Moment klar wurde.

«Ganz einfach», sagte sie. «Wie bisher. Ich habe meine Arbeit, und Clemens wird schreiben.»

Niki wusste, dass die Wahrheit komplizierter war. Wenn sie ihn abends traf, wirkte Clemens nicht beseelt von seiner Arbeit, und das wunderte sie – wobei ihr nicht ganz klar war, was sie eigentlich meinte, wenn sie beseelt dachte. Was wusste sie von Künstlern und Schriftstellern? Vielleicht waren das alles Klischees: die euphorischen Phasen, die depressiven Phasen, die manischen Arbeitsschübe, die totalen Blockaden, das Glück über das Gelungene, das Unglück über das Misslungene, die Selbstzweifel, die Selbstüberschätzung, die Verachtung für das Geld. Natürlich wusste Niki, dass das Schreiben Clemens einstweilen nichts einbrachte und für ihn im Moment auch kein größerer Abschluss in Aussicht stand.

«Sein zweiter Roman müsste doch inzwischen recht weit gediehen sein», hakte Lis nach. Als Therapeutin hatte sie ein gutes Gespür für die Schwachstellen ihres Gegenübers. Als Niki schwieg, fügte sie nach einer Weile hinzu: «Im Moment bringst du das Geld nach Hause, das ist mir völlig klar. Und versteh mich nicht falsch, ich stehe ganz und gar auf deiner Seite. Ich nehme an, du weißt, dass ich Geschäftsfrau bin und das nicht ohne Erfolg. Wir Frauen sollten unser eigenes Geld verdienen, nur das macht uns frei.» Die Zigarettenspitze glühte kurz auf, als sie zog. «Aber gut, du bist noch jung. Und vielleicht darf ich dich das als deine Schwiegermutter fragen: Willst du Kinder? Ich bin froh, ein Kind zu haben, auch wenn du im Moment vielleicht einen anderen Eindruck hast. Nein, glaube mir, ich denke, wir Frauen sollten Kinder haben. Nur – wie würde das bei euch laufen? Was ist, wenn es mit dem zweiten Roman bei Clemens nichts wird? Dann wirst du arbeiten, um euch zu ernähren, und Clemens wird Vollzeitvater, Hausmann und Heimwerker? Entschuldige, aber an dieses Modell glaube ich einfach nicht. Da sind der Frust, die gegenseitigen Vorwürfe und der ansteigende Weinkonsum vorprogrammiert. Vielleicht gibt es da draußen eine Handvoll Männer, mit denen das machbar ist, aber über einen Punkt bin ich mir sicher: Clemens gehört nicht dazu.»

«Lis!», unterbrach Niki sie und hob nun doch erregt die Hand. «Es ist gut. Ich habe dich verstanden. Du vergisst dabei nur einen entscheidenden Punkt: Der Mann, für den ich mich entschieden habe, der Mann, den ich soeben geheiratet habe, ist nicht der Jurist, sondern der Schriftsteller Clemens Rubener!»

Lis zog noch einmal an ihrer Zigarette, bevor sie antwortete. «Entschuldige, Niki, ich wollte dich nicht verletzen. Das musst du mir glauben. Ich habe allergrößten Respekt vor deinem Lebensweg. Aber es ist mein Beruf, realistisch zu sein, und ich schaffe es einfach nicht, das komplett auszublenden. Das Einzige, was ich dir sagen möchte, ist, dass es keine Frage des Geldes wäre, wenn Clemens es sich mit dem Abschluss seines Studiums noch einmal anders überlegen sollte. In der Zeit, die er dafür bräuchte, würden wir euch natürlich in jeder Hinsicht unterstützen.»

Niki sah auf. Nach dem erstaunlich warmen Tag war nun im Gefolge einer Wolkendecke, die sich mit einem schwachen, gelblichen Großstadtglimmen über die Dächer geschoben hatte, eine empfindliche Kühle aufgekommen. Niki stand auf.

«Klär das mit Clemens», sagte sie. «Nicht mit mir.»

Lis drückte die Zigarette in den Aschenbecher. «Wirklich. Es tut mir leid. Ich wollte dich nicht kränken.»

«Schon gut.» Niki wandte sich zur Restauranttür und entfernte sich vom Tisch. Sie hatte sich viel zu lange hier aufgehalten.

Zur Klangbasisausstattung der *Trionauten* gehörten ein Didgeridoo, ein Regenmacher, ein Buckelgong, eine Ziegenhufkette und – diese nahm Roman O. nun zur Hand – eine Ocean-Drum, eine flache, umgedrehte Trommel mit vierzig Zentimetern Durchmesser, auf deren Fellrückseite man wie in einer Schüssel einen Schwarm von Kügelchen hin- und herrollen ließ. Dabei erzeugten sie auf der Trommelmembran ein wogendes Geräusch, das verblüffend dem einer leichten Meeresbrandung glich. Üblicherweise wurde die Trommel mit kleinen Metallkugeln gefüllt, aber Roman fand den dabei entstehenden Wellensound immer zu glatt. Er fing an, so lange herumzuexperimentieren, bis er zu dem Ergebnis kam, dass eine Füllung mit Kichererbsen den perfekten Klang ergab. Diese Trommel schwenkte er nun zu ein paar tiefen, gestoßenen Saxofontönen behutsam hin und her, das Ganze unterlegt mit einem zunächst langsamen Rhythmus des Tamburins, über den Roman die Ocean-Drum ausklingen ließ. Er legte sie zur Seite und intonierte auf dem Akkordeon *Drunken Sailor*.

«Sie sehen wunderbar aus», kam Doktor Lothar zu Niki. «Weiß steht Ihnen nicht nur im Beruf ganz ausgezeichnet. Die Band, die Sie engagiert haben, ist übrigens famos. Würden Sie mir einen Tanz schenken?»

Obgleich nicht besonders groß, hatte er einen zugleich sanften, aber entschlossenen Griff, mit dem er Niki in einer routinierten Abfolge von Drehungen über die Tanzfläche führte. Sie brauchte nichts weiter zu tun, als sich seinen Impulsen zu überlassen und den bewährten Bewegungsmustern anzupassen. Einen Moment lang dachte sie, so einfach müsste das Leben sein.

«Sehen Sie die junge Frau, die dort hinten tanzt?», sagte sie. «Sie heißt Katharina. Pater Leo hat die Geschichte vorhin angedeutet, was mir etwas unangenehm war, aber die Fakten stimmen. Ich habe sie vor einem halben Jahr in Lourdes mit einer sehr unklaren Symptomatik kennengelernt. Grundloses Zittern, unwillkürliche Motorik der Extremitäten, langsame, gedämpfte Bewegungen.»

«Könnte ein Frühstadium von Chorea Huntington sein. Aber wie ich sehe, geht es ihr gut.»

«Ich hatte das Glück, einen bronzefarbenen Kornealring um ihre Iris zu entdecken, der vorher immer übersehen worden war.»

«Morbus Wilson?»

«Ja. Sie interessieren sich doch für ungewöhnliche medizinische Fälle. Katharina hat in Lourdes Linderung gesucht, und ich musste dem Militärbischof widersprechen, um die Diagnose durchzusetzen. Sie können Sie ansprechen. Sie geht offen damit um.»

«Gute Geschichte», sagte Doktor Lothar. «Aber was haben Sie eigentlich in Lourdes gemacht?»

«Ich war neugierig. Ich bin dort gezeugt worden.»

«Na, so etwas!», sagte er. «Da hätte man fast draufkommen können.»

Die *Trionauten* hatten den Shanty-Rhythmus inzwischen zu einem flotten Quickstepp gesteigert. Niki wurde beim Tanzen ein wenig schwindlig. Mit der letzten *Drunken-Sailor*-Drehung führte Doktor Lothar sie zum Rand der Tanzfläche, wo sie in der Nähe der Bar neben Corinna zum Stehen kamen. Doktor Lothar bedankte sich bei Niki, überquerte die Tanzfläche und steuerte auf Katharina zu.

Corinna streckte Niki die Hand entgegen. «Hallo, wir haben uns noch gar nicht so richtig vorgestellt. Ich bin Corinna. Sagen wir Du?»

«Na klar. Niki. Freut mich.»

«Ganz herzlichen Glückwunsch!», sagte Corinna. «Ich freue mich sehr, hier zu sein. Ich wünsche dir und Clemens alles alles Gute! Du hast einen tollen Mann!»

«Danke, finde ich auch, danke ...»

Corinna hatte sich einen Caipirinha mixen lassen und saugte durch den Trinkhalm einen kleinen Schluck der grün glitzernden Flüssigkeit aus dem Glas. «Ich sage das nicht nur so. Ich kenne Clemens inzwischen ja auch schon eine Weile und finde, dass er wirklich ein ganz besonderer Mann ist. Von seiner Art findest du nicht viele, glaube mir. Es gibt nur wenige Männer, die bereit sind, eine starke Frau neben sich als Partnerin zu akzeptieren ...»

Wenn eine von ihnen eine starke Frau war, dachte Niki, dann Corinna, die Clemens in Aix gerettet hatte. «Danke für das Kompliment», sagte sie. «Mag auch so sein, aber so sehr fordere ich Clemens in der Hinsicht nicht. Weißt du, ich bin alles andere als eine starke Frau – eher genau das Gegenteil davon ...»

«Das denken alle starken Frauen von sich», winkte Corinna gut gelaunt ab. «Und das ist zum Beispiel eine unserer Stärken, dass wir auch bereit sind, an uns zu zweifeln.»

«Oh ja, manchmal habe ich das Gefühl, ich tue nichts anderes», sagte Niki und hätte gerne mit Corinna angestoßen. Sie überlegte, ob sie sich auch einen Cocktail mixen lassen sollte, aber etwas hielt sie davon ab. Später vielleicht, dachte sie.

«Komisch eigentlich, dass wir uns selbst oft so kritisch sehen.» Corinna saugte noch einmal an dem Trinkhalm. «Für Clemens bist du eine Heldin!»

«Ich hoffe», lachte Niki.

«Wirklich. Er schwärmt oft von dir. Ich fange schon an, eifersüchtig zu werden ...» Sie zwinkerte. «Nein im Ernst, Niki. Er bewundert dich. Mit welcher Entschlossenheit du das getan hast, was du wolltest. Niki, es ist ganz einfach: Du bist seine Jeanne Barret!»

Niki wurde verlegen. «Aber müsste ich denn nicht so etwas wie ... seine Muse sein? Er hat mir erzählt, was in Aix geschehen ist und worum es dabei ging. Ich würde ihm so gerne helfen, aber das kann ich nicht. Ich bin keine Künstlerin.»

«Mach dir keine Gedanken», sagte Corinna. «Wirklich nicht. Er ist nicht der erste Autor, der mit dem zweiten Buch kämpft, glaube mir. In der Verlagsbranche heißt es, für das erste Buch hast du dreißig Jahre Zeit, für das zweite drei. Wo soll ein neuer Stoff so schnell herkommen? Das ist für alle Autoren eine schwierige Phase, und manche scheitern daran. Aber glaube mir, Clemens nicht. Wirklich, da bin ich mir sicher. Und wenn es noch ein oder zwei Jahre dauert. Ich glaube an ihn. Irgendwann löst sich der Knoten.» Sie sah Niki eine Spur ernster an. «Niki, du brauchst gar nichts zu tun, es ist genug, dass du da bist – seine Jeanne Barret! Wirklich, ich find's toll. Genieße den Tag und freu dich auf noch ganz viele weitere!»

«Danke, das ist wirklich lieb.»

Aber es blieb etwas von dem Gespräch zurück, das Niki nicht zu fassen bekam, ein beunruhigender Gedanke, der sich in ihr nicht formulieren wollte. Was konnte sie sich mehr wünschen, als die Heldin im Leben ihres Ehemannes zu sein? Warum war da – vielleicht sogar von Anfang an – ein Vorbehalt in ihrem Glück? Hatte sie denn etwas übersehen? Und aus irgendeinem Grund weckte das Gespräch mit Corinna diesen Vorbehalt wieder.

Zum Glück tänzelte in diesem Moment Kaspar auf sie zu. Als Trauzeuge sah er sich auch in der Rolle des Zeremonienmeisters. Und als solcher hatte er den Messertanz – einen alten muslimischen Brauch – in den Festablauf geschmuggelt. Der wurde in früheren Zeiten üblicherweise von einer Schwester oder einer der in traditionellen Familien stets zahlreich vorhandenen Cousinen der Braut aufgeführt. In Ermangelung weiblicher oder überhaupt irgendwelcher jüngeren Familienmitglieder bei der jetzigen Hochzeitsfeier hatte Kaspar als Überraschungsgast Sabrî Aslan engagiert, einen kurdischen Bauchtänzer, der ihm empfohlen worden war.

Sabrî hatte sich von der Idee, seine Bauchtanzdarbietung mit einem traditionellen Messertanz zu kombinieren, sogleich begeistert gezeigt. Gerade die vielen Dreh-, Wink- und Zeigebewegungen der Hände beim klassischen Bauchtanz schienen ihm hervorragend geeignet zu sein, um das blitzende Kuchenmesser vor dem Bräutigam hin und her zu schwenken.

Inhaltlich ging es beim Messertanz um eine Art rhythmisierten Verkaufsritus. Aufgabe des Tänzers war es, dem Bräutigam das Messer spielerisch anzubieten, um es ihm im nächsten Moment wieder zu entziehen, während die Rolle des Bräutigams darin bestand, jedes Mal mit einem symbolischen Betrag für das Messer zu bezahlen, das er dann aber doch nicht bekommen sollte, jedenfalls nicht beim ersten Kauf. In diesem Punkt gab es für den Tänzer einen gewissen Gestaltungsspielraum, selbst zu entscheiden, nach dem wie vielten Angebot er dem Bräutigam das Messer schließlich zum Kuchenanschneiden überreichte.

Nachdem Kaspar den Messertanz angekündigt hatte, schlugen

die Trionauten mit ihren Perkussionsinstrumenten einen rauschhaften, mit vielen orientalischen Rhythmusverzierungen angereicherten Dauerbeat. Kaspar geleitete Clemens zu einem der Elefantentische, auf dem der dreistöckige Hochzeitskuchen aufgebaut war, und nach einer kurzen, sehr wirkungsvollen Perkussions-Generalpause sprang Sabrî hinter seiner mit schweren Brokattüchern improvisierten Garderobe hervor.

Barfuß, mit glitzernder Silbernetzhose und roten, pailettenbesetzten Bändern um Brust und Oberarme wippte er rasend schnell mit den Hüften und ließ dabei seine vermutlich etwas dunkler geschminkten Brustwarzen auf- und abhüpfen. Lis, die den treibenden Rhythmus vor dem Auftritt lächelnd mitgenickt hatte und die sich für eine tolerante, kulturell neugierige Frau hielt, brauchte eine Weile, um ihren Kopf nach Sabrîs Erscheinen wieder in Bewegung zu setzen.

Pater Leo drehte sich an der Theke gerade eine Zigarette. Mit seiner dunkelbraunen, schmucklosen, kordelgegürteten Franziskanerkutte bildete er so etwas wie Sabrîs optischen Gegenpol. Doktor Lothar, über dessen sexuelle Orientierung wenig bekannt war – er war, soweit man im Krankenhaus davon wusste, nicht verheiratet –, betrachtete Sabrî eher analytisch, in etwa so wie ein Psychotherapeut, der aus dem, was er zu sehen bekommt, bereits eine erste Anamnese verfertigt.

Bernarda saß mit ihrem Rollstuhl in der ersten Reihe. Durch die dicken Brillengläser verschlang sie Sabrîs muskulösen, ölglänzenden und mit vielen kleinen Tätowierungen verzierten Oberkörper regelrecht mit ihren Blicken. Niki hoffte, dass sie sich nicht wieder verlieben würde wie damals in jenen unbekannten Patienten im Accueil Notre-Dame.

Clemens hielt sich tapfer, auch wenn er offenkundig kein besonders begabter Schauspieler war. Immer wenn Sabrî mit gezücktem Messer auf ihn zutänzelte und mit der anderen Hand eine Geste machte, die bedeuten sollte, dass Clemens zu bezahlen hatte, legte er ihm mit einem etwas gezwungen wirkenden Lächeln eine Münze – Kaspar hatte ihm zuvor unauffällig welche in die Hosentasche gesteckt – in die geöffnete Handfläche.

Wäre Sabrî eine Frau gewesen, dachte Niki, hätte es vielleicht einer anzüglichen Tradition entsprochen, ihr für das Messer auch mal einen gefalteten Geldschein ins Dekolleté oder den Rockbund zu stecken. Die Vorstellung, Clemens könnte Sabrî eine Banknote unter den silbernen Hüftgürtel der Netzhose oder das rot glitzernde, paillettenbesetzte Bizepsband schieben, war allerdings eigenartig. Zum Glück ging Sabrî nicht so weit, Clemens mit kleinen Anspielungen zu einer solchen Geste zu ermutigen.

Mit ihrem Gespür für gutes Timing steigerten die *Trionauten* den Rhythmus so weit, dass die Messerübergabe als Höhepunkt der Performance jeden Moment erfolgen konnte. Sabrî ließ die lange Schneide nach unten baumeln, überreichte Clemens das Kuchenmesser mit dem Schaft voran und erstarrte nach einem Trommelschlag in einer aufrechten Pose – eine Hand auf die Hüfte gelegt, die andere an den Hinterkopf.

Nach seinem Abgang ergriffen Niki und Clemens unter Applaus, Bravorufen und einem Trommelwirbel das Messer gemeinsam und schoben es in die unterste Etage des Hochzeitskuchens aus Sahne, Biskuit und diversen Fruchtfüllungen. Niki hatte einmal von dem Aberglauben gehört, dass Kuchenstücke beim Servieren nicht auf die Seite fallen durften, denn das bringe Unglück.

Als sie das Stück zu zweit auf der breiten Messerschneide zum bereitstehenden ersten Teller balancierten, schien es ihr unmöglich, das Tortendreieck in aufrechter Position darauf abzustellen. Eigentlich mochte sie ihren Hang, derartigen «Zeichen» Bedeutung zuzugestehen, nicht, weil er sie an Susanne erinnerte. Doch es ging alles gut. Das Stück Hochzeitskuchen blieb aufrecht auf dem Teller stehen.

Als Niki später im Garten frische Luft tankte, kam Clemens zu ihr und sagte: «Ich habe dich vorhin mit meiner Mutter gesehen. So richtig entspannt wirkte das nicht. Ich hoffe, es war freundlich.»

«Aber ja», winkte Niki ab. «Wir müssen uns ja erst mal kennenlernen. Mach dir keine Gedanken.»

«Mach ich aber. Ich kenne sie ja.»

«Nein wirklich. Es war alles in Ordnung. Sie hat mir, also ich meine uns, Glück gewünscht.»

«Eine Viertelstunde lang?»

Niki antwortete nicht unmittelbar. «Clemens, was möchtest du wissen?»

«Tut mir leid. Ich hab gedacht ... ihr sprecht vielleicht über mich.»

Niki war hin- und hergerissen. Warum wollte er das jetzt wissen? Hatten sie denn nicht noch alle Zeit der Welt, über die Hochzeit zu reden?

«Ja», sagte sie. «Darüber, was für ein toller Mann und Sohn du bist.»

«Niki, bitte. Ich will es wirklich wissen.»

Er würde nicht lockerlassen. «Also gut», sagte sie schließlich. «Sie hat mir angeboten, dass deine Eltern uns die Zeit durchfinanzieren würden, falls du dein Studium doch noch abschließen wolltest.»

Er verdrehte die Augen.

«Ich hab's geahnt!», stieß er leise hervor. «Sie können's nicht lassen! Und was hast du gesagt?»

Die Frage irritierte sie.

«Ja, was denkst du denn, das ich gesagt habe?»

«Ich meine ja nur, vielleicht meinst du ...»

«Ich wusste doch überhaupt nichts von deinem Jurastudium!»

«Und jetzt weißt du's. Meine Mutter will dich manipulieren.»

«Und du denkst, das könnte sie?! Clemens, muss ich dir wirklich das Gleiche sagen wie ihr? Dass ich den Schriftsteller geheiratet habe und nicht den Juristen?»

Er spürte, dass er zu weit gegangen war. «Entschuldige!», sagte er. «Das ist ein Reizthema für mich, und das kann ich schwer verbergen. Meine Mutter denkt, ich wäre am Ende. Aber sie wird schon noch sehen, dass sie sich irrt. Dass ich als Autor noch mehr zu erzählen habe!»

Niki sah ihn an – die Mischung aus Wut und Entschlossenheit. Und dann wusste sie auf einmal, was ihr seit dem Gespräch mit Corinna so ungreifbar durch den Kopf ging. Sie fragte sich, ob sie nicht nur Clemens' Jeanne Barret *war*, sondern auch seine neue Jeanne Barret, seine neue Heldin, *werden sollte*? Der unbekannte Engel von Lourdes! Die Auferstandene. Vielleicht war das eine Geschichte nicht nur für *France Soir*, sondern auch für ihn. Hatte er bei dem Artikel, und als er sie auf dem Foto wiedererkannte, wirklich nur an die junge Ärztin aus Berlin gedacht, die ihm beinahe die Fruchtbarkeit geraubt hätte? Oder gab es noch einen anderen Grund, weswegen er sich so sehr für ihre Lebensgeschichte interessierte? Einen literarischen?

«Clemens, sag mir bitte nur eins: Bin ich für dich … ein Stoff?»

Sie versuchte ihm in die Augen zu sehen, aber er wich ihr aus. Sie fror. Das Kleid war schulterfrei, und das dazugehörige helle Naturseidejäckchen hing irgendwo in der Nähe der Bar.

Clemens setzte sein Weinglas an die Lippen, aber es war leer.

«Wie kommst du denn jetzt darauf?», sagte er

Er machte einen Schritt zur Tür, aber sie ergriff seinen Arm und hielt ihn auf. «Es ist doch nur eine Frage.»

Sie spürte seinen Unwillen, spürte den hohen Muskeltonus in seinem Unterarm, mit dem er ihre Hand auch hätte abschütteln können. Einen Augenblick lang dachte sie, er würde es tun.

Sag was!, dachte sie inständig, sag was, sag was, sag was!, mit jeder Sekunde, die du schweigst, wird es schlimmer und schlimmer. Sie zitterte und wusste nicht, warum: ob aus Angst, weil all das ein Fehler war, und sie sich etwas vormachte, und das schon viel länger, als sie Clemens überhaupt kannte, oder doch nur vor Kälte.

Schießlich schüttelte er den Kopf. «Niki, bitte, lass uns reingehen. Wir holen uns noch irgendwas. Du zitterst ja ...»

Doktor Lothar kam heraus und machte ein unerwartet ernstes Gesicht. «Nikisha, verzeihen Sie mir, aber ich muss leider gehen. Dieser Komapatient aus der Neuro. Ich habe denen die Nummer von hier gegeben. Es war ja eigentlich fast ausgeschlossen, aber offenbar ist er aufgewacht.»

«Aufgewacht? Was heißt das?»

«Ich weiß es noch nicht genau. Vielleicht hatten Sie mit Ihrer positiven Prognose ja recht.»

«Aber dann sollte ich vielleicht mitkommen.»

«Nikisha, bitte! Genießen Sie den Abend. Ich informiere Sie morgen.»

«Er kennt meine Stimme. Ich war oft bei ihm ... Er muss doch völlig verwirrt sein.»

Sie sah Clemens an. Er sah sie an. Sie hatte schon vergessen, was zwischen ihnen gestanden hatte. Jetzt brauchte sie ihn. Seinen Mut, sich über Konventionen, Erwartungen und Regeln hinwegzusetzen.

«Okay», sagte er.

«Okay?»

Er nickte. «Du musst da hin. Ist mir klar.»

«Und du wärst nicht sauer? Ich bin schnell wieder da.»

«Wenn ich über so etwas sauer wäre, hätte ich dich nicht geheiratet.»

Eine Viertelstunde später saß Niki neben Doktor Lothar im Taxi. Die Fensterscheiben überzogen sich mit den ersten Tropfen eines einsetzenden Regens. Seit jener nächtlichen Taxifahrt von der *La Fura dels Baus*-Vorstellung zum Krankenhaus passierte es manchmal, dass Nikis Puls sich bei Dunkelheit im Taxi erhöhte – eine leichte Traumatisierung, die sie aber im Griff hatte.

«Sie haben einen erstaunlich verständnisvollen Mann», unterbrach Doktor Lothar das Schweigen. «Glückwunsch.»

«Danke», sagte Niki und wandte ihren Blick von den im Seitenfenster vorüberziehenden Fassaden ab. «Wissen Sie eigentlich, ob die Tochter informiert worden ist?»

«Wessen Tochter?»

«Die des Patienten.»

In einem Ton, als wüsste er nicht einmal, dass der Patient überhaupt eine Tochter hatte, sagte er: «Keine Ahnung.»

Niki sah wieder aus dem Fenster. Doktor Lothar hatte recht: Clemens war verständnisvoll – sie hatte kein Recht gehabt, ihn unter Druck zu setzen. Sie hatte ihm vorgeworfen, seinen Beruf über sie zu stellen, und er ließ sie von der Hochzeit ziehen, um ihren Beruf auszuüben. Er brachte ihr Verständnis entgegen, aber sie ließ es ihm gegenüber vermissen. Es war sein Beruf zu schreiben, und das Einzige, was ihm die Erfahrungen, die er dafür brauchte, liefern konnte, war sein Leben. Wie konnte sie ihm das zum Vorwurf machen?

Doch dann schlug ihr schlechtes Gewissen um, und sie fragte sich, ob es nicht doch so war, ob er dem offenkundigen Irrsinn seiner Ehefrau, von der eigenen Hochzeitsfeier zu verschwinden, um zu einem Patienten zu eilen, nicht genau deshalb nachgegeben hatte, weil es eine Geschichte – wie ihre Ashramkindheit, wie ihre mexikanische Engelsweihe, wie das Lourdeswunder –, oder wenn nicht gleich eine Geschichte, so doch eine Szene war, die er später einmal literarisch würde verarbeiten können? Es war also keineswegs Verständnis, das ihn dazu bewogen hatte, ihr ihren Willen zu lassen, sondern genau das, was sie ihm vorwarf: auf der Suche nach Erzählstoff zu sein und dabei vor ihrem Leben nicht nur nicht haltzumachen, sondern den Ertrag durch seine Toleranz ihr gegenüber sogar noch zu erhöhen.

Und dann warf sie sich vor, eine Mitschuld an all dem zu tragen: Hatte sie ihre Lebensgeschichte denn nicht maßlos aufgebauscht? In Wahrheit war sie, Nikisha Sri Lamont, doch gar keine Heldin. Im Gegenteil: Sie legte jeden Wert darauf, vollkommen normal zu sein, eine ganz normale Frau, die sich einen liebe- und verständnisvollen Mann wünschte – womit sie wieder am Ausgangspunkt ihrer Überlegungen angekommen war: der für sie beschämenden Tatsache, dass Clemens so verständnisvoll war, dass sogar Doktor Lothar ihr dazu gratulierte.

Nikis Gedanken hörten erst auf, sich im Kreis zu drehen, als sie sich dem Krankenhaus näherten. Das Taxi kam zeitgleich mit einem Einsatzfahrzeug der Feuerwehr an, auf dem eine ausfahrbare Drehleiter im Rhythmus des Blaulichts silbrig aufschimmerte. Der Wagen bog auf den um diese Zeit kaum genutzten Besucherparkplatz.

«Feuerwehr? Was hat das zu bedeuten?», sagte Niki.

«Wir werden sehen», sagte Doktor Lothar.

Als sie auf der Station aus dem Fahrstuhl traten, herrschte dort eine für diese Wochenend- und Nachtzeit ungewöhnliche Betriebsamkeit. Die Beleuchtung war nicht heruntergedimmt, wie sonst eigentlich üblich, und das Pflegepersonal der Nachtschicht unterhielt sich gedämpft in kleinen Gruppen. Niki konnte sich an keinen vergleichbaren Fall erinnern. Die Stationsschwester warf einen kurzen, irritierten Blick auf ihr Hochzeitskleid, machte aber keine Bemerkung über den ungewöhnlichen Aufzug, sondern wandte sich direkt an Doktor Lothar.

«Wir haben nicht mitbekommen, wann der Patient aufgewacht ist. Die Tür seines Zimmers stand offen, und als ich nachgesehen habe, war das Bett leer. Er muss sich den intravenösen Zugang aus dem Arm gezogen haben und losgegangen sein. Wir haben mehrfach versucht, Sie zu erreichen, bis endlich jemand dran war.»

Doktor Lothar nickte. «Es war eine Feier. Wo ist der Patient jetzt?»

«Wir hatten zunächst keine Ahnung, wo er sein könnte. Wir haben das ganze Krankenhaus nach ihm abgesucht, sämtliche Stationen, bis wir ihn nach fast einer Stunde auf dem Dach gefunden haben. Auf die Idee muss man erst mal kommen. Irgendwie hat er den Weg über die Treppe und das Betriebshaus des Fahrstuhls genommen. Und jetzt steht er auf dem Sims am Rand des Dachs und starrt in die Tiefe.»

Doktor Lothar runzelte die Stirn. «Ein Suizidversuch nach mehrwöchigem Wachkoma?»

«Die Polizei will einen Psychologen schicken, der sich auf solche Fälle spezialisiert hat. Aber sie sagen, er braucht zumindest ein paar Basisinformationen über den Patienten, die Vorgeschichte, sein Leben.»

«Da haben wir nichts», sagte Doktor Lothar.

«Seine Frau ist vor ein paar Jahren gestorben, und das hat er offenbar nicht gut verarbeitet», sagte Niki. «Er hat angefangen zu trinken, beziehungsweise mehr zu trinken als vorher. Es gab zwischenzeitlich auch trockene Episoden, doch der Alkoholismus ist jedes Mal rezidiviert und von Mal zu Mal schlimmer geworden.»

Doktor Lothar sah sie überrascht an. «Woher wissen Sie das?»

«Von seiner Tochter.»

«Die haben wir übrigens auch angerufen», sagte die Schwester. «Aber wir haben nur ihren Mitbewohner erreicht.»

«Gut», sagte Doktor Lothar und fügte nach einer kurzen Pause hinzu: «Wir können hier nicht nur auf den Psychologen warten. Kommen Sie.»

«Haben Sie irgendeine Idee?», sagte Niki.

Er schüttelte den Kopf. «Nicht die geringste.»

Sie gingen ins Treppenhaus und in den zwei Stockwerke höher gelegenen Maschinenraum des Aufzugs mit den Seilwinden und Antriebsmotoren, den brummenden Sicherungskästen und der Steuerungskonsole mit ihren schwachen, roten Kontrollleuchten. Daneben führte eine Eisentür mit abgeblättertem Lack ins Freie, wo sich der Nieselregen in den unsteten Windböen auf dem Flachdach zu einem Tropfengestöber verdichtete, dessen Nässe sich auf Nikis Schultern legte.

Herbert Sellen stand zehn oder fünfzehn Meter entfernt auf dem Dachsims, eine magere, bleiche Gestalt in einem dünnen Krankenkittel. Auf dem hellen Stoff schimmerte der blasse Widerschein des von der Straße heraufpulsierenden Blaulichts. Vielleicht fuhr man dort unten die Leiter aus, vielleicht spannte man ein Sprungtuch. Niki wusste es nicht.

Ohne darüber nachzudenken, ging sie auf Herbert zu. Sie achtete nicht auf Doktor Lothars Flüstern, der sie warnen wollte, nicht voreilig zu handeln. Seine Stimme hallte wie von weit her in ihrem Kopf wider. Herbert schien nichts mitzubekommen von dem, was um ihn herum vorging. Vermutlich war er auf das Dach mehr geschlafwandelt als bewusst gegangen. Und auch das Aufblitzen in seinen Augen, als Niki sich ihm so weit genähert hatte, dass sie in sein Blickfeld geriet, war wohl nur das: ein vegetativer Reflex, ein schwaches Echo jenes tief in jedem höheren Lebewesen verankerten Programms, beim Anblick eines Artgenossen aufmerksam zu werden.

Niki wusste, dass es so war. In keinem Tomogramm bekam man jemals das zu sehen, was das Ich eines Komapatienten war oder gewesen sein könnte – aber auch nicht jenes unheimliche Nichts, die Leere, die zurückblieb, wenn das Bewusstsein schwand. Und doch bildete sie sich ein, da wäre mehr in Herberts Blick, da wäre ein *Erkennen*.

Und tatsächlich hatten ein paar neuronale Verbindungen Herberts Alkoholvergiftung, die Unterversorgung seines Gehirns mit Sauerstoff und seinen Sturz ins Koma unbeschadet überstanden. Da war noch die Erinnerung an das Gesicht von Draga, die er geliebt hatte. Ihre Erscheinung bildete ein fest verankertes Muster in seinem Gedächtnis. Ihre blonden Haare, die in der Balkansonne geleuchtet hatten, und ihre schönen, dunklen Augen. Und auch jener turbulente Moment auf seiner Hochzeit war noch in ihm, als er unter Dragas Hochzeitskleid gelegen hatte, um ihr das Strumpfband vom Bein zu streifen. Das war die Erinnerung, in die das Wenige, was von Herberts Bewusstsein noch übrig war, eintauchte.

Denn da stand sie doch! Draga, die schöne, seine Frau! In ihrem Hochzeitskleid kam sie auf ihn zu, und auf einmal begriff Herbert, wie falsch es gewesen wäre, jetzt vom Dach zu springen. Zwar war etwas in ihm, das ihn in diesen Abgrund ziehen wollte, aber was auch immer es war, es verflüchtigte sich schon. Auf einmal wusste er nicht mehr, warum er hierhergekommen war, und er wusste auch nicht, wie, aber er wusste, dass er am richtigen Ort war. *Er* war hier, und *sie* war hier, Draga, seine Braut, und er musste zu ihr, seine Beine waren schwach, vielleicht von all dem Slibowitz, den er getrunken hatte, aber sie trugen ihn noch, trugen ihn ihr entgegen, endlich, nach all den Jahren, zurück zu ihr ...

Niki konnte von all dem nichts wissen. Vielleicht, so dachte sie, war sie für ihn so etwas wie der Vollmond für den Schlafwandler. Und letztlich spielte es auch keine Rolle, was Herbert in ihr sah, solange er nur weiter auf sie zu kam. Sein Krankenkittel hing ihm triefend von den Schulterknochen, und der nasse Stoff klebte an seiner Haut. Schritt um Schritt näherte er sich ihr. Drei Meter, dann noch zwei.

Sie hatte verhindert, dass er vom Dach gesprungen war, so viel stand fest, aber ihre Anspannung ließ nicht nach. Sie wagte es kaum zu atmen, als könnte sie den fragilen Vorgang, dieses zentimeterweise Setzen seiner Füße in ihre Richtung – rechts, links, rechts, links, mit quälender Langsamkeit – in letzter Sekunde doch noch stören, zum Stillstand bringen oder sogar umkehren.

Aber Herbert erreichte sie schließlich, und als er direkt vor ihr stand, öffnete er seinen Mund, aus dem ihm ein Spuckefaden lief, und fiel vor ihr auf die Knie. Er presste seinen Kopf in ihren Schoß, schlang seine Hände um ihre Taille, und fing an, die Finger auf ihren Schenkeln, Hüften und Pobacken umherwandern zu lassen, als würde er mit den Fingerspitzen die Form ihres Slips unter dem Stoff des Hochzeitskleids ertasten wollen und irgendetwas zwischen ihren Beinen suchen – eine unerwartete körperliche Zudringlichkeit, die Niki vollkommen unvorbereitet traf.

Und sie war machtlos dagegen. Sie konnte Herbert nicht einfach von sich stoßen, wie sie es getan hätte, wenn er bei vollem Bewusstsein gewesen wäre. Das Bewegungsmuster seiner Hände folgte neuronal eingebrannten Automatismen, war ein Symptom für seine Unfähigkeit, Handlungsimpulse bewusst zu steuern. Als Ärztin musste sie das wissen, und doch wollte etwas, die Frau in ihr, sich der reflexhaften Ermächtigung, die in seinen blinden Griffen lag, nicht widerstandslos aussetzen.

Sie wusste ja nichts von Herberts Rückkehr in die Tage seines Glücks und von jenem kroatischen Hochzeitsbrauch. Sie empfand die immer heftiger werdenden Berührungen als das, was sie augenscheinlich waren: als sexuellen Übergriff. Und so war sie zutiefst erleichtert, dass ihr eine Reaktion darauf am Ende doch erspart blieb. Kurz bevor sie vielleicht die Beherrschung verloren hätte, fiel Herbert ins Koma zurück. Seine Arme glitten kraftlos auf dem Stoff ihres Hochzeitskleids hinab, und die Spannung wich aus seinem Oberkörper. Er sackte gegen Niki und kippte dann langsam zur Seite.

Pfleger eilten herbei und wickelten Herbert in die mitgebrachten Thermodecken. Doktor Lothar kam hinzu und blieb vor Niki stehen. Die Schulterpolster seines Jacketts hatten sich mit Wasser vollgesogen.

Für seine Verhältnisse wirkte er sehr nachdenklich, und er sagte ganz ohne Anflug von Ironie, was für ihn wirklich ungewöhnlich war: «Ich nehme an, er hat in Ihnen einen Engel gesehen.»

Gerade *das* hat er nicht, dachte Niki, behielt es aber für sich und sagte stattdessen: «Wer weiß, ob er überhaupt religiös ist.»

«Das ist nicht von Bedeutung. Die mythologische Figur des Engels ist tief in unserer Kultur verankert. Auch einem nicht religiös geprägten Menschen ist das Niederknien vor einer religiösen Instanz geläufig.»

Niki schüttelte den Kopf. «Besonders erfolgreich war meine himmlische Mission aber nicht. Was habe ich schon erreicht? Er ist jetzt wieder dort, wo er schon vorher war. Wo auch immer das ist.»

Doktor Lothar sah Niki an. «Sie haben alles richtig gemacht, Nikisha. Zweifeln Sie nicht an sich.» Er kannte sie inzwischen sehr gut. «Und nun kommen Sie. Sie erkälten sich noch.»

«Geben Sie mir noch eine Minute. Ich komme gleich nach.»

«Wie Sie möchten», sagte er und verschwand kurz darauf im Betriebsraum des Fahrstuhls.

Im schwachen, weißen Licht einer Lampe dort flimmerte der Regen. Regen hatte etwas Geheimnisvolles an sich, dachte Niki. Er war einfach da, niemand hatte je einen Regentropfen entstehen sehen. Wenn sie wirklich ein Engel war, dann glich sie darin dem Regen: Sie war es einfach. Es hatte mit der Berührung eines mexikanischen Bauern begonnen, und nun hatte es seine eigene Realität hervorgebracht. Sie hatte einen Menschen gerettet – das war doch etwas. Doktor Lothar hatte recht. Sie sollte nicht an sich zweifeln.

Im Schatten der Seitenwand des Betriebshauses glomm rötlich ein Punkt auf, und Niki konnte erahnen, dass dort jemand stand und rauchte. Die Gestalt, die sich nach dem Zug aus dem Schatten löste, trug einen schweren, bis unter die Knie fallenden Mantel, eine Art Militärmantel mit Schulterklappen, und die Unterschenkel steckten in dazu passenden, hohen Stiefeln mit Stahlkappen, deren Schaft unter dem Mantelsaum verschwand. Wenn Niki nicht erkannt hätte, wer da auf sie zukam, hätte sie auch beunruhigt sein können.

«Danke, dass Sie das gemacht haben.»

Es war Herbert Sellens Tochter. Beim Sprechen stieg der Rauch des vorherigen Zugs im Rhythmus der Silben von ihren Lippen in den Nebel. Trotz des dicken Mantels schien ihr kalt zu sein, weil sie die Arme vor der Brust verschränkt hielt. Nur ab und an hob sie den rechten Arm an, um an ihrer Zigarette zu ziehen.

«Waren Sie die ganze Zeit da?»

«Bin kurz nach Ihnen eingetrudelt.» Sie schützte ihre Zigarette vor dem Regen, indem sie die Kippe zwischen Daumen und Zeigefinger hielt und den Handrücken als kleines Dach über die Glut wölbte.

«Warum haben Sie sich verborgen? Vielleicht wäre es gut gewesen, wenn Ihr Vater Sie gesehen hätte.»

«Unser Verhältnis war ja nicht einfach. Ich war mir nicht sicher, wie er reagieren würde. Könnten Sie das mit Sicherheit sagen?»

Niki schüttelte den Kopf.

«Ich weiß ja nicht mal, wen oder was er eigentlich in mir gesehen hat, als er auf mich zukam.»

«Das kann ich Ihnen sagen: meine Mutter!»

«Ihre Mutter?»

Sie zog wieder und blies den Rauch aus. «Sie haben natürlich gedacht, *so einer* ist das ... Aber das ist er nicht. Es liegt an Ihrem Kleid. Meine Mutter hat mir mal Fotos von ihrer Hochzeit gezeigt, und auf einem davon kniet er genauso vor ihr wie gerade vor Ihnen. Auf einem ist er sogar *unter* ihrem Kleid. Meine Mutter meinte, das wäre ein kroatisches Hochzeitsspiel, bei dem der Bräutigam der Braut das Strumpfband vom Bein zieht. Meine Mutter war Kroatin. Ich war noch ein Kind und hab's mir wirklich wie ein lustiges Spiel vorgestellt. Er hat das nicht so gemeint, wie Sie gedacht haben.»

«Das konnte ich nicht wissen», sagte Niki.

«Woher auch? Toll, dass Sie ihm keine gepfeffert haben.»

«Nun ja ... Das machen wir Ärzte dann doch nicht.»

Sie nahm wieder einen Zug. «Wissen Sie, woran meine Mutter gestorben ist.»

«Nein.»

«Lungenkrebs. Das sollte mir eigentlich 'ne Lehre sein.»

«Es gibt eine Menge Ärzte, die rauchen», sagte Niki. «Wissen schützt da offenbar nicht.»

«Sie aber nicht?»

Niki schüttelte den Kopf. Susanne und Michael hatten sie immer bereitwillig ziehen lassen. Mit ihrer Tochter zu kiffen war ihr Versuch, das Eltern-Kind-Verhältnis auf eine neue Basis zu stellen, Niki zur gleichgesinnten Freundin zu gewinnen. Aber Niki konnte den Reiz von Tabak und Marihuana nie entdecken.

Herbert Sellens Tochter ließ ihre Kippe nach einem letzten Zug zu Boden fallen, wo die Glut mit einem kurzen Zischen in einer Pfütze verlosch.

«Sagen Sie mal, ist das wirklich ein Hochzeitskleid? Ich meine, darin laufen Sie doch nicht jeden Abend rum, oder?»

Niki schüttelte den Kopf. «Ich komme von meiner Hochzeitsfeier. So ist das bei uns Ärzten. Manchmal.»

«Hey, dann müssen Sie doch wieder hin!»

«Na klar, ich muss nur erst mal ... runterkommen. Und umziehen müsste ich mich auch.»

«Stimmt, wir sehen echt großartig aus ...» Niki sah sie zum ersten Mal lächeln. Dann, als hätte die Kleiderfrage sie auf einen anderen Gedanken gebracht: «Sagen Sie mal, ist vielleicht total blöd, wenn ich das so direkt anspreche, aber Sie wissen nicht zufällig 'ne Bleibe für eine Nacht?»

«Sie suchen was zum Übernachten?»

«Also ich hatte, um die Geschichte mal abzukürzen, einen ziemlich verkorksten Abend. Ist nicht so gelaufen, wie ich mir das vorgestellt habe. Keine Sorge, auch ich lauf nicht immer so rum. Das muss Sie aber nicht weiter beschäftigen.»

«Ich könnte Ihnen mein Zimmer anbieten. Das brauche ich heute Nacht ... ja nicht. Es ist ganz in der Nähe, kennen Sie den Wedding?»

«Bin hier aufgewachsen.»

«Ich bringe Sie hin. Ich zieh mir dann nur kurz was Trockenes an und verschwinde wieder. Dann haben Sie die vier Wände für sich.»

«Wirklich? Ich könnte da übernachten?»

«Sie können auch duschen, das können wir beide ja wohl gebrauchen.» Niki zitterte. Auf einmal war es zu kalt, um auch nur einen einzigen weiteren Moment im Freien auszuharren. «Wir rufen ein Taxi. Kommen Sie.»

«Sie können mich Lu nennen.»

«Na klar, gerne.»

«Ihren Namen find ich übrigens super. Frau Doktor Nikisha Lamont!»

«Niki.»

Lu sah sie überrascht an.

«Ich soll Sie duzen?»

«Komm.»

Berliner Taxifahrer sind bekanntermaßen einiges gewohnt, aber das war vielleicht doch nicht so alltäglich: Eine triefende Braut und eine durchnässte Frau in einem Militärmantel mit Stiefeln. Eine Taxifahrerin fuhr sie und stellte keine Fragen.

In ihrem Zimmer erlebte Niki eine weitere Überraschung. Und sie bekam eine Erklärung dafür, warum Lu trotz des wuchtigen Mantels die ganze Zeit über gefroren hatte: Sie trug nichts darunter – und nicht nur das. Ihr ganzer Körper, jeder Zentimeter ihrer Haut vom Hals an abwärts war mit in Grün und Türkis gehaltenen floralen Mustern bemalt, hier und da versehen mit roten, gelben oder violetten Blüteneinsprengseln. Alle Ornamente, Ranken und Verzierungen waren gut zu erkennen, lediglich an den Händen hatte der Regen die Farbe abgespült und an den Unterschenkeln war sie durch in die Stiefel gelaufenes Wasser verwischt.

Was für eine verblüffende Verwandlung! Mit Mantel und Stiefeln wäre Lu als finstere Angehörige einer paramilitärischen Truppe durchgegangen – jetzt dagegen sah sie aus wie ein mythisches Waldwesen, eine betörend schöne Märchen-Chimäre aus Pflanze und Frau, vor der sich jeder Sagenheld in Weltrettungsmission höllisch hätte in Acht nehmen müssen, um die Rettung der Welt nicht von der einen auf die andere Sekunde zu vergessen. Lus Moosschenkel, ihre Efeutaille, ihr Rankennacken und ihre Blütenbrüste waren zweifellos berauschend.

Das Duschwasser war so warm wie immer, aber auf ihrer durchfrorenen Haut kam es Niki kochend heiß vor. Erstaunlicherweise trotzte die Hennabemalung der Temperatur und der Feuchtigkeit. Lu hatte ihr beim Duschen den Vortritt gelassen, damit Niki schnell wieder zurück zur Hochzeit konnte ...

Neben dem Telefon im Flur musste noch der Zettel mit der Nummer des *White Wedding* liegen. Vielleicht, dachte Niki, sollte sie dort anrufen und, falls überhaupt jemand ranging, Clemens nach dem Stand der Dinge fragen. Ob ihr Kommen überhaupt noch sinnvoll wäre? Aber natürlich hätte dieser Anruf deutlich gemacht, dass sie es überhaupt als Option in Erwägung zog, nicht mehr zu kommen.

Als Niki in ein Handtuch gewickelt zurück ins Zimmer kam, lag Lu im Bett und war eingeschlafen. Die Decke war nur über die eine Hälfte ihres Körpers gezogen, und da ein Bein abgewinkelt war, fiel Nikis Blick auf Lus Scham. Sie war unbehaart, was vielleicht der Körperkunst auf ihrer Haut geschuldet war. Einen Moment lang zog Niki in Erwägung, sich zu ihr zu legen. Doch wie hätte sie Clemens jemals erklären können, die Hochzeitsnacht nicht mit ihm verbracht zu haben, sondern mit einer Frau, deren Körper noch umfassender bemalt war als ihr eigener? Es wäre der maximale Grad an Hochzeitsnachtkomplikation – wer außer ihr, Niki, hätte den schon heraufbeschwören können!

Und vielleicht gäben Lu und sie zusammen ja sogar ein Kaspar inspirierendes Bild ab: zwei Frauen voller Farben, schlafend in einem Bett. Zum ersten Mal seit Langem dachte Niki wieder an das Vagina-

Kunstwerk hinter ihren Bücherregalen. Was für eigenartige Zusammenhänge es gab. Doch auf einmal musste Niki ins Bad, und zwar sehr schnell! Sie erreichte das Waschbecken gerade noch rechtzeitig, bevor sie sich heftig übergab. Ihr Körper schien zu explodieren. Und Niki wusste auch, warum. Sie hatte Clemens die Fruchtbarkeit nicht geraubt.

14
Ein Mitternachtstraum

Lus zweite Bühnenrolle nach dem Hauptmann von Köpenick und ihre letzte vor dem Beginn ihrer Filmkarriere sollte erneut die eines Mannes sein, diesmal allerdings eines jungen Mannes. Sie spielte den Lysander in Shakespeares *Ein Sommernachtstraum*, aber sie spielte ihn nicht als Mann. Aus dem in Hermia verliebten Lysander wurde bei der Aufführung in einem Off-Theater mit dem Namen *Theater Zerbrochene Fenster* nämlich eine Lysan*dra*. Und das war nicht, wie seinerzeit in der Schule, einem Mangel an männlichen Darstellern geschuldet, sondern ein bewusst gesetzter Regieeinfall.

Das Engagement ergab sich nach einer Reihe von durchschnittlichen und eher unerquicklichen Jobs, die Lu in den Jahren nach dem Mauerfall manchmal für ein paar Wochen, manchmal für einige Monate, in einem Fall allerdings auch nur für ein paar Tage, annahm, um sich an den Haushaltskosten beteiligen zu können. Ihre erste Stelle trat sie im Frühjahr 1990 bei einem Hundefutterhersteller an. Das Werk lag in einem heruntergekommenen Industriegebiet zwischen Wilhelmsruh und Waidmannslust. Das klang nicht unbedingt nach Industriegebiet, aber von den einstigen Dörfern, Jagdgründen und Idyllen rund um Berlin war nicht mehr viel übrig, jedenfalls nicht im Norden Berlins. Andere Ecken kannte Lu nicht.

Ihre Aufgabe war es, in einem Stahlbottich, der einen Kubikmeter einer bräunlich-rosafarbenen Masse enthielt, die ununterbrochen von zwei großen, propellerartigen Rührschaufeln umgewälzt wurde, regelmäßig die Konsistenz des Breis zu überprüfen. Die sollte schlammig-zäh, aber nicht zu klebrig sein – falls doch, war eine gelbliche, säuerlich riechende Brühe zuzusetzen, die aus einem an einer elastischen Ampel über dem Kessel baumelnden Duschkopf gezapft wurde. Da manche der Brauselöcher verstopft waren, spritzte die Brühe beim Zapfen nicht nur als Strahl gebündelt nach unten, sondern hier und da auch seitlich weg. Lu musste lernen, den Duschkopf in einer bestimmten Schrägstellung zu halten, damit sie selbst nichts abbekam.

Das Gemisch wurde von unten erhitzt, aber die Temperaturregelung war nicht mehr in Ordnung. Manchmal fing der Brei am Kesselboden an zu kochen, sodass sich Dampfblasen bildeten, die heiß genug wurden, um ihren Weg durch die zähe Masse an die Oberfläche zu finden. Dort warfen sie Breihügel auf, die ab einer bestimmten Größe mit einem dunklen Blopp explodierten.

Geschah das in dem Moment, in dem Lu gerade die Konsistenz des Futterteigs prüfte, die Oberflächentemperatur maß oder Brühe zusetzte, dann landeten die Breifetzen nicht nur auf dem umliegenden Betonboden, sondern auch auf ihrer Arbeitsschürze. Die war zwar aus wasserdichtem Gummi, dafür aber auch ziemlich steif. Es gehörte zu Lus Aufgaben, nach einer solchen Überhitzung die Breibatzen vom Boden aufzuwischen und danach – immerhin – *nicht* wieder zurück in den Kessel zu befördern, sondern in einem dafür bereitstehenden Blecheimer zu entsorgen.

Ihr Vorgesetzter hieß Kemal, stammte aus einem Ort ein paar Hundert Kilometer östlich von Ankara und war Moslem. Die Fleischrohmasse für das Futter – wenn es denn wirklich *Fleisch*rohmasse war – wurde in großen, tiefgefrorenen Blöcken auf Holzpaletten angeliefert, die ein paarmal in der Woche von Gabelstaplern aus Kühllastern gezogen und auf dem Firmenhof abgestellt wurden. Eine von Kemals Aufgaben war die Qualitätsprüfung des angelieferten Materials. Er trieb einen großen mechanischen Drillbohrer in die gefrorene Masse, wodurch diese, vom Bohrer zermalmt, aus dem Eisblock herausrieselte und auftaute. An bestimmten Details erkannte Kemal, ob das Fleisch noch gut war oder nicht.

Weil anzunehmen war, dass die gefrorene Rohmasse zum größten Teil aus Schweinefleisch bestand, trug Kemal bei seiner Arbeit immer eine riesige Latzschürze, Gummihandschuhe und einen Mundschutz – was vielleicht eine betriebliche Hygienevorschrift war, aber sicher auch auf sein eigenes Bedürfnis zurückging, sich mit der unreinen Masse nicht zu kontaminieren. Vielleicht wurden auch Gefügelreste oder Knochenmehl von Kälbern und Rindern darin verarbeitet, aber das machte die Mischung nicht halâl.

Einmal erklärte Kemal Lu das islamische Konzept der fünf Kategorien von *obligatorisch* bis *verboten*. Halâl, *erlaubt*, die dritte Kategorie, stand genau in der Mitte, aber Schweinefleisch rangierte in der untersten, harâm, *verboten*. Lu hatte von religiösen Anschauungen keine Ahnung, weder von christlichen noch von mohammedanischen.

«Ich sage dir, du möchtest wirklich nicht wissen, was Schweine alles fressen», sagte Kemal zu Lu. «Und du isst, was das Schwein frisst. Du isst doch Schwein, oder nicht?»

Sie stand auf einer Trittleiter und duschte Brühe in den Bottich. «Also wenn du Schnitzel meinst oder Bouletten.»

Womit Kemal bei der Arbeit haderte, hörte damit aber noch nicht auf. Im Islam galten nicht nur Schweine als unrein, sondern auch Hunde, insbesondere schwarze. «Ein Moslem käme nie auf die Idee, einen Hund in sein Haus zu lassen», sagte Kemal. «Die Deutschen behandeln ihre Hunde wie Familienmitglieder. Das können wir nicht verstehen.»

Warum er die Arbeit in einer Hundefutterfabrik, die Schweinefleisch verarbeitete, überhaupt machte, war Lu bei all dem nicht klar, und sie würde es in der kurzen Zeit, die sie in der Firma blieb, auch nicht erfahren. Etwa drei oder vier Monate hielt sie es aus, und dann schmiss sie die Arbeit hin. Es dauerte noch Wochen, bis sie den Geruch und, noch später, auch die *Erinnerung* an den Geruch der Fleischrohmasse wieder aus der Nase und dem Gedächtnis bekam. Wirklich vergessen würde sie ihn nie.

Als ihr Vater Jahre später ins Koma fiel, musste sie am Tag danach wieder an diese Arbeit denken. Bereits der Geruch, der ihr im Flur entgegenschlug, erinnerte sie daran. Sie ging ins Wohnzimmer, in dem sie Herbert gefunden hatte, und kratzte dort das Erbrochene, das am Teppichboden angetrocknet war, mit einer Bürste aus den Fasern, wischte es mit einem feuchten Küchenkrepp auf und warf es in einen Eimer. Und auf einmal wich ihr die Kraft aus den Beinen, sie ging in die Knie und begann zu weinen und zu weinen, dieser Geruch und alles und der Tod ihrer Mutter und das Elend ihres Vaters und dieser Geruch, der all das enthielt ...

Die nächste Stelle, die man ihr anbot, klang sauberer, ja ausgesprochen hygienisch oder sogar keimfrei. Die auszuführende Tätigkeit nannte sich offiziell «Medikamente kommissionieren». Lu konnte sich nichts darunter vorstellen, und der Mitarbeiter im Arbeitsamt erklärte es ihr: Es gehe ganz einfach darum, Medikamentenbestellungen aus den Apotheken in einem großen Auslieferungslager zusammenzusuchen, transportfertig zu machen und den Lieferanten zu übergeben. Das sei eine leichte, gerade für Frauen hervorragend geeignete Tätigkeit, die keinerlei spezifische Ausbildung, körperliche Eigenschaften oder geistige Talente voraussetze, außer natürlich der Fähigkeit zu lesen, um Aspirin von Bullrich Salz oder Alka Seltzer unterscheiden zu können. Man merkte, dass er diesen «Scherz» schon oft gemacht hatte, was auf ein regelmäßiges Kommen und Gehen bei der Stelle schließen ließ. Wahrscheinlich war wieder irgendein Haken dabei, dachte Lu.

Alles in allem stimmte die Tätigkeitsbeschreibung. Es war allerdings nervtötend, acht Stunden lang mit Kunststoffkörbchen die langen Regale des Auslieferungslagers abzuklappern, um eine Liste von Medikamenten zusammenzusuchen, unter deren Namen man sich nichts vorstellen konnte. Abends schwirrte einem von den vielen, alle irgendwie gleich «medizinisch» klingenden Packungsaufschriften der Kopf: Amantadin, Fucicort, Imigran, Laxoberal, Rhinex, Xorox ...

Lu fragte sich, wer sich all diese Bezeichnungen ausdachte und warum man die Medikamente nicht einfach Schnupfenweg, Fieberrunter oder Schnellschiss nannte.

Außerdem hatte sie sich eine sterile, im Gegensatz zur Hundefutterproduktion nach nichts riechende Atmosphäre in einem Medikamentenlager vorgestellt. Wonach sollten luftdicht in Kunststoff und Stanniol eingeschweißte Tabletten oder nicht weniger luftdicht verschlossene Hustensäfte, Augentropfen oder sonstige Tinkturen schon riechen? Aber da hatte sie sich geirrt. Offenbar sonderten Tabletten die Verpackung durchdringende Moleküle ab, die vom Geruchssinn als ungesund eingestuft wurden. So als verströmten sie den Odem der jeweiligen Krankheit, die sie zu heilen versprachen.

Als Draga im Sterben lag, verbreiteten die vielen Medikamente, die sich im Bad, den Küchenschubladen und auf Dragas Nachttisch stapelten, all die Schmerz- und Entwässerungstabletten, die Beruhigungs-, Schlaf- und Abführmittel, in der Wohnung einen Krankheitshauch, der sich von Tag zu Tag zu verdichten schien. Und jeden Morgen, wenn Lu das Medikamentenlager mit seiner vermeintlich sterilen Luft betrat, hatte sie wie damals das Gefühl, ersticken zu müssen. Es roch nach Krebs, es roch nach dem Tod ihrer Mutter.

Es gab nur wenige, die diese eintönige Tätigkeit lange aushielten. Eine von ihnen war Roswitha, eine übergewichtige Rothaarige, die schon mehr als zehn Jahre nichts anderes machte und beim Zusammensuchen der Medikamente Selbstgespräche führte oder vor sich hin fluchte. In den Arbeitspausen stellte sich heraus, dass sie an UFOs glaubte.

Die vielen unterschiedlichen Medikamentenpackungen, erklärte sie Lu, die eigentlich nur hatte fragen wollen, wie Roswitha sich in dem ausufernden Cin-ax-ox-ral-Durcheinander zurechtfand, seien ein Trick, der Vielfalt vortäuschen sollte. Tatsächlich aber, behauptete sie, enthielten sämtliche Medikamente ein und denselben Wirkstoff – eine Droge, die die Menschen gefügig mache. Es sei am Ende ja egal und gar nicht voneinander zu unterscheiden, ob ein Medikament tatsächlich wirke und es den Patienten besser gehe, oder ob man sich unter dem Einfluss einer Droge nur einbilde, geheilt zu sein.

«So eine Scheiße, Kacke, Scheiße», sagte sie.

«Wie bist du dahintergekommen?»

«Weil ich auch was nehmen soll. Kacke. Und ich spür die Wirkung genau in meinem Kopf. Ich soll abhängig gemacht werden. Scheiße.»

«Im Ernst?»

«Na klar, Kacke. Ich nehme aber nichts. Ich werfe heimlich alles weg. Aber manchmal bekommen sie das mit. Scheiße, Kacke, Wichser. Dann werde ich gegen meinen Willen wieder vollgepumpt. Aber ich lasse mich nicht kleinkriegen.»

«Auf keinen Fall.»

«Verlass dich drauf. Ärsche. Kacke.»

Urheber, Planer und Nutznießer dieser Täuschung waren Roswitha zufolge Außerirdische. Sie sei von ihnen auch schon mehrfach entführt worden, behauptete sie.

«Die haben mir schon alles Mögliche in den Körper implantiert», flüsterte sie Lu zu, als sie sich einmal vor dem T-Regal zwischen Tardyferon und Tarektin trafen. «Wichser, Ärsche. Und sie haben mir den Brustkorb geöffnet, um die Funktion der Lunge zu verstehen. Die Außerirdischen können nämlich keine Luft atmen.» Sie nahm eine Schachtel Taraxan aus dem Regal. «Du darfst nie eine Tablette einnehmen, hörst du *nie*. Sonst haben sie dich. Unsere Politiker sind alle durch außerirdische Kopien ersetzt. Scheiße, Wichser.»

«Ich dachte, sie könnten auf der Erde nicht atmen.»

«Seit sie meine Lunge studiert haben, haben sie herausgefunden, wie es geht. Kacke, verfluchte Ärsche.» Sie senkte ihr Stimme noch mal. «Und sie haben es mit mir auch *getrieben*.»

«Im Ernst?», sagte Lu.

«*Das* vergisst du als Frau nicht.» Ihre Augen weiteten sich bedeutungsvoll. «Die stehen auf mich, das kannst du mir glauben.»

Sie zog mit ihrem Korb weiter. Lu sah auf die Uhr. Sie hatte noch eine endlose Stunde zwischen Abacavir, Noradrenalin, Snivex und Zyvoxid vor sich. Auf einmal dachte sie an Timo und seinen – wie hatte das noch geheißen? – Priapismus. So was vergaß man als Frau auch nicht.

Als sie an einem kühlen Abend nach Hause kam, quoll der Briefkasten ihres Vaters über. Sie öffnete ihn und nahm die Post heraus, eine Mischung aus Werbung, ein paar offiziellen Schreiben und einem Brief von der Hausverwaltung.

Herbert hatte zurzeit keine Freundin. Es hatte nichts genützt, dass er heimlich einen Safe in die Wand betoniert hatte. Vor Kurzem war Swetlana ihm auf die Schliche gekommen und hatte ihn zur Rede gestellt. Danach kam es erneut zu den obligatorischen Wohnungsverwüstungsdramen, nur mit den Möbeln hielt sich Herbert diesmal zurück, vielleicht weil er inzwischen über fünfzig war.

Auch im Treppenhaus bekam man seine Schimpftiraden wieder mit. Dann schien er, dachte Lu, unter der gleichen Störung zu leiden wie Roswitha – Lu hatte mitbekommen, dass es sich um das Tourette-Syndrom handelte –, nur als Mann: «Fotze. Schlampe. Verfluchte Nutte!»

Vic hatte zwei Tiefkühlpizzen in den Ofen geschoben. Lu legte Herberts Post aufs Fensterbrett. Es roch nach Tomaten, Oregano und den Ausdünstungen aus angekokelten Essensresten und überhitzten Fettspritzern eines zu selten gereinigten Backofens. Vic balancierte die Pizzen auf zwei Holzlöffeln mit langen Stielen, die er als provisorische Träger unter die Pizzapappscheiben schob, aus dem Ofen und ließ sie auf die Teller rutschen.

«Wie war's?», erkundigte er sich.

Lu nahm ein Bier aus dem Kühlschrank. «Wie immer. Weiß nicht, wie lang ich das noch durchhalte.»

«Du musst nicht mehr jobben. Nicht für die Miete. Das habe ich dir ja schon gesagt.»

Nach dem Zusammenbruch seines Super-8-Schmuggelgeschäfts, von dem er Lu in jener Nacht erzählt hatte, als Timos Priapismus in der Notaufnahme behandelt worden war, verfiel Vic in eine für seine Verhältnisse sehr gedrückte Gemütslage. So kannte Lu ihn nicht, und eine Zeit lang herrschte zwischen ihnen schlechte Stimmung. Lu war wütend, weil er all die Jahre nie die volle Wahrheit darüber gesagt hatte, was er eigentlich machte.

Sie verlangte von ihm, dass er sie nicht mehr wie das Mädchen behandelte, das er – aus welchen Gründen auch immer – bei sich wohnen ließ, sondern wie eine gleichwertige Mitbewohnerin. Nur aus diesem Grund biss sie sich ja durch ihre Jobs. Sie wollte ihren eigenen Beitrag zur Miete leisten.

Im Frühjahr relativierte Vic seine Feststellung, nach dem Fall der Mauer pleite zu sein. Er habe die Lage in jener Winternacht wohl etwas zu drastisch eingeschätzt. Er hatte in den vergangenen Jahren des Filmschmuggelns genug Geld zurückgelegt, um noch eine Weile über die Runden kommen zu können – und er war der einzige Erbe seiner Mutter. Ihr Tod schmerzte ihn sehr. Zum Glück hatte er sie nach dem Fall der Mauer noch ein paarmal sehen können, bevor sie an einem Herzschlag – und wenigstens ohne langes Leiden – verstarb. Danach stellte sich heraus, dass sich von ihrem Gehalt als Schuhverkäuferin im Laufe der Jahre eine beachtliche Summe auf ihrem Sparkonto angesammelt hatte. Selbst nach der Verringerung dieses Betrags durch die Umstellung des Kontos von Ost- auf D-Mark bei der Währungsunion blieb Vic ein solides finanzielles Polster.

Lu ging dennoch weiter zur Arbeit. Sie wollte nicht den ganzen Tag in der Wohnung herumsitzen, ganz gleich, ob Vic von ihr nun einen Anteil für die Miete haben wollte oder nicht.

Gelegentlich hing natürlich auch die Frage, was sie eigentlich füreinander waren, unbeantwortet in der Luft. Sie wohnten zusammen unter einem Dach, Vic als Mann und Lu – das musste man jetzt endgültig so sagen, daran führte keine Teenager- oder Halbwüchsigen- oder Mädchenrelativierung mehr vorbei – als Frau. Aber sie schliefen nicht miteinander, was andere vermutlich ungewöhnlich gefunden hätten.

Vor Kurzem hatten sie sich *Harry und Sally* ausgeliehen. Seit das *Egalia* hatte aufgeben müssen, waren die Kassetten aus der Videothek am Nettelbeckplatz die einzige Möglichkeit, die Tradition des gemeinsamen Filmschauens aufrechtzuerhalten. In *Harry und Sally* war es um die Frage gegangen, ob Mann und Frau *nur* miteinander befreundet sein konnten, *ohne* miteinander ins Bett zu gehen. Und die Hollywood-Antwort war: Entweder sie werden ein Liebespaar, oder sie verlieren das Interesse aneinander. Und wie zur Untermauerung dieser These landeten Meg Ryan und Billie Crystal am Ende *natürlich* im Bett.

Lu ärgerte sich darüber. Wegen ihrer Sex-ohne-Liebe-Theorie schien es ihr genau umgekehrt zu sein. Nur wenn man *kein* Liebespaar war, konnte man miteinander ins Bett gehen, ohne zu riskieren, am Ende unglücklich zu werden. Ihr war nur nicht klar, wie Vic in dieses System passte. Und deswegen fragte sie sich hin und wieder, oder musste sich fragen, wie viel sie für ihn empfand. Die Antwort fiel leider eindeutig aus: *zu* viel. Zu viel, um unter Beibehaltung ihrer Sex-ohne-Liebe-Maxime mit ihm zu schlafen. Sie wollte ihre Freundschaft nicht riskieren.

Aber wie stellte sich die Angelegenheit für Vic dar? Lu wusste nicht, ob er in seinem Leben auch einer Art Sex-ohne-Liebe-Regel folgte. So richtig Lu es fand – es hatte auch etwas Irritierendes, dass Vic sie offensichtlich nur als gute Kameradin, nicht aber als mögliche Liebespartnerin betrachtete und es nicht wenigstens entfernt in Erwägung zu ziehen schien, mit ihr zu schlafen. Sie war nicht übermäßig eitel, aber sie wusste schon, dass sie als Frau attraktiv war.

Manchmal saßen sie spät abends mit einem Bier noch vor der Glotze und sahen sich einen billigen Actionfilm mit vielen Schießereien an und zwei oder drei Szenen mit angedeutetem, wildem Sex – auffallend häufig im Stehen, die Frau vom Mann hochgehoben, gegen eine Wand gedrückt und von unten genommen, das Ganze so schnell, dass der Mann schon vorab einen Ständer in der Hose gehabt haben musste, eine Art cineastischer Prä-Priapismus. In solchen Momenten reizte es Lu, sich zu Vic zu drehen und wie nebenbei zu sagen: «Vic, weißt du übrigens, was ich bei unserer ersten Begegnung gesehen habe?» Aber das machte sie nie.

«Gib den Medikamentenjob auf», sagte er jetzt und zerschnitt seine Pizza. «Der macht dich nur verrückt.»

Lu schob sich ein Salami-Peperoni-Pizzastück in den Mund und kaute nachdenklich auf dem scharfen Bissen herum. «Die haben da ja nicht alle Tourette.»

«Wahrscheinlich bekommt man's davon.»

Den Gedanken fand Lu plausibel. «Die Sache mit der Schauspielerei geht mir nicht aus dem Kopf», sagte sie. «Vielleicht sollte ich das einfach mal versuchen.»

Er nickte. «Vielleicht solltest du zur Abwechslung aber mal 'ne Frau spielen.»

Er wusste, dass ihre erste und bisher einzige Rolle der Hauptmann von Köpenick gewesen war. Und es stimmte, dass sie große Lust hatte, eine Frau zu spielen. Nachdem Lu *Harry und Sally* gesehen hatte, fragte sie sich, ob sie wie Meg Ryan in der Lage wäre, in einem voll besetzten Fast-Food-Restaurant vor einem Salat ohne Dressing einen Orgasmus zu simulieren. Ihr wurde klar, dass es noch eine Menge schauspielerischer Erfahrungen gab, die sie als Hauptmann von Köpenick nicht hatte machen können.

«Weißt du was?», sagte sie. «Roswitha könnte ich super spielen. Scheiße, Ärsche, Kacke!» Sie machte ein paar sehr authentisch wirkende Zuckungen des Kopfes und ihrer Mundwinkel. «Ich glaube, mich würd's als Schauspielerin eher zu Kaputtheit und Irresein ziehen als zu Glück und Normalität. Scheiße. Wichser. Ärsche!»

Vic musste lachen. «Du hast wirklich Roswitha-Talent.»

Sie aß noch ein Stück Pizza und stellte danach ihren Teller ins Waschbecken. «Ich geh mal hoch. Sein Briefkasten ist wieder aus allen Nähten geplatzt.»

«Ich hab schon lange nichts mehr von ihm gehört», sagte Vic und deutete mit einem Finger nach oben.

«Hm.» Unvermittelt fuhr Lu fort: «Weißt du noch, wie wir uns kennengelernt haben?»

«Die Sache mit dem Ventilator?»

«Du musstest aufs Bett klettern, um ihn abzustellen.»

«Weiß ich.»

«Um sicherer zu stehen, hast du die Beine gespreizt.»

«Kann sein. So genau weiß ich's nun doch nicht mehr.»

«Ich aber», sagte sie. «Du warst unter dem Bademantel nämlich nackt.»

Vic sah auf. «Ach ja?»

«Unübersehbar. Kein Slip, nichts.»

Er brauchte einen Moment, um sich die Konsequenzen klarzumachen. «Du hast damals meinen Schniedel gesehen?»

«Hab ich.»

Er kratzte sich am Kopf. «Oh. Das war mir nicht klar.»

«Die Sache war mir echt peinlich. Ich war ja noch so jung.»

«Dann warst du *deswegen* hinterher so verdattert?», sagte er.

Sie nickte.

«So was.» Er trank einen Schluck Bier.

«Ich geh dann mal», sagte Lu.

«Alles klar.»

Da hatte Lu sich so oft gefragt, wie und wann sie Vic die Geschichte mit seinem Penis erzählen sollte und was dann möglicherweise geschehen würde, und nun hatte sie es getan, und es stellte sich heraus, das nichts weiter geschah. Sie hatte lediglich wieder etwas gelernt: Es machte Männern nichts aus, dass Frauen ihren Penis sahen – es sei denn bei einem krankhaften Dauerständer.

Herbert saß in Tennissocken, schlabbrigen Boxershorts und Feinrippunterhemd vor dem Fernseher. Die Helligkeits- und Szenenwechsel auf dem Bildschirm ließen die Haut an seinen Waden mal bleicher mal farbiger aufschimmern. Wie immer nach einer Trennung ließ er sich äußerlich verkommen. Er war seit Tagen unrasiert, und seine inzwischen ergrauten Haare wellten sich ungeschnitten über die Ohren.

Lu ging in die Küche, in der sich Geschirr stapelte. Gegen die allgemeine Verwahrlosung der Wohnung war ihr Haushalt mit Vic, obgleich auch nicht makellos oder penibel aufgeräumt, nahezu perfekt. Lu machte sich daran, in der Küche Ordnung zu schaffen, so wie Draga es immer getan hatte.

«Die Schlampe hat immer alles stehen und liegen lassen!», rief Herbert aus dem Wohnzimmer – eine unsinnige Bemerkung, schließlich war Swetlana seit Wochen weg. Lu hatte schon mehrfach aufgeräumt. «Die war sich für jede Hausarbeit zu schade», fügte er hinzu. «Bei deiner Mutter war das anders. Da hätte es so was nicht gegeben, das kannst du mir glauben.»

Eine Verfolgungsjagd mit Schießerei unterbrach ihn mit Reifengequietsche, Polizeisirenen und Pistolengeknalle. Lu öffnete das Fenster, um atembare Luft hereinzulassen. Sie kratzte die Essensreste von den Tellern und verfrachtete sie in die Spülmaschine, die mit öligen Töpfen vollgepackt war. Sie nahm sie wieder heraus, um Platz für das Geschirr zu schaffen. Die Töpfe spülte sie von Hand, und nach einer knappen Stunde war die Küche wieder in einem halbwegs akzeptablen Zustand. Von ihrem Vater hörte sie nichts – vielleicht war er vor dem Fernseher eingeschlafen.

Aber kaum hatte sie sich hingesetzt – offenbar hatte er noch einen Instinkt dafür, wann die Küche wieder ohne Infektionsgefahr zu betreten war –, kam er auf seinen dünnen, weißen Beinen hereingeschlurft und nahm sich ein Bier aus dem Kühlschrank. «Das hättest du nicht machen müssen. Ich hätte das schon hingekriegt.»

Lu verdrehte nicht einmal mehr die Augen.

«Ich komme morgen rauf und saug mal durch und so», sagte sie.

«Ich engagier 'ne Putze.» Immer wenn er von einer Frau verlassen worden war, kam er Lu geschrumpft vor. «Ich bin nur im Moment ein bisschen knapp bei Kasse. Sobald ich was habe, kriegst du als Erstes 'ne ordentliche Summe.»

Er setzte sich hin und öffnete die Flasche.

«Wieso arbeitest du nicht?»

«Die Firma ist pleitegegangen», sagte er und trank einen Schluck. «Totale Misswirtschaft, die Manager haben sich alles unter den Nagel gerissen. Ist ja immer so. Angeblich sind die ganzen Aufträge in Berlin weggebrochen. Könnte schon sein. Vor der Wende gab's für Berlin immer 'ne saftige Unterstützung aus dem Westen, aber jetzt haben die Pfennigfuchser in Bonn die Milliarden gestrichen, die hier immer reingeflossen sind. Die pumpen das ganze Geld jetzt nämlich in den Osten. Die Vereinigung ist ein totaler Beschiss. Kannst du dir das vorstellen! Die Ossis kriegen den ganzen Zaster, und wir hier im Westen haben jahrelang geschuftet und sollen sehen, wo wir bleiben. Nur weil die da drüben nicht in der Lage waren, Fahrstühle zu bauen, kriegen sie jetzt alles neu gemacht. In Jena oder Bautzen könnte ich vielleicht 'ne Stelle finden. Aber wer will schon in diese Ruinenstädte! Das wär 'ne unzumutbare Belastung, und das würde ich denen vom Arbeitsamt auch sagen.»

Lu schob ihm die Post hin. «Da ist ein Brief von der Hausverwaltung. Und wenn ich das richtig sehe, auch einer von 'ner Inkassofirma.»

«Die können mich alle mal kreuzweise.»

«Willst du sie nicht wenigstens aufmachen?»

«Brauch ich nicht», sagte er. «Das mit der Inkassofirma kann ich dir erklären. Die Schlampe hat mein Konto leer geräumt. Du wolltest mir ja nicht glauben, dass sie kriminell ist. Die ist in die Luxusläden am Ku'damm stolziert und hat mit meiner Kreditkarte bezahlt. Sie hat meine Unterschrift gefälscht. Da schauen die in den Läden doch gar nicht hin, ist denen doch scheißegal, woher sie ihr Geld kriegen.»

«Um wie viel Geld geht es denn?»

«Keine Ahnung. Diese Inkassofirmen sind Verbrecherbanden. 'n paar Tausend Mark vielleicht. Bei denen wird daraus gleich das Doppelte oder noch mehr. Mach dir mal keine Gedanken. An mir werden die sich die Zähne ausbeißen. Die sollen mir erst mal nachweisen, dass ich irgendwas gekauft habe. Das können sie nicht, und dann sollen sie schön hinter der Schlampe herlaufen und versuchen, von der Geld zu kriegen. Oder sich von ihr die Handtaschen, Klamotten und Parfums zurückholen. Mir ist das alles scheißegal. Den Brief kannst du gleich in den Müll werfen.»

«Ich glaub nicht, dass die lockerlassen.» Lu nahm den Brief von der Hausverwaltung zur Hand. «Und was wollen die von dir?»

«Woher soll ich das wissen? Na gut, wahrscheinlich geht's um die Miete. Ich hab's noch nicht geschafft, zum Amt zu gehen, damit die sich drum kümmern. Das müssen die nämlich, das steht mir jetzt zu.»

Lu schüttelte den Kopf. «Das interessiert den Vermieter doch nicht. Der will einfach nur sein Geld, nehme ich an.»

«Sein Geld! Sein Geld!», brauste Herbert auf. «Vermieter sind Haie! Die DDR war ein verfluchtes Dreckslands, aber wohnen konntest du da praktisch umsonst. Das war gut, das muss man den Ossis lassen. Sie hätten nur die Häuser nicht so verrotten lassen sollen.»

«Ich mach den jetzt auf.»

«Mir egal. Ich sag ja, die können mich mal.» Er stand auf und ging wieder ins Wohnzimmer.

Vic war vor Kurzem eine Mieterhöhung ins Haus geflattert, ein umfangreiches Formular mit vielen Zahlen, das sich angeblich auf eine Reihe von Paragrafen, unter anderem § 1 und § 2 eines Wohnungs*verbesserungs*gesetzes stützte, was Vic die Bemerkung entlockte, was an einer Wohnung durch eine Mieterhöhung denn *besser* werde? Er wurde in dem Formular um seine Zustimmung zur neuen Miete «gebeten». Das wäre so, meinte er, als würde ein Richter einen Verurteilten um Zustimmung zum Urteil «bitten». Vic warf das Formular in den Mülleimer. Die Mieterhöhung musste er aber trotzdem bezahlen.

Lu riss den Brief von der Hausverwaltung auf. Herbert war mit drei Monatsmieten im Rückstand, und die Verwaltung behauptete, deswegen das Recht zu haben, ihm fristlos zu kündigen. Er sollte bis zum Monatsende ausziehen.

«Die wollen dich rausschmeißen», rief Lu.

«Das können die gar nicht», rief er aus dem Wohnzimmer.

«Und wenn doch?»

Herbert kam wieder zurück. «Es gibt Mieterschutz und so, das ist gesetzlich geregelt. Ich geh zum Mieterverein. Die ziehen für mich vor den Kadi, und so ein Verfahren dauert Jahre. Am Ende mache ich wieder einen auf traumatisiert, und das war's dann für die Verwaltungsheinis. Es gibt nämlich immer Härtefallregelungen und so. Einen Mieter aus einer Wohnung rauszukriegen ist praktisch unmöglich, solange er nicht freiwillig geht. Also mach dir mal keine Sorgen um deinen Alten.»

Er meinte das durchaus zärtlich.

«Ich mache mir keine Sorgen, aber du solltest dir vielleicht welche machen. Warum schreiben die dir denn, wenn's sinnlos ist?»

«Sie probieren's. Ist doch klar.»

Am nächsten Tag ließ Lu sich einen Beratungstermin beim Mieterverein geben. Dort machte man ihr – wie sie schon befürchtet hatte – keine großen Hoffnungen. Eine fristlose Kündigung wurde nur dann unwirksam, wenn der Vermieter bis spätestens zwei Monate nach Zustellung der Räumungsklage hinsichtlich der fälligen Miete «befriedigt» würde – eine merkwürdige Formulierung, fand Lu.

«Das heißt, mein Vater hat zwei Monate Zeit, die Kohle aufzutreiben?»

«Ja», nickte der Berater.

«Und gibt's noch andere Möglichkeiten, die Räumung aufzuhalten?»

«Viele nicht. Eine Schwangerschaft zum Beispiel, da sagen die Gerichte schon mal, bis zur Geburt des Kindes wird die Räumung ausgesetzt. Aber das ist alles Ermessenssache. Ein verbrieftes Recht darauf gibt es nicht. Und außerdem geben die Gerichte einem solchen Antrag auf spätere Räumung nur statt, wenn zumindest die laufenden Mieten regelmäßig bezahlt werden.»

«Und wenn nicht? Mein Vater hat noch keine andere Wohnung in Aussicht.»

«Dann stünde er auf der Straße. Es sei denn, er und der Vermieter einigen sich gütlich. Das ist auch außerhalb einer rechtlichen Regelung jederzeit möglich.»

Nach dem Gespräch ging Lu in einen Buchladen und besorgte sich einen Ratgeber zum Thema Schwangerschaft. Alle Phasen der Tragezeit wurden darin mit ihren jeweiligen Auswirkungen auf den Körper ausführlich, mit vielen Fotografien, Tabellen und grafischen Darstellungen beschrieben. Nach der Lektüre entschied Lu sich für den sechsten Monat.

Eine frühere Schwangerschaftsphase hätte zwar einen längeren Aufschub der drohenden Räumung zur Folge gehabt, aber ohne die sichtbare Ausbildung eines schwangeren Bauches würde ihrem Auftritt beim Vermieter die nötige Dramatik, die offenkundige Dringlichkeit und damit der erforderliche moralische Nachdruck fehlen. Im sechsten Monat hatte der Bauch einer Schwangeren immerhin das Ausmaß und das Gewicht einer Honigmelone.

Lu kaufte eine in einem türkischen Gemüsemarkt. Nach einigem Experimentieren benutzte sie einen Kopfkissenbezug, um sich die Melone umzubinden. Dazu musste sie die Kissenecken auf dem

Rücken verknoten. Es überraschte Lu, wie schwierig es war, sich eine Schleife auf dem Rücken zu binden. Bei einem Interview würde sie sich viele Jahre später einmal daran erinnern und sagen: «Schauspielen ist wie eine Schleife auf dem Rücken binden. Etwas, was man blind kann – nämlich ein Mensch zu sein –, wird durch eine kleine Verschiebung – nämlich ein *anderer* Mensch zu sein – ziemlich kompliziert.»

Als Vic einen Abend nicht da war, schob Lu sich als Schwangere eine Pizza in den Ofen. Beim Vorbeugen donnerte die Melone gegen die Backofenklappe. Beim Essen tropfte flüssiger Käse auf den vorspringenden Bauch, und der Druck auf den Magen durch das Gewicht der Melone schien ihren Appetit zu hemmen. Beim Pinkeln kam sie nicht in gewohnter Weise mit dem Klopapier zwischen ihre Beine, und beim Hose-Hochziehen verlor sie das Gleichgewicht und wäre beinahe nach hinten gekippt und wieder auf der Klobrille gelandet. Nach dem Essen ging sie zwei oder drei Stunden lang mit der Melone vor dem Bauch in der Wohnung umher. Am nächsten Morgen hatte sie Muskelkater im Rücken.

Vielleicht war der Grund dafür, dass sie die Sache so konsequent anging, auch der Wunsch, dass sie spielen wollte, ganz gleich was! Bei ihrer spontanen Imitation von Roswithas Tourette-Syndrom war ihr wieder klar geworden, wie sehr sie das mochte. Seither sehnte sie sich manchmal sogar nach Theater-AG zurück, und das wollte wirklich etwas heißen.

Nach einer Woche Training hatte sie das Melonenbauchgefühl so gut in ihren Muskeln, Reflexen und Bewegungsabläufen gespeichert, dass sie es auch ohne vorgeschnallte Melone auf Anhieb reproduzieren konnte. Sie brauchte nur einen Schalter im Gehirn umzulegen, und schon watschelte sie mit ausgestellten Füßen und ins Kreuz gelehntem Rücken wie eine Schwangere kurz vor der Niederkunft, ein bisschen dramatische Übertreibung würde sicher nicht schaden, durch die Wohnung.

Der Vermieter hieß Streler. Man bekam ihn üblicherweise nicht zu Gesicht, die geschäftlichen Dinge überließ er einer Hausverwaltungsgesellschaft. Er erklärte sich aber bereit, Lu in seinem Büro zu empfangen, um mit ihr über die Zahlungsschwierigkeiten ihres Vaters zu sprechen. Herbert wohnte seit über zwanzig Jahren in dem Haus, und das sei ihm, sagte er, nicht gleichgültig. Als Draga gestorben war, hatte er mit einem großen Kranz kondoliert.

Als Lu vor seiner Tür stand, trug sie unter dem Pullover ein passend großes, von einem engen Unterhemd in Position gehaltenes Kissen. Auch ohne das Gewicht der Melone ließ sie sich in Strelers Büro auf den Stuhl fallen, als stünde ihr Bauch kurz vorm Platzen.

«Ist 'ne Risikoschwangerschaft. Irgendwas mit der Plazenta», sagte sie. In dem Ratgeber war nicht nur der Ablauf einer Schwangerschaft genau beschrieben worden, sondern auch alles, was dabei schiefgehen konnte – und das war eine Menge.

«Wir hätten auch alles am Telefon besprechen können», sagte er. «Ich wusste ja nichts von ihrem ... Zustand.»

«Ich komm klar», sagte Lu. «Mein Vater hilft mir und unterstützt mich, wo er kann. Er ist ja 'ne Seele von Mensch.»

«Und ...», Streler wies mit der Hand auf ihren Bauch, «... *der* Vater?»

«Da hab ich nicht so richtig hingeschaut, war blöd. Aber dafür kann das Kleine ja nichts ... Nein, danke, keinen Kaffee. Die Gebärmutter sitzt schon so tief, dass sie auf die Blase drückt und ich praktisch jede halbe Stunde pinkeln muss.»

Streler setzte sich hinter seinen Schreibtisch und sah sie eine Weile an. «Ich verstehe Sie sehr gut. Aber wissen Sie, drei Monatsmieten sind kein Pappenstiel.»

«Klar, weiß ich.» Sie sprach etwas kurzatmig. Obwohl in dem Ratgeber Kurzatmigkeit nicht erwähnt worden war, hatte Lu sie einstudiert, weil sie fand, dass sie gut zu einer Risikoschwangerschaft passte.

«Wieso spricht Ihr Vater denn nicht selbst mit mir?»

«Er weiß gar nicht, dass ich hier bin.» Lu senkte ihre Stimme, als bestünde die Möglichkeit, dass Herbert mithören könnte. «Er würde an die Decke gehen. Er ist zu stolz dafür. Aber ich dachte, ich muss was tun! Chronischer Stress ist nämlich eine der häufigsten Ursachen für Frühgeburten. Wenn ich mich zu sehr anstrenge, droht ein frühzeitiger Blasensprung. Und 'ne Umzugsfirma können wir uns zurzeit nicht leisten, das ist ja klar. Wir sind da wirklich in einer verzwickten Lage. 'tschuldigung, könnte ich vielleicht mal auf die Toilette?»

Auf der Toilette musste Lu an Herrn Baumann denken, ihren einstigen Theaterlehrer. Er hatte ihr einmal gesagt, dass Menschen eigentlich immer Schauspieler seien, in jeder Situation, und dass es sogar eine Schauspielbewegung gebe, die sich darauf berufe: das sogenannte «unsichtbare Theater». Dabei spielten Schauspieler in der Öffentlichkeit eine kurze, intensive Szene, zum Beispiel die dramatische Trennung eines Paares, ohne dass die Umstehenden wussten, dass es sich dabei nicht um eine reale Szene, sondern um eine Aufführung handelte. Das Ganze konnte in der U-Bahn, auf dem Bürgersteig oder in einem Café stattfinden.

Aber das «unsichtbare Theater» sei umstritten, gab Herr Baumann zu. Handelte es sich dabei um eine legitime Theaterform oder um eine unzulässige Form der Manipulation eines ahnungslosen Publikums? Gut schauspielen zu können, sei eine Gabe, mit der man nicht leichtfertig umgehen dürfe, sagte er. Auf Strelers Toilette dachte Lu, dass bei ihrem Auftritt als Risikoschwangere die Sache ziemlich eindeutig war: Es *war* eine Manipulation.

Und die Sache wäre beinahe sogar gut gegangen. Was Lu bei ihrem Plan allerdings nicht bedacht hatte, war, dass die Nachricht von ihrer Schwangerschaft über Kanäle, die ihr unklar waren, ins Haus drang, unter den Mietern die Runde machte und sich rasch verbreitete. Kostas Mastorakis, der griechische Student aus dem Erdgeschoss, der inzwischen kurz vor seinem Diplom als Bauingenieur stand, gratulierte ihr, als sie sich an den Mülltonnen trafen.

«Wenn es so weit ist», riet er ihr, «dann musst du die Hebamme, oder wer auch immer bei dir ist, bitten, alle Knoten im Zimmer zu lösen. Das ist wirklich wichtig, hörst du. Wir machen das in Griechenland so, das erleichtert die Geburt. Als Herakles geboren wurde, haben sich die Moiren mit verknoteten Armen vor die Tür gesetzt, weil sie die Geburt verhindern wollten. Und weißt du, wie lange die Wehen gedauert haben? Neun Tage! Also weg mit allen Knoten, und du wirst schnell und glücklich Mutter.»

Sogar Hans Krol erfuhr von der Schwangerschaft. Er hatte für seine *Sinfonie der Stille* ein Zwölftonsystem entwickelt, in dem die sechs Buchstabennoten der Namen *Bach* und *Cage* auf der Klaviertastatur äquidistant angeordnet waren. Zwischen a, b, h und c führte das zu jeweils zwei mikrotonalen Vierteltonschritten und zwischen c und e zu zwei Ganztonschritten. Vom e lief die Skala dann in zwei Dreivierteltonschritten zum g und von diesem in traditionellen Halbtonschritten zum oktavierten a.

Es war nicht leicht, auf dieser Skala zu spielen, weil, bis auf das a und das g, kein Ton mehr am selben Ort war. Das h lag zum Beispiel auf der cis-Taste oder das e auf der f-Taste. Hans hatte Wochen gebraucht, um die Umstimmung seines Klaviers hinzubekommen. Das System eignete sich, wie er anschließend feststellte, hervorragend zur Abbildung von Körpergeräuschen wie Magenknurren, Ohrensausen, Herzpochen – du-dum mit einem tiefen Dreivierteltonschritt abwärts – oder jenem hohen mikrotonalen Knistern in Vierteltonschritten, das er ab und an, er war noch nicht hinter die Ursache gekommen, ohne jede Vorwarnung vernahm.

Lus vermeintliche Schwangerschaft eröffnete ihm den Zugang zu einem neuen akustischen Reich. Anstatt sich bei der Ausarbeitung der Sinfonie auf seine eigenen Körpergeräusche zu stützen, sah er nun die Chance, Lus Schwangerschaftsgeräusche zu integrieren. Ja, er hielt es sogar für möglich, dass ihm dadurch das Tonmaterial für einen ganzen Satz – möglicherweise sogar den ersten: *Geburt* – frei Haus geliefert werden könnte: die embryonalen Herztöne oder das Pochen der kleinen Glieder gegen die Uteruswände. Er bat Lu darum, ihren Bauch abhören zu dürfen, sobald sich der Fötus weit genug entwickelt hätte, um sich akustisch bemerkbar zu machen.

Natürlich glaubte man im Haus, dass Lu am Beginn ihrer Schwangerschaft stünde, weil ihr Zustand noch keine sichtbaren Auswirkungen auf ihre schlanke Figur hatte. Doch leider sickerte der Widerspruch, in dem diese Annahme zu ihrem Bauchkissenauftritt in Strelers Büro stand, nach einer Weile durch. Und als Streler davon erfuhr, waren die Folgen unerfreulich. Er ließ der Hausverwaltungsgesellschaft augenblicklich freie Hand, und diese leitete alles in die Wege, um rasch an eine gerichtliche Räumungsverfügung gegen Herbert Sellen zu kommen.

Hinzu kam, dass sich auch die Forderungen der Inkassogesellschaft als keineswegs so haltlos erweisen sollten, wie Herbert es hingestellt hatte. Die Firma gab sich keineswegs geschlagen, als er einen Mitarbeiter telefonisch wissen ließ, er habe nichts gekauft und sie sollten sich zum Teufel scheren.

Nach einer kostenlosen Überschuldungsberatung durch eine Verbraucherschutzorganisation befürchtete Lu – allmählich wurde sie juristisch kundig –, dass Herbert damit der zweite «Titel» drohte: nach dem Räumungstitel nun auch ein Pfändungstitel. Wenn nicht schnell etwas geschah, würde demnach in naher Zukunft nicht nur ein Möbelwagen zur Zwangsräumung vor der Tür stehen, sondern an den geräumten Möbeln auch das im Volksmund Kuckuck genannte Pfandsiegel des Gerichtsvollziehers kleben.

Kurz zuvor hatte Lu den Medikamentenjob aufgegeben. Roswitha sagte Lu zum Abschied die Invasion der Außerirdischen voraus. Sie sei, flüsterte sie Lu zu, noch mehrfach entführt, untersucht und bestiegen worden und habe dabei erfahren, dass die Ziehung der Lottozahlen von den Aliens beeinflusst werde. In Wahrheit handele es sich bei der Samstagsziehung um die Koordinaten der Landeplätze für die geplante Invasion.

«Scheiße. Kacke. Ärsche!», sagte Roswitha und zog weiter.

Vielleicht würden Roswitha, die UFO-Theorien und die Flüche ihr ohne die Arbeit sogar ein bisschen fehlen, dachte Lu. Zumal die nächsten Stellen auch nicht besser waren. Sie fing in einem Tabakladen in der Nähe des Leopoldplatzes an – es sollte ihr kürzester Job werden. Der Ladenbesitzer, ein früh ergrauter Kettenraucher mit Schnauzbart, kariertem Hemd und Lederweste, beschuldigte sie bei der abendlichen Abrechnung schon nach wenigen Tagen, in die Kasse gegriffen zu haben. Und wenn er sie nicht anzeigen sollte, müsste sie ihm schon in passender Weise entgegenkommen.

«Arsch! Wichser!», sagte Lu, kam sich wie Roswitha vor und verließ den Laden ohne einen Pfennig in der Tasche.

Kurz darauf traf sie Zilla in der U-Bahn. Sie kannten sich flüchtig aus der Zeit vor dem Mauerfall, als Zilla, Ronny und Vic ihr gemeinsames Filmschmuggelgeschäft betrieben hatten. Da Lu diesen Hintergrund damals nicht kannte, nahm sie an, Zilla und Vic wären befreundet. Zilla kam in dieser Zeit gelegentlich auch ohne Ronny bei Vic vorbei, und sie tranken ein Bier zusammen. Lu hatte zwar nie mitbekommen, dass Zilla über Nacht bei Vic geblieben wäre, aber sie hatte immer vermutet, dass die beiden miteinander schliefen. Mit irgendwem, dachte Lu, musste Vic ja schlafen, wenn schon nicht mit ihr.

Sie gingen einen Kaffee trinken.

«Wie geht's denn so?», fragte Zilla.

«Bin gerade genervt von meinen Jobs.»

«Mist, ja. Im Moment sieht's da wirklich finster aus.»

«Ich bin gar nicht so anspruchsvoll, finde ich», sagte Lu.

«Wenn fünf Millionen Arbeit suchen, steht man in 'ner langen Schlange. Hoffentlich ergibt sich bald was.»

«Wär gut. Die wollen meinen Vater aus der Wohnung schmeißen.»

Zilla hob abwiegelnd die Hand. «So leicht geht das aber nicht.»

«Das denkt er auch», sagte Lu, die es inzwischen besser wusste. «Es ist schon ziemlich brenzlig, aber ich krieg das hin. Wie geht's bei dir? Vic hat mir von euren Filmgeschäften erzählt.»

«Hat er das?», lachte Zilla.

«Erst nachdem es vorbei war. So was wär genial, um an Kohle zu kommen.»

Unvermittelt erschien etwas Ernstes, Nachdenkliches auf Zillas Gesicht. Sie betrachtete Lu eine Weile, schien ihr Aussehen zu erforschen, wenn nicht sogar zu taxieren, und sagte dann: «Folgendes, Lu.»

Was mit dem Filmschmuggel begonnen hatte, war auf eine bestimmte Weise immer noch Zillas Einnahmequelle. Sie, Ronny und Vic hatten mit den letzten Super-8-Lieferungen kurz vor dem Mauerfall einen Haufen Ostmark verdient, der nach dem 9. November '89 von einem auf den anderen Tag wertlos geworden war. Der Kurs der DDR-Währung fiel nach dem Zusammenbruch des Regimes ins Bodenlose, und deswegen tauschten sie das Geld nicht um, womit sie – eigentlich Zilla – den richtigen Instinkt bewiesen.

Ein halbes Jahr später wurde bei der Währungsunion im Juli 1990 zwischen D-Mark und Ostmark ein Kurs von eins zu zwei festgelegt. Der galt zwar eigentlich nur für DDR-Bürger, aber Vics Anwalt fand Wege, das Filmgeld und auch Vics Erbe entsprechend zu deklarieren. Und bestimmte Summen Bargeld wurden sogar im Verhältnis eins zu eins getauscht. Das ergab dann doch ein ansehnliches Restkapital aus ihren einstigen Geschäften.

Vic ließ sich seinen Anteil auszahlen, während Zilla und Ronny investierten. Ronny kaufte einen hochwertigen VHS-Camcorder und ein paar gebrauchte Filmleuchten. Mit gebrauchten Sachen kannte er sich ja bestens aus. Zilla aktivierte ihre alten Kontakte zu den ehemaligen Fotomodellen von *Modische Maschen* und *Das Magazin*, und Ronny seine zu ehemaligen Heizern. Sie waren allesamt arbeitslos. Zillas und Ronnys Geschäftsidee war ziemlich simpel. Anstatt Pornos zu schmuggeln, drehten sie einen.

Ihre Produktionsfirma nannten sie VEBxxx – Video Extrem Bizarr xxx. Die Idee für diesen Firmennamen stammte von Ronny. Er war ihm vor jenem stillgelegten Metallwerk eingefallen, in dem er einst gearbeitet hatte. Ronny fand es lustig, das DDR-Kürzel für «Volkseigener Betrieb» auf diese Weise umzuinterpretieren. Als ehemalige Ostdeutsche hatten Zilla und er ja auch das Recht zu so einem Buchstabenspiel. Ob die Idee allerdings wirklich gut war, ist eine andere Frage. VEBxxx überlebte nicht sehr lange.

Obgleich einst aus Ostdeutschland geflohen, war Ronny ärgerlich darüber, wie die Vereinigung Deutschlands ökonomisch lief. Auf einmal merkte er, wie sehr sein Herz noch an der Welt seiner Jugend hing. Ob Schuhe aus dem VEB Goldpunkt in Berlin, die Trabants des VEB Sachsenring Automobilwerke Zwickau oder die Praktica-Kameras des VEB Kamera-Werke Dresden-Niedersedlitz – keines dieser Produkte konnte sich gegen die westliche Konkurrenz behaupten, und das fand Ronny ungerecht, weil die Ostbetriebe keine Chance bekommen hatten. Man hätte diese Firmen ja nur mit ausreichend Kapital ausstatten müssen, fand er.

«Stattdessen werden die ganzen Betriebe in die Insolvenz getrieben und geschluckt oder dichtgemacht», schimpfte er ein ums andere Mal. «Das ist nicht in Ordnung!»

Im Falle des Pornomarktes, auf den Zilla und er drängten, lagen die Dinge allerdings ein wenig anders, wie sie bald merkten. Da es auf diesem Markt beim Fall der Mauer nicht nur keine schlechtere oder nicht konkurrenzfähige, sondern überhaupt keine Ostalternative gegeben hatte, war es für die westdeutsche Pornobranche besonders leicht gewesen, den Markt zu erobern. Die Anbieter fuhren einfach über die Grenze, suchten sich eine leer stehende Halle und fingen dort an, ihre Produkte zu verkaufen. Nach dem ersten Pornoboom aus Neugier hatte sich der Markt im Jahr nach dem Fall der Mauer zwar etwas beruhigt, aber die Zeit hatte für alle großen Ketten und Produktionsfirmen wie *Magma*, *Videorama* oder *VTO* ausgereicht, um in der zuerst noch existierenden und schließlich ehemaligen DDR Fuß zu fassen. Zilla und Ronny standen mit VEBxxx auf verlorenem Posten.

Einen Porno zu drehen war das eine, ihn zu vertreiben das andere. Um ein Verteilsystem für die über die Grenze geschmuggelten Super-8-Filme in der DDR hatten die beiden sich nie kümmern müssen. Um aber die erste und einzige Langfilmproduktion von VEBxxx unter dem Titel *AleXa – Heiße Spiele am Fernsehturm* in die Videotheken und Erotikmärkte zu bekommen, brauchten sie einen professionellen Vertriebspartner zum Vervielfältigen, Etikettieren und Ausliefern der VHS-Kassetten. Aus eigenen Mitteln so ein System aufzubauen, dafür reichte ihr Startkapital nicht.

Die Produktion wurde für Zilla und Ronny dennoch zu einem Erfolg. *AleXa – Heiße Spiele am Fernsehturm* gelangte zu *Videorama* und machte die dortigen Produzenten auf VEBxxx aufmerksam. Hintergrund des Interesses war dabei weniger der Film selbst als die Darstellerinnen, die allesamt neu in der Branche waren. *Videorama* versprach sich von einer Zusammenarbeit mit dem ehemaligen DDR-Fotomodell Zilla ein besseres Gespür für jene jungen Frauen aus dem Osten, die nach dem Fall der Mauer ins Geschäft drängten.

Zilla traf sich im Frühjahr '91 mit einem Produzenten von *Videorama* und wurde als Casterin engagiert. Ronny erarbeitete sich bei den *AleXa*-Dreharbeiten so viel Know-how, dass es ihm danach gelang, in der Branche als Kameramann Fuß zu fassen.

«Es läuft also ganz gut», sagte Zilla zu Lu. «Insbesondere finanziell.»

«Freut mich», sagte Lu.

Zilla zögerte einen Moment, doch dann zog sie eine Visitenkarte aus ihrem Portemonnaie und legte sie vor Lu auf den Tisch. «Im Prinzip ist es auch nur ein *Job*. Und du brauchst kein Zeugnis dafür, außer einem negativen HIV-Test.»

«Klar», nickte Lu. «Ist wirklich nett von dir. Aber ich latsch noch mal zum Amt und schau mir an, was die so haben.»

«Mach das.» Zilla bezahlte ihre beiden Kaffees.

«Danke», sagte Lu.

«War schön, dich getroffen zu haben. Grüß Vic von mir.»

«Mach ich.»

Als sie nach Hause kam, ging sie als Erstes in den dritten Stock. Sie war eine Woche nicht in Herberts Wohnung gewesen und diese war in einem erbärmlichen Zustand. Ohne Herbert zu begrüßen, ging Lu in die Küche und fing an aufzuräumen. Als ihr vom Geschirrstapel neben der Spüle die wacklig zuoberst stehende Pfanne wegrutschte und mit dem fettigen Rest einer vertrockneten Bratwurst auf den Küchenboden krachte, wurde sie wütend.

«Scheiße!», rief sie. «Ich hab echt keine Lust mehr, hier aufzuräumen. Schaff dir verdammt noch mal wieder 'ne Freundin an!»

Herbert, wie üblich in Feinripp-Unterhemd, Shorts und Socken, kam aus dem Wohnzimmer in die Küche. Offenbar stimmte er Lu zumindest so weit zu, dass eine Frau im Haus eine aufgeräumte, saubere Wohnung zur Folge hatte. Seinen Bewegungen nach zu urteilen, war er immerhin noch nicht betrunken.

«So einfach, wie du dir das vorstellst, ist das nicht, mit über fünfzig noch 'ne Frau zu finden», sagte er. «Die aus dem Osten sind inzwischen ziemlich anspruchsvoll. Richtig eingebildete Weiber.» Was er damit sagen wollte: Der Fall der Mauer und des Eisernen Vorhangs hatten aus Sicht osteuropäischer Frauen seinen Marktwert als Ticket in den Westen verringert. Er setzte sich an den Tisch. «Und 'ne Thaifrau will ich nicht.»

«So wie du aussiehst, kriegst du nicht mal *die*», sagte Lu und wischte die Fettspritzer vom Boden.

«He, wie redest du denn mit mir?»

«So, wie man mit dir reden *muss*.»

«Deine Mutter hätte das nicht geduldet, dass du ...»

«Hör endlich mit Mama auf! Das ist ja krank.»

«Dann steck deinen Alten doch in die Klapse!», sagte er.

Lu richtete sich auf und schüttelte den Kopf. «Weißt du was! Mach, was du willst. Keine Sorge, mich siehst du hier so schnell nicht wieder!»

Sie warf den fettigen Lappen ins Spülbecken und ging hinaus. Als sie schon im Flur war, sagte Herbert: «Wie ist das eigentlich? Hier im Haus heißt es, du bist schwanger. Wieso erfahre ich nichts davon?»

Sie kam noch einmal zurück. «Ich hab's wegmachen lassen. Kann ich mir nicht leisten, und du ja auch nicht. Überhaupt sollte man keinem Kind so einen Opa zumuten.»

In der Nacht hörte sie ihn über sich toben, doch dann geschah noch einmal – zum letzten Mal – das Wunder. Noch einmal raffte Herbert sich auf, noch einmal duschte und parfümierte er sich und ging zum Friseur, noch einmal räumte er die Wohnung auf und verbannte den Alkohol weitgehend aus seinem Leben, noch einmal ging er zum Arbeitsamt und fand eine Stelle. Es war keineswegs so, wie er behauptet hatte, dass man in Berlin keine Fahrstuhlmonteure mehr brauchte. Seine letzte Firma war nicht wegen fehlender Aufträge in Konkurs gegangen, sondern wegen Missmanagements.

Und noch einmal fand Herbert – wenn auch erst nach einem Jahr, früher war es schneller gegangen – eine neue Freundin: Sie hieß Raissa und stammte wie Swetlana aus Weißrussland. Sie war noch nicht lange in Deutschland, machte sich aber Hoffnungen auf einen deutschen Pass. Sie habe deutsche Wurzeln, sagte sie, die nur amtlicherseits kaum mehr nachzuweisen seien.

Sie sprach ein erstaunlich gutes, nicht akzentfreies, aber vokabelreiches und -sicheres Deutsch, das sie, so erzählte sie, von ihrer Großmutter gelernt habe. Der Antrag auf Klärung ihrer Abstammung lag jetzt bei den weißrussischen Behörden. Raissa hoffte, dass sich in den Archiven noch Unterlagen über ihre Herkunft finden würden. Allerdings arbeiteten die staatlichen Institutionen in Weißrussland nur sehr unwillig, unkooperativ und schleppend.

Raissa kannte sich mit Behördenwillkür also gut aus. Vielleicht war das der Grund dafür, dass sie in amtlichen Auseinandersetzungen sehr hartnäckig sein konnte. Jedenfalls gelang es ihr, ihre Erfahrungen im Umgang mit den weißrussischen Behörden auf Herberts finanzielle Schwierigkeiten zu übertragen. Mit Abschlagszahlungen aus seinem Gehalt hatte er die drohenden Klagen, Räumungen und Pfändungen zwar immer wieder hinausschieben können, aber sein Schuldenberg war dadurch substanziell nicht kleiner geworden. Mit Raissas Hilfe gelang es ihm nun, die anhängigen Verfahren zu beenden und sich mit allen Gläubigern auf Ratenzahlungen zu einigen. Und tatsächlich, so stellte Lu mit Erleichterung fest, versiegte im Briefkasten nach ein paar Monaten die Flut von Mahnschreiben, Anhörungsvorladungen und Inkasso-Drohbriefen.

Irgendwann sagte Lu Herbert auch die Wahrheit über ihre «Schwangerschaft», und er war selbstkritisch und auch nüchtern genug, ihr keinen Vorwurf zu machen, dass sie ihn angelogen hatte.

Hans Krol merkte man das Bedauern darüber, dass Lu nicht schwanger war, am deutlichsten an. Damit war die Inspirationsquelle, auf die er für seine *Sinfonie der Stille* gehofft hatte, dahin. Aber letztlich passte die Tatsache in sein Weltbild.

«Es wäre zu einfach gewesen», sagte er stoisch. «Es war dumm, darauf zu hoffen. In der Kunst wird einem nichts geschenkt.»

«Hans, ich mag dich wirklich», sagte Lu, um ihn zu trösten. Sie wollte sich bei ihm dafür entschuldigen, dass sie ihm mit ihrer vorgetäuschten Schwangerschaft falsche Hoffnungen auf eine musikalische Inspiration gemacht hatte. Sie trank einen Pfefferminztee mit ihm. «Aber ich kann nicht für deine Sinfonie schwanger werden.»

Das sah er schweren Herzens ein. «Es war für mich trotzdem

wichtig, dass ich geglaubt habe, es wäre so. Ich weiß jetzt, in welche Richtung ich suchen muss.»

Lu deutete auf das inzwischen fast blinde Fenster zur Straße. Auf dem Sofa davor stapelten sich schon lange wieder Wäsche, Noten, Bücher und Fressnäpfe.

«Weißt du», sagte sie mit zum Fenster ausgestrecktem Arm, «dort draußen gibt's 'ne Menge Frauen, die schwanger sind. Du müsstest natürlich nett zu ihnen sein und sie nicht mit deinem Genieblick verschrecken, damit sie dich vielleicht mal hören lassen.»

«Das ist unmöglich», sagte er. «Ich könnte eine Frau niemals auf ihre Schwangerschaft ansprechen. Ich weiß nicht, wie man mit Frauen redet.»

«Das stimmt nicht. Oder bin ich etwa keine Frau?»

Er rührte Honig in seinen Pfefferminztee. «Das ist etwas anderes.»

«Stell dir vor, du würdest mich nicht kennen.»

«Ich kenne dich aber.»

Abends saß Lu in der U-Bahn und dachte darüber nach. Nein, Hans kannte sie nicht – und damit war er nicht allein. Niemand kannte sie. Niemand wusste um die namenlosen Männer, mit denen sie seit einiger Zeit schlief, wenn sie sich, so wie jetzt, angetrieben von etwas in ihrem Innern, ein- oder zweimal im Monat in die U-Bahn setzte und unter Berlins Mitte durch nach Kreuzberg oder Neukölln fuhr, um sich dort in eine nicht angesagte Kneipe zu setzen, in einen Kiezschuppen, in dem keine modischen Szenepärchen herumhingen, sondern Männer auf der Suche nach irgendetwas – und letztlich auf der Suche nach ihr, was sie aber noch nicht wussten, als sie sich auf den Weg gemacht hatten. Erst wenn Lu den Laden betrat und sie sich nach ihr umdrehten, wussten sie es, dann wussten sie, dass das, wonach sie suchten, in der Nähe war, vielleicht erreichbar, vielleicht …

Lu hatte immer die Auswahl, und nicht alle waren zu alt oder zu hässlich oder zu frustriert oder zu betrunken oder zu ungewaschen, um auf keinen Fall mit ihnen zu schlafen. Sie musste sich nur an die Theke setzen, sich hinter einem Bier bedeckt halten und im richtigen Moment das richtige Signal in die richtige Richtung aussenden, und schon hatte sie Gesellschaft, redete sie über irgendetwas, worüber, darauf kam es nicht an, man redete, was man in einer Kneipe so redete, und wenn es, was auch vorkommen konnte, sogar unterhaltsam oder lustig wurde, versuchte sie dennoch, nichts von sich preiszugeben, weder wollte sie jemanden kennenlernen noch von jemandem kennengelernt werden, sie wollte nur eine oder anderthalb Stunden am Tresen zubringen, um danach einem Mann durch ein Treppenhaus zu folgen, eine fremde Wohnung zu betreten und Sex zu haben, noch bevor sie das Schlafzimmer erreichten.

Und etwa ein Jahr nach ihrer Begegnung rief Lu auch Zilla an. Die Männer vor der Kamera waren in vieler Hinsicht nicht anders als die in jenen Nächten, nur sauberer, ausdauernder und getestet – sie hatte nicht immer darauf bestanden, dass die Männer sich etwas überzogen – und ebenso wenig an ihr interessiert, wie sie an ihnen. Es machte ihr nichts aus, wenn beim Sex jemand mit einer Kamera im Raum war – sie konnte alles, was sie im Leben tat, auch vor einer Kamera tun. Sie wusste nicht, warum, aber es war so. Sie kam, oder sie kam nicht, und wenn sie nicht kam, dann würde sie es so aussehen lassen, als ob sie gekommen wäre, das konnte sie, das hatte sie schon bei *Harry und Sally* gewusst. Nur wenn es zu lange dauerte oder wenn sie schon gekommen war, konnte es mühsam werden, die Steigerung der Lust so lange glaubhaft zu spielen, bis *er* kam, denn das war es ja, worauf es immer hinauslief: das zu zeigen. Und das konnte dauern. Zilla sagte einmal so leise, dass niemand außer Lu es hören konnte, es seien bei den Drehs eigentlich nie die Frauen, die Schwierigkeiten hatten, sondern die Männer, die zwar wollten, aber auch als Profis nicht immer zuverlässig konnten. Wahrscheinlich hätten auch viele jener namenlosen Männer, in deren Betten Lu gelegen hatte oder die sie schon auf dem Wohnungsflur genommen hatten, weil sie es nicht mehr aushielten, in so einer Situation nicht gekonnt, dachte Lu. Manchmal fehlte ihr beim Drehen die Anonymität dieser Kieznächte, und sie zog nachts wieder los.

Es gab auch einiges, was ihr bei den Drehs nicht gefiel. Zum Beispiel mochte sie keine langen Fingernägel und ließ sich ihre nicht wie andere Darstellerinnen wachsen. Und sie mochte keine Schamhaare. Sie waren zu nichts nütze und erschienen ihr, selbst frisch gewaschen, und das war selbstverständlich, unhygienisch. Bei den Frauen brauchte sie sich darüber meist keine Gedanken mehr zu machen, aber es war nicht üblich, dass sich auch Männer rasierten. Lu bestand darauf.

Das zog auf dem Set einige Diskussionen mit der Produktionsleitung darüber nach sich, ob Pornos konsumierende Männer – allen in der Branche war klar, dass nur Männer Pornos konsumierten, und wenn überhaupt Frauen, dann allenfalls mit ihren Männern – eine Schamhaarrasur nicht als subtile Form der Kastration empfinden würden. Und es war auch nicht so, dass Lu die männlichen Darsteller sofort auf ihrer Seite gehabt hätte. Es war schließlich Zilla, die durchsetzte, dass Lu ihren Willen bekam. Wahrscheinlich betrachtete sie es als Test für die Marktakzeptanz rasierter Männer.

Lu drehte eine Reihe von Gonzo-Szenen – so nannte Zilla im Branchenjargon Sexszenen ohne irgendeine nennenswerte Handlung. Ausgehend von irgendeiner kurzen «Spielsituation» wie: Frau trifft zufällig den Freund der besten Freundin, der natürlich scharf auf sie ist, oder Frau hat sich bei einem fiesen Kredithai Geld geliehen und ist bezüglich der Raten leider gerade im Rückstand – ging es sofort zur Sache.

Es wurde so lange in den vorher vereinbarten Stellungen gedreht, bis etwa zwanzig Minuten verwertbares Material zusammengekommen waren. Danach ging das Team nach Hause, und auch die Darsteller sahen sich in den seltensten Fällen wieder, es sei denn, sie machten in der Branche Karriere. Das hatte Lu nicht vor.

Mit Gonzo-Szenen konnte man gut kalkulieren. Ein Tag, ein Job, eine Zahlung, fertig. Die erste Situation war so ziemlich das Blödsinnigste, was Lu in ihrer Karriere je spielen sollte: Der Korken einer Weinflasche saß so fest, dass, natürlich!, nur ein Mann weiterhelfen konnte, der Nachbar, an den sie sich deswegen wendete, und das mit einem sehr kurzen Rock und einem sehr knappen Stretchtop, unter dem sie – na, so etwas! – keinen BH trug. Im Filmstudio hatte man die Kulissen eines Wohnzimmers mit einer Terrassentür aufgebaut, durch die Lu mit der Weinflasche hereinschneite, während der Nachbar auf der Couch saß und die Nacktfotos einer *Das Magazin*-Ausgabe durchblätterte – ein Einfall von Zilla, den sie aus Rache dafür, dass sie als Model beim *Playboy* nie eine Chance bekommen hatte, in die Szene geschleust hatte. Lu blieb vor ihm stehen, hob die Flasche und sagte: «Entschuldigung. Ich bin die neue Nachbarin. Könnten Sie mir vielleicht helfen?» Konnte er – in jeder Hinsicht. All das war lächerlich, aber der Sex nicht immer.

Einmal, als Lu spät in der Nacht aus Kreuzberg kam, saß Vic mit einem Buch im Wohnzimmer.

«Noch wach?», sagte sie und blieb im Türrahmen stehen.

Vic hatte vor Kurzem Dostojewski entdeckt. Im Moment las er *Schuld und Sühne.*

«Hab mich festgelesen.» Er hob das Buch an.

«'tschuldige, ich riech wahrscheinlich schlimm», sagte Lu. «Ich spring unter die Dusche.»

Sie blieb aber noch einen Moment stehen, weil Vic sie ansah, als wollte er etwas sagen, für das er nach den richtigen Worten suchte.

«Passt du auch immer gut auf dich auf?», sagte er schließlich.

«Na klar», sagte sie.

«Es gibt da draußen eine Menge mieser Kerle.»

Auf einmal musste sie lächeln.

«Woher willst du wissen, dass es *Kerle* sind?»

Eines Tages rief Annrike an. Lu und sie hatten in den Jahren seit der Schließung des *Egalia* immer mal wieder miteinander telefoniert. Das einstige Kinokollektiv hatte sich aufgelöst. Yussuf arbeitete als Sozialarbeiter in Neukölln – obwohl er wusste, dass das riskant war. In dem Milieu, in dem er sich täglich bewegte, wäre es nicht gut angekommen, wenn man herausgefunden hätte, dass er homosexuell war.

Heti hatte irgendwann festgestellt, dass die Kultur «eigentlich gar nicht so sehr ihr Ding» war. Sie schaffte sich einen Schäferhund an und zog in eine Siedlung aus Bauwagen, schrottreifen Bussen und zu Wohnmobilen umfunktionierten Lastwagen auf dem ehemaligen Grenzstreifen zwischen Ost- und Westberlin. Natürlich war dieses Wagencamp oder Partisanenlager oder «kleine gallische Dorf», wie es von seinen Gründern und Bewohnern wahlweise genannt wurde, illegal, aber das Ordnungsamt war anfangs in der Klemme. Man hatte für solche wilden Ansiedlungen, die es bis dato in der Stadt nicht gegeben hatte, keine amtsdeutsche Bezeichnung, und da es offenbar schwierig war, gegen ein Phänomen vorzugehen, das man sprachlich noch gar nicht erfasst hatte, hielt man sich mit einer Reaktion darauf zunächst zurück.

Annrike meinte, das wäre ein bürokratischer Beweis für die linguistische Theorie, dass etwas erst in dem Moment Wirklichkeit wird, da wir einen Begriff dafür gefunden haben.

«Ich glaube aber nicht», sagte sie und lachte fröhlich, «dass Ludwig Wittgenstein bei dem Satz: ‹Die Grenzen meiner Sprache bedeuten die Grenzen meiner Welt›, an das Bezirksamt von Berlin-Mitte gedacht hat.»

Sie selbst arbeitete seit zwei Jahren in der Senatsverwaltung für Kultur und war dort für die Projektförderung im Referat für freie Künstler- und Theatergruppen zuständig.

«Und wie sieht's bei dir aus?», fragte sie Lu.

«Ich schlag mich so durch», sagte Lu.

«Was ist mit deinen Jobs? Immer noch so unerträglich?»

«Nee. Ich hab jetzt was Brauchbares. Also für kurze Zeit. Weiß noch nicht so genau. Ich komm über die Runden.»

«Es gibt eine neue bildungspolitische Strategie, die viel diskutiert wird», sagte Annrike. «Nennt sich duales Studium. Da kannst du in einem Unternehmen parallel zur Arbeit studieren und hast dadurch zugleich eine Finanzierung.»

«Ich glaub, das ist nicht so meins», sagte Lu wie jedes Mal, wenn Annrike versuchte, sie zu einer Ausbildung zu überreden.

«Lass es dir durch den Kopf gehen. Ich mache mich gerne schlau», sagte Annrike. «Und ich habe nach wie vor gute Kontakte in die Kinoszene. Als Filmvorführerin könnte ich dir übergangsweise sicher auch was verschaffen.»

Lu setzte sich auf ihre Matratze. «Hab ich mir auch schon überlegt. Aber die haben jetzt fast alle so Projektionssysteme mit dem ganzen Film auf einer einzigen Rolle. Und ich sage dir, so einen kompletten James-Bond oder Indiana-Jones auf den Spulenturm zu hieven oder auf den Drehteller zu legen ist ein echter Kraftakt. Nichts für Frauen wie mich. Ich hab's mir mal zeigen lassen. Ist alles nicht mehr wie bei uns.»

Annrike hatte aber auch eine gute Nachricht. «Oder wie man's nimmt», lachte sie. Sie feierte ihren Fünfunddreißigsten – nicht unbedingt ein Premium-Geburtstag, aber sie hatte Lust, mal wieder alle zu sehen, die ihr in den vergangenen Jahren wichtig gewesen waren.

Außerdem hatte sie durch ihre Arbeit in der Senatsverwaltung für Kultur hervorragende Kontakte in die freie Theaterszene. Und so feierte sie ihren Geburtstag im *Theater Zerbrochene Fenster* in der Fidicinstraße in Kreuzberg. «Heti und Yussuf werden auch da sein», sagte sie. «Wir lassen's richtig krachen! Bitte komm auch!»

Nach dem Telefonat dachte Lu an die Zeit im *Egalia*. Auf einmal wurde sie wehmütig – ein Gefühl, das sie eigentlich nicht kannte. Und sie mochte es auch nicht. Die Vergangenheit war für sie trotz einiger guter Momente keine reichhaltig sprudelnde Quelle lieb gewonnener Erinnerungen.

Am Abend der Feier fragte sie sich in der U-Bahn, ob sie im Theater einem jener Männer begegnen würde, mit denen sie bei ihren nächtlichen Ausflügen geschlafen hatte. Sie glaubte es nicht, und sie hätte wahrscheinlich auch keinen wiedererkannt. Kreuzberg war für Annrikes Geburtstagsfeier nur ein Ort. Die Party hätte ebenso gut in Schöneberg, Prenzlauer Berg oder sonst einem angesagten Viertel stattfinden können, nur im Wedding vermutlich nicht. Lu glaubte nicht, dass es zwischen der Gruppe der Männer, mit denen sie geschlafen hatte, und Annrikes Freunden aus der Berliner Kulturszene eine Überschneidung gab.

Das Foyer, der Zuschauerraum und die Bühne im *Theater Zerbrochene Fenster* waren voller Menschen. Die Gäste standen in kleinen Grüppchen beieinander und unterhielten sich. Heti ging barfuß, war im Gesicht vielfach gepierct und roch nach Hund. Annrike fiel Lu um den Hals und drückte ihr sofort ein Glas Sekt in die Hand. Der Sekt schmeckte Lu aber nicht, und sie besorgte sich bald ein Bier. Dabei verlor sie Heti und Annrike aus den Augen. Außer den beiden und Yussuf kannte sie niemanden.

Sie stellte sich mit ihrer Bierflasche an den hinteren Bühnenrand und betrachtete die Party. Sie hatte nicht den Eindruck, dass es eine Party war, bei der die Gäste es krachen lassen würden. Eine Weile trank sie unbeachtet, dann stellte sich ein Mann neben sie. Er hatte ein kantiges, faltiges Gesicht, aber noch volle, dunkle Haare, die sich über die Ohren auf seine Schultern wellten. Lu nahm an, dass er, wie die meisten hier, einiges über dreißig oder auch Anfang vierzig war. Obwohl es inzwischen im Raum warm war, hatte er seine Lederjacke nicht abgelegt. Die Falten in seinem Gesicht erinnerten Lu an Herbert. Annrike hatte einmal geklagt, dass Frauen, selbst wenn sie von ihren Vätern geschlagen worden wären, sich schließlich ausgerechnet Männer wie ihre Väter suchten.

«Hallo», sagte er.

«Hallo», sagte sie.

«Wartest du auf wen?»

«Nee.»

«Ich bin Ray», sagte er.

«Lu», sagte sie.

In den nächsten Monaten würde Lu erfahren, dass Ray – er sprach es amerikanisch aus – eigentlich Raimund hieß, aber den Namen mochte er nicht, er fand ihn peinlich. Wie viele junge Männer war Ray vor zwanzig Jahren, 1974, nach Westberlin gekommen, um dem Militärdienst zu entgehen.

Eine Weile trieb er sich in diversen WGs und besetzten Häusern herum und stieß schließlich zu einer Happening- und Performance-Theatertruppe, die sich *Streetactors* nannte. In der Tradition des *Living Theater* improvisierte sie auf der Straße Szenen von Unterdrückung, Verfolgung und Machtmissbrauch. Anschließend forderten die Darsteller jene Passanten, die tatsächlich stehen geblieben waren, zur Diskussion des Gesehenen auf.

Bei einer anderen Aktion hatten sie sich mit Stühlen wie Zuschauer auf den Platz vor dem Schillertheater gesetzt, um die eintretenden, tatsächlichen Zuschauer auf diese Weise zu unfreiwilligen Darstellern ihrer selbst zu machen. Die Theorie war, dem Publikum die gesellschaftliche Passivität des bürgerlichen Theaterbesuchs vor Augen zu führen – seine eskapistische, systemstabilisierende Funktion.

Doch nach ein paar solcher Aktionen glaubte Ray zu erkennen, dass er für einen Schauspieler zu reflektiert war, zu sehr Kopf- und zu wenig Gefühls- und Bauchmensch. Bestes Beispiel dafür war eine Übung, die in freien Schauspielgruppen sehr beliebt war. Ihr Ziel war, sich von allen Kontrollmechanismen zu befreien und sich ganz dem Augenblick anzuvertrauen. Das konnte Ray nicht.

Die Übung ging folgendermaßen: Man stellte sich mit geschlossenen Augen auf die Bühne und musste sich nach hinten fallen lassen. Dort standen die Mitspieler, die man aber nicht sehen konnte, und sollten einen auffangen. Das taten sie immer, aber Ray bekam von der Übung Albträume. Immer wieder sah er sich mit dem Rücken zum Abgrund an einer Klippe stehen und nach hinten in die Tiefe kippen. In zu vielen Nächten wachte er davon schwitzend auf. Er war kein Schauspieler.

Obwohl Ray einen goldenen Ring im linken Ohrläppchen trug, gehörte er nicht, wie viele andere von Annrikes Gästen, zur lesbischschwulen Szene. Er war nicht homosexuell – eher im Gegenteil. Ray konnte beim Anblick einer Frau spontan denken, die will ich! Es war eine Art Schalter in seinem Gehirn. Er war nicht sexsüchtig und dachte keineswegs daran, mit jeder Frau schlafen zu wollen. Aber bei einer bestimmten Art von Frauen, einer Art, deren Wesen er nie ganz ergründen sollte, war es so. Er, oder etwas in ihm, dachte einfach: die! Lu war so eine Frau.

«Ich inszeniere hier», sagte er auf der Bühne des *Theater Zerbrochene Fenster* zu Lu.

«Ich war hier noch nie», sagte sie.

«Ich plane gerade den *Sommernachtstraum*.»

«Na klar, ich plane meine Träume auch immer.»

«Witzig.»

«Wirklich?»

«Aber ja.»

Lu starrte ins Partygeschehen und sagte: «Unter sone große Stadt, mit all ihr Jebumms und Jemäuer, da is ja ooch noch Erde drunter, Sand, Lehm und Wasser, nich? Und in 'n Menschen sein Kopp, da sind Jedanken inne, und Wörter, und denn det *Jeträumte*, det wird immer mehr, det wächst alles, et weiß nur noch keener, wo det mal hin soll.»

Ray war verblüfft. «Was war das?»

Lu war selbst überrascht, dass sie die Textstelle nach so vielen

Jahren noch auswendig konnte. «Ist aus dem Hauptmann von Köpenick.»

«Bist du Schauspielerin?»

«Keine Ahnung.»

Von diesem Moment an sah Ray Lu nur noch als Lysandra oder umgekehrt Lysandra als Lu. Sein Konzept für die Inszenierung des *Sommernachtstraums* beruhte auf dem Gedanken, dass es überhaupt keine festgelegten Geschlechter gab, sondern nur ein Geflecht von gesellschaftlichen Konventionen, die das Individuum in das traditionelle Entweder-Frau-oder-Mann-Gefängnis sperrten – ein binäres System, das weit entfernt war von der Pluralität der sexuellen Möglichkeiten.

Eigentlich war es erstaunlich, dass ausgerechnet Ray sich als Frontmann der sexuellen Regenbogenrevolution begriff, weil er selbst de facto zu einhundert Prozent hetero war. Jedenfalls, und das war die reine Wahrheit, hatte er noch nie, nicht einmal in der Pubertät, in der die sexuelle Identität bei vielen ins Wanken gerät und in der fast alle Jugendlichen eine homosexuelle Phase durchlaufen oder bei der Masturbation zumindest imaginieren – nein, Ray hatte noch nie beim Anblick eines Mannes, und mochte er noch so attraktiv gewesen sein, gedacht: «Ich will *ihn*!»

Aber auch er war nicht frei von Konventionen. Vielleicht, so sagte er sich, war seine in Stein gemeißelte Heterosexualität eine psychische Hemmung, die er, so wie alle großen Künstler zu allen Zeiten, mit den Mitteln der Kunst zu überwinden trachtete. In Wahrheit glaubte er aber nicht im Leben daran, dass es in seinem Fall je dazu kommen könnte.

In Rays Inszenierung des *Sommernachtstraums* wechselten die sexuellen Orientierungen der Protagonisten mehrfach. Lu trat als Lysandra, im Original Lysander, auf, die mit Hermia in heimlicher lesbischer Liebe verbunden ist. Wie im Original weigert Hermia sich, Demetrius zu heiraten, den ihr Vater für sie zum Mann bestimmt hat.

Hermia und Lysandra fliehen nachts in den Wald, und Demetrius, wütend über Hermias Zurückweisung, folgt ihnen. Als er Hermia dort mit Lysandra Liebesschwüre austauschen sieht, begreift er, dass Hermia ihn nicht für einen anderen *Mann* verschmäht, sondern für eine *Frau*.

Helios, ursprünglich Helena, ist in Rays Inszenierung schwul und unglücklich in den heterosexuellen Demetrius verliebt. Er folgt ihm in derselben Nacht in den Wald. Als Hetero ist Demetrius von Helios' Verliebtheit angewidert und versucht ihn loszuwerden. Er jagt ihn fort, doch Helios fleht umso ergebener mit originalem Shakespeare-Text: «Begegnet mir wie eurem Hündchen nur. Stoßt, schlagt mich ... vergönnt mir nur ... euch zu begleiten.»

Den Waldtroll Puck inszenierte Ray als queeren Hermaphroditen mit beiderlei Geschlechtsmerkmalen. Vom Elfenkönig Oberon beauftragt, die Hermia-Lysandra-Demetrius-Liebesverwicklung zu ordnen, träufelt Puck der schlafenden Lysandra eine verzaubernde Blumenessenz in die Augen, die sie beim Aufwachen in das erste Wesen verliebt machen soll, das sie sieht, damit sie ihre Liebe zu Hermia vergisst.

Für Ray waren Zauberessenzen in Mythen Metaphern für psychotrope Befreiungssubstanzen. Deswegen inszenierte er die Liebesblumenessenz als eine Art Feen-LSD, das bei seinen Protagonisten als erotischer Eye-opener die Befreiung aus den Fesseln ihrer sexuellen Orientierung bewirkt – ganz gleich, ob hetero oder homo. Und so verliebt sich die eigentlich lesbische Lysandra beim Erwachen in den zufällig vorüberirrenden, schwulen Helios.

Oberon, der begreift, dass nun alles nur noch schlimmer ist, wendet die Liebesblumenessenz daraufhin bei Demetrius an, aber auch das geht schief. Beim Erwachen verliebt sich Demetrius ebenfalls in Helios, den er eigentlich wie einen Hund hatte davonjagen wollen. Lysandra und Demetrius sind nun nicht mehr hinter Hermia, sondern hinter Helios her. Beide schwören ihm ihre unsterbliche

Liebe, und als in diesem Moment die lesbische Hermia hinzukommt und Lysandra daran erinnert, dass eigentlich *sie beide* ursprünglich in den Wald geflohen und unsterblich ineinander verliebt seien, ist das Chaos komplett.

In dem folgenden Liebes- und Verschmähungsreigen mit heißen Tränen voller Glück oder Verzweiflung irren die vier Darsteller in Rays Inszenierung durch den mittsommernächtlich verwunschenen Wald und das Gewirr ihrer nicht mehr eindeutigen sexuellen Orientierungen. Und viele Zuschauer, die die Aufführung sahen, entwickelten, wie sie danach zugaben, trotz, wie sie glaubten, feststehender eigener Hetero- oder Homosexualität, in diesen zwanzig sehr sinnlichen Bühnenminuten – eine von Rays Bedingungen an die vier Protagonisten war die Bereitschaft, in der Waldszene nackt aufzutreten – eine Sehnsucht nach einem ebensolchen, sinnlichen Geschlechterdurcheinander.

Wie bei Shakespeare, so endet auch bei Ray das Stück mit einer Doppelhochzeit. Nach nochmaliger Anwendung der Zauberessenz verwandelte sich Lu zurück in jene, die sie zu Beginn war: die lesbische, in Hermia verliebte Lysandra. Ray war über diese Wendung des Stücks nicht sehr glücklich. Es war der einzige Punkt, an dem sein Inszenierungskonzept nicht ganz aufging.

Ein Befreiungszauber, fand Ray, sollte bei doppelter Anwendung zu einem noch größeren Maß an Freiheit führen und nicht zurück in den vormaligen Zustand der eingleisigen sexuellen Identität – auch wenn es sich um eine lesbische handelte. Für seine Interpretation der Liebesblumenessenz als Feen-LSD hätte das bedeutet, dass sich ein Trip durch die nochmalige Einnahme von LSD beenden ließe. Das hatte er bei seinen eigenen Drogenerfahrungen allerdings noch nie erlebt. Aber Ray beugte sich in diesem Punkt dem shakespeareschen Original.

Immerhin war seine Doppelhochzeit am Ende insofern visionär, als es sich bei den Heiratenden Hermia/Lysandra, Demetrius/Helios um homosexuelle Paare handelte. Und so wurde aus Pucks ironischem, wenn auch etwas altväterlichem Schluss-Resümee des Originals: «Findt seinen Deckel jeder Topf, / Und allen geht's nach ihrem Kopf», in Rays Inszenierung: «Jeder Hans kriegt seinen Schwanz / und jede Uschi ihre Muschi.» Was jedes Mal ein sicherer Lacher war.

Am Tag nach Annrikes Geburtstagsfeier rief Ray Lu an und schlug ihr vor, für die Lysandra vorzusprechen. Natürlich könne er ihr nichts versprechen, und die Aufführung sei erst für nächstes Jahr geplant, schränkte er ein, aber vom Äußeren her entspreche sie seinen Vorstellungen von der Rolle genau. Lu sagte ihm das Vorsprechen sofort zu.

Ray hatte die Idee, eine Bodypainterin zu engagieren, die die Körper der vier glücklich und unglücklich Liebenden mit Pflanzenornamenten, Zweigen und Blütenmustern bemalen sollte, als wären sie in der Mittsommernacht selbst zu Waldwesen geworden. Annrike setzte sich dafür ein, dass Ray, gemessen an den üblichen Subventionsbeträgen für freie Gruppen, finanziell sehr komfortabel ausgestattet wurde und sich die Körperkunst leisten konnte. Für Lu war es keine Hürde, als Lysandra nackt und bemalt aufzutreten. Nach dem Vorsprechen engagierte Ray sie. Und auf einmal schienen sich alle Probleme, die sich vor Lu in den vergangenen Jahren aufgetürmt hatten, erledigt zu haben.

Sie mochte Raissa, und auch Vic kam mit Herberts neuer Freundin gut aus. Manchmal besuchte Lu Raissa und ihren Vater, und eine Zeit lang stellte sich fast so etwas wie eine familiäre Normalität zwischen ihnen ein. Herbert akzeptierte Vic als Lus Freund, wobei er vermutlich annahm, dass die beiden auch ein Liebespaar waren. Lu und Vic hatten nichts dagegen, dass er sie dafür hielt, dann gab es nichts darüber hinaus zu erklären.

Einmal kochte Raissa einen Eintopf mit viel Fleisch und noch mehr Kohl und erkundigte sich bei Lu, was sie gerade mache. Lu hatte schon länger nicht mehr bei *Videorama* gedreht, aber für die

Frage, wovon sie eigentlich lebte, hatte sie sich seinerzeit eine einfache Antwort zurechtgelegt.

«Ich habe in dem Kino, das es bis vor ein paar Jahren auf der Reinickendorfer gab, Filmvorführerin gelernt», sagte sie. «Manchmal helfe ich bei Nachtvorstellungen in verschiedenen Kinos aus. Damit komme ich über die Runden.»

«In Minsk bin ich oft ins Kino gegangen, das habe ich sehr gemocht», sagte Raissa und nahm sich noch etwas Schmand in den Eintopf.

«Die Nachtvorstellungen will keiner machen», sagte Lu, «die werden gut bezahlt.»

«Darauf trinken wir», sagte Herbert und ergriff die Wodkaflasche. «Mein Mädchen! Ich war ungeheuer stolz, als du Abitur gemacht hast.»

In Wirklichkeit war er nicht einmal zur Abiturfeier erschienen. Aber es war nicht der Abend, ihm das vorzuwerfen, dachte Lu. Und auch nicht, dass er nicht zur Aufführung des *Hauptmann von Köpenick* gekommen war. Vielleicht war er ja wirklich stolz auf sie, auch wenn er es ihr noch nie gezeigt hatte.

«Kennt ihr beliebteste russische Komödie?», warf Raissa in die Runde. Natürlich kannte sie keiner. «Jemand steigt in falsches Flugzeug und kommt in falscher Stadt an, aber merkt er es gar nicht, weil in Russland alle Flughäfen und Außenbezirke ganz gleich aussehen. Alle Pläne kommen aus demselben Ministerium in Moskau. Sogar die Straßennamen sind gleich, und der Taxifahrer fährt den Mann zu der Adresse. Alles stimmt, das Hochhaus, die Hausnummer, das Stockwerk. Sogar sein Schlüssel passt in die Tür. Aber dann ist in der Wohnung eine Frau und sagt, es ist ihre Wohnung. Der Mann will sie rausschmeißen, aber am Ende lieben sie sich. Wir lachen bis heute darüber. Die Schauspieler sind große Stars und werden bei uns verehrt.»

«Ich spiele auch wieder Theater», sagt Lu.

«Super», sagte Vic. «Wo denn?»

«Die Bühne hat 'nen ziemlich komischen Namen, ist aber in der Szene richtig bekannt: *Theater Zerbrochene Fenster*.»

«Da fällt mir das Fenster im Badezimmer ein», sagte Herbert. «Da ist schon seit 'nem Jahr 'n Sprung drin, und das habe ich den Armleuchtern von der Hausverwaltung auch gesagt, aber ist natürlich nichts passiert. Na denen werd ich mal was husten.»

«Wieder den Hauptmann von Köpenick?», erkundigte sich Vic.

«Ne, das Stück heißt *Sommernachtstraum*.»

Herbert gönnte sich noch einen Wodka.

«Träume sind wichtig», sagte er zu Lu. «Aber das mit dem Filmvorführen ist was Reelles, vergiss das nicht.»

«Will noch jemand etwas Schtschi?», fragte Raissa. Sie war die Einzige, die den Namen ihres Eintopfs aussprechen konnte.

Es sollte das einzige Abendessen dieser Art bleiben. Etwa ein halbes Jahr später, kurz vor Beginn der Proben zum *Sommernachtstraum* saß Lu in ihrem Zimmer und lernte den für sie so fremden, so schwer verständlichen Text: «Pflegt Spott und Hohn in Tränen sich zu kleiden? Was glaubst du denn, ich huld'ge dir zum Hohn?»

Während sie sich bemühte, den Sinn solcher Verse zu enträtseln, hörte sie Herbert über sich toben. Raissa war in den vergangenen Monaten nicht bereit gewesen, sich, wie zuvor Natalia und Swetlana, die Haare färben und festigen zu lassen. Und auch sonst hatte sie sich einer Verwandlung in Draga widersetzt. Sie blieb ihrem Stil treu, sich recht stark zu schminken und dabei auch vor kräftigeren Farben nicht zurückzuschrecken. Bei blond wirkte das schnell übertrieben, aber Raissa war ein dunklerer Typ und wollte es bleiben.

Und so war es das bekannte Trauerspiel, das sich über Lu zu wiederholen begann, während sie versuchte, Shakespeare zu verstehen. Lu fragte sich, ob sie Raissa nicht warnen müsste, ob sie ihr nicht voraussagen sollte, was in den nächsten Wochen geschehen würde. Aber dann wäre Raissa vielleicht ausgezogen, und Lu wäre wieder allein mit Herbert und seinem Alkoholismus und seiner Aggression und der verdreckten Wohnung gewesen. Und das jetzt, wo sie zum ersten Mal in ihrem Leben ein Ziel hatte, das ihr wirklich etwas bedeutete. Und obwohl sie genau wusste, dass sie sich etwas vormachte, klammerte Lu sich ein paar Wochen lang an die vage Hoffnung, diesmal könnte es anders mit Herbert kommen.

Doch schließlich krachten wieder Dinge zu Boden, während er durch die Wohnung stapfte. Lu versuchte trotzdem, dabei zu lesen: «Packe dich, du Zwergin! Du Ecker du, du Paternosterkralle!»

Zwischendurch hörte sie die schnelleren Schritte Raissas. Einmal fragte sie sich, ob Raissa womöglich Schutz brauchte, so wie Natalia einmal Schutz bei ihr und Hans Krol gesucht hatte. Überhaupt Hans. Wie würde er bei dem Getöse mit seiner *Sinfonie der Stille* vorankommen?

Während Herbert im Wohnzimmer tobte, bewegten sich die leichtfüßigeren Schritte Raissas durch den Flur zur Wohnungstür, die im nächsten Moment mit einem so heftigen Schlag ins Schloss fiel, dass sogar die Fenster in Lus Zimmer erzitterten. Vielleicht würde es gleich ja läuten, dachte Lu, aber Raissa ging an der Tür vorbei und eilte mit leiser werdenden Schritten die Treppe bis ins Erdgeschoss hinunter.

Noch einmal versuchte Lu sich auf den Text zu konzentrieren, auf den Streit zwischen Lysander und Demetrius um Helena: «Dein Drohn ist kraftlos wie ihr schwaches Flehn.»

Sie las die gelbe Reclamausgabe. Rays Fassung war noch nicht fertig, und so war Lysandra noch Lysander und Helios noch Helena.

Schließlich legte Lu den Text zur Seite, ging nach oben und fand Herbert schwach röchelnd, blau angelaufen und mit steifen Gliedern auf dem Boden liegen. Sie rief einen Notarzt.

In den Wochen danach fuhr Lu nach den Proben oft noch ins Krankenhaus, bevor sie nach Hause ging, setzte sich an Herberts Bett und lernte eine blonde Ärztin kennen, die gelegentlich nach ihm sah. Ihren Namen vergaß man nicht so schnell: Frau Doktor Nikisha

Lamont. Dabei sah sie überhaupt nicht exotisch aus, sondern war sehr hellhäutig und blond.

Lu erzählte Ray und den anderen bei den Proben nicht, was geschehen war. Sie wollte die Geschichte nicht im Theater haben. Das eine hatte mit dem anderen nichts zu tun, und so sollte es bleiben. Wenn Lu auf der Bühne stand, vergaß sie, wer sie in jener anderen Welt war, die man die Realität nannte.

Sie spielten die Waldszene nicht gleich zu Beginn der Probenarbeiten ohne Kleider, aber dann recht bald, weil sich die Nacktheit später vor Publikum selbstverständlich anfühlen sollte. Niemand wusste, dass sie sich für Lu von Anfang an selbstverständlich anfühlte.

Ray erschuf mit seinem Bühnenbildner den mittsommernächtlichen Wald vor Athen nicht durch Requisiten, sondern durch vielfarbige Lichtkanäle. Dadurch schien es auch ohne Bodypainting so, als wären die bloßen Körper der Schauspieler ein Teil dieses Waldes und der Nacht selbst.

Lu warf sich vor Helios auf den vielfarbig glitzernden Bühnenboden und flehte: «O Held! Schönster! Liebster meiner Wahl! / Womit vergleich ich deiner Augen Strahl! / Kristall ist trübe. O wie reifend schwellen / die Lippen dir, zwei küssende Morellen!»

Sie stieg aus der Rolle aus. «Morellen?»

«Kirschen, Lu, es sind Kirschen», sagte Ray auf seinem Regieplatz im Zuschauerraum. Er wusste, dass Lu sich gelegentlich mit der altertümlichen Sprache schwertat.

«Kirschen. Ach ja? Hab ich bei *Penny* noch nie gesehen.»

«Stell dir Kirschen *vor*.»

«Kann ich. Aber was ist mit dem Publikum? Wissen die das? Die gehen doch nicht alle ins KDW, wo's ja vielleicht auch Morellen gibt.»

«Lu. Kirschen reimt sich im Gegensatz zu Morellen nun mal nicht auf schwellen.»

«Vielleicht gibt's ja 'nen anderen Reim», schlug sie vor. «Von Uschi und Muschi steht bei Shakespeare ja auch nichts.»

Ray hatte immer dann in die alte Shakespeareübersetzung eingegriffen, wenn sein Geschlechterverwirrspiel es erforderte. So war zum Beispiel aus «O Huldin! Schönste! Göttin meiner Wahl!» «O Held! Schönster! Liebster meiner Wahl!» geworden. Aber er wollte auch so viel Shakespeare- beziehungsweise Schlegel/Tieck-Sprache erhalten wie möglich, um den Vorwurf zu vermeiden, mit seiner Inszenierung nur eine billige Aktualisierung oder Rocky-Horror-artige Verpoppung des Stücks zu betreiben.

«Und welchen Reim schlägst du vor?»

«Weiß nicht. Wie wär's mit: ‹Wie deine Lippen leuchten, möcht ich sie gleich befeuchten.› Darum geht's doch eigentlich, oder?»

«Hm», machte Ray. Er war perplex, dass Lu den Reim so spontan aus dem (nicht vorhandenen) Ärmel geschüttelt hatte. «Okay.»

Bei: «Packe dich, du Zwergin! Du Ecker du, du Paternosterkralle!» schlug Lu ebenso spontan: «Packe dich, du Zwergin! Du Meckerkuh, du alte Fotzenschnalle!» vor, aber Ray blieb bei der alten Übersetzung, obwohl Lu den Eindruck hatte, dass ihm ihre Version besser gefiel.

Sich nackt auf einer Bühne durch das vielfarbige Licht der Scheinwerfer zu bewegen und vor Jogi als Helios mit seinem eher unpornografisch kleinen, aber hübschen und ungewöhnlicherweise beschnittenen Schniedel in den Staub zu werfen und «O Held!» (statt «Oh Huldin!») auszurufen machte Lu mehr Spaß, als einen deutlich besser ausgestatteten «Nachbarn» darum zu bitten, ihr beim «Korkenziehen» zu helfen.

Im Übrigen hätte sie mit Jogi sowieso keinen Sex haben können, denn er war *wirklich* schwul – was streng genommen natürlich kein echtes Hindernis für Sex war. Hinter Paco, dem gut aussehenden Darsteller des Demetrius, herzulaufen und ihn um Schläge anzuflehen fiel Jogi nicht schwer. Für ihn war es die größere schauspielerische

Herausforderung, den verzweifelten Liebesschwüren und Verführungsversuchen der nackten Lu als Lysandra gegenüber nicht allzu gleichgültig zu wirken – eine Schwierigkeit, in die man sich aus männlich-heterosexueller Perspektive nur unter Mühen hineinzuversetzen vermochte. Das bereitete Ray bei der konkreten Rollenarbeit mit Jogi einiges Kopfzerbrechen.

Anna-Maria, die Darstellerin der lesbischen Hermia, war offiziell nicht lesbisch, küsste Lu aber verwirrend authentisch und wurde nach den Proben regelmäßig von ihrem Freund abgeholt. Wahrscheinlich hatte Lu als Lysandra die schwierigere Rolle, weil ihre sexuelle Orientierung in Rays Inszenierung zweimal wechselte.

Lu fand es nicht schwer, sowohl lesbisch als auch heterosexuell zu agieren. Was sie *war*, spielte für sie keine Rolle. So genau wusste sie das seit ihrer *Videorama*-Zeit nicht mehr. Vielleicht war es nur eine von diesen «überkommenen gesellschaftlichen Konventionen», von denen Ray immer sprach, dass sie in Kreuzberg ausschließlich mit Männern schlief. Ab und an hatte sie darüber nachgedacht, warum das so war. Vermutlich lag es daran, dass die Methode, wie sie sich in Kneipen jemanden aussuchte, nur bei Männern funktionierte. Einen Mann ins Bett zu bekommen, war spielend einfach, aber wie man eine Frau verführte, wusste Lu nicht. In diesem Punkt hatten ihr die *Videorama*-Drehs nichts genützt, weil es bei Pornos grundsätzlich unnötig war, jemanden zu verführen, sondern alle immer gleich wollten. Und Annrikes nun schon recht lange zurückliegender Verführungsversuch im Vorführraum des *Egalia* war so dezent gewesen, dass er ihr nicht weiterhalf.

Erst spät erfuhr Lu, dass es am Theater eine Menge Aberglaube gab. Beispielsweise spuckte man sich beim gegenseitigen «Toi toi toi» vor der Premiere dreimal symbolisch über die linke Schulter. Würde man dabei versehentlich über die rechte Schulter spucken, so bedeutete das Unglück für die Vorstellung. Da es andererseits keine Premiere *ohne* Pannen gab, musste man eigentlich annehmen, dass entweder *doch* jedes Mal einer beim «Toi toi toi» nicht aufpasste und die rechte Schulter erwischte oder irgendetwas mit dem Aberglauben nicht stimmte.

Nach der Generalprobe fragte Anna-Maria Jogi in der Schauspielergarderobe, ob er schon alle «Toitoichens» beisammen habe. Lu hatte keine Ahnung, was Toitoichens waren.

«Kleine Geschenke, die man sich vor der Premiere macht», sagte Anna-Maria. «Was Persönliches, was mit der Rolle zu tun hat, nichts Wertvolles. Mach dir keine Gedanken. Ist nicht so wichtig.»

Aber Lu machte sich sehr wohl Gedanken. So, wie sie den Bühnenbetrieb und vor allem die Schauspieler kennengelernt hatte, waren diese Toitoichens *absolut* wichtig! Sie grübelte die halbe Vorpremierennacht darüber nach, was in ihrem Besitz persönlich genug war, um Toitoichen sein zu können.

Herbert hatte nach ihrem Auszug – der ja offiziell nie stattgefunden hatte – ihr Kinderzimmer nie in Besitz genommen. Vielleicht hatte er immer gehofft, dass sie eines Tages doch wieder einziehen würde. Das Zimmer enthielt eine Menge Dinge aus Lus Schulzeit, die sie bei ihrem tütenweisen Umzug in die Zweiter-Stock-Version dieses Zimmers nicht mitgenommen hatte.

Zum Beispiel hatte Lu die Blechorden nie weggeworfen, die sie sich als Hauptmann von Köpenick an die Flohmarktsuniform geheftet hatte. Es gab auch noch die Gummiträger der zerschlissenen Schlabberhose, die sie als arbeitsloser Schuster Voigt getragen hatte. Und vielleicht lag in einer der Schubladen sogar noch der falsche Schnurrbart, den sie sich unter die Nase geklebt hatte, um beim Publikum als Mann durchzugehen. Lu fand, dass diese Dinge die von Anna-Maria aufgestellten Kriterien «persönlich» und «nicht wertvoll» und «mit der Rolle zu tun zu haben» für die Toitoichens erfüllte.

Als Lu am nächsten Morgen in ihr Zimmer wollte, um diese Kleinigkeiten zu holen, passte ihr Wohnungsschlüssel nicht. Sie zog ihn ein paarmal aus dem Schloss, steckte ihn wieder hinein, versuchte umzudrehen, rappelte an der Tür, als hätte sich nur etwas verklemmt, und gab schließlich auf. Zuletzt war sie vor ein paar Wochen hier oben gewesen, um sauber zu machen. Sie hatte aufgeräumt, gelüftet und die Tür hinter sich zugezogen. Seitdem hatte sie die Wohnung nicht mehr betreten.

Die Lösung des Rätsels war, dass Raissa das Schloss hatte austauschen lassen. Sie war, was Lu nicht wusste, inzwischen ebenfalls offiziell Mieterin. Sie hatte darauf gedrängt, in den Mietvertrag aufgenommen zu werden, falls Herbert etwas zustoßen oder er mal wieder in Zahlungsschwierigkeiten geraten sollte. Verständlicherweise wollte sie ihre eigene Zweizimmer-Mietwohnung in der Ackerstraße, in die sie sich nach dem heftigen Streit vor Herberts Sturz ins Koma ein paar Wochen lang zurückzogen hatte, ohne einen anderen gültigen Mietvertrag nicht kündigen.

Streler hatte keine Einwände gegen einen entsprechenden Zusatz im Mietvertrag gehabt. Angesichts von Herberts labiler Verfassung war ihm eine zweite Quelle für die Mietzahlungen ganz recht. Wäre Lu in den vergangenen Wochen nicht von morgens bis spät in die Nächte – freie Theatergruppen konnten, was das Gruppenmiteinander anging, sehr fordernd sein – im Theater oder bei Herbert im Krankenhaus gewesen, hätte sie vielleicht mitbekommen, dass Raissa ein paar Tage vor der Premiere zurückgekehrt war und das Schloss hatte austauschen lassen.

Vic wusste es. «Das war Raissa», sagte er und goss Wasser in die Kaffeemaschine. Er war über Nacht fort gewesen und gerade erst nach Hause gekommen. «Ich habe sie vorgestern auf der Treppe getroffen. Sie sagt, sie hätte Angst vor deinem Vater.»

«Aber der liegt doch im Koma! Sie kann mich nicht aussperren!»

«Das Problem ist: Es ist nicht *deine* Wohnung.»

«Könntest du mal etwas netter sein? Ich bin da aufgewachsen!»

Auf einmal liefen Lu Tränen über die Wangen. Nicht in ihr Kinderzimmer zu können, machte ihr unerwartet stark zu schaffen. Zusätzlich war sie aber auch in einer Präpremieren- oder Postgeneralprobendepression. So etwas gab es, hatte sie gehört. Gestern Abend hatte nämlich alles wie am Schnürchen geklappt, und es hieß, dass eine gute Generalprobe zuverlässig auf eine katastrophale Premiere hinweisen würde.

Die Kaffeemaschine begann zu blubbern. Als Vic Lus Tränen sah, kam er an den Tisch. «Raissa wird schon wieder auftauchen und dich in dein Zimmer lassen. Sie ist jetzt bei der Arbeit, schätze ich.» Er stellte sich hinter sie, legte seine Hände auf ihre Schultern und begann, sie zu massieren.

«Scheiße!», sagte Lu. «Scheiße, scheiße, scheiße!»

«Du bist einfach nur nervös und aufgewühlt und ein bisschen überempfindlich. Das ist doch logisch. Ich denke, das *muss* vor einer Premiere wahrscheinlich so sein. Wenn nicht, wärst du wahrscheinlich keine gute Schauspielerin.»

«Kommst du heute Abend?»

«Na klar, was denkst du denn?»

Sie schüttelte den Kopf. «Besser nicht. Nein, Vic, hörst du, komm nicht! Ich bin ganz schlecht. Ich bin die schlechteste! Die Generalprobe gestern war schrecklich. Alle meinten zwar, es hätte viel zu gut geklappt, und sind jetzt in Panik wegen heute Abend. Aber was mich betrifft, stimmt das gar nicht. Alle anderen waren fantastisch, aber ich war schrecklich. Ich habe mich miserabel gefühlt. Ich war überhaupt nicht in meiner Rolle. Ich bin keine gute Schauspielerin, das ist mir auf einmal klar geworden. Und jetzt kann ich mich noch nicht mal in mein Kinderzimmer zurückziehen, dort zusammenrollen und mir die Augen aus dem Kopf weinen!»

«Lu», sagte er so sanft wie möglich. «Das geht vorbei. Wenn diese Regel, von der du erzählt hast, dass eine Generalprobe schlecht sein *muss*, stimmt, hast du doch heute Abend alle Chancen auf einen rauschenden Erfolg.»

«Kannst du mich festhalten? Bitte. Bitte halt mich ganz fest.»

Er beugte sich vor, umarmte sie und drückte sie an sich. «Wirklich, Lu, das geht vorbei. Trink einen Kaffee und stopf irgendwas Süßes in dich rein. Du wirst sehen, danach geht es dir ...»

Er konnte nicht zu Ende sprechen, weil sie plötzlich ihre Lippen heftig auf die seinen presste, sie leckte, sie *befeuchtete*, und mit ihren Fingern sein Hemd nach Knöpfen absuchte, die sie öffnen konnte. Oh ja, wie oft schon hatte sie sich *danach* gesehnt, ohne es sich je einzugestehen, aber jetzt fühlte sie es, jetzt wollte sie es und gestand es sich auch ein: Vic neben ihr, Vic auf ihr, Vic in ihr ...

Doch Vic packte sie nicht etwa an den Hüften, um sie hochzuheben, gegen die Wand zu pressen und von unten zu nehmen wie in all den billigen Actionstreifen, die sie spätabends noch gesehen hatten, mit heftigen Stößen, schwitzenden Muskeln und keuchendem Atem, oder sie einfach nur auf den Boden zu ziehen, um sie dort besinnungslos zu ficken – nein, sanft, aber doch entschieden drückte er sie langsam von sich, sodass ihre Zunge, die gerade noch über seine Lippen geleckt hatte, sich auf einmal, wie aus einem warmen Bett gestoßen, durch die kühle Küchenluft bewegte.

«Lass uns nichts tun, was wir in einer halben Stunde wieder rückgängig machen wollen», sagte er.

Sie konnte es nicht fassen. Wollte er denn jetzt allen Ernstes einen auf Billy Crystal in *Harry und Sally* machen? Nein, nein, nein! Das durfte er nicht! Er durfte sie jetzt nicht abweisen, nachdem sie jahrelang nicht einen einzigen Versuch unternommen hatte, ihn zu verführen. Das stand ihm nicht zu, das ... Doch dann drang etwas anderes in Lus Bewusstsein, ein Geruch, den sie kannte. Vic war gerade erst nach Hause gekommen und hatte noch nicht geduscht. Sie hatte diesen Geruch noch nie an ihm wahrgenommen, doch sie war Vic auch noch nie körperlich so nah gekommen. Oh, *wie* sie diesen Geruch kannte! Sie begriff schlagartig, warum Vic sie nicht aus ihrer Depression herausficken würde: Er kam gerade vom Ficken.

Sie stand auf. Sie würde bestimmt nicht betteln.

«Alles klar.»

«Lu, versteh das nicht falsch ...»

«He, ich versteh das *sehr gut*. Sagst du mir, wer sie ist? Oder er?»

«Was meinst du denn?», sagte er.

Sie schüttelte den Kopf. «Vic, du musst endlich mal kapieren, dass ich nicht mehr der dumme Teenie bin, der vor ein paar Jahren bei dir eingezogen ist.»

«Okay, ich merk's mir.»

Sie ging zur Kaffeemaschine und nahm eine Tasse aus dem Regal.

«Scheiße, ich hab mich ganz schön blamiert.»

«Hast du nicht.»

«Kenne ich sie? Oder *ihn*?»

«Lu, ich bin nicht schwul.»

«Würd mir nichts ausmachen.»

«Du kennst sie nicht.»

Sie goss Kaffee in die Tasse und gab Milch dazu.

«Wie geht das eigentlich?», sagte sie. «Du bist ja nicht die erste Nacht weg. Echt, ich kapier das nicht. Du hast seit Jahren 'ne Beziehung, und ich weiß nicht, mit wem? Sie war noch nie hier? Gibt's irgend'nen Grund für die Heimlichtuerei?»

«Ist das wichtig?»

«Keine Ahnung. Sag du's mir. Ich dachte zumindest immer, wir wären *Freunde*. Oder stimmt das auch nicht?»

Er schwieg eine Weile. Dann sagte er: «Okay, wie du willst.»

Und dann erzählte er Lu, was er noch nie jemandem erzählt hatte, wie er vor vielen Jahren an einem der Badeseen rund um Berlin Eva kennengelernt und sie in ihrer Datsche einen Sommer lang geliebt hatte, und wie Eva danach wieder aus seinem Leben verschwunden war, ohne dass er die Möglichkeit gehabt hätte, sie wiederzufinden, und wie sie nach seinem missglückten Fluchtversuch dann als Richterin mit dem Namen Irene Wolter vor ihm gesessen hatte.

«Ich weiß bis heute nicht, ob das nun ein schrecklicher oder ein glücklicher Zufall war», sagte er. «Sie hat mich wegen Republikflucht verurteilt, aber zugleich dafür gesorgt, dass ich schon nach sechs Wochen in den Westen abgeschoben wurde.» Lu hörte schweigend zu. Er trank einen Schluck Kaffee. «Nach dem Fall der Mauer und dem Tod meiner Mutter habe ich Irene irgendwann aufgesucht. Jetzt war es ganz leicht, sie zu finden. Ihren Namen kannte ich ja aus dem Prozess. Sie ist immer noch Richterin.»

Sie schwiegen lange. Die Kaffeemaschine zischte vor sich hin.

«Nur noch mal zur Klarstellung», sagte Lu schließlich. «Du schläfst mit der Richterin, die dich verknackt hat?»

«Sie hatte gar keine andere Chance», sagte Vic.

«Was soll das heißen, *keine Chance*?» Lu wurde lauter. «Wieso ist sie überhaupt noch Richterin? Wie geht das denn?»

«Die Richter im Osten sind alle überprüft worden, aber das hat Jahre gedauert und ist immer noch nicht komplett abgeschlossen. Viele haben sie rausgeschmissen, aber ein paar auch übernommen. Bei Irene hat das schließlich geklappt. Sie war in der Partei nicht aktiv und konnte nachweisen, dass sie mir geholfen hatte. Ich hab vor so einem Richterwahlausschuss für sie ausgesagt. Was sollte sie machen? Sie stand als Richterin im Osten unter politischem Druck. Und doch hat sie mir anderthalb Jahre Leben geschenkt.»

«Du verteidigst diese Duckmäuserärsche von da drüben auch noch! Du wärst beinah erschossen worden oder so!»

«Lu, bitte. Das ist alles vorbei.»

Sie nahm die Kaffeetasse zur Hand, obwohl sie nicht die geringste Lust auf einen Schluck hatte. «Zahlt *sie* hier die Miete?»

«Was für eine Rolle spielt das?»

«Das ist krank.»

«Lu, das betrifft uns doch gar nicht.»

Er hob den Arm und streckte ihn irgendwie hilflos in ihre Richtung.

Lu sprang auf. «Scheiße!»

Sie warf die Kaffeetasse gegen die Kachelung über dem Waschbecken, wo sie in einer braunen Explosion zersprang. Ohne Vic noch einmal anzusehen, ging sie aus der Küche. In ihrem Zimmer warf sie sich ihre Theatertasche über die Schulter und verließ die Wohnung, in der sie neun Jahre ihres Lebens verbracht hatte.

Vor der Haustür blieb Lu einen Moment stehen und starrte auf die Stelle, wo einst jener alte Mann gelegen hatte, aus dessen kahlem Schädel eine Blutlache auf die Gehwegplatten gesickert war. Einen Moment lang hatte sie das Gefühl, die Reste der Blutlache noch erkennen zu können, aber dann war es doch nur nur ein Schattenspiel der Straßenbäume.

Am Ende des *Sommernachtstraums* sagte Puck: «Wenn wir Schatten euch beleidigt / o so glaubt – und wohl verteidigt / sind wir dann! –, ihr alle schier / habet nur geschlummert hier / und geschaut in Nachtgesichten / eures eignen Hirnes Dichten.»

Ray war überrascht, dass Lu so früh im Theater auftauchte.

«Ich hab die Warterei nicht ausgehalten», sagte sie. «Schlafen konnt ich auch nicht.»

«Du siehst trotzdem toll aus», sagte er.

«Ich seh aus wie ausgekotzt. Total verquollen.»

«Stimmt nicht. War denn was?»

Sie stellte die Tasche auf ihren Platz in der Garderobe. «Ne, alles okay ... Bin nur übernächtigt. Am besten schminkt Jenny», – Jenny war der Name der Bodypainterin – «mir ihre Blumen und Gräser nicht nur auf den Körper, sondern auch ins Gesicht. Dann sieht man's nicht so.»

Ray war ihr in die Garderobe gefolgt. «Mach dir keine Gedanken. Wenn man sich körperlich in einem Ausnahmezustand befindet, ist das gut fürs Spielen. Man ist sensibler für alle Schwingungen.»

Er stand ein paar Schritte hinter ihr. Sie sah ihn im Spiegel ihres Garderobenplatzes. Sie war *immer* für alle möglichen Schwingungen empfänglich, dafür brauchte sie keinen körperlichen Ausnahmezustand. Zum Beispiel dafür, dass Ray sie mit seinen Blicken in diesem Moment geradezu verschlang.

Sie sagte: «Das Bodypainting geht beim Duschen übrigens gar nicht ganz runter. Es bleibt so ein blasser Schimmer auf der Haut übrig ...»

Sie hob den Blick und sah Rays Spiegelbild in die Augen. Das lange gegenseitige Sich-in-die-Augen-Sehen beim Sprechen von Texten – mal solchen, die zur Situation passten, aber auch beliebigen – war eine klassische Schauspielübung. Der wesentliche Punkt dabei war, den Kontakt nie zu verlieren und die Gedanken des Gegenübers zu erspüren.

Lu konnte in Rays Blick seine Gedanken oder besser sei*nen* Gedanken – es war nur einer – deutlich lesen. Bisher hatte er ihr gegenüber bei den Proben stets eine gewisse Distanz aufrechterhalten oder sich auferlegt. Jetzt machte er einen Schritt auf sie zu. Er stand nur noch einen Schritt hinter ihr. Er würde nicht über sie herfallen, es war ihre Entscheidung, das wusste sie. Sie musste nur ein Signal geben. Scheiß Vic!, dachte sie. Scheiß drauf! Sie legte die Hände an den Knopf am Bund ihrer Jeans, und das reichte aus. Ray drängte sich von hinten gegen sie. Sie nahm die Hände von der Jeans und ließ ihn den Rest machen. Er war ein Mann wie jene namenlosen, mit denen sie Sex gehabt hatte. Und sie würde sich in Ray nicht verlieben.

Sie sah seinen dunkel behaarten Oberkörper im Spiegel hinter sich. Er war schlank, fast ausgezehrt und sportlich. Sie stützte sich auf die Schminkkonsole mit den Pudernäpfen, Kajalstiften und Einmaltücherboxen. Die Falten in Rays Gesicht vertieften sich in der Anstrengung.

Während sie ihn gewähren ließ, war sie von einem Höhepunkt weiter entfernt als je bei allen ihrer Drehs. Und wahrscheinlich, so genau wusste sie es nicht mehr, war sie sogar bei ihrem ersten Mal mit Timo näher dran gewesen als jetzt. Es konnte sie erregen, dieses seelenlose Hämmern, die mechanische Verausgabung der Männer – aber jetzt, mit Ray erregte sie nichts. Vic ging ihr nicht aus dem Kopf.

«O dass, verschmäht von einem Mann, ein Weib / dem anderen dienen muss zum Zeitvertreib.»

Mit einem letzten gepressten «O Lu!!» zog Ray ihn raus und zwang sie mit einem festen Schultergriff in die Knie. Sie machte die Bewegung automatisch mit, als liefe eine Kamera, und ging vor Ray in die Hocke. Er brauchte noch etwas Zeit.

Die Premiere war ausverkauft, und sie alle saßen im Publikum: Annrike als Vertreterin der Senatsverwaltung für Kultur in der zweiten oder dritten Reihe, etwas weiter hinten Heti – obwohl die ja eigentlich herausgefunden hatte, dass Kultur nicht so sehr «ihr Ding» war, aber sie war neugierig auf Lu als Schauspielerin. Und auch Yussuf hatte von der Premiere erfahren und den Weg aus seinem sozialen Brennpunkt hierhergefunden. Nur Vic kam nicht.

Lu fühlte sich vom ersten Moment an auf der Bühne unwohl. Wäre sie eine gute Schauspielerin gewesen, so sagte sie sich, hätte sie in der Rolle der Lysandra alles vergessen müssen, was ihr als Lu seit dem Morgen widerfahren war, aber das gelang ihr nicht. Dass sie nicht mehr in ihr Kinderzimmer zurückkehren konnte und dass Vic sie abgewiesen und Ray sie benutzt hatte, um seine Obsessionen endlich auszuleben, ging ihr nicht aus dem Kopf. Als sie vor Helios auf die Knie fiel, um ihm ihre Liebe zu schwören, musste sie daran denken, dass es nicht ihr erster Kniefall vor einem Mann an diesem Tag war. Was auch immer sie auf der Bühne tat, es kam ihr falsch vor. Sie war nicht Lysandra, sie war Lu.

Sie fühlte auf der Bühne nicht ihre körperliche Nacktheit – die hätte ihr nichts ausgemacht –, sondern sie fühlte sich seelisch nackt. Alle, so dachte sie, alle im Publikum mussten sie in diesem Moment durchschauen. Alle mussten erkennen, dass sie eine Betrügerin war, eine, die Gefühle nur heuchelte, eine, die nicht wusste, was Liebe ist, und doch behauptete, für sie ihr Leben zu wagen, als sie sich vor Jogi als Helios auf den Bühnenboden warf. Wie konnte sie als Lysandra auf der Bühne glaubhaft einen Schwur leisten, wenn sie als Lu niemanden liebte und dieses Gefühl vielleicht überhaupt nicht in sich trug oder es, sie wusste nicht mehr wann, in sich abgetötet hatte?

Jetzt auf der Bühne, so kam es ihr vor, wurde es offenbar. Jetzt, im dritten Akt des *Sommernachtstraum* konnten alle sehen, wer oder besser *was* sie war: nichts, außer einer vielleicht ansehnlichen, leeren Hülle, die von Zeit zu Zeit einen Mann brauchte, um ihn zu benutzen. Und alle im Zuschauerraum sahen es in diesem Moment, als sie vor Helios voller Liebesinbrunst auf die Knie fiel: Sie log.

In der Pause warf sie sich den martialischen Ledermantel von Theseus über und stieg in dessen schwere Uniformstiefel. Ray hatte den Herrscher von Athen im ersten Akt als kriegerischen, homophoben Diktator inszeniert, der die Liebesregungen seiner Untertanen mit einem Spitzelsystem überwachte, aber am Ende eines Besseren belehrt werden würde. Ray wollte keinen dystopischen Schluss, er war der Meinung, da es ja *nur noch* Dystopien gebe, sei inzwischen die Utopie der eigentliche Tabubruch. Für Lu kam diese Erkenntnis zu spät.

In Theseus' Mantel gehüllt ging sie zum Hinterausgang, um vor der schwarz gestrichenen Brandschutzeisentür für ein paar Minuten allein zu rauchen. Es war kalt geworden und hatte begonnen zu regnen. Umso überraschter war sie, Vic im Hof anzutreffen. Er saß ein paar Meter von ihr entfernt auf einem Mauerabsatz unter einem Wellblechvordach, das ihn vor dem Regen schützte. Die Lampe über dem Bühnenausgang beleuchtete ihn nur schwach. Sie hätte ihn gerne umarmt und gleichzeitig am liebsten ignoriert. Sie zündete sich eine Zigarette an und raffte den Ledermantel enger zusammen, der ihr um einiges zu groß war.

«Was willst du?»

«Keine Sorge. Ich verschwinde gleich wieder.»

Die Distanziertheit, mit der er das sagte, schmerzte sie.

«Okay. Und warum bist du hier?»

«Ich wäre nicht hergekommen», sagte er, «aber es hat jemand für dich angerufen.»

«Angerufen? Wer?»

«Das Krankenhaus. Dein Vater ist aufgewacht.»

«Aufgewacht ...?» Sie brauchte einen Moment, um die Nachricht zu erfassen. «Das heißt, er ist wieder bei Bewusstsein?»

«Mehr weiß ich nicht. Sie suchen ihn noch. Sie meinten, es wäre vielleicht ganz gut, wenn du kommst.» Er machte eine kurze Pause und stand dann auf. «Okay, das ist die Nachricht. Ich geh dann mal wieder.»

Sie hielt ihn auf – sie wollte nicht, dass er ging, aber auch noch mehr erfahren. «Sie müssen dir doch gesagt haben, was los ist. Ich soll hinkommen? Wann denn?»

«Ich weiß wirklich nicht mehr als das. Sie waren sehr knapp und nervös und haben gleich wieder aufgelegt.» Er trat unter dem Wellblechdach hervor in den Regen. Seine Haare glitzerten und waren feucht, sie mussten schon auf dem Hinweg durchnässt worden sein. «Also dann, Lu.»

Er verschwand um die Ecke des Gebäudes, Lu sah ihm nach. Zum zweiten Mal an diesem Tag liefen ihr Tränen über die Wangen. Sie empfand sich als nichtswürdig – hatte sie das Wort bei Shakespeare gelesen? – und wollte unsichtbar sein. Sie konnte nicht zurück auf die Bühne.

Sie blies den letzten Zug in den Regen. Das Gefühl, eine Fehlbesetzung in einem Stück zu sein, das sie nicht verstand, quälte sie auf der Fahrt zum Krankenhaus und verblasste auch nicht, als man sie dort aufs Dach führte und auf dem Weg durchs Treppenhaus mit Informationen versorgte, denen sie kaum folgen konnte.

Es kam ihr nun so vor, als wäre sie irrtümlich in die Rolle der Tochter geraten, die sie glaubhaft ausfüllen sollte. Sie sollte erschüttert sein und besorgt und beseelt von dem Wunsch, ihrem Vater zu helfen. Aber all das war sie nicht. Sie war schon lange nicht mehr fähig, Herbert gegenüber so mitfühlend zu sein, wie es eine Tochter ihrem Vater gegenüber hätte sein sollen.

Ihre Gefühle waren taub. Sie hatte auch kein Mitleid mit Ray, den sie um den Lohn für seine monatelange, harte Arbeit am *Sommernachtstraum* gebracht hatte. Sie hatte den Abend, *seinen* Abend, seinen Triumph ruiniert. Nicht nur Ray – auch Annrike, Heti und alle anderen würden sie verachten.

Auf dem Krankenhausdach stand Lu im Schatten einer Mauer frierend im Regen. Niemand beachtete sie. Die Kälte kroch unter den Ledermantel des Theseus. Als hätte sich auf einmal alles ins Gegenteil verkehrt – *sie* als Zuschauerin im Dunkeln, das Dach die große Bühne –, sah sie dabei zu, wie die blonde Ärztin mit dem besonderen Namen in einem pitschnassen Hochzeitskleid – ja wirklich, es *konnte* nur ein Theaterstück sein, das da aufgeführt wurde – versuchte, Herbert davon abzubringen, in seinem Wahn vom Dach zu springen.

Und auch als er vom Dachsims zurücktrat und mit quälender Langsamkeit auf die Ärztin zuschlurfte, sie schließlich erreichte, vor ihr auf die Knie fiel, wie Lu vor Helios auf die Knie gefallen war, und anfing, mit ungelenken Bewegungen das Hochzeitskleid nach jenem Strumpfband abzusuchen, dass er Draga einst vom Schenkel gestreift hatte, blieb Lu unsichtbar im Schatten stehen und sah nur zu. Noch einmal traten ihr Tränen in die Augen, die sich mit den Regentropfen auf ihrem Gesicht vermischten.

Selbst in seinem Koma sehnte Herbert sich noch nach dem Unmöglichen, nach Dragas Rückkehr. Und vielleicht war das Koma für ihn gar nicht die Hölle, von der alle anderen glaubten, es müsse sie sein, sondern der Himmel, in dem er wieder mit Draga zusammen sein konnte.

Als Lu eine Stunde später Niki durch den langen Flur der Atelierwohnung folgte, achtete sie nicht auf die Galerie aus großformatigen

Gemälden zu beiden Seiten. Sie war ganz darauf fixiert, endlich den schweren, sie hatte keine Ahnung mit *wie viel* Litern Regenwasser vollgesogenen Militärmantel loszuwerden. Und als sie nackt in Nikis Zimmer stand und sich ins Bett legte, dachte sie noch nicht daran, was geschehen würde.

Sie wachte wieder auf, als Niki sich zu ihr legte. Sie wusste nicht, wie lange sie geschlafen hatte. Sie wunderte sich aber darüber, dass Niki nicht zu ihrer Hochzeit zurückgekehrt war. Oder war sie es, während Lu geschlafen hatte, und kam nun von dort zurück?

Doch sie roch nach Dusche. Sie roch gut. Ihr Körper war warm. Lu wusste nicht, wie man eine Frau verführte, doch nun ging auf einmal alles wie von selbst. Wie eine Zauberranke umschlang sie den warmen, mit roten, feinen Ornamenten überdeckten Körper, und dann stellte sich heraus, dass dieser Körper, die Arme, die Beine, die Taille, der Schoß nicht den geringsten Widerstand gegen ihr Drängen, gegen ihre Küsse und ihre Zärtlichkeiten leistete. Sie brauchten einander nicht zu verführen. Sie brauchten keine Liebesblumenessenz, keine Feen-LSD. Sie mussten es nur geschehen lassen.

15
Das Vaginazimmer

Es war nie nur das Sexuelle gewesen, würde Niki viele Jahre später denken, als sie und Lu in dem Überlandbus saßen, der sie von Mexiko-City in den Norden des Landes bringen sollte. Irgendwann hatte sie sich an das hektische Flimmern des *Mission-Impossible*-Videos auf den unter der Busdecke hängenden Fernsehbildschirmen gewöhnt. Es gelang ihr die penetrante Audiospur mit den martialischen Akkorden, lärmenden Actionsounds und rudimentären spanischen Dialogen auszublenden und ihren Gedanken nachzuhängen – nein, es war nie nur das Sexuelle gewesen, das Lu und sie diese Jahre über zusammengehalten hatte.

Im Übrigen wäre das in den ersten neun Monaten schon allein wegen ihres Zustands gar nicht möglich gewesen, wegen ihrer Schwangerschaft, die für sie schließlich zu einem Hindernis für die körperliche Liebe wurde. Der Grund dafür lag aber nicht ausschließlich in einer eingeschränkten Beweglichkeit ihrerseits, mit der hätte sie zurechtkommen können, zumal Lu gar nicht darauf bestand, dass sie immer beide etwas füreinander taten. Das Hindernis war – wie nicht anders zu erwarten – sie selbst.

Es waren ihre mit vielen nikihaften Skrupeln durchsetzten Überlegungen, ob es überhaupt richtig sein konnte, Sex zu haben, lesbischen Sex, während in ihr ein Leben heranwuchs, oder ob dahinter nicht ein egoistisches Lustbedürfnis steckte, das *ihr* vielleicht ein kurzes Vergnügen bescherte, dem Fötus in ihr aber rein gar nichts.

Wenn der Sex nicht sogar eine Art Störung seiner fötalen Selbstgenügsamkeit des Wachsens und Gedeihens war. Niki hatte sich in dieser Hinsicht sogar medizinisch kundig gemacht, aber viel war dabei nicht herausgekommen. Alle Artikel, Empfehlungen oder Tipps zum Thema Sex in der Schwangerschaft hatten nur die heterosexuelle Perspektive im Blick und gingen auf die Möglichkeit, dass zwei Frauen sich lieben könnten, nicht ein.

Alles, was Niki herausfand, war, dass es bei Schwangerschaftskomplikationen wie Infektionen, Blutungen, vorzeitigen Wehen oder bei einer Plazenta praevia, einer Blockade des Gebärmutterausgangs durch den Mutterkuchen, angeraten oder sogar geboten war, auf das Eindringen eines Penis in die Scheide zu verzichten. Aber erstens trafen die üblichen Risikofaktoren für eine Plazenta praevia wie Rauchen, zu hohes Alter der werdenden Mutter – Niki war einunddreißig und noch nicht spätgebärend –, viele vorangegangene Schwangerschaften oder Kokainmissbrauch auf sie nicht zu, und zweitens war bei ihrem Sex mit Lu schließlich kein Penis im Spiel. Und weder Lu noch sie zogen den Gebrauch eines Dildos in Erwägung.

Tatsache war aber auch, dass bestimmte physiologische Veränderungen während der Schwangerschaft die Lust auf Sex sogar erhöhen konnten. Die vermehrte Ausschüttung mancher Hormone führte zu einer stärkeren Durchblutung der Geschlechtsorgane. Klitoris und Schamlippen wurden dadurch bei manchen Frauen empfindsamer, was eine leichtere Erregbarkeit zur Folge haben konnte.

Da Niki nur über wenig Erfahrungen mit ihrer sexuellen Erregbarkeit verfügte, wusste sie nicht, ob die Tatsache, dass Lu es sehr gut verstand, sie zum Höhepunkt zu bringen, an einer gesteigerten sexuellen Erregbarkeit durch die Schwangerschaft lag oder an Lus erotischer Kunstfertigkeit.

Alles in allem waren Nikis Skrupel in Bezug auf Sex in der Schwangerschaft im Kern nicht medizinischer Natur. Wie bei allen Entscheidungen, die sie treffen musste, kreisten ihre Überlegungen hauptsächlich darum, ihre eigenen Bedürfnisse nicht in den Mittelpunkt zu stellen, sondern die aller anderen mit zu berücksichtigen. Was auch immer sie tat, es betraf direkt oder indirekt nie nur sie, und niemand konnte von ihren Handlungen betroffener sein als der heranwachsende Fötus. Alles, was sie tun würde, musste zuvorderst seinem Wohlergehen dienen – das war Nikis Prämisse.

Allerdings rührte ihr schlechtes Sexgewissen in jenen Tagen wohl auch daher, dass sie nicht freimütig und ungehemmt genug war, ihre Gefühle für Lu bedenkenlos zu akzeptieren, unkompliziert mit ihnen umzugehen und sich ihnen, nicht nur im Bett, hinzugeben. Immer wenn sie – daran dachte sie gelegentlich – von Kaspar Tickel gefragt worden war, ob sie lesbisch sei, hatte sie, wenn auch ein wenig verunsichert wegen der Zeit mit Inkarni, von der Kaspar aber nichts wissen konnte, mit Nein geantwortet.

Doch geglaubt hatte Kaspar ihr das wohl nie. Dazu hätten gelegentlich irgendwelche Männer, nette Krankenpfleger oder unverheiratete oder auch verheiratete Assistenzärzte, am Morgen aus ihrem Zimmer ins Bad schlurfen müssen, was in der Tat nie geschehen war. Dass Kaspar morgens in der Küche nun einer Frau begegnete, war Niki anfangs unangenehm. Aber Kaspar war fair genug, sie niemals damit aufzuziehen oder es als Triumph auszukosten.

Und es war nicht *nur*, aber doch *auch* das Sexuelle gewesen, das Niki und Lu seither voneinander nicht mehr hatte loskommen lassen. Es waren die Stunden im Krankenhaus gewesen, in denen Niki zwischen den Visiten, Stationsbesprechungen und dem alltäglichen medizinischen Papierkram an nichts anderes hatte denken können als an Lu und daran, abends wieder in ihren Armen zu liegen, ihre Berührungen zu spüren und das Gefühl zu haben, dass ihre Freundin sich an der tagsüber unter dem Ärztinnenkittel angestauten Hitze ihres Körpers verbrennen müsste. Es waren Lus Lippen gewesen, denen es gelang, Nikis Haut auch an jeder noch so unbedeutenden Stelle wie dem etwas rauen Ellbogen oder dem dickhäutigen Fersenballen in eine erogene Zone zu verwandeln. Wo auch immer Lu Niki berührte – stets existierten dort noch nie aktivierte Nervenbahnen, die die Empfindung zielgenau in ihren Schoß weiterleiteten. Niki war machtlos gegenüber dem Strom des körperlichen Verlangens, der sie dann mit sich forttrug. Und in solchen Momenten fielen alle Niki-Bedenken von ihr ab, und sie wusste nur noch, dass sie es wollte, wollte, wollte …

Etwas Unumgängliches schob sie allerdings einige Wochen vor sich her. «Ich muss dir etwas sagen», sagte Niki am Telefon vage zu Susanne, weil sie immer noch nicht wusste, wie sie ihrer Mutter die aktuelle Entwicklung beibringen sollte. Sie konnte sie ja nicht in dem Glauben lassen, sie sei nun Frau Rubener, auch wenn sie es de jure noch war – nicht namentlich, sondern dem Rechtsstatus nach, sie hatte ihren Nachnamen bei der standesamtlichen Trauung beibehalten, was seit einem Jahr möglich war. «Es ist so», begann sie, «dass Clemens und ich … wir haben uns wieder getrennt.»

In Mexiko war es Vormittag. Der Zeitunterschied hatte Niki ein paar weitere Tage als Ausrede gedient, nicht zum Telefonhörer zu greifen. Susanne, so nahm sie an, würde das, was Niki ihr sagen musste, abends bei einem Glas Rotwein oder einem Joint vielleicht besser verkraften, als bei einer Tasse Tee im morgendlichen Wüstensonnenschein.

«Getrennt?», wiederholte Susanne. «Aber was ist denn passiert?»

«Nicht so leicht zu erklären.» Niki machte sich klar, dass es in Real de Catorce jetzt, Anfang Dezember, schon zu kalt für eine Meditation im Freien war. Susanne saß wohl am Frühstückstisch in der Küche. Wahrscheinlich gab es inzwischen auch in Mexiko schnurlose Telefone, und sie konnte sich frei im Haus bewegen. Niki und Kaspar hatten sich vor Kurzem eins angeschafft und die Zehn-Meter-Leitung ausrangiert, die in sein wie auch in ihr Zimmer gereicht hatte. Aber vielleicht lehnte Susanne schnurlose Telefone wegen der Strahlung ab, das war möglich.

«Vielleicht hättet ihr es etwas ruhiger angehen sollen», sagte sie. «Sei ehrlich, ich war der Meinung, dass es besser wäre, mit dem Heiraten noch etwas zu warten.»

«Das Tempo war nicht der Fehler.»

«Niki, es kann leider passieren, dass man sich kurz nach der Hochzeit zu streiten anfängt», sagte Susanne. «Da sind diese enorm hohen Erwartungen in der Zeit vor der Ehe. Und dann muss man einen Weg in die Normalität zu zweit finden. Das kann ein bisschen dauern. Sich gleich wieder zu trennen ist da ein ziemlich radikaler und vielleicht etwas voreiliger Schritt.»

«Ja beziehungsweise nein», sagte Niki. «Wir haben uns nicht gestritten, Clemens und ich, nicht mal über falsch ausgequetschte Zahnpastatuben oder im Weg herumstehende Schuhe. Dazu sind wir gar nicht erst gekommen, weil wir nicht zusammengezogen sind. Clemens kann eigentlich gar nichts dafür.»

«Es gehören *immer* zwei dazu», befand Susanne. «Und was auch geschehen ist, vielleicht solltet ihr euch eine Chance geben. Ihr habt euch keine Zeit beim Heiraten genommen, aber jetzt beim Zusammenleben, denke ich, solltet ihr das tun.»

«Ja, das klingt irgendwie vernünftig», sagte Niki. «Aber ich fürchte, auch das wird nichts nützen.» Jetzt schwieg Susanne am anderen Ende der Leitung. Niki hatte sich fest vorgenommen, auf keinen Fall einen Rückzieher zu machen. Sie würde ihrer Mutter sagen, was geschehen war, und sie würde es nicht für Susanne tun, sondern für Lu und sich selbst. Heimlichtuerei war ihrer Liebe einfach nicht würdig. «Der Punkt ist: Ich habe mich verliebt.»

«Oh», machte Susanne. «Na, das ist …»

«Blöd, auf eine bestimmte Weise – gebe ich zu. Aber das Verrückte ist: Ich bin glücklich.»

«Das freut mich natürlich für dich», sagte Susanne, wenn auch ein wenig zögerlich. «Niki, entschuldige, aber ich *muss* das sagen: Könnte es vielleicht sein, dass deine Verliebtheit nur eine Art Panikreaktion darauf ist, von nun an eine verheiratete Frau zu sein? Das könnte ich sogar verstehen. Als ich verheiratet war, hatte ich danach auch so eine Art Flitterwochen-Blues. Ich dachte, das war's jetzt – dein Leben ist vorbei. Und ich musste natürlich ständig an meine Eltern denken und an ihre lieblose, kalte Ehe, die für sie beide nur eine Pflichterfüllung war. Und dagegen hatte ich mich doch immer gewehrt.»

«Wieso habt ihr eigentlich geheiratet, Papa und du, frage ich mich gerade?», sagte Niki, als wollte sie noch einmal hinauszögern, ihrer Neuigkeit das entscheidende Detail hinzuzufügen, das sie bisher verschwiegen hatte.

«Weil wir sonst in Paris nicht hätten zusammenleben können, Engelchen. Das waren wirklich andere Zeiten. Aber natürlich waren wir auch bis über beide Ohren ineinander verliebt. Das ist es ja gerade, was ich im Moment nicht so recht verstehe. Weißt du, auch wenn das jetzt vielleicht etwas altmodisch klingt, ich dachte, wenn man heiratet, *ist* man verliebt.»

«Ja, eigentlich schon. War ich ja auch, glaube ich jedenfalls. Ich meine, natürlich, du hast vollkommen recht. Aber die Sache ist die ... Es ist sozusagen noch ein bisschen komplizierter. Ich habe mich ... in eine Frau verliebt.»

Diesmal erwiderte Susanne nicht gleich etwas. Die Nachricht war offenbar angekommen.

«Wie meinst du das?», meldete sie sich schließlich wieder. «Also, ich meine, was soll das heißen: *in eine Frau?*»

«Das, was ich sage: Ich habe mich *in eine Frau* verliebt.»

«Du meinst ... du hast herausgefunden, dass du ...»

Niki unterbrach sie. «Ich weiß nicht so genau, was ich meine, Mama.» Sie sah einen Moment lang aus dem Fenster auf die gegenüberliegende Hausfassade mit ihren erleuchteten Fenstern. Es war schon seit Stunden dunkel, jedenfalls fühlte es sich so an, dabei war es erst halb sieben. «Das war nicht geplant – es ist einfach passiert. Und was es für mich bedeutet, weiß ich auch noch nicht. Ich muss das selbst erst ... für mich sortieren. Auf jeden Fall bedeutet es im Moment, dass ich nicht mit Clemens verheiratet bleiben kann.»

«Wenn das so ist ...», sagte Susanne nach einer Pause. «Aber verstehen tue ich es, ehrlich gesagt, nicht. Hast du *ihn* denn *nicht* geliebt?»

Niki stand überhaupt nicht auf alle Formen von muskulöser, schweißglänzender Männlichkeit. Aber für eine etwas smartere, frechere oder intelligentere Variante virilen Selbstbewusstseins war sie empfänglich. Clemens' unbekümmerte Lockerheit, mit der er am Morgen nach der Hoden-Operation zu seinen, wie er sie selbst bezeichnet hatte, «Eiern» gestanden hatte, war bei aller Eitelkeit schon auch sexy gewesen.

Unterschwellig befürchtete Niki, dass in ihr ein Hang existierte, sich einem Mann wie Clemens unterzuordnen – selbst wenn sie die Gewissheit hätte, dass er sie betrog. Ja, sie wäre womöglich auch bereit, eine der Frauen in seinem über die Betten der Stadt verstreuten Harem zu sein, und etwas in ihr hätte sie bei so einem Leben vielleicht sogar, wenn nicht glücklich gemacht, so doch mit einer gewissen Befriedigung in ihrer Rolle als Frau erfüllt.

Vor zwei Jahren hatte Kaspars ehemalige Mitbewohnerin, Nikis lesbische Vorgängerin, geheiratet – einen Mann.

«Ich habe versucht, es ihr auszureden», sagte Kaspar damals zu Niki, «aber sie behauptet, sie wäre noch nie so glücklich gewesen. Ich glaube das nicht. Sie hat diese Bereitschaft zur Selbstaufgabe, zur Ergebenheit oder vielleicht sogar Gefügigkeit gegenüber einem Mann. Viele Frauen haben die, wenn du mich fragst. Die Tatsache, von einem Mann erwählt worden zu sein, erfüllt sie mit Dankbarkeit. Gegenüber Frauen funktioniert dieser Mechanismus offenbar nicht – jedenfalls nicht bei ihr. Und diese Bereitschaft zur Selbstaufgabe gehört für mich zu jenen subtilen Defiziten, in denen man sich sonderbarerweise wohlfühlen kann.»

Niki schwieg dazu. Sie hatte ihre Vorgängerin nur flüchtig kennengelernt. Aber sie fragte sich hinterher manchmal, ob sie nicht auch unter diesem «subtilen Defizit» litt. In ihrem Verhältnis zu Männern – Doktor Lothar oder Clemens nach seiner Operation – schienen sich Spuren davon zu finden. Niki nahm sich vor, in dieser Hinsicht wachsam zu sein.

Doch hatte sich dieser Vorsatz in dem Moment, da Clemens mit der französischen Zeitung in der Hand in ihrem Dienstzimmer erschienen war, nicht sogleich mahnend zu Wort gemeldet. Ohne jede nähere Prüfung seines Charakters hatte Niki sich recht bereitwillig seinem geistreichen, sympathisch-dominanten Charme hingegeben und war in diesem Sommer, so viel Aufrichtigkeit musste sein, recht unbeschwert glücklich gewesen.

«Ich weiß es nicht so genau, Mama», sagte sie jetzt. «Aber es ändert ja auch nichts. Versteh doch, ich liebe einen anderen Menschen, ich liebe eine Frau!»

Einen Moment lang war wieder nur das Rauschen der über zehntausend Kilometer langen Leitung zwischen ihnen zu hören.

«Aber du hattest noch nie einen Hang zur Rebellion.»

«Das stimmt», sagte Niki. «Und es ist auch keine.»

«Jede Generation sucht sich ihr eigenes Protestthema», fuhr Susanne dennoch fort. «*Wir* haben gegen den Krieg und die bürgerlichen Zwänge demonstriert, und heute gehen die jungen Leute für die gleichgeschlechtliche Liebe auf die Straße. Gay-Paraden, Christopher-Street-Day – ist ja nicht so, als würden wir das hier in Catorce nicht mitbekommen. Und auch wenn ich selbst nicht so empfinde, finde ich es richtig, für sexuelle Toleranz auf die Straße zu gehen, wirklich. Aber seit wann bist *du* eine Jeanne d'Arc?»

«Wie gesagt, Mama, das ist es nicht. Es ist viel einfacher. Ich bin verliebt und kann den ganzen Tag über an nichts anderes mehr denken als an sie! Wenn ich zur Arbeit gehe, denke ich an sie, und wenn ich abends nach Hause komme, immer noch. Ich freue mich den ganzen Tag wie blöde darauf, sie wiederzusehen. Sie ist toll! Eine Schauspielerin! Ist das nicht verrückt? *Ich* und eine *Schauspielerin*! Ich kann's immer noch nicht fassen.»

Die Gebäudefront auf der anderen Seite des Innenhofs wurde etwas heller. Kaspar hatte in seinem Atelier Licht gemacht, und durch die großen Fenster fiel ein schwacher Schein auf die gegenüberliegende Hauswand. Er hatte einmal die These vertreten, fiel Niki in diesem Moment ein, dass auch Engel lesbisch sein konnten.

«Wo habt ihr euch denn kennengelernt?»

«Im Krankenhaus. Sie ist die Tochter eines Patienten.»

«Eines Patienten? Ist das nicht ein Interessenskonflikt?»

«Nein, das verwechselst du mit den Juristen. Bei denen heißt das Befangenheit. So etwas gibt's in der Medizin nicht. Man sagt manchmal, Chirurgen sollten keine Angehörigen operieren, aber das ist was anderes. Es war einfach nur Zufall.»

Susanne schwieg noch einmal eine Weile. «Ich finde einfach, du solltest nichts überstürzen. Du könntest dir auch Beratung holen. Da sitzt du doch an der Quelle.»

«Mama, ich brauche keine Beratung. Was soll das? Hast du nicht gerade gesagt, du findest sexuelle Toleranz wichtig? Und jetzt willst du mich zur Therapie schicken? Das hat man in den Fünfziger- und Sechzigerjahren versucht, Homosexualität zu therapieren – mit schrecklichen psychischen Folgen für die Betroffenen!»

«Ist ja schon gut, Niki. Nun geh nicht gleich an die Decke. Und sei mir bitte nicht böse, dass ich nicht sofort Hurra! schreie. Weißt du, du bist Ärztin geworden, du bist nach Deutschland zurückgekehrt, du hast eine feste Stelle und ein regelmäßiges Einkommen. Im ersten Moment – und mehr will ich gar nicht sagen – im ersten Moment, scheint es nicht zu dir und deinem Lebensplan zu passen, geschieden in einer lesbischen Beziehung zu leben und kinderlos zu bleiben. Um mehr geht es mir gar nicht.»

«Apropos, das war übrigens das Nächste, was ich dir mitteilen wollte: Ich bin schwanger.»

Es tat Niki leid, mit dieser Nachricht so unromantisch herauszuplatzen. Sie hätte Susanne gerne die Freude bereitet, ihr nach ein paar fröhlichen Andeutungen mitzuteilen, dass sie demnächst Oma werden würde.

«Du bist ...»

«Also sicher weiß ich es erst seit gestern, um genau zu sein. Vorher habe ich es bloß vermutet, wegen der üblichen Anzeichen.»

«Und das Kind ist ... von? ...»

«Es ist von Clemens. Keine Sorge, *noch* komplizierter wollte ich es dann doch nicht machen. Mag sein, dass ich keine Rebellin bin, aber dass ich mit dem Sex bis nach der Eheschließung warten würde, so konservativ bin ich nun auch wieder nicht.»

«Das ist ein bisschen viel für ein nettes Telefonat an einem Sonntagmorgen», sagte Susanne.

«Tut mir leid», sagte Niki. «Mir wäre es auch lieber, wir säßen uns gegenüber und würden über alles reden. Überhaupt sehne ich mich oft danach, mal wieder bei euch zu sein. Mir fehlt so viel. Die Gerüche, der Himmel, die unglaubliche Weite ...»

«Morgen sollen wir Schnee bekommen», sagte Susanne.

«Toll! Habt ihr eine Agavenblüte für eine Lichterkette?»

In Ermangelung von Weihnachtsbäumen im mexikanischen Hochland wurde von manchen der Europäer oder Nordamerikaner in Real de Catorce ersatzweise der meterhoch emporschießende und an der Spitze sich tannenähnlich verzweigende Blütenstengel von Agaven mit Lichtern geschmückt.

«Obwohl du schon so lange weg bist, hängen wir an Weihnachten immer noch eine Kette auf.»

«Ich wäre wirklich so gerne da.»

«Ach, Engelchen ...», seufzte Susanne. «Ich würde das alles doch nur so gerne *verstehen*.»

Auf einmal fehlte Niki die lange Telefonschnur. Früher hatte sie bei den Gesprächen manchmal damit gespielt, sie zuerst entworren und dann zwischen die Zehen geflochten.

«Vielleicht bin ich lesbisch, kann sein», sagte sie schließlich. «Es fällt mir ja selbst schwer, das so einfach zu sagen. Und es bedeutet nicht, nicht mit Männern schlafen zu können. Dann gäbe es in dieser Welt sicher ein paar Kinder weniger ... Es ist einfach nur *Liebe*,

Mama, und ist das denn nicht das, was du und Papa, was eure Generation immer wollte? Ich denke, du müsstest auf meiner Seite stehen.»

«Aber das tue ich doch.»

«Mag sein, Mama. Im Moment *spüre* ich es nur nicht so sehr.»

Susanne schwieg eine Weile und sagte dann nachdenklich: «Vielleicht sind wir Frauen erotisch etwas flexibler als Männer, das mag sein. Streicheln, Kuscheln – warum nicht? Aber ich habe nie das Bedürfnis verspürt, mit einer Frau zu schlafen.»

«Und das heißt?»

«Ich frage mich, wo es herkommt?»

«Niemand weiß das. Vielleicht war es ja bei deiner Mutter so. Hast du darüber schon einmal nachgedacht?»

«Gib mir ein bisschen Zeit», sagte Susanne.

«Na klar.»

«Mein Gott, ich werde Oma!», sagte Susanne plötzlich, und auf einmal glaubte Niki im Rauschen am anderen Ende der Leitung so etwas wie Rührung zu vernehmen, ein Zittern in der Stimme ihrer Mutter, das vielleicht sogar auf Tränen hindeutete.

«Eine Hippie-Oma!», sagte Niki.

«Oh, mein Engelchen! Ich liebe dich!»

«Ich melde mich wieder.»

Niki wusste nicht viel über das Verhältnis von Susanne zu ihren Eltern und insbesondere zu ihrer Mutter. Es war wohl nicht sehr gut gewesen, aber Niki sollte nie so recht dahinterkommen, warum. Letztlich ging aus Susannes spärlichen Schilderungen ihrer Kindheit hervor, dass ihre Mutter eher ein Opfer der damaligen Moralvorstellungen gewesen war, gegen die Susanne in ihrer Jugend aufbegehrt hatte. Hätten sie und ihre Mutter als Frauen denn nicht auf einer Seite stehen müssen? Die mangelnde Bereitschaft Susannes, über ihre Mutter im Rückblick milder zu urteilen, hatte Niki jedenfalls immer irritiert. Sie konnte sich auch nicht daran erinnern, dass die beiden je länger miteinander telefoniert hätten, als Susannes Mutter noch lebte. Und bei allen Differenzen war Niki sehr froh, dass sie das Gefühl hatte, mit Susanne über alles reden und dabei auf Verständnis hoffen zu können. Vielleicht sogar dafür, dass sie sich in Lu verliebt hatte. Es würde nur etwas dauern.

Neben Susanne, die jetzt alles wusste, gab es noch jemanden, dem Niki die volle Wahrheit schuldig war. Niki wäre nicht Niki gewesen, wenn sie nicht größten Wert darauf gelegt hätte, sich Clemens gegenüber anständig zu verhalten. Doch leider klaffte zwischen Anspruch und Wirklichkeit eine riesige Lücke. Clemens hatte noch keine Ahnung davon, dass er Vater werden würde.

Ganz klar: Sie war in dieser Angelegenheit die Schuldige, sie war für den ganzen Schlamassel verantwortlich. Und zwar von Anfang an: Hätte sie nicht beinahe seinen Hoden ruiniert, wäre es nie zu der Heirat gekommen. Und das Gleiche galt für ihre Reise nach Lourdes, ihre Rolle als Engel oder Heilige vor der Auferstehungsstation des Kreuzwegs, ihre unprofessionelle Bereitschaft, sich mit ihrem einstigen Patienten zu verabreden, und die Tatsache, seinen Heiratsantrag auf der Stelle angenommen zu haben, ohne sich klarzumachen, dass Spontanehen nur selten funktionierten.

Vielmehr hatte sie sich insgeheim eingeredet, dass so etwas wie Schicksal hinter all dem steckte. Aber Schicksal, dass begriff sie jetzt, war oft eine Ausrede für Zauderei, Verunsicherung oder sogar Feigheit. Clemens hätte vom ersten Moment an ein Recht darauf gehabt, von ihrer Schwangerschaft zu erfahren, aber sie hatte sich vor den Konsequenzen gefürchtet, die dann auf sie zukommen würden.

Und deswegen log sie ihn an. Sie log ihn am Tag nach der Hochzeit an und erzählte ihm, dass sie die ganze Nacht über im Krankenhaus habe bleiben müssen und dann, der Nähe wegen, in ihr altes Zimmer gegangen sei, um sich auszuschlafen. Sie log ihn an, als sie ein paar Tage später als frischverheiratetes Paar für eine Woche nach Fuerteventura flogen, wo Niki wie eine glücklich liebende Ehefrau an seiner Seite ging und mit ihrem fließenden Spanisch glänzte. Als sensationellerweise blonde *hablante nativa* bestellte sie in den Restaurants die frischesten Fische und sicherte Clemens und sich die köstlichsten, auf keiner Menükarte verzeichneten Spezialitäten. Sie log ihn an, weil sie an den kühlen Weißweinen nur nippte und die teuren Tropfen, sobald er auf Toilette war, über die Terrassenbrüstungen der Strandrestaurants in den Sand kippte. Und als ihm ihre Fastabstinenz dann doch auffiel, log sie ihn an, indem sie als Erklärung dafür Michael, ihrem Vater, eine dramatische Alkoholphase andichtete – eine Phase, die es so nicht gegeben hatte, der Alkohol war eigentlich nicht Michaels zentrales Drogenproblem gewesen. Sie log in dem riesigen Dünengebiet im Norden der Insel, als sie im weißen, warmen Sand mit Clemens schlief. Sie log ihn mit sechs oder sieben vorgetäuschten Orgasmen an und spielte danach scheinbar befriedigt mit seinen vollen, braunen Haaren, während er das allmähliche Verblassen der Mehndis auf ihrer Haut «ein ganz klein wenig» bedauerte. Sie log ihn an, weil sie, zurück in Deutschland, behauptete, aufgrund von Personalengpässen Extranachtschichten schieben zu müssen und aus diesem Grund vorhabe, für ein paar weitere Tage in ihrem alten Zimmer zu übernachten. (Sie hatten vorher darüber gesprochen, und Clemens war ebenso wie sie der Meinung gewesen, dass es vorerst keinen Grund dafür gebe, das sehr günstige Zimmer in Kaspars Atelier als Ausweichquartier für solche Fälle aufzugeben.) Sie log ihn an, weil sie in diesen Nächten natürlich *nicht* im Krankenhaus war, sondern mit Lu schlief. Oder mit Lu essen ging und dann mit ihr schlief. Oder mit Lu fernsah und dann mit ihr schlief. Oder mit Lu schlief und dann noch einmal mit ihr schlief. Sie log Clemens an, als sie immer wieder neue Ausreden erfand, warum es zeitlich gerade nicht passte, einen Lieferwagen bei *Robben und Wientjes* anzumieten, um nun endlich ihre Sachen in seine Wohnung zu bringen. Sie log ihn bei Telefonaten an, wenn sie ihm sagte, dass sie sich nach ihm sehnte, während sie sich doch nach Lu sehnte. Sie log ihn an, sie log ihn an, sie log ihn an.

Und irgendwann waren so viele Wochen und Lügen ins Land gegangen, dass Niki schon gar nicht mehr das Gefühl hatte zu lügen, wenn sie bei ihm war und ihn anlog. Es war wie bei einem Vexierbild, bei dem sich die spontane Wahrnehmung zwischen den beiden Motiven verschob. Wenn sie bei Clemens war, schien die Lüge die Wahrheit zu sein, und wenn sie ihn verließ und ins Krankenhaus oder zu Lu ging, wurde ihr Verhalten wieder zu dem, was es war, eine Lüge. Und schließlich blieb Niki nichts anderes übrig, als sich einzugestehen, dass ihr Plan, die Angelegenheit mit Anstand ins Lot zu bringen, auf ganzer Linie gescheitert war.

Allerdings tickte mit ihrer Schwangerschaft eine Uhr, deren Zeiger sich unaufhaltsam der Stunde jener Wahrheit näherten, die sie Clemens über Wochen verschwiegen hatte. Und so machte sie an einem trüben Tag Ende November in aller Eile einen neuen Plan. Sie nahm sich fest vor, Clemens am kommenden Freitagabend endlich in größtmöglicher Ehrlichkeit alles zu beichten.

Und sie würde sich dabei auf seinen Roman berufen, auf Jeanne Baret, die sich auf hoher See monatelang verstellt und dem General Bougainville gegenüber – zu dem sie Clemens in ihrer Argumentation machen würde, was doch ganz schmeichelhaft war – ihr wahres Geschlecht verheimlicht hatte, um an seiner Expedition teilnehmen zu können. Kurz gesagt: Frauen mussten eben manchmal lügen, um ihre Ziele zu erreichen.

Als Niki eine Weile darüber nachgedacht hatte, fand sie, dass es in Clemens' Roman tatsächlich einige Parallelen zu ihrem eigenen Schicksal gab. Das Ganze hatte ja mit Sexualität zu tun, das war auf keinen Fall zu leugnen. Nun gut, Jeanne Barets erotische Offenbarung an den Stränden von Tahiti war eindeutig heterosexueller Natur gewesen, und außerdem stand diese erotische Offenbarung am Ende des Romans und nicht an seinem Anfang. Aber solche kleinen Unstimmigkeiten verdrängte Niki erfolgreich.

Sie stellte ihre Überlegungen in der Nacht von Donnerstag auf jenen Freitag an, an dem sie ihre Beichte ablegen wollte. Das war vielleicht ein bisschen knapp. Sie konnte sich nämlich nicht so recht auf die Konstruktion einer überzeugenden Parallele zwischen ihrem Leben und dem Jeanne Barets konzentrieren, weil Lu neben ihr lag und Niki Clemens vor zwei Stunden schon wieder belogen hatte – ein letztes Mal, ein allerletztes Mal, ein allerallerletztes Mal, dachte sie und schlief dann unruhig, aber doch irgendwie glücklich neben Lu ein.

Und es kam ohnehin alles ganz anders. Niki schaffte es am nächsten Abend, an jenem Freitag, als sie ungefähr um sieben Uhr bei Clemens eintraf, gerade noch ihr: «Ich muss dir etwas sagen» über die Lippen zu bringen, bevor sie in Tränen ausbrach. Sie brauchte lange, um Clemens zu erklären, dass sie, obwohl sie eigentlich nie geglaubt habe, lesbisch zu sein, also im engeren Sinne lesbisch, also eine Frau, die Männer von vornherein sexuell nicht anziehend finde, wobei sie ja auch gar nicht genau wisse, was es bedeute, lesbisch zu sein, ob die körperliche Anziehung dabei überhaupt von entscheidender Bedeutung sei oder ob es nicht vielmehr darum gehe, einander seelisch nahe zu sein, sich verstanden zu fühlen, in einer Weise verstanden, wie Männer es Frauen gegenüber nun einmal nicht leisten könnten ... also um es kurz zu machen – was ihr aber auch im Weiteren nicht gelang –, sei es ihr eben ohne jedes eigene Zutun oder gar einen Vorsatz einfach passiert, dass sie sich zu einer Frau hingezogen fühle, also auch körperlich, wenn er verstehe, was sie meine ...

Irgendwann verstand Clemens. Als der verzweifelte Wortnebel sich allmählich lichtete und das, was Niki sagen wollte, erkennbar wurde, blieb er relativ ruhig. Niki wunderte sich darüber, weil sie damit gerechnet hatte, dass er ihr schwere Vorwürfe machen und sie für die vielen und immer weitergesponnenen Lügen verurteilen würde. Er hätte das Recht gehabt, sie anzuschreien, sie zu beschimpfen, sie für ihre Feigheit, Selbstsucht und Unehrlichkeit zu verdammen. Doch all das tat er nicht.

Später glaubte Niki zu verstehen, dass er das, was er von ihr erfahren hatte, nicht an sich heranlassen konnte oder wollte. Unbeschwert konnte er spontan und schlagfertig sein, aber bei Konflikten zog er sich zurück. Wenn möglich, ging er Auseinandersetzungen aus dem Weg, aber in diesem Fall war das nicht möglich. Und deswegen verbarg er seine Gefühle hinter einer scheinbar nüchternen Reihe von sachlichen, weitere Informationen einfordernden Fragen nach dem Seit-wann? und Wie-oft? und Was-nun?

Und es schien etwas dabei durchzuschimmern, das Niki fast kränkte, obwohl sie eigentlich nicht das geringste Recht besaß, ihm irgendetwas vorzuwerfen. Aber sie hatte den Eindruck, als würde er eine Frau als Nebenbuhlerin nicht ganz so verletzend finden wie einen Mann, und das kam Niki wie eine Herabsetzung Lus vor, die sie ihm beinahe vorgehalten hätte, was sie aber nicht tat.

Und auch als Niki ihm schließlich gestand, dass sie schwanger war, wurde er nicht wütend. Er ließ sich nicht zu Beschimpfungen hinreißen, drängte Niki nicht zur Abtreibung oder erklärte, angesichts dieser Entwicklung mit dem Kind nichts zu tun haben zu wollen, sondern meinte kühl, da finde sich schon ein Weg.

Für Niki war das schlimmer, als es ein Wutausbruch je hätte sein können. Dann müsse man eben sehen, sagte Clemens, ohne auf ihre Niedergeschlagenheit einzugehen, wie man das alles am besten regle. Er hatte sich im Griff, als er die verschiedenen Szenarien – eine Wohnung oder zwei, Abwarten oder Scheidung, gemeinsames oder alleiniges Sorgerecht – durchdachte. Niki war machtlos. Einmal hätte sie ihn beinahe angeschrien, dass er sie lieber schlagen solle, als sie durch seine Sachlichkeit zu demütigen. Aber auch das tat sie nicht.

Irgendwann beruhigte sie sich aber doch. Ihr Verhalten war ein einziges Schuldeingeständnis gewesen, ein Sieh-her-was-für-eine-jämmerliche-Existenz-ich-bin! Aber auch Niki erreichte schließlich einen Punkt, an dem die Selbstherabsetzungs-Talfahrt zu Ende war.

Sie legte sich, weil er es so vorschlug, in Clemens' Bett, während er – bereit, alle Fragen auf den nächsten Morgen zu vertagen – mit einer Decke zum Wohnzimmersofa ging.

Als Niki mitten in der Nacht mit ausgetrockneter Kehle aufwachte und in die Küche kam, um ihre Flüssigkeitsreserven nach all den Tränen mit ein paar Gläsern Wasser wieder aufzufüllen, saß Clemens vor einer geleerten Flasche Rotwein auf dem Sofa und starrte in die Nacht vor dem Fenster.

«Du kannst nicht schlafen?»

«Wundert dich das?»

«Du kannst das Bett haben, Clemens. Das ist doch ganz klar.»

«Hör endlich auf, schon wieder die Gute sein zu wollen.»

Vielleicht wäre er endlich für all das bereit gewesen: sie zu beschimpfen, ihr Vorwürfe zu machen, sie anzuschreien, aber jetzt hätte sie es nicht mehr ertragen können. Sie fühlte sich zutiefst schuldig, und alles, wonach sie sich sehnte, war, in den Arm genommen zu werden. Sie ging wieder ins Schlafzimmer.

Zurück im Bett, fiel Niki noch einmal in einen unruhigen Schlaf, der ihr wie eine endlose Abfolge von Panikattacken, nagenden Schuldgefühlen und Albträumen vorkam. Als sie mit Kopfschmerzen erwachte, war Clemens fort. Sie stopfte ein paar der Sachen, die sie in den vergangenen Monaten in seinem Schlafzimmer gelassen hatte – viele waren es nicht –, in eine Umhängetasche und verließ die Wohnung.

«Es war furchtbar», sagte sie am Nachmittag zu Lu.

«Wie hat er denn reagiert?»

Niki nahm eine Banane, ein paar Orangen und eine Mango aus dem Obstkorb, um sich einen Fruchtsaft gegen ihre Kopfschmerzen auszupressen.

«Ich kann ihm nichts vorwerfen. Er war ruhig, sachlich, nicht verletzend. Aber dadurch habe ich mich noch schuldiger gefühlt. Ich unterstelle ihm aber nicht, dass er das wollte.»

«Kann ich irgendwas tun?»

«Danke. Es ist ja meine ... Katastrophe.»

Lu nahm Milch aus dem Kühlschrank und gab einen Schuss in ihren Kaffee. «Ist es nicht, Niki. Ohne mich wärst du jetzt glücklich.»

«Ich *bin* glücklich.»

«Anders glücklich.»

«Aber vielleicht auch nicht», sagte Niki, schälte die Banane und halbierte die Orangen. «Lu, was meinst du? Wäre ich jemals dahintergekommen. Ohne dich? Wie wäre das geworden? Vielleicht hätte ich mir noch jahrelang als Ehefrau etwas vorgemacht.»

«Hast du nie etwas gemerkt?»

Niki gab den Orangensaft, die Banane und das Mangofruchtfleisch in den Mixer, setzte den Deckel auf und schaltete ein. Das Laufgeräusch war zu laut, um zu sprechen.

«Was heißt gemerkt?», sagte sie danach. «Ich hatte in Mexiko im Studentenwohnheim eine Mitbewohnerin. Sie hieß Inkarni. Da war nie etwas zwischen uns, sie war nur hinter Jungs her. Aber ich mochte sie.»

«Du mochtest sie? Das ist alles?»

«Das ist das, was ich mir damals ... eingestanden habe. Was ich mir all die Jahre gesagt habe. Ich bin nicht so ... sexuell ... wie soll ich das denn ausdrücken? ... Das Sexuelle ist nicht so sehr ein Antrieb für mich.»

«Sicher?» Lu versuchte ein Lächeln. «Kommt mir nicht so vor.»

«Ach, ich weiß es ja auch nicht», sagte Niki. «Vielleicht wollte ich es gar nicht herausfinden, weil es mich von dem, was ich unbedingt wollte, oder zu wollen glaubte, abgelenkt hätte. Ich hatte meinen Plan, meine Agenda, und die wollte ich umsetzen.»

Lu trank einen Schluck Kaffee.

«Und jetzt bringe ich alles durcheinander.»

«Zum Glück.» Niki verteilte den Obstsaft auf zwei Gläser und stellte sie auf den Tisch.

«Vielleicht wirfst du's mir irgendwann vor», sagte Lu.

«Bestimmt nicht.»

Lu trank ihren Kaffee aus. «Ich hatte auch 'ne Agenda.»

«Welche. Schauspielerin zu werden?»

«Nee. Das war nur so 'ne Idee. Ich meine, 'ne Liebesagenda, wenn es so was gibt.»

«Und was für eine war das?»

«Nie mit jemandem zu schlafen, in den ich verliebt bin oder in den ich mich verlieben könnte.»

«Oh. Wieso das denn?»

«Ich weiß nicht, Niki. Ich denk nicht so viel über die Dinge nach wie du. Was ich nur sagen will: Ich hab mich ziemlich konsequent dran gehalten – bis zu dem Moment, als ich dir begegnet bin.»

An diesem Nachmittag – der Obstcocktail löste ihre Kopfschmerzen tatsächlich auf – legte Niki mit Lus Hilfe Kaspar Tickels Vaginawand frei. Lu war sehr geschickt beim Ausräumen der Regale davor. Je nach Dicke ergriff sie mit beiden Händen zehn bis fünfzehn Bücher auf einmal, zog sie schnell aus dem Regal und kippte sie auf die Seite, sodass sie zu einem Bücherstapel wurden, den sie zum Fenster balancierte. Nachdem sie ungefähr dreißig davon auf dem Boden abgestellt hatten, rückten sie die leer geräumten Regale zur Seite und Kaspars Andy-Warhol-Vagina-Wandgemälde kam zum Vorschein.

«Die Geschichte dazu ist», sagte Niki, «dass meine Vormieterin, Kaspars erste Mitbewohnerin, lesbisch war. Er hat ihr diese Wand zum Geburtstag geschenkt. Als ich eingezogen bin, meinte er, das könnte ja vielleicht auch was für mich sein. Ich habe das weit von mir gewiesen. Und jetzt stehen wir hier.»

Sie hatten nur die linke Hälfte der Wand frei geräumt.

«Und das geht noch zwei Regale so weiter?», fragte Lu.

«Die rechte Hälfte ist schwarz-weiß. Wie bei Warhol.»

«Warhol?», fragte Lu.

«Andy Warhol», sagte Niki. «Ein Pop-Art-Künstler – so nennt

man die, glaube ich. Der hat das gleiche Bild mit Gesichtern gemacht. Mit Marilyn Monroe.»

«Mit tollen Gesichtern kannst du alles machen», sagte Lu. Es klang nicht sehr begeistert.

«Na ja, auf die Idee mit der Kachelung der Porträts ist eben vor Warhol niemand gekommen.»

«Sieht ja auch gut aus.»

Aber Niki spürte Lus Skepsis. «Ich hab nicht so drüber nachgedacht», sagte sie. «Ich dachte, jetzt, wo wir hier sind, zeige ich dir's mal. Ich habe es selbst nur beim Einzug gesehen. Wir rücken die Regale wieder davor.»

Lu setzte sich auf die Bettkante und kniff die Augen zusammen, als könne sie Kaspars Arbeit dadurch besser beurteilen. «Darum geht's mir nicht, Niki. Ich hab's vielleicht nur nicht so mit Kunst. Ehrlich, ich find Kaspar echt nett. Er ist'n toller Mensch. Es ist nur ... Keine Ahnung.» Sie zuckte die Schultern. «Ich seh meinen Vater regelmäßig im Koma. Sein Gesicht. Und das ist eben nicht so schön. Das tut richtig weh, aber ich denke, so ist die Welt. Muss ich ja. Und daran änderst du nichts, indem du 'nen riesigen Briefmarkenbogen draus machst.»

Niki richtete ihren Blick noch einmal auf die Wand.

«Red doch mal mit Kaspar drüber.»

«Auf keinen Fall! Ich hab doch von Kunst keine Ahnung.»

Nach einer Pause sagte Niki: «Meine lesbische Vormieterin, für die er das eigentlich gemalt hat, ist inzwischen verheiratet. Ist schon komisch, oder?»

In diesen Wochen war nicht die Rede davon, dass Lu dauerhaft einziehen würde. Zwischen Nikis und Kaspars Zimmer gab es einen dritten, etwas kleineren Raum, den sie in den vergangenen Jahren als Wohn- und Gästezimmer genutzt hatten. Kaspar hatte nichts dagegen, dass Lu sich vorübergehend dort einrichtete. Die Tatsache, dass es nie einen offiziellen Einzug geben sollte, hatte auch zur Folge, dass

Niki sich in dieser Zeit nie fragte, was eigentlich mit Lus Sachen war, ihrer Kleidung, ihren CDs oder Büchern – ihrer persönlichen Habe eben. Vielleicht fragte sie sich das auch deswegen nie, weil Lu nicht den Eindruck machte, als verfüge sie über eine nennenswerte persönliche Habe. Und das stimmte ja. Lu konnte monatelang aus einer Reisetasche leben.

Kaspar arbeitete gerade an einer Serie von Filzstiftzeichnungen auf Endlospapier. Angefangen hatte es damit, dass er mit groben, schwarzen Strichen Männer ohne Penis und Frauen ohne Vagina skizzierte. Letzteres hatte sich dabei als die größere Schwierigkeit herausgestellt, da es mit wenigen Strichen nicht leicht zu veranschaulichen war, dass zwischen den Beinen einer Frau etwas *fehlte*, letztlich ja auch nur ein Strich, der da war – oder eben nicht.

Wenn Niki Frauenakte betrachtete, schaute sie nicht zuallererst auf die Vagina oder eigentlich Vulva, aber sie hatte es aufgegeben, Kaspar auf die anatomisch falsche, umgangssprachliche Synonymität von Vulva und Vagina hinzuweisen. Als sie einen seiner scheidenlosen weiblichen Akte betrachtete, reagierte sie daher nicht so schockiert, wie Kaspar es vielleicht erwartet hatte. Als er sie – mit einem gewissen Unmut, glaubte sie zu spüren – auf dieses Detail beziehungsweise *fehlende* Detail des Bildes hinwies, nickte sie schnell und gab zu, dass das sehr subtil sei.

Seit ihrem Gespräch mit Lu über die Vaginawand sah sie Kaspars Kunst mit anderen Augen. Auch wenn ihr zuvor nicht immer alles gefallen hatte, woran er arbeitete, so hatte sie seine Bilder doch stets als kaspargegeben hingenommen. Seit Neuestem spürte sie aber so etwas wie eine kritische Distanz, einen ungewohnten Impuls, selbst auch etwas dazu zu sagen zu haben.

Seine Aktskizzen mit den fehlenden Geschlechtsorganen erinnerten sie an die Bilderrätsel in jenen Kinderzeitschriften, die ihr Vater ihr von seinen Fahrten nach Matehuala immer mitgebracht und die sie mit neun oder zehn Jahren geduldig zu lösen versucht hatte. Dabei musste man zwei Zeichnungen oder manchmal auch Kunstwerke miteinander vergleichen und fünf bis zehn Abweichungen zwischen ihnen finden. Der fehlende Vagina-/Vulvastrich wäre eine typische solche Abweichung gewesen: auf dem einen Bild da, auf dem anderen nicht. Nur dass in Kaspars Atelier keine zwei Bilder zum Vergleichen standen. Und dass es in Kinderzeitschriften keine Vaginen zu sehen gegeben hatte.

Nachdem Kaspar eine Zeit lang mit fehlenden Penissen, Brüsten und Vaginen herumexperimentiert hatte – zum Beispiel versuchte er durch den Einsatz von Farben zu erreichen, dass einem Betrachter das Fehlen der Vagina schneller ins Auge sprang –, weitete er sein Konzept auf andere Lebewesen aus. Er malte Katzen ohne Schwänze, Vögel ohne Flügel, Hähne ohne Kämme, Elefanten ohne Rüssel und eine Giraffe mit viel zu kurzem Hals. Die Giraffe fand Niki eigentlich recht süß.

Als Lu die Giraffe sah, meinte sie spontan zu Kaspar: «Du müsstest malen, wie sie sich erhängt. Dann käme das mit dem Hals besonders heftig rüber.»

Kaspar war von diesem Verbesserungsvorschlag überrascht, aber offensichtlich nicht gerade angetan. Er suchte bei solchen privaten Previews seiner Arbeiten keine Kritik, sondern Zustimmung und Bewunderung.

«Nein, nein», sagte er. «Es geht ja um die geschundene, die verunstaltete Kreatur, die gegen ihre eigene Deformation machtlos ist und keinen Ausweg daraus findet, nicht einmal den Tod. Wenn die Giraffe sich erhängen würde, würde das den radikalen Charakter der Bilder vollkommen unterlaufen.»

«Klar», sagte Lu.

Im März musste eine Lösung für Herberts Unterbringung gefunden werden. Die meisten Komapatienten benötigen ab einem bestimmten Zeitpunkt zwar eine aufwendige Betreuung, aber keine intensivmedizinische Versorgung mit künstlicher Beatmung, regelmäßiger Überwachung oder Medikamententropf mehr, und dieses Stadium war bei Herbert erreicht.

Nach seinem unerklärlichen Erwachen im Oktober hatte sich Doktor Lothar in besonderer Weise um ihn bemüht – das allerdings nicht uneigennützig. Ohne es an die große Glocke zu hängen, befragte er in dieser Zeit alle möglichen Komakoryphäen wegen des überraschenden Phänomens. Für Dr. Lothar war klar, dass Herbert, der nach seinem Ausflug auf das Krankenhausdach wieder dauerhaft in seinen komatösen Zustand zurückgefallen war, Eingang in sein geplantes Buch über besonders rätselhafte medizinische Fälle finden musste. Insgeheim hoffte er auch auf weitere medizinische Überraschungen bei ihm, und er hatte auch schon eine Überschrift für das über Herbert geplante Kapitel: *Der Komawandler*.

Darin erklärte er den zukünftigen Lesern das Prinzip jener Handlungsautomatismen, die – vergleichbar den Schlafwandlern – von Komapatienten ohne Beteiligung des Bewusstseins ausgeführt werden konnten. Solch komatöser Somnambulismus, wie er das Phänomen medizinisch nicht korrekt, aber anschaulich nannte, war zweifellos selten, aber nicht neu.

«Es ist schon verblüffend», schrieb Dr. Lothar in der Einleitung des Kapitels über Herbert, «was für komplexe, scheinbar zielgerichtete Aktivitätsmuster Handlungsautomatismen hervorbringen können. Dokumentiert ist der Fall eines erfolgreichen Ringers, der bei einer vorübergehenden Bewusstseinsabsenz seine Mutter so lange in den Schwitzkasten genommen hat, bis sie erstickte. Der Patient wurde nach einem medizinischen Gutachten freigesprochen, das ihm das Fehlen jeder willentlichen Absicht bei der Tötung bescheinigte. Wäre er Schreiner gewesen, hätte er seine Mutter bei dem Anfall zersägt.»

Und in einem Anfall von stilistischem Übermut sollte Dr. Lothar den Höhepunkt des Vorfalls auf dem Krankenhausdach in seinem Buch folgendermaßen beschreiben: «Und so muss man auch den herzzerreißenden Kniefall unseres Komapatienten vor der jungen, in einer Regenaureole schimmernden Assistenzärztin in ihrem blütenweißen Hochzeitskleid bei aller Erschütterung als eine Abfolge von festgelegten Handlungsautomatismen deuten.»

Doktor Lothar war nicht undankbar. Er ließ seine persönlichen Beziehungen spielen, um für Herbert ein gutes Pflegeheim zu organisieren, das zudem für den Fall, dass es zu einem weiteren Komawandeln kommen sollte, für ihn gut zu erreichen gewesen wäre. Allerdings war es nicht allein an ihm zu entscheiden, was mit Herbert geschehen würde. Das war Sache der Angehörigen. Und das hieß, es war Lus Sache – andere Angehörige hatte Herbert nicht.

«Hilf mir», sagte Lu zu Niki. «Du bist die Ärztin.»

«Es gibt die Möglichkeit, deinen Vater in einem sehr guten Pflegeheim unterzubringen», sagte Niki.

«Das ist doch gut, oder?»

«Es wäre professionell für ihn gesorgt. Es ist aber nicht sehr persönlich», sagte Niki. «Es gäbe noch eine andere Option. Seine Lebensgefährtin hat sich bereit erklärt, seine Pflege zu übernehmen.»

«Im Ernst? Raissa?»

«Sie besucht Herbert recht häufig.»

Sie saßen im ehemaligen Gästezimmer, das jetzt Lus Zimmer war. Lu wohnte inzwischen zu lange dort, um noch als Gast zu gelten. Genauso war es ja auch bei Vic gewesen. Offenbar war es eine von Lus Bestimmungen, in Gästezimmer einzuziehen und sie im Laufe der Zeit zu ihrem eigenen zu machen.

«Na und? Heißt das, dass ich 'ne schlechte Tochter bin, weil ich mich kaum noch blicken lasse?»

«Lu. So meinte ich das doch nicht», beschwichtigte Niki sie. «Mir war nur nicht klar, dass dein Vater eine offenbar funktionierende Beziehung hatte. Das hast du nie erwähnt.»

«Sie hat ja auch nicht funktioniert.» Lu öffnete das Fenster und zündete sich dort eine Zigarette an. «Mein Vater hatte nach dem Tod meiner Mutter ein paarmal Freundinnen, die dann nach einer Weile sogar bei uns eingezogen sind. Das hat aber immer nur ein paar Monate gehalten. Er hat es jedes Mal geschafft, sie spätestens nach einem oder anderthalb Jahren wieder zu verjagen. Deswegen wundert es mich, dass Raissa ihn pflegen will. Sie war eigentlich auch schon abgehauen. Aber sie hat sich als Mieterin in den Mietvertrag einsetzen lassen, und jetzt wohnt sie da. Ich hab nichts dagegen. Vielleicht wäre es für meinen Vater sogar ganz gut, wenn er wieder zu Hause wäre. Geht das überhaupt?»

«Grundsätzlich schon», sagte Niki. «Aber einen Pflegefall wie deinen Vater zu betreuen ist aufwendig. Er muss regelmäßig bewegt werden. Physiotherapie, Ergotherapie. Er braucht Nahrungszufuhr durch die Magensonde. Das kann nicht jeder, schon wegen der körperlichen Anstrengung, die damit verbunden ist. Die meisten halten so eine ständige Belastung überhaupt nicht aus. Und auch die reine Gegenwart eines Wachkomapatienten ist für viele nur schwer zu ertragen. Wie gut kennst du Raissa?»

«Nicht sehr gut», sagte Lu. «Ein paar Monate lang haben wir uns einigermaßen verstanden, aber dann ist mein Vater wieder durchgedreht. Ich kannte den Ablauf ja schon. Vielleicht, denke ich manchmal, hat er das Koma seinen dauernden Abstürzen vorgezogen – unterbewusst, meine ich. Könnte doch sein. Aber es ist, wie es ist. Ich hab eben nicht so 'ne enge Beziehung zu ihm wie du zu deinen Eltern.»

Niki schüttelte den Kopf. «Wieso eng?»

Lu zuckte die Schultern. «Find ich eben. Du telefonierst regelmäßig stundenlang mit deiner Mutter.»

«Das ist übertrieben.»

«Ist es nicht, Niki. *Du* weißt nicht, wie das bei mir war. Und *ich* hab keine Ahnung, wie es mit Hippieeltern ist. Aber ich denke, es ist ein großer Unterschied. Wahrscheinlich ist das Quatsch. Wahrscheinlich haben alle Eltern 'ne Macke, mit der man als Kind klarkommen muss. Und bei meinem Vater war es eben, dass er meine Mutter nie vergessen konnte und alle ihre Nachfolgerinnen irgendwann gehasst hat. Das hat ihn kaputt gemacht.»

«Und wieso will sich Raissa um ihn kümmern?»

«Keine Ahnung. Wirklich nicht. Vielleicht hofft sie, dass er ein anderer ist, wenn er aufwacht. Wieder der, der er mal war.»

«Es ist ziemlich unwahrscheinlich, dass er noch mal aufwacht.»

«Ist er doch schon. Sonst wären wir ja nicht hier.»

An einem der folgenden Nachmittage ging Niki durch die Wohnung, in der Lu aufgewachsen war. Ohne es sich Raissa gegenüber anmerken zu lassen, suchte sie dabei nach Anzeichen, Überbleibseln und Zeugnissen von Lus ehemaliger Anwesenheit. Doch für eine romantische Spurensuche roch es in der Wohnung zu sehr nach kaltem, jahrzehntealtem Nikotin und Teer.

Im Wohnzimmer setzte Niki sich in den zur Couchgarnitur gehörenden, ehemals cremefarbenen und nun gelblichen Kunstledersessel. Übereck saß Raissa auf dem Sofa, ihr Fernsehplatz vermutlich.

«Haben Sie schon einmal einen Menschen gepflegt?», fragte Niki.

«Meinen Vater», nickte Raissa und zündete sich eine Zigarette an. «Hat getrunken. Wirr im Kopf, schon mit Anfang sechzig. Alles kaputt da oben.» Sie ließ den rechten Zeigefinger ein paarmal neben ihrer Schläfe kreisen. «Meine Mutter konnte das alleine nicht. War zu anstrengend. Möchten Sie Kaffee?»

«Nein, danke», sagte Niki. Das Licht in der Wohnung war konturlos. Für einen Augenblick dachte sie an das gleißenden Wüstensonnenlicht in Mexiko, in dem sie aufgewachsen war. Lu hatte recht, es *war* ein Unterschied. «Ich weiß es sehr zu schätzen, dass Sie sich um Herbert Sellen kümmern wollen. Aber der Zustand Ihres Lebensgefährten unterscheidet sich doch deutlich von dem eines langjährigen Alkoholkranken.»

«Warum? Er ist hilflos. Ich wasche ihn, ich rede mit ihm. Warum soll das nicht gehen?»

«Manchmal kommt es in solchen Fällen zu medizinischen Komplikationen», sagte Niki. «Dann ist es gut, wenn ausgebildetes Personal in der Nähe ist. Es gibt Pflegeheime, die sich mit Wachkomapatienten sehr gut auskennen.»

Raissa zog an ihrer Zigarette und atmete den Rauch mit dem nächsten Satz aus. «Ich habe beim Aufräumen medizinische Unterlagen von einem Psychologen gefunden. Jetzt weiß ich, dass Herbert nichts dafür konnte, wenn er grob zu mir war. War traumatisiert. Ich will ihm helfen. Es wäre nicht gut, ihn in ein Heim zu schicken. Er sollte zu Hause sein. Vielleicht wird er hier wieder gesund.»

«Es ist durchaus möglich», sagte Niki, «dass er mit der Zeit ein Stadium erreicht, in dem er in einem Rollstuhl sitzen kann. Aber wie wollen Sie mit ihm die Wohnung verlassen? Es gibt keinen Fahrstuhl. Er käme niemals hier heraus. Pflegeheime sind keine geschlossenen Anstalten. Sie und seine Tochter könnten ihn dort jederzeit besuchen. Sie ist es übrigens auch, die das am Ende entscheiden muss.»

Raissa drückte wütend ihre Zigarette in den Aschenbecher. «Bin ich nicht gut genug? Sie wollen lieber seine deutsche Tochter? Ich bin auch deutsch. Und ich sage Ihnen was: Dieses Mädchen ist ein Flittchen. Wieso soll sie entscheiden? Sie hat ihren Vater verlassen, als es ihm schlecht ging. Sie ist zu den Männern im Haus gegangen und hat bei ihnen geschlafen! Bei allen. In der Wohnung nebenan, unter uns! Und bei dem Türken im Erdgeschoss. Ich habe sie oft von hier oben mit ihm im Hof beobachtet, sie waren beide sehr fröhlich. So eine ist sie. Sie legt sich zu jedem Mann. Aber eine Tochter muss ihren Vater ehren. Wie soll sie ihn pflegen?»

Niki ging nicht darauf ein. Es war nicht die Zeit, sich Gedanken darüber zu machen, ob etwas davon stimmen konnte. Lu hatte ihr von Vic erzählt, und dass sie zuletzt bei ihm gewohnt hatte – aber ohne dass zwischen ihnen etwas gewesen wäre, wie Lu hinzufügte, ohne dass Niki danach gefragt hätte. Niki war sich nicht sicher, ob sie

Lu in diesem Punkt Glauben schenken sollte. Und hätte es denn eine Rolle gespielt, wenn es anders gewesen wäre?

«Auch seine Tochter entscheidet das nicht alleine», sagte Niki. «Was auch immer geschieht, es muss medizinisch vertretbar sein.»

«Also ist es wie in dem Land, aus dem ich komme», sagte Raissa bitter. «Am Ende entscheiden Bürokraten.»

Niki stand auf. Sie hatte sich ein Bild gemacht, darum war es ihr gegangen – nicht darum, Raissa von etwas zu überzeugen. «Es müssten noch Dinge von Ljubina in ihrem einstigen Zimmer sein. Sie hat mir ein paar genannt. Könnte ich …»

«Nehmen Sie alles mit!», sagte Raissa frostig und zündete sich eine neue Zigarette an.

Die Möbel in Lus ehemaligem Zimmer hatten eine glänzende, hellbraune Holzimitat-Kunststoffbeschichtung, und man spürte in dem Raum, dass lange nicht geheizt worden war. Die Feuchtigkeit war in die alten Möbel gekrochen. In einer Schublade lag ein gefaltetes George-Michael-Poster. Nachdem Draga das erste von der Wand gerissen hatte, hatte Lu sich heimlich ein neues besorgt, es aber nie aufgehängt. Sie hatte Niki die Geschichte erzählt. In seinem Versteck hatte das Poster Dragas Tod und drei weitere Freundinnen von Herbert überdauert. Irgendwann hatte Lu keinen Bedarf mehr dafür gehabt. «George Michael war der Erste, der meine Muschi gesehen hat», sagte sie und bat Niki, das Poster auf der Straße in einen Papierkorb zu stopfen.

Auf der Kommode lag eine Polaroidkamera. Einmal hatten Herbert, Draga und Lu sich als Familie auf dem alljährlich stattfindenden deutsch-französischen Volksfest vor einer gemalten Kulisse aus Marseille und Eiffelturm fotografieren lassen. Lus kindliches Erstaunen darüber, wie die Fotografie vor ihren Augen allmählich sichtbar wurde, war so groß gewesen, dass Herbert ein einfaches Polaroidmodell gekauft und Lu zum elften Geburtstag geschenkt hatte. Sie hatte aber nur wenig Bilder damit gemacht. Herbert hatte nicht bedacht, wie teuer die Kassetten mit dem quadratischen Fotopapier waren.

In einer anderen Schublade lagen die Andenken an die Hauptmann-von-Köpenick-Aufführung, die Lu als Toitoichen hatte verschenken wollen – der Flohmarktsorden der Hauptmannsuniform, ein paar Stiefelsporen, der «Pass», den der Hauptmann schließlich in Köpenick bekommen hatte, und dazwischen eine etwa zehn Zentimeter lange, leicht wellenförmige Aneinanderreihung von weißen Buchstaben, die den berühmtem Schriftzug *Hollywood* bildeten. Überzeugt von Lus Talent, hatte Herr Baumann ihn ihr als Erinnerung nach der Premiere geschenkt.

Niki nahm die Dinge an sich und verließ die Wohnung. Lu hatte ihr einen Brief für Hans Krol mitgegeben. Sie sollte den Brief unbedingt persönlich überreichen.

«Und was mache ich, wenn er nicht da ist?»

«Er wird da sein», sagte Lu.

Womit sie recht hatte. Nach dem Läuten hörte Niki Schritte hinter der Tür, die sich kurz darauf einen Spalt öffnete. Hans, der mit niemandem gerechnet hatte, was bei ihm ja immer so war, aber das konnte Niki nicht wissen, steckte seinen Kopf heraus.

Niki stellte sich als eine Freundin von Lu vor, woraufhin er die Tür ganz öffnete. «Von Lu? Wie geht es ihr?»

«Ganz gut. Sie arbeitet im *Café Tazza*. Kennen Sie das?»

«Ich habe sie seit Monaten nicht mehr gesehen.» Eine Katze erschien an seinen Füßen und steckte den Kopf in genau der gleichen Weise ins Treppenhaus, wie er es zuvor getan hatte.

«Lu hat mir einen Brief für Sie mitgegeben. Und Sie hat mir aufgetragen, Ihnen zu sagen, dass Sie ihn *in meiner Gegenwart* lesen sollen.»

Sie hielt ihm den Umschlag hin.

«Jetzt gleich?», fragte er.

«Ich glaube, so hat sie es gemeint.»

Er nahm den Brief und öffnete ihn. Die Botschaft war offenbar nicht sehr lang, denn schon nach kurzer Zeit hob er den Blick, sah dabei allerdings etwas ratlos aus.

«Und?», sagte Niki. «Kann ich jetzt gehen? Auftrag erledigt?»

«Ich soll Sie darum bitten, mein Ohr an Ihren Bauch legen zu dürfen. Und ich soll Ihnen sagen, dass ich harmlos bin.»

Erst nachdem Niki Hans Krol und seiner Katze durch den Flur in sein – wie er es hinterher nennen würde – Musikzimmer gefolgt war und ihr Unterhemd bis unter den Bügel des BHs hochgezogen hatte, dachte sie mit Blick auf die Tausenden von Eierkartons an den Wänden, dass sie möglicherweise gerade einen Fehler machte.

Nachdem Hans die Tür seines Musikzimmers geschlossen hatte, ging er vor ihr in die Knie und starrte wie hypnotisiert auf die Wölbung ihres Bauches. Offenbar wagte er es nicht, sie zu berühren.

«Sie dürfen das tun», sagte Niki.

Sie verließ sich darauf, dass er ein Freund von Lu war. Als er sein Ohr auf ihren Bauch legte, war es überraschend kühl, ein wenig wie die Sonde bei ihrer erster Ultraschalluntersuchung.

Auf dem Nachhauseweg dachte Niki an ihr letztes Telefonat mit Clemens. Müsste *er* denn nicht zu ihr kommen und sie darum bitten oder sogar anflehen, sein Ohr auf ihren Bauch legen zu dürfen? Es war fünf Uhr nachmittags, und in den Straßen schob sich der Berufsverkehr träge an ihr vorbei.

Clemens und sie telefonierten ab und an miteinander und gingen dabei friedlich miteinander um, wenn Clemens auch stets sehr distanziert blieb. Niki beschwerte sich nicht darüber. Ja, sie hätte ihm vorhalten können, dass er sich, wenn schon nicht mehr für *sie*, so doch für das *Leben in ihr* interessieren sollte. Aber er konnte ihre Schwangerschaft in seinen Gefühlen wohl nicht von ihr trennen. Und vor ein paar Tagen hatte er ihr dann doch vorgeworfen, ihn benutzt zu haben. Sie habe, behauptete er, wie viele lesbische Frauen, nur einen Vater beziehungsweise Erzeuger für ihr Kind gebraucht.

Niki wollte gar nicht darauf eingehen, weil es allzu offensichtlich Unsinn war. Aber dann konnte sie sich doch nicht bremsen, Clemens zu widersprechen. Wenn es ihr nur darum gegangen wäre, ihn als Erzeuger für ihr Kind zu benutzen, um ihm danach den Rücken zu kehren, hätte sie ihn schließlich nicht zu heiraten brauchen. Das war für Niki so unabweisbar logisch, dass sie glaubte, Clemens müsse ihr auf der Stelle recht geben und sich bei ihr entschuldigen.

Doch das tat er nicht. Ganz im Gegenteil!, meinte er: Die Tatsache, dass sie ihn geheiratet habe, beweise in ihrem speziellen Fall sogar, dass er recht habe. Sie, Niki, wäre nämlich genau so: unerträglich kompliziert, verworren und nie geradeheraus. Anstatt einfach nur einen Erzeuger für ihr Kind zu suchen, was vielleicht nicht besonders romantisch, aber bei offener Kommunikation und solider Klärung bestimmter rechtlicher Fragen ja moralisch nicht grundsätzlich verwerflich wäre, betreibe sie wie bei allen ihren Entscheidungen, zu denen sie nicht stehen könne, einen riesigen Aufwand, um der Welt, aber hauptsächlich sich selbst, glasklar zu beweisen, dass alles ganz anders und natürlich überhaupt nicht so profan wäre, wie es de facto war. So sei sie nun einmal: Immerzu müssten ihre banalen, egoistischen Interessen hinter einer riesigen Fassade von höheren Zielen versteckt werden, die sie nach außen hin gut dastehen lasse, damit sie sich besser fühle. Dabei sei sie eigentlich nur eins: zutiefst unehrlich.

Niki hingegen fragte sich – aber sie warf ihm das nicht vor –, ob er sie denn, wenn man es schon so sehen wollte, nicht auch benutzt hatte? Sie wusste ja von seinem Absturz in Aix-en-Provence und von seinen Schwierigkeiten beim Schreiben seines zweiten Romans. Und vielleicht war sie für ihn der Strohhalm gewesen, nach dem er gegriffen hatte, um in dieser Situation nicht ganz und gar den Boden unter den Füßen zu verlieren.

Niki gab Lis Rubener nicht recht, dass Clemens dazu neigte, vor Schwierigkeiten grundsätzlich wegzulaufen. Aber sie hielt es doch für möglich, dass sie ihm mit der Stabilität ihres Lebens als angestellte Ärztin etwas geboten hatte, von dem er sich als Autor in der Krise den Halt versprach, den er brauchte, um seinen zweiten Roman ohne äußeren Druck schreiben zu können.

Als Niki von Hans Krol nach Hause kam, fragte Lu: «Wie war's?» Niki hängte ihre Jacke auf.

«Ein paar Basisinformationen über Hans wären vorab vielleicht ganz nützlich gewesen.»

Die Regalaktion beim Freilegen der einen Vagina-Wandhälfte hatte bei Lu ein Interesse an Büchern geweckt. Sie hatte sich aus Nikis Literaturbeständen eine Auswahl zusammengestellt und die Romane in der Nische zwischen den abgerückten Bücherregalen und der Vagina-Wand gestapelt. Am Ende war Lu trotz ihrer Vorbehalte gegen Kaspars Warhol-Vaginen dafür gewesen, sie nicht wieder zuzustellen, und hatte Nikis Lesesessel davor geschoben. In diesem saß sie gerade mit einem Roman in der Hand.

«Ich dachte, dann gehst du bestimmt nicht hin.»

«Dann kennst du mich aber noch nicht so gut», sagte Niki. «Wem kann *ich* schon eine Bitte abschlagen?»

«Hans hat mich gerettet, wirklich», sagte Lu und klappte das Buch zu. «Sonst wär ich vielleicht auf'm Strich gelandet oder in der Gosse. Er ist vor mir auf den Knien durch seine Wohnung gerutscht und hat mich angefleht, auf keinen Fall die Schule zu schmeißen. Ich hab 'ne Zeit lang bei ihm gewohnt.»

«Ich weiß. Raissa hat's mir gesagt.»

«Ach ja? Die war damals noch gar nicht im Haus, aber mein Vater hat's ihr wahrscheinlich erzählt.»

«Willst du auch einen Tee?»

«Lieber ein Bier», sagte Lu.

Als Niki nach einer Weile mit beidem aus der Küche zurückkam, saß Lu barfuß auf dem Bett. «Hans hat die Eierkartons selbst an die Wände geklebt. Zur Schallisolation. Er hatte sie aus irgend'ner pleitegegangenen Hühnerfarm. Für ihn ist Stille was Besonderes. Eigentlich komisch für 'nen Musiker, oder? Er horcht in dem Raum ständig in sich hinein, um besondere Töne zu entdecken. Deswegen wollte er auch an einem schwangeren Bauch horchen. Wegen der Töne vom Embryo und so. Aber wie soll er, so wie er lebt, jemals mit dem Ohr an den Bauch einer Schwangeren rankommen? Er würde ja noch nicht mal den Bauch einer Nicht-Schwangeren schaffen. Da dachte ich, ich muss ihm mal ein bisschen helfen. Ich hänge an ihm.»

Niki setzte sich auf die Bettkante und reichte Lu das Bier.

«Raissa meinte, du hättest dich nicht nur mit Hans, sondern mit vielen Männern im Haus sehr gut verstanden und also ... keinen Mangel an Übernachtungsmöglichkeiten gehabt.»

«Im Ernst, das hat sie gesagt?»

Wenn Lus Augen sich weiteten, war Niki jedes Mal neidisch auf ihre dichten, dunklen Brauen, die sich dabei so ausdrucksvoll hoben. Die Bewegungen ihrer eigenen, hellblonden Augenbrauen waren kaum wahrzunehmen. «Stimmt es denn?»

Lu trank einen Schluck aus der Flasche. «Mein Vater muss ihr den Floh ins Ohr gesetzt haben. Er war wahrscheinlich eifersüchtig. Ne, ganz sicher sogar. Und wenn er getrunken hat, hat er sowieso nur Scheiße geredet. Natürlich stimmt es *nicht*!»

Niki nippte an ihrem Tee. «Wenn, dann wäre es ja vor unserer Zeit gewesen.»

Lu drehte sich zu ihr. «Hör mal Niki, das ist totaler Blödsinn. Ich hab ja noch nicht mal was mit Vic gehabt!»

«Und mit dem Türken aus dem Erdgeschoss?»

Darüber musste Lu lachen. «Der Türke ist ein Grieche. Er heißt Kostas und ist total nett. Wenn wir uns im Hof begegnet sind, haben wir immer 'n paar Worte miteinander gewechselt. Das war alles.»

Niki stellte die Tasse ab. «Entschuldige. Tut mir leid.»

Lu kniete sich hinter Niki und fing an, ihr die Schultern zu massieren. «Du musst dich nicht immer für alles Mögliche entschuldigen,

Niki», sagte sie. «Damit tu ich mich ja fast schwerer, als wenn du mich für 'ne Schlampe halten würdest. Entspann dich mal.»

«Okay, mache ich ... Aber mit diesem Priapismus-Patienten damals in der Notaufnahme, mit dem war doch was, oder?»

«Mit Timo? Das war einer aus der Schule, und das ist Jahre her», sagte Lu. «Und ich habe ja nie gesagt, dass ich *nichts* mit Männern hatte, das weißt du doch. Aber die Behauptung, ich wär so was wie das Hausflittchen vom Dienst gewesen, ist Schwachsinn. Und mir ist auch nicht so ganz klar, warum du dich da jetzt so reinsteigerst, also was Sex angeht. Ich meine, *du* bist schwanger.»

Niki nickte nachdenklich. «Mit Männern, abgesehen davon, dass es bei mir kaum welche gegeben hat, war es für mich immer anders – weniger körperlich, weniger sexuell. Wie soll ich das ausdrücken? Für mich war es befriedigend, es ihnen zu gewähren. Sie tun zu lassen, was sie tun müssen, auch wenn ich selbst kaum daran beteiligt war. Weißt du, was ich meine?»

«Ne, so richtig nicht. Für mich ist es mit Männern eben *auch* Sex.» Sie trank einen Schluck Bier und stellte die Flasche dann ab, um sich hinter Niki auf die Matratze zu knien. «Aber glaub mir, ich bin mit Männern durch. Ehrlich jetzt. Die haben mich nur benutzt – na ja, ich sie auch.»

Sie küsste Niki auf den Nacken. Das zweite Drittel einer Schwangerschaft war die stabilste Phase. Wenn es einen guten Zeitraum für Sex in den neun Monaten gab, dann diese drei.

Lu beugte sich vor. «Ich hab das Filmprojizieren von 'ner Frau gelernt», flüsterte sie Niki ins Ohr. «Hab ich dir das schon erzählt? Sie hieß Annrike und war zehn Jahre älter als ich. Sie hat sich in dem engen Vorführraum ganz dicht hinter mich gestellt und mir die Hände mit dem Filmstreifen geführt. Wir haben das Einfädeln an so 'nem Kunstsexfilm geübt, wo lauter nackte Mädchen mit 'ner perfekten Figur 'ner lesbischen Gräfin die Klamotten vom Leib gerissen haben. Das war natürlich kein Zufall. Annrikes Lippen waren noch höchstens zwei Millimeter von meinem Nacken entfernt. Ich hab ihren warmen Atem gespürt und war echt verwirrt. Ich hab aber nicht reagiert ... Damals wusste ich noch nicht so genau, was ich wollte. Heute weiß ich es.»

Das war der Moment, in dem Niki sich zu Lu hätte umdrehen müssen, um sie zu küssen, aber sie tat es nicht. Und die ganze Nacht über fragte sie sich, warum nicht? Ihr Körper verzehrte sich nach Lu, auch im sechsten Monat, aber in diesem Moment stand dem etwas im Weg. War sie eifersüchtig? *Für mich ist es mit Männern eben auch Sex.* Wie lapidar Lu dieses Eingeständnis über die Lippen gegangen war. Nichts anderes hatte Niki eigentlich auch erwartet. Und trotzdem ...

Unmerklich hatte sich der Abend ins Zimmer geschlichen und allen Gegenständen, Buchrücken und Kaspars Vaginen die Farbe geraubt. Niki schloss die Augen und gab sich dem sanft massierenden Druck von Lus Händen hin. Vielleicht war es ja das, was sie wollte: sich nicht selbst zu Lu umdrehen, sondern von ihr umgedreht werden. Vielleicht wollte sie, dass jemand anders für sie wollte, was sie wollte.

«Im Moment gerade nicht», sagte sie.

Wie hoch der Preis für ihre Liebe zu Lu war, begriff Niki endgültig, als die Freundschaft zwischen ihr und Pater Leo zerbrach. Als Niki ihm eingestand, dass es mit ihrer Ehe schon wieder vorbei sei und der von ihm besiegelte Bund nicht einmal länger gehalten hatte als ein paar Stunden, reagierte er für seine Verhältnisse sehr distanziert. Bei aller religiösen Toleranz war ihm die Ehe doch heilig. Und bereits nach kurzer beziehungsweise kürzester Zeit zu entscheiden, dass man sich bei der Wahl des Partners geirrt habe, gefiel ihm nicht. Es hätte ihm allerdings auch nach zwei oder drei Jahrzehnten nicht gefallen.

Hinzu kam, dass Niki ihm bei dieser Gelegenheit nicht nur das frühe Ende ihres heiligen Bunds mit Clemens eingestand. Sie war darüber hinaus so aufrichtig, ihm auch den tieferen Grund für das schnelle Scheitern ihrer Ehe mitzuteilen. Das machte die Sache nicht besser. Pater Leo hatte bei seiner langen Tätigkeit als Seelsorger schon allerhand erlebt, aber ein lesbisches Coming-out ein paar Stunden nach einer Eheschließung gehörte nicht dazu.

Er war in diesem Punkt, wie sich herausstellte, ein klassisch-konservativer Katholik. Er hielt nichts von der gleichgeschlechtlichen Liebe, oder, wie er sich ausdrückte, der gleichgeschlechtlichen Lust – eigentlich hielt er den Ausdruck Liebe in diesem Zusammenhang für unangebracht. Er war der Meinung, dass die sexuelle Neigung zum gleichen Geschlecht eine Prüfung war, die Gott einem Menschen auferlege, um ihr zu widerstehen.

Niki gestand sich ein, dass sie, ein wenig blauäugig, von ihm mehr Toleranz erwartet hatte. Aus seiner Interpretation der Erscheinungsgrotte in Lourdes als Vagina hatte sie auf eine gewisse Offenheit für sexuelle Selbsterfahrung bei ihm geschlossen. Bernadette von Soubirous hatte ihre Visionen im Beisein von Freundinnen gehabt – so war es zumindest überliefert. Den Erzählungen nach war dabei kein Junge zugegen gewesen. Hätte Pater Leo *ihrer*, Nikis, Erscheinung gegenüber – und was war Lu in jener Nacht anderes gewesen?, wenn auch nicht weiß-, sondern schwarzgewandet – nicht zumindest ein *bisschen* offener sein können?

Niki wurde klar, dass sie insgeheim gehofft hatte, von Pater Leo so etwas wie Absolution zu erhalten, aber jetzt sah sie, dass sie sich in diesem Punkt geirrt hatte. Erst sehr viel später wurde ihr bewusst, dass in ihrem Bedürfnis nach Absolution das Eingeständnis lag, einen Fehler begangen zu haben, der verziehen werden musste. Es war die Akzeptanz eines gegen die und vor allem *ihre* sexuelle Selbstbestimmung gerichteten Wertesystems. Aber als sie Pater Leo gegenübersaß, war es schwer, das zu durchschauen, weil sie ihn mochte.

Im Frühjahr hatte die Findungskommission für den Umzug des Katholischen Militärbischofsamts von Bonn nach Berlin, der Pater Leo angehörte, ein historisches Militärgebäude an der Spree aus dem Jahr 1773 als neuen Standort ausfindig gemacht, das zuletzt von der Stasi genutzt worden war.

«Ist das nicht eine historische Belastung?», fragte Niki.

«Ach, nein», sagte Pater Leo, der wie üblich rauchte. «Gebäude sind unschuldig. Die katholische Kirche war in diesem Punkt immer flexibel. Viele griechische Tempel wurden von den frühen Christen zu Kirchen geweiht, und damit war alles in Ordnung. Das Pantheon in Rom stünde nicht mehr, wenn es religiös nicht umgewidmet worden wäre.»

«Und das heißt, Ihre Aufgabe hier in Berlin ist erledigt?»

«So ist es.»

«Ich freue mich, dass Sie sich noch einmal bei mir gemeldet haben», sagte Niki. «Ich hätte gerne, dass wir Freunde bleiben.»

«Sie verstehen mich vielleicht falsch, Niki», sagte er. «Ich *verurteile* Sie nicht, sondern ich mache mir Sorgen um Sie.» Sie saßen in einem Lokal an der Spree, und ein Windhauch wehte das herbe Tabakaroma, das ihn umgab, zu ihr hin. «Wie geht es Ihrem Mann?», erkundigte er sich.

«Wir werden uns auch rechtlich scheiden lassen. Über den wichtigsten Punkt, das Sorgerecht, sind wir uns einig. Wir werden es gemeinsam ausüben. Unserem Kind wird es gut gehen, das versichere ich Ihnen. Darüber hinaus gibt es nicht viel zu entscheiden. Wir sind nur noch nicht dazu gekommen, das Verfahren in Gang zu setzen.»

«Ich sehe ja, dass Sie diesen Weg gehen müssen.»

«Ich weiß, dass Sie nicht damit einverstanden sind», sagte Niki. «und das tut mir sehr leid. Aber *bin* ich denn überhaupt verheiratet?»

«Wie meinen Sie das?»

«Soweit ich weiß, ist eine katholische Ehe erst gültig, wenn sie von den Eheleuten auch vollzogen wurde.»

Pater Leo sah sie überrascht an. «In Ihrem Zustand ist das aber, glaube ich, keine ernsthafte Frage. Es sei denn, Sie wollen auf unbefleckte Empfängnis plädieren, aber ich glaube nicht, dass Rom dieses Konzept ein zweites Mal durchgehen lässt.»

Wenigstens hatte er seinen Humor nicht verloren.

«Ich möchte mich nicht darüber lustig machen», sagte Niki, «aber *der* Vollzug», sie legte die Hand auf ihren Bauch, «hat *vor* der Eheschließung stattgefunden, danach nicht mehr.»

Da im römisch-katholischen Eherecht eine Eheschließung erst dann gültig war, wenn die Ehe in der Hochzeitsnacht durch den Geschlechtsakt vollzogen wurde, fand zu manchen Zeiten in einigen christlichen Kulturen der erste Beischlaf im Beisein von Zeugen statt. Niki fand es eigenartig, sich vorzustellen, ihre erste Nacht mit Lu hätte im Beisein von Zeugen stattgefunden. Der Einzige, den sie dabei vielleicht zugelassen hätte, wäre Kaspar gewesen, dem es ja nicht um den Sex gegangen wäre, sondern als Künstler um den bloßen Anblick der beiden so fantasievoll bemalten Frauen.

Falls Pater Leo also gar keine gültige Ehe zwischen Clemens und Niki geschlossen hatte, weil trotz der von ihm geleiteten Hochzeitsfeier im katholischen Sinne die Ehe in der folgenden Nacht gar nicht zustande gekommen war, hätte sich zumindest *ein* Punkt auf der Liste dessen, was er Niki als Katholik vorwerfen musste, erledigt. Allerdings hätte sich Niki im Gegenzug die Verfehlung des *vor*ehelichen Geschlechtsverkehrs eingehandelt.

Was den zweiten Punkt anging, so ließ sich zumindest feststellen, dass sich das Verbot der gleichgeschlechtlichen Liebe im Christentum üblicherweise auf Bibelstellen stützte, in denen es sinngemäß hieß, dass ein Mann nicht in der gleichen Weise bei einem Mann liegen sollte wie bei einem Weib. Über die Sexualität von Frauen hingegen fanden sich in der Bibel kaum Aussagen. Lediglich an einer Stelle wurde den Frauen «widernatürlicher» Geschlechtsverkehr untersagt, wobei es sich aber um ein Verbot von nicht zur Zeugung geeignetem und daher aus biblischer Sicht «widernatürlichem» Analverkehr handeln dürfte. Darüber hinaus wurde die Sexualität von Frauen in der Bibel nicht weiter thematisiert. Offensichtlich waren den Autoren der Bibel Frauen nicht wichtig genug gewesen, um für sie ein eigenes Reglement sexueller Etikette zu entwerfen.

Pater Leo und Niki trennten sich nach einer Stunde sehr freundlich, aber es blieb ein Riss zwischen ihnen, der nicht mehr zu schließen war. Niki sollte stets darunter leiden, wenn sie an Pater Leo dachte. Sie hielt ihn für einen toleranten, warmherzigen und großzügigen Menschen, aber auch er konnte nicht aus seiner Haut. Es fiel Niki nicht leicht, den Bruch hinzunehmen, weil sie sich nicht als Kämpferin für die lesbische Liebe verstand. In dem Fall hätte sie sich wenigstens mit Pater Leo streiten können. Aber das wollte sie nicht. Sie war einfach nur in eine Frau verliebt und wollte ihre Freunde deswegen nicht verlieren.

Es überraschte Niki, wie viele Bücher mit mehr oder weniger erotischem Inhalt Lu in ihren Regalen entdecken sollte. Der von Lu zusammengestellte Lesestapelkanon enthielt nämlich nur Romane, in denen es um körperliche Liebe ging, um Sex und Erotik. So, wie es aussah, war Lu beim Auswählen der Bücher sehr gezielt vorgegangen, jedenfalls schien sie sich für andere Themen weniger oder gar nicht zu interessieren.

Der Bücherstapel, den sie offenbar durchzulesen beabsichtigte, enthielt zuoberst *Lolita* – was bei der klanglichen Namensverwandtschaft nicht so verwunderlich war – und darunter als Klassiker – auf Flohmärkten erworben und von Niki noch nicht gelesen – *Das Dekameron* und eine fünfhundertseitige Goldmann-Taschenbuch-Auswahl von Casanovas Memoiren. Außerdem fand sich *Das Delta der Venus* von Anaïs Nin auf dem Stapel, das Niki einst eine Kommilitonin, nicht Inkarni, sondern eine im vorklinischen Semester in Köln, gleichsam als erotische Offenbarung angepriesen hatte, aber Niki empfand die Geschichten nicht als überzeugende literarische Umsetzung einer genuin weiblichen Erotik, wobei sie allerdings auch nicht, und damals erst recht nicht, zu sagen gewusst hätte, worin diese überhaupt bestand. Ferner *Naked Lunch* von William S. Burroughs, einem literarischen Säulenheiligen von Michael, der das Buch auf dem Hippietrail von einem amerikanischen Globetrotter erworben und zwischen Sai Babas Ashram und Real de Catorce zig Mal gelesen hatte, aber Niki war nie über Seite drei hinausgekommen, auf der es hieß, «mach es einmal mit Vaseline, und der Junge kommt wieder und jammert nach mehr», *Der Liebhaber* von Marguerite Duras, das zu Beginn ihres Medizinstudiums angesagt gewesen war, Niki die weibliche Lust an der sexuellen Unterwerfung aber auch nicht näherbrachte, und schließlich noch *American Psycho*, ein Geschenk von Kaspar, bei dem Niki beim ersten Vergewaltigungs-und-Nagelschussgewehrmassaker schlicht und ergreifend schlecht geworden war.

An einem Abend im Mai las Lu *Der Meister und Margarita*. Niki hatte das Buch nicht als erotischen Roman in Erinnerung, sondern als Satire auf den stalinistischen Kulturbetrieb. Das Taschenbuch war vermutlich wegen des Covers mit den beiden nackt durch die Moskauer Nacht fliegenden Hexen in Lus Sammlung geraten.

«Mach es dir bequem, ich lese dir vor», sagte Lu und fuhr, als Niki sich mit ihrem schweren Bauch auf ihren Telefoniersessel am Fenster hatte fallen lassen, mit Blick in das Buch fort: «Margarita Nikolajewna saß vor dem Spiegel, sie trug nur einen Bademantel auf dem nackten Körper und schwarze Wildlederschuhe.»

Vielleicht hatte Lu die Hoffnung, Niki in ihrem jetzigen Zustand verführen zu können, noch nicht ganz aufgegeben. Das Kapitel, das sie vorlas, hieß «Die Creme des Assasello» und erzählte davon, dass Margarita exakt neunundzwanzig Minuten nach zehn Uhr abends – der Zeitpunkt war aus irgendeinem Grund sehr wichtig – ihre Haut mit der in der Kapitelüberschrift erwähnten Zaubercreme einreiben musste, wodurch sie zu einer wunderschönen – schön war sie allerdings auch vorher schon gewesen – Hexe wurde. «Margarita sprang in die Höhe und schwebte über dem Teppich, dann sank sie langsam wieder herab. ‹Eine tolle Creme! Eine tolle Creme!›, schrie sie.»

Bei: «Ach, was sind Sie doch langweilig, Nikolai Iwanowitsch! Ihr hängt mir überhaupt alle zum Halse heraus, dass ich es gar nicht ausdrücken kann, und ich bin glücklich, dass ich euch loswerde! Verrecken sollt ihr!», hatte man beim Zuhören den Eindruck, Lu würde die Wörter nicht aussprechen, sondern am Anfang gähnen, dann seufzen und beim letzten Satz voller Verachtung ausspucken. Und am Ende des Kapitels, als Margarita auf einem Besen aus dem Fenster ritt, lag bei ihrem begeisterten Ausruf «Unsichtbar! Unsichtbar!» ein wilder Triumph in Lus Stimme. Es war die erste – und, wie sie fand, sehr überzeugende – Kostprobe von Lus schauspielerischem Talent, die Niki an diesem Abend bekam.

Zufällig – oder eher nicht – entdeckte Niki im Programmteil eines Stadtmagazins, dass der *Sommernachtstraum* nach wie vor auf dem Spielplan des *Theater Zerbrochene Fenster* stand. Niki wusste nicht viel über die Aufführung, nur dass Lu die Premiere an jenem Abend der Hochzeit vorzeitig abgebrochen hatte. Warum es hinterher zu keinen weiteren Vorstellungen mehr gekommen war, dazu hatte Lu sich nie geäußert. Niki hatte automatisch angenommen, dass die Aufführung danach abgesetzt worden war. Doch so war es nicht.

Ohne Lu etwas davon zu sagen, ging Niki der Sache nach. In der Zeitschriftensammlung der Weddinger Stadtteilbibliothek fand sie eine Kritik der Premierenaufführung. Rays Geschlechtertausch-Konzept kam darin nicht sehr gut weg, weil es angeblich an mehreren Stellen nicht aufging. Über die Schauspieler erfuhr man unter anderem, dass Ljubina Sellen, die Darstellerin des/der Lysanders/dra, aufgrund einer Unpässlichkeit nach der Pause durch die Regieassistentin ersetzt worden war. Diese habe zwar mit Textbuch auftreten müssen, sich in der Rolle aber als überraschend ausdrucksstark erwiesen, sodass der Rezensent, offensichtlich in dem Bemühen, großzügig auch etwas Positives über die Aufführung loszuwerden, sie zum heimlichen Star des Abends hochschrieb.

Im Frühjahr, und inzwischen am Ende des siebten Monats, besuchte Niki eine Aufführung des *Sommernachtstraum* im *TZF*. Die Regieassistentin hatte die Rolle der Lysandra auf Dauer übernommen. Niki sagte Lu nichts davon und wusste eigentlich auch nicht, was sie sich von dem Theaterbesuch versprach. Die Aufführung hatte sich im Laufe der Monate trotz der nörgeligen Kritik – es gab ja vermutlich auch andere – zu einem Erfolg entwickelt. Als Niki eine Karte bestellen wollte, waren die meisten Vorstellungen bereits ausverkauft.

Mitten in der Woche, an einem Donnerstag, war noch ein Platz zu bekommen, und Niki benutzte zum ersten Mal auch Lu gegenüber die Ausrede, sie habe im Krankenhaus Nachtdienst, um die Vorstellung zu besuchen. Diese war, wie sie an dem Abend feststellte, ein guter Test zur Analyse der eigenen sexuellen Orientierung. Da die beiden Liebespaare fast zwei Akte lang nackt waren, konnte man sich als Zuschauer – Niki hatte einen Platz in der dritten Reihe – gründlich dem Studium ihrer Körper, ihrer unverhüllten Bewegungen und der Wirkung, die diese auf einen ausübten, widmen. Offenbar waren die Schauspieler, wenn Niki ins Theater ging, immer nackt. Jedenfalls war es bei *La Fura dels Baus* so gewesen und jetzt wieder. Niki fragte sich, ob das etwas zu bedeuten hatte.

Die meisten Zuschauer fanden die Liebesverwirrungen im zweiten und dritten Akt komisch. Niki sah aber eher das Tragische der vergeblichen Hoffnungen, der nicht erfüllten Liebe und der Zurückweisungen als das Komische der nackt gegebenen heißen Liebesschwüre, Treueversprechen oder Untreueverdächtigungen. Sie mochte die Inszenierung, war aber in Gedanken oft abgelenkt. Wenn die Aufführung ein Test zur Ermittlung der persönlichen sexuellen Orientierung war, war sie lesbisch.

Die Körperbemalung erinnerte sie an den Tag ihrer Hochzeit. Die vielen farbigen Ornamente verwischten die sichtbaren Geschlechtsunterschiede – Brüste, Venushügel und Penisse – wie eine besondere Form von durchschimmernder Kleidung, sodass allen Darstellern etwas Androgynes anhaftete. Wieso hieß es eigentlich *androgyn* und nicht g*ynandrisch*? Nikis Sensorium für versteckte Zurücksetzungen von Frauen wurde offenbar empfindlicher.

Niki ertappte sich bei dem Gedanken, dass Lu eine bessere Figur hatte als ihre Nachfolgerin. Das war nicht fair. Natürlich war es sexistisch, eine Frau und überhaupt einen Menschen nach seiner Figur zu beurteilen. Niki bemühte sich, den Gedanken ungedacht zu machen oder wenigstens zu relativieren, indem sie ihr ein besonderes schauspielerisches Talent zugestand. Sie glaubte aber trotzdem, obwohl sie Lu noch nie auf einer Bühne gesehen hatte, dass sie besser gewesen war.

Die zur Darstellerin der Lysandra gewordene einstige Regieassistentin hieß Dana und stand nach der Aufführung neben einem Mann im Foyer, den Niki – sie hatte bei ihren Recherchen ein Foto von ihm gesehen – als den Regisseur Ray identifizierte. So, wie die beiden nebeneinanderstanden, waren sie wohl ein Paar. Niki bahnte sich einen Weg durch die verweilenden Zuschauer und blieb vor Dana stehen.

«Toll gespielt», sagte sie. «Hat mir gefallen.»

«Danke», sagte Dana.

«Ich bin übrigens eine Freundin von Ljubina», sagte Niki und sah dabei auch Ray an. Die Bemerkung weckte tatsächlich seine Aufmerksamkeit.

«Von Lu? Na, so was ... Wie geht es ihr denn?»

«Sie weiß nicht, dass ich hier bin. Wahrscheinlich fände sie es nicht so gut», sagte Niki und fügte nach einer kurzen Pause hinzu: «Dass sie bei der Premiere verschwunden ist, hing mit ihrem Vater zusammen. Er lag im Koma. Liegt er noch. Es gab in dieser Nacht eine medizinische Komplikation. Hat sie euch das gesagt?»

Ray schüttelte den Kopf. «Davon wussten wir nichts.»

«Das habe ich mir gedacht.»

Er zuckte die Schultern. «Als sie weg war, hatten wir genau fünf Minuten, um zu entscheiden, wie es weitergeht.» Er machte eine kurze Pause. «Ihr Mitbewohner meinte am nächsten Tag am Telefon, sie wäre ausgezogen. So was ist mir noch nie passiert.»

«Es war eine unglückliche Verkettung von Ereignissen», sagte Niki.

Ray trank einen Schluck Bier und hob die Schultern. «Wie du siehst, ist alles in Ordnung. Ich trage Lu nichts nach. Menschen tun, was sie tun müssen. Letztlich läuft es darauf hinaus, in allem, was geschieht, die *Chance* zu erkennen.»

Er legte seinen Arm um Dana. Um sein Handgelenk waren ein paar geflochtene Lederbänder gewickelt, von denen ein paar auch aus Susannes Produktion hätten stammen können.

«Hast du eine Ahnung, warum Lu sich nie bei dir gemeldet hat?», erkundigte sich Niki.

Rays Blick wurde eine Spur distanzierter. «Das musst du Lu fragen.» Er zupfte an seinem Ohrring. «Obwohl wir eine Weile zusammengearbeitet haben, weiß ich nicht viel über sie. Ich fand sie eher verschlossen, wenn sie nicht auf der Bühne stand und in ihrer Rolle aufging.»

Obwohl sie es schon ahnte, war Niki betroffen davon, wie radikal Lu ihren Bruch mit der Bühne vollzogen hatte.

«Ich könnte ihr was ausrichten, wenn du möchtest», sagte sie.

Ray schüttelte den Kopf. «Niemand ist unersetzlich. Sie hat ihre Entscheidung getroffen, und das respektiere ich. Offenbar will sie ja nicht, dass ich ihre Adresse kenne.»

«Kann sein», sagte Niki. «Ich schreib dir mal meine auf. Wenn du doch mal Kontakt zu ihr aufnehmen möchtest, kannst du das ja auf dem Weg machen. Noch mal vielen Dank. War ein toller Theaterabend.»

Ein paar Tage später klemmte ein an Niki adressierter, wattierter Umschlag im Briefkasten, in dem sich eine VHS-Kassette mit der Aufschrift *Sommernachtstraum* fand. In einem kurzen Brief informierte Ray sie darüber, dass er die letzten beiden Proben hatte aufzeichnen und zu einem Video von der Aufführung zusammenschneiden lassen. Und da Lu dabei die Lysandra gespielt habe, sei es wohl angebracht, wenn sie von der Existenz des Bands wisse. Und sie habe ein Anrecht auf eine Kopie, wobei Ray Niki die Entscheidung überließ, Lu das Video zu geben oder nicht.

Kaspar hatte in seinem Atelier einen VHS-Player. Seiner Skizzenreihe von Lebewesen mit abartigen Deformationen hatte er inzwischen den Titel *Zoomutungen* gegeben, wobei das *Zoo* englisch auszusprechen war. Als Niki das Atelier an einem Abend betrat, an dem weder er noch Lu zu Hause waren, starrte sie ein riesiger Oktopus mit Stummel-Tentakeln an. Unter der Atelierdecke hing die dicke Rolle Endlospapier, auf das Kaspar seine Tiere inzwischen mit schwarzem Dosenlack sprühte.

Niki ging um den Oktopus herum, der sie dabei die ganze Zeit über im Blick zu behalten schien. Der Fernseher stand vor einem runden, bunt bekleckerten Tischchen und zwei kleinen, abgewetzten Sechzigerjahre-Flohmarktsesseln in der hinteren Atelierecke. Nikis Puls war hoch – über hundertzwanzig, schätzte sie –, als sie das *Sommernachtstraum*-Video in den Player schob. Was sie tat, war genauso fragwürdig, wie hinter Lus Rücken Erkundigungen über sie einzuziehen, aber es nicht zu tun, hätte übermenschliche Kräfte gegen ihre eigene Neugier erfordert, und über diese verfügte Niki nicht, da machte sie sich nichts vor.

Was sollte sie denn tun? Lu mochte es nicht, wenn Niki sagte, Lu könne es doch noch einmal mit der Schauspielerei versuchen. Jede Andeutung in diese Richtung wies sie zurück. Ihr nun ein Video von der *Sommernachtstraum*-Aufführung auf den Tisch zu legen mit der Bemerkung, doch einfach mal reinzuschauen ... Nein, das würde nicht funktionieren. Sich das Band alleine anzusehen, war Nikis einzige Option.

Und Niki fand, dass Ray *nicht* recht hatte: Lu *war* unersetzlich. Die Sommernachts-Bühnenstimmung, die sie im *TZF* live erlebt hatte, kam auch in der mäßigen Qualität des VHS-Videos noch gut zur Geltung. Während Lu als Lysandra und Hermia durch die Lichtkegelbäume, den Halogenmondschein und die Papierschlangenkletterpflanzen des Waldes vor Athen irrten, wirbelten sie mit ihren bloßen Füßen Bühnenstaub auf, der auch auf dem kleinen Fernsehbildschirm in den grünen, gelben und blauen Lichtinseln flimmerte wie in der Luft tanzende Glühwürmchen. Und als die beiden liebenden Frauen erschöpft schlafen wollten, war es Lu als Lysandra, die die zurückhaltendere Hermia dazu verführte, sich *ganz nah* zu ihr zu legen, indem sie sagte: «Erlaube denn, dass ich mich zu dir füge, / denn, Herz, ich lüge nicht, wenn ich so liege.» O, wie Niki an ihre erste Nacht mit Lu denken musste, als die beiden Frauen auf dem Bildschirm ihre Glieder ineinanderschlangen.

So wie es über Nikis Kräfte gegangen war, das Video *nicht* anzuschauen, so ging es auch über ihre Kräfte, die Existenz der Aufzeichnung vor Lu geheim zu halten. Sie trennte aus Rays wattiertem Umschlag mit einer Nagelschere die Adresse heraus und überklebte das entstandene Loch über der Polsterung mit einem großen Adressaufkleber. Anschließend schob sie die Videokassette – natürlich ohne Rays Begleitschreiben – zurück in den Umschlag und adressierte ihn an Lus alte Adresse, wobei sie sich bemühte, Rays Schrift zu imitieren.

An einem der folgenden Tage überreichte sie Lu den Umschlag mit der Behauptung, ihn von Raissa bekommen zu haben, bei der sie gewesen sei, um ihr persönlich mitzuteilen, dass Herbert am Ende des Monats in ein Pflegeheim verlegt werde. Bei der Gelegenheit habe Raissa ihr den Umschlag ausgehändigt.

Der Plan funktionierte, aber nicht so, wie Niki es erhofft hatte. Lu nahm den Umschlag entgegen, warf einen kurzen Blick darauf und verschwand damit in ihrem Zimmer. Danach geschah eine Woche lang nichts.

«Was war eigentlich in diesem Umschlag?», fragte Niki sie am folgenden Wochenende. Sie hatte den Satz mindestens hundertmal geübt, damit er so unverfänglich wie möglich klang.

«Nichts Besonderes», sagte Lu.

Niki saß am Küchentisch, Lu stand am offenen Fenster und rauchte.

«Ja klar.» Niki stand auf, was mittlerweile beschwerlich war. Ungefähr sechs Wochen noch, dann war es so weit. «Der Brief kam von dem Theater, in dem du beim *Sommernachtstraum* mitgespielt hast, nicht wahr? Das hat doch diesen komischen Namen. *Zerbrochenes Fenster* oder so.»

«Ja», sagte Lu und blies Zigarettenrauch aus dem Fenster in die warme Juniluft.

«Ich hab übrigens neulich durch Zufall in der Zeitung gelesen, dass das Stück, also der *Sommernachtstraum*, noch gespielt wird.»

«Ja klar. Sie haben mich ersetzt.»

Niki durchsuchte die Teedosen mit einer Gründlichkeit, als wären diese ihr viel wichtiger als das Gespräch. «Ich finde, du bist unersetzlich.»

«Danke. Wie du siehst, bin ich's nicht.»

«Und der Brief? Was will Ray von dir?»

«Ray?»

Niki zog die erstbeste Dose aus dem Regal.

«Wie wär's mit 'nem Orangenblüten-Assam first flush ...?»

«Wieso *Ray*, Niki?»

«So heißt er doch, der Regisseur, meine ich ... Ray irgendwie ... also der Absender ...»

«Hast du mit ihm gesprochen?»

«Wie kommst du denn *darauf*?»

«Niki, *hast du mit ihm gesprochen*?»

Niki gab auf. Sie ließ die Teedose im Regal stehen und drehte sich um. Mit ihrem vorgewölbten Bauch musste sie einen Moment aufpassen, bei der erregten Bewegung kein Übergewicht zu bekommen.

«Lu, ich verstehe es einfach nicht», sagte sie und bemühte sich, so zugewandt wie möglich zu klingen. «Du bist auf der Bühne so wunderbar, so großartig, so ...»

«Ich fass es nicht. Du hast dir dieses Video angesehen!»

Lu drückte wütend ihre Zigarette in den Aschenbecher auf dem Fensterbrett und blies den letzten Zug nach draußen.

«Warum soll ich es mir *nicht* ansehen?», sagte Niki, und jetzt lag doch etwas Flehentliches in ihrem Tonfall. «Du bist besser, *viel* besser als diese Ersatzschauspielerin. Ich musste auch in die Vorstellung gehen! Ich konnte einfach nicht anders, das kannst du mir nicht übel nehmen.»

Lu blinzelte in die Sonne, die im Sommer hoch genug stieg, um das Küchenfenster nachmittags mit ihrem Licht zu erreichen. Schließlich drehte sie sich zu Niki um.

«Ich hab da einfach nicht hingehört, in dieses Theater, meine ich», sagte sie nicht mehr ganz so aufgebracht. «Shakespeare! Und im Publikum diese ganze Off-Kulturschickeria. Annrike, die mich mal verführen wollte, war auch da. Die dachte wahrscheinlich, wunders, was sie für mich getan hat. Was durch *sie* aus *mir* geworden ist! Und ja, ich weiß, sie meint's nicht böse.»

Nikis Knöchel taten weh, sie musste sich dringend setzen.

«Du hast eine fantastische Ausstrahlung! Du *bist* eine Schauspielerin.»

Lu schüttelte den Kopf. «Ich weiß doch überhaupt nicht, was ich tue, wenn ich auf 'ner Bühne steh.»

«Du könntest dich an der Hochschule der Künste bewerben. Die sagen dir das», sagte Niki.

«Ich, 'ne Studentin!? Niki, vielleicht bin ich einfach nicht das, was *du* in mir sehen möchtest. Hast du schon mal darüber nachgedacht? Wo komme ich denn her?»

«Machst du es dir da nicht ein bisschen zu einfach?»

«Keine Ahnung. Ich lass mir in mein Leben nicht reinreden.»

«Das stimmt nicht. Das Abitur hast du gemacht. Soll ich vor dir durch die Wohnung rutschen wie Hans? Im Moment wär das für mich allerdings ein bisschen beschwerlich.» Sie hoffte inständig, dass Lu für den Humor zugänglich war.

Lu sah eine Weile ostentativ aus dem Fenster, drehte sich dann aber wieder zu Niki. «Was hat Ray überhaupt gesagt?»

«Er trägt dir nichts nach.»

«Na, bestens. Dann sind doch alle zufrieden.»

«Ist das so? Lu? Lu, bist du zufrieden?»

«Zufrieden, unzufrieden ... So sehe ich mein Leben nicht.»

«Und wie siehst du's?»

«Niki, frag mich nicht so was.» Sie ging vom Fenster zur Küchentür, drehte sich dort aber noch mal um. «Und tu nicht so, als würde bei *mir* was nicht stimmen. *Du* hast Mist gebaut. Die Kassette schmeiß ich weg, und damit ist das erledigt.»

Abends hatten sie sich beide wieder beruhigt und lagen nebeneinander im Bett. Lu legte ihre Hand auf Nikis Bauch.

«Du wirst 'ne tolle Mutter», sagte sie, «so viel Gedanken, wie du dir über andere machst. Hör damit nicht auf, nur weil ich 'ne Macke habe.»

Es tat gut, Lus Hand auf ihrem Bauch zu spüren. Seit der Ultraschalluntersuchung im dritten Monat wusste Niki, dass sie mit großer Wahrscheinlichkeit einen Jungen erwartete. Seit einiger Zeit meldete er sich gelegentlich mit Tritten oder Ellenbogenstößen gegen ihre Bauchdecke – so auch vorhin bei dem Streit, vermutlich um gegen die emotionale Aufwallung zu protestieren, die er in allen Einzelheiten, sogar ihren chemischen wie der Ausschüttung von Stresshormonen, mitzumachen gezwungen war.

Die Geschlechtsbestimmung eines Jungen war recht sicher, weil man auf den verpixelten Ultraschallbildern den Ansatz dessen erkennen konnte, was einmal ein Penis sein würde. Sah man nichts, konnte das Zipfelchen immer noch hinter einem der Gliedmaßen verborgen liegen, weswegen die Voraussage eines Mädchens mit einer gewissen Unsicherheit behaftet war.

Die meisten werdenden Eltern erkannten auf den Bildern weder *einen* noch *keinen* Penis, aber Niki war Ärztin. Sie fing an, sich über einen Namen Gedanken zu machen. Da bei ihrer Schwangerschaft Lourdes eine Rolle gespielt hatte und Niki sich außerdem wünschte, dass ihre halbmexikanische Kindheit bei der Namensgebung Berücksichtigung finden sollte, dachte sie eine Weile über Bernardo nach.

Doch als sie Clemens Bernardo vorschlug, erntete sie ein kategorisches Nein. Er fand den Namen Bernhard oder Bernd altmodisch und auch nicht schön, woran auch das romanische O als Endung nichts ändere. «Außerdem», fügte er hinzu, «hat der Name Bernarda» – er hatte Nikis Lourdesfreundschaft bei der Hochzeitsfeier kennengelernt – «sie nicht vor einem Impfschaden bewahrt. Was für eine Bürde.»

Niki wollte protestieren, der Impfschaden machte Bernarda ja nicht zu einem weniger wertvollen Menschen, aber dann ließ sie es. Sie wollte keinen Namen gegen Clemens' Willen durchsetzen.

Kaspar schlug Pablo vor. Als Niki ihm erzählte, sie sei auf der Suche nach einem spanischen Namen, dauerte es keine Zehntelsekunde, bis er die Idee hatte. Kein Wunder, er verehrte Picasso. Niki dachte über Pablo nach. Der Name war kurz, nicht zu gestelzt, aber auch nicht zu alltäglich. Pablo Lamont. Sie sagte es sich ein paarmal laut vor und fand, es klang gar nicht schlecht. Und diesmal sagte Clemens nicht sofort Nein. Nachdem er eine Weile darüber nachgedacht hatte, nickte er. Pablo wäre eine Möglichkeit.

«Aber ist Genialität nicht auch eine Bürde?», überlegte Niki.

«Es gibt nicht nur Pablo Picasso», sagte Clemens.

«Wie viele Pablos außer Pablo Picasso kennst du?»

«Und wie viele Nikishas außer dir kennst du?»

«Ich bin ja kein Genie», erwiderte Niki. «Hättest du was dagegen, wenn Kaspar Pate würde?»

Bis zum siebten Monat hatte sie sich als Schwangere zumeist gut gefühlt, doch allmählich wurde es auch beschwerlich. Ihre Brüste, die sich seit der Pubertät wie feste, kleine Hügel an ihren Körper schmiegten, kamen ihr ungewöhnlich groß vor, und sie war sich nicht sicher, ob ihr das gefiel. Ihre hellen Brustwarzenhöfe waren zu dunklen Halos von Fünfmarkstückgröße angeschwollen, und Pablos Kopf, der inzwischen schon ein Stück Richtung Geburtskanal abgesackt war, drückte auf die Blase, sodass es passieren konnte, dass, wenn sie hustete, zu laut rief oder lachte, ein paar Tropfen Urin abgingen. Aber was machte das schon?

An manchen Tagen fühlte Niki sich großartig und freute sich auf die Geburt und vor allem auf Pablo, an anderen überwogen die Beschwerden, die nächtlichen Hitzewallungen, die sie nicht mehr durchschlafen ließen, ganz zu schweigen vom häufigen Umlagern ihres Bauchs im Bett. Manchmal war sie im Krankenhaus übernächtigt, aber alle nahmen Rücksicht auf sie und versuchten, schwere Fälle von ihr fern zu halten. Und in ein paar Tagen begann der Mutterschutz.

Immerhin hatte Niki sich wegen ihrer gelegentlichen Verstopfungen durch den Bewegungsmangel zu einer Expertin für pflanzliche Quellmittel wie Lein- und Flohsamen oder Weizenkleie entwickelt. Glycerin-Zäpfchen oder iso-osmotische Abführmittel funktionierten ebenfalls sehr gut. In dem Punkt machten ihr mittlerweile nicht einmal mehr die ausgekochtesten Schwestern etwas vor – im Gegenteil, bei besonders hartnäckiger Obstipation eines Patienten konnte Niki sogar mit dem einen oder anderen Tipp aufwarten, was ihr einige Anerkennung eintrug.

«Du Armes!», rief Susanne am Telefon. «Am Ende konnte ich

beim Fahren kaum noch aufrecht sitzen. So ein VW-Bus in den Sechzigerjahren war kein Pullmannwaggon, und die Straßen in Afghanistan waren für Reittiere gedacht und nicht für Autos mit hochschwangeren Frauen. Man konnte schon glücklich sein, wenn man eine einigermaßen ebenmäßig gestampfte Schotterpiste erwischte. Die Stoßdämpfer waren völlig überfordert oder vielleicht auch kaputt, das weiß ich nicht mehr so genau.»

Auf ihre eigenen Unbilden zu verweisen war Susannes Methode, Niki Mut zu machen.

«Wenigstens muss ich inzwischen nicht mehr arbeiten», sagte Niki.

«Hoffentlich kommst du dir jetzt nicht nutzlos vor, Engelchen, so alleine in der Wohnung», überlegte Susanne.

«Wieso alleine?», warf Niki ein. «Wir haben hier auch so 'ne Art Kommune, das müsste dir inzwischen aber klar sein.»

«Ich könnte dir ein paar sehr gute Tipps für pflanzliche Mittel gegen gedrückte Stimmung geben», ließ Susanne sich nicht beirren. «Ich befürchte nur, dass man das meiste davon in Berlin nicht bekommt.»

Susanne und Michael hatten gleich nach ihrer Ankunft in Real de Catorce damit begonnen, eine kleine, pharmakologische Plantage auf dem sonnigen Abhang vor dem, was einmal ihr Haus werden sollte, anzulegen. Es gelang ihnen, ein paar Seifenbaumgewächse zu ziehen, insbesondere eine Guaranástaude, deren Samen bei den in Südamerika indigenen Guaraní auf eine lange, ethnobotanische Tradition als Stimmungsaufheller zurückblicken konnte. Und in ihrem Garten wuchsen Passionsblumen, denen Susanne eine angstlösende Wirkung zuschrieb.

Die nächtlichen Angstträume, unter denen Niki eine Zeit lang zu leiden hatte, wurden durch den von Susanne verordneten Passionsblumenteegenuss zwar nicht weniger – in Susannes Augen bewies das aber nichts, denn die Attacken wurden auch nicht *mehr*, was ihrer Meinung nach auf die Wirksamkeit ihrer Therapie gegen solche zur «Verschlimmerung neigenden» Angstzustände schließen ließ. Michael versuchte in seinem Labor eine Zeit lang das Geheimnis der Passionsblume zu knacken. Er isolierte Isovitexin, Schaftosid und ätherische Öle, letztlich aber ohne Erfolg. Es musste der Wirkstoff-Cocktail der gesamten Blume sein, schloss er daraus, der sie zur angstlösenden, psychotropen Substanz mache – eine Eigenschaft, die Niki aber nie bestätigen konnte.

Sie stand aus ihrem Telefoniersessel auf. Im Moment hielt sie es in keiner Position länger als zehn Minuten aus.

«Apropos gedrückte Stimmung», sagte sie. «Wie geht es Papa?»

«Du steigerst dich da in etwas hinein», sagte Susanne. «Habe ich dir schon erzählt, dass wir eine neue Geschäftsidee entwickelt haben? Wir sind aktiver denn je.»

«Ich erinnere mich», sagte Niki. «Du hast einmal so was erwähnt. Halte Papa bitte davon ab, Kontakte zum Tijuana-Kartell zu knüpfen und Guzmán oder Salazar seine chemischen Verfahren zur Meskalin-Ausfällung oder Alkaloid-Potenzierung schmackhaft machen zu wollen.»

«Ich sag's ihm», lachte Susanne. Niki hatte es nicht *nur* lustig gemeint. «Stell dir vor, wir beschäftigen uns seit einiger Zeit mit dem Gedanken, ein Hotel zu eröffnen.»

Niki, die mit dem Telefon umhergewandert war, blieb stehen.

«Wie meinst du das? Ein Hotel?»

«Na, ein Hotel eben, Engelchen. Stell dir vor, Michael hat eine kleine Erbschaft gemacht. Die ehemalige Seifenfabrik seines Stiefvaters ist in einen größeren Konzern integriert worden, und Michael hatte ein paar Anteile. Die beiden mochten sich, aber viel ist es trotzdem nicht, weil das Werk Schulden hatte. Aber es würde reichen, hier etwas zu kaufen. Es gäbe ein Haus an der Dorfstraße, hundert Meter vom Zocalo entfernt auf der linken Seite, schräg gegenüber dem Gemüseladen.»

«Aber da stehen nur Ruinen!»

«Nun übertreib nicht. Die Fassaden sind etwas marode, aber die lassen sich renovieren. Viel schwieriger ist es, hier so etwas wie Grundbesitz erfassen zu lassen und dann Eigentum daran zu erwerben. Aber ich denke, das werden wir hinbekommen.»

«Hm», machte Niki und setzte sich aufs Bett. «Und was wollt ihr mit einem Hotel in Catorce?»

«Du warst lange nicht mehr hier», sagte Susanne. «Der Ort entwickelt sich phänomenal. Es kommen immer mehr junge Touristen mit Rucksäcken hierher. Der Kapitalismus wird ja immer brutaler, und sie suchen nach spirituellen Alternativen.»

«Seit wann sind Drogen eine spirituelle Alternative?»

«Ach, Engelchen, vergiss doch mal das bisschen Meskalin oder Cannabis. Denk an Franz von Assisi. Die *Purisima Concepción* ist inzwischen Ziel Tausender Gläubiger. Was meinst du, was am 4. Oktober hier in der Stadt los ist.»

Der *Templo de la Purisima Concepción* war die katholische Kirche im Ort, in der Franz von Assisi verehrt wurde und für die sich Susanne und Michael früher überhaupt nicht interessiert hatten. Es entbehrte zumindest nicht einer gewissen Ironie, dachte Niki, dass die frühere Marcuse- und Simone-de-Beauvoir-Leserin Susanne sich auf einmal für das Konzept der Unbefleckten Empfängnis begeisterte.

«Du meinst Real de Catorce ist inzwischen so etwas wie Lourdes?»

«So schlecht ist der Vergleich gar nicht», sagte Susanne und fuhr fort: «Sei nicht so misstrauisch. Warum traust du deinem Vater und mir denn gar keine unternehmerische Fantasie zu?»

«Ja, das wundert mich auch.»

«Wenn wir das mit dem Hotel ans Laufen bringen, und wir glauben fest daran, ist das für uns auch ein Stück Alterssicherung. Es ist nämlich keineswegs so, als würden wir vor der Realität die Augen verschließen. Wir wissen sehr wohl, dass wir nicht mehr zwanzig sind.»

Am Abend las Lu Niki den Hexensabbat aus *Der Meister und Margarita* vor. Margarita wurde von Voland, einer erstaunlich frauenfreundlichen Erscheinung des Satans, zur Ballkönigin des *Frühlingsvollmondballs* oder auch *Ball der hundert Könige* gekürt, auf dem ihr die größten Verbrecher aller Zeiten ihre Aufwartung machen würden. Nachdem sie sich mit Assasellos Flugcreme eingerieben hatte, ritt sie zuvor aber auf ihrem Besen durch die Moskauer Nacht und suchte die Wohnung des Kulturfunktionärs Latunski auf, um sie aus Rache dafür zu verwüsten, dass er ihren Geliebten, einen von ihr nur Meister genannten Schriftsteller, in den Wahnsinn getrieben hatte.

«Die nackte und unsichtbare Fliegerin zügelte sich, doch ihre Hände flatterten vor Ungeduld», las Lu und: «Margarita flog aufwärts und hämmerte auf den Kronleuchter ein, zwei Birnen platzten ...»

Sie saßen nebeneinander in Nikis Bett. Mit einem Berg in den Rücken gestopfter Kissen war dies für Niki im Moment die bequemste Haltung, wenn es darum ging, lange zu sitzen. «Den Hexensabbat könnte ich mir gut auf einer Bühne vorstellen», sagte Lu und legte das Buch zur Seite.

«Etwas scheint dich an Stoffen zu reizen, bei denen du die größte Zeit nackt bist», sagte Niki.

«Meine Mutter war katholisch», sagte Lu. «Wir sind nie in die Kirche gegangen, aber sie hat versucht, ein anständiges Mädchen aus mir zu machen. Das war ihr wichtig.»

«Weißt du, was mir der Imam ins Ohr geflüstert hat, als die Hebamme mit mir aus dem Kamelstall kam?», sagte Niki. Obwohl es eine gute Geschichte war, war Niki doch froh, dass Pablo nicht in einem afghanischen Dorf zur Welt kommen würde. «Das war der Gebetsruf Adhan. ‹Gott ist groß. Eilt zum Gebet, eilt zur Seligkeit, eilt zum besten Werk, das Gebet ist besser als der Schlaf. Es gibt keinen Gott außer Allah.› Du siehst», fuhr Niki fort, «außer einer mexikanischen Christin und indischen Hinduistin bin ich auch eine Muslima.»

Es war einer der wenigen Abende, an denen Lu freihatte. Viele ihrer Mitstreiter im *Café Tazza* waren jetzt im Sommer auf Reisen. Lu war das letzte Mal vor fünfzehn Jahren aus Berlin rausgekommen, was ihr aber nichts ausmachte. Die Gäste blieben in den warmen Sommernächten lange an den Tischen auf dem Gehweg sitzen. Und so war Lu in diesen Tagen manchmal bis in den frühen Morgen dort.

Kaspar verbrachte die Sommerwochen in einem verfallenen Haus in Andalusien, das er vor zwei Jahren billigst gekauft hatte. Inzwischen war das Dach wieder dicht. Manchmal rief er an, fragte Niki nach ihrem Befinden und schwärmte vom Licht in der Sierra Nevada. Wenn sie nicht hochschwanger gewesen wäre, hätte Niki ihn wenigstens besuchen können. Sie war zumeist allein in der Wohnung und kam sich nutzlos vor. Vielleicht hatte Susanne mit ihrem Hinweis auf stimmungsaufhellende Kräuter gar nicht so danebengelegen. Seit dem Beginn ihres Studiums hatte es kaum einen – oder überhaupt keinen? – Tag gegeben, an dem nicht eine Aufgabe auf Niki gewartet hatte. Und nun fühlte sie sich in manchen dieser lauen Berliner Nächte kurz vor ihrer Niederkunft einsam. Clemens wäre für sie da gewesen, dachte sie hin und wieder, aber wissen konnte sie das auch nicht. Vielleicht schrieb er nachts und wäre in Gedanken auch nicht bei ihr – nein, bei *ihnen*.

An einem dieser Abende hatte Niki eine Wehe. Es gab eine Menge unterschiedlicher Wehen: Frühwehen, Vorwehen, Übungswehen, wilde Wehen, Eröffnungswehen, Senkwehen, Presswehen, Austreibungswehen – sie ohne Erfahrung voneinander zu unterscheiden war nicht leicht. Im Medizinstudium hatte Niki auch mit Geburtshilfe zu tun gehabt, aber Erfahrung im Kinderkriegen besaß sie nun mal nicht.

Die Wehe war schmerzhaft, ging aber schnell vorüber. Niki nahm an, dass es sich um eine Vorwehe oder Senkwehe handelte, aber sicher war sie sich nicht. Zweieinhalb Wochen vor dem errechneten

Termin kam auch eine Übungswehe infrage, eine Braxton-Hicks-Kontraktion. Doch die hätte sich eigentlich, sie schlug es nach, nur durch ein leichtes Ziehen bemerkbar machen sollen.

Niki geisterte nervös durch die leere Wohnung. Sie versuchte sich abzulenken, indem sie, was sie selten tat, in Kaspars Atelier den Fernseher einschaltete. Die Nachrichten waren nicht geeignet, ihre Stimmung aufzuhellen. Im Gegenteil: Wie leichtfertig sie schwanger geworden war in Zeiten des Ozonlochs, des Waldsterbens, der Ölpesten und des Rinderwahnsinns! Was für eine düstere Zukunft bürdete sie ihrem Kind auf.

Sie hatte in dieser Nacht noch eine Wehe, schmerzhafter und länger als die erste. Sie blieb zwar bei ihrer Meinung, dass noch nicht der richtige Zeitpunkt gekommen war, um ins Krankenhaus zu fahren, rief aber im *Café Tazza* an, um Lu zu fragen, ob sie schon absehen könne, wie spät es werden würde. Zu ihrer Überraschung erfuhr sie, dass Lu an diesem Abend nicht im Café gearbeitet hatte.

Niki fragte zur Sicherheit noch einmal nach. Vielleicht hatte der *Café-Tazza*-Geräuschpegel aus Gesprächen, Gläserklirren und dem Schaumdüsen-Zischen der Cappuccinomaschine etwas verschluckt. Doch so war es nicht, und Niki fragte sich, was geschehen sein konnte. Sie machte sich Sorgen um Lu. Aber nein, sagte sie sich, sie durfte sich nicht verrückt machen, es würde bestimmt eine einfache Erklärung dafür geben.

Sie ging ins Bett, aber sie konnte nicht schlafen. Sie schlug *Das Dekameron* auf, aber die Einleitung des Romans war noch schlimmer als die *Tagesschau*. Boccaccio beschrieb das Wüten der Pest in Florenz im 14. Jahrhundert: das Nasenbluten, die schwarzblauen Flecken an Armen und Beinen, die Schwellungen unter den Achseln und in der Leistengegend, Pestbeulen genannt, und das unaufhaltsame Sterben. Dann der Zusammenbruch der öffentlichen Ordnung und die Anarchie ...

«Das Schrecklichste, ganz und gar unfassliche an dieser Krankheit aber war, dass Väter und Mütter sich weigerten, ihre Kinder zu besuchen und zu pflegen, als wären es nicht die eigenen.»

Niki schlug das Buch zu und fiel in einen unruhigen Schlaf. Als sie aufwachte, war es draußen wieder hell. Sie stemmte sich aus dem Bett hoch und stand auf. Die Helligkeit war noch blass, durchdrang die Luft noch nicht ganz, erreichte noch nicht den langen Wohnungsflur mit Kaspars Werken. Lu war nicht in ihrem Zimmer, und Nikis Sorgen kehrten noch quälender zurück. Sie wankte in die Küche. Als das Teewasser im Kessel zu zischeln anfing, hörte sie, wie von außen ein Schlüssel ins Türschloss gesteckt wurde.

Kurz darauf kam Lu in die Küche. Sie hatte wohl einiges getrunken, aber sie vertrug es ja auch. Sie lallte nicht, aber Niki kannte sie gut genug, um ihren Rausch zu spüren und auch zu riechen. Sie musste sich eine Weile in einer ziemlich verräucherten Kneipe aufgehalten haben, von der Niki nur wusste, dass es *nicht* das *Café Tazza* gewesen war.

«Ganz schön spät geworden. Oder früh.»

Lu lehnte sich gegen den Türrahmen. «Die Leute sind ewig geblieben.»

«Im *Tazza*?»

«Klar im *Tazza*. Wo sonst?»

Niki schaltete den Wasserkocher ab. «Willst du auch einen Tee?»

«Nee, ich hau mich gleich hin.»

Niki drehte sich um. «Ich hatte in der Nacht zwei Wehen.»

Lu brauchte eine Sekunde, um die Information zu verarbeiten.

«Im Ernst? Geht es etwa los?»

«Ich glaube nicht. Aber ich war mir nicht sicher und habe im *Tazza* angerufen.»

Wieder eine Sekunde Pause. «Echt ...»

«Ja, echt!, Lu.» Niki drehte sich um und sah sie so fest an, wie es ihr möglich war. «Wo warst du? Ich habe mir Sorgen gemacht.»

«Sorgen?»

«*Ja*, Lu! Sorgen! Du bist eine Frau, und du bist nachts unterwegs, und ich weiß nicht, wo du bist ... *Sorgen* eben.»

Lu sah Niki an, als sei es ihr endlich gelungen, sie gegen die Wirkung der Drinks mit dem Blick scharf zu stellen.

«Das ist ein Witz, oder? Du hast dir Sorgen», wobei sie das Sorgen mit dicken, ironischen Anführungszeichen sprach, was ihr hervorragend gelang, «um mich gemacht? Wer bist du? Meine Mutter? Was soll das? Ich werd ja wohl noch 'ne Nacht um den Block ziehen können, ohne dass sich irgendjemand *Sorgen* um mich macht und darüber nachdenkt, wo ich stecke, oder so.»

«Aber Lu. Was sagst du denn da? Ich will dir doch nicht nachspionieren. Ich liebe dich, und da macht man sich eben ...» Niki spürte, dass sie nicht den richtigen Ton traf, um nicht zu sagen den falschesten, den sie hätte treffen können.

«Niki, hör damit auf», schnitt Lu ihr das Wort ab. «Du willst wissen, wo ich gewesen bin? Okay. Bei irgend'nem Typen, von dem ich den Namen schon wieder vergessen habe. Darin bin ich nämlich echt gut, mir die Namen gar nicht erst zu merken. Brauchst du noch mehr Informationen über meinen Abend?»

Niki schwieg.

«Sex ohne Liebe», sagte sie schließlich. «Hast du nicht gesagt, damit wärst du durch?»

Lu ging zum Fenster und blickte in die Morgendämmerung. «Kann sein ...»

«Bist du aber nicht?»

Lu drehte sich um. «Niki, ich weiß es nicht. Du willst immer so viel von mir wissen! Keine Ahnung. Vielleicht tue ich mich mit Glück und Harmonie und so auf Dauer schwer. Ist doch gerade die Liebe, die die Menschen am Ende zerstört!»

«Aber wieso denn?», sagte Niki und spürte wieder ein Ziehen in ihrem Bauch, und auf einmal wusste sie, dass es eine Geburtswehe war.

«Ich will dich nicht verletzen, Niki», sagte Lu. «Wirklich nicht. Das musst du mir glauben. Ich hab noch nie so 'ne glückliche Zeit gehabt wie die letzten Monate, das ist wirklich wahr, aber ich ...»

Niki bekam davon nicht mehr viel mit. Die Welle des Schmerzes, die in ihr anschwoll, ließ alles andere in den Hintergrund treten. Die Wehe wurde so mächtig, dass Niki – was sie nicht wollte, nicht jetzt – schließlich doch aufschrie, um den Schmerz, der sich in ihrem ganzen Körper ausbreitete, mit der Stimme aus sich herauszustoßen. Sie schrie so laut auf, dass Lu wieder nüchtern wurde und auf Niki zusprang, um sie davor zu bewahren, umzukippen. Es gelang ihr, sie auf einen Stuhl zu setzen, und dann rannte sie in den Flur, riss den Hörer vom Telefon und bestellte ein Taxi zum Krankenhaus.

Dort erzählte man sich noch lange danach, dass eine Wahnsinnige an diesem Sommermorgen, an dem Pablo Lamont geboren wurde, in den Korridoren der verschiedensten Stationen unterwegs gewesen sei, eine sehr schöne, wenn auch übernächtigt wirkende junge Frau, die wie eine Irre durch die Gänge gehastet sei und überall dort, wo sie eine Schleife, einen Knoten oder irgendeine Materialverbindung durch Schnüre, Bänder oder Fäden entdeckt habe, diese löste, was unter anderem zur Folge hatte, dass vor dem Kreißsaal erschöpft dösende werdende Väter sich beim Erwachen plötzlich mit aufgebundenen Schuhen vorfanden oder einem greisen Demenzpatienten das Betthemdchen am Rücken geöffnet worden war, sodass er auf einmal nackt durch den Gang schlurfte, ohne zu begreifen, wie ihm geschehen war. Und sogar Doktor Lothar, der von Nikis Niederkunft erfahren hatte und es sich nicht nehmen lassen wollte, seiner Assistenzärztin, die ihm inzwischen, auch wenn er sich das sonst nicht anmerken ließ, ans Herz gewachsen war, beizustehen, wurde von jener jungen Unbekannten völlig überraschend angefallen, weil sie ihm, wie er schließlich verstand, nachdem er zunächst davon ausgegangen war, dass sie ihn erwürgen wollte, die Krawatte zu lösen beabsichtigte, dabei irgendetwas mit heiserer, flüsternder Stimme stammelnd, was sich Doktor Lothar, auch wenn es vollkommen sinnlos war, wie folgt zurechtreimte: «Die müssen Sie aufknoten, unbedingt, sonst kommt das Kind nicht, sonst dauert es Wochen ...»

All diese Berichte waren vermutlich übertrieben und wurden in ihren späteren Nach- und Weitererzählungen wie üblich aufgebauscht. Amtlich gesichert ist Folgendes: Pablo Lamont kam an jenem schönen Sommermorgen des Jahres 1996 um 7.32 Uhr mit einem Geburtsgewicht von 2950 Gramm gesund zur Welt.

16
Polaroid Warhol

Auch in dem Genre der alternativen Reise- und Stadtführer fand der Wedding, nicht anders als in traditionellen Reiseführern, selten größere Beachtung. Das entsprechende Kapitel füllte selten mehr als zwei oder höchstens drei Seiten. In manchen wurde die Flakbunkerruine am Humboldthain als Mahnmal gegen Krieg und Nazidiktatur erwähnt, und nach dem Fall der Mauer kam in manchen der hundert Meter lange Mauerabschnitt an der Bernauer Straße hinzu, den man nach der Wiedervereinigung nicht abgerissen hatte, um ihn, ebenfalls als Mahnmal, zu erhalten. Und in einem dieser Reiseführer wurde noch aus einem Roman von Klaus Neukrantz zitiert, der 1931 in der Reihe «Der Rote Eine-Mark-Roman» im Internationalen Arbeiterverlag erschienen war. Das Buch hieß *Barrikaden am Wedding*, spielte rund um den Nettelbeckplatz und war die literarische Verarbeitung eines Arbeiteraufstands, bei dem die Berliner Polizei im Mai 1929 dreiunddreißig Männer erschossen hatte, in einer Zeit, als der Wedding eine Kommunistenhochburg gewesen war und im Berliner Jargon noch der «Rote Wedding» genannt wurde.

Der Wedding-Adressteil in diesen Führern fiel stets kurz aus, doch immer fand sich darin das *Café Tazza* in der Liebenwalder Straße. Das *Tazza*, zu Beginn der Neunzigerjahre eröffnet, wurde ausschließlich von Frauen betrieben, Mitstreiterinnen und Weggefährtinnen der Cafégründerin Lotti Lang, die in der Szene ebenso für ihren asymmetrischen Haarschnitt wie für ihre vielen Piercings berühmt war.

Aus diesem Grund wurde das *Tazza* in jenen Führern meistens als Frauen- oder Lesbencafé bezeichnet, was so aber nicht stimmte, weil es für alle Geschlechter offen war. Jede und jeder konnte im *Tazza* einen Milchkaffee trinken, der in blassweißen, henkellosen Schalen serviert wurde, die bis zum Rand mit Kaffee und Milchschaum gefüllt und so heiß waren, dass man sie nur mit gespitzten Fingerkuppen zum Mund führen konnte und sich beim ersten Schluck in der Regel die Lippen verbrannte.

Im Laufe des frühen Abends wandelte sich das *Tazza* allmählich zur Kneipe. Die bis sechzehn Uhr gültige Frühstückskarte wurde durch eine Abendkarte mit kleinen Speisen wie überbackenem Flammkuchen, überbackenen Baguettes oder überbackenem Broccoli ersetzt – genau genommen war bis auf die Salate nahezu alles, was abends im *Tazza* serviert wurde, mit billigem Supermarktkäse überbacken. Daher brauchte man zum Zubereiten auch über keine Küchenfertigkeiten zu verfügen, was den Gerichten gelegentlich anzumerken war, je nachdem, welche von Lottis Mitstreiterinnen den Laden gerade schmissen. Aber in keinem Reiseführer war je behauptet worden, dass man das *Tazza* aus kulinarischen Gründen aufsuchen sollte, sondern man empfahl es wegen der ungezwungenen Atmosphäre, dem Szeneflair und den Kunstausstellungen, die alle drei oder vier Monate in den Räumen veranstaltet wurden und sich ganz den Werken lokaler schwullesbischer Künstler widmeten. Insgesamt war das *Café Tazza* ein bunter Flecken der Alternativkultur im ansonsten eher tristen Wedding, und das war, nachdem das *Taxemoon* vor Jahren aufgegeben hatte und das *White Wedding* abgerissen worden war, um dem neuen Bahnhof Gesundbrunnen und einem riesigen Einkaufszentrum zu weichen, ein Alleinstellungsmerkmal.

Vielleicht wäre eine Autorin eines jener alternativen Reiseführer ja überrascht gewesen, als Bedienung neben Lottis gepiercten und tätowierten Mitstreiterinnen manchmal eine Frau vorzufinden, die mit Jeans, T-Shirt und Turnschuhen statt Springerstiefeln oder bloßen Füßen ziemlich normal gekleidet war und dadurch nicht ganz ins

Szenebild passte, obwohl sie, was man als Außenstehende aber nicht wissen konnte, die einzige echte Weddingerin im Team war.

Und sicher hätte es so eine Autorin noch mehr überrascht, diese Bedienung morgens mit einem Neugeborenen in einer Henkelschale hereinkommen zu sehen, über die sich im Laufe des Tages gelegentlich, und wenn nicht viel zu tun war, auch ihre gepiercten Kolleginnen im Laden mit lächelnden Gesichtern beugten, dem Säugling einen Finger entgegenstreckend, um den sich sodann eine winzige, herzallerliebste Babyhand klammerte, so fest, dass man das Neugeborene daran aus der Schale hätte heben können.

Den Tipp, mal im *Tazza* nach einem Job zu fragen, hatte Lu von Kaspar bekommen. Er verstand sich zwar nicht als lokaler Künstler und hatte im *Tazza* noch keine eigenen Arbeiten ausgestellt, ging aber gerne zu den regelmäßig dort stattfindenden Vernissagen.

Lotti Lang mochte Lu. Und da gerade zwei ihrer *Tazza*-Mitstreiterinnen ausgeschieden waren, nahm sie sie ins Team auf, zumal Lu auch bereit war, abends und nachts zu arbeiten, den unbeliebten Zeiten. Das *Tazza* hatte rund um die Uhr geöffnet, und manchmal kam Niki nach einer Nachtschicht im Krankenhaus morgens zum Frühstück vorbei. Dass Lu und Niki ein Paar waren, fanden Lotti und ihre Freundinnen – vor allem auch wegen Nikis Schwangerschaft – sensationell. Lotti staunte in den ersten Wochen oft darüber.

«Irre!», sagte sie des Öfteren, wenn Lu nicht da war. «Dass die beiden zusammen sind, ist der Hammer. Offenbar kapieren hin und wieder auch mal ein paar unserer Mainstream-Schwestern» – womit sie wohl eher Niki als Lu meinte – «wie sie in Wirklichkeit fühlen.»

Lu wäre nie auf die Idee gekommen, Pablo in den ersten Wochen nach seiner Geburt in seiner Babyschale mit ins *Café Tazza* zu bringen. Mit seiner verräucherten Atmosphäre war das rund um die Uhr geöffnete *Tazza* nicht unbedingt der geeignete Ort für einen Säugling. Um das Beste daraus zu machen, ließ Lu sich in diesen Wochen nur tagsüber als Bedienung einteilen. Morgens war es mit dem

Rauchen noch nicht ganz so dramatisch, und Lotti war damit einverstanden, einen der Plätze an den im Sommer meist geöffneten Fenstern zur Hinterhofseite für Pablo zu reservieren, sodass zumindest für Frischluftzufuhr gesorgt war.

Die Dinge hatten sich nach Pablos Geburt anders entwickelt, als Lu oder Kaspar und erst recht Niki es vorausgesehen hatten. Anstatt das Krankenhaus als strahlende, frischgebackene Mutter zu verlassen, brach Niki in Tränen aus, als Lu mit der vorbereiteten Babytragetasche kam, um sie und Pablo abzuholen. Auslöser dieses Weinkrampfs war eine Verwechslung – Lu hatte das falsche Deckchen in die Tasche gelegt. Statt des «Tragetaschendeckchens» mit dem zarthellblauen Vogelmuster hatte sie das «Zuhausedeckchen» mit dem zarthellgelben Blumenmuster erwischt. Als Niki diese Katastrophe sah, konnte sie es nicht fassen. Sie schlug die Hände vors Gesicht und begann vor Verzweiflung zu zittern.

Lu nahm an, dass es das Glück war, nun mit einem gesunden Kind nach Hause zu kommen, das Niki in diesem Moment zu Tränen rührte. Doch als Lu meinte, dass Pablo «echt süß» aussehe, fuhr Niki sie an, dass sie doch nicht die geringste Ahnung von Babys habe und woher sie denn überhaupt wissen wolle, ob ein Baby *süß* oder *nicht süß* aussehe, schließlich habe sie in ihrem Leben noch nie näheren Kontakt zu einem Säugling gehabt und überhaupt ja nicht die geringste Ahnung vom Muttersein, wenn sie noch nicht mal in der Lage sei, das richtige Deckchen in die Babytragetasche zu legen!!

Durch die Erlebnisse mit ihrem Vater hatte Lu eine gewisse Übung im Umgang mit offensichtlichem Irresein. Sie wusste zwar überhaupt nicht, woher Nikis Anfall rührte, denn getrunken hatte sie mit Sicherheit nicht und andere Drogen, Psychopharmaka oder Schmerzmittel würde man ihr im Krankenhaus auch nicht verabreicht haben, aber das spielte für Lu in diesem Moment auch keine Rolle. Die Diagnose war eindeutig: temporärer Wahnsinn oder so – vielleicht brachten Geburten so etwas mit sich.

Damit lag sie richtig. In den kommenden Wochen – genau genommen bereits in den nächsten Tagen – stellte sich heraus, dass Niki vorerst nicht in das Stadium der glücklichen Mutter eintreten würde. Sie rutschte unaufhaltsam und schnell in eine schwere postnatale Depression hinein.

Unglücklicherweise traf es ausgerechnet Niki, die alle nur dafür kannten, dass sie sich in erster Linie um das Wohlergehen anderer sorgte anstatt um das eigene, besonders hart. Während bei den meisten Müttern das Stimmungstief nach der Geburt, der sogenannte Babyblues, schnell wieder abklingt, verschlechterte sich Nikis Zustand von Tag zu Tag.

Behauptete sie am Anfang «nur», *das* Baby – sie sprach lange Zeit nicht von *ihrem* Baby oder gar Pablo – sei keineswegs süß, sondern sehe fürchterlich aus, wie ein Chinese oder eine Bulldogge, erklärte sie schon kurz darauf, es sehe aus wie eine Qualle, die nichts wolle, außer mit ihren Tentakeln nach Nikis unnatürlich vergrößerten Brüsten zu schlängeln, um sich dann mit dem Mund dort wie ein Parasit festzusaugen.

So barsch, wie Lu es noch nie an ihr erlebt hatte, verlangte Niki, dass man ihr den Säugling aus den Augen schaffe, sonst vergesse sie sich womöglich noch! Überhaupt – wie habe sie nur so blöd sein können, sich ein Kind andrehen zu lassen, und das auch noch von einem literarisch ausgebrannten, verkrachten Schriftsteller! Solle *der* doch das Kind nehmen, wenn er es denn haben wolle! Warum hatte sie denn nicht wenigstens ein Mädchen bekommen können, vielleicht hätte sie ein Mädchen geliebt, aber einen Jungen – unmöglich. Und schließlich verkündete sie, dass irgendeine höhere Instanz sie mit der eklatanten Hässlichkeit und den dreisten Nahrungsforderungen des Säuglings für etwas bestrafen wolle, und zusammengerollt wie ein Embryo in ihrem Bett liegend grübelte sie stundenlang darüber nach, was sie in ihrem Leben falsch gemacht haben könnte.

Niki stand in diesen Wochen nur selten auf. Dann geisterte sie ungeduscht mit fettigen Haaren durch die Atelierwohnung und hatte an allem etwas auszusetzen: Die Küche war ein typisches WG-Kommunen-Dreckloch, weil sich, wenn *sie* es nicht tat, niemand darum kümmerte, jemals den Boden zu wischen, die schmutzigen Teller in die Spülmaschine zu räumen oder die Töpfe gründlich zu reinigen, anstatt sie nur halb gespült und noch schmierig wieder in den Schrank zu stellen.

Die daraus resultierende hygienische Ekelhaftigkeit der Küche wurde dabei in ihren Augen nur noch von der des Bades übertroffen, das man, wie sie behauptete, ohne eine anschließende vollständige Ganzkörperdesinfektion gar nicht benutzen könne. Abschließend pflegte sie bei solchen Runden durch die Wohnung über Kaspars Bilder herzuziehen, die abartig, zynisch und genauso hässlich wären wie das Baby, und wenn er so ein Fan der Hässlichkeit sei, solle *er* sich doch, sobald er wieder im Lande sei, gefälligst um den Säugling kümmern. Nachdem sie ihre wenigen noch vorhandenen Lebensenergien bei solchen Rundgängen verausgabt hatte, schlich sie wieder zurück in ihr Zimmer, um dort in ihrem Bett weitere Stunden und Tage und Nächte zu leiden, alle Aufmunterungsversuche zurückzuweisen und mit ihrem Schicksal zu hadern.

Natürlich wusste Niki als Ärztin ein paar Monate später, dass sie eine schwere Wochenbettdepression durchlitten hatte, schon fast, oder auch *nicht* fast, eine postpartale Psychose, die keineswegs immer von allein wieder ausheilte und dringend behandlungsbedürftig gewesen wäre – ja, Niki wusste das im Grunde sogar *in* den schweren Wochen dieser Psychose.

Doch das Fatale an psychischen Erkrankungen war ja, dass sie in der Lage waren, alles Wissen auszuschalten und sämtliche Gedanken so umzuleiten, dass sie immer wieder in die Sackgasse totaler Ausweglosigkeit mündeten. Und an deren Ende stand scheinbar zwingend immer nur eine «Erkenntnis»: Es gab keine Erlösung, keine Rettung, kein Entkommen. Man konnte nur eines tun: aufgeben.

Lu versuchte, Pablo so weit wie möglich vor Nikis Wahnsinn zu schützen. So kam es, dass er seine ersten Lebenswochen im Café *Tazza* unter der Obhut der von Lotti so bezeichneten *Tazza*-Schwesternschaft verbrachte. Und die geballte weibliche Aufmerksamkeit, die ihm dabei zuteil wurde, schien ihm zu gefallen. Jedenfalls kam es in dieser Zeit kaum zu den bei jungen Eltern so gefürchteten Babydauerdurchschreikrisen, die sich nur mit stundenlangem Wiegen oder beharrlichem Einpfropfen von Schnullern oder nächtelangem Herumfahren mit dem Neugeborenen bewältigen ließen. Pablo erwies sich als ein ruhiges, geduldiges, neugieriges Wesen, das schnell lernte, seine Blicke dorthin zu richten, wo interessante Geräusche wie das Zischen des Milchschäumers, das Klappern beim Stapeln von Geschirr oder das Ploppen beim Entkorken einer Weinflasche herkamen.

Lu registrierte in diesen Wochen bei sich eine wachsende Zuneigung zu Pablo. Das überraschte sie, weil sie nicht gedacht hatte, dass sie ein Säugling je interessieren könnte. Bisher hatte sie für Neugeborene – allerdings hatte sie noch kaum mit welchen zu tun gehabt – zwiespältige Gefühle gehegt, doch bei Pablo war das anders. Sie mochte seinen suchenden Blick, der schließlich immer häufiger bei ihren Augen haltmachte, wenn sie sich über die Babyschale beugte. Sie mochte seine kleinen, rudernden Ärmchen und die aufgeregt ins Nichts greifenden Händchen. Sie mochte den kleinen, weichen, noch haarlosen Schädel und die kleinen, krummen Beinchen, die sie mit der Linken an den Fersen ergriff und anhob, wenn sie ihm mit der Rechten den Hintern abwischte.

Nie würde sich in diesen Tagen ein Gast im *Tazza* darüber beschweren, dass in unmittelbarer Nähe seiner Milchkaffeetasse, seines Chai-Latte oder frisch gepressten Orangensafts Windeln gewechselt wurden. Lu mochte es, Pablo das Fläschchen zu geben, das sie zuvor in einem mit dem Milchaufschäumer erhitzten Wasserbad angewärmt hatte. Und sie mochte es, ihn hochzuheben, sich an die Schulter zu legen und so lange auf seinem Rücken herumzuklopfen, bis er gerülpst hatte. – Lotti wollte gehört haben, dass das wichtig sei.

Lu wusste nicht, was induzierte Laktation war. Sie wusste nicht, dass alle Frauen, ganz gleich welchen Alters und unabhängig davon, ob sie gerade ein Kind bekommen hatten oder nicht oder ob sie überhaupt jemals schwanger gewesen waren, Milch produzieren konnten. Es war aber möglich, die Milchproduktion wie früher bei Ammen durch eine den Saugvorgang eines Säuglings imitierende Massage der Brust anzuregen.

Ungewöhnlich war lediglich, dass bei Lu allein der wochenlange Umgang mit Pablo ausreichte, die Milchproduktion in Gang zu setzen. Dass es so war, begriff sie, als sie in dieser Zeit einmal Feuchtigkeit in ihrem BH spürte, genau dort, wo sich der Körbchenstoff um ihre Brustwarze legte. Es dauerte einen Moment, bis ihr klar wurde, dass es sich dabei nur um Muttermilch handeln konnte. Und als sie sich auf der Toilette davon überzeugte, wurde ihr die Sache mit Pablo unheimlich.

Die vergangenen Wochen schienen etwas mit ihr und ihren Gefühlen angestellt zu haben, von dem sie nicht sicher war, ob sie das so wollte. Sie sah sich nicht als Mutter und konnte sich auch nicht vorstellen, jemals eine zu sein. Zwar hatte sie nach wie vor keine Vorstellung davon, was sie mit ihrem Leben eigentlich anfangen wollte, aber Mutterschaft gehörte nicht zu ihren Prioritäten. Lu interpretierte die Milchproduktion als Signal ihres Körpers, eine gewisse Distanz zu Pablo zu wahren und die sonderbare, symbiotische Idylle zwischen ihm und ihr zu beenden. Sie befürchtete, in dieser aus der Not geborenen Konstellation sich selbst, die, die sie wirklich war, zu verlieren.

Zum Glück fand Niki in dieser Zeit allmählich aus ihrer Depression zurück zu ihrem fürsorglichen, moderaten und freundlichen Wesen. Auf einmal erschien sie, immer noch ziemlich zerzaust – sie war monatelang nicht beim Friseur gewesen – und nach wie vor im dringend reinigungsbedürftigen Bademantel, aber ansprechbar und mit zunehmend klarerem, nicht mehr umherirrendem Blick am Frühstückstisch und bat mit schwacher, aber normaler Stimme darum, ob Lu ihr eine Tasse Tee aufbrühen könne. Lu ließ sich nicht anmerken, wie glücklich sie über diese Bitte war, weil sie Angst hatte, Niki durch eine allzu erfreute Reaktion gleich wieder zurück in den Abgrund zu stoßen. Sie nickte und stellte den Wasserkocher an.

Als Lu Niki ein paar Wochen später von ihrem Milcheinschuss berichtete, hatte Niki eine verblüffend einfache Erklärung dafür: Lu sei eben eine großartige Schauspielerin, und aus diesem Grund habe sie sich so intensiv mit der Mutterrolle identifiziert, dass es auch ohne stimulierende Brustmassage zu der spontanen Laktation gekommen sei.

Sie verband diese Theorie, sie konnte nicht anders, mit dem Hinweis, Lu solle vielleicht doch noch einmal darüber nachdenken, ob sie sich, wenn schon nicht bei der Hochschule der Künste, so doch beispielsweise bei einer Schauspieler- oder wenigstens PR-Agentur bewerben wolle.

«Das hatten wir doch schon», sagte Lu.

«Ich weiß gar nicht, wie ich dir für alles danken kann», sagte Niki, ohne weiter auf das Thema einzugehen.

«Mach dir darüber keine Gedanken», sagte Lu und fügte hinzu: «Ich fühle mich bei der *Tazza*-Schwesternschaft echt wohl. So, wie's aussieht, bin ich jetzt ja scheint's 'ne Lesbe, und da will ich nicht gleich wieder weglaufen, okay?»

Niki schämte sich dafür, was sie Lu mit ihrer Depression zugemutet hatte. Gerade als Medizinerin war es unverantwortlich, rücksichtslos und sogar fahrlässig gewesen, wie sie sich in diesen Wochen verhalten hatte. *Natürlich* hätte sie sich professionelle Hilfe suchen müssen, und sie war heilfroh, aus ihrer Psychose ohne medizinische Unterstützung wieder herausgefunden zu haben.

Lu beruhigte Nikis Erklärung für ihre spontane Laktation. Wenn es sich dabei um eine durch ihr schauspielerisches Talent verstärkte Reaktion ihres Körpers gehandelt hatte, dann steckte dahinter ja kein versteckter Babywunsch, und das war ihr wichtig.

Es gelang Niki auch, ihre eigene Milchproduktion in Gang zu setzen und Pablo noch ein paar Monate lang zu stillen. Und er war bereit, Niki von nun an als seine dauerhafte Mutter anzuerkennen. Lu wäre nie, nicht einmal beim lebhaftesten Milchfluss auf die Idee gekommen, Pablo zu stillen. Trotzdem kämpfte sie ein paar Wochen lang, ohne das je anzusprechen, mit einer leichten Eifersucht.

«Ich war nicht ich selbst», sagte Niki.

«Als Schauspielerin würde ich sagen, wir sind alles, was wir mal sind. Auch wenn das komisch klingt.»

«Aber jetzt bin ich es nicht mehr.»

Sie saßen wie so oft in der Küche, und Lu nahm sich ein Bier aus dem Kühlschrank.

«Niki, es ist egal», sagte sie. «Du kannst alles sein, was du willst. Davor, dass jemand durchdreht, renn ich nicht weg. Ich wär einfach nur froh, wenn du mich so akzeptieren würdest, wie ich bin.»

Es gab zwar keinen medizinischen Hinweis darauf, dass Depressionen ansteckend sein konnten – schon gar nicht über fast viertausend Kilometer Entfernung durch eine Telefonleitung –, aber als Kaspar im Spätherbst aus Andalusien von seinem Sommeratelierprojekt nach Deutschland zurückkehrte, fiel er in ein tiefes Stimmungsloch, für das der in Berlin allgemein bekannte und gefürchtete Novemberblues als Erklärung nicht ausreichte. Kaspar zweifelte an sich als Künstler.

Der Versuch, seine *Zoomutungen* in einer Galerie in der Auguststraße unterzubringen, war gescheitert. Nach anfänglicher Neugier hatte man ihm bei der Atelierbegehung zu verstehen gegeben, dass das Provokationspotenzial seiner Bilder leider am Nerv des Kunstbetriebs vorbeiging. Im Reflexionsdreieck zwischen Macht, Gesellschaft und Diskurs, so beschied man ihm, wirkten sein parodienhafter Strich und die zoologischen Verfremdungseinfälle eher wie ein neodadaistischer Ulk.

«Das Problem ist», sagte der Galerist vor Kaspars Kurzhalsgiraffe stehend, «dass der stilbildende Höhepunkt populärkultureller Ikonografie einfach überschritten ist. Denken Sie an Keith Haring oder Roy Lichtenstein oder Harald Naegeli. Inhaltlich kann ich mich mit ihrem Anliegen durchaus anfreunden, aber die visuellen Ressourcen, auf die Sie zurückgreifen, sind ausgereizt.»

«Vielleicht hattest du doch recht», sagte Kaspar am Abend danach zu Lu. «Wenn die Giraffe sich erhängen würde, schlüge die surreale Komik in Entsetzen um.»

«Dann mal sie doch so», schlug Lu vor.

«Lu, das war *deine* Idee.»

«Na und? Mir völlig schnuppe», sagte sie und zuckte mit den Schultern. Sie war mit zwei Flaschen Bier in sein Atelier gekommen.

«Hast du sonst noch eine Idee für mich?»

«Wie wär's mit Rasierklingen vor den Mösen?»

Er trank einen Schluck.

«Offenbar arbeitest du schon etwas zu lange im *Tazza*.»

«Ne, so ist Lotti gar nicht», sagte Lu.

Kaspar starrte aus dem Fenster in den trüben Hochnebel über den Dächern. Aus vielen Schornsteinen stieg Rauch auf.

«Ist echt scheiße, wenn man das künstlerische Selbstvertrauen in sich selbst verliert», sagte er. «Klar, man sollte sich nicht von der Meinung anderer abhängig machen, aber so einfach ist das nicht … Na ja, ich will dir nichts vorjammern. Danke für das Bier.»

Sie prostete ihm andeutungsweise zu. «Ich fand mich als Schauspielerin auch immer schlecht. Das ist wirklich so.»

«Aber man hat dich engagiert.»

«Weiß auch nicht, warum.»

«Sie haben etwas in dir gesehen, Lu. In meinen Bildern sehen sie aber nichts bis auf einen Ulk. Du hattest mit deiner Kritik recht.»

«Ist es denn nicht völlig egal, von wem was ist?», sagte Lu mit Blick auf die Kurzhalsgiraffe.

«Auf dem Kunstmarkt nicht.»

Lu schlenderte zur Fernsehecke und setzte sich.

«Ich hab doch im *Sommernachtstraum* mitgespielt.»

Kaspar nickte. Niki und Lu hatten ihm nach der Hochzeit erzählt, was in der Nacht geschehen war. Er war damals der Einzige, der wusste, dass Niki die Stunden nicht im Krankenhaus bei dem aufgewachten Patienten verbracht hatte, sondern im Bett neben Lu. Niki weihte ihn am Morgen nach der Hochzeit ein und bat ihn, Clemens gegenüber Stillschweigen zu bewahren. Kaspar versprach es ihr, drängte aber in der Zeit danach regelmäßig darauf, dass sie Clemens die Wahrheit sagen müsse.

«Ja, ich weiß», sagte er jetzt zu Lu.

«Und weißt du auch, was Ray, das war der Regisseur, gesagt hat? Er meinte, es wär überhaupt nicht sicher, ob es Shakespeare überhaupt gegeben hätte, so als reale Person. Und es wär auch nicht klar, wer die ganzen Stücke geschrieben hat. Sie werden aber trotzdem rauf und runter gespielt.»

«So läuft das bei Bildern aber nicht», sagte Kaspar und setzte sich in den anderen Sessel. «Wirklich Lu, das mit der Auguststraße kann ich mir abschminken. Und das bedeutet, das war's. Wenn ich es nicht mal in Berlin schaffe, wo dann?»

«Du könntest im *Tazza* ausstellen. Seit wann bestimmen die etablierten Schnösel in der Auguststraße, was gut ist und was nicht. Wie viele Galerien gibt's denn da in Mitte inzwischen? Ist doch alles nur Kommerz, oder?»

«Künstler sein heißt nun mal auch, wahrgenommen zu werden.»

«Das würdest du im *Tazza*. Bei den Vernissagen treiben sich auch Redakteure von *Tip* und *City* rum und so. Lotti kennt 'ne Menge Leute.»

«Ich weiß, Lu. Ist echt nett von dir.»

«Es kann nicht jeder ins *Tazza* reinspazieren und sagen, hey, ich häng hier mal meine Bilder auf. Da würde Lotti nicht mitmachen.»

Er schwieg eine Weile und sagte dann: «Wieso eigentlich Rasierklingen?»

«Keine Ahnung.»

«Okay, ich denke darüber nach», sagte er müde.

«Im Ernst?» Offenbar war Lu in der WG jetzt die Rolle derjenigen zugefallen, die ihre Mitbewohner davon abhalten musste, sich oder ihren Nachwuchs umzubringen.

Vielleicht stürzte sie sich aber zu euphorisch in die Idee einer Ausstellung mit Kaspars Bildern. Die Sache war zudem knifflig. Im *Tazza* waren Frauen wie Männer als Gäste gleichermaßen willkommen, aber die Ausstellungen behielt Lotti Künstlerinnen vor. Der Kunstmarkt, behauptete sie, sei einer der kapitalistischsten, brutalsten und frauenfeindlichsten Märkte überhaupt. Andererseits kannte sie Kaspar. Eine gewisse homosexuelle Solidarität und die Tatsache, dass das *Tazza* ja auch ein Ausstellungsort speziell für Weddinger Künstler sein sollte, um sich vom etablierten Kunstgeschehen zu unterscheiden, gaben schließlich den Ausschlag. Lotti stimmte zu.

Kaspars Bereitschaft, «darüber nachzudenken», hatte sich in Lu zu der Überzeugung verfestigt, die Sache mit der Ausstellung sei von seiner Seite aus so gut wie zugesagt. Als sie ihm allerdings mitteilte, Lotti habe grünes Licht dafür gegeben, reagierte er abweisend. Seine Überzeugung, als Künstler den eigenen Ansprüchen nicht zu genügen, hatte sich in den vergangenen Wochen verschlimmert. Er zweifelte inzwischen nicht nur an den *Zoomutungen*, sondern nahezu an allem, was er je geschaffen hatte. Den ganzen Winter über betrat er sein Atelier nicht mehr, vergrub sich in seinem Zimmer und überließ sich seinen Selbstzweifeln.

Vielleicht wäre Lu nicht so überzeugt gewesen, ihn aus seiner Niedergeschlagenheit bis zu der geplanten Ausstellung im *Tazza* wieder herausholen zu können, wenn ihr das zuvor bei Niki nicht auch gelungen wäre. Nun gut, genauer gesagt hatte sie Niki dadurch, dass sie sich um Pablo gekümmert hatte, die Möglichkeit gegeben, sich wiederzufinden. Doch warum sollte etwas Vergleichbares nicht auch im Falle Kaspars möglich sein? Und weil sie daran glaubte oder glauben wollte, verpasste Lu den Moment, ihren Plan rechtzeitig aufzugeben. Sie kündigte Lotti eine Ausstellung an, von der sie hätte wissen müssen, dass sie nicht zustande kommen konnte.

«Nein», sagte Kaspar, als Lu ihn drei Wochen vor der Vernissage wieder einmal bekniete, ein paar seiner Bilder für die Ausstellung freizugeben. «Es ist mir egal, wie du vor den anderen dastehst, Lu. Das hast du dir selbst zuzuschreiben. Ich habe dir *nie* gesagt, dass ich bei der Ausstellung im *Tazza* mitmache.»

«Dann ist es also doch so», sagte sie. «Du wirfst denen in der Auguststraße Arroganz vor, aber selber bist du dir fürs *Tazza* zu schade.»

«Lu, *ich* bestimme, wann ich etwas ausstelle. So ist es nun mal.»

«Gib zwei oder drei Bilder frei», sagte sie. «Um mehr bitte ich dich doch gar nicht.»

«Zwei oder drei Bilder, so so!», sagte er. «Welche, ist dir also völlig egal – Hauptsache Bilder. Hauptsache, du bist aus dem Schneider. Was ist denn das für eine beschissene Haltung? Ehrlich, Lu, warum sollte ich dir mit zwei oder drei Bildern den Arsch retten? Aber okay, meinetwegen! Stell die Vaginas aus! Mit oder ohne Rasierklingen – wie du willst! Bitte schön, da hast du zwei Bilder. Und jetzt lass mich mit dem Thema in Ruhe!»

Um Zeit zu gewinnen, sagte Lu am Abend zu Lotti: «Es ist leider kompliziert. Blöderweise ist Kaspar gerade in 'ner Krise oder so. Er will uns nur zwei Bilder geben. Alle anderen findet er gerade total schlecht.»

«So was kommt vor», sagte Lotti. «Künstler und Krise sind zwei Seiten einer Medaille. Jedenfalls bei den guten.»

«Tut mir echt leid.»

«Macht doch nichts. Zwei Bilder sind besser als nichts. Wir nehmen hier die Stirnwand für das erste, sodass gleich beim Reinkommen der Blick darauf fällt. Und das zweite hängen wir ins hintere Zimmer. Das ist okay.»

Als Lu noch einmal darüber nachdachte, wurde ihr klar, dass sie von Kaspar die Genehmigung für die Andy-Warhol-Vaginen *bekommen* hatte. Das Problem war lediglich, diese ins *Tazza* zu bringen – und dieses Problem ließ sich ja vielleicht auch ohne Abrissbirne lösen!

Lu bat Lotti um einen Vorschuss und kaufte zehn Polaroid-Fotokassetten mit jeweils zehn Bildern in Farbe und elf Kassetten in Schwarz-Weiß. Sie handelte einen Mengenrabatt aus, aber es ging dennoch ein *Tazza*-Monatseinkommen dabei drauf. Sie ließ sich die Schamhaare wachsen – Kaspars Andy-Warhol-Vaginen waren behaart – und legte an einem Abend, an dem Niki im Krankenhaus Dienst tat und Kaspar sich, wie so oft in den vergangenen Monaten, mit einem Päckchen Dope in sein Zimmer zurückgezogen hatte, die erste Kassette in jene Polaroidkamera ein, die sie einst von ihren Eltern geschenkt bekommen hatte. Sie schloss die Tür ab und zog sich aus.

Sie setzte sich mit gespreizten Beinen vor die Kamera und machte mit Selbstauslöser eine erste Aufnahme in Schwarz-Weiß. Sie brauchte ein paar Versuche, um die richtige Position der Kamera zwischen ihren Beinen zu finden. Nach der fünften oder sechsten Aufnahme konnte das Foto als Kaspar-Tickel-Warhol-Vagina durchgehen. Das Bild war unscharf, da aus zu großer Nähe aufgenommen, aber nicht *zu* unscharf, sondern ungefähr in jenem Maße, das eine bewusste künstlerische Verfremdung vermuten ließ und in etwa dem Grad an Abstraktion entsprach, mit dem Kaspar seine Vaginen gemalt hatte.

Die verschiedenen Farben der Einzelbilder, wie Kaspar sie für den linken Teil der Wand verwendet hatte, erzeugte Lu durch unterschiedliche Beleuchtungen. Mal stellte sie bei der Aufnahme eine

Kerze neben die Kamera, um eine orange Einfärbung der Fotos hinzubekommen, mal setzte sie sich auf den Boden vor dem geöffneten Fenster, um im Dämmerlicht ein bleiches Blau zu erzeugen, mal drehte sie eigens für ihr Vagina-Shooting besorgte rote oder grüne Glühbirnen in ihre Nachttischlampe. Zusammen mit der künstlichen Farbästhetik der Polaroidbilder ergab sich dabei ein recht authentischer Kaspar-Tickel-Andy-Warhol-Effekt.

Schwieriger war es, die zweite Version mit den Rasierklingen hinzubekommen. Vorsichtig entnahm Lu einer Zehnerpackung Wilkinson-Swords eine Klinge und wetzte sie an einem Stein auf beiden Seiten stumpf. Danach umwickelte sie die Schneiden doppelt mit Tesa und klebte die Klinge mit Hautcreme so zwischen ihre Schamlippen, dass sie ungefähr in einem Winkel von 45 Grad auf der Aufnahme erschien.

Das Tesaband war, wie erhofft, als solches nicht zu erkennen, erzeugte aber einen sehr gefährlich aussehenden Reflex an der vorderen Schnittkante der Klinge. Da diese sich zwischen den Aufnahmen ab und an von ihrer Haut löste, brauchte Lu für die zweite Bildserie länger als für die erste. Kurz vor Mitternacht hatte sie alle Aufnahmen beisammen.

Danach ordnete sie die farbigen Fotografien auf dem Boden so an wie auf der Wand in Nikis Zimmer. Sie hatte dafür einen Farbverteilungsplan angelegt. Da vor der rechten Hälfte der Wand nach wie vor Bücherregale standen, war sie vor dem Fotografieren auf einen Stuhl geklettert. Auf dem Wandstreifen über den Regalen hatte sie erkennen können, dass die Schwarz-Weiß-Tönungen der Bilder nach rechts hin immer blasser wurden. Durch Drehen des Sonne-und-Wolken-Knopfes an der Polaroidkamera hatte sie diesen Verlauf in etwa nachstellen können.

Als Lu fertig war, lagen auf dem Boden vor ihr die beiden Polaroidreproduktionen von Kaspars Wand, jeweils etwa im Format hundert auf siebzig Zentimeter. Sie hatte mehr Aufnahmen gemacht als in

Kaspars Original. Wenn man die Augen zusammenkniff, schienen ihre beiden Reproduktionen größer zu werden und das gesamte Blickfeld auszufüllen wie die Wand. Lu war mit ihrer Arbeit sehr zufrieden. Doch dann begriff sie plötzlich, dass sie sich vollkommen verrannt hatte. Sie sammelte die Bilder ein und warf sie in den Papierkorb.

Was sie vorhatte, war eigenmächtig. Natürlich konnte sie gegen Kaspars Willen keine Polaroidreproduktion seiner Vaginawand, ob mit Rasierklinge oder ohne, im *Tazza* ausstellen. Es blieb ihr nichts anderes übrig, als morgen früh zu Lotti zu gehen und ihr zu gestehen, dass sie Kaspars «Einwilligung» zu der Ausstellung in einer Weise interpretiert hatte, die inakzeptabel war. Ihr Versuch, ihm zu helfen, so wie sie Niki geholfen hatte, war gescheitert.

Sie ging durch die dunkle Wohnung in Nikis Zimmer und sah nach Pablo. Er schlief friedlich in seinem Bettchen. Seit dem Tag seiner Geburt war Lu nachts nicht mehr losgezogen, um sich in irgendeine Kneipe zu setzen und sich einen Mann für die Nacht zu suchen, das wurde ihr auf einmal bewusst. Wie sehr hatte sich ihr Leben verändert! Und etwas in ihr begehrte in diesem Moment dagegen auf. Sie war in dieser Wohnung gefangen! Selbst wenn sie es gewollt hätte, und vielleicht wollte sie es ja gerade, hätte sie nicht einfach mehr losziehen können. Natürlich konnte sie Pablo nicht allein zurücklassen oder ihn dem mit seinen Selbstzweifeln kämpfenden, vermutlich bekifften Kaspar überantworten. Sie war in dieser Wohnung und diesem Leben hier gefangen.

Lu mochte keine hochprozentigen Spirituosen, weil der Geruch sie zu oft an den Fusel erinnerte, mit dem Herbert sich immer ins Delirium getrunken hatte. Aber jetzt nahm sie in der Küche die Flasche spanischen Brandy aus dem Regal, die Kaspar aus Andalusien mitgebracht hatte. Sie leerte sie zur Hälfte und war danach so betrunken wie noch nie. Bei ihren Kneipennächten in Kreuzberg oder Neukölln hatte sie nie viel getrunken und immer darauf geachtet, dass die Männer es auch nicht taten.

Trotz der Trunkenheit gelang es ihr, durch den dunklen Flur in ihr Zimmer zu finden, ohne Licht zu machen oder zu stolpern. Hinter der Tür fiel ihr Blick auf den mit den Vagina-Polaroids gefüllten Papierkorb. Sie nahm ihn, ging noch einmal in den Flur und kippte die Bilder Kaspar vor die Tür. Zurück in ihrem Zimmer, fiel sie ins Bett. Sie schlief sofort ein.

Als sie am nächsten Morgen in die Küche kam, um ein paar Aspirin zu nehmen, hatte Kaspar die Polaroids auf dem Boden ausgelegt. Er kannte das System ja und hatte wie bei einer Art Memory-Spiel die Polaroids seinen Wandvaginen zugeordnet. Jetzt stand er vor den beiden fertigen Bildern und betrachtete sie. Lu stellte sich neben ihn. Trotz der Kopfschmerzen gefiel ihr Kaspars Werk auf einmal. Vielleicht verstand sie es jetzt.

«Mierda!», sagte Kaspar schließlich. «Dann mach es eben.»

Lotti und Lu hängten die Variante ohne Rasierklinge in den vorderen Raum und die andere als eine Art Steigerung in den hinteren.

«Und er will wirklich nicht kommen?», fragte Lotti.

«Ich weiß es nicht», sagte Lu.

Kaspar kam nicht.

Als Niki am Abend der Vernissage die beiden Polaroid-Fotokollagen an der Wand im *Tazza* hängen sah, war sie perplex. Lu hatte sie nicht eingeweiht. Sie hatte natürlich befürchtet, Niki könnte sich mit ihrem Hang zur Aufrichtigkeit Kaspar gegenüber verplappern.

«Ich dachte, Kaspar wollte gar nicht mitmachen», sagte Niki.

«Er hat die Wand freigegeben», sagte Lu. «Die Form der Präsentation hab ich mir dann ausgedacht. Er hat nichts Näheres dazu gesagt, und da hab ich mal angenommen, er überlässt die Gestaltung mir.»

«Hast du ‹mal angenommen›?»

«Niki. Ich hab vor ein paar Monaten auch ‹mal angenommen›, dass ich mich um Pablo kümmern muss. Den Auftrag dazu hast du mir jedenfalls nicht erteilt. Was kann ich dafür, dass ich mich seit Monaten mit euren Depressionen rumschlagen muss? Aber ich kann dich beruhigen. Ich habe Kaspar gefragt, und er hat sein Okay gegeben.»

Niki schwieg. Sie konnte nicht widersprechen.

Womit Lu nicht gerechnet hatte, war, dass Annrike zur Ausstellung kommen würde. Wirklich überraschend war das allerdings nicht, Annrike und Lotti kannten sich aus den Zeiten des *Egalia*. Die Weddinger Kulturszene war zu klein, um sich nicht zu kennen. Es war eher umgekehrt – überraschend war aus Sicht Annrikes die Anwesenheit von Lu.

«Hey! Wie kommst *du* denn hierher?»

«Ich jobbe hier», sagte Lu.

Nachdem Lu aus dem *Sommernachtstraum* ausgestiegen war, hatte sie überlegt, Annrike anzurufen, um ihr die Sache zu erklären. Sie hatte Ray auf Annrikes Geburtstagsparty kennengelernt und wollte nicht, dass Annrike sie nun für unzuverlässig hielt. Ray würde sich bei ihr sicher über sie beschweren. Und was vor der Premiere geschehen war, würde er dabei sicher nicht erwähnen. Das hatte Lu bei dem Telefonat allerdings auch nicht vor. Aber Lu griff gar nicht erst zum Hörer.

Annrike umarmte sie mit aufrichtiger Wiedersehensfreude.

«Warum hast du denn nie was von dir hören lassen?»

«Das war damals 'ne blöde Verkettung von Ereignissen», sagte Lu. Das Bedürfnis, sich bei Annrike zu entschuldigen, hatte sie immer noch. Und sie freute sich, Annrikes Stimme zu hören, die sie an die vielen Tage im *Egalia* erinnerte, die nun schon so lange zurücklagen. «Mein Vater ist am Abend der Premiere aus dem Koma aufgewacht. Aber es war medizinisch kompliziert. Es war so, als wär er noch immer im Delirium. Die im Krankenhaus haben händeringend nach mir gesucht. Ich hatte keine Wahl, ich musste dahin.»

Annrike nickte. «Das hat mir Ray inzwischen erzählt.»

«Ich hab gedacht, ich kann mich im Theater nicht mehr blicken lassen.»

«Und wo wohnst du jetzt?»

«Bei Kaspar. Also dem Künstler hier.» Lu machte eine Pause und setzte in dem Bedürfnis, Annrike nun auch alles zu erzählen, hinzu: «Und was dich ja vielleicht auch interessiert: Ich bin im Moment mit seiner Mitbewohnerin zusammen.»

«Zusammen? So *richtig*?»

«Ja. Ist so.»

«Das heißt, du bist eine von uns?»

«Weiß ich nicht, Annrike. Ich weiß nicht, von wem ich eine bin. Ich glaub nur von mir selbst.»

Annrike nickte nachdenklich. «Vielleicht musst du dich aber doch irgendwann entscheiden.»

Annrike war die Einzige, der Lu auch jetzt noch zugestand, ihr solche Ratschläge aus der Perspektive der Erfahreneren zu erteilen. Sie hob die Schultern und widersprach nicht.

Aber am meisten freute sich Lu, dass Hans zur Vernissage kam. Er hatte sich regelrecht herausgeputzt und trug eine sandfarbene Flanellhose mit Bügelfalte, die vor zwanzig Jahren auf den Herrenseiten eines Versandhauskatalogs ein Schnäppchen gewesen sein mochte, und ein zartrosa Oberhemd mit künstlichen Perlmuttknöpfen und Schmetterlingskragen. Gegen die zu erwartende nächtliche Kühle hatte er sich eine blaue Trainingsanzugsjacke mit falschen Adidasstreifen übergezogen. Unter den Gästen des *Tazza* war seine äußere Erscheinung exzentrisch genug, dass Hans an jenem Abend mehrfach gefragt wurde, ob *er* der Künstler sei.

Lu hatte Hans immer nur in einem grauen Licht gesehen – dem in seiner Wohnung und dem im Treppenhaus. Es war sonderbar, ihn nun so bunt gekleidet in die farbige Welt des *Tazza* mit ihren vielen kleinen, warm von der Decke strahlenden Halogenspots treten zu sehen.

«So schön, dich zu sehen», sagte Lu. «Wie geht's dir?»

«Vor Kurzem hatte ich eine Herzbeklemmung», sagte er so leise, als handele es sich um eine konspirative Botschaft. Lu musste sich konzentrieren, um ihn zu verstehen. Vielleicht war er zu selten in einem Raum mit so vielen aufeinander einredenden Menschen zusammen und hatte vergessen, dass es für die Verständigung hilfreich gewesen wäre, die Stimme anzuheben. «Ich musste das untersuchen lassen. Das EKG hat dreißig ventrikuläre Extrasystolen ergeben, dreiundfünfzig *extra*ventrikuläre Extrasystolen und zwei Salven mit drei Schlägen bei einer Frequenz von hundertzwei Herzschlägen pro Minute. Das steht alles im Bericht, ich habe ihn gründlich studiert. Die Dreifachsalven sind möglicherweise lebensbedrohlich, aber ich werde sie dennoch als Rhythmus in meiner Sinfonie verwenden.»

«Du kommst also voran?»

Auf eine Weise, die nur er beherrschte, nickte er und schüttelte zugleich den Kopf. «Die Klänge, die ich gesammelt habe, sind geheimnisvoll. Aber wenn ich ihre Dauer zusammenrechne, komme ich vielleicht auf zwei oder drei Minuten Musik. Fundamentale Musik, aber zu wenig. Ich würde die Komposition gern bei der Klangwerkstatt einreichen, das ist ein jährliches Festival für Neue Musik hier in Berlin. Aber dafür sollte das Stück, ich weiß nicht, wenigstens dreißig Minuten lang sein und nicht nur drei.»

«Dann spiel es doch zehnmal so langsam», sagte Lu.

Im Augenwinkel sah sie, dass Annrike und Lotti vor der Polaroid-Installation mit den Rasierklingen standen. Sie entschuldigte sich bei Hans und stellte sich daneben.

Natürlich, es waren Kaspars Bilder, aber da Lu nun einmal die, wie konnte man es ausdrücken?, ausführende Produzentin oder so gewesen war, lag ihr etwas am Erfolg der Ausstellung. Sie wusste, dass sie nicht in der Lage war, Kunstwerke professionell zu bewerten, aber sie freute sich darüber, dass Annrike und Lotti so intensiv über die Bilder sprachen.

«Rasierklingen sind als Gebrauchsgegenstand männlich», sagte

Annrike gerade. «Man könnte sie auf den Bildern, so wie sie angesetzt sind, als vaginazerstörenden Phallus interpretieren. Oder als Keuschheitswächter, wie Männer sie Frauen früher aufgezwungen haben. Die Frage ist für mich also nicht so sehr, wer wird hier verletzt?, sondern wer hat die Verfügungshoheit über die Rasierklingen – ein Mann oder die Frau?»

Lotti widersprach: «Kein Mann, der beim Anblick einer Rasierklinge in der Nähe seines Schwanzes nicht Panik kriegt. Ich finde, Annrike, da denkst du zu kompliziert oder um zu viele Ecken.»

Annrike schüttelte den Kopf. «Ich habe vor Kurzem gelesen, dass es in Thailand eine bestimmte Form von Peepshows gibt, die sich Ping-Pong-Shows nennen. Dabei stecken sich Frauen vor einem Touristenpublikum alle möglichen Gegenstände wie zum Beispiel Tischtennisbälle in die Vagina, um sie anschließend wieder rauszuschießen. Und zum Schluss ziehen sie sich eine an einer Schnur aufgereihte Kette von Rasierklingen aus der Scheide.»

«Klar, das ist gruselig», sagte Lotti, «doch genau diese Dinge reflektieren die Bilder ja, wenn du mich fragst. Sie treffen den Nerv der Zeit. In ihnen spiegelt sich die aktuelle Debatte wider, der Hardcore-Feminismus, die schwullesbische Befreiung, die Kritik an der patriarchalischen Heterosexualität.»

Lu wäre im Leben nicht auf die Idee gekommen, dass eine Rasierklinge vor einer Vagina frauenfeindlich sein könnte. Alles, woran sie dabei tatsächlich gedacht hatte, war, dass jenen Männern, die die Selbstbestimmung einer Frau beim Sex nicht respektieren würden, eine Rasierklinge in der Scheide eine gute Lehre wäre.

Hans erzielte an diesem Abend einen kompositorischen Durchbruch, der sich auf die Zeitwahrnehmung in der Musik bezog. Ihm wurde bewusst, wie sehr unsere Gewohnheit, in Sekunden und Minuten zu denken, der Musik ihren Stempel aufgedrückt hatte. Die Noten waren die Sekunden und die Melodie die Minute. Die Musik stand unter dem Zwang, die alltägliche Zeitwahrnehmung abzubilden, aber es musste genau umgekehrt sein. Die Musik musste die Zeit erschaffen! – das war es, was Hans an diesem Abend erkannte.

Er setzte sich auf einen Platz im Hinterzimmer des *Tazza* und begann, die Töne, Klänge und Geräusche, die er für seine Sinfonie gesammelt hatte, in seinem Kopf nebeneinander oder übereinander anzuordnen und zeitlich immer weiter auszudehnen. Das nächtliche Rauschen in seinen Ohren wurde dabei zu einem weiten, akustischen Teppich, das gelegentliche helle Knistern in seinem Gehörgang zu einem schwebenden Gesang von Vierteltönen und die extraventrikulären Salven seines Herzens zu dem anrollenden Donnern eines noch fernen, aber näher kommenden Gewitters.

Während sich viele der Besucherinnen der Vernissage darüber Gedanken machten, ob man mit der expliziten Darstellung weiblicher Geschlechtsteile nicht immer nur die jahrtausendealte Tradition der ästhetischen Ausbeutung des weiblichen Körpers fortschrieb, komponierte Hans in einer Ecke seine *Sinfonie der Stille*.

Später am Abend sah Lu ihn auf dem Platz am Fenster sitzen. Er schien in eine eigenartige Starre verfallen zu sein, und sein Blick ging vollständig ins Leere oder in irgendwelche Sphären, zu denen niemand außer ihm Zugang hatte. Minutenlang bewegte er sich überhaupt nicht und hob dann ganz unvermittelt einen Arm, um ihn langsam wieder sinken zu lassen. Lu konnte sich keinen Reim auf sein Verhalten machen – aber das war ja nichts Neues. Es tat ihr leid, dass er dort allein saß. Sie hatte ihm gegenüber ein schlechtes Gewissen. Eigentlich hatte sie ihm versprochen, zu ihm zurückzukehren, und es nicht getan. Doch nun, als das *Tazza* sich allmählich leerte, setzte sie sich noch einmal zu ihm.

«Hans, du sitzt so da wie mein Vater im Koma.»

Sofort bedauerte sie ihre Worte.

Hans fand aber, dass sie recht hatte. Er war tatsächlich in eine Art von Koma gefallen, in einen Zustand der inneren Abkapselung. Komponieren hieß für ihn, Musik in seinem Kopf entstehen zu lassen, und das war nur möglich, indem man den Kontakt zur Welt löste. In Erinnerung an Lus Bemerkung würde er seiner *Sinfonie der Stille* die Tempobezeichnung *Come in Coma* geben.

Er sah Lu an, und in seinen Blick kehrte allmählich wieder Leben zurück. «Lu, es geht mir gut.»

Lu konnte sich nicht erinnern, dass er das je zuvor gesagt hätte.

Im Herbst wurde die *Sinfonie der Stille – Come in Coma* im Rahmen der achten Klangwerkstatt Berlin uraufgeführt und sollte zum umstrittensten Stück des Festivals werden. Die Partitur war eine Herausforderung für das Musikerensemble, weil Hans auf eine Takteinteilung verzichtet und zugleich einen Dirigenten explizit ausgeschlossen hatte. Er glaubte nicht an Hierarchien. Er glaubte an ein universelles Medium und daran, dass man beim Musizieren zu einem Teil davon wurde.

Nicht alle Zuhörer hielten die extreme Dehnung der Klänge – lange, über halbe Minuten gehaltene Flageoletttöne der Streichinstrumente, Pianissimo-Paukenschläge im Zehnsekundentakt oder lange, tonlos über das Mundloch einer Querflöte geblasene Luftgeräusche – und die minimalistischen, mikrotonalen Verschiebungen der Töne auf der von Hans entwickelten Bach-Cage'schen Äquidistanzskala von *Come in Coma* aus.

Und wie so oft, wenn scheinbar nichts geschieht, füllten manche das von ihnen empfundene Vakuum mit eigenen Affekten, rutschten hörbar auf ihren Sitzen herum, atmeten vernehmlich ein und aus oder begingen unverhohlen das Konzertsakrileg zu tuscheln, bevor sie sich erhoben und den Saal verließen. Hans, der als Mensch jeden Konflikt mied, dem nichts ferner lag, als andere zu provozieren, spaltete das Publikum – doch jene, die blieben, feierten ihn am Ende enthusiastisch.

Kurz nach der Uraufführung von *Come in Coma* erhielt Hans eine Einladung zu einem Orgelsymposium in Trossingen. Er hatte zuvor noch nie eine Einladung zu überhaupt einem Symposium, Kongress,

Workshop oder Musikertreffen erhalten. Unter anderem wollte man bei dem Symposium die Frage erörtern, wie die Tempoanweisung «As slow as possible» eines Stücks von John Cage, ORGAN^2/ASLSP, zu interpretieren sei. Dessen längste Aufführungsdauer durch einen Organisten hatte bisher bei einer halben Stunde gelegen.

Hans dachte darüber nach und kam zu dem Schluss, dass es für das Konzept der Zeitdehnung, wie er es bei *Come in Coma* verwendet hatte, keine zwingende Begrenzung gab. Philosophisch gesehen, konnte «As slow as possible» auch *unendlich langsam* heißen. Die einzige *reale* Begrenzung der Dauer einer Aufführung konnte nur in der Lebensdauer des Instruments liegen, in diesem Fall einer Orgel. Die Lebensspanne von Organist oder Publikum war für Hans in diesem Zusammenhang nicht entscheidend, denn nirgendwo stand geschrieben, dass es bei einer Aufführung in dieser Hinsicht keinen Wechsel geben dürfe.

Aus den Diskussionen in Trossingen sollte ein paar Jahre später das Projekt einer Aufführung von ORGAN^2/ASLSP in der Burchardikirche in Halberstadt hervorgehen. Da in Halberstadt im Jahr 1361 die erste moderne Orgel der Welt mit zwölftöniger Tastatur gebaut worden war, wurde die Lebensdauer einer Orgel und somit die Aufführungsdauer von ORGAN^2/ASLSP mit 639 Jahren angesetzt – der Differenz zwischen dem Baujahr jener Urorgel und dem Jahr 2000. Beginnend im Jahr 2001 und endend im Jahr 2639 sollte das ORGAN^2/ASLSP-Aufführungsprojekt mit über Jahrzehnte ununterbrochen erklingenden Tönen, Tonwechseln im Rhythmus von Jahren und einem für Zuhörer immer möglichen Zugang eine lange kontinuierliche musikalische Spur durch die Zeit ziehen. Hans Krol hatte immer geglaubt, dass schon am Tag nach seinem Tod nicht das Geringste mehr an ihn erinnern würde. Wenn nicht sogar schon vorher. Und nun hinterließ er vielleicht eine kleine, aber jahrhundertelang hörbare, musikalische Spur.

Vielleicht hätte Lu diese eigenartige Fortwirkung von Herberts

Koma an jenen Nachmittagen Trost verschafft, an denen sie ihren Vater im Pflegeheim besuchte. Aber als die *ORGAN^2/ASLSP*-Aufführung in Halberstadt am 5. September 2001 mit einer Pause von anderthalb Jahren Stille begann, lebte sie schon in Los Angeles und bekam nichts davon mit, und auch nicht, dass im Februar 2003 der erste Klangwechsel von dieser Stille auf gis'-h'-gis" geschah.

Bei der Uraufführung von *Come in Coma* im Rahmen der achten Klangwerkstatt waren Niki und Lu aber zugegen. Da die Sinfonie den Zuhörern viel Zeit zum Nachdenken ließ, dachte Lu dabei an ihren Vater. Herbert saß in seinem Pflegeheim meistens in einem Rollstuhl, den man mal vor dem Fernseher, mal neben seinem Bett, mal an einem Fenster mit Ausblick auf die Baumkronen eines kleinen, zum Heim gehörigen Parks abstellte. Im Frühjahr verdichteten sie sich mit farbigen Blüten und ersten Blattsprossen, im Sommer waren sie grün-bewegt und im Winter gaben sie zwischen den kahlen Ästen den Blick auf ein angrenzendes Hochhausgebiet frei.

Lu setzte sich bei ihren Besuchen für eine oder anderthalb Stunden zu ihm, ohne zu wissen, ob er ihre Anwesenheit überhaupt registrierte. Sein Körper war in sich verkrampft, der Kopf manchmal unnatürlich starr zur Seite gelegt, die Hände mal zu Fäusten geballt, mal extrem abgespreizt, und manchmal zuckten seine Gliedmaßen oder vollführten offensichtlich unwillkürliche Bewegungen ohne erkennbaren Sinn, doch oft bewegte er sich überhaupt nicht. Nur hin und wieder drehte er die Augäpfel in Richtung irgendeines Geräusches oder stieß einen stöhnenden Laut aus, als wollte er etwas sagen, aber die Ärzte – auch Niki, der Lu manchmal davon erzählte – versicherten Lu immer wieder, dass es sich dabei *nicht* um hilflose Kommunikationsversuche handelte, sondern einprogrammierte, aber sinnlose Automatismen seines Gehirns.

Vor Kurzem hatte sich im Pflegeheim eine sonderbare Szene abgespielt. Raissa war Herbert besuchen gekommen, was an sich nichts Ungewöhnliches war. Ab und an begegneten sie und Lu sich im Pflegeheim, doch dieses Mal erkannte Lu Raissa im ersten Moment nicht. Sie starrte sie ungläubig an – Raissa sah aus wie Draga. Es war, als wäre ihre Mutter aus dem Reich der Toten zurückgekehrt, um ihren Mann zu besuchen.

Da Raissa die Einzige von Herberts Freundinnen gewesen war, die sich in der Zeit des Zusammenlebens mit ihm einer Verwandlung in Draga widersetzt hatte, wunderte sich Lu darüber sehr.

«Natürlich war ich gekränkt», sagte Raissa, «als ich gemerkt habe, dass er nicht mich, sondern immer noch deine Mutter liebt. Aber jetzt muss ich alles tun, um ihn zurückzuholen. Er ist krank, weil er ohne deine Mutter nicht leben will. Wenn ich will, dass er lebt, muss ich sie sein.»

Herbert war an diesem Tag noch regloser als sonst. Ohne zu stöhnen oder plötzlich einen Arm in die Höhe zu werfen, saß er in sich zusammengesunken da. Raissa sah Herbert an, als warte sie auf eine Reaktion. Sie hatte sich so hingesetzt, dass seine Augen auf sie gerichtet waren. Aber er starrte ohne jedes Zeichen von Erkennen durch sie hindurch.

Lu schüttelte den Kopf: «Die Ärzte sagen, dass er nicht mehr zurückkommt.»

«Die Ärzte!», sagte Raissa verächtlich. «Was wissen schon die Ärzte.»

Lu war sich nicht sicher, ob es richtig war, in Herberts Gegenwart über ihn zu reden. Aber wäre es nicht ebenso verletzend gewesen, sich für so ein Gespräch von ihm zu entfernen?

«Und wenn er zurückkommen würde?», sagte sie. «Was willst du tun? Du *bist* nicht meine Mutter.»

«Vielleicht muss ich dann gehen. Vielleicht jagt er mich wieder fort. Aber dann ist es eben so. Wäre es besser, ich würde ihn nicht retten, nur weil das besser für mich wäre?»

Als Lu abends nach Hause kam, war die ganze Vaginawand in Nikis Zimmer freigeräumt. Lu konnte sich nicht vorstellen, dass Niki die beiden vor der Wand verbliebenen Bücherregale zur Seite geschoben hatte.

«Was ist passiert?»

«Kaspar war mit einem Galeristen da», sagte Niki.

«Etwa dem von der Auguststraße?»

«Nein, jemandem von der Berlinischen Galerie. Das ist ein städtisches Museum für zeitgenössische Berliner Kunst mit einem sehr guten Renommee. Offenbar hat die Ausstellung im *Tazza* etwas in Bewegung gebracht.»

«Das ist doch gut, oder?»

«Es ist großartig.»

Mehr als ein halbes Jahr war Kaspar nicht mehr in seinem Atelier gewesen, jetzt hörten sie ihn dort zu Fortissimo-Orchesterklängen arbeiten.

Niki betrachtete die Vaginawand, beugte sich dann zu Lu und flüsterte ihr ins Ohr: «Ich habe deine Muschi erkannt. Auch *mit* Haaren.»

«Na so was. Und ich dachte, die Tarnung wäre perfekt.»

An diesem Abend versuchte Niki Lu ein letztes Mal dazu zu überreden, es noch einmal als Schauspielerin zu versuchen. Nachmittags hatte sie Clemens getroffen. Aus der Vereinbarung, sich das Sorgerecht für Pablo zu teilen, war formal eine Drittelung hervorgegangen – ein Drittel Clemens, zwei Drittel Niki und Lu. Ohne Lu hätte es Niki mit ihren Nachtdiensten nicht schaffen können. Und da sich sieben durch drei nicht teilen ließ, war aus der Drittelung de facto eine Zwei-Tage-zu-fünf-Tage-Realität geworden.

Bei der Übergabe von Pablo hatte Clemens Niki erzählt, dass sein Roman verfilmt werden würde. Lu hatte *Die Erfindung des Paradieses* inzwischen gelesen, aber ihre Gefühle für Niki hatten die Lektüre überlagert. Sie entdeckte gerade eine andere Welt als Jeanne Baret, eine andere als die der Erotik. Ihre Gefühle für Niki brachten sie dazu, sich um Pablo zu kümmern, ihre Gefühle ließen sie im Vorbeigehen Nikis Nacken küssen, ihre Gefühle legten trotz völliger Übernächtigung ein Lächeln der Freude auf ihre Lippen, wenn Niki nach einem Nachtdienst aus dem Krankenhaus morgens ins *Tazza* frühstücken kam. Lu sehnte sich nicht nach Tahiti, weil sie sich hier, bei Niki wohlfühlte.

«Deswegen ist Clemens mit der Scheidung so relativ gut zurechtgekommen», sagte Niki. «Das Angebot zur Verfilmung ist wohl tatsächlich in der Woche gekommen, als ich ihm alles gestanden habe. Er hatte das an diesem Wochenende eigentlich mit mir feiern wollen.»

«Das ist eine Weile her», sagte Lu.

«Es dauert, sagt er, bis bei so was alle Verträge unter Dach und Fach sind. Nach dem, was geschehen ist, wollte er mir erst mal nichts mehr sagen, bevor es nicht hundertprozentig sicher ist. Kann man ja verstehen. Aber jetzt ist es wohl definitiv. Und die Produktionsfirma hat auch akzeptiert, dass er als Autor das Drehbuch selbst schreibt, was wohl nicht üblich ist. Das war für ihn finanziell wichtig, weil es ihm Luft für seinen Roman verschafft. Ich freue mich für ihn. Und es ist ja auch für uns besser, wenn es ihm gut geht.»

«Sieht ja tatsächlich so aus, als würden alle auf ein Happy End zusteuern», sagte Lu. Sie ging zu Niki, um sie zu küssen.

«Ich finde, *du* wärst die perfekte Jeanne Baret», sagte Niki.

Lu blieb stehen. «Niki.»

«Überleg doch mal. Du hast das richtige Alter, du bist wunderschön und eine großartige Schauspielerin.»

«Niki, das weißt du doch gar nicht. Und vor einer Kamera zu agieren ist noch mal ganz was anderes als auf einer Bühne.»

«Woher willst du das wissen? Du hast doch noch nie vor einer gestanden. Ich bin sicher, dass du das mühelos hinbekommst.»

Lu setzte sich zu ihr an den Tisch. «Du fändest es gut, wenn ich in einem Film deines Exmannes eine Frau spiele, die auf Tahiti ihre Sexualität auslebt?»

«Was soll mich daran stören? Es geht doch nicht um Clemens, sondern um dich.»

«Und ich müsste mich ja wohl ausziehen.»

«Das hast du doch schon. Und es wird ja kein Porno.»

Lu schwieg eine Weile. «Niki, ich weiß, dass du's gut meinst. Alle haben bekommen, was sie wollten, und jetzt willst du wieder Engel spielen und erreichen, dass meine Wünsche *auch* in Erfüllung gehn. Dass *ich* bekomme, was ich will. Weißt du, was mich daran stört? Dass du nicht siehst – ausgerechnet du –, dass ich längst habe, was ich will.»

Niki senkte beschämt den Blick. «Das ist schön, dass du das sagst. Ich meine doch nur, du könntest zumindest mit Clemens *sprechen*. Er kennt bei dem Projekt die richtigen Leute.»

Lu stand auf und ging schweigend zur Vaginawand. Bei genauem Hinsehen unterschieden sich die Einzelbilder manchmal in kleinen Details, einer kleinen Locke in der Behaarungszeichnung zum Beispiel, die auf anderen Bildern fehlte. Manchmal hatte Lu sich die Zeit damit vertrieben, solche Unterschiede zu finden.

«Niki, sie werden mich nicht nehmen. Nicht bei *diesem* Film, in dem eine Frau ihre Sexualität *entdeckt*.»

«Und warum nicht, Lu. Warum weißt du das jetzt schon?»

Lu löste sich von der Wand und setzte sich in den Lesesessel. Es hieß ja, man solle in einer Beziehung keine Geheimnisse haben.

«Na gut», sagte Lu. «Dann sag ich es dir.»

17
Sex mit Salma

Clemens war sich sicher, dass er das Angebot, das er in einer halben oder dreiviertel Stunde erhalten könnte, auf keinen Fall annehmen würde. Er wusste natürlich nicht, ob ihm so ein Angebot wirklich unterbreitet werden würde, aber es war schwierig, sich keine Gedanken zumindest über die Möglichkeit zu machen. Irgendwie schien es zu sehr in der Natur der Dinge zu liegen, dass ihm heute Abend für eine bestimmte Gegenleistung Sex in Aussicht gestellt werden könnte.

Vor drei Tagen hatte Clemens einen Anruf von Ljubina Sellen bekommen, und das war mehr als ungewöhnlich gewesen. Er kannte Ljubina nur sehr flüchtig, obwohl Niki und sie seit nunmehr fast drei Jahren ein Paar waren und zusammenlebten – wenn auch in WG-Form mit diesem schwulen Künstler, der Clemens bei der Hochzeitsfeier zum Gute-Miene-Machen beim Messertanz verdonnert hatte. So über ihn zu denken, war nicht fair, aber Clemens hatte keine guten Erinnerungen an diesen Tag. Und er hatte nach der Trennung von Niki kein gesteigertes Interesse daran gehabt, jene Frau kennenzulernen, die ihm innerhalb einer einzigen Nacht – der Hochzeitsnacht – Niki genommen hatte.

Als Niki ihm etwa zwei Monate danach ihr Liebesdoppelleben gestand, war er tatsächlich aus allen Wolken gefallen. Im Grunde fiel es ihm immer noch schwer zu begreifen, dass Niki lesbisch war. Wenn sie miteinander geschlafen hatten, war ihm so ein Gedanke niemals gekommen. Sie hatten sich in den Flitterwochen oft geliebt, und wie wäre das möglich gewesen, wenn Niki nicht auf Männer stand? Natürlich wusste er nicht mit Sicherheit, ob sie dabei jemals echte Lust empfunden oder gar einen Höhepunkt erreicht hatte – woher denn? Aber er hatte natürlich nicht daran gezweifelt. Er hatte geglaubt, dass sie ihn körperlich begehrte. Und es konnte doch nur so sein, dass Niki bis zur Hochzeit selbst nicht gewusst hatte, dass sie etwas für Frauen empfand.

Als Clemens Ljubina zum ersten Mal sah, verstand er, dass man sich schnell in diese Frau vergucken konnte – als heterosexueller Mann sowieso, aber offensichtlich auch als Frau. Bei dieser ersten Begegnung hatte sie in der WG-Küche am offenen Fenster gesessen und eine Zigarette geraucht. Und obwohl er sich fest vorgenommen hatte, Ljubina, falls er sie jemals treffen sollte, mehr oder weniger zu übersehen, blieb er mit seinem Blick, den er nur beiläufig über sie hatte gleiten lassen wollen, sofort bei ihren dunklen Augen hängen, die ihn offen ansahen, als er die Küche betrat. Und gegen seinen Willen verweilte sein Blick länger auf ihrem Gesicht, auf dessen Haut trotz des fahlen Lichts dieses Tages, der Hauch eines ebenmäßigen Kastanienbrauns schimmerte.

Clemens musste eine Viertelstunde auf Niki warten, die sich verspätet hatte, wobei Ljubina und er nach einer kurzen Begrüßung nicht weiter miteinander redeten. Sie nahm noch einen oder zwei Züge, drückte die Zigarette in den Aschenbecher auf dem Fensterbrett und ging aus dem Raum. Und obwohl ihm ihr Äußeres gefiel, blieb es dabei, dass er nicht fassen konnte, dass sie und Niki nun ein Paar waren. Das schmerzte ihn noch lange.

Er hatte sich in der kurzen Zeit, die er mit Niki zusammen gewesen war, stärker in die ihr eigene Mischung aus Hilfsbereitschaft und mangelndem Selbstvertrauen verliebt, als ihm bewusst war. Es beeindruckte ihn immer noch, wie sehr sie versuchte, beiden Wurzeln ihres Wesens – ihrer spirituellen Offenheit und ihrer medizinischen Rationalität – irgendwie gerecht zu werden. Clemens hatte in den ersten Monaten gar nicht genug von ihrer Lebensgeschichte bekommen können, von der er sich insgeheim gewünscht hatte, sie wären *sein* Leben und *seine* Geschichte gewesen.

Es fiel ihm schwerer, als er gedacht hatte, von Niki loszukommen. Zum Glück ging es ihm in der Zeit nach der Trennung beruflich besser als in den beiden Jahren zuvor. Nachdem Corinna, seine Lektorin, ihn in Aix-en-Provence davor bewahrt hatte, sich unsäglich zu blamieren, rettete sie ihn im darauffolgenden Herbst ein zweites Mal. Ein paar Tage, bevor Niki ihm ihre Liebe zu Lu gestand, rief Corinna ihn an und teilte ihm erfreut mit, dass es ein ernst zu nehmendes Interesse an den Verfilmungsrechten von *Die Erfindung des Paradieses* gab. Und eigentlich hatte Clemens diese gute Nachricht mit Niki am folgenden Wochenende feiern wollen, doch dann kam es anders ...

Die Verhandlungen mit der Filmproduktionsgesellschaft zogen sich lange hin. Clemens wollte das Drehbuch für die Verfilmung selber schreiben, aber da er noch nie ein Drehbuch verfasst hatte, wollte man sich nicht darauf einlassen. Stattdessen schraubte man das Angebot für die Verfilmungsrechte hoch und höher, um den Verlag zum Verkauf zu bewegen. Tatsache war, dass Clemens in diesem Punkt kein Vetorecht hatte. Wenn man seinen Wunsch, das Drehbuch selbst zu verfassen, seitens des Verlags ignoriert hätte, wäre er dagegen machtlos gewesen.

Aber Corinna stärkte ihm den Rücken und ließ den Produzenten wissen, dass dieser Punkt nicht verhandelbar sei. Und so gab die Produktionsfirma schließlich nach. Es gab in dem Vertrag zwar einen Passus, der dem Produzenten das Recht einräumte, für den Fall, dass man sich nicht auf eine endgültige Fassung des Drehbuchs würde einigen können, Clemens durch einen anderen Autor, einen Skriptdoktor, zu ersetzen, der aus den verschiedenen Fassungen eine akzeptierte Fassung erarbeiten oder mit eigenen Ideen ein komplettes *Rewrite* des Stoffes vornehmen würde – aber warum auch nicht, dachte Clemens, wenn das Projekt andernfalls zu scheitern drohte?

Er störte sich nicht an dieser Vertragsklausel, weil er sich über die Möglichkeit eines Scheiterns sowieso keine Gedanken machte. Es stimmte zwar, dass er noch nie ein Drehbuch verfasst hatte, aber er war mit Fernsehen und Kino, mit *Raumschiff Enterprise* und *Kojak*, mit *Der weiße Hai* und *Saturday Night Fever*, mit Steven Spielberg und Woody Allen groß geworden und konnte sich nicht vorstellen, dass es ihm nicht gelingen würde, *Die Erfindung des Paradieses* in einen Film umzuarbeiten, was doch im Prinzip nicht mehr bedeutete, als den Roman geschickt zu kürzen, da sich dreihundert Seiten sonst nicht in neunzig Minuten Film unterbringen ließen.

Und er hatte viel Zeit dafür. Zunächst bestand seine Aufgabe lediglich darin, ein paar zusammenfassende Exposés über die grundsätzliche Ausrichtung des Projekts zu verfassen und danach etwas ausführlichere Treatments, mit denen die Produktionsfirma auf Geldakquise ging. Darüber zogen Monate ins Land. Clemens lernte, dass man im Filmgeschäft einen langen Atem brauchte.

Doch schließlich war die Finanzierung durch eine Beteiligung von *ZDF* und *Arte* und *Studiocanal* und des Medienboards Berlin-Brandenburg und der Filmförderungsanstalt Hamburg (einige Szenen sollten deswegen dort im Hafen gedreht werden) und ... – irgendwann verlor Clemens den Überblick – gesichert. Ein Abgabetermin für die erste Drehbuchfassung (es waren die Filmleute, die immer von der «ersten Fassung» sprachen – Clemens ging davon aus, dass er das Drehbuch schreiben würde und fertig, hielt sich aber höflich an die Sprachregelung von der «ersten Fassung») wurde für das Jahresende 1998 vereinbart, und Clemens machte sich an die Arbeit.

Um sich Anregungen für die filmische Umsetzung seines Romans zu holen, stattete er regelmäßig einer großen Videothek auf der Schloßstraße einen Besuch ab und arbeitete sich zu Hause mit einem Notizblock durch die aktuelle Blockbusterproduktion. Er sah *Scream* und war irritiert, dass Drew Barrymore als namhaftester Star des Films gleich nach den ersten zehn Minuten massakriert wurde, schob *Die Hochzeit meines besten Freundes* in den Player, von dem bis auf das Porzellanlächeln von Julia Roberts nicht viel bei ihm hängen blieb, und er stellte sich Jeanne Baret auch nicht wie sie vor, saß drei

Stunden vor *Titanic*, das als Schifffahrtskatastrophenfilm mit Liebesdrama ja eine gewisse Nähe zu *Die Erfindung des Paradieses* aufwies, amüsierte sich recht gut bei *Besser geht's nicht* mit Jack Nicholson als misanthropischem, von Zwangsneurosen geplagten Erfolgsschriftsteller – hoffentlich würde er selbst nicht einmal so werden –, spulte durch den leider völlig humorlosen *Airforce One* mit Harrison Ford und sah sich daraufhin noch einmal *Der einzige Zeuge* an, der als Referenz für *Die Erfindung des Paradieses* viel besser funktionierte, weil er im Milieu der Amisch-People und damit sozusagen im 18. Jahrhundert spielte und Harrison Ford die schöne Amisch-Tochter Rachel auf einer Wiese liebte, was aber nur durch eine äußerst ausgedehnte Kussszene angedeutet wurde, die für eine heutige Verfilmung wohl zu zurückhaltend gewesen wäre –, und er suchte ein paar Anregungen zum nicht peinlichen Umgang mit Männernacktheit in der britischen Stahlarbeiterstripper-Komödie *Ganz oder gar nicht*.

Bei einem seiner Videotheksbesuche ging er in die Pornoabteilung. Er sagte sich, auch die Filme dort seien eine ästhetische Referenz, die er nicht ignorieren dürfe, da er nach Möglichkeiten der filmischen Umsetzung von Erotik gerade auch *in Abgrenzung* zur Pornografie suchte. Er war sich selbst gegenüber aber ehrlich genug, sich einzugestehen, das auch Neugier dabei war.

Als er in der Pubertät gewesen war, hatte es noch keine erschwinglichen Videorekorder gegeben und auch keine Videotheken, in denen man Pornofilme hätte ausleihen können. Mit achtzehn war er mit Freunden zwei- oder dreimal in Sexkinos gegangen und natürlich hatten sie sich in Hamburg ein paarmal auf der Reeperbahn herumgetrieben, aber eigentlich interessiert – oder wohl besser gesagt: angemacht – hatten Clemens die Filme und die Prostituierten nicht. Später dann, als Student, war er auf Pornografie nicht angewiesen gewesen, und so hatte er sich mit der Branche und ihren Produkten auch nie näher befasst.

Bei seinem Videotheksbesuch ging er an den aufgereihten Kassetten mit ihren glänzenden Coverkollagen voller Brüste und erigierter Schwänze unter Titeln wie *Versaute Stuten* oder *Geile Teeniespiele* vorbei. Er nahm die eine oder andere Kassette zur Hand, stellte sie wieder zurück, ging weiter und wusste eigentlich doch nicht so recht, was er hier sollte. Schließlich entdeckte er auf einem Film mit dem Titel *Böse Mädchen* («Sie stehlen im Kaufhaus und bei den Nachbarn, sie knacken Autos und Zigarettenautomaten, und wenn sie erwischt werden, sind sie bereit, mit allen ihnen zur Verfügung stehenden Mitteln zu bezahlen ...») eine Frau, die er kannte: Ljubina Sellen alias Luxa.

Nach ihrer ersten Begegnung in der WG-Küche hatte Clemens Lu nur noch gelegentlich und immer von Weitem zu Gesicht bekommen, wenn er Pablo bei Niki abholte oder ihn zurückbrachte. Aber als er sie nun nackt auf dem Kassettencover sah, erkannte er sie sofort wieder. Dennoch versuchte er, um ganz sicher zu gehen, sich nur auf ihr Gesicht zu konzentrieren und ihren bloßen Körper auszublenden, was, das merkte er, ihm schwerfiel. Sie saß mit gespreizten Beinen auf dem Schwanz eines Mannes, dem sie, während er sie penetrierte, den Rücken zuwandte, und sah frontal in die Kamera. Sie war es – kein Zweifel.

Clemens lieh *Böse Mädchen* aus – er konnte nicht anders. Als er nach Hause ging, hatte er allerdings ein Gefühl, als müsse er sich für irgendetwas schämen. Er nahm sich vor, den Film nicht anzuschauen, oder, falls doch, dann nur aus einem Grund: um die Wahrheit über Ljubina herauszufinden, eine Wahrheit, die Niki vielleicht nicht kannte. Nein, Niki würde nicht wissen, dass sie mit einer – ehemaligen? – Pornodarstellerin zusammen lebte.

Er bog von der mehrspurigen Haupt- in eine schmalere Seitenstraße, das Video in einem Leinenbeutel der Buchhandlung Kiepert, in die er ein- oder zweimal die Woche stöbern ging, – fast eine Art Tarnung für VHS-Kassetten, die ja ungefähr Buchgröße hatten.

Und doch kam es Clemens auf dem Weg so vor, als könnte alle Welt dem Beutel ansehen, dass sich daran nicht der neue Marías oder der zweite Band von Marcel Prousts *Auf der Suche nach der verlorenen Zeit – Im Schatten junger Mädchenblüte* befand, sondern *Böse Mädchen*.

Zu Hause nahm er erst mal die Flasche rheinhessischen Grauburgunder vom gestrigen Abend aus dem Kühlschrank. Ja, er war noch in der Lage, eine geöffnete Flasche am Abend *nicht ganz* auszutrinken, und tat das oftmals ganz bewusst, um sich zu vergewissern, dass er sich, was seinen Weinkonsum anbelangte, nach wie vor unter Kontrolle hatte. Er schenkte den Rest aus der Flasche in ein Glas, nahm die *Böse Mädchen*-Kassette aus dem Kiepert-Beutel, trank einen Schluck und betrachtete die nackte Lu. Er versuchte herauszufinden, was ihn stärker faszinierte: ihr der Kamera zugewandtes Gesicht oder ihre rasierte Scham. Er begriff, dass es sinnlos war, sich dagegen wehren zu wollen, ging zum Fernseher und schob das Band in den Player.

Luxa war die Ladendiebin, und ihre Szene spielte im Büro des Kaufhausdetektivs. Clemens hätte gerne die Kraft besessen, sich die Szene – sie war in den anderthalb oder zwei Minuten Dialog, die dem Sex vorausgingen, lächerlich und klischeehaft, aber Clemens registrierte doch, dass Lu ihre Sätze nicht nur aufsagte, sondern das Talent besaß, sie sehr gut zu spielen – nicht anzusehen. Er setzte sich nicht hin dabei, sondern blieb stehen, so als warte er nur noch einen letzten Satz ab, um danach abzuschalten. Aber das tat er nicht.

Deswegen beschäftigte es ihn jetzt, Monate später, so sehr, was er von Lu wusste. Sie hatte ihn angerufen, und sie wollte etwas von ihm. Sie hatte sich am Telefon nicht dazu geäußert, was es war, aber Clemens nahm an, dass es eigentlich nur um eine Sache gehen konnte. Da Niki wusste, dass die Vorbereitungen zur Verfilmung von *Die Erfindung des Paradieses* allmählich Fahrt aufnahmen und er seit einiger Zeit dabei war, das Drehbuch zu schreiben, wusste es wohl auch Lu. Und Lu war Schauspielerin.

Clemens hatte nach seiner Scheidung recherchiert, dass sie in einer Inszenierung des *Sommernachtstraums* auf einer Off-Theaterbühne gestanden hatte. Er erfuhr zwar nie, dass der Auftritt einmalig gewesen war, da er damals kein Interesse daran gehabt hatte, eine Vorstellung zu besuchen und die Frau, die ihm Niki weggenommen hatte, leibhaftig auf einer Bühne zu erleben und ihr hinterher womöglich noch applaudieren zu müssen.

Aber nun hatte er sie spielen gesehen. Und was anderes konnte sie also von ihm wollen, als die Rolle der Jeanne Baret? Natürlich – er vergab diese Rolle nicht, aber eine Einladung zu Probeaufnahmen konnte er Ljubina vermitteln. Reichte das aus, um dafür eine Gegenleistung zu erwarten? Clemens schob den Gedanken immer wieder von sich. Er war nicht der Mann, dies herausfinden zu wollen, und es blieb dabei: Er wollte so ein Mann auch nicht sein!

Sie hatten sich in Kreuzberg verabredet, im *Würgeengel*. Clemens saß an einem der hinteren Zweiertische unter einer der gläsernen Leuchten an den boudoirroten Wänden und konnte nicht mehr lange darüber nachdenken, wie er mit der Situation, die auf ihn womöglich zukam, umgehen sollte, denn in diesem Moment öffnete sich die Tür gegenüber der Bar, und Lu kam herein.

Falls sie vorhatte, ihn zu verführen, so stellte er fest, brachte sie es nicht durch ihre Kleidung zum Ausdruck. Sie trug eine Jeans und ein ausgebeultes, schwarzes Kapuzensweatshirt, das aber, wie er beim Näherkommen erkannte, mit dem Schriftzug «From Dusk Till Dawn» unter einem neonrot-grünen Flammen- und Schlangenlogo bedruckt war. Für Clemens' Drehbuch war *From Dusk Till Dawn* mit dem Vampir-Splatter-Showdown keine reichhaltige Inspirationsquelle gewesen, aber den barfüßigen Schlangentanz von Salma Hayek würde er sicher nicht so schnell vergessen – und vor allem lieber in Erinnerung behalten als Sabrî Aslans Messertanz.

«Hallo», sagte Lu.

«Hallo», nickte er.

Sie setzte sich. «Find ich echt gut, dass du dich mit mir triffst. Danke.»

«Was trinkst du?»

«Am liebsten ein Bier.»

Er stand auf, ging zur Bar und kam mit einem Bier und einem Glas Grüner Veltliner zurück.

«Warum sollte ich mich nicht mit dir treffen?», sagte er und setzte sich. «Es ist ja eine Weile her, was geschehen ist.»

«Ja, stimmt. Ich war mir trotzdem nicht sicher.»

Er trank einen Schluck. «Warum hast du mich denn angerufen?»

«Es geht um dein Buch», sagte sie.

«Das dachte ich mir», nickte er – eine dumme Bemerkung, die ihm klarmachte, wie sehr er aufpassen musste, sich nicht davon beherrschen zu lassen, dass er zu wissen glaubte, warum sie sich bei ihm gemeldet hatte. Er nahm sich vor, von jetzt an so zurückhaltend wie möglich zu sein.

Sie hob überrascht die Augenbrauen. «Das hast du dir gedacht?»

«Ich meine, das habe ich mir *auch* gedacht», schränkte er ein. «Ich habe mir natürlich vorab meine Gedanken gemacht, warum du mich auf einmal anrufen könntest, und mir dafür verschiedene Möglichkeiten überlegt.»

Sie zuckte die Schultern. «Ich hätt's ja naheliegender gefunden, dass es um Niki geht und nicht um dich.»

«Ja», nickte er. «Darüber habe ich auch nachgedacht. Aber ich sehe Niki regelmäßig, und insgesamt habe ich das Gefühl, dass es ihr gut geht. Geht es denn um sie?»

«Ne, du hast schon recht», bestätigte Lu und fügte nach einer kurzen Pause hinzu: «Sie weiß übrigens nicht, dass ich mich mit dir treffe.»

Clemens konnte die Dinge in der Kürze nicht durchdenken, aber sein Gefühl hatte ihn offenbar nicht getäuscht. Sie wollte etwas von ihm, von dem Niki nichts wissen sollte. Und das beunruhigte ihn, weil er sich jetzt, da Lu ihm gegenübersaß, nicht mehr sicher war, ob er wirklich Nein sagen würde, wenn es es dazu käme, dass er Nein sagen musste.

«Okay», sagte er. «Wenn du meinst, dass es so besser ist.»

«Ich hab das spontan entschieden. Ich denk nicht ewig darüber nach, bevor ich was mache.» Sie trank einen Schluck Bier.

Er nickte und sagte: «Du kennst mein Buch?»

«Du meinst, das mit der Südsee?»

«Ein anderes gibt's ja noch nicht.»

«Ich hab's gelesen», sagte sie. «Hat mir gefallen, wie diese Jeanne sich aufs Schiff schmuggelt und es schafft, mitzufahren und die Seeleute an der Nase rumzuführen.»

Clemens hatte das Gefühl, dass in dem Lob ein Vorbehalt mitschwang, aber sie fügte nichts hinzu. Wenn sie die Jeanne Baret spielen wollte, das musste ihr ja bewusst sein, beschränkte sich ihr Part nicht nur auf die von ihr erwähnte Geschlechtercamouflage an Bord.

Für den zweiten Teil der Handlung, für jene Szenen also, in denen die tahitischen jungen Männer – wie Bougainville es ausgedrückt hatte – «nach dem Brauch ihrer Insel mit ihr umgehen» würden, fehlte es Clemens noch an Ideen für sein Drehbuch. Eine filmische Umsetzung jener «Bräuche» war nur mit implizit erotischen Bildern möglich. Aber Clemens hatte Lu als Luxa gesehen. Und wenn er über Lu als Jeanne Baret nachdachte, stellten sich nur noch explizit erotische Bilder ein.

«Jeanne wäre jedenfalls keine leichte Rolle», sagte er.

Lu nickte. «Niki hat mir erzählt, dass der Roman verfilmt werden soll. Glückwunsch. Echt toll.»

«Und wieso willst du mit mir darüber sprechen?»

«Über die Verfilmung?» Sie schüttelte den Kopf. «Ne, deswegen hab ich nicht angerufen, sondern wegen diesem anderen Buch, an dem du gerade arbeitest, in dem es um diese amerikanische Pilotin geht, Amelia Earhart. Niki hat mir davon erzählt.»

Clemens schwieg. Die Wendung war so unerwartet, der Themenwechsel so hart, dass es ihm schwerfiel, seine Gesichtszüge in einer neutralen Balance zu halten, die nichts anderes ausdrückte, als dass er kurz nachdenken musste, um sich auf Amelia Earhart und die Details seines Romanprojekts zu besinnen.

«Im Moment arbeite ich nicht daran», brachte er schließlich hervor.

Lu nickte. «Ja, ich weiß. Du schreibst an dem Drehbuch, klar. Aber die Sache ist eine andere. Als Niki von dem Buch über die Pilotin erzählt hat, meinte sie, dass du dabei feststeckst. Sie hat das ganz neutral erzählt, wirklich. Sie tratscht nicht oder zieht über dich her. Im Ernst, das würde sie nie tun! Schätze, sie hat mir das nur erzählt, um loszuwerden, dass sie sich jetzt doppelt schuldig fühlt, weil sie dich nicht nur verlassen hat, sondern das auch noch in einer Zeit, in der du gerade in der Krise warst. Das hat ihr zu schaffen gemacht, du kennst sie ja.»

Sie machte eine Pause, in der sie sich eine Zigarette anzündete. Clemens war froh, dass sie so lange redete, weil ihm das Gelegenheit gab, sich auf die unerwartete Situation einzustellen. Wie lächerlich er sich beinahe gemacht hätte.

Lu atmete Rauch aus. «Vor ein paar Wochen habe ich die Fernsehzeitschrift durchgeblättert und bin an einem Szenenfoto hängen geblieben, das 'ne Frau im Cockpit einer Propellermaschine gezeigt hat, so eine aus den Zwanziger- oder Dreißigerjahren oder so. Und wie ich das Bild so ansehe, fiel mir wieder dieses Buch ein, an dem du arbeitest. Und dann sehe ich, der Film heißt *Amelia Earhart – der letzte Flug*. Na gut, dachte ich, dann schau ich mir den mal an. Du kennst den bestimmt, oder?»

«Ja», nickte Clemens. Er hatte sich gefangen. «Mit Diane Keaton. Sehr glatte, gesoftete Bilder, dramatische Musik und alle Schauspieler wirken kostümiert. Belanglos, aber für mein Buch ist der Film natürlich eher hinderlich. Als ich die Idee hatte, über Amelia Earhart zu schreiben, gab's über sie hier in Deutschland praktisch noch nichts. Sie hat bis heute nicht mal einen Lexikoneintrag. Aber das scheint sich gerade zu ändern. Letztes Jahr ist ein amerikanischer Roman über ihren letzten Flug auf Deutsch erschienen. In dem wird behauptet, dass sie mit ihrem Co-Piloten auf einer einsamen Südseeinsel notlandet und die beiden sich dort ineinander verlieben. Sie wird darin sozusagen zu einer Art modernen Jeanne Baret. Und damit ist die Sache für mich als Autor eigentlich gestorben, denn *zwei* solcher Romane braucht die Welt ja wirklich nicht.» Auf einmal tat es ihm gut, ehrlich zu sein. «Stimmt, ich bin mit dem Stoff nicht klargekommen. Weiß auch nicht – ich habe keinen Zugang zu Amelia Earhart gefunden, also was sie für eine Frau war, was ihr in den vielen einsamen Stunden im Cockpit so durch den Kopf gegangen sein könnte, überhaupt, was sie angetrieben hat, außer vielleicht ihr Mann, der gleichzeitig so etwas wie ihr Manager war und ihre Flugleistungen publizistisch vermarktet hat.»

Lu nickte. «So ähnlich ging mir das mit dem Film auch. Ich dachte, nee, das stimmt doch alles hinten und vorne nicht. Eigentlich war sie, wenn ich das alles richtig verstanden habe, ja so was wie 'ne frühe Feministin und so. Sie hat ein Flugrennen ausschließlich für Pilotinnen veranstaltet und sich auch sonst für Frauenrechte eingesetzt. Und dann dachte ich auf einmal: Lu, mit Feministinnen kennst du dich doch aus! Verrückt, oder? Ausgerechnet ich hatte immer wieder mit frauenbewegten Schwestern zu tun.» Sie lächelte kurz und drückte die Zigarette aus. «Ich hab also meine feministischen Erfahrungen mal so Revue passieren lassen, und schließlich ist mir eines klar geworden.»

«Okay», sagt Clemens. «Und was?»

«Amelia Earhart war lesbisch. So einfach ist das. Das ist der Schlüssel. Zweckehe mit ihrem Verleger, Frauenrechtlerin, keine Kinder. Vielleicht hat sie sich's im Cockpit ab und an besorgt, war ja in der damaligen Zeit vermutlich kompliziert, real an lesbischen Sex zu kommen – na gut, das ist jetzt echt Spekulation.»

Clemens war frappiert und elektrisiert zugleich. Etwas in ihm wollte sofort widersprechen, aber eine zweite, moderatere innere Stimme riet ihm, Lus Gedanken erst einmal sacken zu lassen. Konnte es wirklich sein, dass sich sein ganzes Scheitern beim Schreiben des Romans aus dieser Wurzel herleiten ließ: dass er sich für die falsche sexuelle Orientierung seiner Heldin entschieden hatte? Beziehungsweise, und das war vielleicht noch fataler, dass er sich über ihre sexuelle Orientierung überhaupt keine Gedanken gemacht hatte, weil er – wie mit Jeanne Baret – noch einmal eine Frau hatte erschaffen wollen, in die sich nicht nur ein Leser verlieben konnte, sondern vor allem auch er als Autor, was ihm bei Amelia Earhart aber nie gelungen war. Sie war ihm immer fremd geblieben. Und hatte Ljubina ihm soeben den Grund dafür serviert?

«Das hast du dir, nachdem du den Film gesehen hast, mal so eben überlegt?», sagte er schließlich, was sowohl anerkennend als auch ironisch gemeint sein konnte.

«Mir ist auch klar, dass ich eigentlich keine Ahnung habe», gab Lu unumwunden zu. Sie trank einen Schluck Bier. Als sie das Glas hob, schienen sich die Schlangen auf ihrem Sweatshirt in den dunklen Wellen des Stoffs zu bewegen. «Aber ich glaub, ich hab schon so 'nen Sinn dafür, wenn in Geschichten was nicht stimmt. Ich hab jedenfalls jede Menge Filme gesehen.»

«Hast du sonst noch einen Tipp für mich?», sagte Clemens. Er legte noch einmal Ironie in seine Stimme, obwohl er schon fast beschlossen hatte, dass Lu recht haben musste.

«Nee, das war's. Und du kannst damit machen, was du willst. Wenn du's für Unsinn hältst – auch okay. Der Gedanke kam mir nur so einleuchtend vor, dass ich dachte, ich steck ihn dir mal.»

«Und wieso denkst du, ich wäre nicht schon selbst auf diese Idee gekommen?»

«Ich glaub, wegen deinem Paradiesroman. Da habe ich am Ende gedacht, du bist so durch und durch hetero, dass du vielleicht auf so 'ne Idee nicht kommst. Und wenn doch, dann ist es ja erst recht okay.»

Clemens sah sie an und begriff, dass er seine Souveränität nur bewahren konnte, wenn er ihr ihre ließ. «Und Niki weiß nichts hiervon?»

Sie nickte. «Tu einfach so, als wär die Idee 'ne Flaschenpost, und entweder schmeißt du sie wieder zurück ins Wasser oder du nimmst sie mit nach Hause.»

Nachdenklich nippte er an seinem Wein und sagte: «Eines würde ich dich noch gerne fragen. Vielleicht ist die Idee ja wirklich bedenkenswert, aber warum verrätst du sie mir? Freunde sind wir ja nicht.»

Sie zuckte mit den Schultern. «Ich denk, ich bin dir was schuldig.» Dann trank sie ihr Bier aus und stand auf. «Ich verschwinde dann mal.»

«Das Bier übernehme ich», nickte er.

«Danke.»

Er sah ihr nach, wie sie in Jeans und Schlabberhoodie den *Würgeengel* verließ. Auf einmal kam es ihm unwirklich vor, dass er ihr beim Sex zugesehen hatte. Wie war das möglich? Wie konnten die Lu, mit der er gerade gesprochen hatte, und jene Luxa aus *Böse Mädchen* ein und dieselbe Frau sein? Vielleicht hatte er mit ihr ja seine Jeanne Baret gefunden – nicht die für den Produzenten, aber die für seine Fantasie: eine eigenwillige, rätselhafte Frau. Und ihn, den Autor der Lebensgeschichte Jeanne Barets, beschlich das einer Niederlage gleichkommende Gefühl, nicht die geringste Ahnung von Frauen zu haben.

Und er fragte sich, ob Lu ihm wirklich etwas schuldig war? Würde er, wenn sie nicht gekommen wäre, jetzt mit Niki und Pablo als Familie zusammenleben? Offenbar war Niki ja bereit gewesen, ihre Sexualität den Gegebenheiten einer Heteroehe anzupassen, aber vielleicht wäre er schließlich doch dahintergekommen, wie sie wirklich empfand. Vielleicht hätte sich ihr Mangel an heterosexueller

Leidenschaft doch irgendwann bemerkbar gemacht. Vielleicht – vielleicht aber auch nicht. Doch wenn es so wäre, wäre er Lu dann nicht zu Dank verpflichtet, weil sie ihn vor einer – zumindest im sexuellen Sinne – Scheinehe bewahrt hatte? Hätte er mit einer lesbischen Niki als Ehefrau jemals glücklich werden können? Und konnte er es als Autor mit einer lesbischen Amelia Earhart?

18
Unbefleckte Empfängnis

Seit Stunden flimmerte ein Action-Blockbuster nach dem anderen in schlechter Bildqualität, aber mit maximaler Lautstärke über die Monitore an der Busdecke, unter anderem *Mission Impossible II*. Angesichts der vielen Autos, Laster und Panzerfahrzeuge, die auf den hinter ihnen liegenden, Hunderten von Kilometern in Flammen aufgegangen, Berghänge herabgestürzt, explodiert oder von Boden-Boden-Raketen in die Luft gejagt worden waren, beschlich Niki die unangenehme Vorstellung, den Bus könne demnächst dasselbe Schicksal ereilen.

Wegen der Lautstärke war es schwierig, *Mission Impossible II* vollständig zu ignorieren. Als Niki einmal hinsah, standen sich in der düsteren Umgebung eines Hightech-Labors zwei Männer, einer von ihnen war Tom Cruise, wie bei einem Duell gegenüber. Eine Frau zwischen ihnen hielt eine futuristische Injektionspistole mit irgendeinem Serum in der Hand. Man konnte sich zusammenreimen, dass es den beiden Männern ebenso wie um die Frau, oder vielleicht mehr noch, um diese Substanz ging – und die Frau musste sich entscheiden, wem von beiden sie sie geben würde. Mal in die eine, mal in die andere Richtung schauend, hob sie schließlich die Injektionspistole und spritzte sich das Serum selbst in den Unterarm. Dadurch machte sie beiden Männern anscheinend einen Strich durch die Rechnung, aber der Preis dafür war hoch, wie sie danach von Tom Cruise erfuhr: Sie hatte nur noch vierundzwanzig Stunden zu leben. Niki drückte Lu, die rechts neben ihr döste, sanft die Hand. Ohne Männer war es besser.

Von Mexiko-City aus waren sie achthundert Kilometer nach Norden in die Provinz San Luis Potosí gefahren, und jetzt ging es über

San Juan del Rio die Nationalstraße 57 hinauf bis Matehuala. Dort mussten sie umsteigen, um den Rest des Weges mit dunkelhäutigen Bauern, die Bohnen- und Kartoffelsäcke und beängstigend aggressive Hähne transportierten, auf einem schlecht gepflasterten Weg durch die Sierra Madre nach Real de Catorce zu schaukeln.

Links von Niki schlief Pablo auf der Busrückbank unter einer Baumwolldecke. Sie fuhren durch eine karstige Ebene mit Gestrüpp, Kakteen und gleißendem Licht, aber im Bus war es wegen der Klimaanlage kalt. Niki kannte den Weg gut, auch wenn sie seit ihrer Ankunft in Berlin nicht mehr hier gewesen war. Hinter Cedral würden sie in die Berge abbiegen, bis sie vor dem Ogarrio-Tunnel in einen noch kleineren Bus umsteigen mussten, der gerade so eben durch den schmalen Felsstollen passte, der vor mehr als hundert Jahren für kleine Loren und nicht für Linienbusse in den Berg gegraben worden war. Der Schacht war ein bergmännisches Relikt aus der Silberminenzeit im 19. Jahrhundert, als der Silberabbau Real de Catorce zu einer großen, europäisch geprägten und florierenden Stadt gemacht hatte.

Als Niki mit ihren Eltern zu Beginn der Siebzigerjahre zum ersten Mal durch den Ogarrio-Tunnel gefahren war, hatte es an der Decke noch keine Leuchten gegeben oder nur ganz wenige schwache, das wusste Niki nicht mehr. Sie mussten sich mit dem VW-Bus, der inzwischen mehr als die halbe Welt umrundet hatte, durch fast anderthalb Kilometer tiefste, von den Scheinwerfern nur wenige Meter erhellte Felsendunkelheit tasten, immer darauf bedacht, nicht gegen die rechts und links höchstens zwanzig bis dreißig und manchmal auch nur zehn Zentimeter entfernten, rohen Gesteinswände zu schrammen. Es war unheimlicher als in jeder Geisterbahn, denn ob der knapp anderthalb Kilometer lange Stollen wirklich im Freien enden würde, konnte man bei der ersten Durchfahrt nicht wissen.

Auf dem Weg von San Francisco nach Los Angeles hatten Susanne und Michael von Real de Catorce gehört, einem angeblich magischen

Ort im mexikanischen Hochland über der Wüste von San Luis Potosí, durch die die indigenen Huicholen jedes Frühjahr zogen, um auf dem Cerro Quemado, dem «Verbrannten Berg» von Real de Catorce, der ihnen als Geburtsort ihres «Tatewari» galt, diesem «Großvater des Feuers» ihre kleinen aus Leinengewebe, Federn und Bindfäden gewickelten Götterfiguren als Opfergaben darzubringen.

Der Lebensraum der Huicholen kannte zahllose heilige Orte. Einmal im Winter pilgerten die Ureinwohner nach «Wirikuta», dem Land des *Peyote*, einem nur apfelgroßen Kaktus, dessen halluzinogene Wirkung sie nutzten, um Kontakt zu ihren Ahnen aufzunehmen. Die Peyote-Suche war sehr aufwendig. Als Michael sich die Zusammenhänge einmal von einem Schamanen als Lehrer erklären ließ, mit dem er durch die Wüste ging, hätte er es sich mit diesem beinahe verdorben, weil er, glücklich, endlich eine der unauffällig blassgrünen Pflanzen zwischen den Steinen im hellen Wüstengeröll entdeckt zu haben, diese sogleich ausgraben wollte. Der Schamane schaffte es gerade noch, ihn von diesem Sakrileg abzuhalten. Die Huicholen betrachteten die Suche nach dem kleinen Kaktus als Jagd, weswegen man neben jedem gefundenen Peyote einen heiligen Pfeil in den Boden schießen musste – erst *danach* durfte man ihn ausgraben.

Nachdem Michael aus dem Ogarrio-Tunnel – er hatte also tatsächlich ein Ende – hinausgefahren war, ließ er den VW-Bus auf einem großen, gleißend hellen Sandplatz ausrollen. Niki sprang aus dem Wagen und lief zu einer unbenutzt auf dem Platz herumstehenden Schubkarre. Sie bemerkte den mexikanischen Bauern nicht, der sich ihr nach kurzer Zeit näherte. Erst, als er hinter ihr stand und sein Schatten über ihren eigenen hinausragte, drehte sie sich um. Der Mann kam ihr riesig vor, doch der Blick aus seinen Augen, die das Einzige waren, was sie in der Schwärze unter seiner Hutkrempe erkennen konnte, war nicht böse – weil sie vielleicht unerlaubt mit der Schubkarre gespielt hatte –, sondern voller Verehrung. Als er ihr seine Hände auf den Kopf legte, spürte sie die Hornhaut an seinen

Fingern, und doch war die Berührung so weich und sanft, als traue er sich kaum, sie anzufassen. Er küsste sie auf die Haare, drehte sich schnell um, bekreuzigte sich und entfernte sich wieder.

Susanne behauptete später, er habe Niki für einen Engel gehalten, vermutlich habe er noch nie in seinem Leben ein hellhäutiges, blondes Mädchen gesehen. Vielleicht hatte sie recht. Susanne, Michael und Niki schienen nach dieser Begebenheit unter den Bewohnern Real de Catorces den Ruf einer Art heiligen Familie zu haben. Niemand störte sich daran, dass sie im Ort blieben, eine Zeit lang im Bus übernachteten und schließlich in ein verfallenes Haus am Stadtrand zogen, das auf einem vertrockneten Grundstück lag und anscheinend niemandem gehörte.

Die Bezeichnung Haus war anfangs übertrieben. Man erreichte es nach einer kurzen Fahrt über die nördliche Ausfallstraße – einer Geröllpiste, auf der mehr Esel als Autos unterwegs waren. Michael ließ den Bulli auf das Grundstück rollen und parkte zwischen herumliegenden Steinen, Agaven und Wüstengestrüpp. Mit dem Wohnen in den eigenen vier Wänden sollte es so schnell nichts werden. Zunächst musste die Haustür in neue Angeln gehängt und Glas in die verzogenen Fensterrahmen gekittet werden. Außerdem fehlte auf dem Dach Teerpappe, was aber am wenigsten vordringlich war, weil es im Sommer kaum regnete.

Michael, der sich in seinem Leben bisher als Chemiestudent, Filmkomparse, Drehbuchautor, Globetrotter und Sai-Baba-Jünger versucht hatte, stellte in Mexiko zu seinem eigenen Erstaunen fest, dass er über handwerkliche Begabung verfügte, die über den ortsüblichen Real de Catorce-Standard hinausging. Er verstand nichts vom Bauen oder Renovieren – ein Hippie mit Hammer, der die anstehenden Arbeiten nach Gefühl erledigte und dabei, wie sich herausstellte, Beachtliches zuwege brachte.

Während Michael im Laufe des Sommers das Haus bewohnbar machte und dazu ab und an mit dem VW nach Matehuala fuhr, um abends mit einer Wagenladung Baumaterial zurückzukommen, nutzte Susanne die Tage zum Meditieren. Dabei freundete sie sich mit Fay an, einer Amerikanerin mit deutschen Wurzeln, die, wie sie selbst glaubte, kurz davor stand, die «nächste Ebene» zu erreichen. Die beiden vertieften sich in die spirituellen Anschauungen der Huicholen, in deren Vorstellungswelt Natur, Mensch und Kosmos aufs Engste miteinander verbunden waren. Zum Glück, sagten sie sich, war die katholische Kirche mit ihren Christianisierungsbemühungen bei den Huicholen gescheitert. Die Ureinwohner verehrten nach wie vor ihre eigenen Götter, von denen es so viele gab, dass zwei von ihnen denselben Namen tragen konnten, ganz so wie bei den Menschen. In der Weltanschauung der Huicholen konnte eigentlich *allem* der Status einer Gottheit zuerkannt werden, einem schlichten Stein oder Tonkrug oder Berg ebenso wie der Sonne, dem Mond oder dem Peyote-Kaktus, den sie als «großen Hirsch» verehrten, aber auch als Mittler, der das Jetzt mit dem Anfang der Dinge verband.

Besonders ansprechend fand Susanne, dass das Schamanentum keineswegs einer kleinen Kaste von Heilern, also einer Elite spiritueller Spezialisten vorbehalten war – im Gegenteil. Durch das unhierarchisch geteilte, allen zugängliche religiöse Wissen erreichten bei den Huicholen fast alle die Fähigkeiten von Schamanen und Heilern. Und das hieß, auch Susanne hatte die Möglichkeit dazu.

Fays Freund Scott, der eigentlich Farmer hätte werden sollen, stammte aus Idaho. Eine Zeit lang hatte er sich in New York als Gitarrist einer Psychedelic-Band mit dem Namen *Cellophane Mantra* versucht, die einmal beinahe einen Gig im Vorprogramm der *Doors* bekommen hätte, wenn ihr Agent den Zettel mit der Telefonnummer von Jim Morrison nicht verloren hätte. Er sattelte später auf Autohändler um und ging in der Ölkrise pleite.

Da das Instandsetzen der Häuser in Real de Catorce für alle zugereisten Hippies ein wichtiges Thema war, kamen Scott und Michael miteinander ins Gespräch, um ihre Erfahrungen mit Naturstein oder

Lehmziegeln als Baumaterial, Dacheindeckungen aus organischer Bepflanzung – in einem der folgenden Sommer entfernte Michael die petrochemische Teerpappe wieder und experimentierte mit einer atmenden Kieseleindeckung – oder sonnenbeheizten Wassertanks zu teilen.

Scott wusste, warum Real de Catorce dem Verfall anheimgefallen war. Die US-Amerikaner, seine eigenen Landsleute, waren daran schuld. Ende des 19. Jahrhunderts hatten amerikanische Landwirte im Westen des Landes wegen einer schweren Wirtschaftskrise dafür gekämpft, Silber als Zahlungsmittel zuzulassen, um ihre Schuldenlast zu drücken. Dagegen hatten sich die Banken im Nordosten, die auf großen Goldreserven saßen und von den Republikanern unterstützt wurden, gewehrt, weil es den Wert ihrer Rücklagen gedrückt hätte. Sie setzten durch, dass der republikanische Präsident McKinley im März 1900 den sogenannten Gold-Standard-Act in Kraft setzte: ein Gesetz, das festlegte, dass die USA ihre Währung in Zukunft ausschließlich auf Gold stützen würden. Daraufhin brach der Silberpreis ein, was Mexiko, einen der damals größten Silberproduzenten der Welt, hart traf. Das Ganze, so Scott, sei eine aggressive Form von Protektionismus gewesen, die Real de Catorce und ganz Mexiko von einem auf den anderen Tag die ökonomische Grundlage entzogen habe. Die bürgerliche Bevölkerung wanderte aus der Stadt ab, und zurück blieben leer stehende Häuser, ein paar mexikanische Bauern und die Huicholen und Rarámuri in der Wüste.

Es war keine Überraschung, dass Scott – und in dem Punkt waren sich alle Aussteiger, die sich in den vergangenen Jahren, angezogen vom Ruf des Peyote-Kaktus, in Real de Catorce angesiedelt hatten, einig – nicht gut auf die Vereinigten Staaten zu sprechen war. Er schimpfte auf die Leistungs-, Geld- und Besitzfixierung des amerikanischen Lebens, das er bei jeder sich bietenden Gelegenheit als «rat race» verdammte. Erst der Kontakt mit den spirituellen Erfahrungen der mexikanischen Ureinwohner habe ihn davon geheilt.

Mehr noch als die Huicholen schätzte Scott die Rarámuri. Von ihnen hatte er sich in die Geheimnisse des Peyote-Schraper-Spielens einweihen lassen. Dabei zog man über einen etwa dreißig bis vierzig Zentimeter langen, mit vielen Kerben versehenen Stab, den Peyote-Schraper, ein Stück Holz oder Tierknochen – ungefähr so wie Finger beim Waschbrettspielen über das geriffelte Blech. Das dabei entstehende, rasselnde Geräusch wurde verstärkt, indem man den Schraper beim Spielen auf eine schädelförmige Schale als Resonanzkörper legte. Die Schraper für die Zeremonien der Rarámuri waren kunstvoll geschnitzt und hatten vierundvierzig bis sechsundvierzig Kerben. Die Schamanen spielten sie nicht rhythmisch, sondern in einer möglichst gleichförmigen, meditativen Art, indem sie das Spielholz über alle Kerben hin- und wieder zurückzogen. Ein erfahrener Rarámuri-Heiler war in der Lage, dieses meditative Hin und Her eine ganze Nacht lang ununterbrochen zu vollführen. So weit war Scott noch nicht. Gut in Form, schaffte er etwas mehr als eine Stunde. Wenn der Wind entsprechend stand, konnte Niki in manchen Nächten das monotone, dunkel-sägende Geräusch hören, das er dabei auf dem Schraper erzeugte.

Fays Mutter stammte aus der Nähe von Frankfurt. Niki konnte sich noch daran erinnern, dass Fay sehr gut Deutsch sprach, sie hatte es von ihrer Mutter zu Hause in New Jersey gelernt. Gelegentlich beklagte Fay sich Susanne gegenüber darüber, Scott wolle immer nur «fummeln». Wahrscheinlich war Niki diese Bemerkung im Gedächtnis haften geblieben, weil sie sie als Kind nie verstanden hatte. Sie achtete in der Folge darauf, sah aber nie, dass Scott, wenn er auf ein Bier vorbeikam, das er mit Michael in der Abendsonne trank, notorisch an oder mit etwas herumgefummelt hätte.

Noch rätselhafter wurde das Gespräch zwischen Susanne und Fay – vermutlich waren es mehrere Unterhaltungen gewesen, die in Nikis Erinnerung zu einer verschmolzen waren, die beiden steckten regelmäßig die Köpfe zusammen –, als Fay ihre Stimme senkte und

Susanne mit einer merkwürdigen Betonung, deren Hintersinn Niki nicht zu entschlüsseln vermochte, zuraunte, dass Scott mit seinem «Schraper» ständig «musizieren» wolle, das sei selbst ihr zu viel.

«Wirklich?», sagte Susanne.

Scott hatte selbst ein paar Schraper geschnitzt und konnte sich ausführlich über deren ideale Länge verbreiten und wie viele Kerben optimal waren. Er war sich nicht sicher, ob ihre Anzahl einem spirituellen System gehorchte oder nur praktische Gründe hatte. Bei den Rarámuri kam der Schraper auch bei der Zubereitung des Peyote-Suds zum Einsatz. Dabei wurde der kleine Kaktus bei einer rituellen Feier eine ganze Nacht lang auf dem Schraper zerrieben und mit Wasser aufgegossen, bis ein trinkbarer Brei entstand, der am Ende der Zeremonie allen Teilnehmern, auch den Kindern, verabreicht wurde.

Scott hatte bereits mehrere solcher Peyote-Zeremonien mitgemacht, und wenn er davon erzählte, dachte Michael an sein abgebrochenes Chemiestudium, das nun schon über zehn Jahre zurücklag. So sehr ihn die spirituellen Aspekte des Peyote-Schraper-Reibens auch faszinierten – er oder etwas in ihm konnte nicht umhin zu denken, dass das stundenlange Zerreiben des Peyote-Kaktus auf einem Kerbholz kein effizientes Verfahren zur Meskalingewinnung war.

Er behielt diesen Gedanken für sich, rief sich aber ein paar automatisierte Extraktionsverfahren in Erinnerung, die Thema einer Vorlesung in seinem ersten oder zweiten Semester gewesen waren. Für den kleinen Kaktus schien ihm die sogenannte Soxhlet-Extraktion geeignet zu sein, auf deren Funktionsprinzip er sich noch vage zu besinnen vermochte.

Um die für einen Soxhlet-Apparat notwendigen Gerätschaften – Rundkolben, Rückflusskühler, Glashülse, Heberohr und eine elektrische Heizplatte – zu kaufen, musste Michael nach San Luis Potosí. Dort hatten in den Siebzigerjahren ein paar große deutsche Unternehmen – Stahlkonzerne und Autobauer – mexikanische Dependancen eröffnet, sodass ein gewisser Bedarf an Labortechnik entstanden war. Als Michael nach dem Einkauf die Kiste mit den größtenteils in Deutschland produzierten Gerätschaften, Erlenmeyerkolben und Bunsenbrennern in den Wagen räumte, erfasste ihn eine unerwartete Sehnsucht nach den Tagen seines Studiums.

Es wunderte ihn beinahe, wie viel Ehrgeiz er auf einmal beim Austüfteln eines effizienten und für den Hausgebrauch geeigneten Extraktionsverfahrens für Meskalin entwickelte. Peu à peu richtete er sich in einem Nebengebäude ein Labor ein, in dem er oft abends verschwand, um seinen Forschungen nachzugehen. Als Niki ihn fragte, was er dort mache, sagte er, ohne den Blick von der in einem Glaskolben blubbernden, grünlichen Flüssigkeit abzuwenden: «Ich suche nach einer Möglichkeit, *mehr* zu erkennen, als wir normalerweise sehen können.»

Susanne knüpfte in diesen Jahren an ihre alten Erfolge als Ashram-Friseurin an. Ähnlich wie in Puttaparti gab es auch in Real de Catorce einen wachsenden Bedarf an Frisuren, die nach Nicht-Frisuren aussahen, und damit kannte sie sich ja aus. Aus der Keimzelle des Bob-Dylan-bei-Sturm-Modells hatte sie schon im Ashram ein gewisses Angebot an hippiegeeigneten Haarschnitten entwickelt. In Real de Catorce erweiterte sie ihr Repertoire um Varianten, die sie, nur für sich, Jesus-im-Schlafrock nannte (ein welliger Langhaarschnitt, der sich perfekt in ein Dreiecktuch gegen die gleißende Sonne einknoten ließ), Einsteins-Dream (ein kugelförmiger Schnitt mittlerer Länge für die ersten ergrauenden Hippies, die es allmählich gab) oder Papa-Zappa (schulterlanges mit einem Fön aufgeplustertes Kraushaar).

Ungefähr zur selben Zeit begann Fay mit indianischer Kunst zu handeln. Als Amerikanerin konnte sie, wann immer sie wollte, nach San Diego, Tuscon oder El Paso fahren. Dort wuchs allmählich ein Interesse an Wollfadenbildern, Schlangenstäben, Bambusscheiben, Tanzmasken, Federgestecken, Opferbrettern und Peyote-Schrapern. Insbesondere die Fadenbilder stießen auf eine lebhafte Nachfrage, da sie als Kunstform unbekannt waren. Sie bestanden traditionell aus bunten Naturgarnen – inzwischen wurden auch Kunststofffäden benutzt –, die mit Bienenwachs dicht nebeneinander auf Holzbretter geklebt wurden. So entstanden großflächige, farbige Bilder mit indianischen Ornamenten wie Schlangenlinien, Pfeilen und Spiralen.

Einmal im Monat drehte Fay mit einem rostigen Pick-up ihre San-Diego- oder El-Paso-Runde und war dann ein paar Tage und Nächte nicht in Real de Catorce. Niki war ungefähr elf oder zwölf, als ihr auffiel, dass Susanne, wenn Fay unterwegs war, nachts oft nicht zu Hause war. Niki hatte in dieser Zeit häufig Albträume, schreckte mitten in der Nacht mit fliegendem Puls hoch und ängstigte sich in der Dunkelheit der Wüstennächte zu Tode.

In Traumbildern krochen Schlangen auf sie zu, ohne dass sie vor ihnen hätte flüchten können. Oder sie irrte durch einen Wald von hoch aufragenden Kakteen, die auf einmal lebendig wurden und ihre stacheligen Arme nach ihr ausstreckten. Dieser letzte Traum war so häufig, dass sie sich manchmal sogar am Tag vor den Kakteen fürchtete.

An einem Sommertag fuhr sie mit Michael nach Matehuala, um sich dort die Mittelschule anzusehen, auf die sie vom Herbst an gehen sollte. Die Grundschule hatten die Ausländer in Real de Catorce, von denen einige in ihren «früheren Leben» unterrichtet oder, wie Michael, Hochschulstudien begonnen und abgebrochen hatten, für ihre Kinder selbst organisiert. Auf der Rückfahrt von Matehuala durch die Wüste sahen die Schatten der Kandelaberkakteen im Abendlicht aus wie Hände, die mit langen Fingern nach den Felsbrocken, der Straße und dem Wagen griffen. Obwohl Niki wusste, dass es eine Täuschung war und die Kakteen ihr nichts tun konnten, beschleunigte sich ihr Puls.

In einer anderen Nacht träumte sie von einem Raubvogel mit einem langen, harten Schnabel, dem sie nicht entkommen konnte. Mit starrem, stechendem Vogelblick kreiste er über ihr, jederzeit bereit, mit gespreizten Klauen herabzustürzen, den Kopf vorzurecken und den Schnabel in ihre Eingeweide zu hacken. Als Niki die Augen aufriss, half ihr das nicht. Die mondlose Nacht schälte kaum vertraute Gegenstände aus der Dunkelheit in ihrem Zimmer.

Sie schaltete ihre kleine Taschenlampe ein, deren Batterien nur noch wenig Kraft hatten, und folgte dem schwachen Lichtpunkt auf dem Boden durch den Flur ins Schlafzimmer ihrer Eltern. Dort lag niemand im Bett. Die Angst, mitten in der Nacht allein zu sein, war nicht geringer als die vor dem Raubvogel in ihrem Traum. Erst als Niki durch das Küchenfenster einen Lichtschein in Michaels Labor sah, wurde sie ruhiger. Sie öffnete die Haustür, ging barfuß hinaus und zitterte in der Kälte, die aus der Wüstenebene hochgestiegen war.

Michael hockte zusammengekauert, mit aufgerissenen Augen und vogelartig hochgezogenen Schultern auf dem rohen Holztisch mit seinen Forschungsunterlagen. Sein Soxhlet-Extraktor auf der Experimentierkonsole blubberte, dampfte und zischte gelegentlich. Die Glühbirne unter der Decke war, wenn man aus der Dunkelheit der Nacht kam, nur im ersten Moment hell. Michael saß im Schummerlicht da. Es roch nach dem elektrischen Lamellenheizkörper unter dem einzigen Fenster, der nur wenig Wärme, dafür aber öligen Dunst absonderte.

Michael zitterte am ganzen Körper, als herrschte Frost. Es war kalt im Raum, aber nicht *so* kalt. Er war nass geschwitzt, und einen Moment lang dachte Niki, dass auch er gerade aus einem Albtraum erwacht sein musste. Doch so war es nicht. Trotz aufgerissener Augen schien er immer noch in einem Traum gefangen zu sein und Niki gar nicht zu erkennen. Seine einzelnen, schnellen, gestoßenen Atemzüge waren deutlich zu hören. Er verschränkte die Arme noch fester, um sich gegen den «Frost» zu schützen. Seine Knie zitterten, und auf einmal schlug er mit der rechten Faust auf seine Beine ein, als wollte er sie ruhig stellen. Danach fuhr er sich mit beiden Händen durch die

Haare, raufte sie so stark, dass es schmerzhaft sein musste, und warf den Kopf hin und her.

«Sie dürfen nicht mehr kommen, hörst du, sie dürfen nicht kommen und ... du musst sie verjagen, mit deinem goldenen Schwert», vielleicht meinte er die funzelige Taschenlampe in ihrer Hand, «musst du sie verjagen ...» Er erstarrte, senkte die Stimme und flüsterte: «Du weißt doch, was sie machen, jede Nacht, ich habe es dir erzählt, habe es dir erzählt ...» Plötzlich sprang er auf. «O nein, o nein, o nein!»

Er schlug sich mit dem flachen Handballen mehrfach gegen die Stirn und riss dann eine der Kladden vom Tisch, in denen er seine Forschungen aufzeichnete. «Ich habe es aufgeschrieben, aufgeschrieben ...», er fing wie wild an herumzublättern, «... aufgeschrieben, aber ich finde es nicht, o nein, o nein, wo steht es nur, wo steht es nur? Aber du musst mir glauben, du musst, hörst du, ich will da nicht mehr hin, sie machen ...»

Er brach ab, führte beide Hände zum Kinn, steckte die Finger in den Mund und biss zu, als wollte er sich dadurch zwingen, nicht weiterzusprechen. Er setzte sich wieder auf den Tisch, aber sofort fingen seine Knie wieder an zu zittern. Und wie um das zu verbergen oder dem motorischen Impuls, den er nicht beherrschen konnte, nachzugeben, begann er im Raum auf und ab zu gehen, was hieß, dass er alle drei oder dreieinhalb Meter wieder umkehren musste, größer war das Labor nicht. Er stöhnte auf, als wäre der Raum eine Zelle, aus der er ausbrechen wollte. Einen Moment schien es, als habe er Niki vergessen, doch dann nahm er sie wieder wahr und fiel vor ihr auf die Knie. Tränen liefen über sein Gesicht, und er drückte sie so fest an sich, dass es ihr die Luft abschnürte.

«Du wirst mich retten, oh ja, ich sehe die Helligkeit hinter dir, die Farben, nimm mich dorthin mit, nimm mich dorthin mit ... diese Explosion von Farben aus deiner Dimension, Herzrubinmalvendiapositivrot, Strahlenverschießendesdämmerungsblau ...»

Ebenso heftig, wie er Niki ergriffen hatte, ließ er sie wieder los, sprang zu seinem Holztisch, riss die Kladde auf, fand einen Stift und schrieb im Stehen, die Wörter mitflüsternd, seine absurden Farberfindungen hinein: «Bergbachverkieseltesgletschertürkis, Herbstlaubnovemberlichesnebelgraugelb ...»

Dann fing seine Hand mit dem Stift an zu krampfen, als gehorchten ihm die Finger bei den komplizierten Wörtern nicht mehr. Seine Arme begannen zu zittern, und schnell breiteten sich die Zuckungen über seinen ganzen Körper aus, es erschien Schaum vor seinem Mund, der an seinem Kinn herablief und auf die Seiten tropfte, die bei dem Hin und Her zu Boden gefallen waren. Die Kraft wich ihm aus den Beinen, er vollführte eine eigenartiger Abwärtspirhouette und ging in die Knie, kippte zur Seite und blieb starr ausgestreckt auf dem Boden liegen. Ein Arm zitterte noch ein paar Sekunden und bewegte sich dann nicht mehr.

Meskalin, recherchierte Niki viele Jahre später in ihrem Medizinstudium, war als halluzinogene, psychotrope Substanz unberechenbar. Gute und schlechte Trips hielten sich in etwa die Waage, und Krampfanfälle, synästhetische Visionen und schizoide Schübe waren bei falscher Dosierung gängige Begleiterscheinungen. Vielleicht litt Michael unter der Vorstellung, dass Susanne, die jene Nacht wohl bei Scott verbracht hatte, ihn verlassen könnte. Ängste konnten sich unter dem Einfluss psychotroper Drogen in einem unbeherrschbaren Maß steigern.

Dass Susanne und Scott ein Verhältnis hatten, war in der Aussteigergemeinde von Real de Catorce bald ein offenes Geheimnis. Viele Jahre später kam auch Niki zu dem Schluss, dass Fay gewusst hatte, was vor sich ging, wenn sie sich in ihrem mit indigenem Kunsthandwerk beladenen Pick-up auf den Weg nach Tuscon oder El Paso machte. Unter den Ausländern von Real de Catorce kannte jeder jeden. Da man annehmen konnte, dass es zwischen ihnen und der mexikanischen Bevölkerung kaum zu Liebesbeziehungen kam und es zugleich unwahrscheinlich war, dass die zugewanderten Paare allesamt streng monogam lebten, ergab sich daraus eine Art von halb offener Promiskuität innerhalb der Aussteigergemeinde. Die Zeiten – falls es sie denn überhaupt jemals gegeben hatte – von freier Liebe und wirklich offenen, auch vor den Kindern, Beziehungen waren allerdings längst vorbei. Und da Niki, wie nahezu alle Kinder, ihre Eltern nie über deren Intimleben befragte, konnte sie später über all das nur Mutmaßungen anstellen.

In jener Nacht aber, als die Angst vor ihrem Albtraum sie in Michaels Labor getrieben hatte, sah sie nur, was geschehen war und dass Michael Hilfe brauchte. Eigenartigerweise war ihre Angst in diesem Moment verflogen. Sie wischte Michael den Schaum von den Lippen und säuberte, so gut es ging, mit einem feuchten Tuch sein Gesicht. Sein schwerer Körper lag für sie beinahe unverrückbar auf dem Boden. Sie drehte seinen Kopf nur ein wenig auf die Seite, um ihm die Atmung zu erleichtern, und überzeugte sich dann mit einem Ohr an seinen Lippen, dass seine Atemzüge nach einer Weile regelmäßiger wurden. Sie sammelte die vollgekritzelten Notizblätter vom Boden auf, legte sie auf den Tisch und deckte Michael mit ein paar Handtüchern zu, die nach Lösungsmitteln rochen.

Anschließend dachte sie darüber nach, wie sie seinen Zustand in den folgenden Stunden am besten überwachen könnte, wobei das Wichtigste zweifellos die Atmung war. Sie nahm den Traumfänger, den Susanne in die Laibung des Laborfensters gehängt hatte, ein schallplattengroßes Bambusrad mit Knotenschnüren, Leinenbändern und Falkenfedern, und legte ihn so vor Michaels Mund, dass eine der Federn aufrecht stand und im Rhythmus seiner Atmung leicht hin und her schwang. Danach setzte sie sich neben dem lauwarmen Lamellenheizkörper auf den Boden und beobachtete die Bewegungen der Feder, vor und zurück, vor und zurück, vor und zurück ...

Als sie erwachte, lag sie in ihrem Bett und hörte Susanne wie jeden Morgen in der Küche hantieren. Sie bereitete ihren Tee zu, mit dem sie dann hinausgehen würde, um im Yogasitz und mit angehobenem

Gesicht und ausgebreiteten Armen in einem ihrer Steinkreise die Sonne zu begrüßen. Niki brauchte einen Moment, um aus dem Schlaf in diese alltägliche Normalität zu finden. Im Schlafzimmer ihrer Eltern lag Michael auf seiner Seite des Bettes und schnarchte.

Sie und Michael sprachen nie darüber, was in dieser Nacht geschehen war. Vielleicht wusste Michael es am nächsten Morgen nicht mehr. Und wenn doch, dann hätte er die Erinnerung daran vielleicht für einen Horrortrip unter Meskalineinfluss gehalten.

Eines fand Niki im Nachhinein bemerkenswert. Ihr koordiniertes Handeln nach Michaels Kollaps war intuitiv erfolgt. Sie hatte nicht darüber nachgedacht, und mit zwölf Jahren fehlten ihr die medizinischen Grundlagen, um zu wissen, was zu tun war. Aber sie hatte alles richtig gemacht, und gelegentlich dachte sie seit jener Nacht darüber nach, wie es wäre, Medizin zu studieren und irgendwo Ärztin zu werden.

Ein paar Monate danach bekam Niki ihre erste Regelblutung. Bei den Huicholen fertigten die Mädchen zu Beginn der Geschlechtsreife Pfeile aus Bambus und Federn an und verteilten diese in der Umgebung ihrer Häuser als Opfergaben an einen Gott namens *Tamats Palike Tamoyeke*, was so viel wie «Älterer Bruder» bedeutete. In der Symbolsprache der Huicholen wurden die Pfeile hergestellt, um *Leben zu gewinnen*. Der Ritus war ein fester Bestandteil des Erwachsenwerdens. Als Fay Niki davon erzählte, gefiel ihr der Brauch. Doch Fay warnte sie: «Du musst vorsichtig damit sein. Wenn ein junger Mann einen deiner Pfeile in der Nähe eures Hauses findet, weiß er, dass du eine Frau bist.»

Niki war klar, dass ihre Chancen tatsächlich Ärztin zu werden, nicht gut standen. Als Deutsche hatte sie in Mexiko kein Anrecht auf einen Studienplatz, und daran, ein Medizinstudium, wo auch immer, privat zu finanzieren, war nicht zu denken. Susannes Einnahmen als Hippiefriseurin und Hobby-Indianerschmuck-und-Traumfänger-Künstlerin – sie verkaufte ihre Objekte auf Wochenmärkten beziehungsweise bot sie dort an – und Michaels Erlöse als Gelegenheitsbauunternehmer und Gründer, einziger Mitarbeiter und Gesellschafter von «Peyote-Tours» – in den späten Siebzigerjahren tauchten vermehrt junge Rucksacktouristen in Real de Catorce auf und ließen sich gern in einem historischen VW-Bus durch die Wüste kutschieren, hatten aber leider meist kaum genügend Pesos in der Tasche, um solche Touren angemessen zu bezahlen – reichten gerade, um die geringen Lebenshaltungskosten zu decken, die selbst am Rand von Real de Catorce für eine dreiköpfige Familie anfielen. Von diesen Einnahmen ein Studium zu finanzieren war ausgeschlossen.

Niki fand heraus, dass ihr bei einem anerkannten deutschen Abitur mit einem Notendurchschnitt von über eins Komma null in Deutschland ein Medizinstudienplatz zugestanden hätte. Allerdings konnte man auf einer Mittelschule in Matehuala kein deutsches Abitur machen. Nach vier Semestern Medizinstudium in Deutschland und bestandenem Physikum hätte es die Möglichkeit gegeben, mithilfe von diversen Organisationen, die Studienplätze im Ausland vermittelten, die Medizinausbildung in Mexiko fortzusetzen – beispielsweise in Guadalajara, dessen Universität eine Partnerschaft mit der Universität Köln unterhielt, dort eine Prüfung abzulegen und anschließend noch eine zusätzliche in Deutschland, um nach der deutschen Approbationsordnung eine Zulassung als Ärztin zu erwerben. Allerdings war damit die Frage der Finanzierung eines solchen Studiums noch nicht geklärt.

In Mexiko-City, das wusste Niki, gab es anerkannte, deutschsprachige Gymnasien für die Mitarbeiter deutscher Firmen. Diese Schulen waren gebührenfrei, aber um sich dort anzumelden und am Unterricht teilzunehmen, hätte sie ein Zimmer in Mexiko-City gebraucht. Nach dem Abitur wären für die ersten vier Semester in Deutschland die Kosten für ein Flugticket, für die Zimmermiete und für den Unterhalt angefallen. Nach dem Physikum kämen der Rückflug nach Mexiko, die Unterbringung in Guadalajara sowie gelegentliche Heimreisen nach Real de Catorce hinzu. Niki hatte nicht vor, den Kontakt zu Susanne und Michael abzubrechen.

Nachdem sie alle durchschnittlichen Kostenfaktoren recherchiert, die zu erwartenden Preissteigerungen und Gebührenanpassungen einbezogen und die mittleren Lebenshaltungskosten in Deutschland und Mexiko geschätzt hatte, errechnete sie für solch ein deutsch-mexikanisches Medizinstudium unter Berücksichtigung des mittleren D-Mark-Peso-Wechselkurses der vergangenen Jahre Gesamtkosten in Höhe von 123 574,87 DM. Es war eine gründliche, zweifellos interessante, aber auch niederschmetternde Rechnung. Niki hatte keine 123 574,87 DM und sah auch keine Möglichkeit, an so viel Geld zu kommen.

Das war der Stand der Dinge, als sie ein halbes Jahr vor ihrem mittleren Schulabschluss an der Haltestelle vor dem Ogarrio-Tunnel stand und auf den Bus wartete. Wie so oft in jener Zeit, dachte sie über ihre Zukunft nach. Der Platz vor dem Ogarrio-Tunnel schien solche Gedanken heraufzubeschwören. Hier war sie vor zehn Jahren aus dem Wagen gesprungen und von einem mexikanischen Bauern für einen Engel gehalten worden. Doch was hatte sie davon?, fragte sie sich, jetzt da sich herausgestellt hatte, dass man vielleicht ein Engel *sein*, nicht aber einer *werden* konnte. Jedenfalls nicht ohne sehr viel Geld.

Neben der Tunneleinfahrt warteten ein paar Maultierführer mit ihren Tieren auf Kundschaft für geführte Ausritte durch das Dorf, zu den Ruinen früherer Außenbezirke oder zu den Schächten verfallener Silberminen. Solche Reittouren hatte es vor zehn Jahren noch nicht gegeben. Ansonsten sah der wüstenhelle Platz vor dem Tunnel immer noch genauso aus wie bei ihrer Ankunft. Und ebenso wie damals saßen am Rand ein paar Männer im Schatten.

Niki wusste nicht, warum, aber auf einmal fühlte sie sich von dort angestarrt. Nach mehr als zehn Jahren, so dachte sie, sollten sich die Männer in Real de Catorce an den Anblick ihrer hellblonden Haare gewöhnt haben. Und außerdem war sie inzwischen auch zu erwachsen, um noch als himmlisches Engelswesen durchzugehen. Aber vielleicht stimmte das nicht.

Schließlich erhob sich einer der Männer und kam auf die Bushaltestelle zu, an der außer ihr niemand stand. Niki folgte dem Mann mit dem Blick, und schließlich war klar, dass er tatsächlich zu ihr wollte.

Sie machte sich keine Sorgen. Noch nie war sie von einem der Mexikaner belästigt worden. Der Mann blieb in einem respektvollen Abstand vor ihr stehen, begrüßte sie und entschuldigte sich sogleich, dass er sie ansprach.

Niki hatte als Kind weniger als ein Jahr gebraucht, um fließend Spanisch zu sprechen Und auf der Schule in Matehuala hatte sie ebenso schnell gelernt, den Dialekt der einheimischen Bevölkerung von Hochspanisch zu unterscheiden.

«Ich weiß nicht, ob Sie sich noch an mich erinnern», sagte der Mexikaner. «Sie waren noch ein Kind, da habe ich in Ihnen bei Ihrer Ankunft einen Engel gesehen.»

«Sie waren das? Ich kann mich vage daran erinnern, aber vielleicht auch mehr, weil mir meine Mutter die Geschichte so oft erzählt hat.»

«Und ich habe mich nicht geirrt», fuhr er mit großem Ernst fort. «Mein Sohn war damals krank, und er ist danach wieder gesund geworden.»

«Das freut mich», sagte Niki, «aber ich glaube nicht, dass ...»

Der Mexikaner unterbrach sie, weil er wusste, was sie sagen wollte. Er schüttelte den Kopf. «Für mich ist dabei nur wichtig, was *ich* glaube.»

«Ja, das verstehe ich», sagte Niki.

Sie fragte sich, wieso er nach zehn Jahren zu ihr kam, um sich für die Heilung seines Sohnes zu bedanken. Seit sie in Matehuala zur Schule ging, stand sie bis auf die Wochenenden täglich an der

Bushaltestelle. Vielleicht glaubte er ja, dass sie erst jetzt reif genug sei, ihn zu verstehen. Oder hatte er noch etwas anderes auf dem Herzen?

Nach einigen Augenblicken, in denen sie schweigend voreinander standen und die er wohl brauchte, um sein Anliegen zu formulieren, sagte er: «Mein Sohn ist inzwischen verheiratet. Er hat eine gute Frau gefunden. Sie ist fleißig und liebevoll und fromm. Die Ehe ist sehr glücklich, nur in einem Punkt haben die beiden Kummer. Gott hat sie bisher noch nicht mit einem Kind beschenkt.»

Mit sechzehn war Niki alt genug, um die Welten zu erahnen, die die Philosophien der Aussteigergemeinde in Real de Catorce von den religiös geprägten Ansichten der hier seit Generationen ansässigen mexikanischen Bevölkerung trennten. Was konnte sie dem Mann, der vor ihr stand und der womöglich älter als ihr Vater war, schon raten?

«Das tut mir leid», sagte sie nur.

«Ich komme zu Ihnen, weil ich eine Bitte habe. Wenn mein Sohn Sie so berühren dürfte, wie ich Sie berührt habe, dann wird vielleicht alles gut. Sie brauchen keine Angst vor ihm zu haben. Er ist ein guter Junge und würde niemals jemandem etwas zuleide tun. Es geht nur um diese Berührung, und dass Sie sie zulassen, wie Sie das als Kind getan haben.»

«Aber ich bin kein Kind mehr. Vielleicht sehen Sie etwas in mir, was ich schon lange nicht mehr bin, wenn ich es denn überhaupt jemals war.»

«Wie ich schon gesagt habe», sagte der Bauer. «Es geht nur darum, was ich glaube. Und was mein Sohn glaubt.»

Als Kind, das wusste Niki noch, war ihre Vorstellung von Engeln geprägt gewesen von jenen Putten in der Kirche der Unbefleckten Empfängnis in Real de Catorce, die sich dort zwischen Statuen der Jungfrau Maria und dem Säulenaltar des Heiligen Franziskus fanden. In dem trüben Licht, das durch die Kirchenfenster in den Altarraum fiel, schwebten sie mit mattweißen Flügeln, goldenem Heiligenschein und einem wegweisend erhobenen Finger über den Gläubigen, die Blicke aufwärts in eine höhere Sphäre gerichtet.

Da Susanne sie so oft Engelchen nannte, hatte Niki versucht, sich vorzustellen, wie es wäre, so ein Engel zu sein. Wie es wäre, anderen unsichtbar zur Seite zu stehen und ihnen durch geheime Geisteskräfte, Schwingungen des Wohlwollens oder eine Aura der Zuversicht den Weg zu weisen.

Doch wenn Engel Menschen den Weg wiesen, das dachte sie jetzt, wer wies Engeln, wer wies *ihr* den Weg? Susanne und Michael würden es nicht sein – das wusste sie inzwischen. Hatten die beiden mit ihrem Leben in Real de Catorce das gefunden, wonach sie einst gesucht hatten? Niki glaubte es nicht.

Vielleicht musste sie sich einfach darauf einlassen, auf diese Rolle als Engel, die sie sich nicht selbst, sondern die andere ihr zugewiesen hatten – vielleicht schon der Imam bei ihrer Geburt und später Sai Baba und, als wenn es noch eines weiteren Beweises dafür bedurft hätte, jener mexikanische Bauer bei ihrer Ankunft in Real de Catorce. Wieso sollte sie sich dagegen wehren, etwas zu sein, was so viele in ihr sahen? Wie konnte sie diesen Bauern enttäuschen? Sie konnte es nicht.

Nachdem Fay ihr von den Pfeilen erzählt hatte, die die Mädchen der Huicholen zu Beginn der Geschlechtsreife anfertigten und im Umfeld ihrer Gehöfte als Opfergaben ablegten, hatte sie selbst einen solchen Pfeil, nach dem Vorbild von Susannes Traumfängern, aus Bambusstäben und Falkenfedern gebastelt und ihn in der Wüste geopfert. Doch sie hatte Fays Warnung, mit solch einer Opferung vorsichtig zu sein, nicht vergessen und den Pfeil etwa fünfhundert Meter von ihrem Haus entfernt in unwegsamem Gelände abgelegt, in der Mauernische eines verfallenen Schuppens.

Das war eine gute Wahl gewesen, nach mehr als zwei Jahren lag der Pfeil immer noch dort. Und vielleicht war jetzt der richtige Zeitpunkt gekommen, die Bestimmung dieses Opferpfeils an den *Tamats*

Palike Tamoyeke, den «Älteren Bruder», zu erfüllen. Niki bestellte den Sohn des Mexikaners zu dem Schuppen. Dort, so versprach sie ihm, dürfe er sie berühren.

Am Tag des Treffens dachte Niki darüber nach, wie Engel bei ihren guten Taten wohl gekleidet waren. In ihrem «Schrank» – einer dicken Bambusstange hinter einem großen, mit indianischen Mustern durchwebten Baumwolltuch – fanden sich ausgefranste Jeans, von Susanne gebatikte T-Shirts, ein paar bunt bestickte Leinenblusen und XXL-Kapuzenponchos mit Lamamuster. Niki entschied sich für eine hellblau gefärbte Bluse mit glockenartig weiten Ärmeln und bunten Fransen am Ausschnitt. Mit den wehenden Ärmeln und dem blassen Himmelblau erschien ihr die Bluse hinreichend engelhaft.

Der Sohn des Bauern, dessen Namen sie nie erfahren würde, war ein junger Mann Mitte zwanzig. Seine Gesichtshaut war glatt, augenscheinlich hatte er sich sehr gut rasiert, die dunklen Haare schneiden lassen und seine Sonntagskleidung angezogen, eine helle, gebügelte Hose und über dem weißen Hemd eine dunkelblaue Weste mit mexikanisch gemusterter Bordüre. Er war schüchtern und wagte zunächst kaum, näher als zwei Meter an Niki heranzutreten, die vor der rohen Grundmauer des Schuppens stand, dessen Dach schon vor Jahrzehnten eingestürzt war.

Der junge Mexikaner warf in der tief stehenden Sonne einen langen Schatten, der neben Niki auf der honiggelben Schuppenmauer auslief. Hinter ihm führte der Hang bis hinunter zur Wüstenebene, die sich über den gesamten Horizont erstreckte. Niki spürte das Abendlicht auf ihrem Gesicht, und die vom Tag aufgewärmte, am Hang aufsteigende Luft strich über ihre Haut. Sie zog ihre Bluse aus.

«Ahora puedes tocarme», sagte sie.

Sie sprachen kein weiteres Wort miteinander, und wenn sie sich auf der Straße von Weitem sahen, was in dem halben Jahr, das Niki noch in Real de Catorce verbringen sollte, gelegentlich vorkam, beachteten sie sich nicht.

Der Bus von Matehuala über Cedar zum Ogarrio-Tunnel war kleiner als jener von Mexiko-City nach Matehuala. Es flimmerten keine Monitore mit *Mission-Impossible*-Videos unter der Decke, und sie reisten mit der mexikanischen Landbevölkerung. Hier erzählte Niki Lu diese Geschichte. Lu war die Erste, die sie erfuhr. Niki war sich nicht sicher, was Lu darüber denken würde. Doch Lu drückte ihre Hand und sagte, sie sei froh, dass Niki sich nicht verändert habe.

Kurz vor dem Ende des Schuljahres, so erzählte Niki noch, und etwa zwei Monate, nachdem der alte Mexikaner sie angesprochen hatte, kam der Bauer an der Bushaltestelle erneut auf sie zu. Einen Moment lang dachte Niki, dass er dieses Mal vielleicht kam, um sie zu töten.

Aber er fiel vor ihr auf die Knie und bekreuzigte sich. Seine Schwiegertochter, so sagte er, und dabei liefen ihm Tränen über das dunkle Gesicht, sei von Gott gesegnet worden. Sein Sohn und er könnten dieses Glück noch gar nicht fassen, und er wisse, wem er diesen Segen zu verdanken habe.

Niki schwieg. Er wolle sich erkenntlich zeigen, sagte der Mexikaner immer noch auf Knien, aber wie könne er das als Bauer ohne jeden überflüssigen Peso in der Tasche? Er stand auf, schob eine Hand in die Hosentasche und zog einen Lotterieschein daraus hervor. Niki schüttelte den Kopf, sie wollte nichts von ihm annehmen, aber der Bauer bestand darauf. Mehr als einen Lotterieschein konnte er sich nicht leisten, und Niki verstand, dass sie den Schein annehmen musste, wenn sie ihn nicht kränken wollte. Der Mexikaner reichte ihn ihr, bekreuzigte sich noch einmal und entfernte sich dann wieder.

Eine Woche danach durchsuchte Niki in Matehuala die Gewinnnummern der staatlichen Lotterie. Das Los, das der Bauer ihr geschenkt hatte, fand sich auf der Liste. Als Niki den Betrag, den sie gewonnen hatte, zum aktuellen Wechselkurs umrechnete, kam sie auf 123 574,87 DM.

19
El Desierto Real

Normalerweise war an der Einfahrt zum Ogarrio-Tunnel nicht viel los. Zweimal am Tag kam der Bus von Cedral die Berge heraufgeschaukelt, dessen Fahrgäste in einen auf dem Vorplatz bereitstehenden kleineren Bus umstiegen, der nicht breiter war als die schmalste Stelle des einstigen Silberminenstollens. Wobei genau genommen der ganze Stollen eine einzige schmale Stelle war.

Eine Ampel über der Tunneleinfahrt regelte den Verkehrsstrom: Bei Rot floss er einem entgegen, bei Grün hatte man freie Fahrt – zumindest durfte man das hoffen. Soweit Niki sich erinnerte, hatte es meist geklappt, sie hatte nie etwas über schlimme Zusammenstöße gehört, und wenn es mal schiefging, musste einer der Fahrer eben zurücksetzen. Ansonsten warteten außer den Bussen gelegentlich ein paar verbeulte Pick-ups mit Baumaterial, Lebensmittelsäcken oder Arbeitern auf der Ladefläche auf die Weiterfahrt durch den Tunnel. Und manche Fahrer machten eine Pause und tranken auf der Veranda des Kiosks neben der Einfahrt einen Kaffee. Viel mehr tat sich vor dem Ogarrio-Tunnel in der Regel nicht.

Deswegen war Niki überrascht, als sich der von Cedral kommende Bus, in dem sie mit Lu und Pablo saß, auf den letzten ein- oder zweihundert Metern der schmalen Bergstraße an einer beeindruckend blitzenden Phalanx von Liefer-, Transport- oder anderen Spezialfahrzeugen mit so rätselhaften Aufschriften wie *Allstar Power*, *Specular True Vision Rentals* oder *The Taco Guy BBQ* vorbeischob. Irgendwann dämmerte Niki, was los war. «Die gehören zu einer Filmproduktion.»

«Sieht so aus», nickte Lu.

Auch auf dem Tunnelvorplatz herrschte ungewöhnliche Betriebsamkeit. Der schmale Ogarrio-Spezialbus nach Real de Catorce wartete am Rand, während auf dem Platz vor dem Kiosk mehrere Podeste mit Scheinwerferstativen und ein vielgelenkiger Kran oder Schwenkarm um einen Pick-up herumstanden, der viel zu perfekt-rostig war, um wirklich ein original verrosteter Bauern-Pick-up zu sein.

«Susanne hat mal was von einem Film gesagt», erklärte Niki. «Ich hab's für eine ihrer üblichen Übertreibungen gehalten.»

«In dem Fall wohl nicht», mutmaßte Lu.

«Ich dachte, wahrscheinlich geht's um eine Doku über die Peyote-Junkies, und bin nicht weiter drauf eingegangen.»

Tatsache war hingegen: Das Filmteam vor dem Ogarrio-Tunnel arbeitete an einer Hollywood-Großproduktion mit dem Titel *The Mexican*, einem teuren, starbesetzten und, wie sich später herausstellen sollte, etwas verworrenen Leinwandabenteuer mit Julia Roberts und Brad Pitt in den Hauptrollen.

Wie der Titel schon vermuten ließ, spielten große Teile des Films in Mexiko, und als passende Kulisse für die Story hatte man sich für den Ruinencharme von Real de Catorce entschieden. Der war zwar nicht typisch für mexikanische Städte, doch schaden sollte der Film dem Image des Ortes nicht. In den Nullerjahren tauchte er erstmals sogar in Reiseführern auf.

Lu betrachtete die Szenerie mit einer sonderbaren Intensität, die Niki sich glaubte erklären zu können. Sie hatten schon lange nicht mehr über Lus schauspielerische Ambitionen gesprochen. Doch Niki konnte sich nur schwer vorstellen, dass Lu nicht mehr über diese Möglichkeit nachdachte. Oder war das in ihrem Alter – Lu war jetzt neunundzwanzig – schon *keine* Möglichkeit mehr? Manchmal, wenn Lu bei einem Gespräch jemanden nachahmte oder einen Schauspieler oder Politiker parodierte, blitzte ihr Talent auf.

Das Film-Equipment auf dem Tunnelvorplatz wurde gerade abgebaut. Leger gekleidete junge Männer schraubten Scheinwerfer und Lichtsegel von den Stativen, zerlegten die Podeste oder rollten Kabel ein, die zu den *Allstar Power*-Generatorwagen liefen. Manche Fahrer maßen mit Bändern Höhe und Breite ihrer Fahrzeuge, um herauszufinden, ob sie die Fahrt durch den Tunnel riskieren konnten.

Schließlich wurde die Absperrung des Platzes aufgehoben, sodass man den Kiosk wieder erreichen konnte. Niki zog mit Pablo los, um die Bustickets zu besorgen. Lu blieb beim Gepäck, aber als kurz darauf einer der Filmtrucks auf sie zurollte, stellte sich heraus, dass die Koffer im Weg standen und wegen der vielen anderen, noch nicht weggeräumten Gerätschaften auch nicht umfahrbar waren. Es waren Koffer im XXL-Format, Niki und Lu hatten für eine sechswöchige Reise gepackt.

Am Flughafen und an den Busbahnhöfen in Mexiko-City und Matehuala hatte es Gepäckwagen gegeben – solchen Reiseluxus gab es hier nicht. Außerdem konnte man die Koffer auf dem zu Silberminenzeiten gepflasterten, an anderen Stellen naturbelassenen Boden auch nicht rollen. Die kleinen Hartgummiräder blockierten auf dem Kies, weswegen man die Koffer wie störrische Esel – die es hier in der Gegend tatsächlich noch gab – über den Boden ziehen musste, oder man hob sie an, aber dafür waren sie Lu zu schwer. Es war nicht so überraschend, dass in dieser Lage ein Mann neben ihr auftauchte, um ihr mit den Koffern zu helfen. Überraschend war, wer: James Gandolfini.

In Deutschland hatte Gandolfini als Schauspieler im Jahr 2000 noch keinen großen Namen. In Amerika hingegen nahm seine Karriere gerade richtig Fahrt auf, nachdem er zwei Monate zuvor als bester männlicher Hauptdarsteller einer Dramaserie den *Golden Globe* für seine Verkörperung des New Jerseyer Mafiacapos und Familienvaters Tony Soprano in der HBO-Serie *Die Sopranos* bekommen hatte. In *The Mexican* spielte James Gandolfini einen schwulen Killer und sollte auch dafür einhellig gelobt werden.

«Danke», sagte Lu, als er einen Koffer hochhob und zur Seite schaffte.

«Wo kommen Sie her?», fragte er.

«Aus Deutschland.»

Lus Englisch war passabel. Im *Egalia* waren Filme regelmäßig in Originalfassung mit Untertiteln gezeigt worden.

«Ich finde, Sie sehen italienisch aus.»

Er räumte den zweiten Koffer beiseite.

«Meine Mutter war Kroatin.»

«Dann liege ich nicht ganz falsch.» Er war der Sohn italienischer Einwanderer und kannte die europäische Landkarte. Er reichte ihr die Hand und stellte sich ihr mit seinem Vornamen vor.

Lu wusste nicht, mit wem sie sprach. Der einzige Film mit James Gandolfini, den sie bisher gesehen hatte, war *8mm* mit Nicholas Cage in der Hauptrolle gewesen. Aber diesen Film, der eine Anklage gegen bestimmte Auswüchse in der Pornobranche hatte sein sollen, fand Lu schlecht. Sie vergaß ihn sehr schnell wieder – und mit ihm auch James Gandolfini.

Niki kam mit Pablo vom Kiosk zurück.

«Der Bus ist voll. Wir kommen erst heute Abend mit.»

«Noch mal danke», sagte Lu, als der Truck vorbeifuhr. Sie stellte Niki James Gandolfini vor und und fügte erklärend hinzu: «Er hat mir mit den Koffern geholfen.»

«Reisen Sie zusammen? Kommen Sie auch aus Deutschland?», erkundigte er sich.

«Ja», nickte sie.

«In Ihrem Fall glaube ich es», sagte er. «Und wie verirrt man sich aus Deutschland nach Mexiko ans Ende der Welt?»

«Meine Eltern leben hier. In Real de Catorce.»

«Dort auf der anderen Seite des Tunnels?»

«Ich bin da aufgewachsen.»

Er hob die Hände. «Entschuldigung, das mit dem Ende der Welt habe ich nicht so gemeint.»

«Nein, nein. Sie haben völlig recht», winkte Niki ab. «Was meinen Sie, warum ich nicht mehr hier lebe, sondern in Berlin?»

«Berlin!», rief er aus. «Da wäre ich im vergangenen Jahr beinahe hingereist. Zum Filmfestival.»

8mm lief 1999 auf der Berlinale im Wettbewerb.

«Zur Berlinale? Dann gehören Sie hier», Niki wies auf den Filmset, «so richtig dazu?»

«Kann man so sagen.»

«Und was machen Sie?», erkundigte sie sich.

«Oh, ich spiele mit.»

Niki befürchtete, sich soeben peinlich blamiert zu haben. «O Gott, ich müsste Sie bestimmt kennen. Das ist mir so unangenehm. So was kann auch nur mir passieren.»

Er winkte ab und lächelte jenes gewinnende Lächeln, dass ihn als Tony Soprano – als Mafiaboss, Mörder, Familienpatriarch und Psychotherapiepatienten – so unwiderstehlich machen sollte. Er deutete auf den Ogarrio-Bus. «Was macht sie da?»

Niki drehte sich zum Bus. Lu hatte sich mit Pablo entfernt und stand mit ihm an der Hand vor der geöffneten Bustür. Sie verhandelte anscheinend mit dem Fahrer des Wagens, der selbst nicht zu sehen war. James Gandolfini meinte aber etwas anderes. Lu stand mit dem vorgewölbten Bauch einer Schwangeren da – sie musste sich Pablos Kopfkissen unter den Pullover gestopft haben. Im Profil sah ihre Schwangerschaft durch die Art, wie sie mit einer ins Kreuz gestützten Hand die vermeintliche Last ihres Bauches zum Ausdruck brachte, sehr echt aus. Pablo zerrte quengelnd an ihrer anderen Hand. Sie hatte ihn wohl als Schauspieler rekrutiert und entsprechend instruiert. Er kam, was die Haarfarbe anging, nicht nach Niki, sondern nach Clemens, sonst wäre der Auftritt vor dem Busfahrer doch nicht so glaubwürdig gewesen. Nachdem Lu etwa eine Minute mit dem Fahrer verhandelt, mit Pablo geschimpft und einen ziemlich hysterisch-zermürbten Eindruck hinterlassen hatte, kam sie mit Pablo, der noch ein paar Schritte vor sich hin zeterte, zurück. Verstohlen hob sie vor dem Bauch den Daumen nach oben.

«Alles geritzt. Wir können mit.»
«Well played!», sagte James Gandolfini anerkennend.

Als Niki *The Mexican* ein Jahr später im Kino sah, war sie etwas enttäuscht, dass die Szene mit James Gandolfini vor dem Tunnelkiosk dem Schnitt zum Opfer gefallen war. Da sie ihn erst *nach* dem Dreh kennengelernt hatte, hätte sie sich zwar nicht der Illusion hingeben können, durch ihn mit im Bild zu sein, gewissermaßen als Passagier in seinem Kurzzeitgedächtnis, aber natürlich hätte es ihr gefallen, damit angeben zu können, ihn nach dieser Szene, wenn sie denn im Film zu sehen gewesen wäre, persönlich kennengelernt zu haben.

Was es in den Film schaffen sollte, war die Höllenfahrt durch den Ogarrio-Tunnel – wenn auch nicht mit James Gandolfini, sondern mit Brad Pitt. Der saß mit ein paar Gangstern im Wagen und raste durch die schmale Felsenröhre, wobei die Einstellung so gewählt war, dass man hinter seinem Kopf die rohe Felswand, gelblich beleuchtet, in einem verrückten Tempo über die Leinwand jagen sah.

Niki kannte das Gefühl, bei der Busfahrt sein Leben einem der abgebrühten, für ihren halsbrecherischen Fahrstil berüchtigten Busfahrer der lokalen Transportgesellschaft anzuvertrauen, deren tägliches Adrenalinvergnügen es war, mit sechzig oder siebzig Sachen durch den Stollen zu rasen, wobei der seitliche Abstand der Felswand zur Karosserie zwischen fünf und höchstens zehn Zentimetern variierte, was dazu führte, dass man hinter den Seitenscheiben des Busses gelegentlich einen kreischenden Funkenflug beobachten konnte, wenn eine vorspringende Felsnase über das vorbeijagende Metall kratzte ... – Niki kannte das Gefühl so gut, dass sie über Lus besorgte Miene lächeln musste.

Nach dem Aussteigen sog sie auf dem Platz vor dem Tunnel tief die Luft tief. Aber es war nicht möglich, aus diesem Gemisch von Abgasen, Zigarettenrauch und dem Grilldunst einer neuen oder nur für die Filmproduktion errichteten Barbecue-Bude den reinen Wüstengeruch zu extrahieren, den sie von früher kannte.

Pablo rannte zu einer Kaktee am Rand und begann die ihm bisher unbekannte Pflanze zu erforschen. Der Platz hatte sich äußerlich nicht verändert, aber sie waren nicht allein wie bei Nikis Ankunft vor dreißig Jahren. In dem Ausstiegsgewühl fiel Pablo niemandem auf. Doch auch wenn sie allein gewesen wären, hätte ihn mit seinen dunkelbraunen Haaren niemand für einen Engel gehalten. Und vielleicht waren die Zeiten, dass man blonde Kinder für Engel hielt, ja auch in Real de Catorce vorbei.

Niki schloss die Augen und versuchte sich an jenen Tag zu erinnern, als sie Real de Catorce verlassen hatte, um in Mexiko-City zur Schule zu gehen und das Abitur zu machen. Es war nicht ihr letzter Tag hier gewesen, doch danach war sie nur noch zu Besuch gekommen. Danach war es nicht mehr ihr Zuhause.

Aber war es das je gewesen? War Real de Catorce ihre Heimat und hätte es bleiben können, wenn sie nicht fortgegangen wäre? Sie wusste es nicht. Auf einmal filterte sie aus den vielen Gerüchen doch noch jenen besonderen der Wüste heraus – und er schmerzte sie. Ihr wurde klar, dass es eine Rückkehr in die Kindheit nicht geben konnte und dass sie selbst es gewesen war, die eine undurchdringliche Wand aus Zeit zwischen sich und ihren Wurzeln errichtet hatte.

Doch dann kurvte ein Toyota-Pick-up – Niki erinnerte sich daran, dass Susanne ihr erzählt hatte, dass sie den Bulli ausgemustert hatten – mit der winkenden Susanne am Steuer heran.

«Oh mein Kind, mein liebes Kind, mein Engelchen!»

Niki war tief gerührt und umarmte Susanne, die sofort in Tränen ausbrach, innig. Sich nach über zehn Jahren wieder in den Armen zu halten, ließ für den Moment alle Mutter-Tochter-Telefongesprächsdifferenzen, von denen Niki befürchtet hatte, sie würden vielleicht zwischen ihnen stehen, in den Hintergrund treten. Niki wusste, dass Susannes emotionale Ausbrüche immer auch Teil einer Selbstinszenierung waren – doch auch das spielte keine Rolle. In diesen ersten Minuten ihres Wiedersehens war Niki nur das zurückgekehrte Kind, das den Zugang zu einer verloren geglaubten Welt wiedergefunden hat. Es war *doch* alles noch da: die Wüste, die Häuser, die Kakteen, die Bauern und Susanne, mit ihrer Emphase und ihren mitunter vielleicht etwas zu großen Emotionen, die doch liebenswert waren, auch wenn sie einen manchmal erdrückten ... Und selbst darüber konnte Niki im Moment nur lächeln. Sie war zu Hause. Zu Hause!

Susanne umarmte auch Lu sehr innig, wenn auch nicht ganz so lange und zu Tränen gerührt wie Niki. Lu hatte es nicht so mit Umarmungen Fremder, spielte aber sehr gut mit. Und die Tränen, die Susanne über die Wangen liefen, als sie Pablo entdeckte – er erforschte immer noch irgendetwas an der Kaktee: eine Eidechse, wie sich herausstellte, die bei der Ankunft der Erwachsenen blitzschnell in eine Erdspalte flüchtete – und zu ihm eilte, ihn hochhob und an sich drückte, rührten auch Niki wieder. Vielleicht waren diese ja sogar die wahrhaftigsten von Susannes Tränen, als würde sie erst in diesem Moment wirklich begreifen, dass alles, was ihr Niki in den vergangenen Jahren am Telefon erzählt hatte, wahr war. Sie hatte ein Enkelkind! Sie und Michael waren Großeltern!

Sie hatte zugenommen, sah Niki, was wegen der weiten, vielfarbigen Kleider, Tücher und Blusen, die sie immer schon gerne getragen hatte, nicht sogleich auffiel. Mit ihren Holzperlenketten oder geflochtenen Lederarmbändern und den seit jeher dunkelrot gefärbten Haaren, sah sie aus, als wäre die Zeit an ihr recht spurlos vorübergegangen. Sie war faltiger geworden, ihre Handrücken fleckiger, aber nicht übermäßig.

«Wieso ist Papa nicht mitgekommen?», fragte Niki schließlich mit Blick auf den leeren Pick-up.

«Er ist sehr beschäftigt.» Susanne setzte Pablo ab, der bei der Umarmung geduldig ausgeharrt hatte. Er lief zu Lu.

«Hm», machte Niki.

«Mach dir keine Gedanken, Liebes, es ist wirklich so. Er freut sich sehr auf euch, muss sich aber um die Gäste kümmern. Wir konnten ja nicht ahnen, was ausgerechnet, wenn du kommst, hier los sein würde. Das ist für uns tatsächlich eine Art Ausnahmezustand. Und da müssen wir dranbleiben. Wir möchten Fotos zu Werbezwecken machen. Das sind alles prominente Leute.»

«Das Filmteam wohnt bei euch?»

«Viele davon», nickte sie. «Durch die Dreharbeiten sind wir praktisch saniert.»

«Toll. Das ist großartig.»

«Ich weiß, dass du skeptisch warst», sagte Susanne.

«Na ja, was heißt skeptisch ...»

«Doch, und ich konnte es auch verstehen. Mir ist klar, dass du in uns nicht gerade erfolgreiche Unternehmer gesehen hast. Wie auch? Aber das Hotel ist tatsächlich ein Erfolg.»

«Wirklich, ich freue mich.» Sie gingen zum Wagen, und wuchteten zu zweit die Koffer auf die Ladefläche. «Ich habe vorhin einen von den Schauspielern kennengelernt», sagte Niki. «So einen bulligen Typen mit rundem Gesicht. Er hat Lu mit den Koffern geholfen.»

«Bullig? James Gandolfini wahrscheinlich», nickte Susanne. «Der wohnt auch bei uns.»

«Ach ja?»

«Ich glaube, er ist heute von Brad Pitt erschossen worden.»

Lu saß auf einer niedrigen Natursteinmauer am Platzrand, rauchte und malte mit Pablo, der neben ihr kniete, Figuren in den Sand. Manchmal versuchte Niki Lu davon abzubringen, in Pablos Gegenwart zu rauchen. In geschlossenen Räumen tat sie es nie. Aber eigentlich ging es Niki darum, Lu dazu zu bewegen, das Rauchen ganz aufzugeben.

Lu hatte dazu einmal einen Gedanken geäußert, der Niki hin und wieder beschäftigen sollte. Vielleicht rauche sie ja nur, hatte sie gesagt, um eine letzte Verbindung zu ihrer Mutter zu spüren. Einmal wurde Lu sogar ärgerlich. Ja, Draga sei an Lungenkrebs gestorben! Doch wenn das einzige Stück Kindheitserinnerung, das ihr geblieben war, ein von Zigarettenrauch vernebelter Raum sei, wolle sie dagegen keine Gesundheitsargumente zu hören bekommen.

In diesem Moment, auf dem Platz vor dem Ogarrio-Tunnel, sah Niki das ein. Sie war soeben dort angekommen, wohin Lu nicht mehr zurückkehren konnte: in ihren Kindheitserinnerungen. Sie hatte kein Recht, Lu Vorschriften zu machen.

«Es ist etwas ungewohnt für mich», sagte Susanne jetzt mit Blick auf Lu und Pablo.

«Du meinst Lu? Dass wir mehr sind als gute Freundinnen?»

«Wir werden sicher lernen, damit umzugehen.»

«Eigentlich ist es ganz leicht, wenn man es akzeptiert. Aber ich gebe zu, dass sogar *ich* eine Weile dazu gebraucht habe.»

Dem nach einer langen Sanierungsphase vor anderthalb Jahren eröffneten Hotel hatten Susanne und Michael den Namen *El Desierto Real* gegeben. Es lag am westlichen Ende der Dorfstraße, und die hinteren Zimmer boten einen großartigen Ausblick auf die Wüste.

Michael arbeitete vor der Eröffnung mehr als zwei Jahre an dem Hotel. Er ertrug es nicht, wenn es durch Fenster zog oder Türen nicht perfekt schlossen, wenn Wasserhähne tropften oder zu wenig Wasser spendeten oder wenn Kleiderhaken, Lichtschalter und Steckdosen nicht fest in den Wänden verankert waren. Seine Gründlichkeit stellte Susannes Geduld auf eine harte Probe. Manchmal dachte sie, dass gewisse deutsche Tugenden, vor denen sie einstmals eigentlich geflohen waren, sich im Alter bei Michael wieder zurückmeldeten.

Ein Nachteil für das Hotel, so muss man sagen, war das nicht. Nicht nur dass alles unterschiedslos funktionierte, sondern auch, dass das Haus von Deutschen geführt wurde, war erstaunlicherweise ein Pfund, mit dem man in Mexiko wuchern konnte. Und so war es nicht verwunderlich, dass die höherrangigen Mitglieder des Produktionsteams von *The Mexican*, unter anderem der Regisseur Gore Verbinski oder eben James Gandolfini, im *El Desierto Real* abgestiegen waren.

Niki, Lu und Pablo folgten Susanne durch den Haupteingang in die Lobby. Susanne – Niki nahm an, dass es Susanne gewesen war – hatte den Raum mit Korbmöbeln, hellen Farben und Tonfliesen gestaltet und zur Dekoration nicht ausschließlich auf – ihre eigene – Huicholen- und Rarámurikunst gesetzt, sondern auch ein paar Bilder aus der nahe gelegenen Galerie *Vega m57* aufgehängt, die vor Kurzem von ein paar zugezogenen Künstlern eröffnet worden war. Alle Tische in der Lobby waren von den Filmleuten besetzt, die Szenen besprachen, Skizzen machten oder über Drehplänen und Tagesdispositionen brüteten.

Michael saß im Büro vor dem Monitor. Auf dem letzten Foto, das Susanne Niki vor zwei oder drei Jahren von ihm geschickt hatte, waren seine Haare noch schulterlang und meliert gewesen, jetzt waren sie kurz und grau. Wie frühere, stammte vermutlich auch der neue Haarschnitt von Susanne, auch wenn sie schon vor Jahren aufgehört hatte, andere zu frisieren, da der Bedarf an Hippiefrisuren bei ihrer ausschließlich männlichen Kundschaft – sie hatte nie Frauen die Haare geschnitten – mangels der dafür notwendigen Haarmenge kaum noch vorhanden war.

Der kurze Schnitt stand Michael sehr gut – überhaupt sah er besser aus, als Niki erwartet hatte. Weil ihr in den vergangenen Jahren immer wieder der Verdacht gekommen war, er würde unter Depressionen leiden, hatte sie befürchtet, er könnte schwächer, kleiner, gealtert wirken. Aber so war es nicht. Er war sogar kräftiger und muskulöser als früher, als hätte die Sanierung des Hotels seinen Körper fitter gemacht. Seine Haut war von den vielen Peyote-Ausfahrten, nahm Niki an, stark gebräunt, fast ein wenig ledrig geworden wie die der Campesinos, und er ließ sich einen Dreitagebart stehen.

Er umarmte Niki lange und wortlos. Sie spürte, dass die Tatsache, dass er keine Worte für seine Empfindungen finden konnte, bedeutete, dass für ihn jedes Wort, jeder Ausruf, jeder Satz hinter dem zurückgeblieben wäre, was er empfand. «Ich freue mich, dich zu sehen», hätte nicht ausgereicht, «Wie schön, dass du da bist», nicht und auch nicht: «Ich kann es noch gar nicht fassen», das seinen Gefühlen vielleicht am nächsten gekommen wäre. Er hielt Niki so fest, als befürchte er, sie könne ihm sonst entgleiten, sich entfernen und im nächsten Moment wieder fort sein.

Lu begrüßte er, indem er ihr freundlich, aber formell die Hand gab. Er musterte sie nur einen Moment lang, der so kurz war, dass er sich vielleicht zu dieser Flüchtigkeit zwang. Weil Lu so gut aussah, wollte er möglicherweise verhindern, dass ein zu langer oder forschender Blick falsch gedeutet werden könnte. Es sollte auf keinen Fall der Eindruck entstehen, er interessiere sich für Lu noch in anderer Weise als ausschließlich der, dass sie die Lebensgefährtin seiner Tochter war. Im Grunde war es Unsicherheit, dessen war sich Niki bewusst, und sie verstand es auch.

Um Pablo zu begrüßen, ging Michael in die Hocke. Er streckte ihm die Hand entgegen wie einem kleinen Erwachsenen. Mit seinen vier Jahren machte Pablo alles nach, was man ihm vormachte, und er streckte Michael ebenfalls die Hand entgegen. Bis auf den Größenunterschied, der durch Michaels gehockte Haltung etwas angeglichen wurde, sah es einen Moment lang so aus, als stünden die beiden sich wie Spiegelbilder gegenüber. Es war Niki bisher nicht aufgefallen, aber jetzt fand sie, dass es eine Ähnlichkeit zwischen ihnen gab, etwas um die Augen herum.

«Na, kleiner Mann. Schön, dich kennenzulernen.» Michael lächelte wehmütig. «Und wehe, du nennst mich Opa.»

Kurz darauf fuhr er Niki, Lu und Pablo zum Haus, während Susanne im Hotel blieb. Sie stiegen wieder in den Pick-up.

«Im Moment übernachten wir im Hotel», sagte er. «Es kann immer was sein, und auf das Personal kann man sich nicht hundert Prozent verlassen. Ihr könnt euch zu Hause nach Belieben ausbreiten.»

«Wir können Ihnen auch helfen, wenn's was zu tun gibt», sagte Lu.

«Ich bin Michael», sagte er, wobei er den Namen englisch aussprach.

Niki hatte die beiden einander mit: «Papa, Lu – Lu, mein Vater», vorgestellt. Als Kind hatte Niki immer beide Formen benutzt, mal Papa, mal Michael, allerdings in deutscher Aussprache. An die Susan-und-Mick-Zeiten auf dem Hippietrail hatte sie keine Erinnerungen, und Susanne und Michael waren selbst wohl nicht ganz sicher gewesen, ob sie sich von ihrem Kind als Susan und Mick ansprechen lassen sollten oder nicht doch lieber als Mama und Papa oder, für die damalige Zeit etwas progressiver, als Susanne und Michael – das aber auf Deutsch. Schließlich war es zu einer Überlagerung beider Formen gekommen.

«Michael?», wiederholte Niki etwas verwundert in englischer Aussprache. Sie konnte sich nicht erinnern, dass er sich früher so hatte nennen lassen.

«Das hat sich in den letzten Jahren so ergeben», sagte er und steuerte den Wagen auf die mit Natursteinen gepflasterte Straße zum Ortsausgang. «Michael», diesmal auf Deutsch, «kann hier keiner aussprechen. Früher hatten wir nicht so viel Kontakt zu den Mexikanern, aber wenn du mit ihnen zusammenarbeitest wie jetzt im Hotel, stört es, wenn du das Gefühl hast, dass sie sich bei deinem Namen immer einen abbrechen. – Michael», jetzt wieder englisch ausgesprochen, «funktioniert hier gut. Wenn man mal davon absieht, dass sie dich automatisch für einen Ami halten. Das kann allerdings auch stören. Die Amerikaner haben hier keinen guten Ruf.» Er ließ den Wagen langsam durch die engen Gassen rollen, vorbei an den verfallenen Mauern ehemaliger Wohnhäuser. «Nicht ganz zu Unrecht übrigens», fuhr er fort. «Die machen hier ein paar Jahre auf Hippie, und irgendwann steht dann doch ein Riesenkühlschrank mit Eisgenerator in der Küche und sie montieren sich eine Fernsehantenne aufs Dach. Die ändern sich nicht. Erinnerst du dich noch an Fay und Scott?» Er warf Niki einen kurzen Seitenblick zu, sprach aber sogleich weiter. «Die beiden sind schon lange getrennt. Scott ist zurück nach Idaho gegangen und Republikaner geworden. Und Fay hat sich ganz auf den Handel mit Ethnokunst verlegt. Sie hat in San Diego eine Galerie eröffnet und macht mit der Ausbeutung hiesiger Künstler viel Geld.»

Die löchrig gepflasterte Straße ging in eine hellgraue Kies- und Geröllpiste über. «Wie lange habt ihr das Hotel schon?», erkundigte sich Lu. «Niki hat mir erzählt, dass ihr das praktisch im Alleingang aus 'ner Ruine aufgebaut habt.»

«Kann man so sagen», nickte er. «Es gab noch ein rudimentäres Dach und ein paar Holzböden, das schon, aber der Rest war hinüber. Es hat fast drei Jahre gedauert, das wieder hinzubekommen. Das meiste habe ich tatsächlich allein gemacht. Die Mexikaner sind ziemlich träge und haben kein Qualitätsbewusstsein. Die schrauben irgendwas zusammen und sind zufrieden, wenn's eine Weile hält. Und alles dauert ewig, weil man ihnen ständig auf die Finger schauen muss. Die haben einfach eine völlig andere Mentalität, was das angeht, sonst sähe es hier in Catorce ja auch nicht so aus.»

«Den Filmleuten gefällt's offenbar», meinte Lu.

«Ja klar. Das passt ganz gut in deren Weltbild, dass in Mexiko alles schrottreif ist.»

«Ich denke, so'n Blockbuster mit Brad Pitt und Julia Roberts könnte den Tourismus ganz schön ankurbeln», überlegte Lu. «Das wär für das Hotel doch super!»

«Wenn ich die Wahl hätte, könnte ich auf die Touristen auch gut verzichten», sagte Michael. «Ich schlage mich mit denen ja schon seit Jahren rum. Ich meine, die Peyote-Tours laufen inzwischen ganz gut, aber letztlich fährt man nur 'nen Haufen Idioten durch die Gegend. Klar, die haben alle so sagenumwobene Dinge über den Hiruki – so heißt der Peyote-Kaktus hier – gehört und denken, sie kommen her, schauen sich die Sache mal an, ernten auf der Tour ein paar Peyotes und werfen abends gemütlich 'nen Trip. Die haben vom Umgang mit Drogen nicht die geringste Ahnung und suchen nur den schnellen

Kick. Den kriegst du vom Peyote aber nicht. Und dann verschwinden sie am nächsten Morgen auf Nimmerwiedersehen, enttäuscht, weil ihnen nur kotzübel geworden ist. Na ja, meinetwegen sollen sie bleiben, wo sie hergekommen sind.»

Er bog auf das Grundstück und ließ den Wagen ausrollen. Nachdem er die Klappe der Ladefläche geöffnet und alle Koffer ins Haus getragen hatte, blieb er neben der Fahrertür stehen.

«Tut mir leid, dass wir uns im Moment nicht so richtig um euch kümmern können, aber ihr seid ja eine Weile hier. Heute Abend gibt es einen Nachtdreh. Die Filmleute inszenieren bei uns um die Ecke ein Dorffest mit Feuerwerk und Tanz oder so. Genau weiß ich es auch nicht, aber es wird vermutlich spät. Wenn ihr wollt, könnt ihr zum Frühstück rüberkommen. Aber hier ist in der Küche auch für alles gesorgt. Macht das ganz so, wie ihr Lust habt.»

«Danke», sagte Niki. «Es ist einfach schön, wieder hier zu sein.»

Michael nickte. «Finde ich auch. Wenn der Film abgedreht ist, lassen wir es uns zusammen gut gehen.» Er gab Niki einen Kuss, setzte sich wieder hinters Steuer und fuhr den Wagen rückwärts auf die Straße.

Niki sah ihm nach, dann sah sie Lu an. «Ist er ... verhärmt?»

«Gestresst, würd ich mal sagen.»

In ihrer Fantasie hatte Niki sich die nächste Stunde manchmal so vorgestellt wie in einem Mädchenroman aus den Fünfziger- oder Sechzigerjahren. Kichernd, juchzend und aufgekratzt, so dachte sie, würden sie von Zimmer zu Zimmer laufen und auf die Terrasse, in den Garten und den Hang hinunterhüpfen, und alle Augenblicke würde sie ausrufen: «O sieh doch! Hier habe ich dieses getan!», «Hier ist mir jenes passiert», «O nein, das war eine Zeit lang mein Lieblingskleid, wie furchtbar!», «Und hier habe ich mich immer versteckt, wenn meine Eltern mich gesucht haben.»

Jetzt erwies sich ihre Rückkehr als ziemlich unvollständiges, verworrenes und emotional uneindeutiges Zeitpuzzle. Ja, es hatte all diese schönen Momente gegeben! Niki erzählte Lu von jenem Weihnachtsfest, das Susanne und Michael auf ihr kindliches Betteln hin schließlich doch veranstaltet hatten. Um eine weihnachtliche Atmosphäre zu schaffen, hatte Michael sogar eine Lichterkette aufgetrieben und an einer meterhoch aufragenden, tannenbaumartig verzweigten Agavenblüte befestigt. Und kaum brannten die Lichter, fing es an zu schneien, und der ganze zur Wüste hin abfallende Garten verschwand unter einer nur von der Lichterkette angeleuchteten, unberührten Schneedecke. Auch Susanne und Michael, daran erinnerte sich Niki, als sie Lu auf eine Agavenblüte hinwies und die Geschichte erzählte, hatten in diesem Moment Tränen in den Augen gehabt.

Doch dann waren da auch der Schmutz in der Küche gewesen und der leere Kühlschrank und das oft mangelnde Interesse ihrer auf Selbsterfahrung bedachten Eltern an ihren kindlichen Ideen und jene Nacht im Labor, und die vielen Nächte davor und danach, in denen Niki das Gefühl gehabt hatte, mit ihren Ängsten allein zu sein.

Während Niki Lu durch das Haus führte, zog Pablo auf eigene Faust los. Er war in dieser Hinsicht unerschrocken. Niki und Lu erfuhren das, als sie – so viel Tourismus musste sein – auf dem Weg hierher die Azteken-Stadt Teutihuacán nördlich von Mexiko-City besucht hatten. Kaum waren sie dort, kletterte Pablo im Zentrum der Ruinen die Sonnenpyramide mit ihren merkwürdig proportionierten Stufen, kniehoch und fußtief, in Windeseile hoch, ohne sich weiter um Niki und Lu zu kümmern. Die beiden hatten Mühe, ihm zu folgen.

Die dünne Luft in rund 2300 Metern Höhe wurde von Hochleistungssportlern zum Vermehren ihrer roten Blutkörperchen genutzt. Da aber die Konzentration von Nikis und Lus roten Blutkörperchen nach weniger als einem Tag in Mexiko noch unverändert war, kamen sie bei der Verfolgungskletterpartie ordentlich außer Puste. Als sie schließlich oben waren, stand Pablo, ohne sie im Geringsten zu vermissen, auf der Spitze der Pyramide und sah seelenruhig hinunter auf das Gelände der, wie sie im Infoblatt am Eingang gelesen hatten, einstmals größten Stadt auf dem amerikanischen Kontinent.

Mit der gleichen Zielstrebigkeit entdeckte er jetzt die verwitterte Holztür zu Michaels Labor, die ihn neugierig machte. Er blieb davor stehen und streckte die Hand nach der alten, blanken Eisenklinke aus, die sich ohne Mühe herunterdrücken ließ. Und als die Tür aufschwang, leuchteten Pablos schöne, braune, große Kinderkulleraugen auf: O, so etwas hatte er ja noch nie gesehen!

Im gleichen Moment wurde Niki bewusst, dass sie Pablo aus den Augen verloren hatte und vielleicht etwas zu tief in die Zeit ihrer Kindheit eingetaucht war.

«Wo ist Pabi denn?», sagte sie zu Lu.

«Weiß nicht.» Lu sah sich um. «Eben war er noch da.»

«Was meinst du mit eben?», sagte Niki schon etwas ängstlicher.

«Weiß nicht ... vor zehn Minuten.»

«Lu, wir haben nicht aufgepasst!»

Sie sah sich angespannt um. Man sollte ja ruhig bleiben, hatte sie in irgendeinem Erziehungsratgeber gelesen, um die eigene Angst nicht auf die Kinder zu übertragen und sie dadurch zu verunsichern.

Lu hatte nie einen Erziehungsratgeber gelesen.

«Weit weg kann er ja nicht sein.»

Niki wandte sich zum Garten und rief Pablo.

«Was soll ihm hier passieren?», versuchte Lu Niki zu beruhigen. Doch Nikis Angst übertrug sich allmählich auf *sie*.

«Hast du eine Ahnung!», fuhr Niki sie an und hob dann die Hände und atmete einmal tief ein und aus, um sich selbst zu beschwichtigen und einen kühlen Kopf zu bewahren. «Entschuldige, das meinte ich nicht so. Aber du weißt doch, wie neugierig und unerschrocken er ist.»

Lu folgte Niki, aber sie entdeckten Pablo weder auf der Terrasse noch im Garten, in dem nur der inzwischen fast dreißig Jahre alte Guaranástrauch neben den Passionsblumen etwas Sichtschutz geboten hätte, aber auch dort war Pablo nicht. Laut nach Pablo rufend, eilten sie im Haus durch alle Räume und öffneten die Tür zum Badezimmer, an dessen Wände Michael einst Kacheln mit aztekischen Wellen-, Spiral- und Zickzackmustern geklebt hatte.

Niki stand ratlos da.

«Hier gibt's Schlangen, Skorpione und ... Drogen!»

Sie raste aus dem Haus, bog um die Ecke und sah sofort, dass die Tür zu Michaels Labor offen stand. «Ich hab's geahnt!»

Sie erreichte die Tür, blieb stehen und brauchte einen Moment, bis sich ihre Augen an die Dunkelheit gewöhnt hatten.

Pablo mühte sich gerade auf einem Ergometer in der Mitte des Raumes mit den Pedalen ab. Er hatte das Gerät als seltsame Form eines Fahrrads ohne Räder identifiziert, das sich doch irgendwie in Bewegung setzen lassen musste. Aber der Sitz war viel zu hoch für ihn und das Pedal, auf dem er stand, zu schwergängig für sein Körpergewicht. Er war drauf und dran, die Sache bleiben zu lassen und sich der Rudermaschine auf der Fensterseite des Raumes zuzuwenden.

Niki traute ihren Augen nicht. Michael hatte sein Labor aufgegeben und sich einen Fitnessraum eingerichtet. Und Niki konnte gar nicht entscheiden, was in diesem Moment größer war: die Verblüffung über diese Entdeckung oder ihre Erleichterung, dass Pablo nichts zugestoßen war.

Sie ging zu ihm, hob ihn hoch und drückte ihn so fest an sich, wie sie nur konnte, ohne ihm seine kindlichen Rippen zu brechen. Und als sie mit ihm ins Freie trat und seine Wärme spürte und das Grundstück mit dem Lehmziegelhaus sah, in dem sie aufgewachsen war, und die flimmernde Luft über der Wüste und den Horizont mit der fernen Wellenlinie der Sierra Madre und die meterhohen Agavenblütenstängel und die blassgrünen Kandelaber- und Feigenkakteen und den hellen Felsboden und das unglaubliche Blau des Himmels in dieser Höhe, da brach es aus ihr heraus, die Ungewissheit, ob es richtig war, herzukommen, die ganze Anstrengung der Reise und das

Wechselbad der Gefühle in den hinter ihr liegenden achtundvierzig Stunden. Und das, was weder in Susannes noch in Michaels Armen geschehen war, geschah jetzt, die Schleusen öffneten sich, sie brach in Tränen aus und vergoss innerhalb von wenigen Augenblicken so viele davon, dass alles, was sie gerade noch gesehen hatte, ineinanderfloss zu einer großen Wüstenlichtfarbmixtur. Und ebenso wie die Farben schienen auch Nikis Gefühle ineinanderzufließen, sie wusste nicht, ob sie nun glücklich war oder unglücklich, eine ihr Kind behütende Mutter oder selbst schutzbedürftig, hier zu Hause oder einfach nur rührselig. Aber das war ja nichts Neues. Wann wäre es ihr schon jemals gelungen, sich selbst zu durchschauen?

In dieser Nacht, die für sie biorhythmisch schon der nächste Morgen war, schlief sie schlecht. Ihre innere Uhr lief noch nicht mit der mexikanischen Zeit synchron. Ihr einstiges Kinderzimmer war ein eigenartiges Schlaflager. Susanne und Michael hatten den Raum zwischenzeitlich als Gästezimmer, begehbaren Kleiderschrank und Abstellkammer für ausrangierte Dinge benutzt. Sie neigten dazu, nichts wegzuwerfen, was nicht vielleicht doch noch mal von Nutzen sein konnte. Für Nikis Besuch hatten sie umgeräumt und Platz für zwei Erwachsenen- und ein Kinderbett geschaffen. Ob die Entscheidung für zwei Einzelbetten praktische Gründe gehabt hatte oder von ihnen bewusst getroffen worden war, wusste Niki nicht. Vielleicht taten sie sich schwer mit der Vorstellung, Pablo könnte neben einem Doppelbett mit zwei Frauen liegen.

Als Niki in dieser Nacht aufwachte – sie hatte keine Ahnung, wie spät es war –, war Lus Bett leer. Im ersten Moment dachte sie, Lu wäre in der Küche oder im Bad, doch als sie nach einer Weile nicht auftauchte, stand Niki auf, um nachzuschauen und schließlich feststellen zu müssen, dass Lu nicht im Haus war. Ihr Pulsschlag erhöhte sich. Wie sie das kannte, hier nachts allein zu sein! Und dann war es wirklich wie damals, und sie entdeckte Licht in Michaels Labor. Sie verließ das Haus, ging zitternd durch die Wüstenkälte und öffnete die

Labortür. Vor ihr stand Michael neben einem Berg von Falkenfedern. Susanne benutzte solche Federn für ihre Traumfänger, Opfergaben und Hirukipfeile. Michael klebte sie dicht wie Gefieder an die Wände des Labors, um dieses ganz auszukleiden. Dadurch, so wollte er herausgefunden haben, wurden die Visionen in diesem Raum zu *guten* Visionen. Und nicht nur alle Laborwände mussten mit Federn ausgekleidet werden, sondern auch die Träumenden selbst mussten ganz in Federn gehüllt werden wie in einen Kokon, in dem sie sich in eine neue, höhere Form verwandeln konnten. Er kam auf Niki zu und versuchte, die Falkenfedern auf ihre Arme und Beine zu kleben, doch das wollte sie nicht – sie wollte nicht in eine neue Form übergehen und fürchtete sich vor der Einsamkeit in Michaels Falkenfederkokon und schlug mit Armen und Beinen, um alle Federn, die Michael auf ihrer Haut befestigte, wieder abzuschütteln …

Sie wachte auf. Sie hatte sich im Schlaf die Decke vom Körper gestrampelt, lag mit verschwitztem Nachthemd da und begann zu frieren. Sie sah sich in der Dunkelheit um. Pablo lag in seinem Bett und schlief, aber Lus Bett war so leer wie in Nikis Albtraum. Doch anders als in ihrem Traum schimmerte ein Blatt Papier mit einer kurzen Notiz auf der zurückgeschlagenen Bettdecke: «Bin noch ganz aus dem Rhythmus und konnte nicht schlafen. Vertrete mir ein bisschen die Beine, mach dir keine Sorgen, bin bald wieder da.» Und als Unterschrift drei stilisierte Herzchen.

Am nächsten Morgen hörte Niki Lu – sie nahm an, dass es Lu war, auch wenn ihr Gedächtnis bei den Geräuschen Susanne assoziierte – mit Geschirr hantieren. Sie zog einen großen Wollpullover über, und hauchte Pablo, der noch schlief, einen Kuss auf die Wange.

«Guten Morgen.» Lu stand vor einem üppig gedeckten Frühstückstisch. Susanne und Michael hatten wirklich dafür gesorgt, dass der Kühlschrank voll war. «Gut geschlafen?»

Niki setzte sich. «Ich habe deine Nachricht gefunden.»

«Ich wollte dich nicht wecken, als ich gegangen bin.»

«Und du? Hast du überhaupt geschlafen?»

«Nicht so richtig.» Lu machte dennoch einen wachen Eindruck.

«Wo warst du denn?»

Lu öffnete die Klappe des Ofens und holte ein paar Fladenbrote heraus. «Ich bin noch mal ins Hotel gegangen. Ist ja immer nur geradeaus. Der Sternenhimmel haut einen um.»

«Ich weiß», sagte Niki.

«James Gandolfini hat mich an seinen Tisch gewinkt. Ich hab gesagt, ich will nicht stören, aber er wollte, dass ich mich dazusetze. Er hatte nicht mehr viel zu besprechen, weil alle Szenen mit ihm abgedreht sind. Er fährt heute in die Staaten zurück. Er ist ein netter Mann, eher schüchtern. Und das, wo er in dem Film 'nen Killer spielt, allerdings 'nen schwulen.»

«Schön», sagte Niki etwas spröde. «Freut mich, dass es spannend war.»

Lu goss Kaffee in eine Tasse und reichte sie Niki. «Was sollte ich machen? Ich hätte mich sonst nur stundenlang im Bett gewälzt.»

Niki winkte ab. «Schon gut. Ich hab nur blöd geträumt. Und als ich aufgewacht bin, warst du nicht da. Ich hab mich nach dir gesehnt.»

«Tut mir leid, dass ich nicht da war.» Lu setzte sich.

«Nein, nein. Schon gut. Erzähl weiter.»

«Irgendwann kam der Regisseur, er heißt Gore irgendwas, zu uns an den Tisch, um sich von Gandolfini zu verabschieden. Und was sagt der zu ihm? Also ich geb das jetzt mal so wieder, wie ich's verstanden hab: ‹Hey, das ist Lu aus Deutschland. Sie ist 'ne tolle Schauspielerin. Ich hab sie als Schwangere gesehen und das nur mit 'nem Kinderkissen unterm Pullover. Perfekt.› Weißt du, dass er gerade 'nen *Emmy* gekriegt hat? Ich war natürlich irre stolz und zugleich wär ich am liebsten im Boden versunken.»

«Das ist toll.»

«Und dann hat mich der Regisseur, Gore, interessiert angesehen, fast ein bisschen gemustert, und meinte, ich soll doch morgen Mittag mal beim Set vorbeikommen, es gäb nämlich 'ne Reihe von Szenen, da würden sie mit vielen Statisten arbeiten und vielleicht würde es ja passen. Natürlich nur, wenn ich Lust drauf hätte!»

«Und hast du?»

Lu schwieg einen Moment und hob dann die Zigarettenschachtel neben ihrem Teller an. «Darf ich?»

«Der Geruch von Zigarettenrauch gehört für mich hier dazu.»

Lu ging ans offene Fenster und zündete sich eine Zigarette an. Nach ein paar Zügen sagte sie: «Eigentlich wollte ich nicht mehr spielen.»

«Ich weiß. Und ich habe mich immer gefragt, warum?»

Lu zog noch einmal und sagte schließlich: «Damals vor der Premiere vom *Sommernachtstraum* ist was passiert. Ich hab mit dem Regisseur, Ray, in der Schauspielergarderobe geschlafen. Na ja, geschlafen trifft es wohl nicht richtig. Ich stand vor dem Spiegel und er hinter mir. Ich hab nichts dabei empfunden und mir im Spiegel zugesehen, wie ich ihm was vorgespielt habe. Konnte ich gut. Aber mir hat nicht gefallen, was ich im Spiegel gesehen hab. Lu, die perfekte Schauspielerin. Ray ist gekommen, und ich hab gedacht, Schluss damit.»

Sie schwiegen eine Weile.

«Das wusste ich nicht», sagte Niki.

«Ich hab das nie jemand erzählt. Wozu auch? Ich glaub eh nicht an Therapien. Und ich bin ja auch nicht gestört. Ich hab damals nur 'ne Entscheidung getroffen.»

«Und gestern?»

Lu nahm wieder einen Zug und sagte: «Das lag eigentlich an der Geschichte mit dem Busfahrer. Ich hab früher schon mal mit Erfolg 'ne Schwangere gespielt. Und auf einmal war das alles wieder da. Die Lust daran. Es hat mir auf einmal wieder Spaß gemacht. Und dann sagt Gandolfini auch noch, er hätt's gut gefunden – na ja, wahrscheinlich nur aus Höflichkeit oder so.»

«Toll.»

Lu sah Niki irritiert an. «Was ist los, Niki? Du hast doch immer gesagt, ich soll mal wieder was machen, mich um Rollen bewerben, für Filme vorsprechen oder Schauspielunterricht nehmen und so.»

«Ja, klar. Ich freue mich für dich.»

«Den Eindruck hab ich, ehrlich gesagt, gerade nicht.»

Niki wusste nicht, was los war. Vielleicht hatte sie Lu in den vergangenen Jahren ja nur deswegen gedrängt, an der Schauspielerei dranzubleiben, weil sie wusste, dass es nicht mehr geschehen würde. Lu selbst hatte ja behauptet, in der Branche keine Chance mehr zu haben. War sie, Niki, nur scheinheilig gewesen? War sie in Wirklichkeit froh, Lu nie wieder auf einem Film-Set mit seinen vielen attraktiven Menschen – Frauen wie Männern – zu wissen?

Niki zuckte die Schultern. «Entschuldige. Ich weiß gerade auch nicht, was mit mir los ist.»

Lu drückte die Zigarette in den Aschenbecher und setzte sich neben Niki. «Es ist okay. Ich versteh schon, dass das für dich im Moment nicht einfach ist. Ich kenn deine Eltern ja nicht, und mir ist auch klar, dass das für 'nen Außenstehenden immer anders aussieht. Aber ich finde dich, ehrlich gesagt, schon ein bisschen reserviert ihnen gegenüber. Sie sind doch ganz beeindruckend. Nach allem, was du mir erzählt hast, haben sie ihr Leben doch noch gut auf die Reihe bekommen. Das mit dem Hotel läuft offenbar prächtig, und sie haben 'ne tolle, erfolgreiche Tochter!» Lu machte eine Pause. «Kann das sein, dass das dem Bild widerspricht, dass du von ihnen hast?»

Niki zuckte die Achseln. «Ich weiß auch nicht, was gerade mit mir los ist. Wahrscheinlich hast du recht. Vielleicht habe ich gerade so eine Art Identitätskrise. Vielleicht bin ich ja doch ein Hippiemädchen und würde gerne wieder gebatikte Kleider anziehen und in der Wüste tanzen. Ist schon wahr. Und jetzt, wo ich wieder hier bin, spüre ich das vielleicht. Ich habe fast zwanzig Jahre lang perfekt funktioniert und wie ein Automat in einer Endlosschleife gebüffelt und studiert und gearbeitet. Genau das, wovor mich meine Eltern immer bewahren wollten, in irgendeiner Mühle für die Interessen anderer zu schuften.»

«Das sind doch deine Interessen, Niki. Du hilfst anderen. Es ist nur offenbar ein harter Job, ein Engel zu sein.»

«Wahrscheinlich bin ich mir bis heute nicht sicher, auf welche Seite ich eigentlich gehöre», sagte Niki traurig. «Bin ich nun ein Blumenkind oder die perfekte Ärztin? Wenn ich anderen helfe, bin ich irgendwie beides, wahrscheinlich gefällt es mir deswegen.» Sie trank einen Schluck Kaffee. «So richtig habe ich das Blumenkind in mir aber nie wahrhaben wollen, weil es bedeuten würde, dass ich wie meine Eltern bin. Wer will das schon? Wer will schon das Kind seiner Eltern sein! Und tief im Innern ahnt man doch, wie sehr man es ist, wie sehr sie einen geprägt haben. Kann schon sein, dass ich da etwas verdrängt habe. Bitte sei nicht böse auf mich.»

«Bin ich nicht», sagte Lu. «Du brauchst einfach nur mehr Zeit, um anzukommen.»

«Ja, vielleicht», sagte Niki. Sie sollte etwas essen, dachte sie. Zucker war ein legaler Stimmungsaufheller mit einem relativ geringen Abhängigkeitspotenzial. «Weißt du, ich kann einfach nicht zu Susanne gehen und ihr sagen, wie glücklich ich bin, wieder hier zu sein. Das schaffe ich nicht. Ich glaube aber, sie erwartet so etwas von mir. So eine Art Dankbarkeit, aber schulde ich ihr die? Was denkst du? Für was denn? Sie hat für mich nichts aufgegeben, und an sich finde ich das ja auch richtig. Sonst würde ich, bei meinem schwachen Selbstbewusstsein, womöglich mein Leben lang einen Schuldkomplex mit mir herumtragen, weil meine Mutter meinetwegen *nie* ihr *eigenes* Leben gelebt hat. So war das nämlich bei Susanne und ihrer Mutter, darüber hat sie manchmal geredet. Sie haben nie zueinander gefunden. Das ist mir erspart geblieben, das gebe ich zu. Aber ich schaffe es einfach nicht, zu Susanne zu gehen und ihr zu sagen: Danke, dass ich dir nicht wichtiger gewesen bin, als du selbst es dir warst.»

«Ich glaub, das siehst du falsch», sagte Lu. «Das ist nur so ihre Art, immer ein bisschen Wirbel um sich selbst zu machen. In Wahrheit würde sie ohne dich durchdrehen.» Sie trank ihren Kaffee und sagte: «Wir sind ja noch 'ne Weile hier.»

The Mexican war eine Art Mafia-Story, in der es aber nicht darum ging, Drogen aus Mexiko in die USA zu schmuggeln, sondern eine historische Pistole aus dem 19. Jahrhundert, um die sich eine Reihe von Legenden rankten und die von allen nur ehrfürchtig «The Mexican» genannt wurde. Wegen eines Fluchs handelte die Waffe demjenigen, der sie gerade besaß, jede Menge Ärger ein – unter anderem Brad Pitt. Der spielte in dem Film die Hauptrolle, einen sympathischen, in Julia Roberts verliebten Loser.

In der ersten Szene haben die beiden vor, nach Las Vegas zu fahren und zu heiraten, aber Brad Pitt muss Botengänge für einen Mafiaboss machen und erhält von diesem ausgerechnet vor dem geplanten Hochzeitstrip den Auftrag, nach Mexiko zu fahren und dort die legendäre Pistole, «The Mexican», abzuholen. Während er dort ist (in Real de Catorce), wird Julia Roberts von James Gandolfini entführt, einem schwulen Killer. Zuerst reagiert sie panisch, aber als sie herausfindet, dass ihr Entführer schwul ist, beruhigt sie das, weil sie annimmt, dass schwule Killer nicht ganz so gefährlich sind wie Heterokiller. Zwischen den beiden entspinnt sich eine zarte Freundschaft, die man als originelle Variation des Stockholm-Syndroms interpretieren könnte.

Der Zusammenhang zwischen den beiden Handlungssträngen bleibt lange Zeit unklar. In der Tat war *The Mexican* wegen der vielen an der Waffe interessierten, mit- oder gegeneinander agierenden Gangster etwas undurchschaubar. Als Genre war der Film seiner Vermarktungsstrategie nach eine Krimikomödie. In einer späteren Kritik hieß es, das Bemerkenswerteste an dem Drehbuch wäre die Tatsache, dass jemand in Hollywood auf die Idee gekommen sei, es zu verfilmen. Trotz gewisser unbestreitbarer Lücken in der Logik war der Film an der Kinokasse aber ein großer Erfolg.

Die meisten Statisten in *The Mexican*, von denen Lu eine werden sollte, traten in drei Rückblenden auf, in denen die verschiedenen tragischen Legenden erzählt wurden, die über die Waffe und den Fluch, der auf ihr lastete, in Umlauf waren. Allen gemeinsam war, dass es sich bei «The Mexican» um das Meisterwerk eines mexikanischen Waffenschmieds aus dem 19. Jahrhundert handelte, eine vollendete Kreation aus technischer Perfektion und äußerlicher Schönheit. Jedoch ging die Pistole – ursprünglich als Brautgabe für die Tochter des Waffenschmieds gefertigt – bei ihrem ersten Einsatz nach hinten los und tötete den Verlobten der Tochter, dem die Ehre jenes ersten Schusses gebührte.

In der zweiten Rückblende lagen die Dinge dann aber etwas anders. Jetzt liebte die Tochter den Gehilfen des Waffenschmieds, der aber als armer Geselle keine Chance hatte, sie heiraten zu können. Obwohl er monatelang das Silber für die Verzierungen der prächtigen Waffe aus den Bergwerkstollen geschürft hatte, musste er hinter einen Edelmann zurücktreten, dem der Waffenschmied seine Tochter versprochen hatte. Aus Enttäuschung darüber verfluchte der Geselle die Pistole, und so wurde aus dem ersten Schuss, den der Edelmann abfeuerte, ein heimtückischer Querschläger, der nicht den anvisierten Tonkrug traf, sondern einen Unschuldigen tötete.

In der dritten Version der Geschichte eskalierten die Ereignisse dann noch weiter. Jetzt funktionierte die mit einem Fluch belegte Waffe überhaupt nicht, und aus Verärgerung darüber, und weil er erkennen musste, dass die Tochter des Waffenschmieds in Wahrheit dessen Gehilfen liebte, erschoss der Edelmann den Nebenbuhler – allerdings mit seiner eigenen Waffe. Daraufhin ergriff die Tochter die legendäre Pistole, die nun zum ersten Mal tatsächlich funktionierte, und nahm sich das Leben. Mit durchschossenem Kopf sank sie zu Boden, und die umstehenden Dorfbewohner bekreuzigten sich.

Diese drei Versionen der Pistolengeschichte wurden in einem Kulissendorf produziert, das man für *The Mexican* am Rande von

Real de Catorce nach historischen Vorbildern aufgebaut hatte und das von der Filmcrew «Flashback Town» genannt wurde. Gedreht wurden die Sequenzen auf einer alten Arriflex-Kamera ohne Federlaufwerk, die vom Kameramann noch mit einer Kurbel angetrieben wurde. Das gab den Pistolenlegenden aus dem 19. Jahrhundert durch die schwankende Aufnahmegeschwindigkeit einen authentischen Stummfilm-Flimmerlook.

Alle Szenen spielten auf dem Dorfplatz, und Lu war eine von den Dorfbewohnerinnen, die vom Platzrand aus die zunehmend dramatischeren Ereignisse verfolgten. Gore Verbinski, der Regisseur, war immer auf der Suche nach neuen Gesichtern. Bei ihrem dunklen, mediterranen Teint war es für die Maskenbildner ein Leichtes, aus Lu eine Mexikanerin zu machen. Natürlich war es eine Rolle, die von nahezu jeder Mexikanerin ihres Alters hätte übernommen werden können, aber für die Körperhaltung einer Schwangeren brauchte man eine *echte* Schwangere oder eben eine gute Schauspielerin. Gore Verbinski war wie James Gandolfini der Meinung, dass Lu eine überzeugende Schwangere gab.

Während Lu ihre erste Woche in Real de Catorce größtenteils in Flashback Town verbrachte, suchte Niki mit Pablo die Orte ihrer Kindheit auf und erzählte ihm, wie es gewesen war, hier aufzuwachsen. Sie probierten die roten Pfefferbeeren, die hinter dem Haus an einem Baum wuchsen, der das Dach überragte. «Stell dir vor, früher war der Baum nicht größer als ich.» Sie erforschten den Eingang eines stillgelegten Silberminenstollens, in dem noch Reste der Stützbalken und der Schienen für die Loren zu finden waren. «Ich habe leider nie auch nur ein Gramm Silber gefunden, aber vielleicht haben wir ja *jetzt* Glück!» Pablo ritt auf einem Pferd an der Leine eines Campesinos den Berg hinauf, um noch mehr Kaktusfeigen, noch mehr Pfefferbäume, noch mehr Agaven und noch mehr Himmel zu sehen. «Die Pferdetouren hat es früher noch nicht gegeben, da hast du echt Glück, ich bin immer zu Fuß gelaufen.» Sie setzten sich auf die Steinstufen des Palenque de Gallos, der einstigen Hahnenkampf-Arena, deren Überreste wie ein kleines römisches Amphitheater in der Nähe der Plaza Hidalgo lagen und für kleine Open-Air-Kulturevents restauriert worden waren. «Früher war hier alles von Sträuchern überwuchert wie ein Dornröschenschloss, oh war das herrlich!» Sie gingen durch gemauerte Torbögen, die ohne Beziehung zu einem ehemaligen Gebäude in der Wüste standen. «Stell dir vor, die standen hier schon damals genauso in der Landschaft herum, und wir haben immer so getan, als wären es Tore in eine andere Welt.» In der Kirche der Unbefleckten Empfängnis betrachteten sie die Franziskus-Statue, die mit der gleichen braunen Kutte gekleidet war wie Pater Leo. Dazu sagte Niki nichts, Pablo kannte Pater Leo nicht, und es erinnerte sie daran, dass sie den Kontakt zu ihm verloren hatte. Und sie gingen zu den Mauern des Schuppens, an dem Niki seinerzeit den Sohn des Bauern getroffen hatte. Der Opferpfeil, den sie dort abgelegt hatte, war nicht mehr da.

Pablo, der vor der Ruine stehen geblieben war, schrie auf. Niki eilte zu ihm. Er wich ein paar Schritte zurück und deutete mit dem Arm auf den Boden. Er hatte einen Stein angehoben und darunter einen gelben Skorpion entdeckt, der sofort seinen langen, gegliederten Schwanz mit dem stichbereiten Stachel aufgerichtet hatte. Pablo hatte noch nie einen Skorpion gesehen, erst recht keinen in Angriffsstellung.

Niki ging neben ihm in die Hocke. «Es ist ein Skorpion, und er wird dir nichts tun. Sie verkriechen sich tagsüber unter Steinen oder in Felsritzen. Du hast ihn gestört, aber er wird sich gleich beruhigen. Man gewöhnt sich hier schnell daran, dass es die gibt, und die Stiche der meisten sind nicht gefährlicher als die von Bienen. Sie stechen auch nur, wenn sie sich bedroht fühlen. Im Haus sind sie ziemlich selten. Wenn du einen im Bad siehst, dann kannst du mich rufen, und ich bringe ihn raus. Sieh ihn dir in Ruhe an, du musst keine Angst haben.»

Aber sie spürte, dass er doch Angst hatte – und was erwartete sie auch? Er wuchs mitten in Berlin auf, wo selbst *Bienen* etwas Exotisches waren. Auf einmal kam ihr der Gedanke, dass das, was sie von Pablo erwartete, dasselbe war, was Susanne und Michael auch von ihr erwartet hatten. Sie waren mit ihr in diese Wüste gefahren, hatten sie hier aufwachsen lassen und von ihr erwartet, keine Angst zu haben. Es hatte nicht perfekt funktioniert, aber ein Kind der Wüste, das keine Angst vor Skorpionen hatte, war sie doch geworden.

Vor ein paar Tagen hatte Niki Susanne dafür kritisiert, ihr eigenes Leben, ihre eigenen Bedürfnisse genauso wichtig genommen zu haben wie die Nikis. Aber tat sie, Niki, jetzt nicht genau das Gleiche? Wie wuchs Pablo denn auf? In einer lesbisch-schwulen WG ohne Vater, ohne erreichbare Großeltern – in einer Form, die Niki selbst und ohne Rücksicht auf die immer noch vorherrschenden gesellschaftlichen Konventionen gewählt hatte. Spätestens in der Schule würden Kinder anfangen, Pablo zu hänseln, weil er keinen Vater, sondern *zwei* Mütter hatte. Was nützte es ihm, dass sie, Niki und Lu, zu ihrem Leben standen? Und stand sie, Niki, denn wirklich dazu? Was nützte es Pablo, dass gesellschaftliche Konventionen sich, wenn auch sehr langsam, ändern konnten? Kinder wollen keine Revolutionäre sein – sie jedenfalls wollte es als Kind und Jugendliche nicht.

Sie betrachtete den verfallenen Schuppen und dachte an den jungen Bauern, den sie dort getroffen hatte. Seine Schüchternheit, seine Sonntagskleidung, sein langer Schatten auf der Ruine. Und das wolkenlose Blau des Himmels, das alles gewesen war, was sie in den Minuten, da er auf ihr lag, hatte sehen können. Es war schnell gegangen. Dann hatte er sich erhoben und es nicht gewagt, ihr in die Augen zu sehen, bevor er ging. Hatte er sich dabei bekreuzigt?

Sie hatte dem jungen Mexikaner ihren Körper gegeben, und das war es, was sie hatte tun wollen. Es war ihr Wesen zu geben. Etwas zu verlangen fiel ihr schwer – etwas herzugeben nicht. Dennoch sollte der junge Mexikaner jahrelang der einzige Mann bleiben, dem sie sich schenkte. Sie hätte einen Grund dafür gebraucht, es wieder zu tun, einen, der so überzeugend gewesen wäre wie die Bitte des Campesinos. Doch so einen Grund fand sie lange nicht mehr.

Dafür fand sie etwas anderes. In Guadalajara wohnte sie in einem Studentenwohnheim in einem Zweibettzimmer, und ihre Mitbewohnerin hieß Inkarni. Sie kamen gut miteinander aus, und in der Enge des kleinen Zimmers blieben zufällige Berührungen nicht aus. Sie ließen sich gar nicht vermeiden und wären auch nicht der Rede wert gewesen, wenn Niki sie nicht stets wie kleine Elektrisierungen erlebt hätte, deren Kribbeln sich bis in ihren Unterleib ausbreitete, und sogar bis dorthin, wo sie bisher nur dem jungen Mexikaner Zugang gewährt hatte.

Zwischen Niki und Inkarni geschah nie etwas. Außerdem erfuhr Niki, dass Inkarni konventionellere Berührungen vorzog. Und es schien ihr richtig. Beim Nachdenken über sich selbst kam Niki immer wieder auf die Asymmetrie zwischen Geben und Nehmen zurück, die ihre Empfindungen prägte. Letztlich, so glaubte sie, war ihre Sexualität das, was sie mit dem jungen Mexikaner erlebt hatte: Sie hatte gegeben. Sie hatte ihm ein Geschenk gemacht, dass er vielleicht sein Leben lang nicht mehr vergessen würde, und darin hatte für sie die Befriedigung gelegen. Im Grunde war sie mit sich und ihrer Sexualität im Reinen. Bis Lu neben ihr lag.

Und auf einmal war es, als empfinde ihr Körper jede Berührung überall, als bestünde kein Unterschied mehr zwischen einzelnen «Zonen», alles war miteinander verbunden: ihre Haare, ihr Nacken, ihre Ohrläppchen, ihre Zehen, ihr Bauch, ihre Schulterblätter, ihre Schenkel, ihr Schoß – alles war eins. Und die Verbindung war so stark, dass sie nicht einmal wagte, Lu gegenüber mehr als Andeutungen über diese Intensität zu machen, weil sie befürchtete, Lu könne Angst vor der Macht bekommen, die sie über den Leib ihrer Geliebten besaß. So war es gekommen – das war jetzt Nikis Leben: eine berührungssüchtige Abhängige, die bereit war, alles zu akzeptieren, auch dass Lu zu Männern ging, wenn sie nur bekam, wonach sie sich verzehrte. Das war die Mutter, die sie Pablo zumutete.

Der Skorpion hatte sich getrollt und einen halben Meter weiter unter einem Stein verkrochen. Niki richtete sich auf. Am Fuß des Hangs konnte man Flashback Town sehen. Die Kulissen leuchteten weiß in der Wüste, und man erkannte trotz der Entfernung die vielen Menschen dort: ein paar Techniker oder Aufpasser an der Set-Peripherie, der Kern der Filmcrew, versammelt vor einer der Hausfassaden, und am Rand des falschen Dorfplatzes die Statisten, unter denen Lu sein würde und die, eng beieinanderstehend, ein Geschehen im Zentrum verfolgten. Vielleicht erschoss sich gerade die Tochter des Waffenschmieds.

Lu hatte Niki die drei Fassungen der Pistolen-Legende erzählt. Hoffentlich übertrug sich der Fluch nicht auf die Dreharbeiten. Niki war geneigt, Flüche ernst zu nehmen, und betrachtete sie als etwas, mit dem man nicht leichtfertig umgehen sollte.

«Eigentlich bestehen Dreharbeiten hauptsächlich aus Warten», schilderte Lu ihre Erfahrungen vom Set, als sie und Niki nach einer guten Woche erstmals mit Susanne und Michael abends beisammen saßen. «Bis alles bereit ist, die Technik, das Licht, die Schauspieler, vergeht viel Zeit. Dann wird ein paar Minuten gedreht, und alles geht von vorne los: neues Licht, neue Kameraposition, neue Schminke ...»

Susanne hatte Albondigas, mexikanische Hackbällchen mit Chilisauce, zubereitet. «Oh, das wissen wir», sagte sie. Niki ahnte voraus, was jetzt kommen würde. Ihre Mutter stand am Herd und drehte sich zu Lu um. «Du musst wissen, dass Michael und ich eine Zeit lang in der Filmbranche waren.»

«Ach ja?» Lu goss sich den letzten Schluck aus der Bierflasche ins Glas. «Nein, das wusste ich nicht. Niki hat das nie erwähnt.»

«Ist ‹in der Filmbranche› nicht auch etwas übertrieben?», warf Niki ein.

«Wieso?» Susanne schüttelte den Kopf. «Michael und ich, wir haben uns bei Dreharbeiten kennengelernt. So war das doch.»

Michael trank Rotwein. Lu war die Einzige, die Bier trank.

«Wir waren Statisten», sagte er kurz angebunden und offenbar nicht geneigt, in Susannes Erzählung einzustimmen.

«Und waren das keine Dreharbeiten?», widersprach Susanne. «Lu? Sag du, ob ich übertreibe. Sind Kleindarsteller etwa kein Teil vom Set?»

«Was war denn das für ein Film?», fragte Lu. «Kann man den noch sehen?»

Susanne kam mit der Schale Albondigas zum Tisch, auf dem bereits eine Schale Salat stand. «Bestimmt. Der Film war hochkarätig und hat damals, zu Beginn der Sechzigerjahre, Himmel, wie lange das her ist, schrecklich, in Venedig den Goldenen Löwen gewonnen. Er hieß *Letztes Jahr in Marienbad*.»

«Es war ein vollkommen schwachsinniger Film», schimpfte Michael.

«Damals fandst du das Drehbuch genial.»

Michael legte sich ein paar Albondigas auf den Teller und wandte sich an Lu. «Na ja, das stimmt. Es war eine andere Zeit, und ich fand es revolutionär, einen Film ohne Story zu machen. Vielleicht war es das sogar. Aber inzwischen sehe ich das anders. Wenn man jung ist, kann man sagen, ich brauche keine Story, ich brauche nur den Moment. Aber dann kommt im Laufe der Zeit doch so etwas wie eine Story zusammen – ob man will oder nicht. Es gibt das kontinuierliche Leben nun mal, und wir müssen es alle leben. Und aus dieser Perspektive wirken die damaligen Aneinanderreihungen von Momentaufnahmen ohne logische Verbindung irgendwie künstlich und gewollt. Es waren nur Ideen, machen wir uns nichts vor.»

«Ich mache mir nichts vor.» Susanne stellte Reis auf den Tisch. «Hinterher kommen einem viele Dinge aus der Vergangenheit komisch vor. Denkt nur an die Mode! Zwanzig Jahre später schlägt man die Hände über dem Kopf zusammen und schämt sich in Grund und Boden. Das ändert aber nichts daran, dass wir die verkrusteten Strukturen von damals aufgebrochen haben.»

«Wir?», sagte Michael.

Susanne setzte sich und sagte zu Lu: «Allerdings. Wir haben damals in Paris gelebt und alle Größen des neuen französischen Kinos kennengelernt. Godard, Truffaut, Chabrol, Resnais, Rivette, Malle … Aber die Namen sagen dir bestimmt nichts.»

«Doch», sagte Lu. «Ich hab 'ne Weile in 'nem Programmkino als Vorführerin gejobbt. Da gab's mal 'ne französische Reihe. An *Letztes Jahr in Marienbad* kann ich mich nicht erinnern, aber an *Fahrstuhl zum Schafott*. Und *Außer Atem*. Den fand ich richtig gut.»

Susanne nickte. «Die Nouvelle Vague war eine Revolution, und wir waren dabei. Vielleicht nicht an vorderster Front, das mag sein, aber was macht das schon?» Sie wandte sich an Michael. «Es war eine große Zeit. Statt dich in deinem Büro zu verkriechen, könntest du den Filmleuten davon erzählen.»

«Du glaubst doch nicht im Ernst, dass man sich in Hollywood für Godard, Resnais oder das Nouveau Cinéma von vor fünfzig Jahren interessiert. Das ist für die Schnee von gestern – falls es in Hollywood überhaupt wen jemals interessiert hat.»

Susanne schüttelte den Kopf. «Du tust so, als wäre wir cineastische Spinner gewesen. Dabei hast du selbst Drehbücher geschrieben.»

«Niemand wollte je eins verfilmen.»

Susanne wandte sich an Lu: «Möchtest du noch ein Bier? Ich habe übrigens eine Zeit lang Schauspielunterricht genommen. Also, wenn du mal einen Tipp brauchst.»

«Mama! Lu *ist* Schauspielerin! Sie hat im *Sommernachtstraum* auf der Bühne gestanden.»

Michael nahm die Rotweinflasche zur Hand und sagte zu Susanne: «Warum hast du bei *The Mexican* denn nicht mitgemacht, wenn du noch so für die Schauspielerei brennst?»

«Oh, das habe ich versucht. Im Gegensatz zu dir habe *ich* Gore Verbinski angesprochen.»

«Du hast ihn angesprochen?»

«Allerdings. Und er war sehr interessiert.» Sie wandte sich wieder an Lu. «Aber ich bin kein südländischer Typ. Sie brauchen Mexikaner.»

«Da hatte ich wirklich Glück», nickte Lu.

«Das gehört immer dazu», sagte Michael.

«Lu, es war nicht nur dein Hautton», sagte Niki und wandte sich an Michael. «Und dass die Filmcrew bei euch wohnt, ist ja auch nicht nur Glück. Wer hat das Hotel denn so perfekt renoviert?»

«Ich hätte es mal besser weiter verrotten lassen sollen», schüttelte Michael den Kopf. «Die anderen Hotels, die runtergekommen, die *Hacienda Ruinas* am Ortseingang oder das *Refugio Palenque* gegenüber der Kirche, hat die Produktionsgesellschaft mit reichlich Dollars aus dem millionenschweren Filmbudget auf Vordermann gebracht, damit die Zimmer die Standards des Hollywoodkomforts erfüllen. Wir haben von diesen Geldern keinen Cent gesehen – war ja alles schon perfekt. Anstatt zu schuften und zu investieren, hätte ich also zwei Jahre lang faul in der Sonne liegen und abwarten können, bis die Location-Scouts aufkreuzen und ihr Portemonnaie zücken. Ganz schön blöd.» Er trank einen großen Schluck Rotwein.

«Papa, was ist los?», sagte Niki, der es jetzt reichte. «Ist dir eigentlich klar, dass du auf *alles* schimpfst? Auf die Filmleute, auf die Touristen, auf dich selbst, deine Drehbücher, auf die Hotelrenovierung, die also auch überflüssig war ... Man kann dir nichts recht machen, du siehst grundsätzlich nur noch die negative Seite einer Sache. Wenn ich es nur als Ärztin betrachten würde, wären das für mich *Symptome*: gedrückte Stimmung, Freudlosigkeit, mangelnde Fähigkeit, emotional auf die Umwelt zu reagieren, vermindertes Selbstwertgefühl ... Und wenn sich so was verfestigt, kommt man da ohne professionelle Hilfe nicht mehr raus.»

Sie dachte allerdings auch einen Moment lang mit schlechtem Gewissen an ihre postpartale Psychose und fragte sich, ob sie eigentlich das Recht hatte, so mit ihrem Vater zu reden.

«Du denkst, ich wäre depressiv?»

«Bist du's?»

Michael schwieg eine Weile. Niki hätte in diesem Moment eine Menge dafür gegeben, seine Gedanken lesen zu können. Schließlich sagte er: «Nein, Niki, das bin ich nicht. Ich bin nicht depressiv. Ich würde sagen, ich bin in meinen Ansichten nüchterner geworden, das stimmt, aber das ist für mich eine normale Begleiterscheinung des Älterwerdens. Ich mache mir in vielen Punkten nichts mehr vor. Wozu? Das wirkt vielleicht manchmal etwas freudlos, aber es ist keineswegs so, als wäre ich der Meinung, alles falsch gemacht zu haben.»

«Ach ja? Den Eindruck habe ich aber nicht», sagte Niki und versuchte ihm in die Augen zu sehen. «Und was hast du *richtig* gemacht?»

Er erwiderte ihren Blick und hielt ihm stand. «Dich.»

«Oh.»

Er atmete einmal durch, nickte und sagte dann: «Das ist dir vielleicht nicht klar, aber wir, deine Mutter und ich, sind sehr stolz auf dich.»

«Das stimmt wirklich, so ist es», pflichtete Susanne ihm bei – soweit Niki sich erinnerte, zum ersten Mal, seit sie hier waren.

Niki schüttelte den Kopf. «Das ist lieb von euch. Aber wir brauchen jetzt nicht über mich zu reden. Es geht mir …»

«Warum nicht, Niki», unterbrach Michael sie. «Lass uns über dich reden. Es stimmt, dass ich an vielem zweifele, aber nicht an dir und daran, dass wir eine Familie gegründet haben. Was mir damals, das gebe ich zu, vielleicht gar nicht so bewusst war.»

Susanne richtete ihren Blick auf das Fenster, als versuche sie in der Nacht draußen die Vergangenheit wiederzuentdecken. «Wir waren nur nicht der Meinung, dass zur Familiengründung ein Haus, ein Garten und ein Baum gehören. Aber es war eine bewusste Entscheidung. Wir *wollten* dich. Wir hatten ein gutes Leben in Paris. Wir hatten eine kleine Wohnung, Freunde, unsere Kontakte in die Kultur- und Filmszene – kurzum alles, was wir damals brauchten, um glücklich zu sein. Und wer weiß, was daraus noch geworden wäre, wenn wir geblieben wären. Aber irgendwann wollten wir eben etwas anderes – eine Familie. Nenn es, wie du willst.» Sie wandte sich an Lu. «Wir waren nicht naiv. Uns war klar, dass wir unser Leben, so wie es war, aufgeben mussten. Wenn man sich dafür entscheidet, eine Familie zu haben, ist es mit der Schauspielerei vorbei. Das war eine Entscheidung, und ich habe sie getroffen. Und ich habe sie bis heute nicht bereut.»

Lu nickte. «Klar. Glaub ich dir.»

«Es bedeutete für uns natürlich», fuhr Susanne fort, «dass wir aus Paris weggehen mussten, sonst hätten wir unseren Filmhoffnungen vielleicht doch zu sehr nachgetrauert. Ich sage ja nicht, dass wir *nicht* von einer Karriere beim Film geträumt haben, natürlich haben wir das, und Paris hätte uns jeden Tag damit konfrontiert. Aber wir hatten ja unglaublich viel noch nicht gesehen. Die Welt ist so ungeheuer groß! Also haben wir unser Leben dort aufgegeben und ein anderes begonnen, eins, das uns schließlich hierhergeführt hat.»

«Und doch hast du Gore Verbinski gefragt, ob er dich als Statistin einsetzen möchte», sagte Niki.

«Und warum auch nicht? Ich bin nicht naiv, Niki. Ich weiß sehr gut, dass ich nicht mehr Schauspielerin werde – der Zug ist für mich seit jenen Tagen in Paris abgefahren. Aber es hätte mir einfach einen Riesenspaß gemacht, noch einmal vor einer Kamera zu stehen.» Sie wandte sich wieder an Lu. «Es war wirklich so: Michael und ich haben uns bei Dreharbeiten kennengelernt. Warum sollte ich also nicht zumindest *fragen*? Warum sollte ich nicht für einen Tag oder zwei noch einmal jung sein wollen?»

Lu nickte. «Na klar.»

Michael wandte sich an Niki. «Niki, wir sind nicht perfekt. Aber wir lieben dich, und das wird sich nie ändern. Okay, vielleicht habe ich das bisher noch nicht zum Ausdruck gebracht, aber ich bin ... wirklich *wirklich* glücklich, dass du hier bist.»

Susanne traten Tränen in die Augen. «Wir vermissen dich oft, das ist wahr.»

«Schon gut», wehrte Niki ab. Irgendwie war es den beiden gelungen, sie zu entwaffnen. «Ich freue mich ja auch, hier zu sein.»

«Uns ist völlig klar, dass du dein eigenes Leben leben musst», sagte Michael, «und wir sind stolz auf dich und das, was du dir in Berlin aufgebaut hast. Aber es schadet sicher nicht, wenn du weißt, dass du hier immer ein Zuhause hast.»

Und dann traten auf einmal auch Niki Tränen in die Augen. Sie wollte sich dagegen wehren, aber das gelang ihr nicht.

An diesem Abend lag Niki lange wach. Pablo und Lu schliefen in ihren Betten. Die Nacht vor dem Fenster war heller als in den vergangenen Tagen, silbriger. Der Mond musste aufgegangen sein.

Niki sah aus dem Fenster in die Wüstennacht. Sie konnte das, von dem sie der Meinung war, dass es in der Erziehung falsch gelaufen war, Susanne und Michael nicht ewig übel nehmen, das stimmte. Ihnen vorzuwerfen, dass die beiden sie, trotz des *Engelchens*, oft nicht wie ein Kind, sondern wie eine kleine Erwachsene behandelt hatten, was bei ihr nicht besonders gut funktioniert hatte, weil sie gerne mehr Kind gewesen wäre, änderte nichts mehr. Aber durfte es sein, dass die beiden sie jetzt zum wichtigsten Inhalt machten, der ihrem Leben einen Sinn gab? War das nicht zu viel? Niki sah auf Pablo. Sie verstand, dass sie ihm diese Last, der Sinn ihres Lebens zu sein, niemals aufbürden durfte. Sie durfte es nicht, und doch spürte sie in diesem Moment auch, wie schwierig es war, es nicht zu tun. Pablo war nun einmal alles für sie. Oder nein, das stimmte ja nicht. Da war Lu, die in dem anderen Bett schlief. Die beiden waren ihr Leben, waren ihre Familie. Und mit diesem Gedanken schlief sie schließlich ein.

Als sie am nächsten Morgen aufwachte, lag Lu nicht mehr neben ihr. Sie war nicht im Zimmer. Niki machte sich zunächst keine Gedanken darüber, sie nahm an, dass Lu sich in der Küche einen Kaffee aufgoss oder bereits mit einem Becher vor der aufgehenden Sonne saß und deren warmes Licht – vielleicht sogar mit Susanne?, vielleicht sogar in einem Steinkreis? – begrüßte. Aber Lu war weder in der Küche, noch saß sie mit Susanne im Garten. Lu war nirgendwo auf dem Grundstück, und sie war – das erfuhr Niki später an der Bushaltestelle – auch nicht mehr in Real de Catorce. Lu war fort.

Niki quälte sich in den folgenden Wochen oft mit der Frage, warum Lu gegangen war, warum sie ihr keine Nachricht hinterlassen hatte, keinen Zettel mit einer Erklärung, keine Abschiedssätze auf dem Anrufbeantworter in Berlin, keinen irgendwann eintreffenden Brief – nichts.

Und die einzige Botschaft, die Niki in diesem Schweigen, in diesem Nichts ausmachen konnte, war: *Ich bin die, die ich bin, und du kennst mich. Wenn wir ehrlich sind, dann haben wir immer gewusst, dass es irgendwann an diesen Punkt kommen würde. Du hast es gewusst, und ich wusste es, und ich hoffe, dass du mich nicht verurteilst. Ich war für dich und Pablo da, so gut und so lange ich es konnte.*

In ihren besseren Momenten fügte Niki zu dieser Botschaft, die sie aus Lus Schweigen las, noch hinzu: *Ich habe dich geliebt und liebe dich immer noch. Doch jetzt muss ich weiter, vielleicht gerade deswegen. Such nicht nach mir.* Und Niki erinnerte sich schmerzlich daran, dass Lu vor Jahren einmal gesagt hatte, dass es gerade die Liebe sei, die die Menschen am Ende zerstöre.

An einem Nachmittag in diesen Wochen stand Niki auf dem Platz vor dem Ogarrio-Tunnel. Sie hatte Pablo in Susannes Obhut gelassen, weil sie allein sein wollte. Der Filmrummel war vorbei, und der Tunnelvorplatz lag wieder so verlassen da wie eh und je. Niki stand dort, wo sie einst Tag für Tag auf den Bus gewartet hatte, um nach

Matehuala zur Schule zu fahren. Und wieder löste sich aus dem Schatten der Hauswände am Rand des Platzes eine Gestalt, ein junger Mann, ein Mexikaner, der auf sie zukam.

«Hola», sagte er, als er sie erreichte. Er war höchstens zwanzig Jahre alt, hatte ein hübsches, markantes Gesicht und einen offenen, aber auch etwas unsicheren, fast scheuen Blick.

«Hola», sagte Niki.

Dann stand er eine Weile schweigend da, bevor er sich ein Herz fasste und sagte: «Wissen Sie, ich spreche Sie an, weil mein Vater Sie vor Kurzem im Dorf gesehen hat. Und er hat mir am Abend erzählt, dass meinem Großvater hier auf dem Platz vor langer Zeit ein Engel erschienen ist, den er berührt hat. Daraufhin genas sein Sohn, also mein Vater, von einer schweren Krankheit. Und dann, so erzählte mein Vater weiter, Jahre später, nachdem er geheiratet hatte, sei auch ihm ein Engel erschienen und danach sei meine Mutter schwanger geworden – mit mir. Und nun, vor ein paar Tagen also, glaubte mein Vater den Engel wiedergesehen zu haben, der ihm und meinem Großvater erschienen ist. Er meinte, vielleicht seien Sie das.»

«Ich?» Niki hob erstaunt die Augenbrauen. «Das hat Ihr Vater gesagt? Wie kommt er denn darauf?»

«Er ist sich nicht sicher», sagte der junge Mexikaner. «Und er würde es nicht wagen, Sie anzusprechen.»

Niki schwieg einen Moment und richtete den Blick dorthin, wo bei ihrer Ankunft vor dreißig Jahren jene Schubkarre, oder was auch immer es gewesen war, gestanden hatte.

«Was ist mit Ihrem Großvater?», sagte sie. «Was sagt *er* dazu?»

«Er lebt nicht mehr. Er ist im vergangenen Jahr gestorben.»

«Das tut mir leid.» Niki starrte eine Weile ins Leere.

Schließlich sagte der junge Mexikaner: «Und? Hat mein Vater recht?»

Niki schüttelte den Kopf. «Nein», sagte sie und bemühte sich um ein Lächeln, wenigstens ein schwaches. Ihr war noch nicht nach

Lächeln zumute. «Leider. Ich hätte ja gar nichts dagegen, ein Engel zu sein, aber Ihr Vater irrt sich. Ich bin nur kurze Zeit in Mexiko und fahre bald wieder fort. Ich komme aus Deutschland.»

«Dann werde ich das meinem Vater sagen.»

«In Deutschland glaubt man nicht an Engel», sagte Niki.

Der junge Mexikaner nickte, verabschiedete sich und ging wieder zurück. Er tauchte in den Schatten des Hauses, vor dem er gesessen hatte, und verschwand darin. Niki sah noch eine Weile in seine Richtung.

Eigentlich hatte sie es immer gewusst. Sie war ein ganz normaler Mensch.

20
Come in Coma

Die *Trionauten* fingen an zu spielen, wobei von einem Anfangen im herkömmlichen Sinn nicht die Rede sein konnte. Es war eine unmerkliche Veränderung der Stille, die sich allmählich entfaltete, so als würden das Atmen der Anwesenden und bestimmte akustische Empfindungen, die jeder trotz einer herrschenden Stille aus sich selbst heraus hat, sich wie aus dem Nichts im ganzen Raum ausbreiten.

Hans Krol hatte seine *Sinfonie der Stille – Come in Coma* für die *Trionauten* arrangiert, eine kammermusikalische Fassung für Glasharfe, Gartenschlauch und Gong. Die eigenwillige Instrumentierung war nicht aus der Not geboren, sondern das Ergebnis ganz bewusster musikalischer Überlegungen. So bot die Glasharfe eine sehr einfache Möglichkeit, Hans' Bach-Cage'sche Äquidistanzskala ohne jeden Aufwand, nur durch entsprechende Anpassungen der Füllstände in den Gläsern zu realisieren. Hans konnte sich kaum einen angemesseneren Klang seines Tinnitus-Sirenengesangs in *Come in Coma* vorstellen als den in dieser Fassung für Glasharfe.

Der Gartenschlauch wiederum bot alle Möglichkeiten der Produktion von Atmungsgeräuschen und das je nach Länge des Schlauchs und eingesetzter Blastechnik ebenfalls in variablen Tonhöhen. Und der große Gong lieferte mit den jeweils passenden Schlegeln wahlweise das tiefe Pochen eines Herzschlags oder durch den Einsatz verschiedener Gongreiber ein sphärisches Rauschen in verschiedenen Tonhöhen, das jenem Zirpen vom Rand des Sonnensystems, das Hans gelegentlich vernahm, sehr nahe kam. Und so ein hoher Sphärenton war es auch, mit dem die *Sinfonie der Stille* einsetzte, um sich dann in meditativer Langsamkeit von Klang zu Klang zu bewegen.

Es war Niki gewesen, die Hans gefragt hatte, ob es möglich wäre, seine *Sinfonie der Stille* für drei höchst experimentierfreudige Musiker zu arrangieren, und er hatte sich nach einem Treffen mit den *Trionauten* auch dazu bereit erklärt. Niki fand es beim Zuhören sonderbar, dass auf eine für sie rätselhafte Weise ihr Körper oder genauer gesagt, sie und Pablo, zu einer Inspirationsquelle für diese Musik – war es das eigentlich: Musik? – geworden war, die jetzt den Raum ganz erfüllte. Sie dachte an jenen Tag vor fast zehn Jahren, als sie bei Hans in seinem mit Eierkartons ausgekleideten Musikzimmer ihren Bauch entblößt und sein Ohr auf ihrer Haut gespürt hatte. Und natürlich musste sie an Lu denken, von der sie hoffte, dass sie heute kommen würde, aber wahrscheinlich – sie war ja noch nicht da – würde es nicht so sein.

All das hatte mit ihrem letzten verzweifelten Versuch begonnen, Lu durch Einsatz ihrer Engelkraft noch einmal, und sei es ein letztes Mal, nach Berlin zu holen. Natürlich war sie verzweifelt gewesen, wieder auf diese Kraft zurückzugreifen, deren Wirkung ja unzweifelhaft existierte, von ihr aber nicht bewusst zu lenken war. Doch wenn sie es vermocht hatte, einen jungen Mexikaner gesunden zu lassen und ihm als Mann zu einem Kind zu verhelfen, oder, was ihr eigenes Leben anging, Clemens in ihrem Arztzimmer erscheinen zu lassen und Lus Vater vor einem Sprung vom Dach zu bewahren, dann war es den Versuch wert, vermittels dieser Kraft Lu dazu zu bewegen, noch einmal nach Berlin zu kommen.

Und im Grunde war es ganz einfach: Niki musste Herbert Sellen aufwecken und ihn auf *diese* Seite der Realität zurückholen. Wenn ihr das gelang, würde auch Lu, die so konsequent wie niemand die Brücken ihres Lebens hinter sich einriss, es ihrem Vater nicht verwehren können, sie noch einmal zu sehen. Es war nicht mehr als ein Flug von rund zwölf Stunden – falls Lu noch in Los Angeles lebte, was aber nach allem, was über sie bekannt war, so sein musste.

Niki hatte schon zu Jahresbeginn gehofft, sie wiederzusehen, aber

Lu kam nicht zur Deutschlandpremiere von *The Difference* auf der Berlinale 2004. *The Difference*, der erste Spielfilm von John Rianson, einem amerikanischen Independent-Filmemacher, hatte im Jahr zuvor auf dem *Sundance Filmfestival* in Utah den *Special Jury Prize Dramatic* gewonnen. Im Stile eines Neo-Noir-Films mit melancholischen Modal-Jazz-Klängen im Hintergrund erzählte er die Geschichte der Kosmetikerin Samantha und des Krankenpflegers Joe, die in einer durchschnittlichen amerikanischen Suburbia in einer Straße mit lauter gleich aussehenden Häusern wohnen. Sie sind kinderlos, und ihr Leben ist von ihrer Arbeit und gelegentlichen Nachbarschafts-Hinterhof-Barbecues geprägt, bei denen sie gern die Geschichte erzählen, wie sie sich bei einer Europareise Joes kennengelernt haben. Samantha ist gebürtige Deutsche.

Niki war im Kino überrascht, Lu Amerikanisch sprechen zu hören. Auf der Berlinale lief *The Difference* im Original mit Untertiteln. Lus Aussprache kam Niki nahezu perfekt vor. Lu, die ihr Abitur der Tatsache verdankte, dass Hans Krol vor ihr auf Knien durch die Wohnung gerutscht war und sie angefleht hatte, *nicht* mit der Schule aufzuhören, musste Monate mit einem Sprachtrainer gebüffelt haben, um dieses Amerikanisch hinzubekommen – bis auf jenen Hauch eines deutschen Akzents, der im Film ihrer deutschen Herkunft geschuldet war.

Die Sprache verwandelte Lu für Niki in einen anderen Menschen. Doch dann war es wieder genau eine Rolle jener Lu und Schauspielerin, die Niki kannte, auch wenn sie sie vor langer Zeit nur ein einziges Mal auf dem VHS-Video des *Sommernachtstraums* gesehen hatte: Lu spielte in Wirklichkeit einen Mann.

Das war der dramatische Kern von *The Difference* – die Idee zu dem Film stammte von Lu. Lu als Samantha, die von allen Sam genannt wird, heißt in Wirklichkeit Samuel und ist als Mann geboren worden, was aber niemand außer Joe weiß. Und Sam wiederum weiß etwas über Joe, was außer *ihr* sonst niemand weiß: Joe heißt in Wirklichkeit Joanna und ist als Frau geboren worden. Sie sind beide Transgenderpersonen, aber leben nach außen hin wie ein ganz normales heterosexuelles Paar in ihrem Suburb-Haus in Los Angeles.

Niki war davon überzeugt, das Sam – also Lu – die schönste Transgenderfrau der Filmgeschichte war. Allerdings wusste sie nicht so genau, welche und wie viele Transgenderfrauen es in der Filmgeschichte bisher gegeben hatte. Und sie hatte bei der Vorführung des Films im Rahmen des Berlinale-Forums – da der Film bereits beim *Sundance*-Festival gezeigt worden war, konnte er nicht im Wettbewerb laufen, den gewann im Jahr 2004 *Gegen die Wand* mit Sibel Kekilli in der Hauptrolle, die Niki aber nicht so beeindruckend fand wie Lu, doch vielleicht war sie in diesem Punkt nicht objektiv genug – zu wenige Taschentücher für ihre Tränen eingesteckt. Sie hatte sich zwar damit abgefunden, Lu nie wiederzusehen, und war, wie sie Susanne am Telefon regelmäßig zu versichern pflegte, «darüber hinweg», aber Lu in Überlebensgröße auf der Leinwand zu sehen, war dann doch zu viel. Zumal anscheinend auch der Kameramann der Meinung gewesen war, dass Lu die schönste Transgenderfrau der Filmgeschichte war.

Natürlich blieb es in *The Difference* nicht bei der Transgender-Vorstadtidylle. Das hatte Niki bei einem «sozialrealistischen Film im Neo-Noir-Stil», wie es in der Ankündigung hieß, auch nicht erwartet. In einer heißen Nacht konnte Sam nicht schlafen, und je länger sie schlaflos neben dem schlafenden Joe im Bett lag, umso mehr störte sie das Geräusch des Ventilators, der im Erdgeschoss immer noch lief, weil sie vergessen hatten, ihn zur Nacht abzustellen.

In dem schlichten amerikanischen Suburb-Holzhaus breitete sich der Drehrhythmus des Ventilators in allen Räumen als niederfrequentes Wummern aus, das in der Realität zwar kaum jemand wahrnehmen würde, aber das ist der unschätzbare Vorteil des Films, und erst recht eines Neo-Noir-Films, dass er auf der Tonspur das Quälende eines solch monotonen Geräusches durch eine stetig anschwellende

Lautstärke und im Bild durch Großaufnahmen von unerbittlich sich drehenden Ventilatorblättern überzeugend darstellen kann.

Lu als Sam steht schließlich auf, zieht sich einen Bademantel über und geht hinunter ins Wohnzimmer, um den Ventilator abzustellen. Dazu stellt sie sich auf das Sofa vor dem Fernseher und streckt sich breitbeinig dem Zugkettchen des Ventilators entgegen. Dabei klafft der Stoff des Bademantels auf, und für ein paar Sekunden wird zwischen ihren Schenkeln ihr Penis sichtbar.

Einen Moment lang war sogar Niki im Kino verblüfft, dort, wo sie jahrelang immer Lus Scheide vorgefunden hatte, einen Penis zu sehen. Ihr war klar, dass es im Film ein Leichtes war, so etwas vorzutäuschen, aber die Illusion war perfekt. Und mit einem kurzen Neo-Noir-Musikausrufezeichen durch einen dissonanten Bläserakkord gab es auch noch eine Großaufnahme dieses Penisses, der dann aber wohl nicht ein an Lu befestigtes Silikonmodell war, sondern der eines – gab es so etwas eigentlich? – Penisdoubles.

Die Großaufnahme war nötig, um auch jenen Zuschauern, die einen Moment lang unaufmerksam gewesen sein mochten, das Ausmaß dieses Missgeschicks zu verdeutlichen, denn von dieser Nahaufnahme ging der Filmschnitt nicht zurück in die Totale auf Lu als Sam, sondern auf ihren Nachbarn von gegenüber, der, ebenfalls von hitzebedingter Schlaflosigkeit geplagt, in seinem Schlafzimmer am Fenster steht und von dort aus einen perfekten, nur im Film realisierbaren Blick in Sams und Joes Wohnzimmer hat und dort nun also erkennt, dass die schöne Sam, auf die er eigentlich ein Auge geworfen hatte, biologisch ein Mann ist.

Neo-Noir-Filme sind selten ganz und gar realistisch, sondern wie in den klassischen Dramen werden fatale Zufälle, unheilvolle Entwicklungen und sich anbahnende Katastrophen mit großer – oder auch nicht – Kunstfertigkeit aufeinander gehäuft. Im Falle von *The Difference* bedeutete das, dass jenem Nachbarn am Schlafzimmerfenster die Vorstellung, mit einer Transgenderfrau Sex zu haben, keineswegs zuwider ist, sondern ganz im Gegenteil. In der nächsten Szene, taucht er, nachdem er zuvor am Fenster darauf gewartet hat, dass Joe das Haus verlässt, mit einem Bier bei Lu als Sam auf, um sich zunächst unverfänglich mit ihr zu unterhalten. Doch dann macht er ihr Stück für Stück klar, was er inzwischen weiß und was er sich von diesem Wissen verspricht.

Außerdem stellt sich heraus, dass er als Nachbar keineswegs so freundlich ist, wie es bisher immer den Anschein hatte, sondern höchst skrupellos. Er droht Sam nicht nur an, in der Nachbarschaft herumzuerzählen, wer sie in Wahrheit ist, sondern diese Information auch ihrer Kundschaft in ihrem Kosmetikstudio unterzujubeln. Und genüsslich fragt er sie, ob ihr vorwiegend weibliches Publikum wohl erfreut wäre zu erfahren, dass die vermeintliche hübsche Frau, die ihnen regelmäßig die Augenbrauen zupft, den Nacken massiert und die Haut des Gesichts und des Dekolletés reinigt, in Wahrheit ein Mann ist?

Und in der nun folgenden düstersten Szene des Films sieht man, wie jener Nachbar sich, hinter Sam stehend, das nimmt, von dem er glaubt, dass es ihm von nun an zusteht. Lu als Sam, machtlos auf einen Tisch gestützt, kann in einem Spiegel ihren Nachbarn hinter sich sehen, und mit einem Gesichtsausdruck, der Niki verstörte, sieht sie bei ihrer Vergewaltigung zu und lässt sie widerstandslos geschehen.

Niki war im Kino drauf und dran, die Augen zu schließen, weil sie Lus Blick nicht ertrug. Aber alles ging viel zu schnell, und es gab zu viele Rückkopplungen zu ihrer gemeinsamen Vergangenheit, die sich dabei einstellten – insbesondere zu jenem späten Geständnis Lus, vor der Premiere des *Sommernachtstraums* mit dem Regisseur ohne eigenes Lustempfinden vor einem Spiegel Sex gehabt zu haben. Und Niki hatte bei der Szene das Gefühl, als würde Lu bei ihrem direkten Blick in die Kamera nicht sich selbst in einem Spiegel ansehen, sondern sie, Niki, im Zuschauerraum.

Parallel zu dieser Haupthandlung wird in *The Difference* der hürdenreiche Weg zu einer, wie es heißt, geschlechtsangleichenden Operation beschrieben. Lu als Sam ist, und das nicht erst, seit sie von ihrem Nachbarn erpresst wird, zur chirurgischen Umwandlung ihres biologischen Geschlechts entschlossen. Gezeigt werden die psychologischen Beratungen, Gespräche und Tests, die zur Genehmigung für solch einen irreversiblen Eingriff erforderlich sind, und die vorbereitenden hormonellen Behandlungen.

Schließlich erzählt Lu als Sam Joe, was geschehen ist – und noch immer geschieht. In einer ergreifenden Szene gesteht sie Joe, dass sie sich mehrfach hat vergewaltigen lassen, aus Angst um ihre, und insbesondere auch seine, Joes, Existenz. Die beiden haben immer gewusst, dass ein Leben, wie sie es führen, stets in Gefahr ist, von anderen zerstört zu werden. Und man erfährt in dieser Szene auch, dass sie aus demselben Grund schon einmal alle Zelte abgebrochen haben. Von einem auf den anderen Tag sind sie aus einer Stadt fortgegangen, um hier, in Los Angeles, wo niemand sie kannte, neu anzufangen. Und Joe ist sofort bereit, diesen Schritt wieder zu tun.

Allerdings fällt es Lu als Sam nach all den Erniedrigungen, die sie erduldet hat, schwer zu akzeptieren, dass ihr Nachbar nach ihrem Verschwinden ohne jede Konsequenz aus der Sache herauskommen würde. Und von diesem Zeitpunkt an entwickelt sich *The Difference* endgültig zu einem düsteren Low-Budget-Neo-Noir-Thriller par excellence. Nachdem die rechtlichen, medizinischen und psychologischen Voraussetzungen für eine geschlechtsangleichende Operation bei Sam erfüllt sind, will sie den Eingriff in jener Klinik durchführen lassen, in der Joe als Krankenpfleger arbeitet. Am Tag der Operation begibt sie sich ins Krankenhaus, aber Joe nimmt sich frei und bleibt zu Hause. Dort lockt er den Nachbarn unter einem Vorwand ins Haus, betäubt ihn mit einer Spritze, schleift ihn in die Garage und fährt mit ihm zum Krankenhaus.

Dort kennt man Joe. Sein Nachbar sei bei ihm kollabiert und jetzt komatös, erklärt er in der Notaufnahme, und man hilft ihm, den vermeintlichen Patienten auf ein Bett zu legen. Dieses schiebt Joe in die Chirurgie, wo er es dann unbemerkt mit dem Sams vertauscht. Er legt Sams Tropf mit dem präoperativen Sedativum – Lorazepam, dachte Niki, das einen aber nicht so benommen machte, wie Lu als Sam es in diesem Moment war und der Nachbar es sein würde, aber wen kümmerte das in diesem Moment schon? – bei seinem Nachbarn an und schiebt ihn danach in den OP, wo er anästhesiert wird und der Chirurg das in einer geschickt gesetzten Beleuchtung gefährlich aufblitzende Skalpell anhebt und auf die Genitalien des Nachbarn herabsenkt.

Als Zuschauer durfte man sich natürlich bei all dem nicht fragen, ob so ein Plan jemals so am Schnürchen klappen würde wie in *The Difference*. Die Antwort wäre eindeutig nein. Aber der Krankenhaus-Showdown war so temporeich inszeniert, dass man sich diese Frage gar nicht stellte. Im Gegenteil, sogar Niki als Ärztin ertappte sich dabei, dass sie sich entgegen jeglicher hippokratischen Ehre nichts sehnlicher wünschte, als dass der Chirurg dem Nachbarn endlich den Schwanz abschnitt – was im Film nicht gezeigt wurde. *The Difference* war kein Splatter-Movie.

Zum Aufatmen kam man als Zuschauer erst, als Joe das Bett mit Lu als Sam in eine andere Station schiebt und die noch vom Lorazepam benebelte Sam dort allmählich begreift, dass ihr Plan tatsächlich funktioniert hat. Zu dem Song *No place for you (to be a girl)* von Paul Westerberg, der den letzten Szenen unterlegt ist, zieht sie sich die von Joe mitgebrachte Alltagskleidung an, und die beiden verlassen, Sam unauffällig auf Joe gestützt, die Klinik durch den Haupteingang. Sie steigen ins Auto und fahren davon, irgendwohin, wo niemand sie kennt.

«Was meinst du?», sagt Lu als Sam schließlich auf einem sonnengleißenden Highway außerhalb der Stadt zu Joe. «War es das wert? Jetzt wirst du erst mal weiter mit meinem Schwanz leben müssen.»

«It's just a minor difference», winkt Joe ab. «And as you know: Nobody is perfect.»

Als angekündigt wurde, dass der beim *Sundance*-Festival ausgezeichnete Film im Rahmen des Berlinale-Forums im Februar 2004 als Deutschlandpremiere gezeigt werden würde und darauf hingewiesen wurde, dass in der amerikanischen Independent-Produktion eine Deutsche die weibliche – oder männliche, das müsse jeder für sich entscheiden – Hauptrolle spielen würde, was ungewöhnlich sei, erwachte in der Berliner Presse ein reges Interesse an der unbekannten deutschen Schauspielerin. Wer war denn diese Ljubina Sellen?

Und tatsächlich erinnerte sich jemand in einem Stadtmagazin daran, dass Lu Mitte der Neunzigerjahre als Lysander/Lysandra, also ebenfalls einer geschlechtlich ambivalenten Rolle, im *Theater Zerbrochene Fenster* in der Premiere einer mit den Geschlechterrollen spielenden Inszenierung des *Sommernachtstraums* zu sehen gewesen war – allerdings nur bis zur Pause. Danach verlor sich ihre künstlerische Spur.

Und mit dieser Vita wäre Lu als Schauspielerin gar nicht schlecht bedient gewesen, aber dann grub irgendein Redakteur in der Boulevardpresse aus, das Ljubina Sellen alias Luxa mehrfach in Pornos mitgespielt hatte. Man trieb sogar ein paar der alten VHS-Bänder mit ihren Gonzo-Szenen auf und veröffentlichte daraus gerade noch für die Öffentlichkeit geeignete Fotos.

Nach der Berlinale-Premiere von *The Difference* sprach Niki John Rianson an – das zweite Mal, dachte sie, dass sie zu einem Regisseur ging, um etwas über Lu herauszubekommen. Von ihm erfuhr sie, dass man Lu seitens der Produktionsfirma geraten habe, sich nicht an den Porno-Enthüllungen zu stören, eher im Gegenteil. Gemäß der alten Regel, dass jede Publicity gute Publicity war, würde der Skandal – so groß war er auch nicht, da in den Zweitausenderjahren die Pornografie ihr Skandalimage weitgehend eingebüßt hatte – dem Publikumsinteresse an dem Film noch nützen.

Aber Lu hatte sich trotzdem dagegen entschieden, nach Berlin zu kommen. Und Niki glaubte – vielleicht als Einzige – zu wissen, warum. Es hatte mit dem Porno-Skandal gar nichts zu tun. Möglicherweise kam dieser Skandal Lu sogar gelegen, um die Berlin-Reise, die ansonsten fest zur PR-Tour für den Film gehört hätte, absagen zu können. Niki wusste etwas über Lu, was sonst niemand wusste: Lu kehrte nicht an Orte zurück, die sie einmal verlassen hatte.

Und doch hatte Niki genau das gehofft wie nichts sonst auf der Welt! Sie hatte es gehofft und gehofft und gehofft. Lu wiederzusehen! Die Vorstellung, sie als Schauspielerin live vor der großen Leinwand auftreten zu sehen – was hätte sie nicht alles dafür gegeben! Und sie gab die Hoffnung bis zum Schluss, bis das Bühnenlicht nach der Premiere von *The Difference* anging, nicht auf. Aber als dann die Festivalmoderatorin auf die Rampe trat und die angereisten Beteiligten aus dem Zuschauerraum nacheinander zu sich rief und nach John Rianson und dem Joe-Darsteller als Nächstes der Darsteller des Nachbarn und danach auch schon der Kameramann hinzutraten, stand fest, das Lu nicht nach Berlin gekommen war.

Der Film kam beim Publikum gut an. Alle Beteiligten wurden mit viel Applaus begrüßt, und Niki war sich sicher, dass auch Lu Applaus bekommen hätte, als Berlinerin – und als Beste des Ensembles, wie Niki fand – vielleicht sogar den stärksten. Aber wie schon beim *Sommernachtstraum* hatte Lu sich dagegen entschieden, ihren Lohn entgegenzunehmen. Niki war klar, dass sie sich von nun an keine Hoffnungen mehr zu machen brauchte. Sie würde Lu nicht wiedersehen. Wenn Lu einen Auftritt bei der Berlinale nicht nutzte, um nach Berlin und zu ihr zurückzukehren, dann würde sie es nie tun. Und vielleicht übermittelte sie Niki damit eine letzte Botschaft: *Warte nicht auf mich, vergiss mich, beziehungsweise ich hoffe, du hast es schon längst getan.*

Aber vielleicht war ja auch das – wie ihre Unsicherheit, ihre unklare Elternbeziehung, ihre Neigung zur Empathieübertreibung – etwas Nikishahaftes: dass sie sich mit dieser Endgültigkeit nicht abfinden wollte. Und so sann Niki, nachdem sie sich von dem Berlinale-Schock erholt hatte, weiter darüber nach, wie sie Lu dazu bewegen könnte, nach Berlin zu kommen. Immerhin wusste sie jetzt, dass Lu nach Amerika und dort wohl nach Los Angeles gegangen war.

Vor *The Difference* hatte Niki keinen Hinweis auf Lus Aufenthaltsort gehabt – sie hätte sogar unerkannt in Berlin leben können. Es wäre gar nicht möglich gewesen, ihr eine Nachricht zukommen zu lassen. Das hatte sich jetzt geändert. Über die Produktionsfirma von *The Difference* musste es möglich sein, Lu zu erreichen. Allerdings bekam Lu als nunmehr international bekannte Schauspielerin wohl auch Fanpost, sodass es vermutlich bestimmte Filter gab, durch die man schlüpfen musste, wenn man mit einer Nachricht zu ihr durchdringen wollte. Es musste also etwas Besonderes, etwas sehr Privates sein, damit die Botschaft nicht auf dem Schreibtisch einer PR- oder Schauspielagentur stranden würde, die für Lu die Öffentlichkeitsarbeit erledigte. Niki begriff, dass es nur *eine* Nachricht aus Berlin gab, die Lu zuverlässig erreichen würde: dass Herbert, ihr Vater, aus dem Koma erwacht war.

An einem Samstag im Herbst 2004 machte Niki sich auf den Weg zu dem Pflegeheim, in dem Herbert seit nunmehr fast zehn Jahren im Wachkoma lag. Manchmal dachte sie an das, was Doktor Lothar gesagt hatte, dass es für Herbert vielleicht besser gewesen wäre, er hätte es nicht geschafft. Sie hatte sich damit nie abfinden wollen, im Grunde bis heute nicht. In der S-Bahn fragte sie sich, ob sie Lus Vater überhaupt aufsuchen musste, um ihn aus dem Koma aufzuwecken? Irgendwie waren diese eigenartigen Dinge in ihrem Leben ja einfach geschehen.

Spielte Abstand dabei eine Rolle? Musste sie Herbert räumlich nah sein, um ein Wunder an ihm zu wirken, oder hätte dafür nicht eine Art meditative Konzentration in ihrem Zimmer oder woanders ausreichen müssen? Raum und Zeit waren doch keine Ingredienzien jener spirituellen Welt, in der Menschen wie Sai Baba oder Rābi'a al-Adawiyya, Nikis Geburtsheilige, ihre Wundertaten vollbrachten. In diesem Sinne betrachtete sie es mehr als einen Tribut an die gewöhnliche Realität mit ihren physikalischen Gesetzen, Herbert auch persönlich aufzusuchen, um ihn in eben diese Realität zurückzuholen.

In Wahrheit wusste sie überhaupt nicht, was sie sich wirklich von dem Besuch versprach. Vielleicht, so sagte sie sich, würde Herbert sie als jene Ärztin wiedererkennen, die Lu manchmal bei ihren Heimbesuchen begleitet hatte. Oder er würde sie, wie in der Nacht auf dem Krankenhausdach, für seine verstorbene Ehefrau halten, eine seelische Erschütterung, die womöglich in der Lage war, etwas in seinem Gehirn in Bewegung zu bringen.

Niki war nicht naiv: Wenn sie etwas bewirken konnte, würde es am Ende kein Wunder sein, sondern eines jener medizinisch unverstandenen Heilungsereignisse, deren physische Ursachen kaum je zu ergründen waren. Man konnte in ein Gehirn, einen Tumor oder Zellkerne nicht genau und kontinuierlich genug hineinschauen, um die stofflichen Zusammenhänge voll zu erfassen. Gott, so hatte sie es Pater Leo einmal versichert, habe da immer noch einen gewissen Gestaltungsspielraum.

Wie bei ihrem letzten Besuch vor mehr als fünf Jahren hatte man Herbert in seinem Rollstuhl zum Fenster auf der Parkseite geschoben. Vor ihm saß Raissa, seine Lebensgefährtin. Seit ihrer ersten Begegnung in Herberts Wohnung waren sich Niki und Raissa im Pflegeheim noch ein paarmal begegnet. Lu hatte Niki von dem Versuch Raissas berichtet, Herbert durch ihre äußerliche Verwandlung in Draga zurückzuholen. Doch das war ihr nicht gelungen.

Von Hans Krol wiederum, den Niki hin und wieder im Café *Tazza* vor einem glasklaren Tee sitzen sah, in dem ein oder zwei winzige Stückchen Ingwer herumschwammen, hatte sie erfahren, dass sich zwischen Raissa und Victor Belkow im Laufe der Zeit eine Freundschafts- oder vielleicht Liebes-, das konnte Hans natürlich nicht so genau sagen, -beziehung entwickelt hatte, die trotz der rund zehn Jahre Altersunterschied stabil war – was bei einem älteren Mann und einer jüngeren Frau ja nicht der Erwähnung wert wäre, in diesem umgekehrten Fall aber schon.

Niki kannte Victor Belkows Geschichte, soweit Lu sie gekannt hatte, und somit wusste sie auch, dass er sich zu Frauen hingezogen fühlte, die älter waren als er. Was sie von Hans erfuhr, passte in dieses Bild. Wie es Victor nach dem Auszug von Lu ergangen war, darüber wusste Niki nichts. Manchmal hatte Niki sich gewundert, dass Lu den Kontakt zu ihm abgebrochen hatte, aber inzwischen kannte sie Lu ja besser. Wenn Lu ging, dann ging sie.

Von Hans erfuhr Niki noch, dass Raissa einen Nachweis über ihre Deutschstämmigkeit hatte beibringen können und auch amtlich Deutsche geworden war. Sie eröffnete einen eigenen Kosmetiksalon, in dem sie sich auf russische Kundschaft spezialisierte – eine Marktlücke, in der sie sich erfolgreich etablieren sollte.

Wenn man ihren Stil mochte – Vic mochte ihn –, war Raissa eine attraktive Frau in den Fünfzigern. Vic stieg als Einkäufer peu à peu in ihr Kosmetikgeschäft ein. Es machte einen gewissen, aber keinen fundamentalen Unterschied, so stellte er fest, ob man mit Pornofilmen oder Make-up, Lidschatten und Hautlotionen handelte. Der Kosmetikmarkt war um einiges ausdifferenzierter als es der Super-8-Pornomarkt gewesen war, aber mit Raissas Hilfe arbeitete er sich in die Feinheiten schnell ein.

Raissa saß am Ende des Korridors vor Herbert Sellen. Ihre Haare waren wieder braun. Niki überlegte, ob es nicht besser wäre, ein anderes Mal wiederzukommen. Störten Zuschauer beim Wirken eines Wunders? Woher sollte sie das wissen? Aber dann mahnte sie sich zur Vernunft. Es war ein Krankenbesuch, mehr nicht.

Raissa und sie begrüßten sich. Ihr Verhältnis, das bei ihrer ersten Begegnung sehr angespannt gewesen war, hatte sich normalisiert. Wahrscheinlich sah auch Raissa inzwischen ein, dass es für sie nicht zu bewältigen gewesen wäre, sich ununterbrochen um Herbert zu kümmern. Niki setzte sich und betrachtete ihn.

Sein Gesicht, mit dem er eingeliefert worden war, hatte sich im Zustand des Komas über die Jahre erholt und war wieder farbiger geworden. Fast wirkte er jünger. Er saß reglos auf seinem Stuhl und starrte mit geöffneten Augen, aber leerem Blick in den Gang. Vorausgesetzt, die Weite seines Blickfelds war noch intakt, würde er Niki nicht von vorn, sondern ein wenig seitlich wahrnehmen. Seine Hände lagen zu Fäusten verkrampft in seinem Schoß, der nur aus dem welligen Stoff seiner grauen Fleecehose zu bestehen schien. Die Muskelmasse seiner Schenkel reichte nicht aus, um die Hosenbeine erkennbar zu füllen.

Wie wirkte man Wunder? Niki wusste es nicht. Sollte sie in ihren Gedanken gebetsmühlenartig ein Werde-gesund!-Werde-gesund!-Werde-gesund!-Mantra abspulen? Oder sollte sie die Augen schließen und in einer höheren Sphäre Kontakt zu Herberts irgendwo herumschwebendem Bewusstsein suchen? Oder sollte sie, wie einst jener Militärbischof, die Hände zum Segen erheben, um himmlische Kräfte zur Herbert-Heilung anzurufen?

Nein – Niki wusste es nicht. Und doch schien sich, während sie über all das nachdachte, etwas zu tun. Herbert, der reglos dagesessen hatte, schien unruhig zu werden. Seine Atemzüge beschleunigten sich und wurden vernehmlicher, seine Arme begannen zu zittern, als wollten sie sich aus dem Korsett der erzwungenen Bewegungslosigkeit befreien, und seine Pupillen begannen suchend hin- und herzuwandern. Ein dunkler Laut stieg aus seinem Körper auf, ein Stöhnen, das stärker wurde, moduliert vom Rhythmus seiner Atmung, eine Art an- und abschwellender Urluftstrom, der sich vielleicht zu Sprache verdichten wollte, zu einem Satz oder auch nur einem einzigen Wort, dem ersten seit Jahren, einem Beweis, dass es Herbert noch gab ...

Zu Hause in Los Angeles saß Lu auf der hinteren Veranda in dem einfachen Wohnviertel westlich von South La Brea und wartete auf Jack, ihren Mann. Sie hatte tagsüber nichts zu tun gehabt und war zwei Stunden bei Martha nebenan gewesen, die auch nichts zu tun gehabt hatte, und jetzt hatte Lu es sich mit einem ersten Bier zum späten Nachmittag gemütlich gemacht, die bloßen Füße gegen das hölzerne Verandageländer gestützt, dem ein wenig frischer Lack sicher nicht geschadet hätte, und dachte auf einmal angesichts der beständigen Farbigkeit der Dinge unter dem ewig blauen Himmel hier an den grauen Herbst in Berlin und empfand unerwartet sogar eine leichte Sehnsucht danach. Doch im selben Moment kam ihr dieses Gefühl ganz widersinnig vor, da sie rückwärtsgewandte Sehnsucht bei sich kaum kannte und es andere Jahreszeiten, Wetterlagen und Lichtstimmungen in Berlin gegeben hatte, die der sehnsüchtigen Erinnerung Wert gewesen wären.

Der Wind trug das Rauschen des abendlichen Berufsverkehrs auf dem Santa Monica Freeway heran, in das sich das Schnurren von Rasenmähern mischte, das Aufheulen der Triebwerke eines über die Baldwin-Hills nach Nordosten startenden Jets vom Los Angeles International Airport und zwei ferne Polizeisirenen, eine vielleicht vom Ciniega Boulevard hinter dem Ölfeld im Westen. Als Lu hier angekommen war und die wippenden Ölpumpen mitten in der Stadt gesehen hatte, war sie verwirrt gewesen vom schier endlosen Mischmasch aus Häusern, Industrievierteln, Autobahnen und Autobahnkreuzen, den von einer Anhöhe aus im Dunst sichtbaren Hochhäusern in Downtown und sogar einem Ölfeld, der sich Los Angeles nannte. Inzwischen hatte sie sich an all das gewöhnt, und die Geräusche der Stadt waren nur noch die vielstimmige Begleitung zu ihrem Sonnenuntergangsbier. Mehr geschah hier selten, das war ihr Leben als Schauspielerin in der Filmstadt: Warten auf einen Anruf.

Jack hatte sich bei den Dreharbeiten von *The Mexican* – anders konnte man es nicht sagen: Hals über Kopf in Lu verliebt. Als einer der Beleuchtungsassistenten hatte er nicht nur heimlich, das Gefühl hatte Lu jedenfalls, das Licht für die Statistengruppe am Rand von Flashback Town immer bei ihr zentriert, was der Kameramann des Films ihm nicht immer hatte durchgehen lassen, sondern auch, und das konnte ihm niemand verbieten, seinen Blick auf sie gerichtet. Und irgendwann sprach er sie an.

Mit ihrem Touristenvisum hätte Lu nicht länger als drei Monate in den USA bleiben können, aber das verhinderte Jack mit einem Heiratsantrag. Lu musste an *Greencard* mit Andie MacDowell und Gérard Depardieu denken, aber sie und Jack würden keine Scheinehe führen. Jack war so verliebt, aufgekratzt und glücklich an diesem Tag, den er minutiös wie die Beleuchtung eines komplizierten Filmsets geplant hatte. Nach dem sehr allgemeinen Hinweis, dass er ihr «etwas zeigen» müsse, fuhren sie an einem späten Nachmittag auf La Brea Richtung Norden bis zum Sunset Boulevard und nach ein paar Abbiegungen noch weiter, bis die Straße enger und enger wurde und sich in die Berge zu schlängeln begann. Sie waren dort bei Weitem nicht als Einzige unterwegs, sondern Teil einer Autokolonne, deren Länge man auf der kurvenreichen Strecke unmöglich abschätzen konnte, zumal der befahrbare Teil dieser per se schon schmalen Straße immer enger wurde, weil auf beiden Seiten der Fahrbahn mehr und mehr Wagen zum Parken in die Büsche und ins Gestrüpp am Straßenrand gelenkt wurden. Und auch Jack ließ irgendwann, als er befand, dass es weiter oben keinen Parkplatz mehr geben werde und man den Rest zu Fuß zurücklegen müsse, den Wagen an den Straßenrand rollen.

Auf dem anschließenden Fußmarsch reihten sie sich in eine immer länger werdende Prozession ein, die sie nach gut zwanzig Minuten auf eine Anhöhe mit einem imposanten Gebäude, den Campus des Griffith-Observatoriums führte. Am Rand eines steilen Abbruchs gelegen, schien das Observatorium mit seinen drei großen Teleskopkuppeln über dem hundert Meter tiefer gelegenen Häuser-, Straßen-, und Lichtermeer der Stadt zu schweben, das sich bis zum dunstigen

Horizont erstreckte. Im Westen tauchte die Sonne in diesen Luftschleier und färbte ihn in breiten Schichtungen aus Gelb-, Orange- und Rottönen, vor denen sich die Hügellinien der Hollywood Hills mit dem Hollywoodschriftzug abzeichneten, den – daran musste Lu kurz denken – ihr Herr Baumann als kleine Nachbildung nach der Aufführung des *Hauptmann von Köpenick* zur Erinnerung geschenkt hatte.

Den Sonnenuntergang über Los Angeles hier zu begehen war ein allabendliches Ritual, an dem Hunderte von Menschen teilnahmen, Touristen und Esoteriker, Familien und Naturverbundene, Jogger und Frisbeespieler, Fotografen und Hobbyastronomen. Lu verstand, oder glaubte zu verstehen, warum Jack sie hierhergeführt hatte. Ihr gefiel die ungezwungene Atmosphäre, und bevor sie die USA wieder verlassen musste, weil ihr Visum abgelaufen war, sollte sie diesen Sonnenuntergang von hier oben einmal gesehen haben, das berühmte Bild, wenn aus der Dämmerung Nacht wurde und Los Angeles zu jener riesigen Fläche von Lichtern, in der sich die Schneisen der großen Straßen abzeichneten.

Lu hatte bisher noch nicht entschieden, was am Ende jener drei Monate werden würde, die sie sich legal in den USA aufhalten durfte. Vielleicht konnte sie sich um eine Verlängerung des Visums und eine Arbeitserlaubnis bewerben – sie hatte keine Ahnung, ob das möglich war. Und sie hätte auch nicht gewusst, was sie hier arbeiten könnte. Restaurants, in denen sie hätte kellnern können, gab es genug und vielleicht ja auch alternative Cafés wie das *Tazza* – aber wollte sie das? Und dann beantworteten sich ihre Fragen an diesem Abend am Griffith-Observatorium auf einmal von selbst.

Während viele die Arme wie ein großes V in die Höhe streckten, als die Sonne über dem Horizont zu zerfließen begann, und andere ergriffen die Gesichter in die letzten feuerroten Strahlen hielten, die die Fenster der Hochhäuser in Downtown entzündeten, fiel Jack vor Lu auf die Knie – eindeutig sportlicher, aber mit nicht weniger Inbrunst als Hans einst in seiner schummrigen Wohnung –, streckte ihr eine kleine Schmuckschatulle entgegen und machte ihr einen Heiratsantrag. Lu nahm ihn an.

Lu war Jack nicht nach Los Angeles gefolgt, weil er Beleuchter beim Film war und sie sich als Schauspielerin von seinen Kontakten etwas versprach. Das Wort Karriereplanung war für sie immer ein Fremdwort gewesen. Aber da Jack nun einmal diese Kontakte hatte – unter anderem war er mit Witold Waloski, einem gefragten polnischen Kameramann, gut befreundet – und da sie jetzt mit Jack verheiratet und ihr rechtlicher Status in den USA geklärt war, gab es für sie auch keinen Grund, seine Bekannten, Kollegen und Freunde aus der Filmbranche zu meiden, zumal die meisten wussten oder von Jack erfuhren, dass er sie als Statistin bei den Dreharbeiten zu *The Mexican* kennengelernt hatte.

Mit Witold Waloski verstand Lu sich ausgezeichnet. Vielleicht hatte sie eine Sympathie für die polnische Mentalität entwickelt, als Natalia, Herberts erste Freundin nach dem Tod von Draga, etwa ein Jahr lang bei ihnen gewohnt hatte und es eine Weile so schien, als würden sich die Dinge in eine gute Richtung entwickeln. Witold war ein kräftiger, zumeist gut gelaunter Typ, der sich außer mit der Komposition von Bildern auch mit Essen und Trinken hervorragend auskannte.

Von Natalia wusste Lu, dass das polnische Nationalgericht Bigos hieß, eine am besten über Tage mehrfach aufgekochte Mischung aus Sauerkraut, Schweinefleisch und Pilzen, die in den Monaten, als zwischen Herbert und Natalia noch alles zum Besten stand, Herberts Leib- und Magengericht gewesen war. Lu besorgte sich die Zutaten, was beim Sauerkraut etwas Recherche erforderte, und experimentierte ein paar Tage lang mit ihnen und einer Reihe von Gewürzen herum – Zeit war ja ein Faktor, der dem Gericht zugutekam –, bis der Geschmack mit jenem übereinstimmte, den sie in Erinnerung hatte.

Witold war begeistert. An diesem Abend erzählte Lu von ihrer

Idee zu *The Difference*, die noch keinen Titel hatte, und dass sie sich vorstellen könnte, darin die Rolle der Sam zu spielen. Witold und Jack waren auf der Stelle elektrisiert – ein grandioser Stoff! Ohne zu viel von dem Plot preiszugeben, sondierten die beiden vorsichtig, ob man die Geschichte als Independent-Produktion realisieren könnte, und sprachen schließlich John Rianson darauf an, der bisher mit ambitionierten Kurzfilmen in der Branche auf sich aufmerksam gemacht hatte. Auch er war von dem Stoff sofort fasziniert und erklärte sich bereit, Castingaufnahmen mit Lu und improvisierten *The-Difference*-Szenen – ein Drehbuch gab es ja noch nicht – zu machen. Lu schlug zwei Szenen für das Casting vor: eine, in der sie und Joe abends vor dem Fernseher einen lockeren Disput darüber haben, ob *Taxi Driver* ein guter Film ist (Sam findet den Schluss zu brutal, Joe nicht), und die Vergewaltigung vor dem Spiegel. Es gefiel John Rianson sehr, wie ungekünstelt sich Lu mit ihrem noch holprigen Englisch gegen die Brutalität in *Taxi Driver* aussprach und dabei vor einem imaginären Fernseher Chips knabberte. Und als Lu in der zweiten Castingszene das Erleiden von Brutalität spielte, konnte er sich danach für die Großaufnahme vor dem Spiegel kein anderes Gesicht mehr vorstellen als ihres.

Für Jack wurde *The Difference* zu seinem ersten Film als Chefbeleuchter, womit er diesmal ganz offiziell die Lizenz hatte, Lu ins beste Licht zu setzen, aber er musste aufpassen, in erster Linie der Neo-Noir-Atmosphäre des Films gerecht zu werden, die es erforderte, dass die Schauspielergesichter *nicht* immer schön erschienen, sondern oft auch hart, melancholisch und zerrissen. Beim *Sundance*-Festival im Januar 2003 sollte der Film nicht nur für John Rianson, sondern auch für Jack zu einem Karrieresprungbrett werden.

Nach der Auszeichnung mit dem *Special Jury Prize Dramatic*, startete *The Difference* im Sommer in ein paar ausgewählten amerikanischen Kinos. Das Premieren-Screening fand in Los Angeles in einem der kleineren Filmtheater statt, was aber nicht bedeutete, dass dem Ereignis keine öffentliche Beachtung zuteil geworden wäre. Der Ruf von *Sundance* als Entdeckungsplattform für unabhängige Kinotalente war groß genug, um vor dem Premierenkino für Medienrummel zu sorgen.

Lu und Jack wurden von einem Limousinenservice zu Hause abgeholt und zum Kino gebracht. Im Radio sang Nora Jones *Come away with me*, es war ein strahlender Sommertag – alles schien perfekt zu sein. Aber in der Windstille vor dem nach Süden gelegenen Kinoportal schien sich die Intensität der Sonnenstrahlung zu verdoppeln. Lu wurde zur Absperrung für die Presse geführt und stand dort auf dem roten Teppich, den man auch für diese nicht ganz so prominente Premiere ausgerollt hatte, zwischen John Rianson und ihrem Filmpartner Joe. Und während sie zunächst sehr gelöst die Fragen der Journalisten freundlich beantwortete, empfand sie die Hitze, die ihr normalerweise nichts ausmachte, zunehmend als drückend, ja beinahe luftraubend. Die Wärmestrahlung der gleißenden Sonne schien sich in ihrem Körper zu verdichten wie im Fokus eines Brennglases, sodass es nicht einmal etwas genützt hätte, den Platz zu wechseln, weil *sie* das Brennglas war und dieser Fokus immer mit ihr mitwandern würde. Und während sie in Mikrofone sprach und in Kameras lächelte, wollte sie nichts anderes, als aus ihrem Körper zu entkommen, der ihr schließlich auch nicht mehr gehorchte. Ihr linker Arm begann heftig zu zittern, und ihr linkes Bein wurde bedenklich schwach.

Der Kameramann vor ihr hob das Objektiv etwas an, damit das, wie er wohl annahm, hitzebedingte Zittern ihres linken Unterarms nicht auffiel. Aber es war nicht nur dieses Zittern, das Lu zu schaffen machte. Etwas in ihrem Innern hatte sich verschoben. Das Glücksgefühl, mit dem sie den roten Teppich vor einer Viertelstunde betreten hatte, verflüchtigte sich und wich einer niedergeschlagenen Stimmung, einem Gefühl der Bedeutungslosigkeit und des Nicht-wert-Seins dessen, was ihr zu Ehren um sie herum geschah. Sie spürte einen Impuls, ihren Platz zu verlassen und sich vor allen zu verbergen. Sie konnte diesen Impuls beherrschen, bestimmte Verhaltensweisen in ihr funktionierten noch auf einem stabilen Niveau, sie konnte ein Lächeln aufsetzen, sie verstand die Fragen und beantwortete sie, aber sie genoss es nicht mehr wie noch vor wenigen Minuten. Sie fand alles und sich banal, beliebig und leer.

Lu verstand es nicht. Sie hatte nicht frisch entbunden, sie hatte keinen künstlerischen Misserfolg erlitten – ganz im Gegenteil: Sie war dort, wo sie mit *The Difference* hingewollt hatte, und auf einmal überfiel sie dieses Zittern, dieses Unwohlsein und diese Depression. Irgendwie schleppte sie sich durch den Tag. Das Zittern ließ nach, als sie aus der Sonne und in den klimatisierten Kinosaal kam, und ihre Stimmung besserte sich wieder – oder vielleicht auch nicht, dachte sie, vielleicht gewöhnte sie sich nur daran, keine Freude an all dem zu empfinden. Auf der Leinwand fand sie sich schlecht. Die Szene mit dem angeklebten Schwanz – wie hatte sie Vic mit ihrer Filmidee nur so lächerlich machen können! – funktionierte überhaupt nicht und der Showdown war unglaubwürdig. Und doch applaudierte das Publikum, und doch musste sie wieder nach vorne gehen, um vor der Leinwand Fragen zu beantworten.

Abends tröstete Jack sie. Er erklärte es psychologisch – und sie glaubte, dass er recht damit hatte. Es war der Absturz nach dem Hochgefühl, nach der unendlichen Anstrengung, die schließlich zum Erfolg geführt hatte. Es war das Stimmungsloch, das hinter jedem Sieg drohte, eine unterschwellige Angst davor, das, was man im Moment erreicht hatte, nicht noch einmal erreichen zu können, soeben den Höhepunkt des Lebens überschritten zu haben und von nun an auf die lange Talfahrt Richtung Tod zu gehen. *Natürlich* musste Jack damit recht haben. Was sonst sollte der Grund für ihren Absturz gewesen sein?

«Ich hab mich als Schauspielerin noch nie gut gefunden», sagte sie zu Jack, um ihm beizupflichten. Und in den Wochen danach schien sich seine Laiendiagnose auch zu bewahrheiten. Lus Stimmung normalisierte sich wieder. Der Rummel ließ nach, und in dem Maße, in dem sie in dem Haus westlich von La Brea wieder zur Ruhe kam und, wie jetzt, beim Sonnenuntergang mit einem Bier auf der Veranda ihren Gedanken nachhängen konnte, fand sie zu ihrem früheren, klaren und anspruchslosen Wesen zurück.

Allerdings sollte sich im folgenden Jahr – jenem, in dem Lu zur Berlinale hätte fahren können – herausstellen, dass das Zittern im linken Unterarm, die sonderbare Muskelschwäche im Bein und auch ihre plötzlichen Stimmungstiefs gelegentlich wiederkehrten. Es gelang Lu zunächst, die kurzen Anfälle vor Jack zu verbergen, indem sie irgendein allgemeines Unwohlsein, Regelschmerzen oder eine Magenverstimmung vorschützte und sich in ihr Zimmer im Obergeschoss zurückzog.

Aber im Sommer nach der Berlinale zitterte ihr Arm ohne jede Vorwarnung bei einer nachbarschaftlichen Grillparty, als sie in einer Gruppe mit Jack und ein paar Gästen zusammen stand und gerade einen Schluck Bier trinken wollte. Das Zittern war so heftig und auch mit einem leichten Ausschlagen ihres Unterarms verbunden, dass sie die Bierflasche nicht zum Mund führen konnte. Lu baute die sonderbare Eigenbewegung in ein schnelles Verschränken ihrer Arme ein, so als hätte sie gar nicht trinken wollen, sondern den Arm nur zu diesem Zweck angehoben. Jack fiel es auf. Ob es den anderen auffiel, wusste Lu nicht, sie ließen sich nichts anmerken. Am Abend sprach Jack sie darauf an und meinte, dass sie die Sache doch untersuchen lassen sollte, was Lu aber überflüssig fand.

Vielleicht war das Zittern bloß Folge einer gelegentlichen Unterzuckerung, weil sie manchmal zu wenig aß und zu viel trank – das kam Lu als Erklärung eine Zeit lang recht plausibel vor. Allerdings war ihr inzwischen bewusst, dass die Intervalle zwischen den Anfällen kürzer wurden, und außerdem, das musste sie zugeben, konnten sich die unwillkürlichen Bewegungen als ernstes Problem für ihre Karriere als Schauspielerin erweisen.

Es gab seit *The Difference* ein reges Interesse an ihr, auch wenn sich daraus bisher noch kein konkretes Engagement ergeben hatte. Lu wollte nur spielen, wovon sie überzeugt war. Sie ließ sich von einer Agentur vertreten, die die Rollenangebote prüfte, weiterleitete und Lu beriet, ob etwas davon für ihre Karriere von Interesse sein könnte. Keine Frage – für eine Schauspielerin waren unkontrollierbare Bewegungen nicht akzeptabel. Lu gab schließlich zu, dass Jack recht hatte, und ließ sich einen Termin bei einem Neurologen geben.

Jetzt hörte sie Jack den Wagen in die Einfahrt setzen und kurz darauf die Haustür öffnen. Er kam durchs Wohnzimmer auf die Veranda, küsste sie und sagte mit Blick auf ihre bloßen Füße: «Nicht zu kühl? Es ist frisch geworden.»

«Ich bin zu faul, aufzustehen», sagte Lu.

Er ging ins Haus, kam mit dicken Socken und einem Gin-Tonic zurück und setzte sich neben sie.

«Danke», sagte Lu und streifte die Socken über. «Die Agentur hat heute angerufen. Vielleicht ist HBO interessiert.»

«Das ist fantastisch!»

Eine Weile betrachteten sie schweigend den farbigen Abendhimmel über den Dächern der umliegenden Häuser.

«Und wenn sie morgen was finden?», sagte sie.

Ihr neurologischer Untersuchungstermin war am nächsten Tag. Bevor Jack etwas sagen konnte, klingelte Lus Telefon. Sie warf einen Blick auf das kleine Display.

«Die Agentur.»

Jack nickte und machte eine Daumen-hoch-Geste. Das Gespräch war kurz, und Lu sah anschließend in einer Weise ratlos aus, die Jack an ihr kaum kannte.

«Was wollten sie denn?», fragte er.

«Es ging nicht um HBO. Sie haben mir eine Nachricht übermittelt.»

«Eine Nachricht?»

«Aus Berlin. Es geht um meinen Vater.»

Jack hatte mehrfach angeboten, mit ihr nach Berlin zu fliegen, um ihren Vater dort zu besuchen, aber das hatte Lu immer abgelehnt.

«Um deinen Vater?», sagte er. «Ist er etwa aufgewacht?»

Lu schüttelte den Kopf.

«Nein», sagte sie. «Er ist gestorben.»

Auf einmal begann ihre Hand mit dem Telefon zu zittern. Und einen Moment lang beruhigte sich Lu damit, dass das nach dieser Nachricht vollkommen normal war.

Viele Trauernde waren es nicht, die zu Herbert Sellens Beisetzung in den Andachtsraum des Urnenfriedhofs in der Gerichtstraße gekommen waren – jener Raum mit grau marmoriertem PVC-Boden, Stapelbestuhlung und künstlichem Kerzenlicht, in dem Herbert und Lu sich einst von Draga verabschiedet hatten. Die wenigen, die Herberts Asche auf ihrem letzten Weg begleiten wollten, lauschten den *Trionauten* und ihrer Aufführung der *Sinfonie der Stille*. In der Stuhlreihe hinter Niki saß Hans Krol, der schon bei Dragas Beerdigung für Musik hatte sorgen wollen, was seinerzeit am Fehlen eines Instruments gescheitert war. Dass er nun zu Herberts Trauerfeier die Musik beisteuerte, war ihm wichtig und erfüllte ihn mit Befriedigung, umso mehr, als es auch Herberts langjähriges Leiden gewesen war, das er mit seiner Sinfonie hatte würdigen wollen.

Ebenfalls in der zweiten Reihe, ein paar Plätze von Hans entfernt, saßen Raissa und Vic, von denen Niki inzwischen wusste, dass sie ein Paar waren. Dies würde sich auch nach der Beisetzung zeigen, als die beiden nebeneinander mit drei oder vier weiteren Trauergästen beisammenstanden, die Niki nicht kannte, gemeinsame Freunde oder Bekannte vermutlich. Ob auch Angehörige von Herbert darunter waren und ob es überhaupt Angehörige von Herbert gab, wusste Niki nicht. Von Hans erfuhr Niki später lediglich noch, dass ein weiterer Trauergast, der einige Reihen weiter hinten Platz genommen hatte, ein kräftiger Mann mit schlohweißen, aber noch vollen Haaren, kein Angehöriger, sondern der Eigentümer des Hauses war, in dem sie wohnten, und derjenige der Anwesenden, der Herbert von allen vielleicht am längsten gekannt hatte.

Niki war auch der Gedanke gekommen, Herberts Tod zum Anlass zu nehmen, ihre Freundschaft mit Pater Leo zu erneuern, aber sie fand heraus, dass Pater Leo vor ein paar Jahren gestorben war, was sie sehr schmerzte, weil sie nie aufgehört hatte zu hoffen, dass sie vielleicht doch noch einmal als Freunde zusammenfinden würden. Allerdings, so sagte sie sich, wäre es wohl auch nicht angemessen gewesen, Pater Leo um ein paar tröstende Worte bei der Trauerfeier zu bitten – von Lu wusste Niki, dass Herbert mit Religion nie etwas im Sinn gehabt hatte. Bei Dragas Beisetzung, so hatte Lu ihr erzählt, habe ein kommerzieller Beerdigungsredner gesprochen und beim Versenken der Urne *Imagine* gesungen, was allerdings auch nicht besser als ein religiöses Ritual und das Schlimmste gewesen sei, was sie bis zu diesem Zeitpunkt je erlebt hatte.

Mit diesem Argument gelang es Niki auch, Raissa – Niki behauptete ihr gegenüber, es sei «wahrscheinlich», dass Lu zu der Trauerfeier kommen werde – davon zu überzeugen, dass es unpassend wäre, einen Trauerredner zu engagieren, und stattdessen ein «getragenes» – *wie* getragen verriet Niki Raissa allerdings nicht, sie bat Hans lediglich, bei der Trauerfassung seiner Sinfonie unter maximal einer halben Stunde zu bleiben – Musikstück von Herberts und ihrem langjährigem Nachbarn Hans Krol die angemessene Form sei, sich von Herbert zu verabschieden.

Gefreut hätte sich Niki, wenn Kaspar zur Trauerfeier gekommen wäre. Aber Kaspar lebte seit zwei Jahren ganzjährig in dem von ihm renovierten Haus in Andalusien. Seit seiner *Zoomutungen*-Ausstellung in der Berlinischen Galerie hatte er sich auf dem Kunstmarkt etablieren können.

Sie telefonierten auch in späteren Jahren regelmäßig miteinander.

Einmal hatte sich Lady Gaga kurz zuvor bei der MTV-Video-Award-Performance von *Paparazzi* mit Blut übergossen, beinahe einen Rollstuhl ins klatschende Publikum geschoben und sich wie eine geschlachtete Puppe über den Köpfen ihrer Bühnentruppe aufgehängt. Die Schockeffekte des einstigen Subkultur-Spektakels von *La Fura dels Baus* waren im kommerziellen, globalen Mainstream angekommen. «Wie wunderbar, dass wir es noch anders erlebt haben», sagte Kaspar zu Niki.

Die Atelierwohnung hatte er ihr ganz überlassen, bis auf Nikis einstiges Zimmer, das er als Berliner Lager für seine Bilder – die große Andy-Warhol-Vaginawand war nun wieder vollständig zu sehen – und als Nachtquartier für seine gelegentlichen Berlinbesuche nutzte. Die übrige Wohnung hatte Niki im vergangenen Jahr komplett renoviert und zu einem Loft umgebaut, um das sie von nahezu allen, die es zu Gesicht bekamen, und trotz der Tatsache, dass es im Wedding gelegen war, beneidet wurde. Aus Kaspars einstigem Malatelier war ein hoher, luftiger Wohnraum mit breiter Glasfront vor einer Dachterrasse geworden, der das ganze Jahr über – sogar im November – hell war.

Eigentlich, so dachte Niki manchmal, war die Wohnung für Pablo und sie vollkommen überdimensioniert. Aber sich nach Kaspars Auszug ihrerseits, wie er seinerzeit, eine neue Mitbewohnerin zu suchen, wollte sie nicht. Und bald, überlegte sie sich, würde Pablo ja auch zum Jugendlichen werden, und dann hätte er von allen seinen Freunden vermutlich die coolste Location für Partys zu bieten – jedenfalls solange es für ihn noch eine Option war, Partys *zu Hause* zu feiern. Vielleicht war Niki in diesem Punkt etwas zu optimistisch oder auch ein wenig naiv.

Pablo saß neben ihr. Er war – aber was hieß das schon, wenn *Niki* das fand – ein hübscher Junge mit dunkelbraunen Haaren und blauen Augen, womit sie beide, Clemens und sie, jeweils ihre Spuren in seinem Gesicht hinterlassen hatten. Mit seinen acht Jahren war es für ihn vermutlich nicht leicht, eine halbe Stunde lang *Come in Coma* zu lauschen, ohne dabei unruhig zu werden. Er hielt sich tapfer. Manchmal rutschte er auf seinem Stuhl hin und her oder wandte den Kopf mal hierhin, mal dorthin – zu den schmalen, düsterfarbigen Fenstern oder den gartenschlauchblasenden und gongreibenden *Trionauten*. Oder er wandte sich kurz zur Tür, wie ungefähr fünf Minuten, nachdem die *Trionauten* mit Hans' Sinfonie begonnen hatten. Er tippte Niki vorsichtig an, obwohl er sich nicht sicher war, ob er sie in diesen Minuten überhaupt antippen durfte, und deutete zur Tür, die sich geräuschlos geöffnet und wieder geschlossen hatte. Als Niki sich umdrehte, schüttete ihr Körper eine Adrenalinmenge aus, die selbst für ihr gesundes Herz einer Überdosis nahekam. Am Eingang des Andachtsraums stand Lu.

Niki hatte Lu zuletzt in Großaufnahme gesehen, und nun war es, als wäre sie von der Leinwand herabgestiegen. Aus der Entfernung war sie so schön wie immer. Sie trug eine gewöhnliche Jeans und darüber eine malvenfarbene, hüftlange Steppjacke gegen die Herbstkühle. Sie vermied es, Blickkontakt aufzunehmen, und setzte sich in die hinterste Stuhlreihe. Es dauerte eine Weile, bis sich der Aufruhr in Niki etwas gelegt hatte und in eine Mischung aus Freude, aber auch Ungewissheit überging. Wenn auch anders als gedacht, hatte sie mit ihrer Engelkraft Lu nach Berlin geholt. Allerdings hatte sie versäumt, sich darüber Gedanken zu machen, was dann geschehen könnte.

Roman O. hatte sich bereit erklärt, ein paar Worte am Grab zu sprechen. Nach dem Ende der *Sinfonie der Stille* ging ein Friedhofsdiener mit der Urne voran zu jener Grabstätte, in der auch Draga beigesetzt worden war. Die Trauergäste folgten ihm. Bevor die Urne ins Grab gesenkt wurde, sagte Roman, dass es ihm eine Ehre gewesen sei, bei der Beisetzung eine Musik zu spielen, die von Herberts langem Leiden inspiriert worden sei. Es habe ihm diesen Menschen, den er lebend nicht gekannt habe, nähergebracht, und es stimme ihn zuversichtlich, dass von jedem Menschen, der gehe, etwas zurückbleibe, Erinnerungen, Geschichten und in diesem Fall auch Musik. Mit der Musik selbst, sagte Roman, sei es ganz ähnlich wie mit dem Leben: Sie erklinge und vergehe und hinterlasse doch in jedem Zuhörer einen bleibenden Eindruck. Das habe auch Herbert bei allen hier Trauernden getan, und so könne man ihn nun getrost weiterziehen lassen, wohin auch immer.

Danach wurde die Urne, die wie eine Marionette an zwei Fäden hing, in die Erde gesenkt. Der *Trionauten*-Perkussionist schlug einen tragbaren Gong dazu, dessen Ton zunächst anschwoll und danach langsam verklang und sich im unablässig heranwehenden Rauschen der Großstadt verlor.

Der Friedhofsdiener stand mit einem Eimer am Grab, und alle streuten Erde auf die Urne des Verstorbenen. Schließlich trat auch Lu vor, die bisher Distanz gewahrt hatte, und ließ etwas Sand ins Grab rieseln. Vor einundzwanzig Jahren hatte sie in dasselbe Grab eine Blume geworfen, und es kam ihr so vor, als hätte an diesem Tag das begonnen, was ihr Leben geworden war. Vielleicht hätte sie auf der Fahrt vom Flughafen eine Blume kaufen sollen.

Während Raissa und Vic sich zu ihren Freunden stellten und Niki sich von den *Trionauten* verabschiedete und bei ihnen bedankte, ging Lu zu Hans. «Wie geht es dir? Wohnst du noch in deiner Wohnung?»

Hans hatte, was Zeit anging, seine eigenen Maßstäbe. Jedenfalls fand er es keiner Bemerkung wert, dass er Lu seit Jahren nicht mehr gesehen hatte. Er beugte sich zu ihr und sagte in seiner unveränderten, gedämpften Wichtige-Nachricht-Art: «Es gibt ein Problem mit meinen Kartons. Vielleicht löst sich der Kleber auf oder verliert an Wirkung. Ich bin noch nicht dahintergekommen, aber manchmal, wenn ich in mein Musikzimmer komme, liegt einer der Kartons auf dem Boden. Es ist, ehrlich gesagt, unheimlich. Als wäre da ein unsichtbares Wesen im Raum, während ich nicht da bin.»

«Wieso unsichtbar?», sagte Lu. «Woher willst du das wissen, wenn du nicht da bist.»

Hans war frappiert. «Himmel, du hast recht. Das ist ja noch unheimlicher. Was mache ich denn jetzt?»

«Und wenn es doch am Kleber liegt?»

«Ja vielleicht», sagte Hans, aber es klang nicht überzeugt.

Vic ließ Raissa bei ihren Bekannten zurück und gesellte sich zu ihnen. «Hallo, Lu.»

«Hi, Vic.»

«Du siehst toll aus. Noch besser als im Kino.»

«Finden hier nicht alle den Film Mist?», fragte Lu.

«Weiß nicht. Ich fand ihn gut. Vor allem die Szene mit dem Ventilator. Hätte ich auch nicht gedacht, dass mein Schniedel sozusagen mal zu 'ner Art Filmstar wird. Und dich fand ich sowieso toll.»

«Danke. Wirklich, danke», sagte sie. «Wie läuft's bei dir?»

«Ganz gut. Ich kann wirklich nicht klagen. Ich bin jetzt in der Kosmetikbranche, Einkauf und so. Solltest du mal ein paar supergeheime Schminktipps brauchen, bin ich dein Mann. Aber beim Film kennen sie sich ja bestimmt bestens damit aus.»

«Kann man so sagen. Aber ich freu mich, dass es läuft.»

«Das hat sich durch Raissa so ergeben. Sie hat inzwischen ihren Pass und einen eigenen Salon. Bleibst du länger?»

Lu schüttelte den Kopf. «Morgen flieg ich zurück. Niki hat mir geschrieben, was passiert ist und wann die Beisetzung ist und so. Ich hab lang überlegt, ob ich kommen soll. Na ja, du weißt ja, dass das mit mir und meinem Vater schwierig war.»

Hans wandte sich an Lu. «Ich muss zu den Musikern», sagte er. «Vielleicht werden wir noch mal zusammenarbeiten.»

Er zog los. Niki kam ihm von der Band entgegen, er nickte ihr zu, blieb aber nicht bei ihr stehen. Niki stellte sich zu Lu und Vic.

«Du bist also wirklich gekommen», sagte sie zu Lu.

Lu nickte. «Danke, dass du mir Bescheid gegeben hast.»

«Das war selbstverständlich», sagte Niki. «Aber ich dachte, es ist dir wahrscheinlich egal.»

«Nein, das war es nicht.»

«Na, wenigstens ist dir dein *Vater* nicht gleichgültig», sagte Niki.

Lu schwieg einen Moment.

«Ich kann wieder gehen, wenn du das möchtest.»

Niki schüttelte den Kopf, aber ihr Ton war abweisend: «Nein. Natürlich nicht.»

Vic hob die Hand. «Also ich lass euch dann mal allein.»

Er ging zurück zu Raissa und ihrer kleinen Bekanntengruppe, die soeben im Begriff war, sich aufzulösen.

Lu beugte sich zu Pablo, der in Nikis Nähe geblieben war und jetzt neben ihr stand.

«Hi Pablo», sagte sie. «Du bist ja richtig groß geworden. Erkennst du mich noch?»

Pablo sah sie mit seinen großen, blauen Augen an, zugleich unsicher und intensiv damit beschäftigt, herauszufinden, in welcher Beziehung er zu dieser Frau stand, die etwas verspätet hinzugekommen war. Er ahnte, dass sie irgendetwas mit seinem Leben zu tun hatte, aber er wusste nicht, was und wie viel. Er hatte seit Jahren nicht mehr an Lu gedacht, und doch war sie als schattenhafte Erinnerung in ihm abgespeichert.

«Ich glaube schon ...», sagte er jetzt zögerlich.

Lu richtete sich auf. «Niki, ich versteh, dass du sauer auf mich bist. Ich meine es ernst. Wenn du willst, verschwinde ich sofort wieder.»

«Herrgott, Lu!», sagte Niki. «Das will ich natürlich *nicht*! Das habe ich schon gesagt, dann hätte ich dir nicht schreiben müssen. Natürlich wollte ich, dass du kommst, obwohl ich keine Ahnung habe, warum. Ich dachte, wenn es eine Chance gibt, dass wir uns noch mal sehen, dann die. Es geht mir nicht darum, dass du dich bei mir entschuldigst oder mich auf Knien anflehst, dir zu verzeihen.

Obwohl, entschuldigen könntest du dich schon. Auch wenn du Entschuldigungen hasst!»

Lu schwieg. Sie zitterte, verschränkte die Arme vor der Steppjacke und zog die Schultern hoch. «Ist ziemlich kalt.»

Niki fand es nicht kalt, nur etwas grau und ungemütlich. Als Berlinerin musste Lu eigentlich wissen, dass es hier im Herbst noch ganz andere Tage gab und sie mit dem heutigen glimpflich davongekommen waren. Aber sie war seit Jahren nur noch das kalifornische Klima gewohnt, mit dem das Berliner sicher nicht mithalten konnte.

«Na gut, Lu. Ich bin immer noch stinksauer auf dich! Ich habe gelitten wie ein Schwein. Und vielleicht habe ich dir nur geschrieben, um das loszuwerden. Um dir zu sagen, dass du mir wahnsinnig wehgetan hast. Dass du *uns*», sie blickte einmal kurz auf Pablo, «wahnsinnig wehgetan hast. Und wenn wir alleine wären, würde ich dir wahrscheinlich noch ganz andere Dinge an den Kopf werfen! Aber ich kann mich beherrschen. Das weißt du ja. Irgendeine verfluchte Gehirnwindung in mir flüstert sogar: Gott sei Dank, es geht ihr gut. Ich weiß ja, dass ich verrückt bin. Dass ich immer will, dass es allen gut geht, ganz egal, wie es mir geht. Immerhin bin ich alt genug, um mich zu durchschauen. Was aber nichts an meinen Empfindungen ändert. Aber dass *dir* nicht mehr einfällt, als festzustellen, dass es kalt ist, finde ich echt schwach!»

Lu nickte. «Ich möchte ja was sagen. Wirklich Niki. Aber nicht hier. Können wir irgendwo hingehen? Bei der Post ist ein Café.»

Fünf Minuten später betraten sie ein schmuckloses Siebzigerjahrecafé mit ergrauten Stores, farblosen Kakteen und Bonsai-Agaven in den Fenstern. Sie setzten sich an einen der Tische mit grün melierten Decken und künstlicher Nelke in einer Glasvase. Niki nahm ein Buch aus ihrer Handtasche und gab es Pablo, der es sofort aufschlug und zu lesen begann. Es war ein Zeitreise-Buch, mit dem er sich in die Welt der – dem Cover nach – Dinosaurier versetzte. Fast benutzte er es als Schild, um sich zu schützen.

«Ich habe lange gezögert», sagte Lu und vermied es nach wie vor, Niki direkt anzusehen. «Ehrlich gesagt, hatte ich Angst davor zu kommen. Panische Angst. Im Flugzeug dachte ich, vielleicht habe ich ja Glück, und wir stürzen ab.»

«Ach hör doch auf, Lu!», sagte Niki. «Wenn du mir was sagen willst, dann tu es. Aber Floskeln kann ich nicht gebrauchen.»

Lu sah auf und nickte. Sie bestellten, und bis die beiden Kaffeetassen und ein Saft für Pablo gebracht wurden, schwiegen sie.

Dann sagte Lu leise: «Ich bin verheiratet, Niki.»

Niki schwieg.

«Mit einem Mann», sagte Lu.

«Na gut», sagte Niki schließlich. «Dann ist das so.»

«Er heißt Jack, und wir wohnen in L. A. Wir haben uns bei den Dreharbeiten von *The Mexican* kennengelernt.»

«Ach, so», sagte Niki. «Jetzt verstehe ich …»

Lu schüttelte langsam den Kopf. «Ich weiß nicht, ob du's verstehst, Niki. Ich bin auch kompliziert, nicht nur du. Jack hat sich auf dem Set sehr schnell in mich verliebt, aber von mir aus war da erst mal gar nicht so sehr viel. Ich fand ihn nett, sehr nett, das ja.»

«Er war dein Ticket nach Hollywood.»

«Mir ist klar, dass du das denkst, und ich bin auch nicht sauer deswegen. Aber eigentlich müsstest du wissen, dass ich so nicht denke. Ich bin noch nie mit jemandem ins Bett gegangen, um etwas dafür zu bekommen. Das klingt vielleicht komisch, wenn man mein Leben kennt, aber es ist so.»

Sie machte eine Pause. Niki wurde bewusst, dass Lu nicht rauchte. Soweit sie wusste, war das Rauchen in den USA inzwischen verpönt.

«Ja, ich bin mit Jack mitgegangen», sagte Lu schließlich. «Aber nicht, weil ich total in ihn verliebt war oder dachte, er bringt mich nach Hollywood. Nein, ich wollte einfach weg.»

«Weg? Wovon?»

«Von dir. Von euch. Ich habe das nicht mehr ausgehalten. Dich,

Pablo, deine Eltern. Und weißt du auch, warum ich das nicht mehr ausgehalten habe? Nicht, weil ich etwas davon abgelehnt hätte, sondern im Gegenteil. Es war wunderbar! Und sogar deine Eltern, die du immer als Versager hingestellt hast, waren wunderbar. Ihr seid eine Familie, eine echte Familie. Sie lieben dich, Niki. Sie lieben dich, und du liebst sie. Und ich hab dich geliebt, und ich hab» – sie senkte die Stimme, auch wenn es ihr schwerfiel, um Pablo nicht aus seiner Dinosaurierwelt zu reißen – «Pablo geliebt, das kannst, das musst du mir glauben, ich hab ihn wie blöd geliebt. Und *das* war es. Ich habe diese Liebe nicht ausgehalten.» Sie wurde etwas ruhiger. «Ich halte die Liebe nicht aus, Niki – das musstest du doch wissen! Eine Zeit lang, ja. Eine Zeit lang ist es schön. Niki, es war wunderschön. Aber dann gibt es einen Punkt, und ich denke, ich muss weiter. Das ist auch 'ne Störung, das weiß ich. Ich denke auch über mich nach und versuche mich zu durchschauen. Ich glaub, ich habe Angst davor, mich so sehr an einen Menschen zu binden, dass ich nicht mehr ohne ihn kann. Dass ich durchdrehe, wenn er, wenn sie weg ist oder mich wegstößt oder verlässt. Und dann verlasse ich die Menschen eben.» Sie sah auf. «Niki, es tut mir leid. Es tut mir wahnsinnig leid! Ich weiß, dass ich das, was ich euch angetan habe, nicht mehr gutmachen kann. Und davor bin ich weggelaufen. Untergetaucht. In Deckung gegangen. Aber als du mir geschrieben hast, wusste ich, dass das nicht geht. Ich wusste es die ganze Zeit über, aber jetzt konnte ich die Augen nicht mehr davor verschließen, dass du das nicht verdient hast. Dass Pablo das nicht verdient hat. Niemand hat das verdient. In Wahrheit ist es genau andersrum. In Wahrheit habe *ich* niemand verdient.»

Niki bemerkte, dass Lu wieder zitterte. Ohne die Steppjacke war zu erkennen, dass es wohl nur der linke Arm war, der diesem gelegentlichen Tremor unterlag. Es konnte nicht mehr mit irgendeiner Kälte zusammenhängen. Lu legte die Hände ineinander und unterdrückte so das Zittern.

«Und deinen Mann?», sagte Niki. «Wann verlässt du *den*?»

«Es geht uns ganz gut», sagte sie und schwieg eine Weile. «Ich verstehe ja, dass dir das egal ist. Warum sollte es auch anders sein. Und ich hab auch nicht mehr zu sagen, als das, was ich gerade gesagt habe. Es ist das, was in mir vorgeht. So, wie ich es nun mal beschreiben kann. Besser kann ich es nicht. Und mir ist auch klar, dass dir das nicht hilft. Dass dir das den Schmerz nicht nimmt.»

«Nein, das tut es wirklich nicht, Lu. Aber natürlich habe ich hier mein Leben, und das stürzt deswegen nicht ein. Pablo», vielleicht würde er es hören, oder er war zu sehr in sein Buch vertieft, aber Niki hatte nichts dagegen, wenn er es hörte, «ist ein toller Junge. Seine Schulaufsätze hauen einen um. Ich bin immer noch im Krankenhaus und inzwischen Oberärztin. Kaspar ist fast nur noch in Spanien. Die Wohnung habe ich übernommen und renoviert. Du würdest sie nicht wiedererkennen.»

«Toll. Das ist wirklich toll!» Lu sah übernächtigt aus in dem diffus-schummrigen Licht, das sich aus einem Anteil storesgefiltertem Novembergrau und dem schwachen Schein von fünf oder sechs versilberten Glühbirnen an der Decke zusammenmischte. «Und wie geht's Clemens?»

«So weit ganz gut. Aber letztlich hat es sich doch so entwickelt, dass Pablo bei mir wohnt und ab und an, eher selten, die Wochenenden bei ihm verbringt. Er ist mit einer anderen zusammen, und das läuft wohl nicht schlecht, anscheinend was Längerfristiges, keine Ahnung. Pablo findet sie ganz nett.»

«Hat er sein Drehbuch geschrieben?»

«Das hat nicht so geklappt, wie er sich das erhofft hat. Du kennst dich da sicher besser aus. Er hat sechs oder sieben Fassungen geschrieben und dann ist er ausgestiegen. Schließlich hat dann ein anderer die letzte Fassung geschrieben.» Sie machte eine Pause und trank einen Schluck Kaffee. «Offenbar hat ihm das aber irgendwie klargemacht, wie schön es ist, einen Roman zu schreiben und sich dabei von niemandem reinreden zu lassen. Er hat seinen Roman über Amelia Earhart zu Ende geschrieben, und stell dir vor, sie ist bei ihm lesbisch. Na ja, da haben wir ihn wohl inspiriert ... Ich hatte bei *The Difference* den Eindruck, dass die Geschichte von dir ist.»

Lu schüttelte den Kopf. «Nur die Idee. Das Drehbuch hat ein anderer geschrieben. Bei den Szenen im Krankenhaus, den Beratungsgesprächen mit der Ärztin und so habe ich an dich gedacht.»

«Na toll, Lu. Und was habe ich davon?» Sie sah Lu an. Ihr linker Arm, Niki war sich jetzt sicher, dass es immer der linke war, zitterte wieder, obwohl Lu die Hände ineinandergelegt hatte. «Das mit deinem Arm, hast du das öfter?»

Lu schüttelte den Kopf. «Nur wenn ich aufgeregt bin. Ich bin Schauspielerin und reagiere mit meinem Körper.»

Vor allem, dachte Niki, war Lu als Schauspielerin in der Lage, alle Sorgen, falls sie sich welche machte, perfekt zu überspielen.

«War früher aber nicht so. Ich würde mich dran erinnern.»

Lu drehte ihr Gesicht zur Fensterfront, sodass Niki sie nicht mehr direkt ansehen konnte. Ihr Halbprofil war so schön wie eh und je, aber unter den Augen und in ihren Mundwinkeln erschien auf einmal etwas, dass Erschöpfung durch die Reisestrapazen und den Jetlag sein konnte, aber vielleicht war es auch etwas anderes, eine sogar wahrere, nicht mehr schauspielernde Lu.

«Ich war vor Kurzem beim Arzt», sagte sie schließlich. «Er meinte, das könnte was sein, das man in Amerika Huntington Disease nennt.»

Niki brauchte lange, um darauf zu reagieren. «Oh je, Lu. Nein!»

«Ich weiß. Unheilbar. Unheilbar und schrecklich. Man wird depressiv und verliert die Kontrolle über alles. Körper, Verstand ...»

«Aber nein ... Das tut mir so ...»

«Niki, bitte nicht. Auch wenn du dich immer verantwortlich fühlst, aber dafür kannst du wirklich nichts. Und es ist auch noch nicht endgültig. Die wollen jetzt alle möglichen Tests mit mir machen. Ich müsste das genetisch abklären lassen, sagen sie, aber wozu?

Wenn die Krankheit unheilbar und tödlich ist, kann ich eh nichts dran ändern. Wozu brauche ich die hundertprozentige Gewissheit, dass ich sterben werde? Die hab ich sowieso.» Sie machte eine Pause. «Sie haben mich gefragt, ob meine Mutter das gehabt hätte oder mein Vater? Na ja, mein Vater wohl nicht, denke ich, der hatte ein anderes Problem. Aber bei meiner Mutter kann ich's ja nicht wissen. Die ist dafür vielleicht zu früh gestorben.»

«Es kann auch eine spontane Mutation ohne erbliche Vorbelastung sein», sagte Niki, die sich nicht anders zu helfen wusste, als den Schock durch einen Rückzug auf ihr Wissen als Ärztin zu unterdrücken. «Dann ist die Prognose manchmal besser. Lu, ich glaube, es ist immer besser, Klarheit zu haben. Wenn man genau weiß, was es ist, kann man medizinisch reagieren.»

«Was für 'ne Rolle spielt es denn, ob ich früher oder später sterbe, Niki? Ich will erst mal klären, was das fürs Schauspielen bedeutet. Ist natürlich blöd, wenn bei einer Liebes- oder Kussszene plötzlich dein Arm nach oben schnellt und du deinen Filmpartner k. o. schlägst.» Es lag kein Lu-Humor in ihrer Stimme, sondern Nüchternheit.

Niki blieb in ihrem medizinischen Modus. «Es gibt Therapien, um die Symptome zu behandeln. Gegen die Hyperkinesien kann man Dopamin-Antagonisten geben. Und wenn es im weiteren Verlauf zu gegenteiligen Effekten wie Muskelstarre kommen sollte, können L-Dopa helfen. Das ist teuer, aber *hier* würde das die Versicherung bezahlen. Mit der richtigen Medikation und durch ein stressfreies Leben lässt sich der Krankheitsverlauf deutlich verlangsamen.» Das *deutlich* sagte sie, obwohl sie wusste, dass es nicht stimmte.

Aber Lu schüttelte den Kopf. «Niki, wenn ich etwas will, dann leben, aber nicht zugedopt und stressfrei. Vielleicht habe ich als Schauspielerin im Seriengeschäft mit Episodenrollen ja noch Möglichkeiten. Die Serien werden immer besser und bis in die kleinsten Rollen gut besetzt. Ich will machen, was noch geht. Und wenn mal nichts läuft, dann sitze ich abends auf der hinteren Veranda, trinke mein Bier und genieße das Licht in L. A. Das ist wirklich toll, das kannst du dir hier in Berlin überhaupt nicht vorstellen. Oder wir gondeln durch die Gegend, wenn Jack Zeit hat, und hängen in der Wüste ab oder in Pasadena oder Santa Monica oder Venice Beach, wo Bands spielen und viele verrückte, tolle Menschen rumhängen ... Nein wirklich, Niki. Denkst du, das würde ich aufgeben, um hier in Berlin ein bisschen weniger oder meinetwegen auch nichts dafür zu bezahlen, dass ich am Ende ein paar Monate länger vor mich hin vegetiere? Vergiss es. Das musst sogar du verstehen!»

Sie schwiegen beide – sie schwiegen alle drei. Pablos Blick war starr auf das Buch in seinen Händen gerichtet. Aber hatte er in der vergangenen halben Stunde überhaupt umgeblättert?, fragte Niki sich auf einmal. War es möglich, dass er sich hinter den Seiten seines Buches nur versteckt und ihnen die ganze Zeit über zugehört hatte?

Er war so aufmerksam, so durchlässig für die Welt. Immer wieder hatte Niki sich darüber gewundert, welche Einzelheiten er wahrnahm – einen Baum, der mitten im Winter noch grünes Laub trug, was ihn beschäftigte, und sie hatte gar keine Ahnung gehabt, um was für einen Baum es sich handeln könnte. Oder dass der Stuckabschluss über der Haustür – Kaspar nannte es die Supraporte, als sie ihm davon erzählte –, eine Art Girlande um einen Halbkreis mit radial abgehenden Strahlen, eine aufgehende Sonne symbolisierte, was ihr noch nie aufgefallen war, obwohl sie seit mehr als zehn Jahren durch diese Haustür ging. Und was, wenn Pablo jetzt durch Wörter wie *unheilbar* oder *tödlich* auf das Gespräch aufmerksam geworden war?

«Ich wollte, dass du mich hasst», sagte Lu leise, nachdem sie lange geschwiegen hatten.

«Aber warum?»

«Weil das richtig gewesen wäre.»

«Ich habe dich nicht gehasst.»

«Und das war das Schlimmste. Ich wusste das ja.»

Sie schwiegen wieder.

«Bleibst du länger?», fragte Niki schließlich.

Lu schüttelte den Kopf. «Ich fliege morgen wieder zurück. Mein Hotelzimmer ist in der Nähe des Flughafens.»

«Du kannst bei mir übernachten. Das Gästezimmer gibt es noch.»

«Besser nicht, Niki.»

Ihr linker Arm zitterte wieder. Niki wünschte sich, es wäre wegen der Gefühle gewesen, die sie vielleicht aufwühlten, aber so war es nicht.

«Versprich mir, dass du es nicht einfach so laufen lässt. Versprich mir, dass du dich in gute, medizinische Hände begibst.»

«Okay, mach ich.»

«Man kann Dinge tun, und die Medizin wird immer besser.»

«Na klar. Für ein Leben tu ich alles.»

Vor dem Café umarmten sie sich. Lu zitterte in diesem Moment nicht, aber Niki. Sie zitterte vor Glück, noch einmal Lus Wärme zu spüren, und vor Angst, dass es das letzte Mal sein würde. Es stimmte, was sie gesagt hatte: Sie hatte hier ihr Leben, und es würde nicht einstürzen. Sie war unabhängig, insbesondere von Männern, ausgenommen vielleicht von Pablo, der einmal ein Mann werden würde, und seiner Liebe. Aber sie hatte Angst davor, dass die Vergangenheit ihr von nun an lieber sein würde als die Zukunft.

Schließlich lösten sie sich voneinander. Lu beugte sich zu Pablo und umarmte ihn, und anscheinend umarmte sie ihn so fest, dass der Junge, der die Umarmung artig geschehen ließ, etwas unsicher zu Niki hochblickte, als wollte er fragen, ob das so seine Richtigkeit habe. Niki bemühte sich um ein Lächeln und nickte.

Lu richtete sich auf und stand noch einen Moment unschlüssig da.

«Also dann», sagte sie schließlich, drehte sich um und ging zum Taxistand am Nettelbeckplatz.

Sie sahen ihr nach. Lu blickte nicht zurück. Niki rechnete auch nicht damit. Sie wusste es ja: Wenn Lu ging, dann ging sie.

Niki sollte sie nur noch einmal sehen, nicht von Angesicht zu Angesicht, sondern auf dem Bildschirm. 2007 trat sie in der Episode *The Mirror* von *Dr. House* auf. Dr. Lothar hatte sich als *Dr. House*-Serienjunkie geoutet und Lu – «Waren Sie mit dieser Schauspielerin nicht eine Weile liiert, Nikisha?» – beim Vorschau-Trailer für die nächste Folge erkannt. Sie spielte eine Chorea-Huntington-Patientin, deren Zustand sich ungewöhnlich rasch verschlechtert. Die von Dr. House nur «Dreizehn» genannte Ärztin, Dr. Remy Hadley, ist von Lu als Patientin in zweifacher Weise angezogen: «Dreizehn» lebt selbst mit der genetischen Disposition für Chorea-Huntington *und* sie ist bisexuell. Dr. House durchschaut, weshalb seine Mitarbeiterin sich in besonderer Weise für Lu einsetzt und ihr unrealistische Versprechungen in Bezug auf den Krankheitsverlauf macht. Für ihn steht fest, dass es sich um einen Chorea-Huntington-Schub handelt, wenn auch einen ungewöhnlichen, deswegen interessiert er sich dafür. Er entzieht «Dreizehn» den Fall, die bei ihrer Überzeugung bleibt, dass es etwas anderes sein muss, das die Krämpfe der Patientin anfacht. Am Ende ist es natürlich Dr. House, der herausfindet, dass sie zusätzlich unter Morbus Wilson leidet, was schwer zu diagnostizieren war, da sich die Symptome der beiden Krankheiten im Frühstadium sehr ähneln. Nach einer Chelat-Therapie verbessert sich der Zustand der von Lu gespielten Patientin, aber die Huntington-Symptome bleiben. Trotz der Gefühle der beiden Frauen füreinander verabschiedet sich Lu am Ende von Dr. Hadley. Sie küssen sich, doch dann verlässt Lu das Krankenhaus, ohne sich noch einmal umzusehen. Niki saß so gebannt wie noch nie vor dem Fernseher. Obwohl sie seit sieben Jahren nicht mehr mit Lu zusammen war, fühlte sie sich, als wäre sie «Dreizehn». Vielleicht war sie es ja für Dr. Lothar.

Lu verschwand hinter dem zentralen Skulpturenbrunnen auf dem Nettelbeckplatz. Er zeigt fünf Menschen, die auf dem Rand eines Vulkankraters tanzen. Am Fuß des Vulkans spielt jemand auf einem Klavier die Musik dazu. Die Künstlerin Ludmila Seefried-Matějková soll über ihre Brunnenskulptur gesagt haben, dass der Vulkan die heutige Welt symbolisiert: «Die Menschen, die – animiert vom Satyr am Klavier – um den Krater des Vulkans tanzen, singen und balancieren, wollen die Gefahr nicht wahrhaben, die Menschen wollen leben.»

Niki drehte sich um und nahm Pablos Hand.

«Na komm, wir gehen nach Hause.»

Epilog

An einem Sommermorgen im Jahr 2010 klingelte bei Niki ungewöhnlich früh das Telefon. Es war ein Anruf aus den USA, aus Los Angeles, wo es um diese Zeit Nacht war. Der Mann am anderen Ende der Leitung stellte sich als Jack vor – er sei der Ehemann von Lu. Er erzählte Niki, dass Lu bei seiner abendlichen Rückkehr von der Arbeit nicht zu Hause gewesen sei und er sich darüber gewundert habe, weil Lu nur selten alleine ausgehe, und wenn, dann sage sie ihm das. Schließlich habe er neben dem Telefon einen Zettel mit einer Nachricht von ihr gefunden: «Don't look for me», und einer Telefonnummer.

Es war Nikis Telefonnummer. Ein paar Monate nach Herbert Sellens Beisetzung hatte Niki eine letzte Nachricht von Lu bekommen. Auf der Rückseite einer an Niki adressierten Ansichtskarte der Strandpromenade von Venice Beach hatte Lu notiert: «Wilson's disease – es geht mir gut. Lu.» Niki weinte vor Glück.

Später fragte sie sich manchmal, warum sie bei Lus Symptomen nicht auch an Morbus Wilson gedacht hatte. Sicher, der Kornealring – sie hatte nicht danach gesucht – wäre bei ihren dunklen Augen vielleicht nicht zu erkennen gewesen oder war nicht ausgeprägt – und dennoch. Vielleicht lag es an Lus Art, alles, was sie tat, ob als Darstellerin, Freundin oder Geliebte, radikal zu tun, wenn sie sich einmal dafür entschieden hatte. Aber eine Krankheit war keine Entscheidung, und schon gar nicht war der Tod für Lu je eine ernsthafte Alternative zum Leben gewesen.

Niki und Jack telefonierten an diesem Morgen in Berlin lange miteinander. So froh Niki war, auch von Jack noch einmal bestätigt zu bekommen, dass es Lu gesundheitlich gut ging, so schwer fiel es ihr, ihm zu erzählen, dass Lu nicht zum ersten Mal von einem auf den anderen Tag alles hinter sich ließ, was sie sich in den Jahren zuvor aufgebaut hatte. Und sie versuchte ihm zu verstehen zu geben, dass Lus spurloses Verschwinden auf eine sonderbare Weise auch mit ihrer Ehe zu tun haben konnte – sonderbar aus dem Grund, weil ihre Beziehung vielleicht zu gut, zu harmonisch, mit zu viel Nähe verbunden gewesen war. Niki behielt mit ihrer Vermutung recht. Lu kehrte nicht zu Jack zurück.

In den Jahren danach telefonierten Niki und Jack ab und an miteinander, und Niki stellte dabei fest, dass Lu irgendwann nicht mehr das Hauptthema dieser Gespräche war, sondern ihrer beider Leben. Sie waren sich nie begegnet, und vielleicht war das eine gute Voraussetzung, um im jeweils anderen so etwas wie den Beichtvater oder die kostenlose Therapeutin zu sehen. Trotzdem erschrak Niki darüber, dass auch Lu nicht davor geschützt war, bei denen, die sie gekannt hatten – und sogar bei ihr – in Vergessenheit zu geraten.

Doch erwachte in dieser Zeit bei Pablo, der nur sehr vage Erinnerungen an Lu hatte, ein Interesse an jener Frau, die ihm mit ihrer Umarmung nach einer Beisetzung beinahe den Brustkorb zerquetscht hatte. Die Begegnung mit Lu hatte damals ein paar frühere Erinnerungen in ihm wachgerufen, aber viele waren es nicht. Pablo sah sich *The Difference* und *Dr. House* an und entdeckte das *Sommernachtstraum*-Video, das Lu doch nicht weggeworfen hatte. Außerdem fand er heraus, dass Lu in einer Folge von *Mad Men* einen Episodenauftritt als kurzzeitige Geliebte einer Fotografin gehabt hatte, und wollte von Niki mehr über sie erfahren.

Normalerweise wissen Kinder bis auf eine ungefähre Vita nicht sehr viel von dem, was ihre Eltern vor ihrer Geburt gemacht, was für ein Leben sie geführt haben. Als Niki begann, Pablo von Lu zu erzählen, wurde ihr schnell klar, dass über Lu zu sprechen für sie automatisch bedeutete, auch von sich selbst zu erzählen.

Von ihren Eltern und wie es dazu gekommen war, dass sie ihre Kindheit und Jugend in Mexiko verbracht und schließlich begonnen hatte, in Berlin als Ärztin zu arbeiten. Davon, wie sie Clemens kennengelernt, warum sie ihn geheiratet und in der Hochzeitsnacht wieder verlassen hatte. Davon, wie Lu aufgewachsen, wie sie ihr begegnet und Lu in jener Hochzeitsnacht zu ihrer Geliebten geworden war. Und von den fünf Jahren, die folgten, bis Lu sie in Mexiko wieder verließ.

Lus Geschichte war ohne ihre eigene nicht zu haben, und Niki brauchte eine Weile, um Pablo gegenüber, der inzwischen ein junger Mann war, in diesem Punkt ihre Hemmungen abzulegen. Doch schließlich schien es ihr richtig zu sein, dass er alles von ihrem Leben erfuhr, um zu verstehen, warum er so und nicht anders als Sohn einer alleinerziehenden Mutter aufgewachsen war.

Pablo entdeckte im Laufe der Zeit die wenigen Elemente der Geschichte, die er selbst miterlebt hatte, in sich wieder. Er sah Lu wieder in der Küche sitzen und am Fenster rauchen, sah sich mit ihr vor einem Bus stehen, von ihr beauftragt, zu quengeln und an ihrer Hand zu zerren, und er erinnerte sich wieder an jene letzte Begegnung, als Niki und Lu so aufgewühlt miteinander gesprochen und er so getan hatte, als würde er lesen.

Eine Zeit lang dachte Niki, dadurch, dass sie Pablo alles über Lu und sich erzählte, würde sie Lu im Nachhinein besser verstehen, aber so war es nicht. Aus einem Grund, den niemand außer Lu selbst kannte – oder vielleicht kannte sie ihn auch nicht –, wollte sie sich niemandem ganz zeigen, es sei denn auf einer Bühne oder vor einer Kamera.

Und auch damit hörte sie auf. Pablo fand keinen weiteren Auftritt von ihr, und auch im Internet ließ sich über Lu nicht mehr in Erfahrung bringen, als er schon über sie wusste. Niki akzeptierte irgendwann, dass sie Lus Unsichtbarkeit hinnehmen musste und sie ihr Wesen nie ganz ergründen würde. Sie hoffte sehr, dass Lu ein Leben führte, das ihren Vorstellungen von Freiheit entsprach.

Und Pablo fragte sich manchmal, ob ihr, Niki, seiner Mutter, das gelungen war? Führte sie ein Leben, dass ihren Vorstellungen von Freiheit und Erfüllung entsprach? War sie angekommen? Und trotz ihrer vielen Selbstzweifel, die immer bleiben würden, glaubte er, dass es so war, sonst hätte sie ihm nicht alles erzählt.

Er war froh, seine Geschichte zu kennen.

Dank

Mein größter Dank gilt Bettina Keller, meiner Frau, die mich inspiriert und darin bestärkt hat, diesen Roman zu schreiben.

Danken möchte ich Martin Hielscher, meinem Lektor beim C.H.Beck Verlag, für die enge, intensive und vertrauensvolle Zusammenarbeit.

Ich danke Karin Graf, meiner Literaturagentin, die mir mit wertvollen Anregungen geholfen hat.

Ich danke Natascha Freundel, Cornelia Geißler und Jörg Magenau, der Jury des Alfred-Döblin-Preises 2019, die dem Manuskript den Preis zuerkannt und mich damit sehr ermutigt haben. Ebenso danke ich dem Literarischen Colloquium Berlin und der Akademie der Künste, die diesen Preis ausrichten.

Ich danke dem Deutschen Literaturfonds, der die Arbeit an dem Roman mit einem Stipendium gefördert hat.

Gefördert vom Deutschen Literaturfonds e.V.

Der Verlag behält sich die Verwertung der urheberrechtlich geschützten Inhalte dieses Werkes für Zwecke des Text- und Data-Minings nach § 44b UrhG ausdrücklich vor. Jegliche unbefugte Nutzung ist hiermit ausgeschlossen.

Penguin Random House Verlagsgruppe FSC® N001967

1. Auflage
Genehmigte Taschenbuchausgabe Januar 2024
btb Verlag in der Penguin Random House Verlagsgruppe,
Neumarkter Straße 28, 81673 München
Copyright © der Originalausgabe 2021
Verlag C.H. Beck oHG, München
Covergestaltung: semper smile, München
nach einem Entwurf von Rothfos & Gabler, Hamburg
unter Verwendung von Fotografien von Bettina Keller, Berlin
Druck und Einband: GGP Media GmbH, Pößneck
MK · Herstellung: sc
Printed in Germany
ISBN 978-3-442-77388-6

www.btb-verlag.de
www.facebook.com/penguinbuecher

251 Seiten | Gebunden | ISBN 978-3-406-80696-4

«Sabine Gruber findet eine Sprache für das eigentlich Unfassbare.»

Undine Fuchs, Deutschlandfunk

Die Übersetzerin Renata verliert jäh ihren Lebensgefährten und wird mit gänzlich unerwarteten Konflikten konfrontiert. Sie muss sich selbst ins Leben zurückkämpfen und die Frage beantworten, ob Konrad, ihr Partner, Geheimnisse vor ihr hatte. Sabine Grubers Roman ist ein ergreifendes, gelegentlich zorniges und manchmal auch komisches Buch.

«Ein langes Adieu fast wie im wirklichen Leben, mit ungestilltem Verlangen, Geheimnissen, Hindernissen, Spannungen.»
Wolfgang Paterno, profil

Ulrich Woelk

Der Sommer meiner Mutter

Roman

192 Seiten, ISBN 978-3-442-77026-7

Sommer 1969. Der elfjährige Tobias fiebert am Stadtrand von Köln der ersten Mondlandung entgegen, während sich seine eher konservativen Eltern mit den politisch engagierten und flippigen neuen Nachbarn anfreunden. Deren dreizehnjährige Tochter Rosa bringt Tobias nicht nur Popmusik und Literatur bei, auch was das Liebesleben hat angeht, hat sie ihm einiges voraus. Zwischen den Eltern entwickelt sich ebenfalls eine wechselseitige Anziehung, aber die Liebe geht andere Wege als vermutet.

»Was Ulrich Woelk schreibt, ist eine großartige Prosa, ganz auf der Höhe der Zeit: kurz angebunden, lakonisch, aber stakkato.«
Süddeutsche Zeitung

Nominiert für den Deutschen Buchpreis 2019

btb